J. D. Oswald

DREAMWALKER

Die Gefangene des Drachenturms

Aus dem Englischen
von Gabriele Haefs

cbj

Der Verlag weist ausdrücklich darauf hin, dass im Text enthaltene externe Links vom Verlag nur bis zum Zeitpunkt der Buchveröffentlichung eingesehen werden konnten. Auf spätere Veränderungen hat der Verlag keinerlei Einfluss. Eine Haftung des Verlags ist daher ausgeschlossen.

Dieses Buch ist auch als E-Book erhältlich.

Dieses Buch ist für Julie, die alles ausgelöst hat.
J. O.

MIX
Papier aus verantwortungsvollen Quellen
FSC® C083411
www.fsc.org

Verlagsgruppe Random House FSC® N001967

1. Auflage 2016
Erstmals als cbj Taschenbuch Mai 2016

Die Originalausgabe erschien 2013
unter dem Titel »The Golden Cage«
bei Penguin Books Ltd, London
Übersetzung: Gabriele Haefs
Lektorat: Andreas Rode
Umschlaggestaltung: init | Kommunikationsdesign,
Bad Oeynhausen
unter Verwendung einer Illustration von © Sam Headley
MP · Herstellung: wei
Satz: Uhl + Massopust, Aalen
Druck und Bindung: CPI books GmbH, Leck
ISBN 978-3-570- 40308-2
Printed in Germany

www.cbj-verlag.de

1

Kuckuckskind im Diebesnest,
Bastard aus dem Stamm der Magi,
Stiehlt die Seelen, nimmt die Leben,
Kündet uns den Tod der Welten.

Die Weissagungen von Goronwy der Wahnsinnigen

Stille umhüllte die Welt wie ein unsichtbarer Nebel. Nicht einmal die Bäume waren zu hören, obwohl sie sich in der steifen Brise krümmten und beugten. Das Gras unter seinen Füßen war nass vom Tau, aber seine Fußsohlen spürten nichts von der Beschaffenheit der Halme. Ein Zittern durchlief ihn, doch es war nicht die Kälte des Windes in seinem Gesicht, sondern eher eine kriechende Kälte, vor der er instinktiv zu fliehen versuchte.

Errol wusste nicht, wie er hierher geraten war. Er kauerte sich zwischen zwei große Baumwurzeln, zog seinen Umhang enger um sich und bibberte. Er war müde, aber aus irgendeinem Grund wollte der Schlaf nicht zu ihm kommen. Wartete er auf jemanden? Er wusste das nicht so genau, aber er hatte das Gefühl, schon einmal hier gewesen zu sein. Seine Knöchel schmerzten, wenn er ans Weitergehen dachte. Er hatte keinerlei Verlangen danach, etwas anderes zu tun, als sich in seinem vereisten Schlupfwinkel einzuigeln und zu schlafen.

Wenn er doch nur schlafen könnte.

Sie kam als Duft zu ihm. Er konnte noch immer nichts hören, nicht einmal seinen eigenen Herzschlag, aber der Geruch zog ihn zurück in eine glückliche Zeit und weckte Erinnerungen an Sonne und Wärme, an Hände, die einander hielten, an einen lange dauernden Kuss. Alles war mit einem tiefen, tröstlichen Grün eingefärbt, und einen Moment lang konnte er sogar Kälte und Schmerzen vergessen.

Aus seinem dunklen Versteck heraus beobachtete Errol den Pfad, der sich zwischen den wenigen uralten Bäume hindurchwand. Er sah sie zuerst aus einiger Entfernung, sie bewegte sich vorsichtig weiter und hielt sich in den Schatten.

Jetzt kam sie näher, und er war sicher. Es war Martha, wie er sie zuletzt gesehen hatte: ernste Augen, die sich auf die vor ihnen liegende Aufgabe konzentrierten, im Nacken zusammengebundene dunkle, schulterlange Haare, und sie trug noch immer ihren knöchellangen waldgrünen Reiseumhang. Sie suchte sich ihren Weg am Rand des Pfades und hielt sich so weit wie möglich unter den vom Wind gezausten Bäumen. Ab und zu schaute sie zum Himmel empor und musterte die grauen Wolken, als ob dort etwas Entsetzliches auf der Lauer läge.

Errol versuchte, sie zu rufen. Martha. Aber seine Stimme blieb stumm, hallte in seinem Kopf wider. Aus irgendeinem Grund war er nicht überrascht. Es beunruhigte ihn auch nicht, dass er sich nicht bewegen konnte. Er wusste, was als Nächstes passieren würde.

Nach ungefähr zweihundert Schritten musste Martha eine offene Fläche überqueren, eine natürliche Lichtung im Wald, wo ein Felsrücken aus dem Boden aufragte. Sie blieb am Rand stehen und schaute ein weiteres Mal zum Himmel empor, bevor sie mutig ins Licht trat. Sie rannte nicht, denn das hätte zu viel Aufmerksamkeit erregen können. Stattdessen schien sie sich in sich zurückzuziehen, bis sie fast verschwunden war. Fast, aber nicht ganz. Errol konnte sie noch immer sehen, sah sie kleiner werden, als sie sich mit sicheren Schritten über die Lichtung bewegte. Und andere konnten sie ebenfalls sehen.

In der Stille lauerten unvorstellbare Wesen. Sie tauchten aus dem Nirgendwo auf, vier riesige Kreaturen mit Flügeln, die von der Schulter bis zur Spitze ein Dutzend Schritte maßen. Beim Landen hätten diese Wesen den Boden erschüttern müssen, aber sie senkten sich ohne ein Dröhnen auf ihre riesigen Krallenfüße, umringten sie. Fingen sie ein.

Errol konnte nur zusehen, gelähmt von etwas, das jenseits der Furcht lag. Aber Martha hatte keine Angst. Sie stand zwischen den Drachen wie zwischen friedlichem Vieh auf einer sommerlichen Weide. Sie sah einen nach dem anderen an, ihr Mund formte Wörter, die keinen Klang hatten. Sie streckte eine Hand aus, woraufhin eine winzige Lichtkugel auflodernd über ihrer Handfläche schwebte. Ein Drache wich daraufhin instinktiv einen Schritt zurück und ließ sich, gleichsam erstaunt, auf seinen Schwanz sinken.

Martha fasste das offenbar als Erlaubnis zum Weitergehen auf, denn sie trat kühn aus dem Drachenkreis hinaus, um ihren Weg auf die andere Seite der Lichtung fortzusetzen. Errol sah voller Erstaunen und Hoffnung zu, wie sie einen Schritt machte, dann noch einen, während die vier Drachen einander nur anstarrten. Vielleicht würde sie es dieses Mal schaffen.

Dieses Mal?

Dann überstürzten sich die Ereignisse. Der Drache, der zurückgewichen war, fuhr herum, packte Martha mit einer gewaltigen Kralle um die Taille. Errol versuchte, sich aus seinem Versteck zu zwängen, obwohl er wusste, dass er nichts tun könnte. Die Drachen hoben ab. Derjenige, der Martha an seine schuppige Brust presste, gab sich alle Mühe, nicht die Baumwipfel zu streifen. Mit einer letzten vergeblichen Anstrengung riss Errol sich los, stolperte über eine Wurzel und schlug der Länge nach hin.

Er knallte viel früher als erwartet auf den Boden auf, und beim Aufprall strömten die Geräusche über ihn hinweg: das Echo von

Wasser, das über Felsen floss, das Zwitschern der ersten Morgenvögel. Seine Nase füllte sich mit einem staubigen, würzigen Geruch und ließ ihn niesen, dann kam er mühsam auf die Füße. Schmerz jagte durch seine Knöchel, und er fiel zurück auf sein flaches Bett aus Gras und Heidekraut, aus dem er im Traum herausgerollt war.

Martha.

Errol rieb sich den Schmutz aus den Augen und zitterte in der Kälte. Der zerfetzte Umhang, der seine einzige Decke darstellte, lag zusammengeknüllt am Fußende, als ob Errol im Schlaf mit Dämonen gekämpft hätte. Instinktiv streckte er die Hand nach den Grymlinien aus und zog genug Wärme daraus, um die Kälte aus seinen Knochen zu vertreiben. Als die Linien seine Brust erwärmten, spürte er, wie sich die Wunde dort, wo Beulah ihm das Messer ins Herz gestoßen hatte, für einen Moment zusammenzog. Die Wunde, die Martha geheilt hatte. Dann konzentrierte er sich auf seine Knöchel und versuchte, die Schmerzen hinauszuspülen, ihnen zu befehlen, schneller zu heilen.

»Die werden schon noch besser. Lass ihnen Zeit.« Errol brauchte nicht aufzuschauen, um zu wissen, dass der alte Drache Corwen zu ihm in die Höhle gekommen war. Er bückte sich und massierte erst den einen Knöchel, dann den anderen, und merkte dabei, wie die Kraft der Grymlinien durch seine Finger strömte. Als er dann endlich glaubte, mit den Schmerzen fertigwerden zu können, richtete er sich langsam auf, ging zum Feuer und legte ein paar Zweige auf die fast zu Asche verbrannten Kohlen.

»Du bist früh auf, Errol. Wieder böse Träume?«

»Keine Träume, nur ein einziger Traum.« Errol schleppte sich zur Höhlenöffnung. Alles war still, die Dämmerung brachte nur trübes Licht mit sich. »Und immer derselbe.«

»Dann versucht sie wohl, dir etwas Wichtiges zu sagen.« Corwen stand neben ihm, anwesend und doch nicht anwesend.

»Du musst dich konzentrieren, dir größere Mühe geben, mit ihr zu kommunizieren. Vielleicht solltest du …«

»Benfro fragen? Der kann mich nicht leiden. Warum sollte er auch? Leute wie ich haben seine ganze Familie ermordet.« Errol schaute über den Pfad auf den kleinen Steinpferch mit dem improvisierten Dach aus Zweigen, Heidekraut und Heu. Es sah so elend aus, dass er fast die Verzweiflung des darunter schlafenden Drachen spüren konnte.

»Außerdem hat er mit seinen eigenen Träumen genug zu tun.«

»Eure Majestät, es geht Euch nicht gut. Ihr solltet im Bett bleiben.«

Königin Beulah schaute mit einer Mischung aus Verachtung und müder Resignation zu ihrer Zofe hoch. Noch eine schlaflose Nacht, und jetzt hatte sie das Gefühl, dass ihr Kopf zu bersten drohte, nachdem eben erst ihr Magen das Gleiche getan hatte. Immerhin hatte dieses Mädchen ein bisschen Mumm, anders als die übrigen jammernden Zofen, die in der Tür standen, immer bereit, vor Beulahs Zorn zu fliehen. Nutzlose Personen, wozu brauchte sie die überhaupt? Sie hatte schon mit zwei Jahren gelernt, sich selbst anzuziehen.

»Ich bin nicht mein Vater. Ich werde das Zwillingskönigreich nicht vom Bett aus regieren.« Beulah stemmte sich aus ihren Kissen hoch und zuckte zusammen, als der Schmerz sie mitten zwischen den Augen traf.

»Darf ich denn wenigstens einen Arzt holen lassen?«

Beulah staunte über diese Frage, sie klang, als sei die Frau ehrlich besorgt.

»Na gut«, sagte sie, unsicher, was es helfen sollte, von den Palastquacksalbern betastet und begrapscht zu werden. »Aber hol mir einen von den Widdermönchen. Ich will nicht, dass einer von Padraigs nutzlosen Bürokraten mich behandelt wie ein Lehrbuch.«

Die Zofe machte einen Knicks und verließ das Zimmer, zusammen mit den anderen. Beulah ließ den Kopf wieder auf die Kissen sinken und wischte sich kalten Schweiß von der Stirn. Diese seltsame Krankheit quälte sie jetzt seit Tagen, vielleicht sogar seit Wochen. Sie kam und ging, manchmal fühlte Beulah sich gesund wie eh und je, am nächsten Tag aber konnte sie kaum aus dem Bett kommen. Es fiel ihr schwer, das Essen bei sich zu behalten, und wenn sie etwas im Magen behielt, hatte sie das Gefühl, innerlich aufzuquellen. Sie hätte ein Giftattentat vermutet, aber Clun, der selbstlose Clun, bestand darauf, alle ihre Mahlzeiten vorzukosten, und er war bei bester Gesundheit.

Die Wut schenkte ihr ein wenig Kraft. Beulah nutzte das, um sich mühsam aufzurichten und ihre Beine aus dem Bett zu schwingen. Ihre Hüften und ihr Rücken schmerzten, als sie zum Badezimmer ging. Heißer, duftender Dampf wirbelte durch die Luft und stieg aus dem Bad auf, das ihre Zofe ihr schon vorbereitet hatte. Es war einladend, aber zugleich stülpte sich ihr der Magen um, und mit einem furchtbaren Gefühl von Hilflosigkeit drehte Beulah sich, so schnell sie konnte, zum Ausguss um. Sie hatte am Vorabend nicht viel gegessen, aber das wenige kam jetzt in heftigen Stößen herauf.

Sie beugte sich über das Becken, atmete tief durch und kämpfte gegen die Wellen der Übelkeit, die sie durchströmten. Wie lange war das eigentlich schon so? Hatte sie sich bereits vor dem Fiasko im Thronsaal so gefühlt, als diese seltsame junge Frau ein Dutzend durchtrainierte und erfahrene Kampfpriester ausgetrickst hatte? Als diese Fremde und der junge Errol vor Beulahs Augen auf geheimnisvolle Weise verschwunden waren? Sie hatte das Gefühl, dass die Symptome kurz danach eingesetzt hatten. Vielleicht litt sie unter irgendeinem finsteren magischen Angriff. Aber dennoch war Beulah sicher, dass sie das wissen würde. Sie kannte sich doch mit Magie aus. Und sie hatte die Macht des Obsidianthrones auf ihrer Seite. Vielleicht hätte Melyn ergründen können, wo das Problem lag, aber wie immer, wenn sie ihn brauchte, war er nicht da. Und sie bezweifelte, dass sie die Energie aufbringen konnte, ihn durch die Ätherische Sphäre zu erreichen.

Der rohe brennende Schmerz in ihrer Kehle schien ein wenig gegen die Übelkeit zu helfen, und Beulah glaubte, jetzt baden zu können. Warmes Wasser linderte ihre Schmerzen, und die parfümierte Seife wusch den Schweiß der Nacht weg, sodass sie sich schon fast wie ein Mensch fühlte, als sie danach in ein langes Seidengewand gehüllt in ihr Ankleidezimmer ging. Im Spiegel sah ihr Gesicht verhärmt, eingefallen und mitgenommen aus. Ihre Sommersprossen zeichneten sich vor der leichenblassen Haut ab wie eine entstellende Seuche. Ihre vom Bad noch feuchten Haare waren struppig und verfilzt, die Kopfhaut war ungesund deutlich zu sehen. Sie sah entsetzlich aus und war froh über die Unterbrechung, als neben ihr das Spiegelbild der Zofe auftauchte.

»Ich habe einen Arzt rufen lassen, Herrin. Einen Widdermönch, wie gewünscht. Er wartet im Empfangsraum.«

»Na, aber da ist er mir doch keine Hilfe, oder? Schick ihn her.«

Die Zofe versank in einem Knicks und lief aus dem Raum. Gleich darauf wurde leise an die Tür geklopft.

»Herein«, sagte Beulah, drehte sich aber nicht um. Zu ihrer Überraschung war die Gestalt, die jetzt in der Türöffnung auftauchte, kein müder Wandermönch, sondern Archimandrit Cassters, der Vorsteher des Widderordens, persönlich. In ihrer Erinnerung war er ein molliger Mann, weißhaarig und ein wenig exzentrisch, aber inzwischen hatte ihn das Alter eingeholt.

»Eure Majestät. Ich höre, Ihr fühlt Euch nicht wohl. Bitte, was kann ich für Euch tun?« Der Archimandrit machte Anstalten, sich gemäß der Hofetikette auf ein Knie niederzulassen, aber Beulah hielt ihn zurück. Wenn er sich auf ein Knie niederließe, würde er sich vielleicht nie wieder aufrichten können.

»Bitte, Ehrwürden, setzt Euch. Wenn ich gewusst hätte, dass diese törichte Zofe Euch holen würde, hätte ich sie nicht losgeschickt. Ich hatte ihr aufgetragen, mir einen Heilermönch zu bringen.« Sie führte den alten Mann zu einem der tiefen Sessel vor dem großen Fenster, das auf einen leeren Hof hinunterblickte, und nahm in dem anderen Platz.

»Aber warum sucht Ihr überhaupt unsere Hilfe? Finden Padraigs Palastärzte nicht Euren Beifall?«

»Sie haben mit meinem Blut ihre Egel gemästet und mein Rücken ist wund von ihren Saugnäpfen. Ich glaube nicht, dass sie überhaupt eine Ahnung von Heilkunst haben.«

Cassters lächelte, und um seine kleinen klaren Augen sprangen Fältchen auf. »Dann sagt mir, meine Königin: Wie lange leidet Ihr schon an diesem Unwohlsein?«

»Vielleicht seit drei Wochen«, antwortete Beulah. »Es kommt und geht. Morgens ist es immer am schlimmsten. Ich wünschte, ich könnte nachts wieder richtig schlafen. Die ganze Zeit fühle ich mich wie ausgelaugt.«

»Wenn ich darf, Herrin?« Cassters nahm ihr Handgelenk, um ihr den Puls zu fühlen. Dann legte er ihr die Hand auf die Stirn und schaute ihr in die Augen. Die Berührung fühlte sich auf ihrer Haut warm und trocken an. Es war seltsam, jemandem so nahe zu sein, es war so intim. Nur Clun wagte, ihr Gesicht auf diese Weise zu berühren, und sie hatte seit Wochen nicht mehr die Kraft besessen, seine Kammer aufzusuchen. Lieber Clun, so ganz anders als sein Stiefbruder Errol, dieser Verräter. Aber Errol war ja gar nicht wirklich Cluns Stiefbruder, oder vielleicht doch?

»Wusstet Ihr von Leyns Kind?«, fragte Beulah.

»Herrin?«

»Als sie gestorben ist, wann war das, vor sechzehn Jahren? Da war sie schwanger. Ich nehme an, das habt Ihr gewusst.«

Cassters sah ihr in die Augen. »Ich habe es erst nach ihrem Tod erfahren«, sagte er. »Father Gideon war ihr Arzt. Er hat mir nachher erzählt, was geschehen ist. Offenbar war dieser Lanwennog-Prinz, Balch, der Vater.«

Beulah nahm all ihre Kraft zusammen. Das war schwer, da die Kopfschmerzen zwischen ihren Schläfen hämmerten und ihr Magen Säure aufbrodeln ließ, aber sie konnte die Ränder von Cassters Gedanken erkennen und fand darin keine Ausflüchte.

»Und das Kind ist mit seiner Mutter gestorben.«

»Das ist mir gesagt worden. Manche empfinden es als Tragödie, andere als Segen. Sie denken, ein Halbblut als Thronerbe hätte unweigerlich zu Bürgerkrieg oder Schlimmerem geführt.«

»Ihr glaubt also an die Weissagungen?«

»An die Weissagung von Goronwy der Wahnsinnigen? Eigentlich nicht. Die Menschen im Zwillingskönigreich hätten sich jedenfalls nicht über einen Sohn von Billah auf dem Obsidianthron gefreut. Ach, einigen wäre es natürlich willkommen gewesen. Aber Aberfenn hat den Lanwennog immer nahegestanden. Andere hätten zu den Waffen gegriffen: in Castell Glas und im Westen, ganz zu schweigen von Inquisitor Melyn und seinen Kampfpriestern. Nein, die Heiler vom Widderorden hätten dann sehr viel zu tun gehabt. Das ist alles sehr kompliziert.«

Beulah spürte, wie die Empfindungen durch das Gemüt des Ordensvorstehers wirbelten. Er bedauerte es, dass die beiden Nationen keinen Frieden halten konnten, akzeptierte es aber auch. Er hatte mit der Verschwörung nichts zu tun, entschied Beulah.

»Aber was ist nun los mit mir? Habt Ihr irgendeine Vorstellung, was diese höllische Krankheit und diese bohrenden Kopfschmerzen auslösen kann?«

»Das, meine Liebe, ist ein viel geringeres Geheimnis.« Cassters streichelte ihren Arm, als das warme Lächeln in sein Gesicht zurückkehrte. »Es überrascht mich wirklich, dass Padraigs Quacksalber das nicht erkannt haben, aber sie denken ja nie an solche

Dinge, bei den Gelübden, die sie unbedingt ablegen wollen. Eure Krankheit wird sich bald von selbst heilen, aber ich kann Euch sofort etwas geben, das die Symptome lindert. Ich werde das Mittel von einem Apotheker mischen lassen, aber unter den gegebenen Umständen sollte ich es Euch wohl eigenhändig verabreichen.«

»Warum? Was ist es denn? Was fehlt mir also?« Beulah registrierte, wie vertraulich der Archimandrit plötzlich war, und ihr kam eine Ahnung, die wunderschön und beängstigend zugleich war.

»Euch fehlt gar nichts, meine Königin«, sagte Cassters. »Ihr leidet ganz einfach an einer extremen Form morgendlicher Übelkeit. Bei Eurer Mutter war das ganz genauso.«

»Ich bin schwanger?«

»Ja, Majestät. Ihr seid schwanger. Darf ich Euch als Erster meinen Glückwunsch aussprechen?«

Das Licht hier war immer anders, als wäre es älter, langsamer, dichter. Es leuchtete mit einem goldenen Schein, Staubkörner schwebten in der Luft wie Spinnen an unsichtbaren Fäden. Wenn er sich große Mühe gäbe, könnte er die Zeit anhalten, das stellte er sich vor, könnte sich in einem unvorstellbar langen Moment einkapseln, statt diese endlose furchtbare Aufgabe auszuführen, auf der seine verräterischen Hände bestanden.

Der Haufen von Edelsteinen war zwar noch immer groß, aber doch viel kleiner, als er gewesen war, nachdem er und Malkin ihn aufgetürmt hatten. Benfro arbeitete sich um einen Edelstein nach dem anderen vor und kostete dabei ganz kurz die aufleuchtenden Erinnerungen der Drachen aus, die vor so langer Zeit gelebt hatten.

Zuerst hatten sie sich gegen ihn gewehrt, gespenstische Gestalten, die über seinem Kopf umhergewirbelt waren, die ihn angebrüllt hatten, um ihn zu wecken. Aber Magog hatte etwas mit ihnen gemacht, und deshalb hörte er jetzt nur noch das leise Klirren von gegeneinanderstoßenden Kristallen und die stummen Schreie gequälter Seelen.

Er war so müde, als ob er tausend Nächte nicht mehr geschlafen hätte. Die Erschöpfung riss an seinen Armen, ließ seine Flügel nach unten hängen, machte jeden Atemzug zur Anstrengung, und doch konnte er nichts anderes tun, als vor dem Haufen zu sitzen und die Edelsteine zu kleineren Haufen zu sortieren. Er wusste immer, wann die vollständigen Erinnerungen eines Drachen zusammengefügt worden waren. Es war wie das Gefühl einer Stimme, die plötzlich verstummt, eine geschluchzte Klage, die von einer ins Schloss fallenden Kerkertür zum Verstummen gebracht wird. Und wenn ein kleiner Haufen fertig war, stand er auf, nahm die funkelnden Edelsteine in seine zitternden Hände und trug sie zum nächsten steinernen Alkoven, um sie dort zu endloser wahnsinniger Einsamkeit einzusperren.

Benfro wusste, dass das hier ein Traum war. Er wusste das die ganze Zeit, während er in dem zugigen Pferch schlief und auf seinem feuchten Bett aus Zweigen und Gras zitterte. Und doch war er hier in Magogs Schatzraum, tief unterhalb der Ruinen von Burg Cenobus, ununterbrochen von der düsteren Anwesenheit des großen Magis selbst bewacht. Corwen hatte ihm einiges über die Kunst des Traumwandelns zu erklären versucht, aber Benfro war im Moment nicht sonderlich empfänglich für die Lehren des alten Drachen. Abgesehen von dieser ewigen entkräftigenden Müdigkeit warf er Corwen auch vor, dass der den jungen Errol auf die Lichtung gebracht hatte, die Benfro inzwischen als sein Zuhause betrachtete. Oder war er einfach wütend, weil Errol ihm das Leben gerettet hatte? Er schuldete den Menschen nichts anderes als Hass!

Die Edelsteine fielen aus seinen leblosen Händen und in ihr Gefängnis im Alkoven. Benfro meinte, ein verzweifeltes Aufheulen zu hören, als die Überreste eines längst verstorbenen Drachen Magogs entsetzlichen Machenschaften preisgegeben wurden. Dann ging ihm zu seinem Erstaunen auf, dass das Geräusch aus seinem eigenen Mund kam. Er beugte sich vor, lehnte für eine Minute den Kopf an die kalten Steine und schluchzte aus purer Frustration. Er hatte jetzt Angst vor dem Schlaf, denn jede Nacht bescherte ihm dieselbe Reise an diesen entsetzlichen Ort; jede Nacht wurde er zu dieser grauenhaften Arbeit gezwungen, und jede Nacht spürte er, dass Magog stärker wurde. Kein Wunder, dass er seine wachen Stunden in einer Art Dämmerzustand verbrachte. Im Schlaf war keine Erholung zu finden. Aber er konnte ihm auch nicht so leicht entkommen.

Zorn und Frustration durchfuhren ihn, als er in dem kalten Schatzraum stand. Benfro hämmerte mit den Händen gegen den groben Stein und spürte, wie bei den Schlägen das Leben in ihn zurückströmte. Fast ebenso schnell verfestigte sich die über ihm hängende unsichtbare Gestalt seines Peinigers zu einer kompakten Form. Benfro spürte, wie sein Feind nach seinen Gedanken griff.

»Komm schon, junger Lehrling, deine Arbeit ist noch nicht vollendet.« Magogs Stimme übte einen unwiderstehlichen Zwang aus und führte Benfros Muskeln zurück zu dem funkelnden Haufen aus Edelsteinen. Benfro wehrte sich mit aller Kraft dagegen, wie in jeder Nacht, seit er auf dem Berggipfel angekommen war, und suchte die schwache Stelle in Magogs Einfluss. Er wusste, was er brauchte, den dumpfen bohrenden Schmerz zwischen seinen Schulterblättern, an der Wurzel seines verzerrten Flügels.

»Ich will nicht mehr! Lass mich in Ruhe!« Benfro drehte sich um, als er das schrie, und fühlte dabei nach den unebenen Zweigen, auf denen Hunderte von Meilen entfernt seine schlafende Gestalt lag. Aufkeuchend fand er die Stelle seines Körpers, die besonders empfindlich war. Ein furchtbarer Schmerz schoss durch seinen Rücken, als ob eine riesige wilde Bestie auf ihn gesprungen wäre und ihm mit den Zähnen das Fleisch von den Knochen fetzte. Er stieß einen schrillen, ohrenbetäubenden Schrei aus. Vor seinen Augen wurde alles dunkel, und dann lag er wieder auf seinem Bett aus Heu und Heidekraut, schnappte nach Luft und zitterte vor Schock.

Die bleiche Frühlingssonne hing über den Baumwipfeln auf der Ostseite der Lichtung, als Benfro müde aus dem Pferch auftauchte und zum Fluss hinunter trottete. Das Wasser war noch immer eiskalt, Schmelzwasser aus den Bergen im Norden. Ihm war das egal, als er auf den Wasserfall zuwatete und seinen verwirrten Kopf darunterhielt. Sein Flügel schmerzte wie ein weher Zahn, wie etwas, an dem man immer wieder rüttelte und drückte. Der Flügel hätte inzwischen geheilt sein müssen, aber jede Nacht verzerrte Benfro ihn aufs Neue, um sich vor Magogs Beeinflussung zu retten.

»Es kann dir helfen, weißt du.«

Benfro blickte sich um und sah Corwen neben sich stehen. Das Bildnis des alten Drachen war fast vollkommen, nur teilte sich das Wasser dort, wo sie im Fluss verschwanden, nicht um seine Beine und seinen Schwanz.

»Wie soll er mir helfen können? Er kann ja nicht mal gehen.«

»Errols Knöchel sind schon ziemlich gut verheilt. Und er hört immerhin denen zu, die ihm Hilfe anbieten. Na ja, meistens jedenfalls.«

»Und was könnte er für mich tun?«

»Er kann über dich wachen, wenn du schläfst.«

Benfro schnaubte und Wasser spritzte aus seiner Nase. »Warum sollte er das tun wollen?«

»Weil er es kann. Und weil er helfen will.«

»Und warum sollte ich ihm vertrauen, selbst wenn ich glaubte, dass er etwas für mich tun kann?«

»Benfro, du bist jetzt seit drei Wochen wieder hier. Du hast in dieser ganzen Zeit kein einziges Mal richtig geschlafen. Jede Nacht musst du in Magogs Schatzraum seine Macht wiederherstellen, und jede Nacht verlierst du ein wenig mehr von dir an ihn. Alle können sehen, dass du dich jeden Tag ein bisschen änderst. Das Drachkitz, das Morgum aufgezogen hat, würde sich niemals geweigert haben, ein Unrecht wiedergutzumachen, selbst wenn es einem Menschen angetan worden ist. Aber du hast Errol sich selbst heilen lassen. So jedoch verhält sich Magog, nicht Benfro.«

»Ich kann ihn besiegen. Ich werde ihn besiegen. Und zwar allein.« Benfro trat aus dem Fluss und schüttelte sich trocken. Seine Flügelwurzel knackte schmerzhaft bei dieser Bewegung, aber Benfro achtete nicht darauf, sondern richtete seine Aufmerksamkeit auf seine Aura und die substanzlose dünne rote Schnur, die seine Stirn leerte wie ein gespenstischer Saugarm. Der Knoten, den er hineingeknüpft hatte, war verschwunden, als er geschlafen hatte, und er verbrachte ermüdende Minuten mit dem Versuch, ihn wiederherzustellen. Der Erfolg brachte eine gewisse Linderung seiner Schmerzen, als ob eine schwere Last von seinen Schultern gehoben würde. Es überraschte ihn, dass er sich auf dem Flussufer wiederfand, er konnte sich nicht erinnern, sich dort niedergelassen zu haben. Sein Magen knurrte vor Hunger, aber er achtete in diesem Moment nicht darauf, sondern genoss das Gefühl der Sonne in seinem Gesicht. Nach einer Weile kam Corwen dazu und setzte sich neben ihn.

»Es tut mir leid«, sagte Benfro. »Manchmal ist es schwer, gegen ihn zu kämpfen.«

»Das weiß ich. Aber du kannst es schaffen. Und du kannst gewinnen. Aber nicht allein, Benfro. Wenn du nicht die Hilfe annimmst, die dir angeboten wird, und zwar bald, dann wird nichts mehr von dir übrig sein, was gerettet werden könnte.«

2

Obwohl sie in dem Ruf stehen, abgelegene Siedlungen zu verwüsten und zum Zeitvertreib Menschen zu töten, gibt es keinerlei zuverlässigen Beweis dafür, dass Drachen jemals irgendwem bewusst Schaden zugefügt hätten. Mander Keeces Märchen schildern wütende Schlachten der Drachen untereinander und erzählen von unglücklichen Bauern, die aus Versehen zwischen die Fronten gerieten. Erst in späteren literarischen Werken wird von Drachen erzählt, die sich bemühen, den Menschen zu schaden.

In Wahrheit sind Drachen friedliche, sanfte Wesen, und nur ihr wildes Aussehen kann den Geschichten, die um sie herum ersonnen werden, Glaubwürdigkeit schenken.

Father Charmoise: Drachengeschichten

»Das ist wirklich ein Elendsnest. Ein Wunder, dass überhaupt jemand hier leben mag.«

Inquisitor Melyn schaute zu Hauptmann Osgal hinüber, als sie auf die wenigen heruntergekommenen Hütten zuritten. Der Offizier trug eine abfällige Miene zur Schau.

Melyn war erst jetzt bewusst geworden, wie verfallen und primitiv der Ort wirklich war. Die Dorfhalle hatte eine robuste Schlichtheit und die klobige Kirche erfüllte ihren Zweck, aber die anderen Gebäude waren wenig mehr als Lehmhütten mit Schilfdächern. Nur zwei Häuser hatten mehr als ein Stockwerk, vermutlich die des Dorfschulzen und die von Cluns Vater, der Kaufmann war. Die übrigen Gebäude drängten sich um den Dorfanger und an der Hauptstraße nach Candlehall und waren einfach elende Behausungen. Im grauen Nieselregen ließ sich kein Mensch sehen, als der kleine Trupp der Kampfpriester ins Dorf einritt.

»Stammst du nicht aus dieser Gegend, Osgal?«

Die verächtliche Miene verfestigte sich. »Und ich war heilfroh, von hier wegzukommen. Der Landbau ist hier verdammt hart, und man ist abseits der wichtigen Handelsstraßen. Als der Hof noch in Ystimtien war, gab es wenigstens im Wald Arbeit, aber die meisten Leute hier müssen sich bitter abmühen, um überleben zu können.«

Der Trupp ritt weiter durch das stumme Dorf, bis er vor dem Haus des Dorfschulzen angekommen war. Einer der Kampfpriester stieg ab und hämmerte an die solide Eichentür. Das Dröhnen hallte über dem feuchten Anger wider und verschwand dann im Nebel. Sie warteten einige Minuten, und der Inquisitor wollte schon befehlen, die Tür einzutreten, als sie endlich das Dröhnen hörten, mit dem ein schwerer Bolzen zurückgezogen wurde, gefolgt von einem gequälten Kreischen, als die Tür einen Spaltbreit geöffnet wurde.

»Dorfschulze?«, fragte Melyn. Das bleiche Gesicht, das durch den Türspalt lugte, verzog sich zu einer überraschten Miene. Dorfschulze Cluster öffnete die Tür nun ganz und schaute sich besorgt um, ehe er aus dem Haus trat.

»Inquisitor, dem Hirten sei Dank«, sagte er.

»Was ist los, Mann? Wo sind alle hier?«

»Sie verstecken sich, Euer Gnaden. Sie fürchten um ihr Leben.«

»Wovon redet Ihr eigentlich?«

»Bitte, draußen ist es gefährlich.« Der Dorfschulze rang verzweifelt die Hände. »Kommt herein.«

Melyn wollte schon widersprechen, aber er würde den Mann wohl kaum zum Reden bringen können, wenn der solche panische Angst vor dem Himmel hatte. Also drehte er sich zum Hauptmann um.

»Warte hier, es dauert nicht lange.« Er stieg ab, warf dem anderen die Zügel zu und folgte dem nervösen kleinen Mann dann ins Haus.

Als die Tür verschlossen und sorgfältig verriegelt war, schien Dorfschulze Cluster ein wenig von seiner Fassung wiederzufinden. Er fiel auf die Knie, packte die Hand des Inquisitors und küsste sie.

»Bitte, verzeiht meine Unhöflichkeit, Euer Gnaden. Aber diese letzten Wochen waren hart für uns alle.«

»Hart? Worüber redet Ihr denn nun, Mann? Was ist hier passiert?«

»Niemand hat diese Wesen gesehen und noch davon berichten können. Sie kommen meistens bei Nacht, aber an Tagen wie heute, wenn der Nebel aus dem Wald strömt, kann man hören, wie sie am Dorfrand herumtrampeln.«

Melyn überflog den Rand der Gedanken des Dorfschulzen und versuchte, dessen Reden einen Sinn zu entnehmen, aber er konnte nur die Angst des Mannes spüren, die diesen ganz und gar erfüllte, aber nicht mit dem Verstand zu begründen war. Es gab keinen Grund, sich zu fürchten.

»Fangt mit dem Anfang an.« Melyn gab dem Dorfschulzen ein Zeichen, wieder aufzustehen. »Wann sind diese … Dinge erstmals aufgetaucht?«

»Schwer zu sagen, Euer Gnaden. Vieh verschwindet immer wieder, aber vor einigen Wochen begannen einige der Bauern, die etwas abgelegener wohnen, sich zu beklagen. Nicht nur ein oder zwei Tiere hatten sich verirrt, diese Bauern verloren über Nacht ganze Herden. Alle jüngeren Männer sind sofort zur Armee gegangen, als Soldaten ausgehoben werden sollten. Und sie waren froh, hier wegzukommen. Ich wäre ja auch mitgegangen, aber, na ja, ich bin eben auch nicht mehr der Jüngste. Und ich stehe dem Dorf gegenüber in der Verantwortung.«

»In der Tat.« Melyn versuchte, die konfusen Gedanken des Dorfschulzen zu beruhigen, ehe der wieder losplapperte. »Aber was greift Euch nun an, was glaubt Ihr? Wer holt Eure Schafe?«

»Drachen, Inquisitor. Das waren Drachen.«

»Drachen?«, fragte Melyn. »Wie kommt Ihr denn auf diese Idee?«

»Tom Tydfil, der Schmied, hat geschworen, dass er oben am Waldrand einen gesehen hat. Ein riesiges Biest, mit Flügeln, so weit wie eine Scheune. Er flog durch die Luft, als ob das sein gutes Recht wäre.«

»Wirklich?« Melyn musste zugeben, dass er diese Geschichte hochinteressant fand, auch wenn sie keinerlei Wahrheit enthalten konnte. Der Drachenschlüpfling Benfro war irgendwo im Norden, und noch so ein Wesen konnte es nicht geben. »Und wo ist Tom Tydfil jetzt? Ich würde gern über diese Beobachtung mit ihm sprechen. Es gibt Gold für Hinweise, die zum Fang eines Drachen führen, wie Ihr wisst.«

»Er ist tot, Euer Gnaden. Sie haben ihn getötet.«

»Ihn getötet? Wie das?«

»Ich weiß nicht. Wir haben ihn auf einer der hochgelegenen Wiesen gefunden. Er lag auf dem Rücken, hatte die Augen aufgerissen und war eiskalt. Und da sind die meisten jüngeren Männer gegangen. Ich habe auch meine Tochter weggeschickt.«

»Wie viele Menschen sind denn noch hier?« Melyn sah sich in der Diele des Dorfschulzen um. Die war eingestaubt und lange nicht mehr aufgeräumt worden.

»Vielleicht zwanzig, alles in allem.«

»Der Mann, der gerade geheiratet hat, als ich zuletzt hier war – Defaid heißt er. Ist der noch da?«

Der Dorfschulze erstarrte, als sei es eine Beleidigung, dass diese Hochzeit in seinem Haus erwähnt worden war.

»Angeblich hat diese Hexe, die er geheiratet hat, uns die Bestien an den Hals geholt. Sie hat ihn verhext, das ist jedenfalls eine Tatsache. Warum hätte er sonst sein Haus hier im Dorf aufgeben und in ihre Hütte im Wald ziehen sollen? Ich habe die beiden nicht mehr gesehen, seit die Drachen aufgetaucht sind, aber bestimmt sind sie noch im Wald und befehlen ihnen, uns alle zu vernichten.«

Melyn blickte Dorfschulze Cluster lange und durchdringend an, und plötzlich begriff er. Der Mann war einfach verrückt. Irgendetwas hatte ihn in den Wahnsinn getrieben. Vermutlich hatte er es nicht verkraftet, ansehen zu müssen, wie das Dorf, das er früher als sein eigenes kleines Königreich regiert hatte, zerfiel, während immer mehr seiner Bewohner es verließen. Die Rekrutierung für Königin Beulahs Armee hatte sicher vielen Dörfern wie diesem die Lebenskraft ausgesaugt. Es gab keine Drachen, die die Viehweiden plünderten. Selbst wenn in dieser Ecke des Zwillingskönigreichs noch Drachen existiert hätten, war es doch noch sehr die Frage, ob sie es wagen würden, sich zu zeigen, nach allem, was Melyn Morgum und der traurigen Ansammlung von Tieren, die sie versteckt hatte, angetan hatte. Wenn er sich richtig erinnerte, war der Schmied ein heftiger Trinker gewesen, ein gewaltiger Bär von Mann. Es war durchaus möglich, dass sein Herz einfach eines Nachts aufgegeben hatte, als er sich auf dem Heimweg befand.

»Na, ich würde gern mit dem guten Defaid und seiner Frau über ihre Söhne sprechen«, sagte Melyn. »Jetzt scheint es ja noch einen Grund für meinen Trupp zu geben, sie in ihrer Hütte aufzusuchen. Aber natürlich brauche ich dabei einen Führer.«

»Einen Führer?« Melyn brauchte die Gedanken des Dorfschulzen gar nicht zu lesen, um die irre Angst zu sehen, die Cluster nun durchzuckte. Die zeigte sich in dessen Augen.

»Keine Sorge, Dorfschulze. Ich würde das doch von Euch nicht erwarten. Gebt mir einen Jungen mit. Dem passiert schon nichts.«

»Wir… wir haben alle Kinder weggeschickt. Father Kewick ist mit ihnen ins Seminar in Beteltown gegangen. Es waren nicht viele, und wir hielten es für das Beste.«

»Na gut.« Melyn verspürte ein kurzes Aufflackern des Zorns, als er das hörte, verdrängte dieses Gefühl aber gleich wieder. »Ich bin sicher, wir finden den Weg selbst. Inzwischen möchte ich, dass Ihr die übrigen Dorfbewohner in die Halle ruft. Ich habe einige wichtige Neuigkeiten für Euch alle.«

Dem Dorfschulzen quollen fast die Augen aus den Kopf bei der Vorstellung, sein Haus verlassen zu müssen, aber Melyn packte ihn am Wams und zog ihn nach draußen. Hauptmann Osgal saß noch immer auf seinem Pferd, hielt das des Inquisitors fest und wartete geduldig. Der Trupp hinter ihm hatte nicht einen Muskel bewegt.

»Plan geändert, Hauptmann«, sagte Melyn. »Wir reiten in den Wald. Offenbar hatten sie hier kürzlich ein bisschen Ärger mit Drachen. Du hilfst so lange Dorfschulze Cluster, die noch vorhandenen Dorfbewohner zusammenzurufen. Nimm den halben Trupp und sorg dafür, dass sie alle in der Dorfhalle versammelt sind, wenn ich zurückkomme.«

Osgal nickte, als Melyn wieder auf sein Pferd stieg. Ohne weiteren Befehl schloss sich die Hälfte der Kampfpriester dem Inquisitor an. Sie ritten auf dem vom Dorfschulzen gewiesenen Pfad aus dem Dorf, aufwärts auf den Waldrand zu.

Sie brauchten für den Weg zur Hütte nicht so lange, wie Melyn erwartet hatte. Der Pfad war ausgetreten, zweifellos ein Beweis für Hennas' Geschick als Heilerin. Melyn gab seinen Kampfpriestern ein Zeichen, auszuschwärmen und das Haus zu umstellen, ehe er sich näherte. Er hätte sich die Mühe sparen können. Das Haus war leer und schien schon vor mehreren Tagen verlassen worden zu sein. Alles wies auf einen überstürzten Aufbruch hin: Auf dem Boden lagen Kleidungsstücke herum, die Speisekammer war in aller Eile nach Proviant durchsucht worden, der Kamin war gefüllt mit verkohltem Holz. Es war kalt und feucht. Melyn bahnte sich einen Weg durch das Chaos und fand hinten im Haus ein wenig mehr Ordnung vor. Ein Zimmer, offenbar das Elternschlafzimmer, wurde von einem ungemachten Bett und einem riesigen Kleiderschrank aus Eichenholz dominiert, die Türen standen offen und erlaubten einen Blick auf allerlei Kleider. Das Zimmer roch feucht, als sei es länger nicht benutzt worden. Das Gleiche galt für das kleinere Schlafzimmer, das der ordentlichste Raum im Haus war.

Errols Zimmer, dachte Melyn, als sein Blick auf das schmale Bett fiel, auf den unter dem Fenster stehenden Schreibtisch und die schwere hölzerne Kommode, die zweifellos die Kleider des Jungen enthielt. Er war auch nicht hier gewesen, das stand fest.

»Inquisitor, das solltet Ihr Euch ansehen.«

Melyn drehte sich zu dem Kampfpriester um, der ihn aus seinen Überlegungen gerissen hatte. Der junge Mann hatte zweifellos einen Namen, aber für den Moment konnte Melyn sich nicht daran erinnern. Er verfluchte seine Vergesslichkeit und folgte dem anderen aus dem Haus und über eine kleine Lichtung zum Waldrand.

»Hier entlang.« Der Kampfpriester schob Zweige beiseite und bildete für Melyn einen schmalen Pfad, ehe er ihn zwischen die nun dichter stehenden Bäume und dann endlich auf eine weitere Lichtung hinausführte.

Hier lagen umgestürzte Bäume, die zerbrochen und zersplittert waren, als hätte ein Riese auf der Lichtung gewütet. Der Boden war aufgewühlt, Pfützen aus öligem Wasser sammelten sich in den Löchern, wo Wurzeln aus der Erde gerissen worden waren. Etwas hatte sich eine nicht weniger als dreißig Schritte breite Schneise von der Hütte aus in den Wald geschlagen.

»Was im Namen des Hirten kann das denn gewesen sein?«,

fragte Melyn, obwohl er das entsetzliche Gefühl hatte, es bereits zu wissen.

»Es wird noch schlimmer, Herr. Da drüben.« Der Kampfpriester bahnte sich einen Weg durch die Verwüstung zur anderen Seite der Lichtung. Melyn folgte und nahm langsam alles in sich auf. Inzwischen hatten sich die Sonnenstrahlen durch den Nebel gekämpft und bemalten alles mit einem unwirklichen goldenen Leuchten. In ihrem Schein funkelte etwas im Schlamm zu Füßen des Inquisitors. Melyn bückte sich danach und hob den Gegenstand auf. Aber ehe er ihn untersuchen konnte, fiel sein Blick auf etwas anderes: Im Krater, den die Wurzeln einer besonders kräftigen Eiche hinterlassen hatten, hatte jemand die Knochen von sicher einem Dutzend Tieren aufgehäuft. Hier und da hingen noch Reste von Wolle, Fleisch und Haut an den Gebeinen. Fliegen summten hektisch um die Knochengrube herum, und wirbelten einen Gestank auf, der Melyn an ein Schlachtfeld erinnerte. Verfaulendes Fleisch, Blut und Eiter, der Gestank von brutal zerfetzten Eingeweiden. Diese Wesen hier waren keines leichten Todes gestorben.

Es waren vor allem Schafe gewesen, dazu einige Rinder und vielleicht zwei Pferde, wenn er nach der Form der eingeschlagenen Schädel gehen durfte. Zwei weitere Knochenhaufen, die ein wenig abseits lagen, lenkten Melyns Aufmerksamkeit von den Überresten der Tiere ab. Sie lagen zusammen wie zwei auf groteske Weise miteinander verschlungene Liebende. Beide waren reduziert auf Fetzen von Fleisch, Knorpel und Knochen. Ihre Glieder waren aus den Gelenken gerissen, die Schädel baumelten lose an den Wirbelsäulen.

Menschenschädel.

»Vielleicht sind Godric und Henna ja doch nicht entflohen. Wie schade. Ich wollte sie doch selbst umbringen.« Melyn wischte sich das Gesicht mit dem Handrücken. Er dachte an den funkelnden Gegenstand, den er aufgehoben hatte, und hielt ihn ins Licht, um sich ihn besser anzusehen. Das Ding war ungefähr so groß wie seine Handfläche, dreieckig und an der einen Seite dicker als an den beiden anderen. Es bog sich ein wenig auf die eine Spitze zu und war an der flachen Seite von Rillen durchzogen, die Melyn auf seltsame Weise an einen Fingernagel erinnerten.

»Was ist das, Herr?« Melyn sah den Kampfpriester an. Er hieß Mogwin, jetzt wusste er es wieder.

»Offenbar ist der Dorfschulze doch nicht so verrückt, wie ich dachte«, sagte er. »Das ist eine Drachenschuppe. Vielleicht die größte, die ich je gesehen habe.«

Benfro kratzte mit einer ausgefahrenen Kralle an dem Holzscheit herum und bedeckte seine Füße mit blassgelben Spänen. Er schnitzte nichts Besonderes und wollte auch kein Feuer anmachen. Es war einfach eine Ablenkung, etwas, das ihn davon abhalten sollte, in den Schlaf und damit in Magogs unwillkommene Umarmung zu sinken. Er lehnte sich an die grobe Steinmauer seines Pferchs, was das Gewicht von seiner verletzten Flügelwurzel nahm, doch er wusste, dass der Schmerz ihn wecken würde, wenn er einnickte.

Eine Bewegung am Höhleneingang erregte seine Aufmerksamkeit. Der junge Mann, Errol, trat heraus ins Licht und zuckte bei jedem Schritt ein wenig zusammen, obwohl er sich auf ein Paar grober, selbst hergestellter Krücken stützte. Benfro sah zu, wie Errol sich mühsam zum Fluss schleppte und zum Trinken niederkniete, um dann langsam durch die Furt aufs andere Ufer zu waten und dann, ohne sich umzuschauen, in den Wald zu schlurfen.

»Er sollte wirklich nicht so weit gehen. Noch nicht.« Benfro schaute sich um und sah neben sich Corwen sitzen. Das plötzliche Auftauchen des alten Drachen stürzte ihn aber nicht mehr in Verwirrung.

»Wo will er hin?«

»Etwas tiefer in den Wald, um Fallen zu legen. Ich glaube, er hat die Wurzeln und Kräuter satt, von denen er sich bisher ernährt hat.«

»Kann er sich nicht einfach etwas holen? Du weißt schon …«

»Wie Ynys Môn das gemacht hat? Und Sir Frynwy und die anderen? Das ist eine Kunst, die man nur mit jahrelanger Übung meistern kann, wie du vermutlich weißt. Was hast du denn geschafft – eine Melone und eine Rübe? Und das unter Anleitung des größten Magis, der je gelebt hat.«

»Magog war nicht dabei. Das habe ich allein gemacht.«

»Magog ist immer da, Benfro. Du wirst erst von ihm befreit sein, wenn du eine Möglichkeit gefunden hast, diesen Edelstein zu extrahieren.«

»Dann könnte ich auch gleich aufgeben und mich ganz von ihm übernehmen lassen. Es gibt keine Drachen mehr, die über diese Fähigkeit verfügen.«

»Vielleicht nicht hierzulande, das nicht. Vielleicht solltest du dich anderswo umschauen.«

Das Holzstück zerbrach zwischen Benfros Händen. Benfro schaute nach unten und sah, dass er es zu fast nichts abgeschabt hatte. Dünne Späne bedeckten seine Füße und waren auch auf den Pfad geweht. Er erhob sich, wischte sich ab und war plötzlich gelangweilt.

»Wo willst du hin?«, fragte Corwen, als Benfro sich auf den Weg zur Furt machte.

»Ich will mir mal diese Fallen ansehen. Ich glaube kaum, dass der Knabe weiß, was er zu tun hat.«

Der Wald war kühl und still. Benfro ging lautlos durch geflecktes Licht, kostete die Luft aus und achtete aufmerksam auf die verräterischen Spuren, die Errol hinterlassen hatte. Es war nicht schwer, dem Jungen zu folgen. Innerhalb weniger Minuten hatte Benfro die erste Falle gefunden. Es war eine improvisierte Schlinge aus langen Fäden, die Errol wohl aus seinem Mantel gezogen und dann zusammengeflochten hatte, um ihnen Stärke zu geben. Sie war zu hoch angebracht, aber immerhin auf einer viel benutzten Tierfährte. Benfro hob sie auf und legte sie so zurecht, dass ein Fang wahrscheinlicher wurde, dann machte er sich auf die Suche nach der nächsten Falle.

Insgesamt gab es zehn, jede aus diesen geflochtenen Fäden hergestellt. Die waren nicht ideal zum Fallenstellen – Benfro hatte unten in seiner Ledertasche bessere Schlingen liegen –, aber die Arbeit zeugte von bemerkenswerter Findigkeit. Errol hatte sonst nichts, das ging Benfro nun auf – noch weniger sogar als er selbst. Nur die Kleider, die er am Leib trug. Und doch machte er das Beste aus seiner Lage. Es war schade, dass der Junge keine wirkliche Begabung zum Jäger hatte. Er würde lernen müssen oder hier im Wald verhungern.

Errol humpelte zwischen den Bäumen hervor. Auf seine Krücken gestützt schleppte er sich durch die seichte Furt. Die Nachmittagssonne wärmte seinen Rücken, aber das war angesichts der Schmerzen in seinen Knöcheln nur ein geringer Trost. Dass er überhaupt laufen konnte, war schon ein Wunder, wie er sich nun in Erinnerung rief.

Nirgendwo war etwas von Benfro zu sehen, abgesehen von den Spanhaufen an der Stelle, wo der Drache den ganzen Tag lang Holzscheite zerspaltet hatte. Errol bückte sich, hob eine Handvoll auf und nahm sie mit in die Höhle. Das trockene Holz ließ sich an der letzten Glut des alten Feuers rasch entzünden, sodass bald wieder Flammen aufflackerten. Es war nur schade, dass er nichts darauf kochen konnte außer zähen Wurzeln und einigen wenigen Kräutern aus dem Wald, wo allerlei heranwuchs, jetzt, da der kalte Winter in den Frühling überging. Er hoffte nur, dass seine Fallen stark genug waren, um das festzuhalten, was immer sich darin verfing. Wenn sich überhaupt etwas verfing.

»Du wirst nicht verhungern, Errol. Mach dir deshalb keine Sorgen.«

Er schaute auf und sah Corwens gewaltige Gestalt auf der anderen Seite des Feuers sitzen. Das Bild Corwens, sagte er sich wieder. Corwen war schon lange tot, aber irgendwo in der Nähe lagen seine Edelsteine an einer Schnittstelle der Grymlinien – genau wie die von Sir Radnor. Doch während Sir Radnor als gewaltiger Drache mit noch breiterer Flügelspreite als Benfro erschienen war, hatte Corwen sich für das Aussehen eines zittrigen Drachengreises entschieden, vom Alter gebeugt und mit zerkratzten und zerbrochenen Schuppen.

»Warum siehst du so aus?«, fragte Errol.

»So habe ich ausgesehen, als ich gestorben bin. Es wäre eitel, anders auftreten zu wollen.«

»Aber du musst doch einmal jünger gewesen sein, stärker.« Errol gab sich Mühe, seine Gedanken in Worte zu fassen, ohne unhöflich zu klingen. »Tut es nicht weh, so alt zu sein?«

»Ich bin tot, Errol. Ich spüre nichts in meinen Knochen, die sind schon vor Jahrhunderten in der Großen Flamme verbrannt worden. Das Bild, das du jetzt siehst, zeigt mich so, wie ich mich selbst sehe.«

Errol massierte sich die Knöchel, als er sich auf das niedrige Bett setzte. Sein Gang hatte ihm größere Schmerzen bereitet, als er zugeben mochte. Er konzentrierte sich auf die Grymlinien, um sich ein wenig Wärme und Heilkraft daraus zu holen, um etwas von seinem Unwohlsein zu verteilen, aber als er zusah, wie die Linien schimmernd zum Vorschein kamen, fiel ihm auch etwas am Bild des alten Drachen auf.

Corwen leuchtete bleich und durchscheinend. Er war von diesem Licht durchtränkt, als wäre es aus der Grym selbst gebildet.

Er saß auf einer Stelle, an der sich zwei dicke Stränge kreuzten, durch die Kraft in ihn hinein zu strömen schien. Aber während die Grymlinien um Corwen herum golden waren wie Sonnenschein im Frühling, waren die Linien gleich unter ihm rosa durchsetzt.

»Du siehst es, oder nicht?«, fragte Corwen. »Der Krebs, der sich im ganzen Land verbreitet hat. Das hier ist nur ein Bruchteil dessen, was Benfro verspürt.«

»Ich verstehe das nicht. Wovon redest du?«

Statt zu antworten, stand Corwen auf und drehte sich zur Höhlenwand um. »Komm mit«, sagte er. Dann war er verschwunden.

Errol starrte die Stelle an, wo der alte Drache eben noch gewesen war. Das Rosa war verblasst, aber eine Linie leuchtete heller als die anderen und bohrte sich durch den Felsen. Für einen Moment war Errol verwirrt. Er konnte nicht durch massiven Stein sehen, und doch fühlte er, wie die Linie einen Bestimmungsort anstrebte. Er konnte fast eine andere Höhle sehen, rund, dunkel, mit einer kleinen Erhöhung in der Mitte. Je mehr er starrte, umso deutlicher wurde dieses Bild, sodass die Felswand zwischen ihm und diesem seltsamen Anblick sich in Luft auflöste und dann in nichts. Er konnte die Erhöhung jetzt klar sehen. In ihrer Mitte lag ein Haufen klarer weißer Edelsteine. Am Rand ruhte ein einzelnes rotes Juwel. Ohne zu überlegen, was er da tat, streckte Errol die Hand danach aus.

»Ich an deiner Stelle würde das lassen.«

Errol hielt mitten in der Bewegung inne und bemerkte zu seinem Erstaunen, dass er stand. Er konnte sich nicht daran erinnern, sein Bett verlassen zu haben, aber die Luft kam ihm anders vor, kühler. Der Geruch des Holzrauches war verschwunden, und es war dunkler, als zu erwarten gewesen wäre. Als er nach einem Ausgang Ausschau hielt, sah Errol glatten Fels, der einige Dutzend Schritte vor ihm einen fast perfekten Kreis bildete. Nur eine dunkle Öffnung brach diese Form und ließ das Geräusch fließenden Wassers herein.

Corwen nahm schimmernd Gestalt an, er stand vor der Erhöhung, verdeckte sie jedoch nicht.

»Zweihundert Jahre sind vergangen, seit Benfros Mutter die Zeremonie der Extraktion durchgeführt und meine Edelsteine hier untergebracht hat. Kein Drache hat seither diese Höhle betreten. Kein Mensch hat sie je betreten. Du solltest dich überaus geehrt fühlen, Errol Ramsbottom.«

Errol schauderte es, weil es so kalt war und weil er nun begriff, was er soeben getan hatte.

»Warum …? Was …?«

»Diese …«, Corwen wies auf die Edelsteine mitten auf der Erhöhung, »diese da sind meine Edelsteine. Das«, er hob einen einzelnen bleichen Edelstein hoch, der hinter dem Haufen versteckt gewesen war, »ist alles, was Benfro von seiner Mutter, Morgum der Grünen, geblieben ist. Dein Freund, Inquisitor Melyn, hat den Rest. Und das«, er zeigte auf einen kleinen ungleichmäßig geformten roten Kristall, »ist ein nicht extrahierter Edelstein des großen Magog, Sohn des Sommermondes.«

»Aber ich dachte, Magog sei einfach ein Mythos. So, wie Sir Radnor das erzählt hat, war die Geschichte eine Fabel, eine Warnung vor Arroganz und Stolz.«

»Das ist sie auch. Aber das bedeutet nicht, dass sie nicht wahr ist. Magog hat vor Jahrtausenden gelebt. Seine Taten wurde niemals übertrieben, und seine Grausamkeit auch nicht. Aber was uns allen niemals klar war, waren die Ausmaße seines Wahns. Er nutzte die finsterste Perversion der Feinen Künste, um einige seiner eigenen Edelsteine zu entfernen, als er noch lebte. Durch diese Edelsteine hat er seit Jahrtausenden seinen Einfluss auf Menschen und Drachen bewahren können.«

»Und das hier ist einer davon?« Errol zeigte auf den hässlichen roten Edelstein.

»Nein, das ist der letzte seiner wahren Edelsteine. Benfro hat ihn gefunden. Oder genauer gesagt, er wurde zu ihm hingezogen. Was Magog niemals erwartet hatte, war, dass Benfro den Edelstein retten und mitnehmen würde. Er hätte ihn zurücklassen sollen. Denn dann hätte er niemals das Band entdeckt, das zwischen beiden geschmiedet worden war. Oder erst, wenn es zu spät gewesen wäre.«

»Was für ein Band? Und wozu zu spät?« Errol kam sich wieder vor wie im Unterrichtsraum in Emmas Faur, nur hatte er diesmal absolut keine Ahnung, was ihm eigentlich beigebracht werden sollte.

»Durch seinen Edelstein übernimmt Magog Benfro nach und nach. Seine Gedanken, seinen Leib. Er hat ihm seine Flügel gegeben. Das ist eine gewaltige Magie, sogar für einen lebenden Drachen. Diese Gabe hat eine fast unzerreißbare Verbindung zwischen den beiden geschaffen. Ich habe getan, was ich konnte, um zu helfen, vorher brauchte sich Benfro nur einige Schritte von dem Edelstein zu entfernen und er war total handlungsunfähig. Aber ich habe die Zeit, die Magog braucht, um sein Ziel zu erreichen, nur verlängert, ich habe ihn nicht ausgeschaltet.«

»Und das vernichtet dich auch, oder?«

»Ein nicht extrahierter Edelstein ist überaus gefährlich, Errol. Dieser hier sogar auf geradezu unvorstellbare Weise.«

»Aber man kann ihn ausschalten. Du hast gesagt, die Bindung sei *fast* unzerreißbar. Nicht vollständig unzerreißbar.«

»Der Edelstein muss extrahiert werden. Und dazu muss er zusammen mit dem Körper verbrannt werden, der ihn enthalten hat. Du brauchst nur einen einzigen Edelstein zu verbrennen, und alle anderen werden weiß, selbst wenn sie sich auf der anderen Seite von Gulad befinden. Aber ein Edelstein muss verbrannt werden.«

»Magogs Leib muss doch schon längst verwest sein. Wenn die Sagen zutreffen, ist er vor über zweitausend Jahren von König Diseverin erschlagen worden.«

»Wenn Benfros Geschichte stimmt, und ich habe keinen Grund, daran zu zweifeln, dann sind einige von Magogs Knochen noch vorhanden. Aber durch einen uralten und mächtigen Zauber sind sie an dem Ort verborgen, an dem beide Brüder geschlüpft sind. Man kann sie nur finden, wenn man von Magog oder seinem Bruder Gog dorthin eingeladen wird.«

Errol war sich nicht ganz sicher, aber er hatte den Eindruck, dass der rote Edelstein mit wütendem Lodern pulsierte, als der Name Gog fiel. Und Corwens Bild schien ein wenig zu verblassen, als sei der Drache von einer besonderen Kraft getroffen worden.

»Aber wenn sie beide tot sind …«

»Wenn beide Brüder tot wären, würde sich die Magie, die ihren Schlüpfort bedeckt, langsam auflösen. Und alle, die jemals dort gewesen sind, würden den Weg zurück finden können. Benfro hat keine Ahnung, wo dieser Ort ist, also ist das Versteck noch geschützt. Wo immer er sein mag, Gog muss jedenfalls noch überaus lebendig sein.«

Wieder schien bei Erwähnung dieses Namens dieses Aufleuchten wütender Energie an Corwens Lebenskraft zu zehren.

»Aber warum erzählst du mir das? Soll ich Gog suchen? Ich wüsste ja nicht einmal, wo ich anfangen sollte.«

»Du weißt mehr, als dir bewusst ist, junger Errol. Und du bist geschickter in den Feinen Künsten als irgendein anderer Mann. Und ja, ich möchte, dass du ihn suchst. Oder dass du Benfro bei der Suche hilfst. Aber es gibt noch einen Grund, warum ich dir das hier zeigen wollte: um alles zu erklären, so gut ich das überhaupt kann. Magog darf sich nicht wieder erheben. Ich liebe deinesgleichen wirklich nicht, aber wenn Magog Benfro übernehmen kann, wird er auf der Suche nach seinem Bruder ganz Gulad zerfetzen. Und wenn er ihn findet, wird es zum Kampf kommen. Was immer übrig bleibt, wenn sie fertig sind, wird kein Ort zum Leben sein, weder für Menschen noch für Drachen. Darum möchte ich, dass du Benfro hilfst, sich von diesem Fluch zu befreien – und mich übrigens auch. Aber wenn du versagst, musst du etwas anderes tun. Du wirst wissen, wenn nichts mehr von Benfro übrig und Magog an seine Stelle getreten ist. Wenn dieser Augenblick gekommen ist, musst du ihn töten.«

Errol schaute überrascht zu dem alten Drachen hoch.

»Aber es muss doch …«

»Ich verlange kein Versprechen von dir, Errol. Du schuldest keinem von uns etwas. Aber ich hoffe, du kannst das verstehen. Magog darf nicht noch einmal leben. Und jetzt komm. Wir gehen zurück zu deiner Höhle. Oder du gehst allein, wenn du dich dazu imstande fühlst.«

Errol wusste, dass er damit entlassen war. Corwens Worte hatten in seinen Gedanken einen wahren Tumult ausgelöst, und doch hatte er immer noch das Gefühl, den Versuch machen und an den Linien dahin zurückgehen zu müssen, wo er angefangen hatte. Er konzentrierte sich auf die Grymlinien und suchte nach dem Weg, auf dem er gekommen war, aber es war zu verwirrend. Die Linien führten überall hin, jede zeigte ein verlockendes Bild eines anderen Ortes. Für einen kurzen Moment sah er die Höhle oder etwas, das große Ähnlichkeit damit hatte, aber darüber schob sich das Bild eines Raumes mit steinernen Mauern, der von einem gewaltigen Kamin und einem riesigen Lesepult dominiert wurde. Ein weiterer düsterer Raum voller Säulen und niedriger Wände schwebte wie ein Nebel im Hintergrund seiner Gedanken. Frustriert gab Errol auf.

»Das bringt nichts. Ich kann mich nicht konzentrieren.«

»Verständlich unter diesen Umständen.« Corwen schlurfte an Errol vorbei zu der dunklen Öffnung am Ende der Höhle. »Komm jetzt mit, aber ich fürchte, du wirst dabei nass werden.«

Ohne Krücken war das Gehen schmerzhaft. Errol stützte sich, so gut er konnte, an den Wänden ab, während er sich durch einen breiten Wendeltunnel schleppte, der nach oben in eine viel größere Höhle führte. Licht fiel durch einen Vorhang aus Wasser, der gleich gegenüber herunterschäumte, und doch war die Luft so trocken wie die Einrichtungsgegenstände, die das füllten, was einst eine Wohnung gewesen war. Corwens Wohnung, wie Errol nun begriff, als der alte Drache weiterging, mitten durch den Wasserfall, der dadurch absolut nicht verändert wurde. Errol humpelte an den Rand des Wasserfalls, zögerte und schritt dann hindurch.

Er fiel ungefähr einen Meter tief in das brodelnde Wasser am Fuße des Wasserfalls. Das mit Blasen gefüllte Wasser konnte sein Gewicht nicht tragen, und er sank wie ein Stein auf den Grund. Kälte schlug ihm die Luft aus der Lunge, und für einen Moment war er wieder am Zackensprung und kämpfte um sein Leben. Dann trug die Strömung ihn in raschem Tempo davon, auf die Furt zu, und bald konnte er sich aufs Trockene ziehen. Keuchend und bibbernd humpelte er langsam zurück zur Höhlenöffnung, wo Corwen stand. Benfro war nicht zu sehen, aber der Haufen Späne an der Stelle, wo er vorhin herumgeschnitzt hatte, war jetzt noch höher. Errol nahm an, dass er in den Pferch gegangen war, um zu schlafen oder vielleicht einfach zu schmollen. Er fragte sich, ob er es wohl jemals schaffen würde, dem jungen Drachen zu helfen. Oder ihn zu töten.

Drinnen brannte ein warmes Feuer und füllte die Höhle mit willkommener Wärme. Errol streifte seine triefnassen Kleider war und hängte sie zum Trocknen auf, ehe er sich in seinen Umhang wickelte. Erst dann bemerkte er am Rand der Feuerstätte etwas, das aussah wie ein Haufen geschwärzter Blätter. Neugierig zog er diese Blätter mit einem Stock zu sich heran. Ein himmlisches Bratenaroma stieg auf. Er schob die Blätter auseinander und fand ein großes Kaninchen, abgehäutet, ausgenommen und perfekt zubereitet. Die leere Bauchhöhle war mit einigen erlesenen Kräutern gefüllt worden, um den Geschmack zu verstärken, aber Errol war das egal. Er hätte das Tier auch roh verschlingen können.

Er dachte erst wieder an seine Manieren, als er den letzten Knochen abgenagt hatte. Er hüllte sich in seinen Umhang und humpelte aus der Höhle in die abendliche Dunkelheit. Auf der anderen Seite des Pfades war nichts von Benfro zu sehen, vermutlich war er zu Bett gegangen.

»Danke«, sagte Errol trotzdem, und sei es nur zur Nacht.

3

Drachen sind von Natur aus magische Wesen. Jeder ausgebildete Magis kann die Aura schildern, die einen Drachen umgibt. Die Edelsteine, die im Gehirn eines Drachen wachsen, sind wegen ihrer Fähigkeit, sich auf die Grymlinien zu konzentrieren, kostbarer als Gold. Drachen üben Magie nicht bewusst aus, so wenig, wie sie in anderer Hinsicht über einen überlegenen Intellekt verfügen. Drachen sind vielmehr wie frühreife Kinder, die bisweilen ihre Eltern mit großen Fähigkeiten überraschen, die ihnen aber doch nur durch Zufall zuteil geworden sind.
Manche behaupten, Drachen verfügten sehr wohl über magisches Wissen, welches in großen und mächtigen Büchern niedergeschrieben sei. Doch jeder, der die schlichten, als Drachenschrift ausgegebenen Runenkritzeleien gesehen hat, wird diese Behauptung als fantasievollen Unsinn entlarven können.

Father Charmoise: Drachengeschichten

»Herrin, seid Ihr sicher, dass Ihr das Bett verlassen dürft? Die Palastärzte sagen, Ihr brauchtet so viel Ruhe, wie überhaupt nur möglich.«

»Die Palastärzte könnten nicht einmal einen Kratzer in einem Finger heilen. Ich hätte nicht übel Lust, sie dafür, was sie mir angetan haben, auspeitschen zu lassen. Nutzlose Quacksalber.« Beulah wünschte, sie wäre schon früher auf diese Idee gekommen, aber vor Freude darüber, ihre Müdigkeit und Übelkeit loszusein, hatte sie alles andere vergessen. Nicht einmal ihr Zustand machte ihr Sorgen. Wenn überhaupt, dann hatte das Wissen um ihre Schwangerschaft die Angst und die Abscheu vor der Pflicht, einen Erben auf die Welt bringen zu müssen, durch eine übermütige Erregung ersetzt, wie sie sie seit Jahren nicht mehr verspürt hatte. Nun galt es, einige wichtige Dinge zu erledigen: Ihr Erbe musste ehelich geboren werden.

»Wohin führt Ihr mich, Herrin?« Clun folgte ihr wie ein treuer Hund. Aber als sie immer tiefer in die alten Teile der Zitadelle hinabstiegen, in die in den Königshügel eingehauenen Keller und Tunnel, war er ein wenig hinter ihr zurückgeblieben, als ob er nicht sicher sei, dass er die Dinge sehen dürfte, die ihm hier gezeigt wurden.

»Das ist eine Überraschung, mein Geliebter.« Beulah wartete, bis er sie eingeholt hatte, dann nahm sie seine Hand und führte ihn zur nächsten Tür, deren schwere, vom Alter dunkle Eichenfüllung mit gewaltigen Eisennägeln besetzt war. Mit den riesigen Schlüsseln, die sie mitgebracht hatte, öffnete sie die beiden Schlösser. Knarrend öffnete sich die Tür. Dahinter führte eine in den Fels gehauene schmale Wendeltreppe weiter nach unten. Durch die Dunkelheit zog Kälte herauf. Das fast lautlose Wispern zahlloser Stimmen drang von unten her zu ihnen.

»Soll ich eine Fackel holen?«

Beulah lächelte. Sie konnte die Angst in seiner Stimme hören, obwohl Clun sich alle Mühe gab, möglichst unbekümmert zu wirken.

»Das ist nicht nötig.« Sie hielt ihm die Hand hin und eine Kugel aus reinem weißen Licht erschien und schwebte dicht über ihrer Handfläche. Sie hielt die Kugel vor sich hin und setzte einen Fuß auf die Treppe.

»Was ich dir jetzt zeigen werde, ist ein Geheimnis, das bisher nur wenige gesehen haben. Hier unten befinden sich die Schätze, die das Haus Balwen in mehr als zweitausend Jahren gesammelt hat. Nur die königliche Familie und die Oberhäupter der drei religiösen Orden dürfen sie sehen.«

»Herrin, da dürfte ich doch nicht …« Beulah streckte die freie Hand nach Clun aus, zog ihn an sich und küsste ihn energisch auf den Mund.

»Ich befehle es«, sagte sie und reichte ihm die Schlüssel. »Jetzt folge mir. Und mach die Tür hinter dir zu.«

Er sagte nichts, sondern tat, wie ihm geheißen. Beulah konnte sein Zögern spüren, aber sie spürte auch Staunen und Erregung angesichts dieses neuen Abenteuers. Sie fühlte sich so beschwingt, als hätte sie vom besten Wein ihres Vaters getrunken. Dieses Gefühl auskostend stieg sie, gefolgt von Clun, vorsichtig die enge Wendeltreppe hinunter.

Als sie fast unten angekommen waren, sahen sie einen roten Lichtschimmer, diffus zwar, aber mehr als ausreichend, um etwas zu erkennen. Beulah ließ ihr herbeibeschworenes Licht erlöschen und sog dessen Kraft mit einem kleinen Auflodern von Wärme in sich auf. Die Wärme verbreitete sich überall auf ihrer Haut und ließ diese prickeln, dabei verflog sie nicht nach und nach, wie das sonst der Fall war, sondern wurde bei jedem Schritt nach unten stärker.

»Herrin, ich fühle …«

»Fühlst du dich mächtig? Berauscht? Erregt? Keine Angst, mein Geliebter, hier wird dir nichts passieren.« Abermals griff sie nach seiner Hand, und als ihre Finger seine streiften, stoben Funken auf. Plötzlich konnte Beulah seine Gedanken so deutlich sehen wie ihre eigenen. Er hatte Angst, war aber auch gespannt und ein wenig verwirrt. Er hatte schon von diesem Ort gehört, das begriff sie jetzt, als die Sorte Schlafsaalgerücht, die sicher alle Novizen hörten. Er hatte keine richtige Vorstellung davon, was das hier wirklich war, wusste nur, dass die Strafe für das unbefugte Betreten dieses Ortes ein scheußlicher und unappetitlicher Tod war.

Mit geübter Gedankenkraft wischte Beulah Cluns Ängste weg und versicherte ihm, dass er jedes Recht habe, hier zu sein. Und weil sie sich nicht beherrschen konnte, drang sie dann tiefer in seine Gedanken ein.

Er liebte sie mit einer fraglosen, bedingungslosen Hingabe, wie sie nun sah. Verwundert stellte sie fest, dass er sie seit ihrer ersten Begegnung auf der Hochzeit seines Vaters liebte. Er hatte niemals irgendeine Hoffnung gehegt, von ihr auch nur gesehen zu werden, aber er hatte sich ihrem Dienst verschrieben. Schweigend, heimlich, aber mit größerer Überzeugungskraft als die betrunkenen Schwüre seines Stiefbruders Errol.

Errols Bild flackerte durch Cluns Gedanken, begleitet von tiefer Trauer. Er glaubte, sein Stiefbruder sei zum Verräter geworden, sei vielleicht immer schon ein Verräter gewesen. Doch dieser Verrat passte nicht zu dem Errol, mit dem er aufgewachsen war. Der magere kleine, buchbesessene Außenseiter hatte sich als viel besserer Freund erwiesen als jeder andere Junge aus dem Dorf. Clun wünschte sich verzweifelt, dass Errol irgendeiner Art von Druck ausgesetzt gewesen war, von König Billah in die Irre geführt. Beulah ließ ihm diesen kleinen Trost und zog sich lautlos aus seinen Gedanken zurück. Sie packte seine Hand fester und führte ihn weiter.

Sie befanden sich in einem riesigen Lagerraum tief unter der Erdoberfläche. Lange Reihen klobiger Pfeiler trugen ein Gewölbe, das höher war als es aussah. In jeden Pfeiler waren Hunderte von kleinen Nischen eingelassen, und in jeder Nische lag eine Sammlung von roten Edelsteinen und leuchtete trübe in der Finsternis.

»König Balwens Schatz. Die Edelsteine von über zehntausend Drachen.« Beulah sah Cluns Verblüffung, ihm fiel das Kinn hinunter und seine Augen wurden immer größer. Sie ging langsam durch den Mittelgang und er folgte ihr wie hypnotisiert. Beulah war glücklich über seine Reaktion. Sie erinnerte sich sehr gut an das erste Mal, als Melyn sie hierhergeführt hatte, zu dem Geheimnis hinter der Macht des Königshauses. Damals war sie zu benommen gewesen, um etwas zu sagen, überrascht von den zahllosen wispernden Stimmen, die ihr von den Gedanken und Empfindungen ihres Volkes erzählten. Später hatte sie gelernt, zwischen diesen Stimmen zu unterscheiden, sich auf Gruppen oder sogar Einzelpersonen zu konzentrieren. Nicht einmal die stärksten Persönlichkeiten konnten ihre Gedanken lange für sich behalten, wenn sie von hier aus belauscht wurden. Das Königshaus hatte das im Laufe der Jahrhunderte zu seinem Vorteil genutzt, kein Mensch konnte vor dem Herrscher auf dem Obsidianthron seine Geheimnisse verbergen.

»Fass sie lieber nicht an, mein Geliebter. Sie sind mächtig, aber sie sind auch gefährlich. Man brauchte Jahrzehnte des Trainings und der Disziplin, um mit den Edelsteinen eines Drachen umgehen zu können, ohne sich darin zu verlieren.«

Clun, der die Hand nach einer Nische ausgestreckt, riss diese zurück, als sei er von einer giftigen Schlange überrascht worden.

»Warum sind diese hier weiß und alle anderen rot?«

Beulah trat zu ihm. Die Nischen in dem Pfeiler, vor dem er stand, waren nur zur Hälfte gefüllt. Die meisten Edelsteine waren blutrot, klein und unregelmäßig geformt, aber die, auf die Clun zeigte, waren so groß wie Hühnereier und hatten leuchtende Facetten, als habe sie ein meisterlicher Juwelier geschliffen, und sie waren so weiß wie ein Brautkleid.

»Das sind die Edelsteine, die Melyn von seiner letzten Jagd mitgebracht hat. Manchmal werden sie so weiß wie diese hier, aber das kommt nur sehr selten vor.«

»Sie singen ein so trauriges Lied, so einsam und verlassen.«

Beulah starrte den jungen Mann an, der ihr plötzlich so wichtig geworden war. Sie konnte das Wispern der Edelsteine um sie herum hören, die ihre endlosen Geschichten von eingeschränkten Leben erzählen, von den kleinen Triumphen und Katastrophen, die ihre Tage ausgemacht hatten. Mit großer Willensanstrengung konnte sie ihre Aufmerksamkeit auf eine einzige Nische konzentrieren, einen Weg in die Gedanken eines einzelnen Menschen finden, aber von den weißen Edelsteinen hörte sie nur Stille.

»Die weißen Edelsteine sind hier kaum von Nutzen. Ich weiß nicht, warum Melyn sich überhaupt die Mühe macht, sie zu sammeln. Aber jetzt komm, mein Geliebter, ich muss dir noch etwas zeigen.«

Clun schien den Pfeiler mit den seltsamen weißen Steinen nur widerstrebend zu verlassen, aber er riss sich los und folgte Beulah durch die Gänge in die Mitte der riesigen Halle. Der Mittelpfeiler war zehnmal so dick wie die anderen und aus pechschwarzem Stein. Es war zu einem spiegelglatten Glanz poliert worden und reflektierte das Leuchten von Tausenden von Edelsteinen, die ihn umgaben. Unter der glänzenden Oberfläche zogen sich seltsame Zeichen dahin wie eine uralte Sprache.

»Wir befinden uns hier genau unter dem Obsidianthron«, sagte Beulah und griff wieder nach Cluns Hand. Er schaute nervös nach oben, als ob der gewaltige Thron jeden Moment durch die Decke brechen könnte. Beulah streckte die Hand nach seinem Gesicht aus. Als er sie anschaute, sagte sie: »Der Obsidianthron steht hier seit über zweitausend Jahren, mein Geliebter. Da wird er nicht gerade heute einstürzen.«

»Warum zeigt Ihr mir das?«, fragte Clun.

»Weil du es wissen musst. Der Vater meines Kindes muss seinen Teil der Verantwortung für die Erziehung des Thronerben tragen können.«

Er war wieder im Wald. Errol stand auf wunderbar vom Schmerz befreiten Beinen da und schaute auf eine vertraute Landschaft aus uralten Bäumen. In seiner Nähe mäanderte der Pfad im Schatten des blassgrünen Laubdachs an ihren riesigen Stämmen vorbei. Die Luft roch süß und frisch und ein ganz klein wenig würzig. Es machte ihn glücklich, einfach hier zu stehen und Atem zu holen, befreit von den Schmerzen, befreit von den Sorgen.

Und dann fing er ihn ein, einen zarten Duft in einer ganz leichten Brise. Vielfältig und schön war dieser Duft. Er roch nach Frühlingsblumen und Herbstlaub, nach sonnenheißen Felsen und kaltem Wasser, nach weicher Seife und sauberen Haaren.

Errol wusste sofort, wer da kam, und sein Herz machte einen Sprung bei dem Gedanken an ein Wiedersehen mit ihr.

Sie kam über den Pfad. Ab und zu schaute sie zu den Vögeln empor, die so hoch über ihr umherjagten. Dann lief sie weiter zum nächsten Baum. Sie rannte nicht, bewegte sich aber dennoch mit verblüffender Schnelligkeit. Errol wartete gern auf sie, er wusste, dass sie ihn bald erreicht haben würde. Dann könnten sie zusammen sein. Aber als sie dort ankam, wo er stand, wandte sie sich nicht um, um ihn zu begrüßen, Stattdessen lief sie weiter zur nächsten Lichtung.

Er versuchte, sie zu rufen, aber mit seiner Stimme war etwas nicht in Ordnung. Er konnte ihren Namen hören, als er ihn tief in seinem Kopf aussprach. Aber seine Ohren hörten nichts, nur das ewige Zischen des Windes in den Blättern. Er wollte hinter ihr herlaufen, aber seine Füße schienen am Boden angewachsen zu sein. Jetzt hatte sie den Waldrand erreicht und blieb für einen Moment stehen, ehe sie hinaus auf die Lichtung trat.

Er wusste, was als Nächstes passieren würde. Er hatte es schon Dutzende Male gesehen; in jeder Nacht, seit er in Corwens Höhle angekommen war, träumte er diese Szene. Martha würde von Drachen verschleppt werden und er würde nichts dagegen tun können.

Hilflos sah er zu, wie sie sich den Drachen stellte, wie sie sie fast zu überreden schien, sie in Ruhe zu lassen, und wie sie dann doch entführt wurde.

Jetzt werde ich gleich aufwachen, dachte Errol, als ihm aufging, dass Martha sich nicht gewehrt, dass sie ihre Entführer fast bereitwillig begleitet hatte. Aber statt zu erwachen, fand er sich auf der Lichtung wieder. Der Boden war zertrampelt und zerkratzt, wo die Drachen gelandet waren, ansonsten war nichts Besonderes zu sehen. Errol schaute empor und sah die Vögel unter dem sonnenhellen Himmel umherfliegen und spielen. Sie kamen ihm so frei vor, so fröhlich, wie sie dort spielten. Dann ging ihm auf, dass es gar keine Vögel waren. Es waren Drachen, Dutzende von Drachen, die einander hin und her jagten, die mitten in der Luft zusammenstießen, die immer wieder scheinbar abzustürzen drohten, ehe sie sich im letzten Moment auf riesigen Flügeln abermals in den Himmel erhoben.

Dann hatten sie ihn offenbar bemerkt. Sofort machte die ganze Gruppe kehrt und ging in den Sinkflug über. Errol wollte weglaufen, aber wieder klebte er am Boden fest. Er versuchte zu schreien, doch seine Stimme versagte. Die riesigen Bestien wurden immer größer, als sie mit unvorstellbarer Geschwindigkeit auf ihn zuschossen, und er konnte die blutigen Wunden ihrer Spiele sehen, die Narben und verschwundenen Schuppen früherer Kämpfe. Die Drachen waren von Blutdurst erfüllt, in ihren Augen gab es keinerlei Funkeln von Intelligenz. Das hier waren keine prachtvollen Wesen voller Magie und Wissen. Das hier waren wilde Ungeheuer, brutal wie die Raubvögel, mit denen er sie verwechselt hatte.

Errol schloss die Augen, als die Drachenmeute auf ihn zukam. Er konnte ihr Kreischen hören – und das grauenhafte Geräusch, mit dem ihre ledernen Flügel die Luft zur Unterwerfung zwangen. Lauter und lauter wurden sie im Näherkommen, und instinktiv wandte er sich im Moment des Aufpralls ab.

Aber der kam nicht.

Stattdessen gab es ein frustriertes Gebrüll, einen gewaltigen Wind, der ihn umzuwerfen drohte, dann Stille.

Zuerst wagte er nicht, die Augen zu öffnen, dennoch wusste er, dass er sich nicht mehr auf der Lichtung im Wald befand. Die Luft fühlte sich anders an, es war eine Stille, die nicht unter freien Himmel gehörte. Dann begann er, durch die Stille Geräusche zu hören: das leise Klirren von Stein auf Stein, das fast unhörbare Rascheln einer Bewegung, und ein leises, verzweifeltes Schluchzen. Errol, der nicht wusste, ob er wach war oder noch schlief, öffnete die Augen.

Er befand sich in einem riesigen, in den Fels gehauenen Raum. Pfeiler trugen die Decke und zogen sich in langen Reihen weit in die Dunkelheit hinein. Nur der Bereich unmittelbar vor ihm war erhellt von einem riesigen Haufen aus weißen, leuchtenden Edelsteinen. Der Lärm schien von der anderen Seite des Haufens herzustammen, und Errol machte einen vorsichtigen Schritt, unsicher, ob er sich bewegen konnte. Sein Blickfeld änderte sich, obwohl er nicht das Gefühl hatte, sich überhaupt bewegt zu haben. Jetzt konnte er sehen.

Benfro saß auf dem Boden vor dem Berg aus Edelsteinen. Er hatte seinen Schwanz um sich gelegt wie ein braver Hund, der auf Futter wartet. Hinter ihm schien ein riesiger alter Schreibtisch zur Seite geschoben worden zu sein, längst erloschene Kerzen waren kaum mehr als Knubbel aus glänzendem Wachs. Zu seinen Füßen lagen kleinere Haufen der weißen Kristalle, und er zog immer weitere aus dem riesigen Haufen, wog einen nach dem anderen in seiner Hand und legte ihn auf einen kleinen Haufen oder zurück auf den großen. Errol war noch nicht vielen Drachen begegnet, und mit ihrem Mienenspiel kannte er sich nun gar nicht aus, aber selbst er konnte die entsetzlichen Schmerzen sehen, die Benfro bei dieser Arbeit zugefügt wurden. Benfros Arme bewegten sich mit einer widerstrebenden Steifheit, als ob er sich seinen eigenen Taten mit aller Kraft widersetzte. Er saß unbequem da, presste den Rücken gegen den Schreibtisch und drückte mit der Flügelwurzel dagegen.

Und dann hörte Benfro mit seiner Sortierarbeit auf. Ohne Errols Nähe zu bemerken, riss er alle Edelsteine aus einem kleinen Haufen an sich, kam mühsam auf die Beine und verschwand mit den Edelsteinen in der Dunkelheit. Errol folgte ihm körperlos. Er hatte keinerlei Gefühl von Bewegung, abgesehen von den Veränderungen in seinem Blickfeld. Sie gingen durch einen langen Gang zwischen zwei Säulenreihen und erreichten endlich eine Wand, in die viele kleine Löcher gebohrt waren. Einige davon waren, wie Errol sah, mit den blassen weißen Edelsteinen gefüllt – hier leuchteten sie weniger, wirkten fast tot. Benfro legte langsam die Edelsteine, die er mitgebracht hatte, in ein leeres Loch, und dabei schüttelte sich sein Körper vor Schluchzen. Die ganze Zeit schien er sich zu wehren. Er warf sich herum, als wollte er mit dem Rücken gegen die Wand knallen und diese zerstören, um alle Edelsteine wieder durcheinanderkullern zu lassen. Und doch war er machtlos und konnte nichts anderes tun als zu dem großen Haufen mitten im Raum zurückzukehren.

Errol begriff zu spät, dass er im Weg stand. Benfro würde ihn zu Boden treten müssen, wenn er vorüberwollte. Aber der Drache ging einfach mitten durch ihn hindurch. Und in diesem Moment der Berührung spürte Errol eine entsetzliche Anwesenheit überall um sich herum, ein übelwollendes Böses, das in der Dunkelheit unter der gewölbten Decke langsam eine sichtbare Gestalt annahm. Es war ein Drachenkopf, größer als Errol jemals einen gesehen hatte. Mit Augen, die so rot waren wie glühende Kohlen, starrte er in Errol hinein und durch ihn hindurch. Der Drache griff mit gewaltigen Pranken nach Errol. Seine Finger waren mit rasiermesserscharfen Krallen besetzt. Instinktiv trat Errol einen Schritt zurück, stolperte über irgendetwas und stürzte. Im Fallen glaubte er, einen wütenden Schrei zu hören, als die mörderischen Hände an der Stelle in die Luft griffen, wo eben noch Errols Kopf gewesen war. Dann, mit einer heftigen Bewegung, die ihn fast aus dem Bett geschleudert hätte, erwachte er.

Melyn schob einen tief hängenden Zweig beiseite, worauf sich ein Schwall Regenwasser über seinen Umhang, seinen Sattel und sein Pferd ergoss. Der Pfad zwischen den Bäumen war viel stärker überwuchert als in seiner Erinnerung, obwohl es kaum ein Jahr her war, dass sein Weg ihn zuletzt hier entlanggeführt hatte.

»Nimmt dieser Wald denn überhaupt kein Ende?« Er zog unter einem weiteren Zweig den Kopf ein, und ein neuer Guss lief seinen Nacken hinunter. Die eisige Kälte an seiner Haut brachte seinen Zorn in Wallung. Mit einer kurzen Handbewegung rief er eine Lichtklinge herbei, mit der er die Zweige vor sich abhackte. Als er sah, dass er damit nur noch mehr Wasser freisetzte, hielt er inne, aber inzwischen war sein Pferd triefnass und sein Umhang lastete als vollgesogener Stofffetzen schwer auf seinen Schultern.

»Euer Gnaden, ich glaube, wir sind am Ziel.« Hauptmann Osgal ließ sein Pferd wenden, um den Inquisitor ansehen zu können. Melyn sah zu seiner Befriedigung, dass der Hauptmann ebenso nass war wie er selbst. Der restliche Trupp war womöglich noch nässer. Melyn gab seinem Pferd die Sporen und ritt hinaus auf die Lichtung.

Zuerst war er nicht ganz sicher, ob es dieselbe Stelle war. Der Pfad, der durch das Dorf zum Anger und der großen Halle führte, war total von Moos, Gras und Unkraut überwuchert, die ausgebrannten Reste der Häuser waren zerfallen und durch die vordringende Vegetation kaum noch zu sehen.

Der Inquisitor und sein Gefolge ritten schweigend durch den

Urwald. Melyn und Osgal waren als Einzige aus dem Trupp bei dem vorigen Besuch hier dabei gewesen, aber alle wussten, dass sie hier ein Wachstum sahen, das ein Jahrzehnt gebraucht hätte, nicht ein Jahr.

Die Wiese vor der großen Halle war ein Meer aus Gras, das die Bäuche der Pferde kitzelte, als sie hindurchritten. Die Halle stand noch, zumindest ihr Gerippe. Das Dach war eingestürzt, die Lehmfüllung zwischen den Eichenbalken brüchig und bröckelig. Die Bleiglasfenster hingen schief in den Rahmen, und herausgefallene Glasscheiben lagen in Scherben auf dem Boden.

Melyn stieg ab, reichte die Zügel seines Pferdes einem Kampfpriester und bahnte sich durch das hohe Gras einen Weg zu den schweren Türen, die noch immer in ihren verzerrten, rußschwarzen Rahmen standen. Sie waren halb geöffnet, und als er das verwitterte Eichenholz anstieß, schwangen sie lautlos ganz auf.

Das Innere der Halle wirkte ganz anders als alles andere in diesem zerstörten Dorf. Tageslicht strömte durch das eingestürzte Dach und fiel auf einen Haufen aus verbranntem und verkohltem Holz, schweren Steinplatten und halb eingestürzten Wänden. Mitten im Raum stand ein riesiger Tisch, der in zwei Stücke gebrochen war. Die Bänke auf beiden Seiten waren von den Trümmern der Decke zu Brennholz zerschlagen worden. Nur ein riesiger geschnitzter Holzsessel am oberen Ende des Tisches war unversehrt. Er war fast perfekt, wenn auch von Regen und Wetter gezeichnet.

Abgesehen von dem jungen Baum, der aus dem hölzernen Sitz wuchs, die offene Decke anstrebte und schon jetzt doppelt so hoch war wie ein hochgewachsener Mann.

Melyn suchte sich vorsichtig einen Weg durch den Schutt und testete Balken und Steinquader auf ihre Stabilität hin ab, ehe er ihnen sein Gewicht anvertraute. Er erreichte den großen Tisch, obwohl er wusste, dass das keinen Zweck hatte. Dort hätten die verkohlten Skelette der dreißig Drachen sitzen müssen, ihre Schädel durch die Witterung aufgeweicht und bereit, aufgeschlagen zu werden, damit die Edelsteine herausgeholt werden könnten. Stattdessen gab es weitere Bäume überall dort, wo eigentlich ein Drache hätte sitzen müssen.

»Wo sind die alle hin?« Hauptmann Osgal beugte sich vor und zog einen der Baumtriebe zu sich heran, dann fluchte er, ließ los und hob die Hand an den Mund.

»Das Scheißding hat Dornen!« Osgal streckte einen Finger aus und Melyn sah in der Haut einen langen gezackten Riss. Blut quoll aus der frischen Wunde und spritzte auf den Boden, wo es sich mit feuchtem Staub und Asche vermischte.

»Machen wir, dass wir hier wegkommen.« Melyn ging in seinen eigenen Fußstapfen zurück zur Tür, Osgal folgte ihm vor sich hin knurrend.

Als er wieder auf sein Pferd stieg, spürte Melyn, wie ihn ein Schauder durchlief, als ob ihn jemand aus der Ätherischen Sphäre beobachtete. Mit geübter Leichtigkeit glitt er in den Zustand der Trance und hielt auf der Lichtung Ausschau nach Königin Beulahs Gestalt, denn er glaubte nicht, dass irgendwer sonst geschickt genug wäre, ihn hier zu finden. Es überraschte ihn sogar, dass Beulah es geschafft hatte.

Die Königin war nirgendwo zu sehen, doch die Lichtung sah aus dieser neuen Perspektive ganz anders aus. Zum einen war sie unversehrt, unbeschädigt und noch nicht von dem sie umgebenden Wald zurückerobert. Die Halle war in einem besseren Zustand als damals, als er sie angesteckt hatte, sauber und neu wie an dem Tag ihrer Fertigstellung. Die Wiese unter den Hufen seines Pferdes war glatt und flach, der Rasen sorgfältig gemäht. An dem pfeilgeraden und eingeebneten Pfad standen die Häuser solide und einladend, das nächststehende schien zu leuchten, als ob jemand darin lebte.

»Inquisitor?« Melyn wurde aus seiner Trance gerissen und

drehte sich zu dem Hauptmann um, der seine Hand in ein weißes Tuch gewickelt hatte, das sich zunehmend rot färbte.

»Was ist los, Hauptmann?«

»Sollten wir nicht die Umgebung durchsuchen und versuchen, den zu finden, der die Edelsteine geholt hat?«

Melyn merkte, dass er sich über Osgal ärgerte. Der Hauptmann war ein fähiger Krieger, wenn auch ziemlich brutal in seiner Manipulation der Grymlinien, aber er war auch ganz besonders fantasielos.

»Nein, Hauptmann«, sagte er. »Das wäre Zeitverschwendung. Die Edelsteine sind verloren. Belassen wir es dabei. Ich hätte sie früher holen lassen müssen, aber da hatte ich andere Probleme. Ich habe mich ablenken lassen. Diesen Fehler werde ich kein zweites Mal machen.«

Er wandte sich vom Hauptmann ab und sah zurück in die Richtung des leuchtenden Hauses, das er in seiner Trance erblickt hatte. Es überragte die anderen Häuser und seine Umrisse waren noch immer unter der schweren Decke aus Dornen, Zweigen und Efeu zu sehen. Melyn trieb sein Pferd an, überquerte den Pfad und drängte sich dabei so dicht an die Tür heran wie überhaupt nur möglich. Als er nicht weiterkam, ohne eine Verletzung zu riskieren, rief er eine Lichtklinge herbei und hackte auf die Gewächse ein. Schweigend und ohne seinen Befehl abzuwarten, tauchten die anderen Kampfpriester neben ihm auf und beteiligten sich an dieser Arbeit.

Sie brauchten mehr als eine halbe Stunde, um eine Schneise zu schlagen, die breit genug war. Das Haus war abgebrannt, aber das Feuer hatte nur das Obergeschoss verzehrt und das Erdgeschoss einigermaßen unversehrt gelassen. Melyn drückte die Tür auf und sah eine von Unkraut überwucherte Diele, aus der zwei Türen führten, Eine verkohlte Treppe strebte den Wolken entgegen.

Hinter der ersten Tür fand er eine Menge Blätter, da ein riesiger

Busch inzwischen allen vorhandenen Raum ausfüllte. Hinter der Treppe hatte das Feuer einen Großteil des hinteren Hauses verzehrt, aber die Eingangstür war noch immer intakt.

Melyn versuchte, sie zu öffnen, aber sie war verschlossen. Seine Lichtklinge hätte das Holz im Handumdrehen erledigen müssen, aber als er losschlug, zischte die Klinge nur auf und erlosch. Überrascht sah Melyn nun genauer hin. Der Rahmen war dunkel und reich verziert mit seltsamen stäbchenhaften Zeichen – Drachensprache. Wie von den Drachen selbst eingeritzt, war es ein armseliges Alphabet und schwer zu entziffern, da so viele Wörter vom selben Symbol dargestellt wurden. Er hätte wirklich Andro gebraucht, um den Text zu übersetzen oder zumindest einen Eindruck davon zu gewinnen, worum es hier ging.

Melyn glitt abermals in die Trance und vertiefte sich in den Anblick der Tür, wie er sich in die Grymlinien vertiefen würde, und schon bald konnte er Schutzzauber ausmachen, die sich durch das Zimmer hinter der Tür spannten. Es würde so gut wie unmöglich sein, sie zu brechen, wenn das Wesen, das sie gewebt hatte, noch am Leben wäre, aber jeder Zauber zerfällt und verliert seine Macht, wenn sein Schöpfer gestorben ist; Melyn brauchte jetzt nur noch den richtigen Anfangspunkt zu finden.

Die Arbeit ging langsam voran, lohnte sich aber. Die Kunst, mit der der Schutz gefertigt worden war, war atemberaubend und auf jeden Fall viel fortgeschrittener als alles, was Melyn seit vielen Jahren gesehen hatte. Aber er wusste, er konnte den Sieg davontragen, und schließlich tat er es dann auch. Mit einem leisen Seufzer der Befriedigung glitt er aus der Ätherischen Sphäre zurück in seinen Körper und drückte gegen die Tür, als er deren solide Gestalt unter seiner ausgestreckten Hand spürte. Die Tür gab nach, öffnete sich mit leisem Quietschen.

Es roch trocken und stickig, trotz der Feuchtigkeit und der vielen Gewächse überall. Melyn rief Licht herbei und betrat dann den Raum, der offensichtlich als Bibliothek gedient hatte. Schwere Lederbände säumten die Wände; weitere Bücher waren auf und neben einem breiten Lesepult aufgestapelt. Zwei Sessel, die für Drachen konstruiert waren, standen zu beiden Seiten eines riesigen Kamins, wo offenbar noch immer verkohlte Holzscheite gelegen hatten. Als Melyn die Tür geöffnet hatte, war ein Luftzug hereingewirbelt und hatte die Scheite zu Staub zerfallen lassen, der dann den Kamin hochstob.

Melyn sah sich gründlich in dem Raum um und fragte sich, wie der übersehen worden sein konnte, als der Trupp damals das Dorf durchsucht hatte. Aber die Hälfte seiner Leute waren damals Novizen gewesen, sie hätten die Tür niemals auch nur sehen können, und die Schutzzauber zu brechen, wäre ihnen erst recht unmöglich gewesen. Als die Drachen noch gelebt hatten, hätte vielleicht sogar Melyn selbst nichts bemerkt.

Er streckte die Hand aus und nahm ein Buch von dem Stapel auf dem Lesepult. Es war ein dicker Band, gebunden in dunkles Leder. Wieder sah Melyn diese unergründlichen Schriftzeichen, die golden den Buchdeckel zierten. Der Band fühlte sich zu schwer an und Melyns Fingerspitzen prickelten dort, wo sie ihn berührt hatten. Stimmen flüsterten verführerisch in seinen Ohren, als er das Buch aufschlagen und hineinschauen wollte.

»Inquisitor?« Hauptmann Osgal stand in der Tür und traute sich nicht herein. Ausnahmsweise einmal verzieh Melyn ihm die Störung. Er verdrängte den Wunsch, das Buch zu öffnen, und erschauderte ein wenig bei dem Gedanken, wie rasch es ihn beeinflusst hatte. Er streifte seinen Reiseumhang ab, wickelte das Buch hinein und spürte, wie dessen Zauber nachließ, jetzt, da der physische Kontakt unterbrochen war.

»Ruf die Leute zusammen, Hauptmann«, sagte er. »Alle diese Bücher müssen unverzüglich nach Emmas Faur gebracht werden.«

Andro würde wissen, womit er es zu tun hatte. Er würde die Runen entziffern, und dann würde Melyn die Geheimnisse verstehen, die sich darin verbargen.

4

Die Geschichte von Aberfenn ist eine der stetigen Veränderungen. Was zu einem mächtigen Herzogtum und vielleicht sogar zu einem Rivalen selbst für Candlehall hätte werden können, wurde durch die geschickte Oberherrschaft des Hauses Balwen über Jahrhunderte hinweg in Schach gehalten. Dankbare Monarchen ernannten und stützten die Herzöge von Aberfenn, aber nur allzu häufig hat das Herzogtum seinen Fürsten auch durch einen machtbewussten König verloren. So hat König Divitie III. aus dem Hause Balwen während seiner wild bewegten Regierungszeit vier Herzöge von Aberfenn ernannt und drei hinrichten lassen.

Barrod Sheepshead: Eine Geschichte des Hauses Balwen

Benfro wanderte ziellos durch den Wald. Er hatte jagen wollen, aber im trüben Licht der Dämmerung schien kaum Beute unterwegs zu sein. Oder vielleicht lag es auch daran, dass er keine Lust auf Stille und Vorsicht hatte und lieber mit der Behutsamkeit einer Rinderherde durch das Unterholz trampelte. Er war müde, durch und durch erschöpft auf eine Weise, die das klare Denken erschwerte und es ihm fast unmöglich machte, seine Aura im Griff zu behalten. Sein verletzter Flügel war ein konstanter brennender Schmerz, gegen den er nichts zu unternehmen wagte, er brauchte den Schmerz, um wach zu bleiben oder zumindest geweckt zu werden, wenn er doch irgendwann dem Schlaf unterlag.

Er fürchtete sich jeden Tag vor dem Abend. Solange es hell war, konnte er Beschäftigungen finden, sinnlose Aufgaben, die ihn von der bohrenden Lethargie ablenkten, die ihm zu schaffen machte. Aber wenn der Abend kam, gab es nichts, keine Ablenkung. Dann konnte er nur in seinem primitiven kleinen Pferch sitzen und vor Kälte zittern. Er machte sich nie ein Feuer, die Wärme hätte ihn in Sekundenschnelle einschlafen lassen. Er kämpfte gegen die Wellen aus Müdigkeit, die ihn zu Boden ziehen wollten, und irgendwann im Laufe der Nacht verlor er dann. Magog zerschlug den letzten Knoten seiner Entschlossenheit und brach über ihn herein. Der Schlaf war für Benfro einst eine Zeit des Wunders gewesen, ein Ort magischer Träume und Abenteuer, ein sicherer Zufluchtsort vor den Leiden des Heranwachsens. Jetzt war der Schlaf sein Feind, seine eigene, ganz persönliche Folter.

Aufheulend fand er sich wieder in Magogs Schatzraum. Seine erste Reaktion war Zorn. Wie hatte er so einfach einschlafen können, draußen im Wald, im Gehen? Aber bald siegte die müde Resignation. In Gedanken mochte er aufschreien, weil alles so ungerecht war, aber er war ein Sklave des Herrschers über diese Stätte. Für Magog spielte es keine Rolle, dass Benfros Gedanken durch den Schlafmangel zerrüttet waren, dass sein Körper durch den Nahrungsmangel schwach war. Vielleicht wollte der wahnsinnige alte Magis es ja sogar so. Wenn Magog Benfros Schlaf so leicht unter Kontrolle hätte, würde er vielleicht auch bald dessen wache Stunden an sich reißen.

Müde machte sich Benfro an den Kampf gegen die Kraft, die ihn zum Sortieren der Edelsteine zwang. Es war so schwer, sich zu konzentrieren, er wollte nur die Augen schließen und in Vergessenheit sinken. Aber das würde Magog nicht zulassen, und der mittlere der drei kleinen Haufen vor ihm verlangte, dass Benfro kämpfte.

Die Edelsteine hatten sich im Laufe von drei Nächten langsam auf diesem Haufen angesammelt, als ob sie sich einen Weg durch die anderen Erinnerungen dorthin gegraben hätten, statt dort zu bleiben, wo sie gewesen waren. Es war fast, als hätten sie gewusst, was ihnen bevorstand, und wollten Benfro seine Aufgabe so schwer wie möglich machen.

Benfro hatte die ganze Zeit gewusst, dass er früher oder später mit seinen verräterischen Händen alte Freunde finden würde. Und jetzt lagen die funkelnden weißen extrahierten Edelsteine von Sir Frynwy fast vollständig vor ihm. Er wollte den letzten Stein gar nicht finden, aber er wusste mit entsetzlicher Sicherheit, dass er seinen alten Freund einem furchtbar einsamen Schicksal überantworten würde.

Benfro wehrte sich mit aller Kraft und versuchte, seine Hände von dem hohen Edelsteinhaufen wegzuhalten. Irgendwo hinten in seinen Gedanken konnte er Magog lachen hören. Oder lag es nur daran, dass er die Schadenfreude des alten Magis mit jeder Stunde stärker empfand? Egal wie, er konnte nichts anderes tun, als sich selbst zusehen, wie er die Hand nach dem ersten Edelstein ausstreckte und ihn mit felsenfesten Fingern aus dem Haufen nahm und in seine Handfläche legte.

Es war nicht Sir Frynwy.

Es war keiner von den anderen Drachen, deren kleinere Haufen vor ihm lagen, sondern eine vierte Erinnerung, bisher noch unerwählt, die noch immer mit den anderen von Magog vor so vielen Jahrtausenden gefangenen Seelen kommunizieren konnte. Benfro legte den Edelstein zurück auf den Haufen, ein wenig zur Seite, und griff dann nach einem anderen.

Er kam nur schmerzlich langsam voran. Wie viele Nächte er nun schon in diesen Schatzraum gekommen war, um Edelsteine zu sortieren, wusste er nicht. Es wäre Wahnsinn gewesen, die alle zählen zu wollen. Er konnte sehen, dass der große Haufen kleiner geworden war. Dennoch war er noch immer nicht einmal halb so groß wie damals, als Benfro und Malkin ihn angelegt hatten.

Es gab einige Nächte, glückliche Nächte, in denen Benfro keine vollständigen Edelsteinsätze fand, ehe er Magogs Einfluss abschütteln und sich wecken konnte. Aber noch, während er sich gegen den Zwang, den Magog auf ihn ausübte, zur Wehr setzte, konnte sich ein Teil seiner selbst nicht gegen den Gedanken wehren, dass es eine effektivere Methode des Sortierens geben müsste. Wenn Magog ihn durch einen langsamen Prozess von Langeweile und Entmutigung zermürben wollte, hätte er sich nichts Besseres ausdenken können.

Benfros Finger streiften einen anderen Edelstein und rissen ihn aus seinen Überlegungen. Er verfluchte sich, weil er sich von seinem Kampf hatte ablenken lassen, während ihm zugleich im Gefühl seiner Niederlage seine Herzen schwer wurden. Es war unmöglich, den Drachen, dessen Erinnerungen er in der Hand hielt, nicht zu erkennen; viele davon teilte er ja. Langsam, zitternd, wie um sich an der Arbeit zu hindern, legte Benfro Sir Frynwys letzten Edelstein auf den Haufen vor sich und zwang seine widerstrebenden Lippen dabei zu einem Flüstern:

»Es tut mir leid.«

Sein Körper war nur eine Marionette, als Benfro auf die Füße kam und sich bückte, um die Sammlung zu vervollständigen. Das hier war immer der schlimmste Augenblick, wenn der Drache, dessen Erinnerungen er in der Hand hielt, mit ihm sprach, ihm Vorwürfe machte, ihn anflehte, jetzt nicht weiterzumachen.

»Du musst gegen ihn kämpfen, Benfro.« Sir Frynwys Stimme war in seinem Kopf, so klar, als ob er neben ihm stände.

»Du weißt nicht, wie das ist«, antwortete Benfro in Gedanken, seine Lippen zu einer Grimasse verzogen. »Er ist so mächtig.«

»Ich weiß, aber das bist du auch. Du hast ihn schon einmal besiegt, und das kannst du wieder schaffen.«

»Aber ich bin so müde. Ich kann meistens nicht einmal klar denken. Es ist, wie gegen deinen eigenen Schatten zu kämpfen.«

»Hör mal, Benfro. Denk daran, wie Frecknock dich behext hat, damit du niemandem erzählen könntest, was sie da machte.«

Benfro spürte ein Aufwallen von Zorn, als Frecknocks Name erwähnt wurde. Sie war daran schuld, dass alle im Dorf tot waren, dass seine Mutter vor seinen Augen niedergemetzelt worden war, dass er jetzt in dieser elenden Lage war.

»Ja, sie hat eine Menge auf dem Gewissen«, Sir Frynwys Stimme klang unbegreiflich verzeihend. »Aber denk daran, wie du damit umgegangen bist. Du hast so sehr gekämpft, wie du nur konntest, du hast jeden Trick probiert, den du kanntest, um diesem Zauber auszuweichen, ich erinnere mich, dass ich gedacht habe, du seist doch verrückt geworden, weil du immer wieder zu mir kamst und die seltsamsten Fragen stelltest. Natürlich, sowie ich wusste, was dir passiert war, ergab das alles einen Sinn.«

»Aber es ist hoffnungslos!«, heulte Benfro in Gedanken. Er konnte die Felswand mit den vielen Alkoven viel zu dicht vor sich sehen, als er jetzt auf steifen Beinen darauf zuging. »Ich konnte ihren Zauber nicht brechen. Und ihr alle habt Monate gebraucht, um zu begreifen, was das Problem war. Und dann war es zu spät.«

»Benfro, es war schon zu spät, ehe du geschlüpft bist, lange, ehe Frecknock überhaupt in unser Dorf gekommen ist. Du solltest sie nicht so bereitwillig verurteilen. Wir alten Drachen hatten uns entschieden, zusammenzuleben, sie wurde dazu gezwungen. Eines Tages wirst du begreifen, was das bedeutet. Aber darum geht es nicht. Es geht darum, dass du ein Problem hattest, das du allein nicht lösen konntest, deshalb bist du damit zu uns gekommen. Du bist damit zu deinen Freunden gekommen.«

Benfro stand jetzt vor der Wand und beugte sich zum nächsten leeren Alkoven vor. Ihm traten Tränen in die Augen, als er seine zusammengelegten Hände ausstreckte, um die Edelsteine abzulegen.

»Es tut mir leid, Sir Frynwy. Ich will das nicht, aber ich kann nicht dagegen an.«

»Ich weiß, dass du das nicht kannst, Benfro. Nicht allein. Mach dir meinetwegen keine Sorgen. Es wird mir nichts ausmachen, eine Weile hier allein zu sein, und ich weiß, du wirst gewinnen. Du wirst Magog besiegen, und dann wirst du herkommen und uns alle befreien. Aber denk daran, was ich gesagt habe. Du brauchst nicht allein gegen ihn zu kämpfen. Du hast Freunde, die dir helfen können. Wenn du sie nur bittest.«

»Was für Freunde? Von wem redest du da?«, schrie Benfro in Gedanken, aber da war der letzte Edelstein schon aus seinen Händen in den Alkoven gefallen und Sir Frynwys Stimme verstummte.

Der Thronsaal war nicht einmal halb voll. Es war zwar auch fast unmöglich, ihn ganz zu füllen, so riesig wie er war, aber dennoch fand Beulah, es hätte der Sache größeres Gewicht verliehen, wenn ihr Volk ein wenig größere Begeisterung gezeigt hätte. Vielleicht hätte sie darauf bestehen sollen, dass die Kaufleute der Stadt persönlich ihre Aufwartung machten.

Vertreter aller Adelshäuser waren natürlich anwesend. Die Hofschranzen buhlten um Ämter, sie spielten dieses Spiel, als wäre Beulahs Vater noch am Leben. Sie sah ihnen von ihrem sicheren Posten auf dem Obsidianthron aus zu und versuchte, sich an einige ihrer Namen zu erinnern.

Hofmarschall Padraig saß auf seinem schlichten Holzstuhl neben dem Thron, neben ihm Archimandrit Cassters. Beulah wünschte, auch Melyn wäre hier. Nicht dass sie seine Unterstützung oder auch nur seine Zustimmung benötigt hätte, aber er war die Grundlage ihrer Macht. Sie hatte versucht, ihn zu erreichen, aber das eine, was Cassters' Mittel nicht hatten heilen können, war ihre frustrierende Unfähigkeit, in die Trance zu gleiten, die den Zugang zur Ätherischen Phase ermöglichte. Und sie hatte keine Ahnung, wo sich der Inquisitor derzeit aufhalten mochte.

Einige Nachzügler eilten durch die Türen am Ende der Halle, zweifellos in der Hoffnung, dass ihr Zuspätkommen niemandem auffallen würde. Beulah wusste, dass Padraig seine Schreiber überall in der Zitadelle postiert hatte; sie würde irgendwann in der kommenden Woche eine Liste aller erhalten, die nicht zugegen gewesen waren, ob sie nun eine Entschuldigung hatten oder nicht. Da überall im Zwillingskönigreich neue Rekruten ausgehoben wurden, hatten viele der Häupter der Adelshäuser einen hinreichenden Grund für ihre Abwesenheit – diesmal jedenfalls. Noch immer enttäuscht über den geringen Zustrom beschloss Beulah, es sei an der Zeit, und nickte dem Hofmarschall zu, die Zeremonie zu eröffnen.

Padraig kam mühsam auf die Füße, ein Blatt Papier in der Hand, als ob er daran erinnert werden müsste, was er zu sagen hatte.

»Edle Herren, Damen und Adlige. Ihr seid zu einer bedeutenden königlichen Verlautbarung hergerufen worden.« Er versuchte, seine Stimme überall in der Halle erschallen zu lassen, wie Beulah bemerkte, aber er hatte nicht die Fähigkeiten oder die Macht des Obsidianthrones im Rücken. Vermutlich konnten die meisten Anwesenden kein Wort seiner Rede verstehen.

»Wie Ihr alle wisst, wurde das Haus Aberfenn kürzlich bei einer Verschwörung ertappt, die unsere geliebte Königin Beulah vom Thron stürzen sollte, eine Verschwörung, hinter der die gottlosen Lanwennog und ihr Mammon standen.« Padraig schaute in seine Papiere, und seine Stimme zitterte ein wenig bei diesen Worten. Er schaute kurz zu Beulah hinüber. Als sie ihn finster anstarrte, räusperte er sich leise und las weiter:

»Dieser durch nichts provozierte Angriff ist eine Kriegserklärung an das Zwillingskönigreich und wird nicht unerwidert bleiben. In diesem Moment werden Rekruten ausgehoben und ausgebildet. Wir werden die aufgeklärte Herrschaft unserer Königin in die Länder des Nordens tragen.«

Leises Stimmengewirr war überall in der großen Halle zu hören, als die Worte des Hofmarschalls von einem zum anderen weitergegeben wurden. Es war für niemanden eine Neuigkeit; seit Wochen wurden nun schon wehrtüchtige Männer in Dörfern und Städten im ganzen Land eingezogen.

»Durch seinen Verrat hat Herzog Angor sämtliche Ländereien und Titel von Aberfenn eingebüßt. Seine Mitverschwörer sind entlarvt und hingerichtet worden, seine Frau und seine Tochter haben ihre Titel und Privilegien verloren. Mit dieser Strafe müssen alle rechnen, die sich mit unseren Feinden zusammenrotten.«

Beulah ließ ihre Gedanken durch die Menge wandern, drang in den Geist der Anwesenden ein und testete so die allgemeine Stimmung, während Padraig weiterredete. Sie hatte seine Rede bereits gelesen und die Abschnitte korrigiert, die ihm offenbar die größten Schwierigkeiten bereiteten. Jetzt wünschte sie, er könnte sich einfach beeilen und zur Sache kommen.

»Es ist das Recht der Königin, Ländereien und Titel zu vergeben, wie sie es für angemessen hält, und aus diesem Grunde seid Ihr heute alle hergebeten worden. Tritt vor, Clun Defaid.«

Clun hatte in der ersten Reihe gestanden. Seine Nervosität stand in vollständigem Widerspruch zu der einstudierten Lässigkeit und dem Selbstvertrauen der Adligen in seiner Nähe. Als er seinen Namen hörte, erstarrte er, als ob jemand ihm einen spitzen Stock in den Rücken gebohrt hätte. Beulah spürte, wie sein Unbehagen in Angst umschlug, und sie schickte ihm beruhigende Gedanken. Er sah noch immer aus wie ein Kaninchen, das den Schrei eines Raubtiers gehört hat, aber er schien sich doch ausreichend zusammenzunehmen, um einen ersten Schritt zu machen, dann noch einen und einen dritten, und jeder Schritt fiel ihm leichter als der davor, bis er endlich das Podium erreicht hatte. Eine niedrige Bank war vor den Thron gestellt worden. Clun kniete darauf nieder und senkte den Kopf.

Beulah stand auf und alle in der Halle erhoben sich mit ihr. Sie blickte über Cluns demütige Gestalt hinweg und bannte ihr Publikum mit ihrem Blick. Sie wartete gerade lange genug, damit die anderen sich unbehaglich fühlten, da das Schweigen schwer in dem riesigen Thronsaal hing, dann rief sie mit einem einzigen Gedanken eine schmale Lichtklinge herbei.

Alles keuchte laut hörbar auf. Aller Augen waren auf Beulah gerichtet – sie konnte die vollständige Aufmerksamkeit spüren, als sie gestärkt von der Macht des Thrones sprach und ihre Worte so richtete, dass jeder im Saal sie hörte, als stände sie unmittelbar neben ihm.

»Clun Defaid, du hast dem Hause Balwen selbstlos gedient. Von einem Kampfpriester des Ordens vom Hohen Fryd würde ich auch nichts anderes erwarten.« Beulah registrierte, wie Clun zusammenzuckte, als er diesen Rang hörte, der ihm gar nicht zukam. Sie konnte ihn aber den Adelshäusern nicht als schlichten Novizen vorstellen. Melyn würde es vielleicht nicht gefallen, aber Clun würde ihm bald ebenbürtig sein. Der Inquisitor würde ihn einfach zum vollgültigen Kampfpriester befördern müssen, und der Teufel sollte die Traditionen des Ordens holen.

»Durch deinen Mut konntest du ein Attentat auf mein Leben vereiteln. Du hast dich einem vergifteten Geschoss in die Bahn geworfen, das für mich bestimmt gewesen war, und nun biete ich dir als Belohnung Folgendes an. Schwörst du, vor den versammelten Adelshäusern des Zwillingskönigreiches, dem Hause Balwen zu dienen und seinen Nachkommen von diesem Moment an immer die Treue zu bewahren?«

Cluns Stimme war dünn, ängstlich. Sie konnte sich kaum von seinen Lippen lösen. Beulah nahm den Gedanken dahinter und schob ihn laut wie ihre eigenen Worte den Anwesenden zu.

»Ich schwöre.«

»Und schwörst du, die Gesetze unseres Landes einzuhalten und in Fragen des Rechts als unparteiischer Schiedsrichter zu handeln?«

»Ich schwöre.«

»Schwörst du, ein Heer aus kampftüchtigen Männern zu erhalten, die in einer solchen Anzahl ausgerüstet und ausgebildet werden, wie sie den Ländereien und den Titeln entsprechen, mit denen ich dich zu belehnen gedenke?«

»Ich schwöre.«

»Und schwörst du, mich zu ehren, egal, welche Aufgabe ich dir auch stelle?«

»Das schwöre ich, es sei denn, der Tod hindert mich daran.«

Beulah war fast verwirrt von dieser Abweichung vom Protokoll, aber sie war entzückt von Cluns neu gefundenem Selbstvertrauen. Sie konnte dem Gemurmel der versammelten Zeugen entnehmen, dass es ihnen auch so ging. Gut. Das würde es ihnen leichter machen, auch ihre nächste Verlautbarung zu akzeptieren.

»Denn erhebt Euch, Clun Defaid, Herzog von Aberfenn.«

Clun richtete sich langsam auf, als das Gemurmel kreuz und quer durch die Halle jagte. Einige der Anwesenden hielten ihn vielleicht für zu jung, als dass man ihm die Verantwortung für eine ganze Provinz auferlegen konnte. Anderen erschien seine Erhöhung wie ein Wirklichkeit gewordenes Märchen.

»Und nun nimm meine Klinge, mein Geliebter.« Das flüsterte Beulah Clun zu, als sie die Hand ausstreckte und ihm die Lichtklinge darbot. Seine Augen weiteten sich vor Überraschung. Das hatte nicht zu der Zeremonie gehört, als er sie in der vergangenen Nacht mit Padraig geprobt hatte. Sie lächelte ihn an, dann ließ sie die Klinge los und richtete den Strom der Grymlinien auf ihn. Ein ungeschickter Bauer wäre natürlich von innen her lebendig verbrannt worden, aber Clun fing die Lichtklinge ganz natürlich auf, als ob er das sein Leben lang geübt hätte. Beulah konnte den Anflug von Panik in seinem Gesicht sehen, als ihm aufging, was er da tat. Sie brauchte dafür nicht den Rand seiner Gedanken zu streifen. Aber sie nahm seine andere Hand und drehte ihn zu der stummen, hingerissenen Menge um.

»Hiermit ist bewiesen, dass Herzog Clun des Amtes als mein Beschützer würdig ist.« Sie ließ ihre Stimme durch die Halle donnern und zog Kraft aus dem Thron. Der Augenblick war perfekt. Sie hatte das Gefühl, es alleine mit ganz Lanwennog aufnehmen zu können.

»Und jetzt hört alle zu, was ich nun verkünde. Morgen wird ein Tag der Festlichkeiten für den neuen Herzog von Aberfenn sein. Morgen werden zwei Wochen der Feiern beginnen, und am Ende dieser Feiern werde ich diesen Mann hier zum Gemahl nehmen.«

Errol ließ sich in das eiskalte Wasser gleiten und schüttelte sich, als es seine Taille, seine Brust und schließlich seinen Hals erreichte. Unterhalb der Furt wurde es rasch tiefer, und dort, wo der Fluss eine lange Senke bildete, wurde auch die Strömung langsamer. Es war wunderbar, das Gewicht von seinen Knöcheln zu nehmen, aber der Hauptgrund für dieses morgendliche Bad hatte mit Sauberkeit zu tun. Errol schwamm zum gegenüberliegenden Ufer und riss weiches Gras ab, das über die Böschung hing, zerfetzte es und verknetete es dann, so gut er konnte, zu einer Art Seifenersatz. Er kniete im seichten Wasser nieder und schrubbte seine Haut, bis er anfing, sich sauber zu fühlen, während er sich an sein letztes richtiges Bad zu erinnern versuchte.

Die Sonne stand jetzt über den Baumwipfeln und schien auf die flachen Felsen in der Nähe von Furt und Wasserfall. Errol ließ sich von der Sonne trocknen. Der Wind wehte sanft, und Errol zitterte ein wenig in der leichten Brise, obwohl er sich Wärme aus den Grymlinien holte. Dann richtete er seine Aufmerksamkeit auf seine Kleider.

Sein Hemd war zerlumpt und fadenscheinig und von Schmutz

und geronnenem Blut verkrustet; an der Stelle, wo Beulah ihn mit dem Messer verletzt hatte, war der Stoff zerfetzt und ausgefranst. Er ließ seine Kleider in das kalte Wasser fallen. Dann breitete er sie auf dem Felsen aus und versuchte, mit einem flachen Stein die schlimmsten Flecken zu entfernen. Er rubbelte gerade an den Blutflecken auf seiner Hose herum, als Corwen auftauchte.

»Lohnt sich denn diese ganze Mühe?«, fragte der alte Drache.

»Ich hab nichts anderes zum Anziehen.« Errol dachte an seine Novizengewänder, die im Kloster in Emmas Faur neben seinem Bett hingen, an die Auswahl strapazierfähiger Kleidungsstücke in der Truhe hinten in der Hütte seiner Mutter. »Und ich kann doch nicht nackt durch die Gegend laufen!«

»Drachen können das.«

Errol lachte. »Ja, das kann ich mir vorstellen. Aber ich bin kein Drache. Ich habe keine dicken Schuppen, die mich beschützen.« Er hob sein Hemd auf, das in der Sonne nun fast getrocknet war. Es knisterte steif in seinen Händen, als er es musterte. »Ich wünschte, ich hätte Flicksachen.«

»Warum besorgst du dir nicht einfach ein neues Hemd?«

»Woher denn? Im Umkreis von Hunderten von Meilen gibt es keinen Hemdenmacher, und selbst wenn es einen gäbe, hätte ich kein Geld, um ihn zu bezahlen.«

»Aber in Gulad gibt es Hemdenmacher, Schneider und Schuster, deren Beruf es ist, für andere Kleider und Stiefel herzustellen. Ich erinnere mich an einen Mann in Talardeg, der witzige kleine Hüte mit Troddeln oben herstellte.«

»Aber die sind eben nicht hier.« Errol zog seine Hose aus dem Wasser und wrang sie ein letztes Mal aus. Einige der Blutflecken würden nie verschwinden, das sah er jetzt, und bald würden die Knie sich in nichts aufgelöst haben.

»Du warst vor vier Wochen auch nicht hier. Bist du zu Fuß hergekommen, Errol?«

Errol konnte sich an kaum mehr als an die Schmerzen erinnern. Er war den Linien gefolgt, das wusste er immerhin. Aber er hatte nach Pullpeiran gewollt, nach Hause, wo seine Mutter ihn heilen könnte. Stattdessen hatte er Sir Radnors Stimme gehört und gespürt, wie eine sanfte, aber entschiedene Kraft ihn in eine andere Richtung schob. Und dann war er in der Höhle zu sich gekommen und Corwen hatte auf ihn heruntergeblickt.

»Ich könnte also zurückgehen«, sagte Errol. »Ich könnte nach Hause gehen und mir ein paar Kleider holen. Nach meiner Mutter sehen. Damit sie weiß, dass es mir gut geht.«

»Das wäre eine Möglichkeit. Nicht anzuraten, aber nicht unmöglich.«

»Nur habe ich das nie so geschafft, wie ich wollte. Ich hatte immer Hilfe. Oder es war eine Frage von Leben und Tod, und ich will nicht wieder in Ruthvins Hain enden. Oder in Melyns Kapelle.« Errol schauderte es bei dem Gedanken an eine Rückkehr an diesen kalten, elenden Ort.

»Du brauchst nirgendwohin zu gehen, Errol.« Der alte Drache setzte sich auf den Felsen und ließ die Beine ins Wasser hängen, wo sie allerdings nicht die kleinste Bewegung verursachten. »Du kannst die Hand nach einem Ort ausstrecken und dir das holen, was dort ist. Das ist eine der ersten Feinen Künste, die ein Drache lernt.«

»Ich bin kein Drache.«

»Das sagst du immer wieder. Und so lange du dich selbst so siehst, wirst du auch niemals einer sein. Aber tu mir den Gefallen und versuche es. Da Benfro mal wieder zum Schmollen in den Wald gegangen ist, habe ich gerade niemanden, dem ich etwas beibringen könnte. Vielleicht würdest du gern etwas Neues lernen.«

»Natürlich«, sagte Errol. »Immer.«

»Na dann, versuch das mal. Mach die Augen zu und stell dir

das Haus deiner Mutter vor. Stell dir das Zimmer vor, wo du geschlafen hast, und die Truhe, in der all deine Kleider aufbewahrt wurden.«

Errol versuchte, in Gedanken dieses Bild aufzubauen, fand das aber erstaunlich schwierig. Er kannte das Haus so gut, dass er sich nicht erinnern konnte, es sich jemals genauer angesehen zu haben. Und es half auch nicht, dass seine Erinnerungen an zu Hause von Inquisitor Melyn neu geschrieben worden waren. Errol glaubte, die Wahrheit aus dem Gewirr von nicht übereinstimmenden Bildern herausgefiltert zu haben, aber noch immer lauerte in seinem Hinterkopf ein Zweifel.

»Konzentrieren, Errol. Beschreib die Truhe. Sieh sie!« Corwens Stimme war in ihm, um ihn, und in diesem Augenblick hatte Errol das Gefühl, aus seinem physischen Körper zu gleiten. Seine Augen waren noch immer geschlossen, aber plötzlich konnte er alles um sich herum sehen – die Lichtung, die Bäume, den Fluss, der hinter dem Felsen, auf dem er saß, in Richtung Wasserfall und dann weiter zum Wald strömte. Und er konnte die Linien sehen, die alles verbanden, die die Umrisse von Gulad zeichneten, wobei jeder Punkt mit jedem anderen verbunden war.

Er sah nach Süden, ungefähr dahin, wo das Haus seiner Mutter stand, so viele Hundert Meilen weit weg. Es war eine unsinnige Vorstellung, dass er es sehen könnte, aber plötzlich war er dort, stand vor der Haustür. Das Haus sah zerfallen aus, leblos. Das war wohl logisch so; sicher war seine Mutter zu Godric ins Dorf gezogen. Er überlegte, ob sie wohl seine Sachen mitgenommen hätte, und kaum hatte er das gedacht, da stand er auch schon in seinem Schlafzimmer.

Das war sogar für seinen seltsamen neuen Blick dunkel und staubig, aber alles schien noch ungefähr dort zu liegen, wo er es verlassen hatte. Seine kleine Sammlung von Büchern stand im Regal über seinem schmalen Bett, und dort, unter dem zugigen

Fenster mit Blick auf den Wald, war seine Truhe. Er konnte sich perfekt daran erinnern.

»Komm jetzt zu mir zurück, Errol.« Corwens Stimme schien unbegreiflich weit weg und zugleich dicht neben ihm zu sein. Errol ging auf, dass er das Rauschen des Wasserfalls und das Plätschern des Wassers in der Furt hören konnte. Das Bild seines Zimmers verblasste, aber er konnte noch immer die Truhe sehen, und, als Verbindung zu der Stelle, an der er saß, das endlose und unvorstellbar komplizierte Netz der Grymlinien. Er fühlte den Fels, der ihn an der Lichtung verankerte, unter seinem Hintern und seinen Füßen, und doch stand seine Truhe dicht vor ihm. Er brauchte nur die Hand auszu…

Ein lautes Platschen ließ Errol die Augen aufreißen. Plötzlich und schmerzlich war er wieder in sich selbst, und sein Herz hämmerte, als wäre er gerade sechs Treppen hochgerannt. Er schaute sich um, zuerst nach Corwen, der noch immer auf dem nächsten Felsen saß, dann nach dem Fluss, wo etwas die Strömung gleich unterhalb seines Platzes aufgewühlt hatte. Etwas Großes und Eckiges und Hölzernes.

»Wie…? Habe ich…?« Er ließ sich in das seichte Wasser fallen und zog die schwere Truhe ans Ufer. Seine Finger berührten die Oberfläche der Truhe, und er sah die langen Streifen, die sie im Staub hinterließen. Wie lange war das Haus schon verlassen? Warum hatte seine Mutter seine Sachen zurückgelassen?

»Ich dachte, du würdest dir einfach ein Hemd holen, oder vielleicht eine Hose. Das hier ist grandios!«

Errol hörte Corwens Worte kaum. Das plötzliche magische Auftauchen seiner Kleidung war ein Wunder, das er nicht begreifen konnte, und zugeben, dass er es ausgelöst hatte, konnte er erst recht nicht. Aber dass er sein altes Zuhause gesehen hatte, sein altes Leben, verlassen und dem Verfall preisgegeben, erfüllte ihn mit einer so düsteren und so vollkommenen Einsamkeit, dass seine Kehle sich zusammenschnürte und ihm Tränen in die Augen traten.

»Eure Majestät, ich sehe, Ihr habt einen neuen Herzog von Aberfenn ernannt. Ich gratuliere dem Heraldikmeister zu seiner feinen Arbeit am neuen Wappen.«

Melyn beugte vor dem Obsidianthron kurz das Knie, dann richtete er sich wieder auf. Er hatte den neuen Wimpel an fast jeder zweiten Fahnenstange in der Brise flattern sehen.

»Also sagt mir, wer ist Euch als dermaßen selbstverständlicher Kandidat erschienen, dass Ihr es nicht für nötig hieltet, Euren alten Mentor um Rat zu fragen?«

»Höre ich da einen Unterton der Eifersucht, Melyn?« Beulah lächelte ihn vom Thron herab an. Der Inquisitor konnte die Veränderung in ihr nicht übersehen. Die Königin kam ihm auf irgendeine Weise weicher vor, weiblicher.

»Meine Königin kann sich selbstverständlich Rat holen, wo immer es ihr beliebt«, sagte er.

»Seid doch nicht beleidigt, Melyn. Ihr wart nicht hier, und ich wurde von den Umständen gezwungen zu handeln. Ich glaube nicht, dass Ihr meine Wahl missbilligen werdet. Ihr habt ihn ja schließlich zu mir geschickt.«

»Clun! Ihr habt einen Novizen zum Herzog gemacht?«

»Das ist nur die Hälfte der Neuigkeiten, Inquisitor.« Melyn drehte sich um und sah Hofmarschall Padraig aus einem Nebengemach auftauchen. »Sie will ihn außerdem heiraten.«

Melyn blickte wieder die Königin an und sah abermals diese Veränderung an ihr. Er wusste, dass sie auf irgendeine Weise in diesen Jungen vernarrt war, aber ihm war nicht klar gewesen, dass die Sache so weit gehen könnte. Aber natürlich, wenn er die Wahl hätte, dann wäre ihm Clun als Prinzgemahl doch lieber als jeder der hohlköpfigen Söhne der Adelshäuser.

»Padraig gefällt das nicht«, sagte Beulah und ihre Stimme klang ungewöhnlich nachsichtig. »Die Ernennung und meine Gattenwahl. Er findet, ich hätte die Tochers oder die Castell Glas oder eine der anderen Fürstenfamilien fester an mich binden sollen.«

»Eine Verbindung zu einem dieser Häuser hätte Eure Stellung in der Tat gestärkt, Eure Majestät«, sagte Padraig. »Und die Heirat mit jemandem aus dem gemeinen Volk ist eine Beleidigung für Eure Höflinge.«

»Egal wen ich genommen hätte, und wenn es einer dieser lächerlichen kleinen Adelssöhne gewesen wäre, die anderen wären immer beleidigt gewesen. Einen Mann aus dem gemeinen Volke zu erheben und ihn dann zum Gemahl zu nehmen, macht mich bei ebendiesem Volk beliebt. Es ist ein wahr gewordenes Märchen.«

»Natürlich, Majestät. Und das werden meine Prediger allen erzählen, wenn sie die Nachricht im Zwillingskönigreich verbreiten. Obwohl ich doch gern etwas mehr Zeit für die nötigen Vorbereitungen gehabt hätte.«

»Mehr Zeit?«, fragte Melyn. »Wie bald soll die Trauung denn stattfinden?«

»Zur nächsten Sonnrast, beim Hirten!« Padraig setzte sich an einen kleinen Schreibtisch neben dem Thron und wühlte in allerlei Schriftrollen. Melyn sah wieder die Königin an und versuchte zu erfassen, was an ihr anders war. Sie trug ein langes Kleid aus goldener Seide statt ihrer üblichen knabenhaften Wildlederhose. Und waren ihre Haare nicht etwas länger als in seiner Erinnerung? Es war schwer zu sagen. Ihr Gesicht sah dünner aus, als ob sie lange nicht richtig gegessen hätte, aber sie sah gesund aus, sie strahlte fast durch die Kraft des Thrones. Und dann ging ihm ein Licht auf.

»Eure Majestät, würdet Ihr vielleicht mit mir einen Spaziergang über den Hof machen? Es ist ein wunderschöner Morgen.«

»Aber gern, Inquisitor.« Beulah streckte die Hand aus und Melyn nahm sie und half ihr vom Thron. Padraig neben ihm runzelte verärgert die Stirn, widmete sich aber weiter seinen Papieren.

Bei den riesigen Eichentüren des Thronsaals wollten sich zwei Wächter ihnen anschließen, als Melyn die Königin nach draußen begleitete. Beulah winkte sie mit lässiger Handbewegung weg.

»Glaubt Ihr, mir kann etwas passieren, wenn der Inquisitor des Ordens vom Hohen Fryd mein persönlicher Begleiter ist?«

Sie überquerten den Rasen und wichen dem Bogengang aus, der die große Halle umgab. Erst, als Melyn sicher war, dass sie sich außer Hörweite befanden, sagte er etwas.

»Seit wann wisst Ihr es schon?«

»Was soll ich denn wissen?« Beulah spielte die Unschuldige, aber er kannte sie zu lange, um sich davon täuschen zu lassen.

»Dass Ihr Cluns Kind erwartet.«

»Cassters hat die Diagnose gestellt. Vorher war mir zwei Wochen lang hundemäßig elend.«

»Ihr habt Euch vom Archimandriten persönlich untersuchen lassen?«

»Das war eigentlich nicht meine Idee. Ich wollte nur lieber einen Heiler vom Widderorden und keinen von den nutzlosen Bürokraten, mit denen Padraig den Palast gefüllt hat. Die haben versucht, mich mit Blutegeln zu kurieren.«

»Padraig weiß es also nicht.«

»Außer Cassters, Clun und mir weiß es niemand. Und außer Euch, offenbar. Cassters hat sogar im Palast eine schwangere Magd gefunden, damit er meine morgendliche Übelkeit behandeln kann. Einige der Arzneien, die er für sie zusammenstellt, werden an mich weitergereicht.«

»Und Ihr glaubt, niemand wird den Verdacht hegen, dass es für Eure eilige Heirat noch einen anderen Grund als Eure Liebe zu Clun geben kann?«

»Es gibt Möglichkeiten, die Schwangerschaft zu verlängern, wenn es sein muss, für einige Wochen. Mein Kind wird in meiner Hochzeitsnacht empfangen werden. Es wird erst neun Monate später auf die Welt kommen. Niemand wird die Legitimität meines Erben anzweifeln können.«

»Das ist gefährliche Magie, Beulah.« Melyn ließ die Palastetikette fallen. »Ihr könntet das Kind damit beschädigen, oder sogar Euch selbst.«

»Es muss sein. Ihr wisst, wie wenig Respekt die Adelshäuser mir entgegenbringen. Ich brauche ihre Armeen und ihre Steuern, und das wissen sie. Angor war nicht der Einzige mit Sympathien für die Lanwennog; es gibt noch andere, die keine Lust auf Krieg haben. Ich will ihnen keinen Grund zu der Behauptung geben, meine Schwester Iolwen könnte einen größeren Anspruch auf meinen Thron haben als mein Erbe.«

»Habt Ihr irgendetwas aus Tynhelyg gehört?«

»Sie und Dafyd haben vor Monaten geheiratet. Ihre Flitterwochen haben sie in Fo Afron verbracht und seither hat niemand sie gesehen. Unsere Spione konzentrieren sich mehr auf die Bewegungen von Billahs Heer; sein Enkel interessiert sie weniger.«

Melyn wollte sich soeben nach den Vorbereitungen für die Hochzeit erkundigen, als sie von einem Wächter unterbrochen wurden, der über den Rasen auf sie zugerannt kam. Der Mann blieb einige Schritte von ihnen entfernt stehen, da Inquisitor und Königin jeweils Lichtklingen herbeiriefen. Er fiel auf ein Knie und senkte den Kopf.

»Bitte, verzeiht die Störung, Eure Majestät. Aber es hat ein Attentat gegeben. In der Zitadelle. Ein Mörder.«

»Wer?«, fragte Melyn, als Beulahs Lippen dasselbe Wort formten. »Wer ist angegriffen worden?«

»Majestät, es war der Herzog von Aberfenn.«

5

Nichts hilft so sehr wie die Zeit, wenn es um die Heilung von Knochen geht. Aber Zeit allein kann keinen Bruch in seine richtige Form zurückbringen. Ein Glied kann mit Holz und Stoff geschient werden, damit es während des Heilungsprozesses still liegt. Doch wenn viele kleine Knochen gebrochen sind oder wenn Reglosigkeit zur Versteifung eines Gelenks führen könnte, dann können die Feinen Künste zur Beschleunigung der Heilung eingesetzt werden.

Man sollte immer höchste Sorgfalt walten lassen, wenn man die Grymlinien anzapft. Das gilt umso mehr, wenn die Kraft der Grym zur Heilung benutzt wird. Sorge dafür, dass du bei der Arbeit weder deinem Patienten noch dir selbst Stärke entziehst. Denn das ist der Weg zu Erschöpfung, Krankheit und Tod.

Morgum die Grüne: Das Heilbuch der Kräuterfrau

»Eure Majestät, bitte, haltet Euch hinter mir. Bleibt bei den Wachen.« Melyn verfluchte sein Alter, als er versuchte, mit Beulah Schritt zu halten.

Beulah rannte mit überaus unköniglicher Geschwindigkeit, trotz ihres langen Kleides. Bedienstete und Adlige sprangen erschrocken beiseite, als sie durch den Gang jagte.

Melyn gelang es, die Königin einzuholen, als sie anhielt, um eine reich verzierte Doppeltür aufzureißen. Er packte ihren Arm und hielt sie zurück.

»Denkt daran, was ich Euch beigebracht habe. Stürzt Euch nicht unvorbereitet hinein.«

Er hatte seine Lichtklinge schon bereit, und das stetige Feuer war ein beruhigender Druck in seinen Gedanken. Als er sicher war, dass die Königin nicht weglaufen würde, ließ er ihren Arm los und öffnete selbst die Tür. Auf der anderen Seite erwartete ihn ein grauenhafter Anblick.

Es war ein Empfangsraum in einer der Gastsuiten, bestimmt für die alleredelsten unter den besuchenden Würdenträgern. Hohe Fenster mit eleganten Vorhängen schauten auf einen mit Rasen bewachsenen Innenhof. Üppige Sessel standen um einen offenen Kamin, in dem im Augenblick kein Feuer brannte. Von den beiden prachtvollen Schreibtischen am anderen Ende des Zimmers war einer wie von einem axtschwingenden Riesen gespalten worden. Stühle waren umgekippt und zwei Tote lagen am Boden.

Sie sahen aus, als habe etwas sie auseinandergerissen. Ihr Blut war über die Wände verspritzt, ihre Innereien lagen auf dem reich gemusterten Teppich. In der Luft hing ein schwerer Gestank nach verbranntem Eisen und Exkrementen.

»Beim Hirten! Clun!« Melyn staunte, als er den Jammer in Beulahs Stimme hörte.

»Meine… Herrin!« Eine Bewegung hinter dem Schreibtisch riss Melyns Blick von den verstümmelten Leichnamen auf dem Boden fort. Er schaute auf und sah einen menschenförmigen Blutfleck seine Gestalt ändern, ein klarer Schatten tauchte auf der Wand auf, als Clun vortrat. Er war von Kopf bis Fuß mit Blut und Innereien besudelt und sein herzogliches Gewand war ruiniert.

»Beim Hirten, Junge, was ist hier passiert?« Melyn hörte, wie Beulah bei diesen Worten nach Luft schnappte, und ihm fiel ein, dass er hier mit keinem Novizen mehr sprach, sondern mit dem Herzog von Aberfenn. »Eure Durchlaucht«, berichtigte er sich. »Ist alles in Ordnung?«

»Ich glaube schon … Herr.« Clun schien nicht so recht zu wissen, wie er ihn anreden sollte. Angesichts dessen, was er offenbar hinter sich hatte, war Melyn bereit, ihm dieses eine Mal zu verzeihen.

»Was ist passiert?«

»Ich … sie wollten mit mir über ein Handelsabkommen sprechen.« Clun zeigte auf den zerbrochenen Schreibtisch. Überall lagen Papiere herum, einige klebten im Blut auf der grünen ledernen Schreibplatte. »Dann sagte einer etwas darüber, dass Aberfenn nie wieder zum Spielzeug des Hauses Balwen werden dürfte. Er holte eine Lichtklinge herbei und zerschlug damit den Tisch. Eigentlich hatte er auf mich gezielt.«

Beulah rannte durch den Raum, ruinierte dabei ihr Kleid und fing an, mit einem weißen Taschentuch Blut aus Cluns Gesicht zu wischen. Melyn staunte dermaßen über diesen Anblick, dass er einige Augenblicke brauchte, um seine Gedanken zu sammeln. Was war aus der skrupellosen Königin geworden, die er hier zurückgelassen hatte?

Zwei Doppeltüren führten aus dem Empfangsraum. Eine stand offen. Lautlos ging Melyn hinüber, so weit, dass er sehen konnte, was sich dahinter befand. Es war ein riesiges Schlafzimmer, das von einem gewaltigen Himmelbett dominiert wurde. Einen Moment lang glaubte Melyn, mehr gebe es nicht in dem Zimmer, aber etwas erregte doch seine Aufmerksamkeit, ein Gefühl, dass hier etwas nicht zusammenpasste. Er starrte hinüber und versuchte zu ermitteln, was das sein mochte. Dann sah er sie am Fuße des Bettes. Sie kauerte da und hatte die dürren Flügel über ihren Kopf geschlagen. Wie er sie hatte übersehen können, begriff er nicht so ganz, aber die Frage verlor sich in seiner Verachtung und seinem Hass auf ihresgleichen.

Melyn durchquerte den Raum mit schnellen Schritten und senkte die Spitze seiner Klinge, bis diese nur noch um Haaresbreite vom Gesicht der Drachin entfernt war.

»Na, wenn das nicht die süße Frecknock ist. Ich wollte ohnehin mit dir sprechen. Aufstehen!« Er spie diese Wörter aus, und ein kalter Zorn überkam ihn, als er an den Tod und die Verwüstung dachte, die der Drache in den Wäldern bei Pullpeiran ausgelöst hatte. Ein Drache, von dem sie ihm nichts erzählt hatte. »Was hast du im Schlafzimmer des Herzogs zu suchen?«

»Euer Gnaden, der junge Herr – der Herzog hatte mich gebeten, ihm zu Diensten zu sein.«

»Unsinn. Was sollte denn einer wie er von einer wie dir wollen?«

»Er hat gesagt, er wolle mehr über die Grym lernen. Und mein geringes Wissen teile ich doch gern.«

Melyn hätte ihr fast hier und jetzt den Kopf abgehackt, aber ihm fiel der andere Grund ein, aus dem er Frecknock am Leben gelassen hatte: ihre Kenntnisse der Pässe in den Trenn-Bergen im Norden von Lanwennog. Er hielt inne und ließ seine Klinge zu nichts verlöschen. Die angestaute Macht der Grymlinien nahm dabei ein wenig von seinem Zorn mit.

»Was ist dort draußen passiert?« Er zeigte auf den Empfangsraum.

»Da sind Männer gekommen. Sie sagten, sie wollten über ein Handelsabkommen sprechen. Seine Durchlaucht bat sie herein und fing an, mit ihnen über Geschäfte zu sprechen. Er kennt sich damit aus, ich glaube, das hat seine Besucher überrascht.«

»Und wo warst du in dieser Zeit?«

»Ich saß bei der Tür da hinten unter dem Fenster.« Frecknock zeigte zurück in den Empfangssaal. »Ich glaube, der Herzog hat mich gern bei sich, wenn er Verhandlungen führt, mein Aussehen ist für manche … verwirrend.«

Melyn revidierte seine Meinung über Clun sofort. Dass der sich mit Geschäften auskannte, war verständlich, da sein Vater ein einigermaßen erfolgreicher Kaufmann gewesen war, aber einen

Drachen einzusetzen, um sein Gegenüber bei den Verhandlungen durcheinanderzubringen? Das sprach von einer Raffinesse, die man eher von einem Älteren erwartet hätte.

»Also, du hast da gelegen. Und was dann? Hast du einfach zugelassen, dass diese Männer den Herzog angegriffen haben? Du bist hier hineingerannt, um dich zu verstecken? Du hattest nicht vor, ihm zu helfen?«

»Nein, Euer Gnaden. Es ist so schnell passiert, dass ich kaum Zeit zu einer Reaktion hatte. Ich hätte alles getan, um dem jungen Herrn zu helfen. Er war immer gut zu mir, seit dem Attentat auf die Königin. Ich bin nicht vor den Angreifern weggelaufen.«

»Aber du hast dich hier versteckt.«

»Ich bin nicht vor seinen Angreifern weggelaufen«, sagte Frecknock noch einmal. »Sondern vor ihm.«

»Was redest du da?«

»Der erste Mann sprang hoch, brüllte etwas und schlug dann mit einer riesigen lodernden Klinge auf den Schreibtisch ein, mit so einer, wie Ihr sie habt. Seine Durchlaucht trat einen Schritt zurück, und dann …« Sie unterbrach sich und ihre Miene war nicht mehr unterwürfig und verängstigt, sondern zeigte totale Verwirrung.

»Dann was, Drache?«

»Ich … ich weiß nicht. Ich glaube, Seine Durchlaucht griff nach der Klinge. Dann gab es eine Art Schrei, und beide Angreifer sind gewissermaßen … explodiert. Nein, das ist nicht das richtige Wort. Es war eher, als ob etwas sie zerrissen hätte. Aber ich konnte nicht sehen, was. Und dann stand Seine Durchlaucht allein da, mit der Klinge in der Hand. Und er sah mich mit einem solchen Lodern in den Augen an, dass ich dachte, er wollte mich töten. Und da … da bin ich geflohen.«

Benfro saß unter den Bäumen am Rand der Lichtung und sah zu, wie der Junge eine schwere hölzerne Truhe vom Ufer zur Höhle zerrte. Er schaffte zwei Schritte, dann glitt er aus, stürzte und blieb lange liegen. Danach setzte er sich auf, rieb sich die Knöchel, als ob sie wund wären, kam mühsam auf die Beine und ging wieder los. Zwei weitere Schritte, und er stürzte abermals. Bei diesem Tempo würde er den ganzen Tag brauchen, um die Truhe in die Höhle zu schaffen.

Benfro lehnte sich an die raue Rinde der alten Eiche und verspürte den beruhigenden Schmerz in seiner Flügelwurzel. Der war sein Anker, das Einzige, worauf er sich verlassen konnte, wenn er Magog entkommen wollte. Aber langsam, unaufhaltsam heilte die Verletzung jetzt. Trotz der endlosen Nächte, in denen er seinen Rücken krümmte und verzerrte, indem er ihn in Wurzeln und Zweige bohrte, indem er ihn gegen Felsen schlug oder einfach ungeschickt darauf lag, wurde es immer schwerer, seiner Verletzung den nötigen Schmerz zu entlocken. Bald würde er so heil sein wie vor seinem Sturz, und danach würde nichts mehr Magog daran hindern können, ihn in der Nacht zu besitzen. Er würde Edelsteine sortieren, bis er vor Erschöpfung umkippte, aber sowie er ausgeruht genug wäre, würde er wieder im Schatzraum stehen. Selbst jetzt konnte er spüren, dass die Müdigkeit ihn zu Boden zog, als wöge er dreimal so viel, wie es richtig wäre. Die Erde schien ihm wie ein warmes, einladendes Bett, das nur darauf wartete, dass er in seine tröstliche Umarmung sank.

Benfro riss den Kopf nach hinten und knallte damit gegen den Baum, woraufhin vor seinen Augen für einen Moment alles verschwamm. Er war so dicht davor gewesen. Er konnte sehen, wie die Umrisse des uralten Schreibtisches vor seinen Augen schwanden, als er wieder in sich selbst zurückschnellte, und tief in seinen Gedanken hörte er das wahnsinnige Lachen seines Peinigers, das nach und nach ins Nichts verhallte.

Er versuchte, sich auf seine Aura zu konzentrieren und die rosa Schnur, die ihn mit Magogs Edelstein verband, besser in den Griff zu bekommen. Aber um sie richtig sehen zu können, musste er sich entspannen, und wenn er sich entspannte, würde er einschlafen. Einzuschlafen bedeutete, noch weitere seiner toten Freunde zu einer Ewigkeit in entsetzlicher Einsamkeit zu verdammen. So, wie er Sir Frynwy verdammt hatte.

Der Geist des alten Drachen hatte ihm geraten, bei seinen Freunden Hilfe zu suchen, aber Benfro fiel niemand ein, den er als Freund hätte bezeichnen können. Seine Mutter war tot; die meisten ihrer Edelsteine waren von Inquisitor Melyn gestohlen worden. Die Leute im Dorf waren tot und Magog ausgeliefert. Frecknock war wohl noch am Leben, aber niemals würde sie seine Freundin sein. Vielleicht könnte er Corwen als Freund betrachten, aber der Drachenmagis war nur eine Projektion seiner Erinnerungen. Wenn er Benfro hätte helfen können, gegen Magog zu kämpfen, hätte er das sicher schon versucht. Wen also hatte Sir Frynwy gemeint? Malkin? Den Mutterbaum? Benfro war sicher, dass die ihm helfen würden, wenn sie könnten, aber wie sollte er sie finden? Er wusste nicht, wo er mit der Suche anfangen sollte. Es hatte alles keinen Sinn. Er war allein.

Düster sah er zu, wie der Junge abermals versuchte, die schwere Truhe zu bewegen. Dass ihm das Schmerzen bereitete, war sogar aus dieser Entfernung zu erkennen. Der andere gab sich nicht so leicht geschlagen, das musste Benfro zugeben, aber konnte er nicht begreifen, dass diese Aufgabe seine Kräfte überstieg.

Da er ohnehin nichts Besseres zu tun hatte, stand er auf und ging auf die Lichtung zu. Der Junge hörte ihn nicht kommen, er war zu sehr darauf konzentriert, sich mit der Truhe abzuschinden. Als Benfro näher kam, keuchte der andere vor Schmerz auf und sank wieder zu Boden, wo er seine Knöchel umklammerte und Grimassen zog.

»Wo soll die denn hin?« Benfro hob die Truhe auf, als ob sie nicht schwerer wäre als Luft.

»In … in die Höhle, bitte. Wenn das geht.« Der Junge sprach in holpriger Drachensprache, mit einem seltsamen Akzent, der Benfro an Gideon erinnerte. Er dachte an seine erste Begegnung mit diesem Mann und daran, dass seine Mutter gesagt hatte, Father Gideon sei der einzige Mensch, dem sie vertraue.

»Wer hat dich unsere Sprache gelehrt?«

»Ich lerne alles, was ich kann, wenn ich Schriftrollen lese.« Der Junge war sehr blass, wie Benfro jetzt, da er ihn genauer ansah, erkannte. Er wusste nicht viel über Menschen, aber er war sicher, dass deren Knöchel nicht so aussehen sollten. Nicht in einem so seltsamen Winkel zum Bein hin abgeknickt, und nicht geschwollen und zerschrammt. Er änderte seine Wahrnehmung ein wenig, versuchte, die Aura des Jungen wahrzunehmen. Die war bleich, als ob sie nur noch durch einen ganz dünnen Faden mit dem Leben verbunden sei. Aber um seine Knöchel und Füße schwoll sie an, pulsierte in wütendem Rot und Lila. Benfro erinnerte sich an seine eigene Aura, als er seinen Flügel verletzt hatte, und er wusste, dass die Verletzungen des Jungen viel schlimmer waren. Wie hatte der Junge damit überhaupt gehen können?

»Warte hier«, sagte er, als ob das nötig gewesen wäre. Er trug die Truhe in die Höhle und stellte sie neben dem Bett ab. Dann ging er wieder hinaus zu der Stelle, wo der Junge noch immer lag, streckte die Hand aus und zog ihn hoch. Er wog fast noch weniger als die Truhe.

»Was tust du?«

»Deine Knöchel sind gebrochen.« Benfro sprach Englisch, obwohl er diese Sprache nicht mehr benutzt hatte, seit seine Mutter sie ihn gelehrt hatte. Er trug den Jungen in die Höhle und setzte ihn auf das Bett. Dann wandte er sich dem Feuer zu, das fast heruntergebrannt war. Es würde zu lange dauern, den Kohlen eine brauchbare Flamme zu entlocken. Stattdessen legte Benfro dicke Holzscheite auf die Asche, dann hauchte er eine kräftige Flamme ins Leben. Das Holz fing Feuer und loderte mit behaglicher Wärme auf. Der Junge auf dem Bett zitterte und rutschte auf das Feuer zu.

Benfro ging zur Truhe, öffnete sie und schaute hinein. Dort lagen allerlei Kleidungsstücke, einige waren vom Bad im Fluss feucht geworden, aber darunter fand er zwei trockene Decken, die er dem anderen reichte.

»Bleib liegen«, sagte er, dann verließ er die Höhle, ehe der Junge noch mehr sagen konnte.

Draußen hatte sich der Himmel bewölkt. Es sah nach Regen aus. Die Baumwipfel wurden vom stärker werdenden Wind hin- und hergepeitscht und schienen einen heraufziehenden Sturm anzukündigen. Benfro schaute zu dem improvisierten Dach seines Pferchs hinüber und fragte sich, ob das einem heftigen Windstoß wohl standhalten könnte. Aber eigentlich wollte er das gar nicht wissen.

»Er kann dir helfen. Wenn du ihn lässt.« Corwen tauchte neben Benfro auf, als ob er die ganze Zeit dort gewesen wäre.

»Wie denn? Der Junge kann ja nicht einmal gehen.«

»Er heißt Errol, Benfro. Wie du ja wohl weißt. Findest du es nicht ein bisschen unfreundlich, ihn die ganze Zeit zu ignorieren?«

»Ich habe ihm doch gerade geholfen.«

»Aber erst zum zweiten Mal in einem Monat. Er hat dir das Leben gerettet.«

»Wie denn? Das hast du schon einmal gesagt, aber wie soll jemand, der mir noch nie begegnet ist, mir das Leben gerettet haben?«

»Du bist ihm schon begegnet, Benfro. Du und Errol, ihr steht euch viel näher, als du dir vorstellen kannst. Und was glaubst du wohl, wer dir gesagt hat, du solltest springen, als du in Emmas Faur von Kampfpriestern umstellt warst?«

Benfro erinnerte sich an die Stimme in seinem Kopf, die ihm gesagt hatte, er solle springen. »Er war das?«

»Er war das. Er wurde von Melyn entführt. Der Inquisitor hat ihm das Gehirn umgestülpt. Er wurde in ihr Kloster gebracht und zum Spion ausgebildet. Aber er hat sich trotzdem befreien können. Hilf ihm, Benfro, dann wird er dir helfen, gegen Magog zu kämpfen.«

Benfro glaubte ja nicht, dass der Junge irgendetwas für ihn tun könnte, aber nachdem er ihm bei der Truhe geholfen hatte, fühlte er sich schon besser. Es war etwas zu tun gewesen, statt herumzusitzen und zu versuchen, nicht einzuschlafen. Er brauchte Beschäftigung, Dinge, die seinen Körper ebenso ablenkten wie seine Gedanken. Und Errol brauchte medizinische Hilfe. Selbst wenn er ein Mensch war. Benfros Mutter hatte nie jemandem ihre Hilfe verweigert. Es wäre eine Beleidigung für sie, wenn er sich nicht um den Jungen kümmerte.

»Ich muss einige Kräuter suchen.« Benfro ging in den Wald, der im heraufziehenden Sturm schon dunkel war. Corwen sagte nichts, aber Benfro war sicher, dass der alte Drache lächelte, als er aus seinem Blickfeld verschwand.

»Eure Majestät, das ist zu früh. Die Hälfte der Provinzen weiß noch nicht einmal von Eurer Verlobung. Wie sollen sie da bereits Geschenke geschickt haben?«

Beulah sah ihren Hofmarschall an, der neben dem Obsidianthron saß. Sein kleiner Schreibtisch war mehr denn je mit Schriftrollen übersät, als er seinen täglichen Bericht über die Zustände im Zwillingskönigreich lieferte. Seit ihrer Verlautbarung nutzte er diese tägliche Besprechung, um sich über Beulahs bevorstehende Vermählung zu beklagen.

»Ich rechne weder mit ihren Geschenken noch mit ihrer Anwesenheit, Padraig. Ich habe durchaus vor, das ganze Land selbst zu bereisen, sowie Clun und ich verheiratet sind.«

»Eine Königsfahrt? Aber das hat kein Herrscher mehr getan, seit …«

»Seit meinem Urgroßvater. Ich weiß. Und auch der hat das meiste davon verpasst. Ich habe mehr von meinem Königreich gesehen, als ich mit Melyn zu der Auswahl unterwegs war, als mein Vater während seiner gesamten Regierungszeit. Kein Wunder, dass mein Volk so widerwillig auf meinen Ruf zu den Waffen reagiert. Sie wissen nicht, wer ich bin. Ich werde es ihnen zeigen und sie für meine Armee anwerben.«

»Ist es weise, auf diesem Krieg zu bestehen, Majestät? Bisher hat niemand jemals durch die Pässe durchbrechen können.«

Beulah ließ den Hofmarschall seinen Spruch aufsagen, ohne eigentlich zu wissen, warum sie ihm so viel gestattete. Vielleicht lag es daran, dass er Zitadelle und Palast so effektiv leitete. Außerhalb von Candlehall wurde der gesamte Staatsapparat von Predigern des Kerzenordens organisiert. Sie konnte sich die Aufregung vorstellen, die eine Ablösung ihres Obersten vom Amt des Hofmarschalls unter ihnen hervorrufen würde. Dieser Aufregung zu entgehen, das war es doch wert, Padraig seine Argumente für den Frieden vorbringen zu lassen. Und Beulah wusste, dass Padraigs Königstreue über jeden Zweifel erhaben war. Er würde sich niemals mit den Gruppierungen einlassen, die gegen sie intrigierten, er wollte nur keinen chaotischen Krieg, der seine Buchführung durcheinanderbrachte.

»König Billah hat dreimal versucht, mich ermorden zu lassen, seit ich den Thron bestiegen habe, Padraig. Wir wissen, dass er seinen Enkel und meine verräterische Schwester auf diesen Thron setzen will. Ich werde mir das nicht so einfach gefallen lassen.«

»Ihr wisst, dass ich Euch immer dienen werde, meine Königin, aber ich muss zu Vorsicht raten. Billah provoziert Euch durch diese Angriffe. Er will Krieg. Und wie könnte man seine Pläne besser vereiteln, als ihm diesen Krieg zu verweigern?«

»Nein, Padraig, ich verstehe Euer Widerstreben, und ich weiß Euren Rat zu schätzen, aber ich kann im Norden keine kriegslüsterne Nation dulden. Billah soll seinen Krieg haben, aber das Ergebnis wird ihm nicht gefallen. Ich habe nicht vor, nach seinen Regeln zu kämpfen.«

»Sehr wohl, Majestät.« Padraig wandte sich wieder seinen Schriftrollen zu, aber Beulah wusste, dass sie am folgenden Tag dieselbe Diskussion führen würde, wenn auch mit anderen Worten.

Errol brauchte seine Knöchel nicht einmal anzusehen, um zu wissen, dass er Wochen der Heilung ruiniert hatte. Die Schmerzen ließen nicht nach, selbst wenn er sich so still verhielt wie überhaupt nur möglich. Jede Bewegung sandte Wellen der Qual durch seine Beine, so sehr, dass er glaubte, sich übergeben zu müssen. Er ließ sich auf seinem Bett aus Gras zurücksinken und versuchte, nicht einmal zu zucken.

Es war eine ungeheure Dummheit gewesen, das ging ihm jetzt auf, die ganze Truhe auf einmal holen zu wollen. Es wäre viel leichter gewesen, alle Kleidungsstücke herauszunehmen und sie Stück für Stück in die Höhle zu bringen. Dann hätte er die leere Truhe vielleicht ebenfalls holen können, ohne sich dabei zu verletzen. Aber er war von ihrem Anblick so verblüfft gewesen, so entschlossen, sie aus dem Wasser zu ziehen und in die Höhle zu schaffen, dass er nicht an die Folgen einer solchen Belastung für seine erst teilweise verheilten Knochen gedacht hatte. Und jetzt gab es kaum etwas anderes, woran er denken konnte.

Er versuchte, sich aufzusetzen, um sich den Schaden besser ansehen zu können, aber vor Schmerz verschwamm alles vor seinen

Augen und er stöhnte unwillkürlich auf. Es kam ihm jetzt schlimmer vor als im Kerker unter König Billahs Burg, als der Hammer zum ersten Mal gefallen war. Damals hatte er sich auf irgendeine Weise aus den Schmerzen ausklinken, sich aus seinem Körper ziehen und alles aus einer gewissen Entfernung beobachten können. Es war genau so gewesen, wie eben, als er sich an sein Schlafzimmer und die Truhe erinnert hatte: Es hatte sich nicht um eine wirkliche Erinnerung gehandelt, sondern ein Teil von ihm war tatsächlich dort gewesen.

Errol suchte nach diesem Gefühl, einer seltsamen Mischung aus Erwartung und Gleichgültigkeit, die ihn überkommen war, als er Corwens Anweisungen befolgt hatte. Das Pochen in seinen Knöcheln machte es unmöglich, sich zu konzentrieren. Er gab auf und lauschte nun dem Lärm des Windes draußen. Der Wind wurde immer stärker und schien einen gewaltigen Sturm anzukündigen. Errol war froh über diesen Zufluchtsort und das warme Feuer. Er fragte sich, was Benfro veranlasst hatte, ihm zu helfen. Er fragte sich auch, wohin der Drache gegangen war.

Fast, als ob es darauf gewartet hätte, dass er seine Bemühungen einstellte, überkam ihn nun dieses seltsame Gefühl des Anderen. Die Schmerzen in seinen Knöcheln ließen eigentlich nicht nach, aber sie wurden zu etwas, das in weiter Ferne passierte, bei jemand anderem. Er spürte Licht, als ob sich sein bereits magerer Leib in Luft verwandelt hätte, und überall um ihn herum kamen schimmernd die Linien der Grym zum Vorschein und fügten ihre eigene Gestalt der Form der Höhle an.

Errol setzte sich auf und erlebte das verwirrende Gefühl, zu sehen, dass sein Körper blieb, wo er die ganze Zeit gewesen war. Er hob die Hände und sah sie an: ein Bild von gedämpften flackernden Farben, bleich, als er seine Finger krümmte. Er blickte auf seine Knöchel hinunter und konnte das gleiche Wirbeln von Pastelltönen sehen, die sich wie eine zweite Haut um seine wahre

Gestalt schlossen. Und um seine zerschlagenen Knöchel sah er eine wütende lila und rot pulsierende Masse.

»Nur sehr wenige deinesgleichen können diese Fähigkeit meistern.« Corwen saß auf der anderen Seite des Feuers. Aber dieser Corwen sah anders aus als der, an dessen Anblick er gewöhnt war. Dieser Drache war zwar alt und wies die gleichen Narben auf wie Corwen, aber er war mindestens doppelt so groß und hatte seine riesigen Flügel sorgfältig auf seinem Rücken zusammengefaltet. Er leuchtete durch einen Regenbogen aus Farben, die überall um seine Gestalt in einem fesselnden und ewig veränderlichen Muster wirbelten, das von enormer Lebenskraft kündete. Sein ganzer Körper war so, nur der eine Arm nicht, der linke. Der war klein wie der Arm, den Errol auch sonst gesehen hatte, nur wirkte er jetzt verdorrt und unbrauchbar. Er hing schlaff an der Seite des Drachen, die Hand war zu einer hilflosen Faust verzogen. Die Krallen bohrten sich in die Haut des verkrüppelten Arms, der in einem bösen Rot leuchtete und schimmerte, das wie Schweiß auf der lederartigen Haut klebte.

»Das ist eine Erscheinungsform der Grym«, sagte Corwen. »Die, welche sie sehen können, nennen sie in deiner Sprache die Ätherische Sphäre.«

»Ich … was sehe ich hier?«

»Du siehst mit dem Auge deiner Gedanken die Grym. Befreit von der Körperlichkeit deines Leibes. Das hier ist eine Zwischenstufe zwischen der Magie der Menschen und dem, was wir die Feinen Künste nennen.«

»Und diese Farben, meine Knöchel?«

»Deine Aura, Errol. Die Kraft der Grym, die aus dir hinausfließt, die dich definiert. Deine Knöchel sind übel verletzt, und deine Aura spiegelt das wider.«

»Und was ist mit deinem Arm?«

»Ich glaube, das weißt du schon.«

»Magog.«

»Sein Einfluss ist heimtückisch. Seine Kraft infiziert die Grymlinien selbst und verwandelt sie in etwas, das mir noch nie begegnet ist. Ich halte ihn nach besten Kräften zurück, aber irgendwann wird er doch den Sieg davontragen. Ich mag gar nicht daran denken, was aus mir werden wird, wenn das passiert.«

»Wir werden eine Möglichkeit finden, ihn aufzuhalten«, sagte Errol und fühlte, wie sein Körper ihn zurück in eine Welt des Schmerzes ziehen wollte. »Es muss eine Möglichkeit geben.«

»Deine Besorgnis spricht für dich, Errol. Aber erst musst du selbst geheilt werden. Und du musst Benfro helfen. Dann kannst du dich um mich sorgen.«

Errol wollte noch weitere Fragen stellen. Es gab so viel, was er nicht verstand, so viele Dinge, die er wissen musste, aber sein Bein zuckte und eine Welle des Schmerzes jagte so heftig durch ihn hindurch, dass es seinem neuen Blickfeld alle Farben raubte. Mit einem furchtbaren Ruck, der ihn senkrecht auffahren ließ, war er wieder in seinem Körper. Einen Moment lang konnte er nur rote Funken sehen, die vor seinen Augen flackerten. Eine Welle der Übelkeit nach der anderen spülte über ihn hinweg. Sein Mund füllte sich mit Speichel, als sich ein heftiger Brechreiz ankündigte.

Und dann lag eine Hand auf seiner Stirn. In seiner Verwirrung glaubte Errol, es müsse seine Mutter sein, die ihn vom Fieber befreien wollte. Aber die Hand war zu groß und fühlte sich auf seiner Haut zu rau an. Eine andere Hand drückte etwas auf seine Handfläche, und er hörte eine Stimme sagen: »Kau das hier. Das wird dich für eine Weile vom Schmerz befreien.« Ohne zu überlegen, steckte sich Errol etwas, das sich wie ein aufgerolltes Blatt anfühlte, in den Mund und biss darauf. Für einen Moment verspürte er einen bitteren Geschmack, dann wurde es süß, und noch mehr Speichel lief in seinem Mund zusammen. Er kaute instinktiv und spürte, wie die Qualen fast sofort nachließen. Mit der Erleichterung stellte sich eine bleischwere Müdigkeit ein, die ihn nach unten zog, zurück auf sein weiches Bett aus Heu und in einen tiefen, warmen Schlaf.

Benfro blickte auf den schlafenden Jungen hinunter und war froh darüber, dass er bei seiner Suche im Wald die Seddablätter gefunden hatte. Zu viele davon könnten sogar einen ausgewachsenen Drachen umwerfen, aber eins, das einige Minuten lang zerkaut worden war, würde das, was nun zu tun war, für Errol schmerzlos machen, wenn auch nicht sonderlich angenehm.

Er verteilte zunächst die Zutaten für den Heiltrank am Rand der Feuerstätte, dann ging ihm auf, dass er kein Gefäß zum Mischen hatte. Auf dem Sims über seinem Bett lag noch immer seine zerschundene alte Ledertasche mit dem Gold, das er aus Magogs Schatzraum entwendet hatte. Er öffnete die Tasche, denn er war sicher, dass er zusammen mit anderen Schätzen auch einen Kelch eingesteckt hatte. Und er fand ihn auch, eingeklemmt unten in der Tasche, nur war er zu klein. Er hatte irgendwo einen Kessel gesehen, aber war das in Magogs Schlupfwinkel auf dem Berg Arnahi gewesen?

Vor Benfros Augen verschwamm alles, als er sich zu erinnern versuchte, und dann tauchten, ohne seine Aufforderung, die Grymlinien auf. Sie bildeten ein Muster über den Wänden und dem Boden, dicke Linien kreuzten sich unter der Feuerstätte. Benfro konnte fast hören, wie sie ihn riefen, wie sie ihn aufforderten, ihre endlosen Wege zu erforschen, aber er war nicht dumm genug, diesen Verlockungen nachzugeben. Er war zu müde, um sich zu konzentrieren, und er wusste, dass Magog ihn sofort entführen würde, wenn er versuchte, über die Linien zu gehen, so wie beim letzten Mal, als Magog seine Aufmerksamkeit von Corwens Höhle auf den Schlupfwinkel in den Bergen verlagert hatte.

Corwens Höhle. Benfro wusste jetzt wieder, wo er einen Kessel gesehen hatte. Und noch viele andere Dinge, die ihm vielleicht helfen könnten. Sie waren nur einige Dutzend Schritte entfernt, hinter einer Wand aus massivem Fels. Er konnte den Weg dorthin sehen. Es war so einfach, wie im Wald über einen auf dem Boden liegenden Ast zu steigen. Er brauchte nur den ersten Schritt zu machen. Er würde gleich dort sein, bei den vertrauten alten Möbeln, dem Schreibtisch, auf dem das unvollendete Manuskript wartete, dem Bücherregal mit seinem Schatz an uraltem Wissen, dem Feuer und dem behaglichen Bett daneben.

Benfro schüttelte den Kopf und vertrieb die Trägheit, die ihn überkommen war. Er hatte das Zimmer in Magogs Schlupfwinkel oben auf dem Berg Arnahi gesehen. Selbst jetzt, da seine Edelsteine nicht mehr an ihrem Ruheplatz im Pfeiler lagen, versuchte der tote Drachenmagis, ihn an diesen Ort zurückzuholen.

Benfro wandte sich von der Höhlenwand ab und lief hinaus auf die Lichtung. Der Sturm hatte den Himmel fast schwarz werden lassen, obwohl es noch Stunden bis zum Abend sein würden. Die Bäume bogen sich und ihre frischen neuen Blätter wurden vom Wind zerfetzt. Vor Benfros Augen jagte ein Regenschauer über den Pfad, wirbelte den Staub auf und verwandelte ihn in Lehm. Benfro zog zum Schutz vor der Nässe den Kopf ein. Er lief zur Lichtung, wandte sich flussaufwärts dem tieferen Wasser zu und watete zum Wasserfall, um sich dort in die dunkle Höhle dahinter durchzudrängen.

Da von draußen fast kein Licht hereinfiel, musste Benfro lange warten, bis sich seine Augen so weit an die Dunkelheit gewöhnt hatten, dass er sehen konnte, was er da machte. Er spielte mit dem Gedanken, eine Flamme herbeizurufen – gleich hinter der Höhlenwand brannte ein Feuer – aber er hatte Angst davor, sich an der Grym zu schaffen zu machen. Magog lauerte ihm dort auf. Also zog er sich aus dem eiskalten Wasser und wartete zitternd ab, bis sich vertraute Umrisse aus der Dunkelheit lösten.

Er brauchte eine Weile, bis er den Kessel und einige lange Eisenlöffel ertastet hatte. Die ganze Zeit fragte er sich, warum Corwen ihm nicht erschien, aber die Bewegungen des alten Drachen waren ein Mysterium. Manchmal war er tagelang abwesend, dann wieder war er immer in der Nähe, beobachtete, machte manchmal hilfreiche Kommentare. Benfro wollte schon zum Ufer zurückgehen, als er begriff, was ihm während seiner ganzen Suche in der Höhle zugesetzt hatte. Es war ein ungewöhnlicher Geruch, als ob jemand kürzlich erst hier gewesen wäre, auf jeden Fall in der vergangenen Woche. Er versuchte, den Geruch zu identifizieren, aber dieser war sehr schwach, und der Boden unter Benfros Füßen strahlte einen leichten würzigen Duft aus, der alles andere überlagerte. Dann ging ihm endlich auf, was es war. Der Junge war hier gewesen.

Er wusste nicht so recht, ob er deshalb wütend oder eher überrascht war. Es kam ihm auf irgendeine Weise falsch vor, dass Errol hier gewesen war, aber er hätte ja niemals ohne Corwens Hilfe den Weg hierher finden können. Verwirrt schob sich Benfro durch den Vorhang aus Wasser und reinigte den Kessel sorgfältig in der reißenden Strömung. Als er die Hälfte der Lichtung hinter sich gebracht hatte, fegte eine Sturmbö mit gewaltigem Getöse das improvisierte Dach vom Pferch, Äste zersplitterten und schossen in der Dunkelheit davon. Benfro starrte seine Schlafstätte an, während der Regen in den Pferch prasselte und zweifellos das ehemals trockene Gras, das sein Lager bildete, durchtränkte. Benfro zuckte resigniert mit den Schultern, wandte sich ab und ging in die Höhle.

Die Wärme war nach der Kälte des Sturms ein Labsal. Benfro legte weitere trockene Holzscheite auf das Feuer und hängte den Kessel darüber, dann sah er nach Errol. Der Junge schlief noch immer und würde sicher erst nach Stunden aufwachen. Das war gut. Benfro dachte daran, wie er zu Hause diesen Heiltrank zubereitet hatte. Seine Mutter hatte ihn währenddessen nicht aus den Augen gelassen, um sicherzugehen, dass er nichts falsch machte. Würde sie jetzt stolz auf ihn sein? Würde sie ihn loben? Das hoffte er.

Die Vorbereitungen dauerten fast eine halbe Stunde, und in dieser Zeit untersuchte Benfro Errols verletzte Knöchel. Er hatte sich noch nie mit der menschlichen Anatomie beschäftigt, aber es war deutlich zu sehen, dass die Brüche nur schlecht verheilten. Die Knochen waren nicht richtig gelegt worden und hätten sich wohl zu einer steifen Masse zusammengefügt, die das Gehen überaus schwierig und schmerzhaft gemacht hätte. In mancher Weise hatte sich der Junge einen Gefallen getan, als er sie abermals gebrochen hatte.

Es würde aber nicht leicht sein, die Knochen richtig zusammenzufügen, dachte Benfro. Vielleicht würde es ihm überhaupt nicht gelingen. Errols Knöchel waren viel kleiner und komplizierter als Ynys Môns Schulter, und sonst hatte Benfro seine Mutter nie beim Knochenlegen beobachten können. Aber es war eine Aufgabe, die seine volle Aufmerksamkeit verlangte, und das würde seine Gedanken vom Schlaf und der unendlichen Müdigkeit ablenken, die ihm so zu schaffen machten.

Benfro nahm allen Mut zusammen, um sich der Aufgabe zu stellen. Dann ließ er seine Wahrnehmung wandern, bis er Errols Aura sehen konnte, die sich dünn über ihm ausspannte wie eine zweite Haut. Nur die zerschlagenen Knöchel leuchteten farbig, und zwar mit einer wütenden, wogenden Masse aus Lila- und Rottönen. Benfro setzte sich so, dass er vom Feuer her genug Licht bekam. Dann streckte er eine Kralle aus und machte sich ans Werk.

6

Und der Hirte rief seine Jünger zu sich und befahl ihnen, ihn in seinem überaus prachtvollen Palast aufzusuchen. Und nun kamen sie, Grendor und Malco, die weise Earith und Balwen der Tapfere. Obwohl sie in die entferntesten Winkel von Gulad gereist waren, um die guten Worte des Hirten zu verbreiten, gehorchten sie seinem Rufe und kehrten um.

Einer nach dem anderen machte ihm seine Aufwartung, denn sie wollten wissen, warum er sie gerufen habe. Und jedem schenkte er Kraft, Verständnis und Weisheit. Grendor erhielt die Gabe, alle Sprachen der Menschen zu verstehen, Malco die Kraft der Gebirgsbären, denen er so sehr ähnelte. Earith gab der Hirte die Gabe des Heilens, sodass alle, die sie berührte, von jeglicher Krankheit befreit wären.

Dann betrat als Letzter Balwen die Halle. Und als er vor seinem Herrn auf die Knie sank, erhob sich der Hirte von seinem Thron und ging ihm entgegen.

»Ein großer Krieg zieht herauf«, sagte der Hirte. »Und ich muss Gulad verlassen, um in dessen Bau gegen den Wolf zu kämpfen. Aber verzweifelt nicht, meine getreuen Diener, denn ich werde zurückkehren. Bis dann habe ich jedem von euch ein wenig von meiner Kraft gegeben. Nutzt meine Gaben weise, denn nur so könnt ihr meinen Thron bewahren.«

Und er legte Balwen die Hand auf den Kopf. Und durch diese Berührung wurde Balwen der Tapfere erfüllt von der Macht von Gulad, wie kein Mensch sonst es jemals erlebt hat.

Das Buch des Hirten

Melyn stieß die Türen zu den königlichen Gemächern auf und achtete nicht auf die verwirrten Blicke der Zofen, die um die Königin herumschwirrten wie Fliegen um einen Leichnam.

»Eure Majestät, Ihr seht abermals lächerlich aus. Müsst Ihr unbedingt diese entsetzlichen Kostüme tragen?«

Beulah lachte düster. »Ihr wisst so gut wie ich, dass ich diesen Protz und Pomp hasse, Melyn. Ich hasse ihn so sehr wie Ihr. Aber die Leute erwarten das.«

»Stimmt«, gab Melyn zu. »Padraig ist vielleicht ein unerträglicher Langweiler, aber er weiß, wie man die Gefühle der Öffentlichkeit manipuliert. Die ganze Stadt ist heute in Feierstimmung.«

»Das liegt daran, dass sie heute nicht arbeiten müssen.«

»Das könnte durchaus eine Rolle spielen, stelle ich mir vor. Aber sie bringen dem königlichen Haus absolute Zuneigung entgegen. Clun scheint dem Volk zu gefallen.«

»Ich habe ihn nicht wegen seiner Volkstümlichkeit ausgesucht, Melyn. Er hat noch andere Qualitäten.«

»Zweifellos, aber jetzt ist vielleicht nicht der richtige Zeitpunkt, um darüber zu diskutieren. Ihr werdet in zwanzig Minuten getraut.«

»So spät ist es schon?« Beulah schaute zum Fenster hinüber, wie um dem hineinsickernden Licht die Uhrzeit zu entnehmen. Der Himmel war bewölkt, graues Dämmerlicht trübte einen ansonsten angenehm warmen Frühlingstag. Früher an diesem Tag hatte es geregnet. Der Regen hatte die gelben Sandsteinmauern der Zitadelle abgespült und allem einen frischen Duft geschenkt. Jetzt noch ein wenig Sonnenschein, dann wäre der Tag perfekt.

»Seine Durchlaucht, der Herzog von Aberfenn, hat sich vor ungefähr zehn Minuten in die Kapelle begeben«, sagte Melyn. »Ich glaube, ich habe keinen Jungen jemals so nervös erlebt.«

»Jungen, Melyn? Er ist ein erwachsener Mann.« Beulah verscheuchte die Zofen. »Geht jetzt. Ich will allein mit dem Inquisitor sprechen. Ihr könnt unten auf mich warten.«

Die Damen verließen das Zimmer und jammerten darüber, dass die Königin noch nicht fertig hergerichtet war, obwohl Melyn nichts an Beulahs Aussehen auszusetzen hatte – abgesehen von ihrem lächerlichen Kostüm eben. Weiß und weit, mit jeder Menge überflüssiger Schleppen und Spitzen hier und dort. Er verstand ja, dass Symbole nötig waren, aber er missbilligte eben doch ein Kleid, das so viel Gold gekostet hatte und nur einmal getragen werden würde, und das nicht einmal für einen halben Tag.

»Hat er nach seinem Vater gefragt?« Beulah griff zu der Bürste, die eine ihrer Zofen auf die Frisierkommode gelegt hatte, und fing an, ihre Haare zu striegeln. Melyn merkte, dass er starrte, und wandte sich ab. Er glaubte nicht, dass er jemals gesehen hatte, wie Beulah ihre Haare bürstete. Die waren immer zu kurz dazu gewesen, aber jetzt fielen sie ihr auf die Schultern.

»Nach seinem Vater?«

»Clun. Hat er nach seinem Vater gefragt? Ich gehe davon aus, Ihr habt Euch um dieses kleine Problem gekümmert.«

»Clun hat nicht nach seinem Vater gefragt, nein«, sagte Melyn. »Ich hatte aber auch nicht viel Zeit, um mit ihm zu reden. Oder mit Euch. Ich hätte meinen Bericht gleich nach meinem Eintreffen abliefern müssen.«

»Wenn ich das richtig in Erinnerung habe, wart Ihr gerade dabei, als wir unterbrochen wurden. Egal, Melyn. Sprecht jetzt.«

»Aber Eure Hochzeit?«

»Hat noch ein paar Minuten Zeit. Es kann nie schaden, einen Mann warten zu lassen. Eine Dame dagegen …«

Melyn erzählte, wie er Pullpeiran vorgefunden hatte, und berichtete, dass sie den Spuren eines Drachen gefolgt waren, der nach Norden in den großen Wald des Frydlands gezogen war. »Ich glaube nicht, dass es das Drachkitz Benfro war. Ich glaube, das hier ist eine ganz andere Bestie. Ich habe nie gehört, dass Drachen Menschen gefressen hätten. Sie haben uns zwar getötet, aber nicht verzehrt.«

»Was ist mit diesem Jungen, Errol? Gab es irgendwelche Spuren von ihm?«

»Nein«, sagte Melyn. »Ich glaube nicht einmal, dass er wieder nach Hause gegangen ist. Wir haben nur Spuren der beiden Erwachsenen, die dort gelebt haben gefunden. Und ihre Knochen.«

»Und Ihr seid sicher, dass sie es waren?«

»So sicher, wie das überhaupt nur möglich ist. Die Knochen waren sauber abgenagt, aber sie gehörten einwandfrei einem Mann und einer Frau. Ihr könntet sagen, dass die Bestie uns einen Gefallen getan hat, aber ich werde sie trotzdem ausfindig machen und töten. Ich werde Clun die traurige Nachricht morgen schonend beibringen. Er soll seinen Hochzeitstag genießen.«

»Nein, ich sage es ihm«, sagte Beulah, stand auf, raffte ihr umfangreiches Kleid um sich und nahm Melyns dargebotenen Arm. »Er wird ja schließlich mein Mann sein.«

Errol saß auf einem Felsen und schaute zu beunruhigend vertrauten Bergen hinüber. Er presste die Knie an die Brust, zitterte in der Kälte und starrte das unvorstellbar riesige Gebäude auf der anderen Seite der engen Schlucht an. Er hatte Emmas Faur gesehen, war durch die endlosen Gänge gelaufen, vom höchsten Turm in den tiefsten Kerker. Die Burg, die er jetzt sah, ließ das Kloster des Ordens vom Hohen Fryd aussehen wie ein Puppenhaus.

Die Burg zog sich um den gesamten Berggipfel herum und umgab ihn mit konzentrischen Kreisen aus mit Befestigungswerken besetzten Mauern. Fenster funkelten in der Sonne wie die Myriaden von Facetten eines gewaltigen Spinnenauges. An allen Ecken ragten schmale Türme in den Himmel, und in der Mitte, auf dem höchsten Gipfel, erhob sich ein einzelner gedrungener Turm mit einer kegelförmigen Turmhaube aus dunklem Schiefer noch vier oder fünf Stockwerke höher.

Während Errol sich diese riesige Burg noch ansah und nach

Anzeichen für Leben suchte, fragte er sich, wie er hierher geraten war. Plötzlich hörte er hinter sich ein Kreischen, das fremd und entsetzlich vertraut zugleich klang. Er drehte sich um und sah vier riesige Bestien, die am Himmel vorwärtsschossen. Eine, die von irgendeiner Last nach unten gezogen wurde, flog niedriger als die anderen. Als die vier näher kamen, senkte sich eines der Wesen in einer komplizierten Spiralbewegung, ließ sich noch weiter absacken. Das eine Wesen ließ seine Last los und sein tiefer fliegender Gefährte fing sie auf. Errols Herz machte einen Sprung, als er sah, woraus diese Last bestand.

Martha.

Sie wurde mitten in der Luft von einem Drachen an den anderen weitergereicht. Hunderte von Metern über den zerklüfteten Bergen fiel sie von einer Krallenklaue in die andere wie die weggeworfene Puppe eines Kindes. Und die ganze Zeit kreischten die Drachen in einer Art grauenhaftem Gelächter. Ehe er etwas unternehmen konnte, ehe ihm auch nur aufging, dass er offenbar träumte, waren sie über ihn hinweggeflogen, ohne auch nur im Geringsten auf ihn zu achten, und legten nun die kurze Strecke über die Schlucht zu der gewaltigen Burg zurück. Mit nur einem Dutzend Flügelschlägen hatten sie ihr Ziel erreicht, überflogen eine der hohen Mauern und waren nicht mehr zu sehen.

Und dann saß Errol auf der Burgmauer und schaute auf einen breiten Innenhof, dessen Boden zum Teil gepflastert, zum Teil mit sorgfältig getrimmtem Rasen bewachsen war. Die vier Drachen waren gelandet, und ihre Gefangene lag jetzt bewegungslos auf dem Boden. Die Drachen schienen sich zu zanken, wie Krähen, die um ein totes Tier herumtanzen, und waren dermaßen in diese Auseinandersetzung vertieft, dass sie gar nicht sahen, wie ein fünfter Drache einen hohen Bogengang verließ, der in die Burg führte. Es musste ein männlicher Drache sein. Errol hatte noch nie ein so gewaltiges und prachtvolles Wesen gesehen. Der Drache überragte die anderen vier und ließ sie aussehen wie Kinder. Er versetzte ihnen Kopfnüsse, bis sie ihren Streit aufgaben und sich schmollend in einer Reihe aufstellten.

Das erinnerte Errol dermaßen an den alten Father Drebble, wie er den ungebärdigeren Schülern eine Prise Disziplin einbimste, dass Errol fast aufgelacht hätte, aber seine Stimme erstarb, ehe auch nur ein Ton zu hören war. Der riesige Drache bückte sich, um sich das bewegungslose Bündel auf dem Boden anzusehen, beugte sich noch weiter vor, hob es auf und sah es sich genauer an. Er wandte sich von den vier jugendlichen Drachen ab und ging einige Schritte zurück zur Tür. Dann fuhr er plötzlich herum und brüllte die anderen an. Diese sprangen alle gleichzeitig zurück und kollidierten miteinander, als sie in aller Eile abzuheben versuchten. Errol achtete nicht auf sie, er wollte unbedingt sehen, wie der ältere Drache Marthas weiterhin reglose Gestalt nun auf das Gebäude zutrug. Bildete er sich das ein? Kam es von dem wogenden, wackeligen Gang des Drachen, oder hatte sie da gerade den Arm an ihren Kopf gelegt, als ob sie aus einer Ohnmacht erwachte? Errol betete, dass sie unverletzt sein möge, auch wenn er wusste, dass sie in großer Gefahr schwebte.

Er wollte hinter ihr herrennen, ihr so verstohlen folgen, wie er nur konnte, feststellen, wo der Drache sie hinbrachte, und sie befreien. Sie könnten zusammen fliehen, wenn er es nur bis auf den Innenhof schaffte. Aber die harten Pflastersteine befanden sich fast vierzehn Meter unter ihm. Dahinter, das wusste er, ohne hinzusehen, ging es zehnmal so weit an den fast senkrechten Geröllhalden nach unten. Auf beiden Seiten zog sich die Mauer dahin, und sie war unvorstellbare schmal. Errol wurde es plötzlich so schwindlig, dass sein Herz stillzustehen drohte.

Und dann wurde er von Lärm umfangen, von einem grauenhaften Kreischen, als der Erste der vier jungen Drachen auf ihn herabstürzte und mit seinen ausgefahrenen Krallen auf seinen

Kopf zielte. Errol zog instinktiv den Kopf ein und merkte, dass er rückwärts über die Mauer fiel. Ins Nichts.

»Es steht geschrieben, dass der Hirte in den frühen Zeiten, als er noch unter seinen Auserwählten wandelte, König Balwen zu der holden Myfanwy führte und sein Herz mit Liebe zu ihr und ihr Herz mit Ergebenheit für ihn erfüllte. Diese Verbindung war die Grundlage unseres Volkes, der Beginn des Zwillingskönigreiches.«

Beulah blendete die Worte aus und hörte kaum die dröhnende Stimme von Archimandrit Cassters, der sich durch die Trauungszeremonie arbeitete. Sie kniete auf einem harten Kissen vor dem Altar der Brynceriskapelle und starrte durch ihren Schleier auf die komplizierten Verzierungen an der Rückwand des Chorraums. Ab und zu ließ sie ihren Blick ein wenig schweifen und betrachtete die schweren Seidengewänder des Archimandriten oder schaute ihre eigenen Hände an. Oder sie warf Clun einen kurzen Blick zu.

»Unser Herr wandelt nicht mehr bei seiner Herde, aber er wacht immer über uns. Von unserem ersten Atemzug an ist er da, bis wir dieses Leben verlassen und die letzte Reise zu den behüteten Weiden antreten. Er ist unser Führer durch das Leben, unser Beschützer vor dem Rennenden Wolf.«

Sie hatte nicht mit dieser Nervosität gerechnet. Es war so ein Klischee, nur spatzenhirnige Jungfern gerieten an ihrem Hochzeitstag in Panik. Aber hier kniete sie nun, konnte nicht stillhalten und war unfähig, sich zu konzentrieren.

»Sein Erbarmen kennt keine Grenzen, seine Weisheit ist unendlich, und niemals zeigt sich seine Großzügigkeit deutlicher als in seiner Segnung der Verbindung von Mann und Frau. Denn wenn wir in unseren Herzen suchen, können wir sehen, dass er Clun Godric Defaid, den Herzog von Aberfenn, und Ihre Majestät Königin Beulah mit dem gesprenkelten Gesicht zusammengeführt hat, wie jeden Mann und jede Frau seit Anbeginn der Zeiten.«

Beulah zuckte zusammen, als sie ihren vollständigen Namen hörte, und sie hasste ihren Vater dafür, dass er sie so genannt hatte. Sie hätte ihren Namen nur zu gern geändert, aber ihr Volk war abergläubisch und wäre zutiefst beunruhigt, wenn Beulah den ihr einmal verliehenen Namen aufgäbe. Die Geschichte des Hauses Balwen wimmelte nur so von traurigen Geschichten über Menschen, die dieser Versuchung erlegen waren.

»Wir sind hier im Schutze dieser Kapelle versammelt, die König Brynceri selbst auf der Stelle errichtet hat, an der der Hirte ihm befahl, ganz Gulad in seiner Liebe zu vereinen, um zu Zeugen dieser Verbindung zu werden.«

Dieser Ort hier hatte Kraft, das musste Beulah zugeben. Sie neigte nicht dazu, Stunden in frommer Versunkenheit zu verbringen, aber die Bryncerískapelle leuchtete vor Energie wie der Obsidianthron, wenn auch vielleicht nicht mit derselben Macht. Beulah versuchte, sich zu entspannen und sich in die Ätherische Sphäre gleiten zu lassen. Aber wieder schien sie diesen Zustand, der ihre zweite Natur gewesen war, nicht erreichen zu können. Sie vermutete, dass das auf irgendeine Weise mit ihrer Schwangerschaft zusammenhing, aber es war trotzdem frustrierend. Sie mochte das Gefühl der Hilflosigkeit nicht, außerdem hatte sie Lust, Clun in dieser Kunst zu unterrichten und ihm beizubringen, wie man die Ätherische Sphäre betrat. Sein Ätherisches Bild war so stark, er würde es sicher so schnell lernen wie sie es unter Melyns Anleitung gelernt hatte. Es waren ohnehin nur sehr wenige Menschen in dieser Kunst bewandert, und in dem bevorstehenden Krieg war sie auf deren Unterstützung angewiesen. Jeder weitere Kämpfer, der diese Kunst beherrschte, würde von Vorteil sein.

»Eure Majestät, würdet Ihr Euch nun bitte erheben.« Der Archimandrit flüsterte und wollte nur von ihr gehört werden.

Beulah merkte, dass sie ihn restlos ausgeblendet hatte, sie hatte nichts von der Zeremonie gehört. Die Kapelle hinter ihr hallte vor lautloser Erwartung wider, als ob alle Versammelten gleichzeitig den Atem angehalten hätten. Dann spürte sie, wie eine Hand ganz leicht ihren Arm berührte, und schaute sich zu Clun um, der sich halb erhoben hatte und ihr aufhelfen wollte. Sie nahm seinen Arm und zusammen standen sie auf.

»In den Augen des Hirten verbunden zu werden, ist keine Geringfügigkeit. Willst du, Clun Godric Defaid, diese Frau zur Gattin nehmen? Schwörst du, sie zu beschützen und sie zu ehren, für den Rest deiner Lebenstage?«

Cluns nervöses »Ja« war das größte Geschenk, das er ihr hätte machen können. Beulah konnte in seinen Gedanken sehen, wie restlos er ihr ergeben war. Es gab keine Falschheit in ihm; er sah sie nicht als Weg zu Macht, Reichtum oder Einfluss, sondern nur als die Frau, mit der er den Rest seines Lebens verbringen wollte, der er in bedingungsloser Treue, Liebe und Loyalität dienen wollte. Es war fast demütigend, mit solcher Hingabe konfrontiert zu werden. Aber auch verwirrend

»Und willst du, Beulah mit dem gesprenkelten Gesicht, Erste des Hauses Balwen, Herrscherin über das Zwillingskönigreich und Verteidigerin des Glaubens, diesen Mann zu deinem Gatten und Gemahl nehmen? Schwörst du, ihn zu beschützen und zu ehren, für den Rest deiner Lebenstage?«

»Ja.« Beulah hörte dieses Wort und erkannte es als ihr eigenes, konnte sich aber nicht erinnern, es ausgesprochen zu haben. Eine Sekunde lange befand sie sich in der Ätherischen Sphäre und sah auf die beiden Gestalten vor dem Altar und die vage Erscheinung des Archimandriten hinunter. Clun war eine leuchtende und goldene Gestalt: gutaussehend, selbstsicher, und durchdrungen von dem sanften rosenfarbenen Glühen, genau wie in der Nacht, als er besessen vom Geist des Hirten zu ihr gekommen war. Sie selbst sah neben ihm klein und ein bisschen blass aus, alle Energie und Farbe waberten um ihren Bauch, als ob ihr ungeborenes Kind ihr das Leben aussaugte.

Und dann, mit einem Übelkeit erregenden Wirbel, befand sie sich wieder in ihrem eigenen Körper. Sie schwankte ein wenig, wie nach einem Schlag. Clun hielt sie fest und gab ihr Kraft, wie er das immer tun würde, das wusste sie. Hinter sich spürte sie Inquisitor Melyn näher kommen.

»Durchhalten, Beulah. Es ist fast geschafft«, murmelte er, als er dem Archimandriten zwei Ringe reichte. Cassters schnappte nach Luft, als er sie sah. Einer war aus schlichtem Gold und mit kompliziertes Zeichen graviert. Der andere, größer als sein Gegenstück, war aus weißem Silber, von uralter Gestalt, und mit einem kleinen Rubin im Kreis winziger Diamanten verziert. Als er die beiden Ringe vor der Gemeinde hochhielt, durchlief ein überraschtes Flüstern die Reihen.

»Majestät, das ist König Balwens Ring.« Der Archimandrit sagte das leise, und sein Gesicht kündete von Entsetzen.

»Einer davon, ja«, sagte Beulah lächelnd. Als ob er nun erst merkte, dass er seine eigene Zeremonie unterbrochen hatte, schüttelte sich der Archimandrit ein wenig, dann riss er sich zusammen. Er segnete zuerst den goldenen Ring und reichte ihn Clun. Dann segnete er den silbernen und brauchte dazu viel mehr Zeit als nötig, ehe er ihn der Königin aushändigte.

»Diese Ringe …« Der Archimandrit zögerte und rang um Fassung. »Diese Ringe sind ein Unterpfand eurer Gelöbnisse, eine Erinnerung daran, was ihr heute vor dem Hirten und diesen Zeugen einander versprochen habt. Indem ihr sie annehmt, indem ihr sie tragt, wird das, was zwei war, zu einem.«

Als Cassters das sagte, merkte Beulah, wie Clun ihre Hand nahm und ihr behutsam den goldenen Ring an den Finger steckte. Er sah sie durch ihren Schleier an und wartete geduldig, streckte aber nicht die Hand nach dem Ring aus, den sie zwischen den Fingerspitzen hielt. Den musste sie ihm geben, wollte er damit sagen. Er würde ihn sich nicht nehmen. Oder war ihm das Zögern des Archimandriten aufgefallen? Begriff er, dass die Gabe dieses besonderen Ringes eine besondere Bedeutung hatte?

Beulah stellte fest, dass ihr das jetzt egal war. Sie hatte ihren Entschluss schon vor Wochen getroffen. Nun nahm sie Cluns Hand, spürte deren Wärme und Stärke. Sie drehte sich ein wenig um, damit alle in der Kapelle es sehen konnten, und schob ihm den Ring auf den Finger.

»Es ist vollbracht. Was der Hirte zusammengeführt hat, kann nur er wieder trennen.« Archimandrit Cassters' Stimme zitterte ein wenig und war höher als sein üblicher tiefer Bariton, als er jetzt den Segen sprach. »Du darfst die Braut küssen.«

Clun hob Beulahs Schleier und senkte den Kopf, um sie zu küssen. Dort, vor den Zeugen, verspürte sie eine plötzliche Verlegenheit, als sei diese Verbindung eine Privatangelegenheit und nichts für die Augen aller Welt. Es war aber nur ein flüchtiger Augenblick, und sie hob die Hände und legte sie um sein Gesicht und zog ihn in eine leidenschaftliche Umarmung.

Als sie sich widerstrebend von ihm löste und seine Hand nahm, beugte Clun sich zu ihr hinüber und flüsterte: »Herrin. Der Ring. Was hat der für eine Bedeutung?«

»Das ist König Balwens Ring«, sagte sie, während sie langsam zum Ausgang schritten. »Der Sage nach wurde er vom Hirten selbst geschmiedet. In den vergangenen zwei Jahrtausenden hat jeder König aus dem Hause Balwen ihn getragen.«

»Aber ich bin kein König.«

»Nein, mein Geliebter. Du bist kein König. Aber du bist mein Gemahl, und du wirst an meiner Seite das Zwillingskönigreich regieren.«

Der Haufen war jetzt deprimierend klein geworden. Benfro wusste nicht, wie lange er schon sortiert hatte, aber die Protestschreie, die in seinem Kopf widerhallten, als er einen Edelstein nach dem anderen untersuchte, waren jetzt viel leiser als zu Anfang. Er hatte noch zwei weitere Dorfbewohner gefunden. Beide waren ähnlich gelassen geblieben wie Sir Frynwy, hatten ihm verziehen und versucht, ihm zu versichern, dass er seinen Kampf gewinnen und dann zurückkehren und sie alle befreien würde. Jetzt lagen Teile von Ynys Môn vor ihm, unvollständig, aber doch bald so weit, dass er sie in eine Hölle der Einsamkeit verbannen würde. Der alte Drache schwieg und schickte ihm lieber Bilder von gemeinsamen Jagdausflügen und den kleinen Triumphen, die Benfro in der Kunst des Waldläufertums erlebt hatte. Das Ziel war offensichtlich und lobenswert: Er wollte ihm zeigen, dass er gewinnen könnte. Aber Benfro verspürte bei diesen Erinnerungen nur Traurigkeit.

Er würde verlieren. Bald würde der ganze Haufen sortiert sein, und die Erinnerungen aller Drachen würden abermals gefangen sein, damit Magog ihnen jene seltsame Kraft entziehen könnte, die sie enthielten. Und dann könnte Magog nicht besiegt werden. Benfro fragte sich, ob er zu nichts vergehen würde oder ob er einfach nach und nach in die Rolle eines Zuschauers gedrängt werden würde, wenn der größte Magis aller Zeiten sich abermals in den Himmel über Gulad erhob und sich an den Wesen rächte, die ihn getötet hatten. Es fiel ihm immer schwerer, das überhaupt wichtig zu nehmen.

Ein Edelstein nach dem anderen wurde von ihm hochgehoben und in der Handfläche gewogen. Er spürte die Gedanken, die die Edelsteine enthielten, und verglich sie mit den kleinen Stapeln, die er schon aussortiert hatte, die aber noch unvollständig waren. Manchmal musste er einen Edelstein von einem solchen Haufen nehmen und in der anderen Handfläche wiegen, beide halten, als wäre er eine seltsame Waage, die die Ähnlichkeiten ausmaß. Es gab Erinnerungen, die sich nur haarfein unterschieden und doch so miteinander verflochten waren, dass sie nur Drachen gehören konnten, die ein Leben miteinander verbracht hatten. Sie zu trennen, war, wie den Tod seiner Mutter wieder und wieder zu erleben, und doch konnte er nicht aufhören. Der Schmerz in seinem Flügel störte jetzt nur noch ein bisschen, er reichte nicht, um aus dieser endlosen Albtraumschleife auszubrechen.

Ein Schauer durchlief ihn, als seine Finger den nächsten Edelstein berührten. Kein Leugnen war möglich, es konnte kein Irrtum sein, es war das letzte Stück von Ynys Môn.

Benfro hätte schreien mögen. Als seine verräterischen Hände die leuchtend weißen Edelsteine umschlossen, versuchte er mit aller Kraft seines Geistes, sie zurück auf den Haufen zu werfen. Schlimm genug, dass Merion, Sir Frynwy und das halbe übrige Dorf in die Alkoven verbannt worden waren. Aber nicht Ynys Môn. Es musste eine Möglichkeit geben, das zu verhindern. Doch all sein Widerstand nützte nichts. Er erhob sich und lief auf der Suche nach dem richtigen Alkoven in die Dunkelheit.

Plötzlich versperrte ihm etwas den Weg.

Etwas Langes und Niedriges, wie ein aufgerollter Teppich oder ein Tier, das sich auf dem Boden ausstreckte. Etwas, das eigentlich eine große Ähnlichkeit mit einem jungen Mann oder eher einem Knaben hatte.

In seinem marionettenhaften Zustand stieß Benfro voll mit dieser Gestalt zusammen, stolperte, verlor das Gleichgewicht und kippte vornüber. Benfro konnte gerade noch Errols verdutztes Gesicht erkennen, ehe er abstürzte, kopfüber zwischen rissigen und verwitterten Felsen, die an ihm vorüberjagten. Vor Überraschung hätte er fast die kostbaren Edelsteine fallen lassen, die er noch immer in seinen ausgestreckten Händen hielt. Und während er sie noch festhielt, ging ihm auf, dass er die Kontrolle über seinen Körper wieder hatte. Er fuhr seine Flügel aus. Einen Moment lang stürzte er weiter dem Boden der offenbar tiefen Schlucht entgegen, aber er spürte, wie die Flügel den Wind einfingen und seinen Fall verlangsamten. Dann hörte er auf zu stürzen und jagte zurück nach oben.

Beim Aufstieg konnte Benfro sehen, dass er von Bergen umgeben war, von denen er jedoch keinen erkannte. Auch die gewaltige Burg, die auf dem nächststehenden ruhte, und den Gipfel mit konzentrischen Ringen aus hohen Mauern umgab, um sich ganz oben in einem einzigen gedrungenen Turm zu erheben, hatte er noch nie gesehen.

Neugierig drehte er sich um und stieg immer höher, bis er besser sehen konnte. Die Ausmaße der Burg waren fast unbegreiflich. So riesig konnte einfach nichts sein. Er musste näher heran, um etwas in den Innenhöfen zwischen den hohen dünnen Mauern erkennen zu können. Aber für den Moment reichte es Benfro, in den Luftströmungen zu wirbeln und den Wind in seinen Ohren zu spüren.

Ein undefinierbarer sechster Sinn riss ihn im allerletzten Moment aus seiner Trance. Es war fast, als ob eine Stimme in seinem Kopf gebrüllt hätte: »Runter!« Ohne zu wissen, warum, faltete Benfro sofort seine Flügel zusammen, presste die Hände auf die Brust und zog den Kopf ein. Er fiel wie ein Stein, als etwas Riesiges dort durch die Luft schoss, wo er eben noch gewesen war. Das Etwas schrie wie ein empörter Bussard, und jetzt konnte Benfro sehen, dass es ein Drache war, der in einem würdelosen Versuch, eine scharfe Drehung hinzulegen, in der Luft herumkratzte.

Wieder warnte ihn sein sechster Sinn. Benfro breitete die Flügel aus, kam langsam zum Stillstand und drehte sich um sich selbst, als ein zweiter Drache die Stelle durchbohrte, an der er gewesen wäre, wenn er weiter nach unten gesunken wäre. Es gab ein gewaltiges Flügelschlagen, und zwei andere Drachen fielen an ihm vorbei. Sie sahen aus, als ob sie eben dort oben zusammengestoßen wären. Der erste Drache hatte sich im Fall gefangen und hielt jetzt voll auf Benfro zu, er kreischte und hatte blutrünstig die Krallen ausgefahren. Unter ihm waren die drei anderen zur Besinnung gekommen und stiegen in der Luft jetzt ebenfalls höher.

Benfro legte die Flügel aneinander und ließ sich wieder fallen, wobei er noch immer die Edelsteine an die Brust presste. Sein Manöver überraschte die Angreifer. Offenbar hatten sie gedacht, er werde die Flucht ergreifen, stattdessen ließ er sich zwischen den dreien fallen und steuerte die Burg an, um Schutz zu suchen, ehe die anderen sich zusammentun und ihn abermals angreifen konnten. Die Gegner verschwanden aus seinem Weg, stießen miteinander zusammen und schlugen um sich wie zankende Drachkitze. Benfro jagte mit weiten Flügelschlägen weiter, überrascht, weil seine Flügelwurzel überhaupt nicht wehtat.

Zu spät fiel ihm der erste Drache wieder ein.

Der war offenbar klüger als seine drei Gefährten. Er hatte sich umgedreht, Kampf und Flucht beobachtet und erst einmal abgewartet, was als Nächstes passieren würde. Diesmal ließ er sich zielstrebig fallen, und Benfro spürte, wie ihm die Luft aus der Lunge geschlagen wurde. Ein scharfer Schmerz durchbohrte seine Schultern, als die Krallen in sein Fleisch eindrangen. Er drehte sich in der Luft um, versuchte, seinen Angreifer abzuschütteln, hatte aber keinen Erfolg. Und die ganze Zeit fiel er der riesigen Burg entgegen.

Sie befanden sich jetzt über der Mauer und stürzten auf ein mit Gras bewachsenes und von breiten Steinwegen durchzogenes Gelände zu. Benfro zappelte wieder, versuchte, die Krallen aus seinem Rücken zu lösen, aber die ließen nicht locker. Abermals durchbohrte ihn der Schmerz. Seine Hände öffneten sich instinktiv und die kostbare Sammlung von Erinnerungen entglitt ihnen. Ynys Môns Edelsteine fielen in die Tiefe. Benfro sah in einer Mischung aus Entsetzen und Erleichterung zu. Wohin er Ynys Môns Edelsteine auch gebracht haben mochte, sie würden jedenfalls nicht in Magogs Schatzraum gefangen sein.

Da er jetzt die Hände frei hatte, konnte Benfro nach den Krallen seines Angreifers schnappen, während er die ganze Zeit mit den Flügeln schlug, um sich in der Luft zu halten. Er spürte Schuppen und ledrige Haut straff über zitternden Muskeln. Er fuhr eine Kralle aus und bohrte sie in Füße und Knöchel des anderen Drachen. Schreiend ließ sein Angreifer ihn los, und Benfro schloss abermals seine Flügel und ließ sich einen Moment lang fallen, dann wirbelte er herum, um sich seinem furchtbaren Feind zu stellen.

Das hatte er jedenfalls vorgehabt. Aber plötzlich war er zu dicht über dem Boden und fiel zu schnell, um vor dem Aufprall noch anzuhalten. In der letzten Sekunde davor hörte er den Drachen in wahnwitzigem Triumph aufkreischen.

»Eure Hoheit, kann ich Euch heute Abend noch irgendetwas bringen?«

Prinz Dafyd sah seinen Leibdiener an, der sich an der Tür herumdrückte. Der Mann wollte ganz offensichtlich zu einem Stelldichein. Sicher mit einem Küchenmädchen. Manchmal staunte Dafyd darüber, dass die Bediensteten überhaupt noch ihre Pflichten erfüllten, so eifrig, wie sie offenbar miteinander ins Bett fielen.

»Nein«, sagte er, dankbar, weil er nun allein sein durfte. »Das wäre alles. Gute Nacht, Jevans.«

Der Diener verbeugte sich, verließ den Raum und zog die Tür hinter sich zu. Dafyd ließ sich in seinem Sessel zurücksinken und vertiefte sich in den Anblick der Flammenmuster im Kamin. Hinter der offenen Tür zum Schlafgemach schlief Iolwen. Sie schlief jetzt sehr viel. Und aß. Das dünne, einsame Mädchen, das er gekannt und geliebt hatte, nahm an Umfang zu. Ihre Schwangerschaft war inzwischen überdeutlich erkennbar. Aber ihre düstere Stimmung hatte nicht allein mit dieser Schwangerschaft zu tun. Seit sie diesem Jungen Errol begegnet war, war sie anders, schien an Heimweh nach dem Land zu leiden, von dem sie vor so vielen Jahren im Stich gelassen worden war. Sie interessierte sich viel mehr für Nachrichten aus dem Zwillingskönigreich als bisher und verbrachte viele Stunden in dem Turm, in dem er gefangen gewesen war, um zu lesen, was er geschrieben hatte. Es war, als enthielten diese Wörter eine tiefe Weisheit, statt nur einen eher naiven Versuch, die Grammatik des Lanwennog zu erfassen.

Was war denn bloß mit diesem Jungen los gewesen? König Billah war ebenfalls von ihm fasziniert gewesen, hatte ihn viel dichter an sich herangelassen, als klug gewesen wäre. War das ein Hinweis darauf, dass der alte Mann jetzt töricht wurde, dass er sich von einer Ähnlichkeit mit seinem toten jüngsten und liebsten Sohn Balch so leicht umwerfen ließ? Oder hatte der junge Spion noch etwas anderes an sich gehabt, das Dafyd entgangen war? Er glaubte nicht, dass ihm jemals ein solches magisches Naturtalent begegnet war. Und dabei war der Junge so ungeschickt gewesen, hatte so wenig Ahnung vom Umgang mit Magie gehabt. Und dann war da sein Verschwinden. Seine Flucht vom Schafott trotzte noch immer jeglicher Erklärung. Auch das war besorgniserregend. Wenn Melyn eine neue Beschwörung gefunden hatte, die seine Spione unsichtbar machte, die sie sogar dann noch der Gefahr entzog, wenn ihre Knöchel zerbrochen und sie zum Gehen unfähig waren, dann drohte Lanwennog vom Zwillingskönigreich größere Gefahr, als dem Kriegsrat bewusst war.

Der Kriegsrat würde Dafyd noch in Verzweiflung treiben. Tordu war so in seinem Trotz verfangen, hasste alles und alle und war starrköpfig wie ein alter Esel. Dondal war ein Feigling und hatte Angst vor Billah, wollte es aber immer beiden Seiten recht machen. Er würde allen zustimmen, wenn er dadurch nur seinen Kopf sichern könnte. Und dann war da noch Geraint, sein guter alter Vater. Dafyd wusste, dass er seinem Vater größeren Respekt hätte entgegenbringen sollen, aber dieser war durch und durch Fußsoldat und besaß keinerlei Fantasie.

Blieb also nur der König. Mit Billah musste man noch immer rechnen, er besaß weiterhin den schärfsten Verstand von allen. Und seine Erfahrung war von ziemlicher Bedeutung. Aber in letzter Zeit wirkte er nicht mehr wie der allmächtige Herrscher, sondern eher wie der Großvater in einer fett und selbstzufrieden gewordenen Dynastie. Vielleicht führte Vertraulichkeit zu Verachtung, denn Dafyd hatte in den letzten Monaten mehr von dem König gesehen als in seinem gesamten bisherigen Leben. Seit seiner Hochzeit. Seit er in den Kriegsrat aufgenommen worden war.

Da klopfte jemand an die Tür, so leise, dass Dafyd nicht sicher war, ob das Pochen nicht vielleicht schon seit Minuten zu hören war, ohne dass er es wahrgenommen hatte. Jedenfalls lenkte das Geräusch Dafyds Aufmerksamkeit zurück ins Zimmer, zum hypnotisierenden Wirbeln der Flammen. Er konzentrierte sich und griff nach der Gestalt, die vor der Tür stand, versuchte, durch die Farbe ihrer Gedanken zu erkennen, um wen es sich handelte.

Aber da war niemand.

Wieder wurde geklopft, diesmal etwas lauter.

»Wer ist da?« Dafyd griff zu seinem mächtigen Schwert und spürte, wie dessen Kraft ihn durchströmte. Er hatte die Tür mit einem halben Dutzend Schritte erreicht. Aber noch immer konnte er dahinter niemanden spüren. Oder war dort etwas? Er fuhr abermals seine Gedankenfühler aus und stellte sich den Gang draußen vor. Er kannte ihn ja gut, aber diesmal war etwas anders. Ein Schatten in der Dunkelheit vielleicht. Oder ein Loch in Form und Größe eines Mannes.

Dafyd riss die Tür auf und hob sein Schwert. Einen Augenblick lang konnte er nur den Gang sehen, da war er sich sicher. Und dann entdeckte er vor sich eine von einer Kapuze verhüllte wartende Gestalt.

»Wer seid Ihr?« Dafyd hob die Klinge an die Kehle des Mannes. Unbeeindruckt hob der Fremde die Hände und kehrte Dafyd in einer Geste des Friedens die Handflächen zu, dann zog er langsam seine Kapuze zurück, um sein Gesicht zu zeigen.

»Mein Name ist Usel, Eure Hoheit. Ich führe nichts Böses im Schilde. Streng genommen ist sogar das Gegenteil der Fall.«

Dafyd wäre vor Überraschung fast das Schwert hingefallen. Der Mann vor ihm war offenkundig ein Südländer, jemand aus dem Zwillingskönigreich. Er trug das schlichte Gewand eines Wandermönchs und war ein Heiler aus dem Widderorden. Sein Gesicht war bleich, als ob er die Sonne nicht oft sähe, seine Haut glatt, bis auf einen leichten Bartflaum, seine Haare weiß meliert. Aber was Dafyd am meisten fesselte, waren die Augen seines Gegenübers. Sie waren von bleichem Grau und leuchteten vor Intelligenz. Als er den Mann ansah, schienen diese Augen etwas hinter ihm anzusehen, und ein warmes Lächeln warf an den Augenwinkeln Fältchen.

»Ich habe Stimmen gehört … ach«, sagte jemand hinter ihm.

Dafyd schaute sich um und sah Iolwen, die in ein seidenes Schlafgewand und einen dicken Schal gehüllt mitten im Raum stand und den Fremden anstarrte.

»Prinzessin Iolwen. Es ist schön, Euch wiederzusehen. Ich hoffe, es geht Euch gut.« Der Fremde sprach leise, aber seine Stimme trug weit. Dafyd verfluchte sich, weil er sich wie ein Novize in Verwirrung stürzen ließ. Er fuhr herum und wartete auf einen Angriff, aber das war nicht nötig. Der unangekündigte Besucher hatte sich nicht bewegt.

»Usel, was im Namen des Hirten macht Ihr hier?«, fragte Iolwen.

»Kennst du diesen Mann?«

»Natürlich, Liebster. Du auch. Das ist Usel. Er hat zu denen gehört, die mich hergebracht haben. Er ist fast ein Jahr hiergeblieben, während ich mich eingewöhnt habe. Ich habe eine Woche lang geweint, als er abberufen wurde und ich mit meinen Hofdamen hierbleiben musste.«

»Eure Hoheit, dürfte ich Euch bitten, Euer Schwert zu senken? Und dürfte ich wohl eintreten? Ich möchte ungern von den Wachen gesehen werden, falls sich das vermeiden lässt.«

Dafyd wusste nicht, ob er von dieser Bitte beleidigt oder belustigt sein sollte. Er konnte sich kaum an Iolwens Eintreffen in Tynhelyg erinnern, denn er war damals erst acht Jahre alt gewesen und hatte sich viel mehr für Kriegsspiele interessiert. Vielleicht war einer der Fremden länger geblieben als die anderen, es konnte durchaus dieser Mann gewesen sein. Wer immer er sein mochte. Usel hatte jedenfalls Mut. Jetzt zurückzukehren und einfach so aufzutauchen.

»Ich konnte Euch nicht spüren«, sagte Dafyd. »Wie habt Ihr das gemacht?«

»Ein Trick, den mir jemand in Eirawen beigebracht hat. Ich zeige ihn Euch gern, wenn Ihr bereit seid, zu lernen. Und wenn Ihr meine Absichten spüren wollt – meine Gedanken sind jetzt nicht geschützt.«

Dafyd konzentrierte sich und versuchte, sich von diesen bohrenden Augen und diesem entwaffnenden Lächeln nicht ablenken zu lassen. Er streifte die Oberfläche von Usels Gedanken und sah Augenblicke von der Reise des Mannes durch die Berge, seinem langsamen Fortkommen durch ein Land, das Leuten, die aussahen, als kämen sie aus dem Norden, jetzt feindlich entgegentrat. Er sah, wie der Fremde sich einen schattigen, heimlichen Weg durch die Stadt und in den Palast suchte, vorbei an Wachen, die doch den König und seine Familie beschützen sollten. Und es gab noch andere Bilder, eine eilige Flucht aus einem gewaltigen Steingebäude, endlose feuchte und verschlungene Tunnel, nur von der verräucherten Flamme einer tropfenden Fackel erleuchtet, ein bleicher Junge, der bewusstlos auf einem Bett lag und dessen Beine in unten rot verfärbte Verbände gewickelt waren.

»Ihr habt den Spion gesehen? Errol?« In seinem Staunen ließ Dafyd seine Klinge erlöschen und seine Hand fiel kraftlos nach unten. »Wo?«

»Errol war kein Spion.« Usel trat ins Zimmer und zog die Tür hinter sich zu. »Er ist vor einigen Monaten total überraschend in Ruthvins Hain aufgetaucht, gleich unterhalb des Klosters in Emmas Faur. Ich habe versucht, seine Verletzungen zu behandeln, aber er ist immer wieder verschwunden und wurde an den unwahrscheinlichsten Orten aufgefunden. Er hat ein ziemlich einzigartiges Talent, dieser Junge. Etwas, das ich eigentlich gar nicht verstehe.«

»Geht es ihm gut?« Iolwen ließ sich in einen Sessel vor dem Kamin nieder.

»Das Letzte, was ich gehört habe, ist, dass er nach Candlehall gebracht wurde, weil Königin Beulah ihn ausfragen wollte. Es tut mir leid, zugeben zu müssen, dass ich ihn im Stich gelassen habe. Ich musste fliehen, ehe ich ihm zur Flucht verhelfen konnte. Melyn hat sein Geheimnis entdeckt, müsst Ihr wissen. Und ich hatte versucht, es zu verbergen.«

»Sein Geheimnis? Was für ein Geheimnis?« Dafyd hörte die Sorge in Iolwens Stimme und verspürte für einen Moment eine sinnlose Eifersucht.

»Er ist Leyns Sohn. Und der von Balch, Prinz Dafyd. Und das macht ihn für Euch beide zu einem engen Verwandten.«

7

Durch seine strategisch günstige Lage an der Mündung zweier Flüsse an der Bucht von Kerdigan, die den Zugang zum südlichen Meer eröffnet, ist Aberfenn schon seit Langem ein Handelszentrum. Da das Herzogtum ein Spielzeug des Königs in Candlehall ist, ruht die wahre Macht in Aberfenn zumeist in Händen der Kaufleute, die ihre Geschäfte in dieser Stadt führen. Da sie mit Lanwennog und Fo Afron im Norden ebenso gern Handel treiben wie mit dem fernen Eirawen im Süden, gilt die Loyalität der Kaufleute von Aberfenn vor allem ihrem Geld und erst in zweiter Linie der Krone.

Aberfenn – Eine Handelsgeschichte

Dafyd schritt durch die engen Gassen von Tynhelyg und wunderte sich darüber, wie gut dieser Ausländer Usel sich hier auszukennen schien. Er ging einen gewaltigen Umweg und vermied die Gegenden, wo sich vielleicht mehr als nur eine Handvoll Menschen aufhielt, er hielt sich an die Gassen mit hohen Gebäuden auf beiden Seiten, deren Obergeschosse vorragten, bis sie einander in der Gassenmitte fast berührten. Die Schatten schienen ihn zu verschlingen, deshalb musste Dafyd alle Sinne anstrengen, um ihn nicht zu verlieren. Er erinnerte sich daran, wie der Mann sich schon früher verborgen hatte, wie er es geschafft hatte, sich in den königlichen Palast zu schleichen und den Wachen auszuweichen, die eigentlich dazu ausgebildet waren, magische Tarnungen zu entlarven. Usel hatte angeboten, Dafyd diesen Trick beizubringen, und Dafyd wollte ihn unbedingt lernen.

Sie näherten sich dem Viertel der Kaufleute, kamen vorbei an eleganten Häusern, die leblos wirkten. Vor die unteren Fenster waren Blenden geschlagen und Eisenriegel versperrten den Zugang. Das hier waren die Häuser der Händler aus dem Zwillingskönigreich, in denen nur noch ein paar Diener hausten, denn nur wenige Südländer wagten es derzeit, ihre Gesichter in der Öffentlichkeit zu zeigen.

»Eure Hoheit, dürfte ich Euch um einen Gefallen bitten?«

Dafyd blieb stehen und wäre fast mit Usel zusammengestoßen, der an einer ganz anderen Stelle aus der Dunkelheit auftauchte, als Dafyd erwartet hatte.

»Ich bin allein gekommen, weil Iolwen sagt, dass ich Euch vertrauen kann. Ist das nicht schon Gefallen genug?«

»Dabei habt Ihr natürlich recht. Vielleicht ist Gefallen das falsche Wort. Vielleicht sollte ich einfach sagen, dass die Leute, die Euch begegnen werden, für Euch ihr Leben aufs Spiel setzen. Wenn sie hier entdeckt werden, werden sie hingerichtet. Wenn ihr Vorgehen in ihrer Heimat bekannt wird, werden ihre Familien hingerichtet.«

»Ich werde mir anhören, was Ihr zu sagen habt. So lange Ihr nichts tut, was gegen mich gerichtet ist. Ich werde nichts über ihre Anwesenheit hier erwähnen. Ihr könnt alle nach Hause gehen und niemand wird davon erfahren.«

»Ich danke Euch, Hoheit. Mehr könnte ich nicht verlangen.« Usel verschwand abermals in der Finsternis. Eine Tür öffnete sich und gedämpftes Licht fiel in die Gasse. Dafyd folgte dem Heiler in einen niedrigen Hintereingang von der Sorte, die meist von Hausierern und Dienstboten benutzt wird. Er wurde durch eine leere Küche und dann durch einen Gang mit einem knackenden Holzboden, auf dem ein fadenscheiniger Läufer lag, in die Empfangsräume des Hauses geführt. Usel öffnete eine Tür, die in ein enges, aber luxuriös eingerichtetes Besprechungszimmer führte. Dafyd ging durch diese Tür und fand sich vier Menschen gegenüber: vier Männern, die er nicht kannte, und einer Frau, die er kannte.

»Lady Anwyn, die Nachrichten über Euren Bruder und Euren Vater haben mich zutiefst bestürzt. Bitte, lasst mich Euch mein tiefempfundenes Beileid aussprechen.« Dafyd verneigte sich. Hinter ihm schloss Usel die Tür und drehte den Schlüssel im Schloss um.

»Eure Hoheit.« Anwyn machte verlegen einen tiefen Hofknicks. »Ich hatte auf Euer Kommen gehofft, aber ich hätte niemals zu glauben gewagt… Entschuldigt, bitte, lasst mich Lord Ansey, Lord Meygrim und Graf Vespil vorstellen. Und das dort ist Meister Holgrum.«

»Der Gewürzhändler«, sagte Dafyd und nickte der Reihe nach den Männern zu.

»Ihr kennt mich, Eure Hoheit?«, fragte Holgrum, sein Schweinchengesicht wurde rot, aber ob das seiner Besorgnis entsprang oder einfach seine natürliche Färbung war, konnte Dafyd nicht sagen.

»Ich weiß von Eurem Geschäft. Es heißt, Ihr seid sogar reicher als König Billah.«

»Schön wär's, Hoheit. Schön wär's. Aber bitte, setzt Euch. Darf ich Euch einen Schluck Wein anbieten?« Ohne eine Antwort abzuwarten, lief der Kaufmann geschäftig zu einer Anrichte und goss eine tiefdunkle Flüssigkeit in edle Kristallgläser.

»Heiler Usel sagt mir, Ihr habt einen Vorschlag zu machen.« Dafyd nahm ein Glas entgegen, trank aber nicht. »Es muss etwas sein, das für Euch alle wichtig ist, sonst hättet Ihr doch nicht gewagt, herzukommen, um diesen Vorschlag persönlich vorzubringen.«

»Das ist auch der Fall«, sagte Anwyn und nahm in einem Sessel am Feuer Platz. »Ich bin gekommen, um Euch Aberfenn anzubieten.«

»Wenn ich das richtig verstanden habe, hat Königin Beulah Land und Titel zurückgenommen, als sie Eure Familie zu Verrätern ausgerufen hat.«

»Die Menschen von Aberfenn waren meinem Vater ergeben. Sie haben ihn geliebt, und sie haben auch Merrl geliebt. Beulah bringen sie keine Zuneigung entgegen. Ansey, Meygrim und Vespil haben alle Städte der verschiedenen Provinzen unter Kontrolle, ich befehle über die Hauptstadt selbst. Wir können eine brauchbare Armee zusammenbringen, die gut ausgerüstet und viel besser ausgebildet ist als der Pöbel, der im Namen der Königin derzeit zum Kriegsdienst gepresst wird.«

»Und warum sollte diese Armee gegen ihre eigenen Landsleute kämpfen? Warum sollte sie uns helfen?«

»Weil Ihr Iolwens Gatte seid.«

Dafyd setzte sich Anwyn gegenüber in einen Sessel am Feuer. Anwyn war viel jünger, als er angenommen hatte. Sie war noch keine zwanzig, aber ihr Gesicht war hart, ihre Augen wachsam. Er streifte ihre Gedanken, versuchte, ihre Ehrlichkeit zu spüren, wurde aber überwältigt von ihrer verzweifelten Hoffnung und dahinter von dem besessenen Hass auf die Frau, die ihre Familie vernichtet hatte.

»Mein Vater hat Beulahs Anspruch auf den Obsidianthron immer als unhaltbar betrachtet«, sagte sie.

»Warum? Beulah ist schließlich die Ältere.«

»Ihr seid Ihr nie begegnet, oder?« Diese Frage hatte Lord Ansey gestellt. »Von Diseverins drei Töchtern waren Leyn und Iolwen sich ähnlich wie Zwillinge, Beulah war in so vieler Hinsicht anders, nicht zuletzt durch ihren Teint. Ich erinnere mich sehr gut an die Gerüchte im Palast vor und nach ihrer Geburt. Nicht nur eine Stimme flüsterte damals, Königin Ellyn habe ihrem Gemahl Hörner aufgesetzt.«

»Wirklich?« Dafyds Neugier war geweckt. »Mit wem denn?«

»In jenen Tagen hat Inquisitor Melyn sehr viel Zeit in Candlehall verbracht. Und auch bei Hof hat er damals großen Einfluss erlangt.«

»Das wusste ich nicht«, sagte Dafyd.

»Die Gerüchte sind so schnell verstummt, wie sie aufgekommen waren«, sagte Lord Ansey. »Die Menschen haben Beulah als Prinzessin akzeptiert, weil alles andere unvorstellbar war. Aber Herzog Angor sah das anders. Er stand Ellyn nahe. Der einzige Mensch, der die Wahrheit weiß, ist Melyn, und ich glaube nicht, dass er etwas sagen wird.«

Dafyd ließ seinen Blick von den drei Adligen zu Lady Anwyn und zurück wandern und nippte zerstreut an seinem Wein – ein hervorragender Jahrgang, wie er feststellte. Es lag auf der Hand, dass diese Adligen Königin Beulah verabscheuten, aber ihre Bereitschaft, Verrat zu begehen, ihr eigenes Land dem Feind zu verkaufen, kam ihm übertrieben vor. Es beleidigte ihn fast, dass sie keine Treue kannten, kein Ehrgefühl. Insgeheim Intrigen und Verschwörungen anzuzetteln, gehörte sich nicht für einen Soldaten. Soldaten starben auf dem Schlachtfeld, mit herausgerissenem Gedärm, während Raben an ihren Augäpfeln pickten. Kriege wurden von Strategen gewonnen, von Menschen, die Kompromisse eingingen, statt auf ihrer Moral zu beharren.

»Ihr sagt also, Ihr könnt mir Aberfenn geben«, sagte er. »Was Ihr wirklich meint, ist, dass Ihr Iolwen Aberfenn geben könnt, aber damit kann ich leben. Die Frage ist, was soll ich dann damit machen?«

»Königin Beulah lässt das ganze Zwillingskönigreich nach Rekruten für ihr Heer durchkämmen«, sagte Lord Ansey. »Sie will sich durch die bloße Menge ihrer Leute den Weg über die Pässe erzwingen. Ihr könnt Meister Holgrum hier fragen, wie die Steuern gestiegen sind, seit Beulah auf dem Thron sitzt. Sie kann nicht mehr lange so weitermachen, sonst wird es in allen Provinzen zum offenen Aufstand kommen. Doch wenn sie mit ihrem Plan Erfolg hat und Tynewyd oder Tynhelyg erreicht, wird ihr Volk sie lieben.«

»Über die Pässe kommt sie nie im Leben«, sagte Dafyd. »Das ist noch nie jemandem gelungen.«

»Ihr solltet Beulah nicht unterschätzen, Hoheit. Und vergesst Melyn nicht. Seine Kampfpriester sind eine Macht, mit der man rechnen muss. Wenn die Invasion jedoch bis zum nächsten Winter hinausgezögert werden kann, wird Beulahs Armee zerfallen. Und dann wird sie Schwierigkeiten haben, das Zwillingskönigreich zusammenzuhalten.«

»Ich soll sie also durch einen Angriff aus dem Hinterhalt aufhalten.«

»Genau.«

»Das wird nicht funktionieren. Jedenfalls nicht so, wie Ihr meint.«

»Warum nicht?«, fragte Anwyn.

»Ihr sagt, Ihr könnt mir Aberfenn geben, aber das glaube ich nicht. Selbst wenn Eure Offiziere den Leuten befehlen, mir zu folgen, wird diesen das nicht gefallen. Und eine widerstrebende Armee ist nutzloser als gar keine. Nein, sie brauchen Iolwens Rückkehr. Sie muss an meiner Seite stehen. Sie müssen sehen, dass ich in Iolwens Namen befehle.«

»Eure Hoheit, darf ich einen Vorschlag machen?« Dafyd drehte sich zu Usel um, der noch immer bei der Tür stand wie ein Wachposten.

»Sprecht«, sagte er.

»Trotz seines Alters scheint König Billah noch viele Jahre vor sich zu haben. Prinz Geraint ist sogar bei noch besserer Gesundheit. Falls er nicht in irgendeiner Schlacht fällt, wird er wahrscheinlich ebenso lange regieren wie sein Vater. Ihr werdet ein alter Mann sein, wenn endlich die Reihe an Euch kommt. Aber

Ihr könntet an Iolwens Seite über das Zwillingskönigkreich herrschen. Und Euer Kind wäre der legitime Erbe beider Throne.«

Das war eine verlockende Vorstellung. Dafyd wusste sehr gut, dass er viele Jahre warten müsste, bis er in Tynhelyg zum König gekrönt würde. Die Vorstellung, neben Iolwen in Candlehall zu herrschen, war hinreißend. Er könnte die kleinlichen Streitereien zwischen beiden Ländern beenden, die so oft zu sinnlosen, blutigen Kriegen ausgeartet waren. Aber es würde nicht leicht werden, Jahrhunderte voller Feindseligkeit zu überwinden, die fast angeborene Ablehnung der Menschen aus dem Norden ihren bleicheren Verwandten aus dem Süden gegenüber, die ja auch umgekehrt galt. Manche würden seine Ehe mit der Prinzessin vielleicht als Beweis dafür betrachten, dass zwei Völker in Eintracht leben könnten. Andere würden es ganz anders sehen, als Besudelung der reinsten und unschuldigsten Seele des Zwillingskönigtums, ihrer jungen Prinzessin eben, durch die schändlichen und gottlosen Südlinge. Das würde seine schwere Aufgabe sein: zu zeigen, dass seine Frau nicht unter einem dämonischen Fluch stand.

»Ihr scheint sehr sicher zu sein, dass die Menschen von Aberfenn Iolwen folgen würden.« Dafyd wählte seine Worte vorsichtig. »Aber sie lebt jetzt seit über vierzehn Jahren bei meinem Volk. Und unser Kind wird aussehen wie ich, da könnt Ihr sicher sein. Würde das Zwillingskönigreich denn so einen Herrscher akzeptieren?«

Usel deutete eine Verneigung an, und Dafyd hatte den deutlichen Eindruck, dass sie jetzt an dem Punkt angekommen waren, um den es dem Heiler die ganze Zeit gegangen war.

»Ja. Ich glaube, das würden sie. Wenn das Kind in Aberfenn auf die Welt käme.«

Benfro wusste nicht, wo er war, aber das war ihm egal. Es war warm und behaglich. Der Schmerz an seiner Flügelwurzel war verschwunden, und er hatte sich am Rand eines traumlosen Schlafes in sich zusammengerollt.

Ein winziges Gefühl von Unbehagen verdarb seine perfekte Ruhe. Schlaf war schlimm. Schlaf war, wenn Magog zu ihm kam, ihn zwang, sein Sklave zu sein. Aber Benfro konnte den längst verstorbenen Drachen-Magis nicht spüren. Vielleicht schlief er also gar nicht? Aber wenn er nicht schlief, wo war er dann? Er fühlte sich ausgeruht wie schon lange nicht mehr.

Geräusche sickerten zu ihm zurück: das Rauschen von Wasser über Steine, Wind in Bäumen, die gerade ihre ersten Frühlingsblätter sprießen ließen, das Knistern von Flammen. Er konnte bissigen Rauch und ein reiches würziges Aroma riechen, das er sofort erkannte. Er wusste, wo er war, und mit dieser Erkenntnis kamen die Erinnerungen an seinen seltsamen Traum. Seine Flucht, sein Kampf und der Sturz kopfüber auf den Boden.

Benfro riss die Augen auf und setzte sich auf, als ob er dadurch den Aufprall auf den Steinplatten verhindern könnte. Aber er hatte den Boden ja nie erreicht, der Aufprall hatte niemals stattgefunden. Er war … irgendwo anders. Er wusste nicht, wo. Er wusste auch nicht, wie lange er schon dort war, nur, dass er Zeit genug gehabt hatte, um sich auszuruhen.

»Du bist wach. Das ist gut.« Benfro schaute sich um und sah Errol vor der Felswand der Höhle sitzen. Errols Stimme klang seltsam bei dem Versuch, Drachensprache zu sprechen, und Benfro ging auf, dass Menschenmünder für diese Aufgabe nicht gerade geschaffen waren.

Er schüttelte die letzen Reste Schlaf ab und sah sich in der Höhle um. Er saß zwischen dem Feuer und der improvisierten Matratze aus Heu, genau dort, wo er sich niedergelassen hatte, um sich um Errols gebrochene Knöchel zu kümmern. Bei diesem Gedanken schaute Benfro die Beine des Jungen und dann das Feuer an. Der Kessel stand ein Stück von den Flammen entfernt, die

Reste der Heilsalbe, die er angerührt hatte, klebten trocken und rissig darin.

»Ich muss dir danken«, sagte Errol, »für das, was du für meine Knöchel getan hast. Der Schmerz ist jetzt verschwunden.«

»Das war doch nicht der Rede wert. Du musst aber erst mal das Gewicht von ihnen weghalten. Versuch ja nicht mehr, schwere Truhen über die Lichtung zu zerren.« Benfro schaute aus dem Höhleneingang in das sonnige Mittagslicht auf der Lichtung. Der Sturm war vorübergezogen und helles Sonnenlicht malte Schatten ins Gras, auf dem die von den umstehenden Bäumen abgerissenen Zweige herumlagen. »Wie lange habe ich geschlafen?«

»Ich nicht wissen … ich weiß nicht«, Errol verbesserte seinen Fehler und Benfro ging auf, welche Mühe der Junge sich mit der Drachensprache gab. »Ich bin im Morgengrauen aufgewacht. Du hattest bereits seit einigen Stunden geschlafen. Ich habe versucht, den bösen Drachen von dir wegzuhalten. Hat das geklappt?«

»Ich …«, Benfro dachte zurück an seinen seltsamen Traum und dann an seine Besuche in Magogs Schatzraum. »Ich … ja, ich habe dich gesehen. Und dann war ich an einem anderen Ort. Wie hast du das gemacht?«

»Ich bin nicht sicher.« Errol wechselte auf die Sprache der Menschen über. »Ich habe versucht, seine Verbindung zu dir abzuriegeln, weil ich das manchmal bei dir gesehen habe, wie du das mit deiner Aura machst. Ich wusste aber nicht, ob mir das gelingen würde.«

»Na, du hast es geschafft und ich bin dir unendlich dankbar dafür. Du hast ja keine Ahnung, wie sehr.«

»Kann ich jetzt damit aufhören?«

Benfro sah Errol wieder an und bemerkte zum ersten Mal, wie unbequem und zwischen die Felsen gepresst der Junge dasaß. Er war bleich, und ein dünner Schweißfilm ließ seine Stirn und seine Wangen glänzen wie nach einem Fieberanfall. Benfro hob die Hände und entspannte sein Blickfeld, bis er Errols Aura wahrnehmen konnte. Diese hatte schon lange nicht mehr so gesund ausgesehen. Errols Gestalt leuchtete wie hinter einem dünnen weißen Schleier, der fast die Farbe der Grymlinien selbst hatte. Benfro sah, dass die Brüche in Errols Knöcheln gut heilten, sie waren keine wütenden roten Feuerwirbel mehr. Aber was ihn vor allem überraschte, war der hauchdünne Strang, der von der rechten Hand des Jungen zu der dünnen roten Schnur verlief, die noch immer von Errols Stirn ausging und dann in einer Schleifenbewegung in den Grymlinien verschwand.

Vor seinen Augen löste sich der dünne Faden auf und das rote Übel pulsierte wie eine wütende Schlange zurück durch die Schnur. Benfro spürte, wie Magogs verhasste Nähe auf ihn einschlug und ihn übernehmen wollte. Aber es war ein schwächerer Angriff. Oder war der Angriff gar nicht schwächer, sondern er, Benfro, fühlte sich einfach stärker und hoffnungsvoller als in all den Monaten seit seiner ersten Begegnung mit dem Geist des toten Magis. Er streckte seine eigene Aura aus und band sie wie auf einen Reflex hin um die Schnur.

»Du solltest jetzt schlafen«, sagte er und sah, wie der Junge ins Heu sank. »Du musst deine Knöchel ausruhen, damit sie richtig verheilen können.«

»Corwen hat gesagt, wir müssten uns gegenseitig helfen«, sagte Errol. »Ich glaube, deshalb hat er mich hergeholt. Oder vielleicht hat Sir Radnor mich deshalb hergeschickt.«

»Dich hergeschickt? Sir Radnor?« Benfro unterdrückte die Fragen, die durch seinen zum ersten Mal seit Wochen klaren Kopf wirbelten. Der Junge stand kurz vor dem Zusammenbruch. »Das kannst du mir später erzählen. Schlaf jetzt. Ich mache neue Salbe für deine Knöchel. Und dann besorge ich uns etwas zu essen.«

»Ich hätte nicht gedacht, dass ich diesen Ort jemals wiedersehen würde. Und schon gar nicht so.«

Beulah schaute hinüber zu Clun, der aufrecht auf seinem Pferd saß, als sie durch die Tore von Beteltown ritten. Sie ritten an der Spitze eines Gefolges, das aussah wie ein kleines Heer, begleitet von Inspektor Melyn und mehreren Hundert Kampfpriestern sowie von Wagen, die den königlichen Tross zwangsläufig aufhielten. Beulah hatte die meisten Adligen abgewiesen, die sie begleiten wollten, indem sie darauf bestanden hatte, dass alle reiten müssten, statt in Kutschen zu fahren. Sie glaubte, denen, die trotzdem mitgekommen waren, ihr Vertrauen schenken zu können.

»Ich wusste nicht, dass du schon einmal in Beteltown warst«, sagte sie. »Ich dachte, du hättest weiter im Norden gelebt.«

»Pullpeiran ist nur eine Tagesreise weit entfernt. Mein Vater hat seine Geschäfte meistens hier gemacht.« Cluns Gesicht verdüsterte sich, und Beulah dachte an den Augenblick, als sie ihm von Godrics Tod erzählt hatte. Er hatte nicht geweint, aber in seinen Augen hatten die Tränen geglänzt, als er den Treueschwur des Ordens vom Hohen Fryd wiederholt hatte. Sie hatte in diesem Moment etwas von dem Mann gesehen, zu dem er sich entwickelte, und in der Nacht hatte er sie mit wilder Leidenschaft geliebt und war danach fest an sie geklammert in einen unruhigen Schlaf gesunken. Seither hatte er kein Wort mehr über seine Familie gesagt. Bis jetzt.

»Vielleicht sollten wir hinreiten? Melyn hat ihre Überreste begraben, aber dann könntest du mit eigenen Augen sehen, was passiert ist?«

»Das möchte ich gern.« Cluns Stimme war leise, aber hart. »Ich möchte wissen, wie sie gestorben sind, möchte etwas über die Kreatur wissen, die sie getötet hat. Und dann will ich diese aufspüren und umbringen.«

Beulah sagte nichts, aber sie lächelte, als sie durch die Straßen zu der Burg ritten, die von einem Felskegel hoch über dem Fluss aus die Stadt dominierte. Es waren vielleicht weniger Menschen zusammengeströmt, als sie erwartet hatte, aber diejenigen, die gekommen waren, glichen es durch ihre ehrliche Begeisterung aus. Zumindest einige Angehörige ihres Volkes schienen sie zu lieben.

Herzog Moorit von Beteltown war schon älter und neigte zur Vergesslichkeit, aber wie viele alte Männer schien er sich an Dinge, die früher in seinem Leben geschehen waren, mit fast perfekter Deutlichkeit zu erinnern. Beulah ertrug viele Stunden voller Anekdoten über ihren Großvater und die wochenlangen Feste, die dieser gern veranstaltet hatte. Sie ließ das alles mit besseren Manieren und größerer Geduld über sich ergehen, als sie zu besitzen geglaubt hatte, während ein Angehöriger des niedrigen Adels nach dem anderen aus entfernten Orten anreiste, um ihr seine Aufwartung zu machen. Die Armeewerber hatten die Gegend schon ziemlich abgegrast, deshalb waren nur noch wenige neue Rekruten zu finden. Melyn dagegen stellte in dieser Zeit seine eigenen Nachforschungen über Drachenbeobachtungen in der Umgebung an. Als Beulah die düsteren Hallen und Gänge von Burg Betel nicht mehr ertragen konnte, rief sie einen kleinen Trupp von Kampfpriestern zusammen und ritt mit Clun an ihrer Spitze in Richtung Pullpeiran los.

Sie kamen leicht voran, und die Straße war menschenleer. In der näheren Umgebung von Beteltown wurde Landwirtschaft betrieben, auf den Feldern färbten die ersten keimenden Saaten die dunkle Erde bereits grün. Doch als sie durch die Hügel zum Waldrand hochritten, wichen die Felder Wiesen, auf denen das Unkraut wucherte und das Gras hoch war, weil kein Vieh dort gegrast hatte. Keine Schafe waren zu sehen, keine Kühe. Selbst die Vögel schienen das Singen verlernt zu haben. Als sie dann den letzten Hang vor dem Dorf hochritten, sahen sie eine Wolkenbank wie einen Fluch über dem Land hängen. Die wenigen im Trupp, die überhaupt noch miteinander gesprochen hatten, verstummten nun auch. Das hier war kein normales Wetter, es war eher, als hätten die Bäume des Waldes einen giftigen Nebel über der Stelle entstehen lassen, wo einst das Dort Pullpeiran gestanden hatte.

Sie ritten schweigend vorbei an den niedrigen Mauern, die die Gemarkungsgrenzen bildeten, und erreichten dann das erste Haus.

»Beim Hirten, was ist denn hier passiert?« Clun glitt von seinem Pferd und ließ die Zügel fallen, um auf das zerfallene Haus zuzulaufen. Beulah sah zu, wie er durch die zerbrochene Tür auf die Trümmer dahinter starrte, wohl wissend, dass er dort nichts finden würde. Das Dach war verschwunden und eine Mauer war eingestürzt. Es sah so aus, als sei ein Baum auf das Haus gefallen, aber in der Umgebung standen gar keine Bäume.

Beim nächsten Haus und beim übernächsten war es genauso. Sie ritten langsam durch das ganze Dorf und sahen nur Zerstörung. Hier gab es keine Menschen mehr, nur Trümmer und die trübe neblige Wolke. Aber Clun bestand darauf, sich jedes zerfallene Haus genau anzusehen. Beulah beobachtete, wie er von Tür zu Tür ging, leichten Schrittes und voller Ortskenntnis, weil er hier geboren war. Seine Schultern sanken bei jedem neuen Beweis der Zerstörung weiter nach unten. Es sah aus, als sei ein Wirbelsturm durch das Dorf gefegt.

Und dann erreichten sie die Dorfhalle.

Auf den ersten Blick sah diese mehr oder weniger unversehrt aus, das Dach war noch vorhanden und die Fensterläden waren geschlossen. Aber die riesigen Doppeltüren vorn im Haus waren mit einer solchen Wucht eingedrückt worden, dass der Rahmen sich verzogen hatte. Und was immer in die Halle eingedrungen war, hatte sich den Weg hinaus frei gesprengt und dabei Holzsplitter über den Weg und den Dorfanger stieben lassen.

Beulah ließ ihre Gedanken durch die Halle wandern und suchte nach Gedankenmustern, die mehr erzählen könnten, aber sie fand nichts. Weiter draußen, im restlichen Dorf und auf den umliegenden Feldern, gab es ebenfalls nichts. Die uralten Baumreihen am Waldrand fühlten sich für Beulahs Gedanken zwar anders an, doch auch dort war nichts zu entdecken. Abgesehen von ihr selbst, Clun und dem kleinen Trupp von Kampfpriestern, lebte dort nichts, das einen bewussten Gedanken hätte fassen können.

Beulah konzentrierte sich weiter auf die Leere, stieg vom Pferd und folgte Clun die knackende hölzerne Treppe in der Halle nach oben, wo sie ihm zuerst begegnet war, wo er sein stummes Versprechen der Treue zu ihr abgegeben hatte. Sie wollte schon durch die zerbrochene Tür treten, als er stehen blieb und sie zurückhielt. Verwirrt hätte sie fast nach ihm geschlagen, aber dann wurde sie von dem Gestank getroffen und verstand den Grund.

»Herrin, ich glaube nicht, dass Ihr dort hineingehen solltet«, Cluns Stimme war tot, tonlos, als ob auch er wisse, was hinter der Tür war.

»Ich brauche davor nicht beschützt zu werden. Das war mein Volk. Ich muss wissen, was ihnen widerfahren ist.« Sie drängte sich an ihm vorbei und betrat die Halle.

Diese hatte kaum noch Ähnlichkeit mit dem Saal, in dem Godric und Henna geheiratet hatten. Alle Möbel waren zerschlagen, der Holzboden war verwüstet, als ob jemand mit einer Spitzhacke darauf eingeschlagen hätte. Die mit Blenden verdunkelten Fenster sperrten das meiste von dem bleichen Tageslicht aus, ließen aber genug durch, um die Herkunft des Gestanks zu zeigen. In der hinteren Ecke, wo das Podium und der dann von ihr annektierte Brautthron gestanden hatten, konnte Beulah etwas sehen, das wie weggeworfene, zerfetzte und verfilzte Kleidungsstücke aussah. Vorsichtig suchte sie sich einen Weg über den zersplitterten Holzboden, und als sie sich dem Kleiderhaufen näherte, hob sie eine Hand mit einer herbeigerufenen Flamme, um besser sehen zu können. Das, was das grelle Licht ihr nun zeigte, löste in ihr Brechreiz aus.

Es waren zwar Kleidungsstücke, aber keine weggeworfenen. Sie waren von den Körpern gerissen worden, die sie bedeckt hatten, und noch immer steckten Glieder in Jackenärmeln und Hosenbeinen. Und dann waren diese Körper verzehrt worden. Das Fleisch war von den Knochen gerissen worden, nur Hautfetzen, Sehnen, verfaulendes rotes Fleisch waren übrig geblieben.

Beulah spürte jemanden neben sich und entdeckte Clun, der mit weißem Gesicht dieses Schreckensbild anstarrte.

»Sie hatten keine Chance.« Er ging dicht vor dem Haufen in die Hocke, und sein eigenes Licht leuchtete hell über den Folgen des Gemetzels. »Es hat sie zerfetzt wie … ich weiß nicht. Warum sind sie hiergeblieben? Warum sind sie nicht mit den anderen nach Beteltown gegangen?«

»Melyn hatte ihnen befohlen zu bleiben«, sagte Beulah. »Er hatte zwei Kampfpriester hiergelassen, die auf diese Kreatur warten und sie erschlagen sollten, falls sie zurückkehrte.« Sie warf noch einen Blick auf den Haufen aus zerfetzter Kleidung und suchte nach den dunklen Gewändern des Ordens vom Hohen Fryd. Als sie zu den Fenstern emporblickte, bemerkte sie, dass diese nicht nur von außen mit Blenden versehen, sondern auch von innen verriegelt waren. »Es ist wirklich zurückgekommen. Und es war ihnen mehr als nur gewachsen. So wie es aussieht, haben sie versucht, sich hier drinnen zu verbarrikadieren.«

»Das hat ihnen aber auch nicht geholfen.« Clun beugte sich vor, griff in den Stoff und zog eine Handvoll zu sich heran. Beulah sah in entsetzter Faszination zu, wie mit dem Mantel auch etliche feuchte Knochen angerollt kamen. Der abgehackte Kopf eines Kampfpriesters kullerte von den Knochen herunter, kam zu ihren Füßen zum Stillstand und schaute aus vorwurfsvollen Augen zu ihr hoch.

Plötzlich hatte Clun ihren Arm gepackt und zog sie weg von den Knochen und zurück zur Tür.

»Es kommt zurück«, sagte er. »Wir müssen weg hier.«

Beulah blickte ihn überrascht an, und dann spürte auch sie etwas Störendes. Es war nicht der Denkfunke eines Menschen, den sie über große Entfernungen spüren konnte. Es war etwas Fremdes, völlig anders als die Gedanken eines Menschen. Und es war verwirrt, wütend und hungrig. Es war so schrecklich hungrig!

»Warum fliehen wir? Ich dachte, du wolltest es töten.«

»Will ich auch, Herrin.« Clun zog sie zu ihrem Pferd, half ihr in den Sattel und schwang sich in seinen eigenen. »Aber es ist mächtiger, als ich mir das vorgestellt hatte. Ich darf nicht riskieren, dass Euch etwas passiert, während wir es bekämpfen. Wir müssen Euch in Sicherheit bringen.«

Die Kampfpriester bildeten einen Kreis um Beulah, als sie aus dem Dorf ritten, und alle schauten sich aufmerksam um. Sie konnte die furchtbaren Gedanken der Kreatur spüren, die ihren eigenen Verstand mit einer giftigen Angst verwirrten. Einen Moment lang war sie von dieser Angst fast überwältigt, dann erinnerte sie sich an Melyns Lehren. Es war leicht, Angst zu projizieren, eine gute Methode, um einen Feind zu lähmen, ihn am klaren Denken zu hindern, ihn zu törichten Entscheidungen zu zwingen. Beulah schüttelte den Kopf, wie um sich von Wasser in den Ohren zu befreien, und verdrängte dann ihre Angst. Sie versuchte herauszufinden, woher diese schrecklichen Gedanken kamen, aber jetzt reagierte ihr Pferd auf die Angst, legte die Ohren an und blähte die Nüstern. Sie brauchte all ihre Kraft, um es im Griff zu behalten.

Ein entsetzlicher Schrei hinter ihr wurde von einem grauenhaften Reißgeräusch beendet. Und dann traf ein heftiger Wind den ganzen Trupp und hob mehrere Reiter aus dem Sattel. Ein gewaltiger dunkler Schatten schob sich über sie und etwas Nasses spritzte auf Beulahs Gesicht und ihre Hände. Sie sah genauer hin und rechnete mit Regen, doch was sie erblickte war rot. Blut.

»Schließt euch neu zusammen. Schützt die Königin!«, hörte sie Cluns Stimme. Auf einmal wurde ihr klar, dass ihr Pferd weitergelaufen war, während die anderen stillstanden. Ihr Pferd steuerte den Weg nach Beteltown an und sein Trab wurde immer mehr zum Galopp. Sie riss an den Zügeln, ihre Füße wurden in den Steigbügeln nach vorn gepresst, als sie versuchte, das verängstigte Tier zum Stehen zu bringen. Dann tauchte brüllend etwas aus dem Nebel auf, dunkel und unvorstellbar groß. Ihr Pferd bäumte sich auf und Beulah glitt aus dem Sattel und prallte so hart auf den Boden auf, dass es ihr den Atem verschlug. Ehe sie sich besinnen konnte, tauchte über ihr ein mannsgroßer Kopf auf. Riesige Fangzähne schlossen sich um den zappelnden Körper ihres Pferdes. Ein Zuschnappen, und das arme Tier war in zwei Teile zerbissen. Die Stücke fielen mit dem Geräusch nasser Wäsche, die gegen Felsen geschlagen wird, zu Boden. Der Boden bebte, als die schattenhafte Gestalt eines viel größeren Drachen, als sie jemals einen gesehen hatte, vortrat. Er sabberte und streckte seine blutverschmierten Hände, die groß wie Karrenräder waren, mit ausgefahrenen Krallen nach ihr aus. Der Drache kreischte, vielleicht vor Schmerz, vielleicht vor Hunger, vielleicht, um etwas zu sagen. Egal wie, dieses Geräusch zerfetzte Beulahs letzten Rest an Selbstkontrolle und erfüllte sie mit einer Angst, die sie zuletzt an dem Tag verspürt hatte, als ihre Mutter begraben worden war, dem Tag, an dem sie nach Emmas Faur geschickt worden war.

Und dann war neben ihr ein Licht, das aufleuchtete wie ein Stück Sonne. Clun stand mit erhobener Klinge zwischen ihr und dem Drachen. Der Drache wirkte für einen Moment verwirrt und wich zurück. Aber das war nur eine Finte. Er griff Clun mit seinen grauenhaften Krallen an, und Clun musste sich zu Boden werfen, um nicht enthauptet zu werden. Er rollte sich mit der Geschicklichkeit des ausgebildeten Kriegers zur Seite, schwang die Klinge und traf den ausgestreckten Arm des Drachen. Die Klinge durchschnitt Schuppen, ledrige Haut, Muskeln und Knochen mit einem wütenden Knirschen. Der Drache sprang heulend zurück, als sein abgetrennter Unterarm zu Boden fiel.

Der übrige Trupp hatte sich neu formiert. Beulah sah zu, wie sie sich verteilten, um den Drachen zu umzingeln. Jeder hob eine Lichtklinge, obwohl einige so unsicher wirkten, wie Beulah das bei Kampfpriestern noch nie gesehen hatte. Schon lange hatte kein Kampfpriester mehr gegen einen Drachen von dieser Größe und Bestialität antreten müssen.

Der Drache seinerseits hielt seinen blutenden Armstumpf fast wie betäubt fest. Dann sah er Clun an, der vorsichtig hin und her schritt und sich außer Reichweite hielt. Brüllend griff der Drache nun an. Sein stinkender Atem traf sogar die auf dem Boden liegende Beulah. Clun trat einen Schritt zurück, und mehr brauchte der Drache nicht. Er drehte sich mit einer für seine Größe bemerkenswerten Schnelligkeit um, peitschte mit seinem Schwanz und schlug zwei Kampfpriester zu Boden. Dann sprang er hoch. Riesige Flügel trafen auf den Boden auf, und Sekunden später war der Drache im Nebel verschwunden.

8

Nichts ist wichtiger für ein Drachkitz als die Galur, die Namenszeremonie. Sie ist die erste große Feier im Leben eines jungen Drachen, und meistens geht sie mit großen Festlichkeiten und Fröhlichkeit einher. Aber die Galur ist mehr als eine einfache Namensgebung. Durch die Galur werden vor den versammelten Zeugen Herkunft, Status und Geburtsrecht anerkannt. Einen Namen zu erhalten, bedeutet, in den Stamm aufgenommen zu werden. Ein Zustand des Angalur, der Namenslosigkeit, ist die schlimmste aller möglichen Bestrafungen.

Maddau die Weise: Der gute Benimm

»Eure Majestät, Königin Beulah hat einen Mann aus dem Volke geheiratet, einen Novizen des Ordens vom Hohen Fryd. In Candlehall heißt es, dass sie bereits von ihm schwanger sei. Sie hat ihn zum Herzog von Aberfenn erhoben.«

»Das wird ihr Volk sicher wenig begeistern. Was ist mit ihrem Heer?«

Prinz Dafyd saß schweigend neben dem Thron seines Großvaters und beobachtete den hassenswerten Herzog Dondal, der soeben seinen neuesten Bericht aus dem Grenzland lieferte. Tordu stand daneben. Sein übellauniges Gesicht zeugte deutlich von der Verachtung, die er dem Herzog entgegenbrachte. Dafyds Vater, Prinz Geraint, lungerte in einem Sessel hinter dem mit Landkarten und Papieren übersäten Tisch herum, er hatte die

Augen geschlossen und schien zu schlafen, aber Dafyd wusste es besser.

»Bauerntruppen schließen sich in Dina und Tochers zusammen, Majestät«, erwiderte Dondal. »Im Moment noch nicht viele, aber sie werden von diesen verdammten Kampfpriestern ausgebildet. Und in allen Provinzen werden Rekruten angeworben. Königin Beulah baut eine beträchtliche Streitmacht auf.«

»Welche ernährt, ausgerüstet, gekleidet werden muss. Eine Armee von dieser Größe kann sie höchstens ein Jahr lang behalten. Beulah ist jung, impulsiv und töricht. Soll sie doch ihre Bauernarmee in Richtung Pässe in Marsch setzen. Da ist bisher noch nie jemand durchgebrochen.« Tordu sprach schroff und ungeduldig, wie er eben war. »Wir haben von ihr nichts zu befürchten, aber sie hat von ihren eigenen Leuten alles zu befürchten. So, wie sie ihr Volk behandelt, wird es in wenigen Monaten einen Aufstand geben.«

»Du vergisst, dass sie in Magie ebenso bewandert ist wie Inquisitor Melyn, Onkel.« Geraint öffnete die Augen und starrte den Majordomus an. »Und mit Manipulation kennt sie sich ebenso gut aus. Sieh dir zum Beispiel diesen Knaben an, den sie geheiratet hat. Der ist zwar von niedriger Geburt, aber das wirkt sich zu ihrem Vorteil aus. Sie weiß, dass sie so schnell wie möglich einen Erben braucht, schließlich hat unser junger Dafyd ihre Schwester geschwängert. Wenn sie einen Mann aus dem Volk nimmt, dann wird dieses Volk sie lieben, weil sie sich zu ihm herabgelassen hat, während die Adligen murren, aber auch nicht behaupten können, dass einer von ihnen bevorzugt worden ist. Sie werden sich jetzt an sie halten. Vor allem nach dem, was sie mit Angor gemacht hat.«

»Und ihre Armee?« Der König beugte sich vor und richtete seine Aufmerksamkeit auf seinen Sohn. Dafyd konnte sehen, welche Schmerzen diese Bewegung dem alten Mann bereitete.

Seine Gelenke waren geschwollen und steif, seine Finger krumm und krallenhaft. Billah war schon lange nicht mehr gesund, aber neuerdings kam seine Gebrechlichkeit deutlicher zum Ausdruck, Noch reichten sein Ruf und seine bloße Anwesenheit, um seine Untertanen bei der Stange zu halten, aber wie lange würde es noch dauern, bis sich die Schakale um seinen Thron sammelten?

»Melyn wird genug Männer zusammenbringen, um einen der Pässe oder vielleicht auch beide zugleich anzugreifen«, sagte Geraint. »Wenn es ihm gelingt, seine Armee noch vor dem Herbst auszubilden und ausreichend zu drillen, können wir ihn einige Wochen vor dem ersten Schneefall erwarten. Er wird nicht im tiefen Winter den Rückzug antreten oder riskieren wollen, dass ihm seine Nachschublinien abgeschnitten werden.«

»Warum bildet er sie nicht im Laufe des Winters aus und greift dann im Frühjahr an?«, fragte Dafyd.

Die Antwort kam von Tordu. »Eine Armee von dieser Größe verschlingt Nahrung wie ein Vielfraß und saugt schneller als der vergnügungssüchtigste König Geld aus der Schatzkammer. Beulah wird ihren Kaufleuten so hohe Steuern auferlegen müssen, dass die das Gefühl haben, nur noch für die Schatulle ihrer Königin zu arbeiten. Außerdem wird Beulah fast jeden arbeitstüchtigen Mann aus den Provinzen ins Heer pressen müssen, sodass Greise, Frauen und Kinder das Vieh hüten und die Ernte einbringen müssen. Und wenn sie zwei große Heerlager hat, wird es nicht lange dauern, bis ihre Soldaten an allerlei Seuchen sterben. Für deine Königin zu sterben ist das eine, aber auf einer Bahre in einem Lazarettzelt an deinem eigenen Schleim zu ersticken, etwas ganz anderes. Nein, wenn sie versucht, ihre Truppen über den Winter zusammenzuhalten, werden die sich gegen sie erheben. Sie muss jetzt im Herbst angreifen. Und wie schon ihre Vorgänger wird sie versagen.«

»Und wir sitzen so lange tatenlos hier herum?«, fragte Dafyd.

»Wäre das nicht reichlich feige? Sollten wir den Kampf nicht in ihr Land tragen?«

»Von dieser Seite her sind die Pässe auch nicht leichter zu bezwingen, Dafyd.« Geraint beugte sich vor und entrollte ein großes Pergament mit einer Karte, die das Gwahanfa-Gebirge und die Umgebung auf beiden Seiten der Bergkette zeigte. Er tippte mit einem Wurstfinger darauf. »Ein großes Heer, ein Invasionsheer, würde hier oben stecken bleiben. Man würde keine riesige Armee brauchen, um uns aufzuhalten, und die Mengen, die Beulah aushebt, würden uns vernichten.«

»Aber was, wenn keine riesige Armee auf uns wartete? Was, wenn sie abgezogen worden wäre?«

»Beulahs Späher werden es merken, wenn wir einen Scheinangriff auf den einen Pass unternehmen, um den Großteil ihrer Armee vom anderen wegzulocken«, sagte Geraint. »Davon abgesehen könnte sie jeden Pass leicht mit ihrer halben Armee verteidigen. Das mit der Ablenkung würde nicht klappen.«

»Das sehe ich auch so«, antwortete Dafyd. »Die beiden Pässe lassen sich zu leicht überwachen. Aber man kann auch auf andere Weise eine Ablenkung liefern. Ein Heer aus fähigen Magi könnte von Tynewyd her durchbrechen und Tochers einnehmen. Ich habe mich dort umgesehen. Wer die Stadt in der Hand hat, hat auch den Pass in der Hand. Ein Invasionsheer könnte unangefochten durchmarschieren. In weniger als sechs Wochen könnten wir in Candlehall stehen.«

»Du hast auch schon eine Idee für diese Ablenkung, was?«, König Billah setzte sich auf seinem Thron anders, um Dafyd in die Augen zu schauen. Der alte Mann war zwar gebrechlich, strahlte aber immer noch Macht aus. Dafyd spürte, wie dieses schreckliche Gemüt seine Gedanken streifte.

»Ja, Eure Majestät, die habe ich.«

»So etwas habe ich in meinem ganzen Leben noch nicht gehört. Nicht einmal in unseren Geschichten. Dass ein Drache ein anderes denkendes Wesen verschlingt. Das wäre wie Kannibalismus. Nein, schlimmer noch. Es wäre bestialisch.«

Die unteren Stockwerke von Burg Betel waren düster und feucht. Lediglich einige in weiten Abständen angebrachte gelb flackernde Fackeln beleuchteten die Räume. Melyn stand in einem Lagerraum, der in eine improvisierte Zelle umgewandelt worden war; in allen anderen waren die Türen zu eng, um Frecknock durchzulassen. Sie war im Schutze der Dunkelheit hergeführt worden, nachdem sie dem Tross der Königin in einem Wagen gefolgt war. Er hatte ihre Anwesenheit geheim halten wollen, um die Öffentlichkeit nicht zu beunruhigen. Bei den umgehenden Gerüchten und der Unruhe, die ohnehin in den Provinzen herrschte, hatte sich das als weise Vorsichtsmaßnahme erwiesen.

»Etwas hat fünf von meinen Kampfpriestern getötet und zwei von ihnen verschlungen – zusammen mit mindestens zwanzig weiteren Menschen, die von diesen eigentlich hätten beschützt werden sollen. Willst du mir hier erzählen, dass die Kreatur, die das getan hat, kein Drache war?«

»Ich weiß es nicht, Euer Gnaden. Ich habe es nicht gesehen. Ich weiß nur, dass es nicht das Verhalten ist, das von unseresgleichen zu erwarten ist.«

Melyn kochte vor Zorn, wie immer in ihrer Nähe. Alle seine Instinkte drängten ihn, sie zu töten, sie zu enthaupten, wie er das mit Morgum der Grünen getan hatte. Aber etwas hielt ihn zurück: Frecknock wusste viel. Und sie hatte eine solche Angst, hing dermaßen am Leben, dass sie so ungefähr alles tun würde, um nicht sterben zu müssen. Anders als die meisten ihrer Art war sie ziemlich jung und unerfahren. Er würde ihren Geist brechen, falls sie überhaupt einen hatte, und sie zwingen, ihm die Geheimnisse ihrer Fähigkeiten preiszugeben.

»Erzähl mir von deinesgleichen.« Melyn ließ sich auf ein Fass sinken, das noch im Lagerraum stand, etwa einen Meter von der Stelle entfernt, wo Frecknock auf ihre seltsame hundehafte Weise saß, den Schwanz um ihre schweren Füße gewickelt. Deshalb sah sie so zahm aus, vermutete er. Ihn konnte das nicht in die Irre führen, er wusste, dass sie versuchen würde, sich zu verstellen.

»Was wollt Ihr wissen?«

»Wie viele von euch gibt es dort im Wald?«

»Ich habe keine Ahnung. Keinen, würde ich meinen. Ihr habt uns alle getötet.« Frecknocks Stimme klang nicht anklagend und auch nicht traurig. Es war einfach eine Tatsache. Ihre Stimme war so nüchtern wie die von Hofmarschall Padraig, wenn er eines seiner logistischen Probleme diskutierte. Melyn ärgerte sich schrecklich darüber.

»Und was ist mit dem übrigen Gulad? Wo könnte diese Kreatur herstammen? Was hat sie ausgerechnet hierher geführt?«

»Euer Gnaden, ich weiß es nicht. Ehe Ihr gekommen seid, ehe Ihr… na ja, damals dachte ich, die Drachen in unserem Dorf seien die Einzigen, die im gesamten Zwillingskönigreich noch zu finden wären. Ich hatte von einigen unten in Eirawen gehört. Angeblich führen die Lanwennog uns vor wie Zirkustiere. Aber die Drachen, die sich für den Weiten Weg entschieden haben, sind jetzt sicher alle tot. Ich habe so oft nach einem gerufen, aber ich habe nur Euch bekommen – einen Menschen. Eure Kampfpriester jagen uns schon so lange. Ich würde niemals einem von uns das zutrauen, was Ihr hier beschrieben habt. Es kann kein Drache sein, worüber Ihr da redet. Es stimmt einfach nicht.«

»Hältst du deine Königin für eine Lügnerin?«

»Natürlich nicht.« Frecknock schien sich in sich selbst zu verkriechen.

»Aber als was würdest du dann das hier bezeichnen?« Melyn nickte einem seiner stummen Kampfpriester zu, der ihn in den

Lagerraum begleitet hatte. Der Mann trat vor, er hatte ein eingewickeltes Bündel bei sich, das er jetzt vor der Drachin auf den Boden legte. »Aufmachen. Und sag mir, was du da siehst.«

Frecknock bückte sich und schien an dem Paket zu schnuppern, ehe sie es vorsichtig aufhob. Sie wickelte es langsam und sorgfältig aus. Melyn beobachtete ihr Gesicht, hielt in diesen fremden Zügen Ausschau nach irgendwelchen verräterischen kleinen Veränderungen. Das Mienenspiel von Drachen war schwer zu lesen, aber es war nicht unmöglich, und er hatte sich sein Leben lang mit Drachen befasst.

»Beim Mond!« Frecknock schrie auf und ließ das Bündel mit dumpfem Aufprall zu Boden fallen. Die abgetrennte Hand und der Unterarm der Bestie, die die Königin angegriffen hatte, rollten heraus. Die Krallen ballten sich zur Faust, als wollten sie die Decke des Raumes einreißen.

»Das … das kommt von der Kreatur?« Sie zeigte auf den Arm, wollte ihn aber offenbar nicht anrühren. »Wie habt Ihr …?«

»Seine Durchlaucht der Herzog von Aberfenn hat den Arm abgehackt. Ich glaube, er hätte die Bestie sogar getötet, wenn sie nicht Hals über Kopf geflohen wäre.«

Frecknock sah abermals diesen grausigen Körperteil an, nur beugte sie sich diesmal vor und schaute genauer hin.

»Könnte ich wohl etwas mehr Licht haben?«, fragte sie.

»Deine Fähigkeiten sind mir durchaus bekannt. Mach dein eigenes.«

»Danke, Euer Gnaden.« Frecknock hob eine Hand und auf ihrer Handfläche erschien eine weiße Flammenkugel. Sie hielt die Kugel über den Unterarm eingeklemmt zwischen Finger und Daumen und ließ sie an dieser Stelle frei schweben.

»Das ist einwandfrei der Arm eines Drachen«, sagte sie. »Es tut mir leid, je an Eurem Wort gezweifelt zu haben, Euer Gnaden. Aber ich begreife noch immer nicht, wie ein solches Wesen in den

Wald hier geraten konnte. Und mir ist noch nie ein so großer Drache begegnet. Schaut.« Sie hielt den Arm neben ihren eigenen, und sogar Melyn musste zugeben, dass sie nicht unrecht hatte. Die Krallen allein waren so lang wie ihre ganze ausgestreckte Hand; der Muskel an der Stelle, wo das Glied abgehackt worden war, war so dick wie ihr Oberschenkel. Sie legte den Arm wieder auf die Stoffbahn und wickelte ihn ein. Dann hob sie die Hand und löschte ihr Licht, als ob es nur eine Kerze wäre. Für einen Moment, während sich seine Augen an die Dunkelheit gewöhnten, glaubte Melyn, sie in einem Strang aus Licht zu sehen, als ob er ihre Gestalt in der Ätherischen Sphäre vor sich hätte, aber dieses Bild verschwand so schnell, wie es gekommen war.

»Aber woher mag dieser Drache gekommen sein? Und wohin kann er verschwunden sein?«

»Ich weiß es wirklich nicht, Euer Gnaden. Das hier überschreitet alles, was mir in meinem Leben jemals begegnet ist. Ein Wesen von dieser Größe ist etwas aus den Sagen, aber die Drachen haben niemals Menschen gefressen, auch nicht in unseren Legenden. Ich kann nur annehmen, dass das hier etwas Wildes ist, ein entfernter Vorfahre, der auf irgendeine Weise hierher versetzt worden ist. Ein Drache von Gestalt, aber gedankenlos, seelenlos, wahrlich eine wilde Bestie.«

»Dann kannst du vielleicht das hier erklären.« Melyn griff in seine Tasche und zog einen schweren silbernen Reif hervor, der groß genug war, um über seine Hand gestreift zu werden. Er warf ihn Frecknock zu, die ihn problemlos auffing.

»Wir haben das am Mittelfinger der Kreatur gefunden. Für mich sieht das aus wie ein Siegelring.«

Frecknock drehte den Reif um und ließ ihre Finger über dessen Oberfläche wandern.

»Euer Gnaden, darf ich etwas versuchen?«

»Woran denkst du jetzt?«

»Eine einfache Beschwörung. Vielleicht enthält der Reif eine Botschaft für die, die sie zu lesen verstehen.«

Melyn starrte die Drachin an und versuchte zu erkennen, ob sie irgendeinen Trick plante. Wie immer konnte er ihre Gedanken fast nicht erfassen, obwohl er dort etwas anderes spürte. Sie sah die Welt auf eine dermaßen andere Weise, dass er gar nicht wusste, wo er anfangen sollte. Und doch gab es in ihr eine tiefe Neugier, die ihn vor allem an ein Klassenzimmer voller eifriger junger Novizen erinnerte. Sie hatte wirklich keine Ahnung, woher dieser andere Drache gekommen war, und sein Verhalten stieß sie durch und durch ab, aber sie war entschlossen, dieses Geheimnis zu entschlüsseln.

»Na gut«, sagte er endlich. »Aber tu nichts, was den Wachen nicht gefällt.« Er nickte zu den beiden Kampfpriestern hinüber, die als Antwort ihre Lichtklingen herbeiriefen und ein wenig vortraten. Frecknock nickte zustimmend. Dann beugte sie sich über den Reif, legte ihn auf ihre eine Handfläche, bewegte die andere Hand einige Fingerbreit darüber und murmelte ganz leise einige Worte in der Drachensprache vor sich hin. Melyn spürte, wie sich dabei die Haare in seinem Nacken sträubten. Das Gemurmel schien in ihm zu erklingen. Und dann konnte er noch andere Stimmen in der Sprache der Drachen reden hören.

Es war ein seltsames Gefühl. Er saß auf einem Fass in einem Lagerraum unter der Burg, aber er befand sich auch irgendwo auf einer Lichtung im Wald. Verschneite Berggipfel in der Ferne grenzten sein Blickfeld ein, leuchtend vor einem Himmel vom tiefsten wolkenlosen Blau. Und genau vor ihm schien eine Gruppe von mindestens zwanzig Drachen in irgendeine Zeremonie vertieft zu sein.

Ein Drachenkind, kaum mehr als ein Schlüpfling, kniete vor einem aus einem umgekippten Felsblock grob zurechtgehauenen Altar. Hinter dem Altar standen einige größere Drachen hochaufgerichtet und still, die Köpfe gesenkt wie zum Gebet. Vor dem Altar formte ein Drache, der so alt und verwittert aussah, dass er fast schon eine tote Hülse zu sein schien, die Worte, die Melyn hören konnte und die Frecknocks Gemurmel überlagerten. Melyn sprach Drachensprache, aber dieser Drache hatte einen so starken Dialekt und seine Wörter klangen so archaisch, dass der Inquisitor nur ein Minimum verstehen konnte. Es war offenbar eine Namensgebungszeremonie, der Schlüpfling wurde in eine Art Großfamilie aufgenommen. Melyn hörte einen Namen, Caradoc, und dann eine Liste von Namen, die die der Vorfahren sein konnten. Doch dann verblasste das Bild und die Stimme wurde schwächer, bis Melyn abermals im Lagerraum saß und Frecknock anstarrte. Ihr Gemurmel war immer leiser geworden, und als er sie nun ansah, verstummte sie und sackte wie erschöpft in sich zusammen. Nach einigen Minuten des Schweigens riss sie sich zusammen und erhob sich dann auf unsicheren Füßen.

Die beiden Kampfpriester traten vor, um ihr den Weg zu verstellen, aber Melyn hielt sie mit einem Kopfschütteln zurück.

Sie kam auf ihn zu und hielt ihm den Reif hin. Er nahm ihn und verspürte ein Prickeln der Kraft, ein bisschen wie das, das er empfand, wenn er seine Klinge herbeirief oder wenn der Hirte ihm seine Nähe gewährte.

»Es ist ein Namensring«, sagte Frecknock, und ihre Stimme zitterte, als ob ihre Entscheidungskraft sie nun endgültig verlassen hätte, als ob das eben Gesehene noch schrecklicher wäre als das Gemetzel an ihrer Großfamilie und ihre eigene Gefangennahme und Versklavung. »Der Dache, den Ihr sucht, heißt Caradoc, Sohn des Edryd. Er hat eine lange, ruhmreiche Familiengeschichte, wenn der Ring die Wahrheit sagt, aber mir ist nichts davon bekannt. Ich habe keine Ahnung, wer er ist oder woher er kommen kann. Doch ich hoffe, ich kann Euch helfen, ihn zu finden. Ich kann es jedenfalls versuchen.«

»Und warum solltest du das wollen, süße Frecknock? Suchst du noch immer einen Gefährten?«

Frecknock zuckte bei seinen Worten zurück und ihr Gesicht verzog sich vor Abscheu.

»Nein, Euer Gnaden. Nein! Er ist ein Gräuel. Bei Rasalene und Arhelion, bei Mond und Sonne, er darf nicht in Gulad umherstreifen. Er muss gefunden werden. Er muss aufgehalten werden. Er muss getötet werden.«

Benfro stand am Rand des Felsens und schaute hinunter auf den Wasserfall, den Fluss und die Lichtung dahinter. Das Licht der tief stehenden Frühlingssonne zeigte ihm die Senken und die Stellen, wo die Felsen herumlagen, und denen er aus dem Weg gehen musste. Bildete er es sich ein oder waren die Bäume höher als im vergangenen Herbst? Die stacheligen Nadelbäume blühten, flauschige bleichgrüne Troddeln hingen von ihren Zweigen. Sie sahen dadurch ein wenig weicher aus, aber er wusste, ein Zusammenstoß mit einem solchen Baum würde dennoch wehtun.

»Bist du sicher, dass du dazu bereit bist?« Benfro blickte zur Seite und sah Corwens Bild in der Luft schweben. Der alte Drache kam ihm etwas weniger solide vor als in seiner Erinnerung, was seltsam war, denn er war doch ohnehin nur eine Erscheinung. Seine Erscheinungen fanden außerdem jetzt immer seltener statt.

»Ich muss es versuchen«, sagte Benfro. »Ich werde verrückt, wenn ich die ganze Zeit hier festsitze und nichts anderes zu tun habe, als den Wald nach Essen abzusuchen.«

»Und Errols Knöchel zu behandeln.«

»Das kann er inzwischen selbst. Ich brauchte nur die Knochen neu zu legen, damit sie richtig zusammenwachsen und sich nicht zu einem dicken Klumpen zusammenballen können.«

»Warum hast du dir die Sache anders überlegt, Benfro? Warum hast du dich entschieden, ihm zu helfen?«

»Ich habe mich daran erinnert, wie ich ungefähr sieben war. Ynys Môn hatte damals einen üblen Armbruch. Meine Mutter hat mir alles über Knochen und deren Heilung erzählt. Sie hat mir gezeigt, wie man die richtigen Salben anrührt, wie man sie anwendet und wann man sie entfernen muss. Sie war eine gute Heilerin, aber sie hat nicht nur Drachen geholfen. Sie nutzte ihre Fähigkeiten, um allen zu helfen, die Hilfe brauchten. Sie hätte nicht schmollend zugesehen, wie Errol Schmerzen litt, sie hätte sich um ihn gekümmert, egal, was sie von ihm und seinesgleichen hielt.«

»Deine Mutter hätte eine große Magis sein können, wenn sie es gewollt hätte. Aber sie wollte lieber Heilerin werden. Und offenbar war sie auch eine gute Lehrerin.«

Benfro zuckte mit den Schultern und spürte den Wind in seinem Gesicht und an seiner Brust. »Sie hat versucht, mir beizubringen, auf das zu hören, was andere sagen, aber das ist ihr nicht gelungen. Du hast mir geraten, Errol um Hilfe zu bitten, und ich habe nicht auf dich geachtet. Wenn ich deinem Rat gefolgt wäre, hätte ich Hunderte von diesen Drachen retten können.«

»Sei nicht so hart mit dir selbst, Benfro. Deine Reaktion war absolut verständlich, vor allem in deiner Lage. Wie lange hattest du schon nicht mehr richtig geschlafen? Wie lange setzt Magog dir schon zu? Wie lange baut er schon deinen Hass aus und lässt dein Mitgefühl schrumpfen? Sein Einfluss ist wie eine schleichende Krankheit. Glaub mir, ich weiß das.«

Benfro sah den alten Drachen genauer an. Dessen Bild war jetzt einwandfrei schwächer, und als Benfro die Linien in sein Blickfeld einsickern ließ, konnte er einen kränklich roten Glorienschein um Corwens Kopf und Schultern sehen. Er war erschüttert, als er erkannte, wie weit Magog seine grauenhafte Herrschaft bereits ausgedehnt hatte. Er streckte die Hand nach seinem Lehrer aus, aber Corwen schwebte vor ihm davon wie ein Geist.

»Er zerstört dich.« Benfro spürte einen Stich von schlechtem

Gewissen. Er wusste, dass es seine Schuld war. Er hatte Magogs Edelstein vom Boden des Tümpels geholt. Er hatte ihn durch das halbe Land zu Corwens Lichtung gebracht. Dem alten Drachen würde es jetzt gut gehen, wenn Benfro nicht gewesen wäre.

»Ich bin noch nicht am Ende«, sagte Corwen. »Mach dir keine Sorgen um mich, Benfro. Ich kann auf mich selbst aufpassen. Und ich kann verhindern, dass Magog dir seine volle Aufmerksamkeit widmet.«

»Aber du kannst deine Erscheinung nicht mehr so leicht aufrechterhalten, oder? Du kannst mir nicht erscheinen, wie du es willst. Und wenn du es tust, dann läufst du Gefahr, noch ein bisschen mehr von dir zu verlieren.«

»Ganz so schlimm ist es nicht. Noch nicht. Ich werde noch eine ganze Weile da sein. Du wirst mich nur nicht mehr so oft sehen.«

»Es muss etwas geben, was wir tun können. Etwas, um die Verbindung zu unterbrechen.«

»Es gibt vieles, was wir tun können, Benfro. Und als Erstes musst du lernen, wie du die Flügel benutzen kannst, die Magog dir gegeben hat. Ich glaube, mich zu erinnern, dass du daran gearbeitet hast, ehe er dich auf den Arnahi entführt hat. Wenn dein Rücken also wirklich verheilt ist, musst du mit dem Training weitermachen.«

Benfro spürte den sanften Tadel in Corwens Worten und erkannte, wie töricht er sich verhalten hatte. Der alte Drache hatte Jahrtausende gelebt, hatte mehr vergessen, als Benfro jemals wissen würde, verstand die Feinen Künste in all ihren Mysterien. Wer war er, Benfro, dass er sich um jemanden wie Corwen sorgte? Der Magis würde sich niemals freiwillig in tödliche Gefahr bringen, und selbst wenn, dann könnte Benfro nichts daran ändern. Er musste sich darauf verlassen, dass Corwen wusste, was er tat, und die Lehren annehmen, die der alte Drache ihm zuteil werden ließ.

Als er nun am Rand des Felsens stand, öffnete er seine Flügel und ließ sie von der Sonne wärmen. Die Muskeln in seinem Rücken dehnten sich und nahmen ihre neue Last auf sich. Der Knoten aus Schmerz, der in den vergangenen Monaten sein ständiger Begleiter gewesen war, war jetzt nur noch ein steifer Bereich, eine kleine Einschränkung seiner Beweglichkeit, der es guttat, nun gedehnt zu werden. Benfro beugte sich ein wenig vor und ließ sich dann in die Luft fallen.

Seine erste Empfindung war Panik. Er stürzte viel schneller als in seiner Erinnerung, der Boden schoss ihm wie ein gefällter Baum entgegen. Viel zu lange war er gelähmt, unsicher, was er nun tun sollte. In seinen Träumen war es immer ganz natürlich gewesen, und wenn er sonst von dem Felsen abgesprungen war, hatte er majestätisch abwärts schweben können, um sich dann mühelos wieder in die Luft zu heben. Aber jetzt war er so hilflos wie ein Schlüpfling.

Im letzten möglichen Moment setzte sein Instinkt ein. Er riss seine ausgestreckten Flügel in einem verzweifelten Versuch nach vorn und spürte, wie sich sein Fall verlangsamte, wie sich seine Bewegung aus der Senkrechten in die Waagerechte verlagerte. Er riss die Flügel zurück, wiederholte die Bewegung und spürte, wie seine Flügelspitzen das Gras streiften. Das Gras kitzelte seine Bauchschuppen und zupfte an seinem Schwanz, bis er nach einigen weiteren Flügelschlägen endlich wieder aufstieg. Da erst fielen ihm die Bäume ein.

Benfro schaute nach vorn und wusste, dass die Bäume zu hoch für ihn waren. Er würde eindrehen und wenden müssen, in die Gegenrichtung fliegen und versuchen, die Lichtung auf der anderen Seite zu verlassen. Aber er hatte noch nie eine so scharfe Drehung vollzogen, so dicht über der Erde. Er hatte keine besondere Höhenangst, aber er hatte einen solchen Schwung, dass jeder Zusammenstoß, und sei es nur ein Streifen mit einer Flügelspitze, ihm wehtun und ihn vermutlich ernstlich verletzen würde.

Am Ende blieb ihm nicht mehr viel Zeit zum Nachdenken. Die näher kommenden Bäume verlangten volle Konzentration. Er machte eine scharfe Drehung und spürte, wie die Temperatur sank, als er in die Schatten flog, und wieder stieg und dann auf die Mitte der Lichtung zuschoss. Er flog niedrig, fast zu dicht über dem Boden. Er schlug heftiger mit den Flügeln, als jemals zuvor in seiner Erinnerung, und kämpfte sich in der Luft nach oben. Und dann hob sich Benfro mit einigen gewaltigen Flügelschlägen hoch über die Lichtung. Er musterte das Laubdach des Waldes, sah sich die Formen der nahen Hügel an und prägte sie sich ein. Er wollte sich nicht verirren oder sich zu weit von zu Hause entfernen. Das Letzte, was er brauchte, war, entkräftet in die Bäume zu krachen.

Ein Kreischen über ihm lenkte seine Aufmerksamkeit ab. Er schaute auf und sah zwei Bussarde durch die warme Luft kreisen. Er war nicht sicher, ob er noch immer von den Erinnerungen eines anderen Drachen zehrte oder einfach etwas tat, was ihm angeboren war, und stieg zu Vögeln auf, die ihn misstrauisch anstarrten, und breitete seine Flügel aus. Er fand die Wärme des Aufwindes unter seinen Flügeln fast angenehm. Es war, als streichele seine Mutter seine Stirn oder als sitze er bei einem Fest in der großen Halle zwischen Ynys Môn und Merion. Was würden die drei jetzt wohl über ihn denken, wenn sie ihn immer höher in der Luft kreisen sähen?

Als die warme Luftströmung, die ihn nach oben trug, zu schwach geworden war, um ihn noch weiter zu heben, befand er sich hoch über dem Wald. Er könnte hundert Meilen weit in jede Richtung gleiten. Im Osten warf die Sonne Schatten auf die Felsenwände des Trenn-Gebirges, das viel näher lag, als er vermutet hatte. Im Westen zog sich der Wald in die dunstige Ferne dahin. Im Norden des Arnahi gab es einen Lockruf, doch auch der war in Wolken gehüllt. Im Süden glaubte er, den Felskegel von Cenobus zu sehen, der sich aus dem endlosen wogenden Grün erhob.

Benfro kam die Idee, jetzt dorthin zu fliegen. Er könnte sich einen Weg in den Schatzraum erzwingen und mit eigenen Händen die Arbeit seiner Träume ungeschehen machen. Er würde alle Edelsteine aus ihren Alkoven holen und sie zum Haufen zurückbringen.

Eine törichte Idee! Doch schon drehten seine Flügel ihn in diese Richtung und winkelten sich zu dem langen Gleiten, das den Boden mit solch trügerischer Geschwindigkeit unter ihm dahinsausen ließ.

»Nein!« Er musste dieses Wort brüllen, um sich zum Gehorsam zu zwingen. Er war nicht stark genug, um so weit zu fliegen, selbst wenn er unterwegs weitere warme Strömungen fände und sich die Thermik zunutze machen könnte. Mit großer Willensanstrengung drehte er abermals ein und wendete, um zur Lichtung zurückzufliegen. Es war nicht weit, es war sicher und vertraut und nur einige Flügelschläge weit weg. Er kreiste und verlor Höhe, als er den Boden musterte und die beste Stelle zum Landen suchte.

Etwas ließ ihn aufschauen, zurück nach Süden und zum unsichtbaren Cenobus, zu weit entfernt sogar für seinen scharfen Blick. Und doch sah er Cenobus in diesem Augenblick so klar, als ob er nur wenige Hundert Schritte entfernt wäre. Es hatte sich seit seinem Aufbruch von dort nichts verändert. Die zerfallenen Gebäude ragten vom Berggipfel auf wie die verfaulten Zahnstummel einer unvorstellbar großen Bestie. Aber etwas bewegte sich um die Turmruine, umkreiste es so, wie eine Motte eine Kerze umkreist.

Es war ein Drache. Und er flog. Er schien eine Landestelle zu suchen und presste sich eine Hand auf die Brust, als ob er verletzt wäre. Er sah stark und kühn aus, und Benfro musste an die Drachen denken, die ihn in seinem seltsamen Traum angegriffen hatten. Der Drache, den er nun sah, war keiner von diesen Angreifern, aber er strahlte dieselbe Aura der Gleichgültigkeit aus, dieselbe lässige Herrschaft über die Luft, denselben Eindruck von heftigem Zorn.

Und als er sich noch fragte, wieso er den Drachen auf diese Entfernung sehen konnte, wieso er so viel über den anderen wusste, merkte Benfro, dass er aufgehört hatte, mit seinen eigenen Flügeln zu schlagen. Zu spät schaute er nach unten und sah, dass der Boden ihm entgegenkam. Er schlug mit den Flügeln in dem verzweifelten Versuch um sich, seinen Sturz zu verlangsamen, eine Stelle über dem Fluss zu erreichen.

Eins von beiden Vorhaben konnte er ausführen.

Errol saß vor dem Höhleneingang, den Rücken an den warmen Felsen gelehnt, und spürte zum ersten Mal seit langer Zeit die Sonne. Er sah zu, wie Benfro oben von dem Felsen sprang. Instinktiv zuckte er zusammen und zog den Kopf ein, als der Drache fast eine Bruchlandung hingelegt hätte, dann fast in die Bäume geknallt wäre und sich dann endlich den Weg in die Luft erkämpfen konnte. Es war dennoch ein prachtvoller Anblick, ihn fliegen zu sehen, die Flügel weit geöffnet, während er sich langsam wie ein gewaltiger Adler emporschraubte.

»Er muss Start und Landung noch ein bisschen üben.« Errol brauchte sich nicht umzudrehen, um zu wissen, dass der alte Drache Corwen jetzt bei ihm war. »Was machen deine Knöchel?«

Errol schaute auf seine Beine hinab und zog seine weiten Hosenbeine hoch, um die vielen Narben zu zeigen, die noch immer leicht geschwollen waren, aber nicht mehr wütend rot. Seine Beine waren steif, und er war sicher, dass sie nie wieder so beweglich sein würden wie vor dem Augenblick, als König Billahs Folterknecht sie mit dem Hammer bearbeitet hatte, aber sie waren bemerkenswert schmerzfrei.

»Denen geht es viel besser, danke«, sagte er. »Ich weiß nicht, was Benfro damit gemacht hat, aber es war wie ein Wunder. Ich glaube nicht, dass einer von Melyns Chirurgen das so gut geschafft hätte. Nicht einmal Usel.«

»Wenn es Benfros Mutter gemacht hätte, hättest du nie mehr gemerkt, dass sie jemals gebrochen waren. Morgum konnte so ungefähr alles heilen. Dein Glück, dass sie ihrem Sohn in ihren wenigen gemeinsamen Jahren so viel beigebracht hat.«

»Mir war niemals klar, dass sie eine Drachin war«, sagte Errol, als er den Namen hörte und sich aus früheren Jahren daran erinnerte.

»Was?«

»Morgum. Meine Mutter hat sie oft erwähnt. Sie sagte, fast alles, was sie über Kräuterkunde und Heilkunst wusste, habe Morgum ihr beigebracht. Ich hatte sie aber immer für eine weise Frau gehalten.«

»Sie war weise«, sagte Corwen. »Aber zugleich war sie so ungefähr der starrsinnigste Drache, der mir je begegnet ist. Sie hat über ein Jahrhundert bei mir studiert, ehe sie dann beschlossen hat, dass sie lieber Heilerin werden wollte als Magis. Ich weiß noch immer nicht, wie sie zu dieser Entscheidung gelangt ist. Sie hätte groß werden können, um vieles fähiger als ich.«

Errol dachte an Sir Radnor und die Gestalt, in der jener sich ihm zuerst gezeigt hatte. So sah ein großer Magis unter den Drachen aus, aber die meisten Drachen, die Errol gesehen hatte, waren geschrumpfte, misshandelte Kreaturen gewesen. Sogar Benfro mit seinen breiten Flügeln war klein im Vergleich. Und Corwens Bild war auch nicht viel größer.

»Was ist mit euch allen passiert? Warum seid ihr geschrumpft?«

»Geschrumpft? Wie meinst du das?«

»Sir Radnor war riesig. Die Drachen in euren Sagen waren baumhoch. Wir wissen jetzt, dass sie keine bloßen Sagengestalten waren, und selbst wenn die Geschichten übertrieben sind, erklärt das nicht, warum ihr alle so klein seid.«

»Wir alle?«

Errol wollte schon weiterreden, aber plötzlich ragte Sir Corwens

Gestalt über ihm auf. Er war nicht mehr alt und gebrechlich, sondern stark und einsatzbereit, sein Gesicht narbenlos, seine Schuppen funkelnd in einer Myriade von Farben. Selbst im gefalteten Zustand waren seine Flügel prachtvoll. Wenn Sir Radnor beeindruckend gewesen war, dann war Corwen majestätisch. Er schaute mit gebieterischem Blick, dünne Rauchfäden stiegen aus seinen geblähten Nüstern, und Errol begriff, wie einem Kaninchen in dem kurzen Moment der Erkenntnis zumute sein muss, ehe der Habicht zuschlägt.

Und dann war Corwen wieder sein altes Selbst, klein, gebückt, runzlig und voller Narben.

»So habe ich ausgesehen, als ich hundertfünfzig Jahre alt war. So habe ich an dem Tag ausgesehen, an dem ich gestorben bin. Du hast recht, Errol. Wir sind in uns selbst versunken. Wir standen vor einer Wahl, als deinesgleichen anfing, uns zu töten: Entweder Widerstand leisten und heldenhafte, aber sinnlose Tode sterben, oder uns davonschleichen und verstecken. Die meisten von uns gingen in die tiefen Wälder, aber einige entschieden sich für den früheren Weg. Wir nennen ihn den Weiten Weg, und der letzte Drache, von dem ich weiß, dass er diesen Weg eingeschlagen hat, war Benfros Vater. Er ist verschwunden, noch ehe Benfro geschlüpft war. Niemand hat je wieder von ihm gehört oder ihn gesehen. Darum nehme ich an, dass er irgendwo in der weiten Welt den Menschen zum Opfer gefallen ist. Morgum war jedenfalls davon überzeugt, sie hat Benfro deshalb den Titel Sir gegeben und ihn als das männliche Oberhaupt der Familie akzeptiert.«

»Ich wusste nicht – was ist das?« Errol hatte aus dem Augenwinkel heraus etwas gesehen, das seine Aufmerksamkeit von Corwen fort und hinüber zum Fluss lenkte. Eine kurze Bewegung, als ob etwas Großes vom Himmel gefallen sei. Und dann mit Getöse wie ein Donnerhall stob die Wasseroberfläche in alle Richtungen auseinander und die Vögel hoben kreischend von den Baumwipfeln ab.

9

Alle Novizen wissen um die Grymlinien und alle Kampfpriester vom Hohen Fryd sind Meister im Manipulieren derselben. Die Ätherische Sphäre dagegen ist nur den am weitesten Fortgeschrittenen vertraut. Die Ätherische Sphäre steht zur Grym in Verbindung. Manche betrachten sie einfach als eine höhere Manifestation der Lebenskraft, die uns alle verbindet. Aber sie ist auch ein eigenständiges Phänomen. Um sie zu erreichen, sind Jahre eifriger Übung und eine schier unheimliche geistige Selbstdisziplin vonnöten.

Manch ein erfahrener Kampfpriester hat vergeblich versucht, das unverzichtbare Stadium der Trance zu erreichen. Wem es aber einmal gelungen ist, für den ist die Ätherische Sphäre ein Ort immenser Macht. Durch einen einfachen Gedanken kann ein geübter Kampfpriester seine Gedanken durch halb Gulad transportieren, die Unaufmerksamen beeinflussen und zudem mit den wenigen anderen kommunizieren, die mit der gleichen Fähigkeit gesegnet sind.

Nicht, dass die Kommunikation über die Ätherische Sphäre einfach wäre; weit gefehlt. Selbst die, die das höhere Niveau erreichen, sind vielleicht dennoch nicht in der Lage, andere Reisende zu erkennen. Am leichtesten sind enge Verwandte zu sehen, und in manchen Familien sind die entsprechenden Fähigkeiten angeboren.

Inquisitor Melyn: Eine kurze Darstellung der Ätherischen Sphäre

Errol lief, so schnell er konnte, zum Flussufer. Er hatte sich aus Ästen ein Paar Krücken gemacht, aber einiges an Gewicht ruhte doch weiterhin auf seinen Knöcheln. Er wollte nicht an den Schaden denken, den er anrichten könnte, oder an Benfros Kommentar, falls der ihn noch einmal heilen müsste, sondern ging einfach weiter. Der Schmerz überkam ihn bald genug, aber es war eher ein dumpfes Drücken als das Gefühl von Stechen und Brennen, das sich eingestellt hatte, als er seine Kleidertruhe hatte holen wollen.

Das Ufer war triefnass und das glitschige Gras war so glatt, dass er Schwierigkeiten hatte, voranzukommen. Als Errol endlich die Kante erreichte, sah er das, wovor er sich vor allem gefürchtet hatte: Benfro lag mit dem Gesicht nach unten im verschlammten Wasser und bewegte sich nicht.

Ohne weiter nachzudenken, ließ Errol seine Krücken fallen und rutschte ins Wasser. Der Fluss war kalt, obwohl morgens die Sonne geschienen hatte. Aber der Auftrieb nahm das Gewicht von Errols Beinen. Errol dachte an den alten Drachen und ihr nicht beendetes Gespräch und sah sich nach ihm um, aber Corwen war nirgendwo zu sehen. Noch ein Rätsel, über das er sich den Kopf zerbrechen konnte.

Unterhalb der Furt war das Wasser tief und träge. Errol schwamm zu dem bewusstlosen Drachen hinüber und überlegte erst dann, wie er diesem helfen könnte. Er versuchte, nach Benfros Hand zu greifen und ihn auf den Rücken zu drehen, aber der Drache war zu groß und das Wasser zu tief. Benfros ausgebreitete Flügel lagen wie große Laken über dem Wasser, und deshalb sank er nicht, aber sie verhinderten auch, dass er umgedreht werden konnte.

Errol streckte die Hand nach einem Flügel aus, versuchte, ihn zusammenzufalten. Seltsamerweise schien ihm das zu gelingen. Bei seiner Berührung zuckte die riesige Schwinge zusammen. Er berührte sie wieder, diesmal energischer, und der Flügel klappte zu. Ungeschickt schwamm Errol auf die andere Seite und wiederholte das Manöver beim zweiten Flügel. Dann versuchte er abermals, den Drachen auf den Rücken zu drehen.

Noch immer ohne Erfolg. Es war fast, als ob Benfro ertrinken wollte.

»Mach schon, du Riesenvieh«, brüllte Errol. »Jetzt hilf doch mal mit!« Aber Benfro beharrte stur auf seiner Ohnmacht. Errol fragte sich, wie lange ein Drache wohl überleben konnte, ohne zu atmen. Oder war Benfro vielleicht schon tot? Er war doch zweifellos aus großer Höhe abgestürzt, wenn er so hart auf das Wasser aufgeprallt war, dass er dabei das Bewusstsein verloren hatte.

»Denk nach!«, sagte Errol zu sich selbst. Er tauchte unter Benfros leblosen Körper, legte sich den Arm des Ohnmächtigen um die Schulter und stieß sich dann so fest wie möglich mit den Füßen ab. Der Drache drehte sich ein wenig, aber nicht weit genug. Er war einfach zu groß und zu schwer. Errol würgte, tauchte wieder auf, holte tief Luft und hustete einen Mundvoll Wasser aus.

Sie trieben langsam flussabwärts auf die Felsen zu. Wenn sie dort ankämen, würde alles zu Ende sein, das wusste Errol. Er könnte dann vielleicht das Ufer erreichen, aber nie im Leben könnte er den Drachen umdrehen, wenn der zwischen den Felsquadern feststeckte. Selbst mit intakten Knöcheln wäre Errol nicht stark genug gewesen. Er brauchte einen Hebel.

Und dann kam ihm eine Idee. Er stieß sich mit den Beinen ab, schnellte im Wasser hoch und kletterte schwankend auf Benfros Rücken, ohne daran zu denken, wie würdelos das vielleicht wirkte. Er kniete in Benfros Kreuz nieder, an der Stelle, wo die gewaltigen Flügel verwurzelt waren, beugte sich vor, schnappte sich einen im Wasser treibenden Arm und zog ihn heraus. Benfros Körper fing an, sich zu bewegen. Errol lehnte sich zurück, so weit er konnte, und versuchte, die Hebelkraft beizubehalten.

Es ging langsam. Er dachte schon, dass es nicht funktionieren würde, aber allmählich, als ob er einen Fuß aus tiefem Schlamm zöge, drehte der Drache sich um. Als diese Bewegung nicht mehr rückgängig zu machen war, kippte Errol rückwärts ins Wasser, und seine Füße erreichten gerade rechtzeitig den Bogen, um ihn Benfros fuchtelnden Arm erreichten zu lassen und ihn an einer vollständigen Drehung zu hindern. Und dann knallten sie gegen die Felsen.

Errol schwamm zu Benfros Kopf, der schlaff auf der Seite im Wasser hing. Er spürte, dass seine Füße im Schlamm versanken, und war dankbar für die kleine Entlastung, die seine Knöchel dadurch fanden, als er versuchte, Mund und Nasenlöcher des Drachen aus dem Wasser zu heben. Er war einem Drachen noch nie so nahe gekommen, hatte eigentlich nie genau gesehen, wie ein Drachenmund geformt war, wie die Stoßzähne zwischen den dicken, ledrigen Lippen hervorschauten. Nie im Leben, das wusste er jetzt, würde er Benfro wiederbeleben können, so wie er das mit Martha gemacht hatte.

»Komm schon, Benfro, atmen.« Er schlug auf den schuppigen Hals und die Brust ein, was seinen Händen wehtat, aber der Drache blieb kalt und still. Errol starrte ihn an, fragte sich, was er tun sollte, fragte sich noch einmal, ob Benfro vielleicht schon tot war. Aber seine Flügel hatten auf Errols Berührung reagiert, also musste Benfro noch leben, irgendwo in seinen tiefsten Herzen.

Der kalte Fluss kühlte Errol jetzt aus, und er zitterte, als er sich mit dem Versuch abmühte, Benfros Kopf aus dem Wasser zu halten. Es würde nicht sehr lange dauern, bis seine Kraft verbraucht wäre, aber er konnte nicht aufgeben. Es musste doch etwas geben, was er tun könnte, um den Drachen zum Atmen zu bringen.

Und dann sah er die bleiche Farbe, die Benfro umgab, eine enge zweite Haut. Benfros Aura war sehr schwach, aber sie war da, sogar diese böse rosa Schnur, die ihn auf eine Weise mit Magog verband und die Errol einfach nicht verstehen konnte. Aber das bedeutete, dass der Drache am Leben war.

Errol schaute seine eigenen Hände an und sah die bleichen Farben, die sie umgeben, schwach, aber jedenfalls lebenskräftiger als Benfros. Seit mehr als einer Woche übte er sich nun schon in der Kunst, seine Aura auszudehnen, während Benfro schlief. Das war ganz schön schwer, aber das, was er jetzt vorhatte, war noch schwerer. Trotzdem musste er es versuchen.

Errol achtete nicht auf die Kälte, sondern konzentrierte sich ausschließlich auf seine Aura, stellte sich vor, wie diese um seine Hand herum anschwoll und dann zu Benfros Gesicht hinüberströmte. Er versuchte, aus seiner Aura eine Maske zu bilden, versuchte, damit Benfros Mund und Nasenlöcher zu bedecken, sie hart und dicht werden zu lassen. Dann zog er einen langen Zylinder daraus hervor und ließ ihn immer schmaler werden, bis er damit seinen eigenen Mund erreicht hatte. Er holte tief Luft und ließ den dünn gezogenen Film aus Farben seine Lippen berühren, wo der sich wie ein vom Wind verwehter ganz dünner Faden anfühlte. Danach atmete er mit aller Kraft aus, die er aufbringen konnte.

Ob es an seiner Konzentration, an der Kälte oder an dem harten Blasen lag, jedenfalls wurde vor Errols Augen alles trübe, Funken tanzten vor ihm in der Luft. Er ließ Benfros Kopf wieder ins Wasser fallen, als seine Knie unter ihm nachgeben, denn er war zu schwach, um noch mehr zu tun.

Und dann geriet der Drache mit gewaltigem Würgen ins Zucken und spie eine Welle von Wasser aus. Von dem Gewicht befreit fand Errol gerade noch genug Kraft, um zum Ufer zu schwimmen. Er zog sich aus dem Wasser, zitternd und triefnass, während Benfro weiter hustete und würgte.

Es dauerte einige Minuten, bis der Drache vollständig zum Bewusstsein gekommen war. Errol presste sich derweil die Arme an die Brust und zitterte, während Sonne und Wind seine entblößte Brust und seine Haare trockneten. Er war sogar zu erschöpft, um sich Wärme aus den Grymlinien zu holen. Seine Kleider müssten ausgewrungen und ans Feuer gehängt werden, aber das Feuer war mehrere Hundert Schritt entfernt auf dem anderen Flussufer. Als er auf das andere Ufer hinüberschaute, sah Errol erst richtig, wie weit sie flussabwärts getrieben waren, während er sich abgemüht hatte, Benfro umzudrehen. Seine improvisierten Krücken waren weit weg.

Endlich wurde Benfros Husten und Würgen zu regelmäßigem, heiserem Atem. Der Drache hatte sich auf die Seite gezogen, kniete jetzt fast im Wasser und kam unsicher auf die Füße. Verwundert schaute er sich um, blickte erst zum blassblauen Himmel empor und dann nach unten ins Wasser, als ob ihm gerade erst klar geworden wäre, wo er war. Errol blieb stumm sitzen, bis diese verwirrten Blicke sich endlich auf ihn richteten.

»Alles in Ordnung bei dir?« Das kam ihm vor wie eine ganz besonders dumme Frage, aber ihm fiel nichts ein, was er sonst hätte sagen können. Benfro sah ihn an, als ob er versuchte, sich daran zu erinnern, was Wörter waren, dann watete er langsam durch den Fluss und kletterte aufs Ufer und ließ sich mit schwerem Aufprall fallen, um dann laut zu rülpsen und einen weiteren Schwall Flusswasser von sich zu geben.

»Was ist passiert?« Seine Stimme war rau vom Husten und nur schwer zu verstehen.

»Du bist vom Himmel gefallen«, sagte Errol. »Du hast mit dem Gesicht nach unten im Wasser gelegen. Ich weiß nicht, wie lange du das überlebt hättest.«

»Du hast mich gerettet?« Benfro klang überrascht.

»Ich konnte dich ja wohl nicht ertrinken lassen.« Errol zitterte und registrierte, dass die Kälte auch Benfro zu schaffen machte. Vielleicht war es auch der verzögerte Schock. »Wir sollten machen, dass wir in die Höhle zurückkommen und uns ein bisschen aufwärmen.«

Benfro sah ihn an und musste diese Mitteilung erst einmal verdauen. Endlich nickte er kurz und erhob sich, er wollte schon losgehen, als ihm etwas einfiel.

»Deine Knöchel?«

»Denen geht's gut. Sie sind nur ein klein bisschen mitgenommen«, sagte Errol. »Aber ich war die meiste Zeit im Wasser. Da habe ich sie nicht belastet.«

»Aber du kannst nicht zur Höhle zurückgehen.« Und ehe Errol etwas antworten konnte, hatte Benfro sich gebückt, ihn hochgehoben und sich wie einen Sack voll Getreide über die Schulter geworfen.

Der Weg zurück war unbequem, aber ereignislos. Errol konnte sich Benfros Flügel aus nächster Nähe ansehen, und er staunte über das komplizierte Muster aus winzigen Schuppen, das sie bedeckte. Sie schimmerten im Sonnenschein und zeigten Bilder winziger Drachen, die in der Luft herumwirbelten. Dann ließ der Schatten der Höhlenöffnung sie alle zu silbernen, goldenen und schwarzen Flecken erstarren. Errol wimmerte ein wenig, als Benfro ihn packte, hochhob und auf das Bett aus Heu legte.

Benfro suchte sich einige schwere Holzscheite aus dem Stapel und ließ sie auf die Kohlen fallen, die vom Feuer des Vortags noch übrig waren. Funken stoben in alle Richtungen, und Errol musste etliche von seiner Matratze wischen. Wenn die grobe Wolldecke aus der Truhe es nicht bedeckt hätte, wäre sein Bett in Flammen aufgegangen.

»Huch, tut mir leid.« Benfro kicherte fast, falls ein Drache kichern konnte. »Offenbar hab ich es ausgemacht.« Er beugte sich über die Feuerstätte und schaute sich die trübe schwelenden Kohlen an. Er holte tief Luft und Errol dachte schon, er wolle in die Glut blasen, um die Scheite Feuer fangen zu lassen. Aber statt der Atemluft schoss aus dem Mund des Drachen eine Stichflamme und umfing das Holz, das augenblicklich aufloderte. Dann ließ sich Benfro ermattet rückwärts auf seinen Schwanz fallen und blieb schweigend sitzen, während seine Hände die Hitze in sich aufsaugten.

Errol staunte so sehr über diesen Anblick, dass er den Brandgeruch erst bemerkte, als es zu spät war. Der Rauch enthielt nicht den scharfen Säuregeruch von verkohltem Holz, sondern den dickeren, ekelhafteren Gestank von Haaren. Und darunter lag ein süßerer Duft. Errol schaute nach unten und sah, dass der Rand seiner Decke fröhlich vor sich hin brannte und das Bett darunter auch schon Feuer gefangen hatte.

Er sprang auf, schlug die Decke zusammen und erstickte die Flammen, die die Wolle verzehrten, aber sie hatten das Heu schon erreicht. Er konnte nur noch zurücktreten und die Sache ihren Lauf nehmen lassen. Er war froh, dass die Truhe mit seinen Kleidern auf der anderen Seite der Höhle stand. Benfro dagegen blieb bewegungslos und stumm und starrte mit glasigem Blick das brennende Heu an.

Errol staunte darüber, dass es so lange gedauert hatte, bis der Schock den Drachen richtig überwältigte. Er humpelte auf die andere Seite des Feuers, um darauf zu warten, dass das Feuer im Heu ausgebrannt wäre. Wenn nur noch Asche da wäre, würde er sie aus der Höhle fegen und sich dann mit Decken und alten Kleidern aus der Truhe ein neues Bett machen. Es würde vielleicht sogar behaglicher sein als das bisherige, dachte Errol.

Dann sah er die Tasche.

Er hätte nicht erklären können, wie er einen so großen Gegenstand bisher übersehen konnte. Die Tasche stand am Fußende des Bettes und war sicher von dem Heu verdeckt worden, aber dennoch hätte er sie sehen müssen. Das Feuer hatte nicht lange genug gewütet, um das Leder zu beschädigen.

Sicherheitshalber humpelte Errol trotzdem noch einmal um das Feuer, um die Tasche aus der Nähe des noch glimmenden Heus zu holen.

Sie war so schwer, dass er sie nicht hochheben konnte. Wenn seine Knöchel nicht so schwach und steif gewesen wären, hätte er die Tasche vielleicht ziehen können, aber er erinnerte sich an die Schmerzen, die das Ziehen der Truhe ihm eingebracht hatte, und ließ den dicken Griff der Tasche auf den Boden fallen.

»Ich kann sie nicht bewegen«, sagte Errol zu Benfro, der noch immer ins Leere starrte. Als der Drache das hörte, schien er ein wenig zu sich zu kommen, und schaute Errol durch die knisternden Flammen hindurch an.

»Was ist mit dem Bett passiert?«, fragte er.

»Das hat Feuer gefangen.«

»Oh.«

»Ich habe versucht, deine Tasche von den Flammen wegzuziehen, aber sie ist zu schwer. Was hast du da drin?«

»Sieh selbst«, sagte Benfro, der sich offenbar noch immer nicht so ganz von seinem Sturz erholt hatte. Errol ließ sich neben der Tasche auf den Boden sinken. Die schwarze Asche des verbrannten Heus verschmierte seine Hose und sein Hemd, die vom Bad im Fluss noch immer feucht waren. Es würde ein Albtraum sein, sie zu reinigen, aber ihm fehlte die Kraft, jetzt gleich etwas zu unternehmen. Er streckte die Hand aus und öffnete die Schnallen, bis die vordere Klappe in der Tasche herunterfiel.

Die Tasche war voller Gold. Kein Wunder, dass sie so schwer gewesen war. Sie enthielt Berge von Münzen, einige Kelche, elegantes Besteck mit reich geschnitzten Elfenbeingriffen und einige Ringe und Broschen. Aber das vielleicht schönste Stück in der Tasche war ein Halsreif aus mehreren Strängen Golddraht, die in einem komplizierten Geflecht von Schlangen und Ringen miteinander verschlungen waren. Die beiden Enden waren wie Drachenköpfe geformt, die mittig auf einem glatten runden Goldschild mit einem Wappen prangten, das im Laufe der Jahrhunderte fast abgeschliffen worden war.

»Woher hast du das?«, fragte Errol und spürte, wie alt der Reif war. Wenn er ihn in der Hand hielt, glaubte er fast, die lange Reihe der früheren Träger sehen zu können, die sich weit zurück in den Nebel der Zeiten erstreckte.

»Den habe ich um den Hals eines menschlichen Skeletts gefunden, gleich vor Magogs Schatzraum. In Cenobus. Wieso, was ist denn damit?«

Errol ließ seine Finger über die glatten Insignien fahren und drehte den Reif zum Feuer, um ihn sich genauer ansehen zu können. Er hauchte ihn an, damit die glänzende goldene Oberfläche beschlug, aber ganz sicher war er noch immer nicht.

»Ich glaube, es könnte König Balwens goldener Halsreif sein.«

Es war inzwischen schwer, die Menge an Kampfpriestern weiterhin als Ehrengarde auszugeben. Selbst nach der Nachricht von der Begegnung der Königin mit einem Drachen, vor dem der Herzog von Aberfenn sie dann heldenhaft gerettet hatte, hatte Melyn Angst, diese Mengen könnten unerwünschte Aufmerksamkeit auf sich ziehen. Er war sicher, dass King Billah in allen Orten und Städten, die die Königin mit ihrem Tross aufsuchte, seine Spione hatte, die noch die scheinbar belanglosesten Details nach Tynhelyg melden würden. Zugleich war er jedoch davon überzeugt, dass sich in der Begleitung der Königin keine Lanwennog-Sympathisanten befanden.

Er hatte immer vorgehabt, die Ansammlung seiner kleinen Armee zu tarnen. Einzelne Trupps sollten an bestimmten Punkten auf dem Weg von Beteltown nach Castell Glas zu ihm stoßen – dort, wo die Hauptstraße den großen Wald des Frydlands streifte und die westlichen Trenn-Berge zum Tiefland des Hafod hin abfielen. Aber einige seiner Offiziere hatten Geschichten von Drachenangriffen gehört und sich schon früher dem Hauptteil des Heeres angeschlossen. Der Landesteil, den sie jetzt durchritten, war allerdings dünn besiedelt, und da war die Gefahr einer Entdeckung minimal. Dennoch war Melyn nervös. Sein ganzer Plan konnte im letzten Augenblick noch scheitern.

Ein einzelner Reiter erschien oben auf der nächsten Anhöhe. Er hielt an und starrte für einen Moment, dann gab er seinem Pferd die Sporen und kam auf sie zu. Beulah, die neben Melyn ritt, erstarrte, obwohl sie sich mitten in ihrem eigenen Königreich befanden. Sie war überaus angespannt, seit sie auf dem Ross eines toten Kampfpriesters aus Pullpeiran zurückgekehrt war, aber sie hätte sich keine Sorgen zu machen brauchen. Melyn hatte den anderen sofort erkannt, das Pferd sogar noch eher als das düstere Gesicht seines obersten Offiziers.

»Eure Majestät, es freut mich zu sehen, dass Ihr unversehrt seid.« Hauptmann Osgal wendete sein Pferd und ließ es in den langsamen Schritt der Kolonne fallen. Er verbeugte sich im Sattel und legte zum Gruß seine Faust an die Brust. »Ich habe gehört, ein wilder Drache habe Euch angegriffen. Stimmt es, dass der junge Meister Clun die Bestie eigenhändig vertrieben hat?«

»Der Herzog von Aberfenn hat dem Drachen den Arm abgehackt.« Melyn betonte den neuen Rang des Jungen, denn er wusste, wie empfindlich die Königin war, wenn es um Cluns Status ging. Er hatte keine Lust, Hauptmann Osgal wegen Beleidigung eines Mitgliedes der königlichen Familie auspeitschen lassen zu müssen. »Er hätte die Bestie sicher auch getötet, wenn sie nicht die Flucht ergriffen hätte.«

»Er war der Beste in der Auswahl seines Jahrgangs«, sagte Osgal, und Melyn musste zugeben, dass das für den Hauptmann ein hohes Lob war. »Eine Schande, dass wir ihn verloren haben.«

»Hauptmann, bringt Ihr eine wichtige Nachricht, oder seid Ihr nur hergekommen, um meinen Gemahl zu beleidigen?« Beulahs Stimme klang kalt, und ihr Gesicht war noch eisiger, als sie Osgal anstarrte. Melyn konnte verstehen, dass der Mann sich so vertraulich gab, der Hauptmann kannte die Königin, seit sie im Alter von acht Jahren in Emmas Faur eingetroffen war. Es überraschte ihn jedoch, dass Osgal nicht die Vernunft besaß, ihr jetzt untertänig zu sein, da sie solche Macht über ihn hatte. Aber es hatte Osgal ja immer schon an Fantasie gefehlt, er war immer nur stark und stur gewesen. Etwas an den Worten der Königin schien ihn jedoch erreicht zu haben. Er verbeugte sich abermals und schlug sich noch einmal auf die Brust.

»Majestät, ich wollte nicht unhöflich sein. Clu… Seine Durchlaucht, der Herzog von Aberfenn, ist ein geschickter und mutiger Krieger. Es ist selbstsüchtig von mir, ihn für den Orden haben zu wollen, wo sein Platz doch an Eurer Seite sein sollte. Ich bin um das Lager herumgeritten und habe die Kolonne gesehen. Und nun bin ich hergekommen, um Euch willkommen zu heißen.«

Sie ritten über den Hügelkamm und schauten hinunter in ein weites Tal. Uralte Bäume standen in kleinen Gruppen zusammen, umgeben von Wiesen mit üppigem grünem Gras, auf denen einige Schafe nachdenklich vor sich hin kauten. Ein Bach mit Weiden und Schlehen am Ufer mäanderte durch die Talmitte. Einige verlassene Häuser standen bei der Furt, ihre Dächer waren schon längst verschwunden. Zelte, die in korrekten Kreisen um sie herum aufgestellt waren, zogen sich bis auf die Weiden dahin. Dahinter grasten Pferde, bei denen offenbar nicht die Gefahr des Weglaufens bestand.

»Ist das hier ein sicherer Lagerplatz?«, fragte Melyn, als sie auf die Zelte zuritten.

»Ich habe meine Streifen in meilenweitem Umkreis die Umgebung absuchen lassen, Euer Gnaden«, sagte Osgal. »Und ich kenne mich in dieser Gegend aus. In der Nähe wohnt hier niemand. Wir werden nicht entdeckt werden, wenn wir nicht länger als zwei Tage bleiben.«

»Zwei Tage? Ich hoffe, dass wir morgen bei Tagesanbruch nicht mehr hier sind«, sagte Melyn. »Falls unser wilder Drache nicht auftaucht und uns den Spaß verdirbt.«

»Haltet Ihr das für wahrscheinlich?«, fragte Beulah.

»Nein, das nicht. Clun hat ihm einen Denkzettel verpasst. Wenn er an seiner Wunde nicht verblutet, wird er Wochen brauchen, um sich zu erholen, wenn nicht Monate. Und dann wird er sicher nicht mehr so versessen darauf sein, uns anzugreifen, jetzt, da er weiß, dass wir uns wehren können.« Melyn blickte zu den Reihen der Kampfpriester und zu der langsamen Wagenkolonne, die ihnen folgten. »Wo ist denn eigentlich Seine Durchlaucht?«

»Er wollte mit Frecknock sprechen«, sagte Beulah. »Er will mehr über die Drachen erfahren. Ich glaube, er entwickelt ein wenig zu große Zuneigung zu dieser Kreatur. Es wäre vielleicht besser, wenn sie von Eurer Expedition nicht zurückkehrt. Lasst sie diesen Pass nach Lanwennog finden und dann seht zu, dass Ihr sie loswerdet.«

»Selbstverständlich«, sagte Melyn und freute sich im Stillen darüber, dass etwas von der alten Skrupellosigkeit der Königin wieder da war. Er hatte nicht vor, Frecknock auch nur eine Minute länger leben zu lassen, als für ihn nützlich wäre.

Die Kampfpriester waren schnell und tatkräftig, sie waren daran gewöhnt, unter den schlimmsten Bedingungen und in aller Eile ihre Zelte aufzuschlagen. Bald standen die Zelte und die Pferde grasten zusammen mit denen der anderen, nur die Wohnstatt der Königin brauchte länger. Als ihr Pavillon errichtet worden war und das gesamte Gefolge einen Schlafplatz gefunden hatte, wurde der Abendhimmel bereits schwarz.

Das verlassene Bauernhaus war als Lager unbrauchbar, aber Melyn hatte das Wohnzimmer ausräumen lassen, um ein wenig Privatsphäre zu haben. Es war nicht so gut wie eine Kapelle, aber es musste reichen. Das Haus war einst ein gut ausgestattetes Gebäude gewesen, eher schon ein Landsitz als das Zuhause eines bescheidenen Bauern. Als Melyn mitten in dem leeren Zimmer stand und durch ein gezacktes Loch in der Decke die Sterne sah, fragte er sich, was wohl aus der Familie geworden war, die einst hier gewohnt hatte. Vermutlich war das hier irgendwann einmal ein geschäftiger kleiner Weiler gewesen, der das Tiefland mit Wolle und Fleisch versorgte. Jetzt war der Ort verlassen und die Natur eroberte sich die Gebäude langsam zurück. Wo einst Zäune gewesen waren, wucherten jetzt Büsche und Bäume. Es gab nur noch Verfall. Die Ergebnisse all der Plackerei der Menschen wurden zunichte, Ordnung zerfiel zu Chaos.

Dagegen kämpfe ich doch, dachte der Inquisitor. Sein Leben lang hatte er sich gegen solchen Verfall zur Wehr gesetzt. Die Lanwennog, mit ihrer lässigen Gottlosigkeit und ihren verderbten Sitten waren ein weiteres Symptom dieser Entwicklung. Drachen wie dieser Emporkömmling Benfro und jetzt diese andere Bestie, Caradoc, ein weiteres. Sie waren Kreaturen des Wolfes und hatten nur Zerstörung im Sinn. Es war seine Pflicht, die Finsternis zurückzudrängen, die Weisheit des Hirten zu denen zu bringen, die sich ihr öffnen wollten, und diejenigen zu vernichten, die sich weigerten.

Allein in dem leeren Raum griff Melyn in die Tasche seines Umhangs und zog die schmale hölzerne Schachtel heraus, die er immer bei sich trug. Er machte sich an der steifen Metallschnalle zu schaffen, die sie verschloss, seine Finger waren nicht mehr so geschickt wie früher. Brynceris Ring sah in dem Samtfutter fast verloren aus und die vertrockneten Überreste seines Fingers waren kaum mehr als ein staubiges Stöckchen.

Melyn stellte die offene Schachtel vor sich auf den Boden. Der einzelne raue Edelstein sah im Sternenlicht schwarz aus, strahlte aber Macht aus, die Berührung seines Gottes. Melyn kniete auf den staubigen Steinplatten nieder und senkte den Kopf zum Gebet. Er hatte kaum den zweiten Kreis der Litanei erreicht, als er die Anwesenheit des Hirten spürte, das gesegnete Gefühl, jung und mächtig zu sein, das Verschwinden jeglichen Selbstzweifels.

»Du bist besorgt, mein Diener. Du glaubst, dein Plan könnte fehlschlagen.«

»Mein Herr, bitte verzeih meine Schwäche. Es steht so viel auf dem Spiel, und ich fürchte, die Königin wird ihre Begabung für das Ätherische erst zurückgewinnen, wenn ihr Kind geboren ist. Dabei hängt so viel an meiner Fähigkeit, mit ihr zu kommunizieren.«

»Es gibt andere, die diese Fähigkeit besitzen. Aber denen willst du solche schicksalhaften Nachrichten nicht anvertrauen. Das ist weise, mein Diener, aber du brauchst nicht so weit von der Königin wegzugehen, um deine Antwort zu finden. Sie hat sich ihren Mann gut ausgesucht.«

»Clun? Aber der ist nur Novize, Herr. Er weiß nichts über seine Fähigkeiten.«

»Ich habe ihm die Sicht geschenkt. Er wird dich hören, wenn du ihn rufst.« Melyn spürte die Unzufriedenheit des Hirten, einen Vorwurf wegen seiner Kleingläubigkeit. Durch seine Gelenke schoss ein unvorstellbarer Schmerz und er keuchte laut auf.

»Vergib mir, Herr. Ich will nichts anzweifeln, ich will nur wissen, wie ich dir am besten dienen kann.«

»Das ist mir klar, Melyn. Du warst immer mein treuester Diener. Aber es gibt noch andere, die sich Mühe geben, mein Wort zu verbreiten. Du brauchst nicht alles allein zu schaffen.«

Der Schmerz ließ jetzt nach, seine Reue war angenommen worden. Melyn entspannte sich ein wenig, und ihm wurde bewusst, wie angespannt er gewesen war. Ein Schweißtropfen lief sein Rückgrat hinunter und seine Stirn fühlte sich feucht an.

»Du machst dir wegen deiner Motive für diese Mission Sorgen.« Die Stimme des Hirten umhüllte ihn, erfüllte ihn. Sie allein brachte es fertig, dass er sich so klein und verletzlich vorkam. Ungebeten flackerte das Bild eines riesigen Bären von Mann vor seinem inneren Auge vorbei. Ein Mann, der über ihm aufragte, rot vor Wut und Suff, eine blutverschmierte Hand zu einem weiteren Schlag erhoben. Eine Erinnerung aus seiner frühesten Kindheit, ehe der Hirte ihn gefunden und auf einen lebenslangen Einsatz gesandt hatte.

»Der Schlüpfling ist mir nun schon zweimal entkommen, Herr. So lange er lebt, ist meine Autorität – deine Autorität – gefährdet. Ich wünsche mir nichts sehnlicher, als ihn ausfindig zu machen und das zu beenden, was ich an seiner Mutter begonnen habe. Aber die Möglichkeit, deine Botschaft in das gottlose Lanwennog zu tragen, ist noch wichtiger. Ich habe Angst vor der Versuchung, diesen Benfro zu verfolgen und mich von meiner wahren Aufgabe ablenken zu lassen. Und dann ist da diese andere Kreatur, Caradoc, Sohn des Edryd …«

Der Ring brannte wie rot glühende Kohlen. Der Inquisitor spürte, wie seine Haut in der Hitze Blasen warf. Der Zorn des Hirten war entsetzlich und zerfetzte ihn wie nichts. In Gedanken sah Melyn, wie sich die Bilder überstürzten: die verlassene Hütte und dahinter die weggeworfenen Skelette, denen alles Fleisch abgerissen worden war, Frecknock im Keller unter Burg Betel, mit dem abgetrennten Arm in den Händen, der Namensring, die seltsame Zeremonie. Bei jedem neuen Bild glühte der Ring noch heißer.

»Mein Herr«, flüsterte er. Es kam ihm nicht zu, Fragen zu stellen, und er verdrängte diesen Gedanken mit aller Macht. Im selben Moment hörte das Brennen auf und eine lindernde Ruhe überkam ihn und tilgte sofort jeden Schmerz.

»Du hättest um Rat zu mir beten sollen, sowie du auf diese Kreatur gestoßen warst.« Der Zorn verflog so rasch, wie er entstanden war. Die Stimme des Hirten beruhigte ihn, aber sie hatte doch einen gereizten Unterton, der ihn mit Angst erfüllte. »Das ist kein normaler Drache, Melyn. Ich glaube, das ist sogar dir klar.

Es ist eine der Bestien der alten Zeiten, eine der Kreaturen, deren Vernichtung die Aufgabe des Ordens vom Hohen Fryd sein sollte. Die Drachen, die du dein Leben lang gejagt hast, können toleriert werden, solange sie sich an meine Gesetze halten, aber diese… diese Kreatur hat sich dem Wolf ergeben. Sie muss zur Strecke gebracht und vernichtet werden, ehe sie noch andere zu ihren Übel bekehren kann.«

»Ich werde mir keine Ruhe gönnen, bis ich seinen Kopf habe«, sagte Melyn und dachte an sein Gespräch mit Frecknock. Auch sie war von diesem schrecklichen Drachen entsetzt gewesen.

»Du willst den gefangenen Drachen als Köder nutzen. Das ist ein weiser Plan. Eine Bestie des Wolfes wird auf einen solchen Ruf sehr bald erscheinen. Sie wird von niedrigen Lüsten getrieben, von sonst gar nichts. Aber du musst vorsichtig sein, mein Diener. Binde Frecknock mit dem Ring an dich, lasse sie darauf einen Bluteid schwören, oder sie könnte vom Diener des Wolfes ins Wanken gebracht werden und sich gegen dich wenden.«

»Ich habe tausend Kampfpriester bei mir, Herr«, sagte Melyn. »Die Bestie wird sterben, ehe sie auch nur ein einziges Wort sagen kann.«

»Du darfst diesen Widersacher nicht unterschätzen, Melyn. Solche wie Caradoc sind hierzulande seit Jahrtausenden nicht mehr gesehen worden. Er ist gerissen und rücksichtslos, ein Wesen aus purem Bösen und großer Macht.«

Die Worte hallten im Kopf des Inquisitors wider, als der Geist des Hirten ihn verließ. Sein Herr war der Schöpfer aller Dinge, der Herrscher von Gulad, und doch konnte Melyn nicht verhindern, dass ein aufsässiger kleiner Teil seines Gehirns dachte, der Hirte sei von der Nachricht über diesen neuen Drachen überrascht gewesen. Seine erste Reaktion hatte aus Ärger und Zorn bestanden, als ob ein längst besiegter Feind sich plötzlich frisch erstarkt erhoben hätte, um den Kampf wieder aufzunehmen. Und wenn das der Fall war, wenn der Wolf abermals durch das Land der Lebenden streifte, dann würde doch sicher der Hirte bald zu seinen Getreuen kommen und ihnen die Waffen für den Kampf auf der Seite des Lichten und Guten geben.

Melyn wusste nicht, wie lange er im Gebet in diesem verlassenen Haus kniete und dafür dankte, dass es zu seinen Lebzeiten geschehen würde, dass sein Gott abermals unter den Menschen wandelte. Es war jetzt deutlich, dass er mit diesem Gedanken spielte. Das hier war die Endzeit, in der Hirte und Wolf zum letzten Gefecht antreten würden. Die Schriften hatten das immer verkündet, und jetzt sollten sie sich erfüllen.

10

Einige wenige tapfere Seelen fristen ihr Leben am Waldrand des Frydlands, aber niemand wäre tollkühn genug, im Wald selbst hausen zu wollen. Seltsame Magie erfüllt ihn und führt noch den erfahrensten Jäger in die Irre. Es wimmelt nur so von Geschichten über Jäger, die sich in den endlosen Weiten der Wälder verloren und erst Jahre später in die Zivilisation zurückkehrten, ohne auch nur einen Tag gealtert zu sein. Oder schlimmer noch, die nur wenige Stunden von ihren Geliebten getrennt waren, und die dann alt und krumm lange vor ihrer Zeit auftauchten und von einem ganzen Leben erzählten, in dem sie zwischen den Bäumen umhergewandert waren.

Bringt ihm Respekt entgegen, und der Wald wird euch einfach den richtigen Weg zeigen. Widersetzt euch, und er wird euch vollständig zerstören.

Father Keoldale: Der Wald des Frydlands

Zu dieser frühen Stunde war es immer still im Palast. Einige wenige verschlafen dreinblickende Dienstboten erledigten ihre Morgenpflichten. Müde Wachen lungerten auf ihren Posten herum und warteten auf Ablösung. Ansonsten waren die langen Gänge und die Säle leer. Prinz Dafyd liebte diese Tageszeit. Er konnte sich ungestört seinen Aufgaben widmen, ohne die dauernde Sorge, König Billah oder schlimmer noch Tordu, dem Majordomus, zu begegnen.

Dass sein Großonkel weder ihn noch Prinz Geraint leiden mochte, war kein großes Geheimnis; Tordu hatte Billahs ältestem Sohn niemals verziehen, dass Balch ins Zwillingskönigreich geschickt worden war. Er betrachtete Dafyds Ehe mit Iolwen als Verrat und das ungeborene Kind als böses Omen, das die Vernichtung des Königshauses ankündigte. Neuerdings sah Tordu überall Omen, in den Flugformationen der Zugvögel ebenso wie im seltsamen Verschwinden des Spions Errol. Dafyd hätte gern gewusst, ob der Majordomus wusste, dass der Junge in Emmas Faur wieder aufgetaucht war. Aller Wahrscheinlichkeit nach ja, denn er schien seine Spione fast überall zu haben. Zweifellos würde das seine Paranoia nur noch schüren.

In den Ställen war es still, als Dafyd den Burghof betrat, obwohl schon Licht durch die Tür der Sattelkammer fiel. Der Himmel zeigte die ersten Spuren der Dämmerung, den rosa Schimmer auf der Unterseite der Wolken, der wechselhaftes Wetter ankündigte. Er fluchte leise. Bisher war der Frühling schön gewesen, wenn auch kalt. Er hasste es, bei Regen unterwegs zu sein. Na gut, daran ließ sich jetzt nichts ändern. Er hatte sich entschieden und Mitteilungen waren ausgesandt worden. Es konnte keine Umkehr mehr geben.

Ein einsamer Hund hob den Kopf und starrte Dafyd an, als dieser die Tür weiter aufstieß und die Wärme des Ofens im Gesicht spürte. Der Hund erkannte ihn als Freund, schlug zweimal mit dem Schwanz auf den Boden und schlief dann weiter. Dafyd schlüpfte lautlos zwischen den Reihen von makellos sauberem Pferdegeschirr hindurch. Das Leder war glänzend und biegsam, Riemen und Schnallen funkelten. Er roch das würzige Aroma von Sattelseife und Pferdesalben, den Geruch von Pferden. Als Kind war das hier einer seiner Lieblingsaufenthaltsorte gewesen, ein Zufluchtsort vor der endlosen Geschäftigkeit und der Etikette des eigentlichen Palastes. Hier hatte er mit den Stalljungen gespielt, ohne auf Rang oder Gehorsamspflicht zu achten. Prinz Geraint hatte sich darüber gefreut, dass er mit den raueren Burschen zusammenkam, um von ihnen alles über Pferde zu lernen, es gehörte zu den wenigen Dingen an Dafyd, die seinem Vater gefallen hatten.

»Eure Hoheit hätten Bescheid geben müssen. Ich hätte Euer Pferd dann bereit gehabt.«

Dafyd drehte sich zu dem rotgesichtigen Teryll um, dem obersten Stallknecht. Wenn ein Prinz des Königshauses Balwen überhaupt unter dem einfachen Volk einen Freund haben konnte, dann war Teryll einer. Dafyd wusste, dass er sich auf Terylls Treue und vor allem auf seine Diskretion verlassen konnte.

»Ich kann mein Pferd so gut satteln wie alle anderen auch, Teryll.« Er klopfte dem anderen energisch auf die Schulter. »Und das weißt du auch.«

»Ja, aber wenn Ihr Eure eigenen Viecher versorgt, wo soll dann ein Tagedieb wie ich noch Arbeit finden, was? Was wollt Ihr nun, Hoheit, auf einem von den jungen Pferden zu einem Morgentrab losreiten?«

»Nein, Teryll, heute nicht.« Dafyd schaute sich in der Sattelkammer nervös um, ob noch andere Stallburschen in der Nähe waren. Der Stall schien leer zu sein, aber er wusste, dass jetzt alle so langsam wach wurden. Ihr Schlafsaal befand sich genau über ihnen und zog sich durch das ganze Obergeschoss des langen Stallgebäudes hin. Da er von keinem der anderen Frühaufsteher gehört werden wollte, beugte er sich zu Teryll vor. »Ich brauche zwei Pferde für eine weite Reise. Eins ist für Prinzessin Iolwen, deshalb braucht es einen Damensattel.«

»Ich werde sofort Keffl und Melly fertigmachen, Hoheit.« Teryll wollte sich abwenden, aber Dafyd hielt ihn zurück.

»Nein, Teryll, nicht diese beiden. Ich will nicht … dass irgendwer denkt, dass wir weit reiten wollen. Das hier ist eine geheime

Mission, deshalb darf niemand davon erfahren. Und wir brauchen noch zwei Pferde für Proviant und Gepäck.«

Teryll nickte und seine Augen zeigten ein Funkeln der Aufregung, das Dafyd an die kühnen Unternehmungen ihrer Kindheit erinnerte. »In zwanzig Minuten ist alles bereit, Hoheit.«

»Danke, Teryll. Ich hab ja gewusst, dass ich mich auf dich verlassen kann. Aber wir können sie nicht hier abholen. Bring sie an die Ecke der Philumstraße, auf der Rückseite des Kaufmannsviertels. Da treffen wir uns in einer Stunde.«

Teryll nickte und streckte die Hand nach Zaumzeug aus. Dafyd sah, dass er einfache Dinge aussuchte, kein elegantes Geschirr für Fürsten. Er lächelte seinem alten Freund noch einmal zu, machte kehrt und lief davon, in der Hoffnung, dass Iolwen fertig sein würde, wenn er zu ihren Gemächern zurückkehrte.

Benfros Kopf hämmerte, als ob er in der vergangenen Nacht krügeweise Wein getrunken hätte. Es war noch schlimmer als damals an Magogs Tisch im Schlupfwinkel oben auf dem Arnahi. Damals war er am ganzen Körper wie gerädert gewesen und seine Kehle hatte sich wund angefühlt, als ob er eine Stunde lang wie verrückt gebrüllt hätte. Jetzt konnte er sich kaum bewegen, ohne dass tausend verschiedene Körperteile aufschrien und ihn anflehten, sich still zu verhalten.

Er öffnete langsam ein Auge, um nicht mehr Schmerz zu verursachen als unbedingt nötig, und versuchte, herauszufinden, wo er war. Er konnte sich an kaum etwas anderes erinnern, als dass er mit Corwen gesprochen hatte und dann bei seinem Flugversuch fast abgestürzt wäre. Das aber schien ein ganzes Leben her zu sein. Es gab unzusammenhängende Bildfetzen von Dingen, die seither passiert waren, aber er konnte sie in keine logische Reihenfolge bringen. Er hatte Errol zur Höhle zurückgetragen, beide waren triefnass gewesen; er war mit Bussarden geflogen, hatte die

Luftströmungen gelesen, um mit der geringsten Mühe die größte Höhe zu erreichen; er hatte ganz Gulad unter sich ausgebreitet gesehen, eine Welt, die er erobern musste; er hatte einen geflügelten Drachen um die Turmruinen von Cenobus kreisen sehen.

Benfro öffnete mühsam beide Augen und setzte sich zu schnell auf, als alle Erinnerungen wild durcheinander über ihn einbrachen. Kein Wunder, dass er sich vorkam, wie von einem stürzenden Baum getroffen. Sein Gesicht glühte vor Verlegenheit. Er hatte sich dermaßen ablenken lassen, dass er das Fliegen vergessen hatte. Er konnte von Glück sagen, dass er noch am Leben war.

»Du bist aufgewacht. Gut. Wie geht es dir?«

Benfro sah zu dem Alkoven hinüber, wo das Bett aus Heu gewesen war. Jetzt war das Bett fort und der Boden bestand aus dunkler Erde und schwarzer Asche. Die Höhlenwände waren ebenfalls schwarz, und er erinnerte sich nur vage, dass er Feuer gespien hatte. Zu viel Feuer. Seine Ledertasche lehnte an der Wand, die Klappe war offen und zeigte das Funkeln des Goldes. In Benfros Kopf fügten sich die letzten fehlenden Erinnerungsstücke zusammen.

»Scheußlich.« Er schaute auf den Boden, dorthin, wo er gelegen hatte, wischte sich weichen roten Staub von den Armen und atmete den verlockenden würzigen Geruch ein. Der Geruch wurde von etwas noch Besserem überlagert, einem fleischigen Suppenduft, und endlich blickte er zu der Stelle, wo Errol zwischen dem Feuer und der hinteren Wand der Höhle saß. Errol hatte den kleinen Kessel vor dem eingezäunten Feuer aufgestellt und rührte darin herum. Benfro rieb sich das Gesicht mit den Handflächen und vertrieb auf diese Weise seine Kopfschmerzen, dann rutschte er näher an die Flammen heran. Jeder Muskel in seinem Körper ächzte und klagte.

»Du fallen vom Himmel.« Errol sprach viel besser Drachensprache als Benfro die Sprache der Menschen, aber er war noch längst nicht perfekt. Immerhin konnten sie sich verständigen. Dafür war Benfro dankbar.

»Ich wurde abgelenkt. Ich habe gesehen …« Benfro überlegte, wie er beschreiben sollte, was er gesehen hatte. Als Erinnerung ergab das alles keinen Sinn. Er war Hunderte von Meilen von Cenobus entfernt, und doch hatte er diesen Ort so gesehen, als läge der nur einige Flügelschläge weiter. Und er hatte die Züge eines anderen Drachen gesehen, als flöge der neben ihm. »Ich habe einen anderen Drachen gesehen, der flog. Aber ich weiß nicht, wie das möglich sein soll.«

»Gibt es keine anderen Drachen, die fliegen können?«

»Ich weiß nicht. Ich wünschte …«

»In dieser Gegend ist seit vielen Jahrhunderten kein Drache mehr geflogen«, sagte eine Stimme. Benfro sah sich um, und erblickte Corwen an genau der Stelle, wo er vor vielen Monaten zum ersten Mal aufgetaucht war. »Unsere Sagen berichten von einer Zeit, als wir die Herren der Lüfte waren, und ihr wisst jetzt, dass unsere Sagen mehr Wahrheit enthalten, als uns klar war. Ich bin mit Flügeln aufgewachsen, die viel größer waren, als die, die nach meinem Tod mit mir verbrannt sind. Aber ich bin niemals geflogen. Wir haben lange vor meinem Schlüpfen unsere Wahl getroffen.«

»Das hast du schon einmal gesagt«, erwiderte Errol. »Das mit der Wahl. Wie meinst du das? Habt ihr euch dafür entschieden, kleiner zu werden?«

»Gewissermaßen haben wir das wohl. Wir haben beschlossen, weniger auffällig zu werden, und deshalb sind wir körperlich geschrumpft, während unser Geist scharf blieb. Im Laufe der Zeit wurde dieser Wechsel mehr und mehr zu unserer Natur. Frecknock ist ausgewachsen, aber meine Eltern hätten sie für einen Schlüpfling von ein oder zwei Sommern gehalten.«

Benfro verzog verärgert das Gesicht, als Frecknock erwähnt

wurde. Von ihm aus konnte Frecknock völlig dahinschrumpfen, wenn Königin Beulah ihr mit einer Lichtklinge den Kopf abschlug.

»Was ist mit den Drachen, die den … wie hast du das genannt? Die den Weiten Weg eingeschlagen haben?« Errol sprach seine eigene Sprache, und Benfro brauchte einen Moment, um diese Frage zu verstehen. Er hatte schon einmal etwas Ähnliches gehört, konnte es aber nicht unterbringen.

»Immer weniger von uns haben sich dafür entscheiden, aber diese Möglichkeit stand uns immer offen.« Corwen wechselte zur Drachensprache und wandte sich an Benfro. »Dein Vater war meines Wissens der letzte Drache, der diesen Weg gegangen ist, auch wenn ich vermute, dass du es auf deine Weise ebenfalls getan hast.«

»Mein Vater?« Benfro vergaß seine Kopfschmerzen, seinen Muskelkater und sogar das Gurgeln in seinem Magen, das der Duft aus Errols Suppenkessel verursacht hatte. »Was weißt du über ihn?«

»Ziemlich viel, Benfro«, sagte Corwen. »Sir Trefalduin war einst mein Schüler, so wie deine Mutter. Er war allerdings so ziemlich ihr Gegenteil. Impulsiv, starrköpfig, und ungeduldig. Sein Kopf war immer mit dem wildesten Unsinn gefüllt. Ich nehme an, davon hat er ganz schön viel an dich vererbt.«

»Was für ein Unsinn?« Benfro verspürte einen aufflackernden Zorn, weil der alte Drache sich so grob über seinen Vater äußerte. Aber dann fragte er sich, warum er so empfand. Er war Sir Trefalduin doch nie begegnet.

»Na ja, bei unserer letzten Begegnung hatte er nur eine Geschichte im Kopf, die er von einem Drachen weit im Süden in den Mooren des Hendry gehört hatte. Er sagte, er wollte das Portal zu einer anderen Welt suchen, die genauso sei wie diese, wo aber die Drachen die Luft beherrschten und die Menschen nichts über die

Feinen Künste wüssten. Es war ein törichtes Unterfangen, und das habe ich ihm auch gesagt. Aber er wollte unbedingt … oh!«

»Was denn?« Zu Benfros Entsetzen war Corwen fast völlig verblasst und sein Gesicht verzog sich in offenkundigem Schmerz. Benfro kam mühsam auf die Beine und lief durch die Höhle, um seinem Meister zu helfen, aber der alte Drache winkte ab. Er schien mit etwas zu ringen, und Benfro hatte einen Verdacht, was das sein könnte. Er konzentrierte sich für einen Moment und änderte seine Sicht, bis er die Grymlinien, seine eigene Aura und die lange blassrosa Schnur sehen konnte, die sich von ihm weg wand, um ihn mit der nächsten Linie zu verbinden. Sie war ungeschützt, und instinktiv band er seine Aura darum und schnitt Magogs bösen Einfluss ab, obwohl er ausnahmsweise die Nähe des toten Magis nicht spürte. Als er in die Ecke der Höhle schaute, wo ein eingeschrumpftes gespenstisches Bild von Corwen mit einem unsichtbaren Widersacher rang, wusste Benfro, warum.

Magog griff ihn nicht an, er konzentrierte seine ganzen Bemühungen auf Corwen.

Ohne einen Gedanken an seine eigene Sicherheit sprang Benfro weiter. Er wusste nicht, was er vorhatte, aber er würde nicht zulassen, dass der einzige Freund, den er auf der Welt noch hatte, vernichtet würde. Er versuchte, zu sehen, woher Magogs Angriff kam. Es musste einen Punkt geben, eine Verbindung, wie die, die ihn fesselte. Aber Corwen lebte ja nicht mehr. Er war eine Projektion von Erinnerungen, und während er sich wehrte und verblasste, konnte Benfro sehen, wie ein dumpfes blutrotes Leuchten über ihn hinwegspülte und ihn mitzunehmen drohte.

»Such … Sir Trefalduin …« Corwens Stimme war ein fernes Echo weit hinten in Benfros Gedanken. »Such … Gog.« Bei diesem Namen verspürte Benfro eine Explosion von Wut, einen so grimmigen Hass, dass es ihn fast umgeworfen hätte, obwohl er sich so gut verteidigte, wie er nur konnte.

»Ich muss zuerst dir helfen.« Er rückte näher an das fast unsichtbare Bild heran. Ein Teil davon stieß ihn ab, als ob der alte Drache ihn wegstieß, aber ein Teil von ihm zog ihn in sich hinein. Er konnte hinter der verschwindenden Gestalt in eine dunkle Höhle blicken, wo auf einem steinernen Podium ein Haufen von Edelsteinen lag. Sie waren weiß, aber ein rotes Miasma füllte die ganze Höhle, es pulsierte aus einem bekannten einsamen Edelstein, der am Rand des Podiums lag. Ein kleiner Stein hätte nicht so viele besiegen dürfen, und doch strahlte er eine Macht aus, die wie eine Hitzewand wirkte.

»Du … darfst … nicht …« Corwens Stimme klang matt, und dennoch hatte sie noch etwas von ihrer alten Kraft. Benfro spürte, wie er aus der Höhle zurückwich, auf die er über die Grymlinien zugeglitten war. Im letzten Moment bemerkte er den anderen Edelstein, blass und weiß, vor Magog durch Corwens viele Erinnerungen geschützt. Er wusste genau, wem dieser Edelstein gehörte, und er wusste auch, dass er ihn nicht verlassen könnte. Er streckte die Hand aus und versuchte, den letzten verbleibenden Edelstein seiner Mutter zu sich zu ziehen.

»Nein, Benfro. Den musst du da liegen lassen. Er wäre nur eine Last für dich.« Corwens Stimme war vollständig verstummt, seine Gedanken konnten den Tumult in Benfros Gedanken gerade noch streifen. »Wir werden durchhalten, aber ich werde dir nicht mehr erscheinen können. Mir ist jetzt klar, was ich schon vor sieben Jahren hätte tun müssen. Der Einsatz deines Vaters – die Suche nach der anderen Welt. Ich habe das für eine törichte Fantasie gehalten, aber es ergibt absolut Sinn. Wenn alles andere, was über Magog gesagt wird, zutrifft, warum nicht auch das? Sein Bruder hat eine andere Welt erschaffen, und er lebt noch immer dort. Dein Vater hat geglaubt, es gebe einen Weg in diese Welt. Er ist nach Norden gegangen, nach Lanwennog. Du musst ihn suchen. Suche dir einen Weg zurück zu Magogs Knochen.«

»Aber wie soll ich ihn denn suchen? Ich weiß ja nicht einmal, wo ich anfangen soll.« Das hatte Benfro laut gesagt, und der Klang seiner eigenen Stimme zog ihn zurück in sich selbst. Er stand in der Ecke der Höhle, wo Corwen zum ersten Mal erschienen war, starrte den Felsen an und streckte die Hand nach etwas aus, das nicht da war.

Melyn hatte den großen Wald des Frydlands nie so richtig leiden können, seit er als Novize, vor so vielen Jahren, dass er gar nicht erst versuchte, sie zu zählen, zum ersten Mal dessen weglose Weite betreten hatte. Diese endlosen Reihen von Bäumen, die jeden anständigen Blick zum Himmel versperrten, hatten etwas Bedrückendes. Er war lieber über der Welt und blickte nach unten, statt sich wie ein Nagetier im Unterholz herumzutreiben.

Es gab Pfade durch den Wald, und von einigen gab es sogar halbwegs brauchbare Karten. Diese Pfade wurden vor allem von Jägern und Fallenstellern benutzt. Und hier und dort, weitab von aller Zivilisation, hausten auch einige abgehärtete Waldläufer. Natürlich waren auch Drachen in die Wälder gegangen, hatten dort vor Jahrhunderten Schutz gesucht. Jetzt gab es nur noch wenige, seines Wissens nicht mehr als zwei Drachen im Frydwald, und keiner von ihnen würde diese Expedition überleben, wenn es nach ihm ging.

Von früheren Expeditionen und aus den Berichten von den Unternehmungen anderer Kampfpriester wusste Melyn, dass der Wald nicht gänzlich aus dicht stehenden Bäumen bestand. Überall gab es Lichtungen, einige so groß wie die Güter des niederen Adels, andere so klein wie der primitive Garten von Morgum der Grünen. An einigen Stellen war der Wald dicht, mit nahezu undurchdringlichem Unterholz, an anderen öffnete der Wald sich zu gutem Jagdland, wo riesige, uralte Laubbäume standen und die übrigen Pflanzen von riesigen Wildherden klein gehalten wurden.

Die Pfade, die sich durch den Wald aufwärts wanden, waren meistens schmal, wenn auch breit genug, um einen Karren ein brauchbares Tempo vorlegen zu lassen. Drei oder vier Männer konnten an den breitesten Stellen nebeneinander reiten, an den engsten war vielleicht nur Platz für zwei. Dennoch trieb Melyn seine kleine Armee erbarmungslos an, legte nach seiner Erinnerung die Ziele fest und ließ Gruppen von Kampfpriestern bei Bedarf die Pfade breiter hacken. Aus der Luft, da war er sicher, würde ihr Weg als Schneise der Verwüstung erscheinen, die sich ins Herz des Waldes bohrte. Aus irgendeinem Grund machte diese Vorstellung ihn glücklich.

Sie befanden sich schon seit einer Woche auf ihrem langen Marsch, als die Spuren ihrer Gegner, diese zu verraten begannen. Melyn entdeckte haarfeines Spiel uralter Magie, die Kompasse verwirrte und sogar die fähigsten Pfadfinder in die Irre leitete. Gruppen, die ausgesandt worden waren, um brauchbare Wasserstellen und gute Weideplätze ausfindig zu machen, tauchten Stunden später auf, galoppierten voller Verwirrung von hinten auf die anderen zu, weil sie doch sicher gewesen waren, Meilen vor ihnen zu liegen. Aber Melyn drängte immer weiter und berechnete ihr Fortkommen nachts anhand der Sternbilder.

Es war eine Zeit der Verwirrung. Er hatte genug von Father Keoldales Bericht über die fehlgeschlagene Expedition von Prinz Lonk gelesen, um zu wissen, was er zu erwarten hatte. Und er erinnerte sich auch an seine eigene Reise vor so vielen Jahren. Father Helnas, der damals den Trupp von Novizen zu einer auf einen Monat angelegten Drachenjagd angeführt hatte, hätte fast den Verstand verloren, als sie immer wieder bei sich selbst ankamen, als sie auf Hügel stiegen, nur um von dort die Spuren ihrer bisherigen Wanderung vor ihnen zu sehen. Melyn hatte mehr von Father Colter gelernt, dem Heiler, der damals dabei gewesen war. Father Colter hatte die Sterne lesen können und war derjenige gewesen, der sie drei Monate nach ihren Aufbruch auf der Rufstraße aus dem Wald geführt hatte.

Tagsüber konnte Melyn, während die Kolonne sich langsam vorwärts bewegte, in die Ätherische Sphäre wechseln und Ausschau halten. Von den Zwängen seines Körpers befreit, konnte er über den höchsten Bäumen schweben und weit genug voraussehen, um ihre Route festzulegen und Hauptmann Osgal Korrekturen zuzurufen, aber das war harte Arbeit.

Die Armee brach beim ersten Morgenlicht auf und zog bis tief in die Abenddämmerung weiter. Melyn gelang es dann meist, gerade noch lange genug wach zu bleiben, um seine Mahlzeit zu verzehren. Dann schlüpfte er unter seine Decke und schlief ein. Noch nie hatte er sein Alter so deutlich gespürt. Er befürchtete schon, eine übereilte Entscheidung getroffen zu haben. So viele hatten vor ihm schon versucht, den Wald zu zähmen, und alle hatten versagt. Aber er war anders. Er wollte weder Schätze suchen noch Bäume fällen, um Felder anzulegen; er wollte einfach durch den Wald ziehen und ihn auf der anderen Seite wieder verlassen. So schnell wie möglich. Wenn die Gerüchte zutrafen und der Frydland wirklich eine Art primitives Bewusstsein besaß, dann würde dieses, so hoffte er, begreifen, dass es nichts Besseres tun könnte, als ihn passieren zu lassen. Er hatte nicht vor, jemals zurückzukehren.

Sie schlugen gerade in der hereinbrechenden Abenddämmerung ihr Lager auf einer weiten Lichtung auf, wo die Pferde sich am Frühlingsgras gütlich tun konnten und ein breiter Fluss eine Menge Wasser spendete, als Osgal zu Melyn kam. Wenn er hätte schätzen sollen, hätte Melyn gesagt, dass sie seit fast drei Wochen im Sattel saßen. Sie müssten jetzt ungefähr den halben Wald hinter sich gebracht haben, aber er war zu müde vom Kampf gegen die Wellen aus verwirrenden Farben, die wie eine unbegreifliche Tarnung durch die Ätherische Sphäre strömten. Belanglosigkeiten wie die Frage, wo sie waren und wie lange sie für den Weg dorthin gebraucht hatten, waren für ihn jetzt bei Weitem nicht so wichtig wie Schlaf. Der Anblick des Hauptmanns, der aller Wahrscheinlichkeit schlechte Nachrichten brachte, reichte aus, um ihn in schlechte Laune zu versetzen.

»Was ist los, Osgal?« Melyns Stimme war sogar zu müde, um seine Irritation und seine Wut zu zeigen.

»Euer Gnaden, die Drachin Frecknock bittet um eine Unterredung mit Euch.« Osgals Abneigung ihrer Gefangenen gegenüber war unerschütterlich. Melyn ertappte sich dabei, dass er seltsam dankbar für diese kleine Gewissheit war, auch wenn er nicht vorhatte, diese Dankbarkeit jemals in Worte zu kleiden. Aber die Erwähnung der Drachin machte ihm dennoch zu schaffen. Er hatte schon vor Wochen mit ihr sprechen wollen, um von ihr den Treueschwur zu verlangen, wie der Hirte ihm aufgetragen hatte, aber er konnte ihre Nähe nicht ertragen, und die Vorstellung, sie Brynceris Ring berühren zu lassen, war ihm nun endgültig zuwider. Wenn es eine andere Möglichkeit gäbe, sie an seinen Willen zu fesseln …

»Was will sie denn?«

»Sie behauptet, mehr über den wilden Drachen zu wissen, der die Königin angegriffen hat, Euer Gnaden.«

Melyn trank einen Schluck Wasser aus seiner Flasche und wünschte, es wäre Wein. Ihm hätte etwas gutgetan, das die Wolke der Müdigkeit von seinen Gedanken hob. Er brauchte all seinen Verstand.

»Bring sie her«, sagte er, dann lehnte er sich an den Stamm der großen Eiche, unter der er seine Decke ausgerollt hatte. Es war ein warmer Abend, der eine milde Nacht verhieß. Deshalb hatte Melyn sich nicht die Mühe gemacht, sein Zelt aufzuschlagen.

»Euer Gnaden?« Melyn blickte auf und sah die Drachin neben seinem Feuer stehen. Die Wochen im Tross hatten sie abmagern lassen und einiges von ihrem schlaffen Fleisch in Muskeln verwandelt, aber sie war vom Staub verdreckt und ihr bloßer Anblick widerte ihn an.

»Du kannst mir etwas mitteilen?«

»Allerdings, ja, Euer Gnaden. Ich habe mich auf dieser Lichtung umgesehen, und ich glaube, dass die wilde Bestie Caradoc vor nur zwei Tagen hier gewesen ist.«

»Wie kommst du auf diese Idee?« Melyn wollte fragen, wer ihr die Erlaubnis gegeben habe, im Lager herumzustreunen, aber diese Frage betraf jemand anderen. Und der hatte eine angemessene Strafe zu erwarten.

»Da hinten, wo die Furt durch den Fluss führt, ist eine Feuerstelle. Darin liegen frisch angekohlte Holzstücke. Das Feuer ist von selbst ausgegangen, nicht gelöscht worden. Und es hat bis vor kurzer Zeit noch geschwelt.«

»Das waren sicher Waldläufer. Dies hier ist eine gute Stelle für ein Lager. Der Fluss liefert Wasser und Fische, es gibt jede Menge trockenes Reisig unter diesen alten Bäumen, und Gras für die Pferde.«

»Die Feuerstätte ist so groß wie Eure ausgestreckten Arme. Euer Gnaden. Ich glaube nicht, dass ein Fallensteller ein so großes Lagerfeuer anlegen würde. Und er könnte auch nicht so einfach die Holzstücke aufheben, die dort verbrannt worden sind.«

Melyn sah die Drachin an. Er empfand eine seltsame Mischung aus Verärgerung und Dankbarkeit. Das hier war etwas, das keinem seiner so gut ausgebildeten Kampfpriester aufgefallen war. Vermutlich waren sie alle zu müde gewesen, zu sehr darauf aus, Futter für ihre Pferde, eine Mahlzeit für sich selbst und eine Ruhestätte für ihren Kopf zu finden, um etwas zu bemerken.

»Zeig es mir.« Er kam mühsam auf die Füße. Frecknock dagegen kam ihm leichtfüßig vor, voller Energie, als sie durch das Lager auf den Fluss zulief. Die Kampfpriester achteten nicht auf sie, als ob ihr heiliger Eid auf König Brynceris Gesetz und die Lehren des Hirten ihnen nichts bedeuteten. Die meisten betrachteten Frecknock gar nicht mehr als Drachen, wurde Melyn bewusst. Da sie ganz hinten in der Kolonne bei den Packpferden marschieren musste, war sie zu einem Teil der Armee geworden. Das war eine gefährliche Denkweise, wie er wusste, aber auch verführerisch, ansprechend. Eine Armee, die mit einem zahmen Drachen in der Mitte unterwegs war, musste doch unbesiegbar sein. Nur: War Frecknock zahm?

»Seht, hier!« Frecknock blieb im Schatten eines Baumes stehen, der seine Äste über den Fluss ausstreckte. Die Feuerstätte sah so aus, wie Frecknock sie beschrieben hatte, vielleicht war sie sogar noch größer. Ein riesiger Stein war aus dem Fluss gezerrt und in ein Loch im Boden gerammt worden. Kleinere, aber noch immer umfangreiche Felsbrocken waren in einem Kreis aufgestellt worden, um eine Kochgrube zu bilden, die jetzt mit brauner Asche und Stücken von vertrockneten Holzscheiten, zweimal so dick wie der Oberschenkel eines Mannes, gefüllt und mindestens zehn Schritte lang war. Das hier war nicht das Lagerfeuer eines Fallenstellers.

»Und was sagt mir das nun?«, fragte Melyn. »Abgesehen davon, dass diese Bestie hier war und ganz schön viele Fische aus dem Fluss verzehrt hat?« Er nickte zu einem Grätenhaufen im Gras neben der Kochgrube hinüber.

»Er war vor Kurzem erst hier, sonst hätten die Krähen diese Gräten geholt. Die Asche im Feuer zeigt an, dass er mehrere Tage hier verbracht hat. Und er hat versucht, seine Hand nachwachsen zu lassen.«

»Nachwachsen? Geht das?«

»Morgum hätte das geschafft.« Melyn hörte den Vorwurf in Frecknocks Stimme, beschloss aber, nicht darauf zu achten. Das hier waren faszinierende Informationen, und viel mehr wert als sein Zorn.

»Das ist kein einfacher Heilungsprozess«, sagte jetzt Frecknock. »Und schnell geht es auch nicht. Sogar, wenn es richtig gemacht wird, kann es sechs Monate dauern, bis etwas von der Größe des Armes und der Hand, die Ihr mir gezeigt habt, vollständig nachgewachsen ist.«

»Und woher weißt du, dass er das gemacht hat?« Melyn trat dichter an die Kochgrube heran und wünschte, er hätte eine Fackel mitgebracht. Er war müde, und die Vorstellung, eine Flamme herbeirufen zu müssen, erfüllte ihn mit bösen Vorahnungen. Magie funktionierte immer am besten mit einem klaren Kopf, vor allem, wenn Feuer mit im Spiel war.

»Hier und hier.« Frecknock zeigte auf das dunkler werdende Gras am Fuße des Baumstammes. Das Tageslicht war jetzt ganz verschwunden, und nur das fahle Licht der Sterne und eine schmale Mondsichel beleuchteten die Feuerstätte. Melyn dachte, so wenig, wie er hier sehen könnte, könnte er auch im fünften Portal der Bibliothek von Emmas Faur stehen.

»Was sehe ich hier?«

Frecknock flüsterte etwas, das ihm eine Gänsehaut bescherte, und helles Licht erschien in ihrer ausgestreckten Hand. Darunter konnte Melyn etliche flache Steine sehen, die zehn Schritte weiter im Gras zu einem Kreis ausgelegt worden waren, in dem ein großer Drache Platz finden mochte. Einige der Steine waren an unterschiedlichen Stellen verfärbt.

»Er hat die Zutaten für die Heilsalbe in der richtigen Reihenfolge ausgelegt. Und dort ist noch etwas übrig.« Frecknock ging zum Baum hinüber, griff in die Senke zwischen zwei massiven Wurzeln und zog eine Handvoll von etwas heraus, das aussah wie Lehm und Stroh, das jedoch nach Schwefel stank. Sie ließ es mit einem feuchten Klatschen zurück in die Senke fallen. Dann zog sie aus einer anderen eine Art trockenes Pulver. »Offenbar hat er den ganzen Wald nach diesen Kräutern und Mineralien abgesucht. Der magische Teil der Heilung lässt sich am besten bei Neumond ausführen. Und vor drei Nächten war Neumond.«

»Woher soll eine Bestie, die Menschen frisst, denn etwas über Heilkunst wissen? So verhält sich doch kein wildes Wesen.«

»Ich weiß es nicht, Euer Gnaden. Es ist fast wie das, was Eure Feldschere machen. Ich glaube, Caradoc versucht das hier nicht zum ersten Mal, aber ich weiß nicht, wo ein Drache solche Fähigkeiten erwerben kann.« Frecknock hatte fast geglüht, als sie Melyn ihre Funde gezeigt hatte, stolz, weil sie etwas entdeckt hatte, das ihm nutzen konnte, fast wie eine schüchterne Schülerin, die auf ein Lob ihres Lehrers wartet. Aber jetzt verschwand sie wieder in sich selbst, als ob sie mit Strafe rechnete. Er verstand sie wirklich nicht. Sie hätte doch verdrossen und abweisend sein müssen, oder passiv auf ihren Tod warten. Stattdessen schien sie ihm wirklich helfen zu wollen.

»Na, dann, halte weiter die Augen auf.« Er wollte wütend auf sie sein, stellte aber fest, dass das nicht möglich war. Es gab Kampfpriester, die in dieser Nacht seinen Zorn kosten würden, aber er würde die Drachin von nun an viel häufiger als Späherin einsetzen.

Die Pferde warteten in der dunklen Gasse, in die Usel ihn zwei Tage zuvor geführt hatte. Dafyd führte Iolwen durch die Schatten, obwohl sie durchaus auf sich selbst aufpassen konnte. Ihr Kind zeigte sich als winzige Wölbung. Böse Zungen hätten möglicherweise behauptet, sie habe einfach zu viele Gastmähler genossen und daher zugenommen.

Die von Teryll ausgesuchten Pferde waren kräftige Tiere und bestens dafür geeignet, weite Entfernungen in einem angemessenen Tempo zurückzulegen. Ihr Zaumzeug war darauf angelegt, es dem Reiter möglichst bequem zu machen, nicht darauf, elegant auszusehen. Die beiden Packpferde trugen geräumige lederne

Satteltaschen, die den Proviant und die Lagerausrüstung für zwei Wochen aufnehmen konnten.

Nachdem Dafyd sich umgeschaut hatte, um festzustellen, ob sie beobachtet wurden, half er Iolwen in den Sattel. Dann wollte er sein eigenes Pferd besteigen. Erst jetzt bemerkte er, dass sechs Pferde dort standen, statt der vier, die er verlangt hatte.

»Na, Ihr habt doch wohl nicht gedacht, ich würde Euch allein losreiten lassen? Nicht mit einigen von meinen besten Pferden.« Teryll trat aus dem dunklen Eingang eines Hauses und Dafyd verfluchte sich, weil er die beiden zusätzlichen Pferde nicht bemerkt und auch nicht gesehen hatte, dass die Tiere unnatürlich ruhig waren. Wenn sie allein gewesen wären, wie er es verlangt hatte, dann wären sie bei seiner Annäherung viel nervöser und unruhiger gewesen.

»Ich vermute, Widerspruch ist zwecklos, ja?«

»Genau, Hoheit. Guten Morgen, Prinzessin.« Teryll deutete Iolwen gegenüber eine Verbeugung an, dann schwang er sich in den Sattel des dritten Reitpferdes und nahm die Leitstricke der anderen drei. »Und nun, Hoheit. Wohin geht die Reise?«

»Nach Osten. Durch das Palmertor.« Dafyd seufzte. Er hatte das doch allein machen wollen, aber zugleich konnte er sich schlechtere Gesellschaft vorstellen als Teryll.

Sie kamen in den leeren Straßen rasch voran und trafen vor dem ersten Morgenläuten bei dem Tor an. Zwei verschlafene Torwächter sprangen auf, als sie näher kamen, und traten vor, um ihnen den Weg zu versperren.

»Vor Sonnenuntergang darf hier niemand raus«, sagte der eine.

»Es sei denn, er hat das Siegel des Königs.« Dafyd warf dem Mann eine Pergamentrolle zu. Der ließ seine Hellebarde fallen und versuchte, die Rolle aufzufangen, ehe sie ihm ebenfalls zu Boden fiel. Er ließ sich auf alle viere nieder, um beides an sich zu bringen, dann hatte er große Schwierigkeiten damit, das Pergament auszurollen und zugleich die Hellebarde in der Armbeuge zu balancieren. Endlich konnte er das Siegel der Rolle erbrechen und sie öffnen. Sein Gesicht zeugte von immer größerer Verblüffung, je weiter er las.

»Entschuldigung, Hoheit, wusste ja nicht…«

»Ihr braucht Euch wirklich nicht dafür zu entschuldigen, dass Ihr Eure Pflicht tut«, sagte Dafyd. »Aber jetzt macht das Tor auf und lasst uns durch.«

»Natürlich, Hoheit. Natürlich.« Vor lauter Dienstbeflissenheit ließ der Wächter abermals Pergament und Hellebarde fallen. Offenbar fand er aber, dass es weniger wichtig war, beides aufzuheben, als einen vom König persönlich beglaubigten Befehl zu befolgen. Er drehte sich zum Tor um und hob den gewaltigen Balken, der die beiden mit Eisen beschlagenen Türen verriegelte.

Sowie die Öffnung groß genug für ein Pferd war, trieb Dafyd sein Reittier an und führte seine kleine Reisegruppe aus Tynhelyg hinaus auf die dunkle Ebene. Es waren fünf Meilen bis zum Waldrand, und ein Ritt von drei Wochen bis zum Meer von Tegid, wenn sich das Wetter hielt. Er verspürte eine Welle der Erregung über den Beginn dieses wunderbaren Abenteuers.

»Eure Hoheit.«

Dafyd sah sich um und verfluchte dann in Gedanken sein Pech. An der Spitze von fünfundzwanzig berittenen Soldaten saß Hauptmann Pelod von der Königlichen Garde auf seinem Streitross.

»Seine Majestät der König hat angenommen, dass Ihr uns durch dieses Tor verlassen wolltet.«

11

Hütet euch vor dem Bluteid, denn der ist ein zweischneidiges Schwert. Bindet einen Menschen durch sein geschworenes Wort an euch, und sorgt dafür, dass ihr auch an ihn gebunden seid.

Maddau die Weise: Der gute Benimm

»Du bist so still, mein Geliebter? Hast du irgendwelche Sorgen?« Beulah setzte sich neben Clun, der aus einem Burgfenster auf die vom Regen gepeitschte Stadt unten schaute. Die Gebäude hier waren aus schmutziggrauem Granit mit Schieferdächern, die unter den tiefhängenden Wolken alles düster aussehen ließen. Drei Tage saßen sie nun in auf Burg Derrin fest und die königliche Reisegesellschaft war bereits ziemlich am Ende ihrer Nerven.

»Es tut mir leid, Herrin. Ich habe versucht, in die Ätherische Sphäre zu blicken, wie Inquisitor Melyn es befohlen hat. Ich finde es schwer, mich zu konzentrieren, wenn es so viele Ablenkungen gibt.«

»Es ist bemerkenswert, dass du es überhaupt schaffst. Diese Fähigkeit besitzen nur wenige. Im ganzen Zwillingskönigreich gibt es vielleicht nur drei Menschen, die auf diese Weise zuverlässig kommunizieren können.«

»Drei?«

»Melyn, ich und der Oberbibliothekar Andro in Emmas Faur.«

»Und sonst sieht niemand diese…« Clun machte eine Handbewegung durch den Raum und zeigte auf Dinge, die sich Beulah verweigerten. »Ach, es ist weg.«

Beulah verspürte einen plötzlichen Neid, weil ihre Gabe sie verlassen hatte, dann dankte sie dem Hirten, weil er ihr Ersatz geschenkt hatte. Da sie Melyn nicht direkt erreichen konnte, würde der ganze Plan auf Briefvögeln oder sogar auf dem undichten Netz aus Spionen überall in Lanwennog beruhen. Verspätungen würden jegliche Aussicht auf einen Überraschungsangriff ruinieren, und wenn sie die Pässe nicht ohne schreckliche Verluste einnehmen könnten, würde alles umsonst sein. Clun musste ermutigt werden, sein Talent zu verfeinern, aber da sie ihn in der Ätherischen Sphäre nicht treffen konnte, wusste Beulah einfach nicht, wie sie ihm helfen könnte.

»Herrin, könnt Ihr diesen Ort denn gar nicht sehen?« Cluns Frage war gut gemeint, aber Beulah ärgerte sich trotzdem darüber. Obwohl sie wusste, dass es hoffnungslos war, ließ sie sich in den vertrauten Zustand der Trance gleiten, wie sie es schon tausend Mal getan hatte. Seit Melyn ihr als Zehnjähriger erstmals die Wunder des Ätherischen gezeigt hatte, hatte sie das als ihr persönliches Königreich betrachtet. Leyn hatte diese Wunder niemals erlebt, und soviel Beulah wusste, waren sie auch Iolwen unbekannt. Ihr Vater hatte sich kaum für etwas anderes als seine niedrigen Gelüste interessiert, und die eher raffinierten Mächte von Gulad in Unmengen von Wein ertränkt. Nur sie besaß diese Fähigkeit, wurde jetzt aber davon im Stich gelassen. Das Leben, das in ihrem Leib heranwuchs, störte das Gleichgewicht ihrer Gedanken und schloss diese Tür fast vollständig. Fast, aber nicht ganz. Zu ihrer Qual konnte sie das Flackern des kraftvollen Lebens sehen, das um alles pulsierte. Clun leuchtete, als ob die Sonne, die sich keinen Weg durch die Wolken von Darrin erkämpfen konnte, sich ersatzweise ganz und gar auf ihn konzentrieren und seine Gestalt in feurigem Gold zeichnen würde.

»Etwas kann ich sehen.« Beulah ließ ihre Trance los und merkte dabei, dass die Bemühung sie ungeheuer angespannt hatte. Sie atmete tief durch und streichelte durch die Seide ihres Gewandes ihren Bauch. Der war noch immer flach, noch kein Anzeichen von der Macht, die diese Fähigkeit aus ihr heraussaugte. »Aber es dauert nie lange. Ich sehe nur kurze Augenblicke, wie Halluzinationen. Wer hätte gedacht, dass etwas so Kleines einen solchen Unterschied machen könnte?«

»Unser Kind wird eben stark. Könnt Ihr es schon spüren?«

Clun streckte die Hand aus und legte sie dann auf Beulahs. Seine Hand war warm, und seine Berührung schickte winzige Funken durch ihre Haut, da er die Kraft des Ätherischen ausstrahlte.

»Noch nicht, aber es ist ja noch früh. Bisher kann es mir noch niemand ansehen.«

»Ich schon. Ich kann unser Kind in Euren Augen sehen, und in Eurer Haltung. Und wenn ich Euch so sehe, wie Inquisitor Melyn es mich gelehrt hat, dann scheint es zwei von Euch zu geben, die sich gegenseitig überschatten. Und dort, in Eurem Bauch, lodert ein leuchtend weißes Feuer.«

Diese Worte hätten Beulah eigentlich aufheitern sollen, stattdessen taten sie ihr weh. Vor ihr lagen noch sieben Monate oder mehr, in denen sie diese Schwäche ertragen musste, und sie wusste, dass es im Laufe der Schwangerschaft noch schlimmer werden würde. Schon jetzt wachte sie nachts zu den seltsamsten Augenblicken auf und wollte Dinge essen, deren Geschmack sie sonst immer verabscheut hatte. Oder sie war so erhitzt von Leidenschaft, dass sie Clun wecken und Befriedigung verlangen musste. Die Übelkeit, die sie morgens gequält hatte, meldete sich weiterhin bisweilen, doch dagegen half Archimandrit Cassters' Arznei. Aber sie fühlte sich so unruhig, nervös und zappelig. Es fiel ihr schwer, sich zu konzentrieren, sogar auf die Grymlinien. Und eine Lichtklinge herbeirufen zu sollen, machte ihr Angst. Ein furchtbarer und qualvoller Tod harrte ihrer, wenn sie ihre Selbstdisziplin nicht aufrechterhalten konnte. Zum ersten Mal seit vielen Jahren hatte sie jetzt immer einen langen Dolch bei sich, den sie in ihrem Ärmel versteckte.

»Ich finde, wir sollten morgen aufbrechen. Ob es nun regnet oder nicht.« Beulah versuchte, ihre Gedanken ins Hier und Jetzt zurückzuholen. »Das würde dann auch die weniger durchhaltekräftigen unter unseren Anhängern aussieben. Und ich kann nicht noch einen Tag in diesem Loch hier aushalten. Ich war immer schon fürs Reisen geschaffen.«

»So sehe ich das auch, Herrin. Wir sollten bald weiterziehen. Es ist weit bis Castell Glas, und noch weiter bis Aberfenn. Wenn der Inquisitor seinen Plan einhält, müssen wir unsere Rolle spielen können.«

»Hast du von ihm gehört?« Beulah verspürte eine überraschende Hoffnung auf Nachrichten von Melyn. Ihr war gar nicht bewusst gewesen, wie sehr sie ihn vermisste, wie sehr sie sich auf seinen Rat verließ.

»Nein, noch nicht. Ich folge seinen Anweisungen, versuche, jeden Tag zum abgemachten Zeitpunkt in der Ätherischen Sphäre zu sein. Aber bisher ist er noch nicht aufgetaucht, und ich traue mich nicht weit fort von mir, ich habe Angst, den Weg zurück nicht zu finden.«

Beulah schauderte es. Sie musste an die Armenhäuser vor Emmas Faur denken, wo die beim magischen Training Verunglückten lebten. Die Gedankenlosen. Melyn hatte sie ihr zu Beginn ihrer Ausbildung gezeigt. Die meisten waren wie die Idioten gewesen, die jedes Dorf von Candlehall bis Dinas zierten, sabbernd, töricht, aber imstande zu essen, zu schlafen und eine gewisse Kontrolle über ihre Körperfunktionen auszuüben. Ein Mann war anders gewesen. Jung, zweifellos von edler Herkunft, saß er bewegungslos da und bemerkte nichts von dem, was um ihn herum vor sich ging. Die Quästoren, die gerade Dienst hatten, fütterten ihn, säuberten ihn, gingen mit ihm spazieren. Wenn man seinen Arm hochhob, dann blieb der oben, drehte man seinen Kopf zur Seite, dann glotzte er leer in diese Richtung, bis jemand seinen Kopf abermals bewegte. Novizen setzten ihn manchmal in würdeloser Haltung irgendwohin, schoben ihm die Hände in seine weite Hose, als ob er mit sich selbst spielte, aber ihm war das egal. Er war nicht mehr da. Er hatte gelernt, das Ätherische zu sehen, doch ehe er die grundlegenden Fähigkeiten erlernt hatte, war er außerhalb seines eigenen Körpers auf Entdeckungsreise gegangen. Niemand wusste, wohin sein Geist sich begeben hatte, jedenfalls war er niemals zurückgekehrt.

»Nein, Geliebter. Das darfst du nicht riskieren. Nicht ohne jemanden, der bei dem Versuch auf dich aufpasst. Wenn unser Kind geboren ist, wenn meine Fähigkeit zurückkehrt, was doch passieren muss, kann ich selbst mit dir üben. Dann werden wir gemeinsam durch die Ätherische Sphäre wandern.«

Die Dämmerung hatte bereits eingesetzt. Melyn ging in dem hohen Gras in die Hocke und musterte die kleine Lichtung, auf der er sich befand. Am Waldrand, verborgen vor allen Blicken, knieten bewegungslos zwei Dutzend Kampfpriester und richteten ihre Blicke auf die Gestalt, die mitten in ihrem weiten Kreis kauerte.

Sie befanden sich einen Tagesritt vom Hauptlager entfernt. Melyn hatte den Hauptteil der Armee dort zurückgelassen. Es war wichtig, dass die Pferde ausruhten. Außerdem hatte er seinen Leuten befohlen, auf die Jagd zu gehen, um den Proviant zu ergänzen und auch sonst alles für einen weiteren langen Marsch vorzubereiten. Er hatte seine Elitetruppe zu einem einzigen Zweck mitgenommen: um den streunenden Drachen zu töten.

Mitten auf der Lichtung, mit übereinandergeschlagenen Beinen an einem Punkt, wo sich zwei leuchtende Kraftlinien kreuzten, senkte Frecknock den Kopf in einer albernen Parodie auf ein

Gebet und ließ ihren Ruf los, so wie vor so vielen Monaten schon einmal.

»Hört mich, Drachen des Frydlands von Gulad. Ich bin es, Frecknock die Feine, Tochter von Sir Teifi teul Albarn und Morwenna der Weisen. Ich bin jetzt allein und suche Gefährten meinesgleichen.«

Melyn blendete Frecknocks Rufen aus und konzentrierte sich auf den dunkler werdenden Himmel, um dort nach Anzeichen für Wesen zu suchen, die größer waren als eine Waldtaube. Sie waren jetzt seit vier Stunden hier, und noch immer war nichts passiert. Bald würde es zu dunkel sein, um den geplanten Angriff gefahrlos durchführen zu können. Jedem anderen Drachen hätte er sich bedenkenlos allein gestellt, aber er hatte gesehen, wozu dieser hier imstande war, und er war nicht mehr bereit, irgendein Risiko einzugehen.

»Hört mich, ihr einsamen Seelen auf dem Weiten Weg. Ich möchte mich zu euch gesellen, eure Gefährtin auf eurer Suche sein. Antwortet auf meinen Ruf, damit ich eile an eure Seite eile.«

Frecknock hatte ihm versichert, dass Caradoc in der Nähe sein würde. Er würde sich einen Unterschlupf gesucht haben, der ihm für mehrere Monate Zuflucht bieten konnte. Kein einfaches Lager vielleicht, sondern eher eine Höhle oder einen von einem umgestürzten Baum gebildeten Unterstand, in dem er bei Regen Zuflucht suchen konnte. Es gab im Wald genug zu essen, und zur Heilung brauchte er ansonsten nur noch Ruhe. Als die Nacht kam, fragte sich Melyn, ob der Drache möglicherweise so tief eingeschlafen war, dass er Frecknocks ewiges Gejammer gar nicht hörte.

»Das reicht. Aufhören jetzt. Wir versuchen es wieder, wenn es hell wird.« Er schaltete sich in die Lockrufe der Drachin ein und schickte ihr seine eigenen Gedanken, ohne genau zu wissen, wie er das machte. Es war ein wenig so, wie er mit dem Hirten kommunizierte, aber dessen Nähe war etwas ganz anderes als die dieses jämmerlichen Wesens, das jetzt steif mitten auf der Lichtung saß. Melyn winkte den anderen Kampfpriestern, ihm zu folgen, dann richtete er sich auf. Seine Gelenke knackten empört, weil sie sich nach der langen Bewegungslosigkeit auf einmal wieder bewegen sollten.

»Na. Wo ist er?«

»Euer Gnaden, ich habe mein Bestes getan.« Frecknock war wieder in sich zusammengesunken, wie Melyn sah. Es war ein Verteidigungsmechanismus, vermutete er, und er dachte an den Tag in Candlehall, als die Attentäter Clun angegriffen hatten. Damals war sie fast verschwunden. Das war noch ein Geheimnis, das er ihr entlocken würde.

»Aber dein Bestes war nicht gut genug. Wenn du früher gerufen hast, war das wie ein Lasso um ein Rind, und es zog alle, die dich hörten, zu dir. Ich kann mich gut daran erinnern. Sogar ich wollte an deine Seite eilen. Aber heute habe ich nur leeres Gerede gehört. Was ist aus der Leidenschaft geworden?«

»Euer Gnaden, ich hatte … damals Hilfe.« Melyn registrierte das Zögern. Die Drachin enthielt ihm also etwas vor.

»Komm mir hier nicht mit solchen Spielchen, Frecknock. Ich brauche dich nicht, um den Weg durch die Berge zu finden. Das schaffe ich schon selbst. Es reicht mir zu wissen, dass es den Pass gibt. Ich würde nicht zögern, deinen Leichnam hier auf der Lichtung liegen zu lassen, wenn du mir nicht deine volle Unterstützung gibst.« Melyn rief eine Lichtklinge herbei und ließ sie durch die Nachtluft zischen. In ihrem Schein war Frecknocks Gesicht ein verhärmtes Bild der Angst.

»Bitte, Euer Gnaden. Ich will Euch nicht hintergehen. Ich hatte ein … ein Zauberbuch, als ich damals gerufen habe. Dieses Buch hat den Zauber noch konzentriert und meine Anziehungskraft gestärkt. Ich gebe mir alle Mühe. Bitte, glaubt mir, wenn ich sage, dass sich niemand den Tod dieses streunenden Ungeheuers dringender wünscht als ich. Aber ohne das Buch … ich bin keine ausgebildete Magis.«

»Osgal, hol die Pferde!« Melyn achtete nicht auf Frecknocks greinende Beteuerungen, sondern senkte seine Klinge und ließ sie Funken sprühen wie die Esse eines Schmiedes. Die anderen Kampfpriester folgten ihrem Hauptmann zurück zu den Bäumen, und einer nach dem anderen verschwand im Wald. Melyn wartete einen Moment, unsicher, warum er mit der Drachin allein sein wollte, abgesehen davon, dass er gern seine Macht über sie auskostete. Schließlich ging ihm das Schweigen auf die Nerven. »Los. Weg von hier. Ich will nicht in der Nähe unserer Falle mein Lager aufschlagen.«

Er führte die Drachin zurück über die Lichtung zu den Bäumen, und ihr beflissener Gehorsam konnte seinen Zorn über den vergeudeten Abend ein wenig lindern.

Während sie sich durch das Unterholz auf den nahen Pfad zuarbeiteten, drehte sich Melyn zu Frecknock um und fragte: »Wie lange hattest du schon gerufen, als du mich gefunden hast?«

»Mehrere Jahre ohne das Buch«, sagte Frecknock. »Sowie ich den Zauber gelernt hatte, habe ich ihn ausprobiert.«

»Warum? Warum hast du deine Familie dermaßen in Gefahr gebracht?«

»Das war nicht meine Familie. Ihr habt meine Familie getötet. Sie waren einfach die ersten Drachen, auf die ich gestoßen bin, nachdem ich ein Jahr lang allein durch diesen verfluchten Wald gewandert war. Ich hatte gehofft, sie würden mich aus dem Wald wegbringen, aber nein. Sie waren so festgefahren in ihren Gewohnheiten und versanken langsam in Senilität. Sogar Morgum. Sie war jünger als die meisten anderen, sie hätte es weit bringen können. Doch sie wollte lieber sesshaft werden, dienen. Sie heilte die alten Drachen, aber auch die Menschen, die zu ihr kamen. Ich konnte es nicht ertragen, zu sehen, wie sie den Leuten half, die unsere Gattung vernichtet hatten.«

»Und doch hilfst du jetzt mir.« Einen Moment lang hatte Melyn in Frecknocks Augen einen Funken gesehen, einen Zorn, der seinem eigenen fast gleichkam. Es war eine flüchtige Erscheinung, aber es freute ihn, dass es doch noch Leben in ihr gab. Ein Wesen ohne Widerstandskraft zu brechen, war keine Herausforderung.

»Mir bleibt doch nichts anderes übrig, oder?« Die Drachin schrumpfte vor seinen Augen, ihre Flügel hingen herab wie tote Blätter an einem Herbstbaum. »Niemand wird zu meiner Befreiung kommen. Mein einziger möglicher Retter ist ein Monster aus meinen schlimmsten Albträumen, eine streunende Bestie. Wenn ich Euch helfe, bleibe ich am Leben. Wenn nicht, dann sterbe ich. Ich möchte lieber in Angst oder in Diensten meines Feindes leben. Ich bin nicht wie die alten Drachen, die Ihr im Dorf getötet habt. Die hatten ihre Wahl getroffen. Sie waren sesshaft geworden. Wenn Ihr sie nicht gefunden hättet, wären sie irgendwann ganz dahingeschwunden.«

Sie brachen aus dem Unterholz und auf den Pfad, wo Hauptmann Osgal mit den Pferden wartete. Frecknock verstummte vor den anderen Kampfpriestern, und Melyn fragte sich, ob sie ihn vielleicht als ihren Gefährten betrachtete. Auf eine seltsame Weise kam ihm das angemessen vor. Er hatte ihren Ruf beantwortet und sie aus ihrem eintönigen Leben geholt, wie er es versprochen hatte. Es war fast lächerlich, dass er nicht die ganze Zeit schon gewusst hatte, dass sich in dieser Drachin viel mehr verbarg, als er sehen konnte.

»Mir nach.« Er schwang sich auf sein Pferd. Frecknock schloss sich ihm an und hielt in ihrem seltsamen wogenden Gang mit seinem raschen Trab Schritt. Sie sah einfach aus wie ein gehorsamer Hund, der seinem Herrn bei der Jagd folgt.

Das Lager war eine Stunde von der Lichtung entfernt, auf der

Frecknock den Ruf versucht hatte. Die Nacht war schon vollständig hereingebrochen, als endlich die Feuer brannten und die Abendmahlzeit zubereitet wurde. Melyn saß ein Stück entfernt von den Männern. Die Drachin rollte sich neben ihm zusammen, während er angebranntes Wildbret aß und aus seinem Wasserschlauch trank. Sie hatte den ganzen Tag nichts gegessen, da war er sich ziemlich sicher. Und sie war, ohne zu klagen, zu Fuß gelaufen, während er geritten war.

»Hast du Hunger?« Er nahm die Keule, die noch immer an einem Spieß über den glühenden Kohlen hing, und warf sie ihr zu.

»Danke, Euer Gnaden.« Melyn machte sich wieder an sein eigenes Mahl und versuchte, nicht auf das Kauen und Schlucken hinter ihm zu lauschen, während er sich fragte, wieso er auf die Idee gekommen war, ihr etwas zu essen anzubieten.

»Dieses Zauberbuch, das für deinen Lockruf so wichtig war. Das hat nicht dir gehört, oder?«

»Nein, Euer Gnaden.« Das Geräusch von Fleisch, das zerrissen wurde, verstummte. »Es hat dem Dorfältesten gehört, Sir Frynwy.«

»Das war der, dessen Haus gleich neben der großen Halle stand? Das mit den zwei Stockwerken?«

»Ja.« Frecknocks Stimme klang unsicher, als ob sie sich ihre Antwort sorgfältig überlegte.

Gut, dachte Melyn. Gut zu wissen, dass ihr Wissen ihr wichtig ist. Es wird umso mehr Spaß machen, es ihr zu entlocken.«

»Und wenn du es benutzt hast, dann ohne sein Wissen, nicht wahr? Du hast gewusst, dass sie dir einen solchen machtvollen Lockruf niemals erlauben würden. Keinen an ganz Gulad gerichteten Ruf. Das hätte sie doch in zu große Gefahr gebracht, was?«

Melyn schaute sich um und sah die dunklen Augen der Drachin, die ihn über ihre Mahlzeit hinweg anstarrten. So, wie die

Keule jetzt aussah, war sie fast verhungert gewesen, aber sie hatte nicht geklagt. Jetzt schien sie mit ihrem Gewissen zu ringen, als ob eine Antwort sie selbst verdammen würde. Als ob sie das Eingeständnis bedeutete, dass Frecknock selbst die Schuld am Tod ihrer Artgenossen trug. Endlich schien sie zu einem Entschluss zu gelangen.

»Ja, ich habe es weggenommen. Ich brauchte es. Ich habe Sir Frynwy immer wieder gebeten. Aber er wollte nichts davon hören. Er war so alt, dass er meine Not nicht einmal annähernd verstehen konnte.«

»Oder vielleicht war er weise. Das spielt jetzt keine Rolle. Er ist tot, und die anderen auch. Der Wald hat sie sich zurückgeholt. Aber du lebst, Frecknock. Und so lange du mir von Nutzen bist, kann es vielleicht auch so bleiben. Also sag mir ganz ehrlich: Um diesen Caradoc zu fangen, musst du da wirklich denselben Lockruf ausstoßen wie damals, als du mich gefunden hast?«

»Ja. Ich könnte Glück haben und ihn mit dem Zauber erreichen, den ich heute benutzt habe. Er ist in der Nähe, das spüre ich. Aber damit der Zauber so unwiderstehlich ist, dass Caradoc sofort zu mir kommen muss, brauche ich das Buch. Ich werde es weiter versuchen, Euer Gnaden. Aber es kann dauern.«

Melyn stand auf und ging zu seinen Satteltaschen, die an einem kleinen Baum lehnten, dann suchte er darin nach dem Paket, das er nun schon seit Monaten mit sich herumtrug. Es war viel schwerer, als ein Buch von dieser Größe sein dürfte. Er trug es zurück zu der Stelle, wo Frecknock sich jetzt aufsetzte, ihre Augen waren groß, ihre Mahlzeit vergessen.

»Könnte das hier dein Zauberbuch sein?« Es brauchte diese Frage gar nicht. Ihr Gesicht war Antwort genug. Sie brauchte es, wie eine Drogensüchtige ein brennendes Kraut braucht. »Dann schwöre mir bei diesem Buch. Einen Bluteid, der dich an meinen Willen bindet. Danach darfst du es benutzen, und gemeinsam werden wir dieses Monster, das sich als Drache ausgibt, ausfindig machen und töten.«

Errol saß auf der Bank aus Zweigen und Heu, die er sich auf der anderen Seite der Höhle gegenüber des Alkoven gebaut hatte. Seit es gebrannt hatte, hatte er darauf bestanden, dass Benfro seinen alten Schlafbereich zurücknahm, und ihm sogar geholfen, Gras und Moos für das neue Bett zu sammeln. Es war besser so. Die Höhle kam Errol klein vor, wenn der Drache sich auf dem Boden zum Schlaf zusammenrollte; wenn Benfro sich mit dem Alkoven begnügte, hatte Errol wenigstens nicht das Gefühl, dass die Wände auf ihn zukamen.

Die Tage seit Corwens Verschwinden waren langsam zu einer Art Routine geworden. Benfro übte morgens Fliegen, während Errol schlief. Nachmittag machte der Drache sich auf Nahrungssuche im Wald, und normalerweise kam er vor Sonnenuntergang mit einem toten Tier zurück, das er dann säuberte und kochte. Errol verbrachte die einsamen Stunden mit Schlafen oder dem Studium der Grymlinien, deren Kraft er anzuzapfen versuchte, um seine Heilung zu beschleunigen. Er trainierte ein wenig, ging oft zum Fluss und schwamm im eiskalten Wasser, bewegte seine Knöchel in der Hoffnung, ihre Beweglichkeit zu steigern.

Abends aßen sie dann und redeten vielleicht eine Weile. Dann ging Benfro schlafen. Er bat nie um Hilfe, aber Errol konnte sehen, wie sich die Aura des Drachen entspannte, wenn er im Schlaf versank, wie sich der Knoten um die furchtbare rote Schnur öffnete und Benfro den Angriffen preisgab. Und dann blieb Errol die Nacht über wach und seine eigene Aura hielt Magogs Einfluss in Schach.

Bald würde die Dämmerung einsetzen. Das erkannte er daran, dass sich das Schwarze, das er durch den Höhleneingang sehen konnte, irgendwie änderte – genau wie die Farben in Benfros

Aura. Wenn der Drache aus dem tiefen Schlaf in die Träume hochkam, schien er zu wachsen. Manchmal drehte er sich im Schlaf um, zuckte wie ein Hund oder murmelte seltsame Worte vor sich hin. Errol lernte die Drachensprache rasch, aber noch immer konnte er die Feinheiten nicht verstehen und begriff nur wenig von dem, was Benfro im Traum sagte. Dennoch war ihm klar, dass der Drache etwas Schmerzhaftes durchmachte.

Errol lehnte den Kopf an den Fels und spürte dessen Kälte an seiner Wange. Er unterdrückte ein Gähnen. Es war schwer, die ganze Nacht wach zu bleiben, auch wenn er tagsüber geschlafen hatte. Er war immer mit der Sonne aufgestanden, auch ehe Melyn ihn nach Emmas Faur geholt hatte. Wenn überhaupt, dann hatten die Monate im Bibliotheksarchiv vor seinem Geburtstag sein Schlafbedürfnis verringert, und als dann für ihn die Zeit gekommen war, den Novizenumhang umzulegen, hatte es ihm keine Probleme bereitet, seine Kerze lang zu erhalten. Er fragte sich träge, ob seine kleine Flamme wohl noch immer in der Kapelle der Novizen brannte. Hatte er sie gelöscht, ehe er mit Hauptmann Osgal nach Tynewyd geritten war? Seit jenem schicksalhaften Tag war so viel passiert, dass er sich nicht erinnern konnte, aber er hoffte, dass die Kerze ganz heruntergebrannt und dann von selbst erloschen war. Er würde so gern aus dem Orden hinausgekerzt werden. Obwohl er ja schon in die Schlucht gestürzt worden war.

Benfro drehte sich um und murmelte im Schlaf. Er würde bald aufwachen, das wusste Errol. Dann könnte er selbst sich auf seine behagliche Bank legen, seinen zerfetzten alten Umhang als Decke über sich ziehen und einschlafen. Er fragte sich, ob er von Martha und den Drachen träumen würde, die sie in die riesige Burg brachten. Jede Nacht schlief er in der Hoffnung ein, sie zu sehen, aber die meisten Nächte waren gefüllt von Finsternis, Schmerzen und Erinnerungen an König Billahs Kerker. Er konnte die groben Steinmauern sehen, die Gewölbe hoch über ihm, die seine Schritte zurückwarfen, als er durch einen scheinbar endlosen Korridor ging. In regelmäßigen Abständen steckten Fackeln in Haltern an der Wand, bis weit in die Ferne hinein, und zogen ihn vorwärts.

Verwirrt versuchte Errol, die Wachen zu sehen, die ihn doch eigentlich in die Folterkammer bringen sollten. Aber er konnte den Kopf nicht bewegen. Und er hatte keine Herrschaft über seine Füße. Als ihm das auffiel, wurde ihm klar, dass er träumte. Und er befand sich nicht in Billahs Kerkern und nicht in den Tiefen von Emmas Faur, sondern an einem anderen Ort, der auffällige Ähnlichkeit mit dem Kloster hatte.

Gefangen im Körper eines anderen sah Errol, wie der Gang langsam an ihm vorüberzog, bis er dann endlich vor einer riesigen Wendeltreppe ankam. Er blieb stehen, wie um sich auf den langen Aufstieg vorzubereiten, dann ging er los. Es schien ewig zu dauern und sofort zu Ende zu sein. Errol erlebte Frustration und Erschöpfung eines langen und anstrengenden Aufstiegs, doch zugleich merkte er, dass seltsamerweise keinerlei Zeit vergangen war zwischen dem Augenblick, als er den Fuß auf die unterste Stufe setzte, und dem, als er oben ankam. Er konnte sehen, dass er sich auf einem hohen Turm befand, aber zu seinem Ärger sah er nur einen kleinen Teil des Raumes, der vermutlich die gesamte Turmhaube einnahm.

Der Raum war riesig, das war ihm immerhin klar. Und er war mit Überresten seltsamer Gegenstände gefüllt: mit den Einzelteilen langer hölzerner Bänke, deren Rückenlehnen höher waren als er selbst, sowie mit zerfetzten Büchern, die in Haufen auf dem Boden lagen. Errol wollte diesen ungewöhnlichen Ort erkunden, aber statt das zu tun, musst er feststellen, dass er umkehrte und zu dem hohen Bogen ging, durch den Licht in den Raum strömte. Das Bogenfenster war mit riesigen Fensterscheiben gefüllt, dick wie seine Hand und doch klar wie der feinste Kristall. Es handelte sich um schwere Fenstertüren mit Eisenrahmen, die bis zum

Boden reichten und auf einen riesigen Balkon führten. Errol ging hinaus, spürte den Wind an seinem Gesicht und seinen Kleidern zerren, während er sich umschaute, als ob er jemanden erwartete. Aber es war niemand da. Dann trat er an den Rand und schaute hinunter. Sein Magen verkrampfte sich vor Angst in den unvorstellbar tiefen Abgrund der Schlucht zu stürzen. Der Balkon hatte kein Geländer, nichts, was ihn davon abhalten könnte, in einen grauenhaften Tod zu fallen. Er schaute wieder hoch, hinüber auf die andere Seite der Schlucht. Die Felsformationen und die Form der Berge dahinter waren auf grauenhafte Weise vertraut, aber er begriff nicht, wieso eigentlich.

Ein Geräusch hinter ihm fing seine Aufmerksamkeit ein. Er drehte sich um und trat vorsichtig von der Kante zurück, um wieder ins Haus zu gehen. Er konnte seine Bewegungen noch immer nicht lenken, sondern hatte das Gefühl, auf den Sinnen eines anderen zu reiten, nur das zu sehen, was dieser andere ansehen wollte, nur dorthin zu gehen, wohin der andere ging.

Im Turmzimmer schaute er sich nach allen Seiten um, fand die Quelle des Geräusches, das er vorhin gehört hatte, aber nicht. Der riesige Raum war dermaßen voll gestopft, dass es schwer war, auf die andere Seite hinüberzuschauen. Etwas bewegte sich rhythmisch, kratzte und quietschte wie eine Maus in einem Laufrad. Bewegungen flackerten in seinem Augenwinkel, und er schaute zu dem wilden Durcheinander aus Balken und Trägern hoch, die die Decke trugen. Weitere seltsam komplizierte Geräte hingen dort im trüben Licht, einige drehten sich langsam im Luftzug, der durch das offene Fenster kam, andere funkelten und glitzerten im Sonnenlicht, das durch das Glas strömte. Und in der Mitte hing ein Käfig, der sich im Takt des Quietschens langsam bewegte.

Der Käfig war rund und so groß, dass ein Mensch darin stehen konnte. Er hatte einen Durchmesser von vielleicht zwölf Schritt. Der Käfigboden war mit getrocknetem Schilfrohr ausgelegt, deren Enden wie die Arme einer schlecht gemachten Vogelscheuche zwischen den Käfigstäben hervorlugten. Als Novize hatte Errol die Kerzenhalter und andere metallene Ziergegenstände in der Kapelle der Quästoren von Emmas Faur reinigen müssen. Erst kürzlich hatte er König Balwens Halsreif in Händen gehalten und dessen massives Gewicht gespürt. Er kannte den Unterschied zwischen Gold und auf Glanz polierter Bronze. Dieser Käfig war nicht aus Bronze. Die Stäbe, jeder so dick wie sein Handgelenk, waren massiv. Er konnte sich den Wert eines solchen Gegenstandes nicht entfernt vorstellen, und er wusste auch nicht, warum überhaupt jemand einen so riesigen Käfig aus Gold bauen sollte. Aber was auch immer der Grund sein mochte, es war deutlich, dass der Käfig nicht leer war. Etwas war darin und wollte unbedingt hinaus.

Errol wollte näher an den Käfig heran, wollte auf etwas klettern und hineinschauen, aber die Augen, durch die er schaute, jagten hin und her, als er hinter sich ein anderes Geräusch hörte. Er fuhr herum und sah am Fenster einen dunklen Schatten vorüberhuschen. Ein plötzlicher scharfer Wind riss die Tür auf und Errol rannte mit einem Sprung, bei dem ihm schwindlig wurde, auf die Treppe zu.

Er kam gerade rechtzeitig dort an, so erschien es ihm wenigstens. Er blieb in der relativen Sicherheit des Treppenhauses stehen und schaute zurück in den Raum. Er hörte ein Geräusch wie das Schütteln einer schweren Plane, und dann trat der älteste Drache, den Errol je gesehen hatte, durch das Fenster in den Raum und faltete dabei seine Flügel zusammen.

Corwen war uralt, das wusste Errol. Der tote Magis hatte über tausend Jahre gelebt und im Tod seine gebrechliche Gestalt behalten. Obwohl er weniger von Schlachten gezeichnet war und vermutlich noch lebte, musste dieser Drache mindestens zehn Mal so alt sein wie Corwen. Seine Schuppen waren zerschrammt und abgenutzt, an seinen Schultern und seinem Hals fehlten sie vollständig, dort hing nur ledrige faltige Haut herunter. Sein knochiger Schädel ragte aus seinem Körper hervor, als ob Fett und Muskeln verschwunden wären und nur straff über Knochen gespannte Haut übrig gelassen hätten. Im Gehen bewegte er seinen Kopf hin und her wie ein Hahn, der durch einen Hühnerstall spaziert. Die Haarbüschel, die von seinen Ohren abstanden, waren weiß, seine Hauzähne stumpf und gelb. Er hatte die Haltung eines alten Mannes, gebückt schleppte er sich auf gichtigen Beinen dahin. Und doch mussten seine Flügel ja funktionieren, schließlich war er in den Raum geflogen.

Errol sah zu, wie der Drache sich zwischen den Müllhaufen hindurch seinen Weg zur anderen Seite des Raumes suchte. Er mochte alt und runzlig sein, aber er war noch immer riesig. Viel größer als Benfro, größer sogar als das Bild, das Corwen als Erinnerung an sein hundertfünfzig Jahre altes Selbst benutzt hatte. Wie riesig, wie prachtvoll musste dieser Drache zu seinen Glanzzeiten gewesen sein!

Er hatte die Mitte des Raumes erreicht, der jetzt viel kleiner aussah, da sein Bewohner zurückgekehrt war. Die Tische und Stühle, die Bücher und die seltsamen Geräte passten von der Größe her genau zu dem Drachen, der jetzt die Hand hob und den Käfig schräg zu sich herunterzog, um hineinschauen zu können. Errol konnte noch immer nur den Käfigboden mit der Schilfmatte sehen, aber was immer sich im Käfig befinden mochte, schrie jetzt auf.

Dann wurde eine Hand, eine Menschenhand, durch die Gitterstäbe geschoben, und der Arm streckte sich so weit aus, dass Errol ihn sehen konnte. Es war schwer, das aus der Entfernung und angesichts der riesigen Drachenhand zu sagen, aber Errol hatte den Eindruck, dass ein kleines Wesen im Käfig steckte, ein weibliches Wesen, das noch nicht ganz erwachsen war.

Zu seiner Überraschung hörte sich Errol mit einer Stimme sprechen, die ganz anders klang als seine eigene. Es war ein leiser Ausruf der Überraschung, kaum zu hören, weniger als ein Flüstern, aber sofort fuhr der Kopf des Drachen herum, seine Augen durchbohrten die Finsternis und schauten Errol ins Gesicht.

»Ein Spion?«, fragte er, und Errol kam sich noch hilfloser vor als zuvor. Vor Angst war er wie festgewachsen. Der, dessen Sinne er benutzte, war wie festgewachsen, wer immer es sein mochte.

»Komm schon, Xando. Aber sicher, ich weiß, dass du es bist. Sonst würde sich doch niemand hier herauftrauen.«

Errol spürte, wie er zurück in den Schatten trat, bereit, umzudrehen und die Treppen und in die Keller tief unten hinunterzurennen. Aber der Drache lächelte nur, murmelte etwas Unverständliches und steckte die Hand nach ihm aus. Eine Bewegung der langen Kralle, und Errol ging hinaus ins Licht, unfähig zu etwas anderem.

»Neugier ist keine Sünde, Junge.« Die Stimme des Drachen war seltsam, schrill und doch kehliger als die von Benfro oder Corwen. Sie erinnerte Errol vor allem an Sir Radnor.

»Was führt dich nun aber in meinen Horst? Liegt es an meinem neuen Haustier? Möchtest du sie mit eigenen Augen sehen?« Errol trat weiter in den Raum hinein, hilflos angezogen durch die Kraft dieser Stimme. Der Drache wandte sich für einen Moment ab, murmelte wieder etwas und hielt den immer weiter herabsinkenden Käfig noch immer schräg. Als Errol eine der hohen Bänke erreichte, sah er, dass die Mitte des Raumes leer war. Dahinter brannten Holzscheite in einem riesigen offenen Kamin, daneben standen ein Lesepult und zwei tiefe Sessel, die zweifellos für Drachen entworfen waren. Die Wände waren bedeckt von mit Pergamentrollen, Büchern und weiteren Geräteteilen achtlos voll gestopften Regalen. Errol registrierte das alles mit einem schnellen Blick, wandte seine Augen aber niemals lange von dem sich noch immer senkenden Käfig ab. Die Kette lief klirrend über ächzende Rollen hoch oben in der Dunkelheit und ruckte und zuckte, sodass der Käfig in Sprüngen weiter nach unten kam.

Aus der Nähe konnte Errol sehen, dass die Stäbe mit weiteren Schilfrohren umwickelt waren, als ob sich in dem Käfig ein nistender Vogel befände und doch kein Mensch. Eine Sekunde lang fragte sich Errol, ob der Drache dieses Wesen, was immer es sein mochte, wohl mit Menschen fütterte. War die Hand nur ein Überrest von dessen Abendbrot gewesen? Doch als der Käfig dann auf den Boden aufprallte, rückte der Drache ihn mit der Hand gerade, als ob das Gewicht für ihn überhaupt keine Rolle spielte, und nun konnte Errol sehen, was der Käfig enthielt.

»Bitte sehr, junger Mann. Und da du gezeigt hast, dass du Mut genug besitzt, um mir zu dienen, kannst du dich als Erstes um mein Haustier kümmern. Wenn du das Kauderwelsch verstehen kannst, das sie von sich gibt.«

Halb lag sie, halb saß sie, gegen die Gitterstäbe gepresst. Ihre Haare waren struppig und verfilzt und fielen ihr ins Gesicht, ihre Kleider waren schmutzig und zerfetzt. Aber Errol brauchte nur einen Blick, um zu wissen, wer sie war, und um ihr klagendes Gefühl von Verzweiflung und Hoffnungslosigkeit zu spüren. Sie streckte die verdreckte und zerschrammte Hand aus, und Errol wollte unbedingt danach greifen. Doch der Junge, auf dessen Sinnen er reiste, blieb bewegungslos, versteinert, entsetzt. Er konnte spüren, wie er davonglitt, wie sich das Bild, das er vor sich sah, verlor und alle Geräusche verstummten, als ob jemand langsam eine Tür zur Welt zuzog.

Martha streckte mit flehenden Augen dic Hand nach ihm aus, und ihr Mund formte verzweifelte Bitten. Aber er konnte nichts hören. Gequält musste er erleben, wie sich das Bild seinen Blicken entzog.

12

In Lanwennog wird es Schwert der Macht genannt, im Zwillingskönigreich Lichtklinge. In Eirawen heißt es Marwyr oder Todesbringer. Aber wie auch sein Name sein mag, es ist die grauenhafteste Manifestation der menschlichen Grausamkeit. Die Grym verbindet alle Lebewesen, ja, auf eine sehr konkrete Weise *ist* sie alle Lebewesen. Sie zu einem dermaßen zerstörerischen Ziel einzusetzen, ist ein Hohn, eine Beleidigung von Gulad, das uns allen das Leben gibt.

Corwen teul Maddau: Über die Anwendung der Feinen Künste

»Ihr habt doch nicht ernsthaft geglaubt, Ihr könntet die Stadt unbemerkt verlassen, oder was, Dafyd?«

Hauptmann Jarius Pelod von der Königlichen Garde hatte die Art von Lächeln, die Dafyd zu gern mit dem Schwert durchbohrt hätte, wenn es sich nicht um einen Jugendfreund gehandelt hätte, der noch dazu vierundzwanzig schwer bewaffnete Gardesoldaten hinter sich wusste. Aber es war demütigend, so bald erwischt worden zu sein.

Der Kriegsrat hatte sich nicht erweichen lassen. Unter gar keinen Umständen durfte der Zweite in der Thronfolge sich in die Nähe des Zwillingskönigreiches begeben, selbst wenn seine Informationen – dass Aberfenn sich erheben und für ihn und König Billah gegen die eigene Königin kämpfen würde – Gold wert waren. Dass er die schwangere Prinzessin mitnehmen wollte, noch dazu auf eine gefährliche Seereise, zeigte, dass er überhaupt keine Ahnung von seiner Bedeutung hatte, vielleicht taugte er nicht einmal als vollgültiges Mitglied des Kriegsrates. Dafyd konnte sich nur zu gut an die vielen Argumente erinnern, die vorgebracht worden waren. Der König hatte geschwiegen, hatte mit seiner nachsichtigen Miene vom Thron her zugesehen, wie Tordu und Geraint sich ausnahmsweise in ihrer Verurteilung von Dafyds Wahnsinnsplan zusammengerottet hatten. Am Ende hatte er zugeben müssen, dass die Sache vielleicht wirklich nur damit geendet wäre, dass er Beulah als wertvolle Geisel in die Hände fiel, oder schlimmer noch, dass er seinen eigenen und den Kopf seiner Gemahlin verlor. Er hatte den Befehl akzeptiert, in Tynhelyg zu bleiben und die Stadtgarde zu befehligen, während der Großteil des Heeres zwischen Tynewyd und Warthol aufgeteilt wurde.

Erst als Tordu seinen Entschluss kundtat, die Armee in Tynewyd selbst anzuführen, während Herzog Dondal in den nördlichen Regionen weitere Rekruten anwerben sollte, hatte Dafyd sich entschieden, den Kriegsrat trotz allem zu ignorieren. In der Hauptstadt gab es für ihn nichts zu tun, und es war eine Beleidigung, ihn so weit von den Kämpfen fernzuhalten. In dieser Nacht wandte er sich an Usel und beschrieb seinen wahnsinnigen Plan, überredete außerdem Iolwen, wenngleich dazu nicht viel nötig war. Er hatte sich für so umsichtig gehalten, so gut organisiert, und doch hatte der Rat die ganze Zeit gewusst, was er unternahm. Er wusste, dass Tordu über fähige Spione verfügte, aber er hatte geglaubt, sie alle zu kennen. Jetzt war er sich da nicht mehr so sicher.

»Also, Jarius. Sie haben dich geschickt, weil sie wussten, dass du mir gegenüber ohne Zögern Gewalt anwenden würdest und dass ich meinen alten Trainingspartner wohl kaum verletzen würde.«

Dafyd trieb sein Pferd näher an die Reihe der Gardesoldaten heran und versuchte, sich an ihre Namen zu erinnern. Sie gehörten zu den besten Soldaten in der königlichen Leibgarde, und es waren eigentlich zu viele, um einen entlaufenen Prinzen und dessen schwangere Gemahlin einzufangen.

»König Billah hat etwas über diese Linien gesagt«, sagte Pelod. »Er hat auch gesagt, ich sollte dafür sorgen, dass Ihr Euch nicht in Schwierigkeiten bringt, und wenn Ihr in Gefahr gerietet, sollte ich Euch mit meinem Leben beschützen. Aber wenn ich mich zwischen Euch und Eurem ungeborenen Sohn entscheiden müsste, sollte meine Entscheidung für die Jugend ausfallen.«

»Das sieht ihm ähnlich. Aber dann sag mir, Jar. Soll ich in den Westturm gebracht werden, wie der vorige Gast meines Großvaters? Ich kann nicht versprechen, dass ich mich dem Henker auf ebenso aufsehenerregende Weise entziehen werde.«

Dafyd scherzte, aber er wusste, dass er in argen Schwierigkeiten war. König Billah hatte schon häufiger Verwandte hinrichten lassen, die zu deutlich ihre Begierde nach dem Thron zeigten. Er hoffte nur, auf irgendeine Weise Teryll retten zu können. Der Stallknecht verdiente für seine Treue eine Belohnung, keine Strafe.

»Seine Majestät hat nichts darüber gesagt, dass ich Euch irgendwo hinbringen soll. Ich soll Euch begleiten und dafür sorgen, dass Ihr keinen Ärger kriegt.«

»Er hat was?« Dafyd brauchte einen Moment, um den Sinn dieser Antwort zu erfassen.

»Kein Prinz von Tynhelyg würde hinter den Mauern sitzen bleiben, während der Feind sich an den Grenzen zusammenzieht. Und außerdem habt Ihr zwei Brüder, die Eure Stelle einnehmen können, wenn Ihr fallt. Ich glaube, so hat der König sich ausgedrückt. Er hat mich und meine Leute geschickt, um Euch bei diesem irrsinnigen Unternehmen zu begleiten, Dafyd. Wir stehen zu Eurer Verfügung.«

»Und was sagt der Majordomus dazu?«, fragte Dafyd. »Und was mein Vater?«

»Wenn ich das richtig verstanden habe, dann werden die glauben, dass Ihr verschlafen habt. Aller Wahrscheinlichkeit nach werden sie Euch erst beim nächsten Zusammentreten des Kriegsrates vermissen, das der König in seiner Weisheit erst für übermorgen anberaumt hat. Bis dahin müssten wir schon fast in Talardeg sein. Wenn Ihr bereit zu einem scharfen Ritt seid.«

Dafyd drehte sich zu Iolwen und Teryll um, die bei den Packpferden warteten. Während er eben noch verzweifelt gewesen war, erfüllte ihn nun eine tollkühne Abenteuerlust. Nicht nur dass er seinen Plan immer noch durchführen konnte, er hatte auch das stillschweigende Einverständnis des Königs und einen Trupp der besten Krieger des Landes zu seiner Unterstützung. Was konnte da noch schiefgehen?

Kalter Regen prasselte aus den vom niemals endenden Wind getriebenen Wolken. Der Zug aus Reitern und Wagen bewegte sich langsam durch die offene Ebene. Alle zogen gegen die Kälte den Kopf ein. Beulah, die an der Spitze ritt, wickelte sich in ihren schweren wollenen Umhang und murmelte Verwünschungen. Sie hatten Beteltown zwei Wochen zuvor verlassen und das Wetter hatte sie die ganze Zeit geschunden. Die vergangenen drei Nächte in nassen Lagern waren die schlimmsten gewesen, und ihre einzigen Feuer waren die, die der Koch entfachte, um die Morgen- und Abendmahlzeiten zuzubereiten. Beulahs Leinenzelt war triefend nass, noch immer feucht, wurde es jeden Morgen zusammengelegt. Nachts tropfte es ununterbrochen und hielt sie effektiver wach, als wenn sie sich einfach in eine raue Decke gewickelt hätte. Sie war geschult in der Kunst, Wärme aus den Grymlinien zu holen, aber mit jeder Stunde des unveränderlichen grauen Wetters wurde ihre Stimmung düsterer.

»Beim Hirten, hört das denn niemals auf?« Beulah ließ ihr Pferd dicht an Cluns herantraben, der neben ihr ritt. Das Tier gehorchte nur widerwillig, und sie verfluchte den Drachen, der ihr Lieblingreittier getötet hatte. Melyn hatte ihr Pahtia zu ihrem sechzehnten Geburtstag geschenkt. Ein leichtfertiges junges Füllen für ein leichtfertiges junges Füllen, hatte er gesagt, aber mit den Jahren hatten sie sich aneinander gewöhnt. Beulah vermisste ihr Pferd mehr, als sie zugeben mochte, so sehr, vielleicht, wie sie den Mann vermisste, der es ihr geschenkt hatte. Ein weiterer Hinweis auf ihre Abhängigkeit von anderen, dachte Beulah, was ihren Zorn nur noch steigerte.

»Angeblich kann es hier vierzig Tage lang ununterbrochen regnen, Herrin. Ich weiß, dass mein Vater darüber geklagt hat, dass die Wagen hier immer viel länger brauchten als irgendwo sonst auf dem Weg nach Castell Glas.« Cluns Gesicht verdüsterte sich und er runzelte die Stirn beim Gedanken an seinen Vater. Er jammerte nicht, wie Beulah registrierte. Clun jammerte nie. Aber er empfand seinen Verlust vielleicht noch härter als sie den ihres Pferdes, und immer, wenn ihn etwas an seine Vergangenheit erinnerte, wurde er wieder düster. Sie fand es schrecklich, ihn in dieser trüben Stimmung zu sehen.

»Melyn hat den Drachen inzwischen sicher ausfindig gemacht und ihn getötet, mein Geliebter«, sagte er. »Er wird dir seine Edelsteine bringen und du kannst sie in die Sammlung in Candlehall legen.«

»Wir werden sehen.« Er verstummte und zog seinen Umhang fester um sich zusammen, streifte aber nicht die Kapuze über. Der Regen klebte ihm die blonden Haare an den Kopf, lief in kleinen Bächen über sein Gesicht und tropfte von seiner Nase und seinem Kinn. Dennoch zitterte er nicht. Im Gegenteil: Er bewegte kaum einen Muskel, abgesehen von dem rhythmischen Wiegen, mit dem er sich dem stetigen Schritt seines Pferdes anpasste.

Die Straße führte sie über karges Moorgelände. Wegen des Regens konnten sie nicht allzu weit sehen und die Furten, die sie hier und da vorfanden, führten viel Wasser, das in reißendem Tempo dahinströmte. Die Sonne bewegte sich irgendwo über ihnen über den Himmel, aber die Wolken versteckten sie so gründlich, dass sie sich in ewigem Dämmerlicht dahinbewegten und das Verstreichen der Zeit nicht messen konnten. Es mochte Stunden oder auch Tage gedauert haben, aber irgendwann hob sich die Straße zu einer letzten Anhöhe und senkte sich dann sanft in Richtung des Flusses Hafren.

Nach einer Weile sahen sie Bäume aus dem Nebel ragen, bemooste Fichten und Kiefern säumten die Straße wie stumme Wächter. Dann wurde der Regen zuerst zu einem stetigen Nieseln, dann zu einer in der Luft hängenden Wolke aus Feuchtigkeit und endlich versiegte er ganz. Beulah seufzte erleichtert auf, griff tief in die Grymlinien und zog deren Kraft in sich hinein, um endlich trocken zu werden. Es war harte Arbeit, nicht mehr der Instinkt, den sie ihr Leben lang gekannt hatte. Das in ihr wachsende Kind machte noch die schlichteste Magie zur Anstrengung. Aber langsam durchdrang die Wärme ihre Haut und sie rekelte sich wohlig darin, wie zu Hause in Candlehall in einem ausgiebigen heißen Bad.

Sie war so in dieses Gefühl vertieft, dass sie den Alarmruf zunächst nicht bemerkte. Vor ihr erstarrte der Soldat an der Spitze des Zuges auf seinem Pferd, dann kippte er zur Seite und fiel mit einem dumpfen Aufprall auf den Boden. Ehe Beulah reagieren konnte, kamen Dutzende von bewaffneten Männern mit dämonenhaften Schreien aus dem Wald gerannt und hielten geradewegs auf die Kolonne zu.

»Zur Königin!«, brüllte Clun neben ihr und seine Lichtklinge erschien mit dem Geruch verbrannter Luft. Gleich darauf war Beulah von berittenen Soldaten umringt, die sie vor den Augen der Angreifer versteckten.

»Aus dem Weg, ihr Narren!«, schrie sie und zog das schmale

Stahlschwert, das sie in einer Scheide vorne am Sattel mit sich führte. Mit einem sehnsüchtigen Gedanken an ihre Lichtklinge gab sie dem Pferd die Sporen. Der Feind war den Reitern ausgewichen und hielt auf die wenigen Wagen zu. Beulah wartete nicht, bis jemand ihr folgte, sondern jagte auf die rennenden Männer zu. Die ersten beiden sanken zu Boden, ohne zu begreifen, wie ihnen geschah, Beulahs Schwert hatte ihre Köpfe sauber vom Rumpf getrennt. Der dritte wich aus, fuhr herum und schlug mit einer übel aussehenden Krummklinge nach den Beinen ihres Pferdes. Stahl zerschnitt Muskeln und biss in Knochen, während das Pferd aufschrie. Es bäumte sich auf, trat nach dem Mann, der den Hufen mit geübter Bewegung auswich und seine Klinge einen Bogen beschreiben ließ, die den Hals des Tieres zur Hälfte durchbohrte.

Beulah sprang aus dem Sattel, als das Pferd zu Boden ging und Blut über die Straße spritzte. Beulahs Schwert war der Lage überhaupt nicht gewachsen, aber ihr Zorn war so groß, dass sie ohne Mühe die Kraft der Grymlinien darauf konzentrieren konnte. Das war zwar nicht so gut wie eine reine Lichtklinge, aber doch mehr als genug für ihre Bedürfnisse. Der Mann, der ihr Pferd getötet hatte, drehte sich mit einem seltsamen Lächeln im Gesicht zu ihr um. Seine Augen waren glänzend schwarze Knöpfe in einem roten, geschwollenen Gesicht. Was immer er vor dem Überfall zu sich genommen haben mochte, jedenfalls hatte es ihn jeglichen Selbsterhaltungstriebes und aller Furcht beraubt, ohne dass er deshalb seine Reaktionsschnelligkeit und seine Kampfkraft eingebüßt hätte. Er bewegte sich leichtfüßig weiter, ließ sein Schwert einen engen Bogen beschreiben, als suche er nach der richtigen Angriffsfläche. Und die ganze Zeit kicherte er wie ein Wahnsinniger.

»Wer seid ihr, Leute?«, brüllte Beulah, obwohl sie wusste, dass keinerlei Aussicht auf eine Antwort bestand. Sie bezweifelte, dass ihr Gegner in diesem Moment seinen Namen wusste. Als er ihre

Stimme hörte, stieß er mit seiner Klinge zu. Sie wehrte den Hieb ab und wich dann schnell aus, als seine Schwungkraft ihn an ihr vorbeischleuderte. Eine Handbewegung, und sein Kopf fiel von seinen Schultern und sein Körper ging mit dem Geräusch eines umstürzenden Kohlensacks zu Boden.

Es blieb keine Zeit, innezuhalten und über sein wertloses Leben nachzudenken. Die Schlacht tobte um sie herum. Die Kampfpriester versuchten nach ihrer ersten Überraschung, in Formation zu gehen. In den Bäumen saßen offenbar Armbrustschützen, denn immer wieder zischten Bolzen über den Kampfplatz. Stillzustehen war keine gute Idee, deshalb lief Beulah zu den Wagen, wo eine Gruppe von Angreifern wütend auf die Pferde und die entsetzten Passagiere einhieb. Beulah stürzte sich auf sie, sie schlug wild um sich, ohne dabei auf den Gestank von zerfetzten Eingeweiden und das Blut zu achten, das ihr Gesicht und ihre Hände besudelte. Da sie sich mitten im Kampfgetümmel kein noch so kurzes Innehalten leisten durfte, kam sie nicht dazu, nachzudenken oder sich gar zu fürchten. Stattdessen leitete eine kalte Wut ihren Arm und schärfte ihre Sinne. Wie konnten diese Leute es wagen, in ihrem Land einen friedlichen Wagenzug anzugreifen?

»Herrin, seid Ihr verletzt?« Beulah verharrte einen Moment, als sie hinter sich Cluns Stimme hörte. Gleichzeitig jagte eine weitere Lichtklinge an ihrem Kopf vorbei und riss einem Angreifer einen Arm ab. Mit irren Augen streckte der Mann einfach die andere Hand aus und hob das Schwert auf. Als er sich wieder aufrichtete, schlug Clun ihm den Kopf ab, und sein Körper sackte zu Boden.

»Was sind das für Leute?«, fragte er. »Mir sind noch nie Banditen begegnet, die so wütende Kämpfer waren.«

»Die haben irgendwelche Rauschmittel genommen«, sagte Beulah, dann stieß sie einen Schrei aus, als etwas gegen ihren Arm traf und sie herumwirbeln ließ.

Plötzlich wurden ihre Knie weich, und ihre Beine gaben unter ihr nach, während Clun ihren Namen schrie. Sie versuchte, ihn anzublicken, sein Gesicht zu sehen, aber ihr Kopf reagierte nicht, ihr Blick haftete an ihrem blutüberströmten Arm und dem Schwert in ihrer Faust. Weißglühende Hitze wogte durch dessen Ledergriff und in ihre Hand, als die Kraft der Grymlinien sich einen Weg zurück in den Erdboden suchte. Widerstrebende Finger ließen den schmelzenden Stahl fallen. Einen Moment lang konnte sie nur daran denken, dann wanderte ihr Blick weiter. Ein Bolzen hatte sich in ihren Oberarm gebohrt und die mit gemeinen Widerhaken besetzte Spitze trat auf der anderen Seite wieder aus. Dunkelrotes Blut lief über ihren Arm und mischte sich mit dem Schleim, der ihn bereits bedeckte. Königliches Blut vermischt mit dem von gemeinen Wegelagerern.

Wortlos brachten die noch verbliebenen Banditen bei den Wagen ihre Kämpfe ab wie Marionetten, die von einer unsichtbaren Hand gelenkt wurden. Aller Augen richteten sich auf sie, Beulah schätzte, dass dort mindestens zwanzig Männer standen. Wie viele hatten sich ursprünglich an dem Überfall beteiligt? Auf dem Boden lagen Dutzende von Toten.

Sie versuchte, aufzustehen, aber ihre Beine wollten ihr nicht gehorchen, und ihr Kopf war benommen vor Schmerz und Schock.

»Unten bleiben, Herrin.« Beulah schaute in Cluns entschlossenes Gesicht. Sein Reiseumhang war von dunklen Blutflecken bedeckt, sein Gesicht mit Schleim bespritzt, seine Haarspitzen hatten sich rosa verfärbt. In jeder Hand eine Lichtklinge sah er den Wegelagerern, die nun auf ihn zukamen, so gelassen zu, als ob das hier nur eine Kampfübung sei.

Beulah blinzelte. Sie musste sich das einbilden. Kein Mensch konnte zwei Klingen herbeirufen. Nicht einmal Melyn. Aber als sie dort auf der nassen Straße kniete, wirbelte Clun herum, zerspaltete einen Angreifer und erschlug den nächsten mit der zweiten Klinge. Ein Stück weiter entfernt schlugen berittene Kampfpriester auf die Banditen ein, während diese auf sie eindrangen, wobei ihre Augen noch wilder leuchteten als die des Drachen, der sie aus dem Nebel heraus angegriffen hatte.

Die Zeit schien langsamer zu werden. Die Angreifer kamen auf sie zu, als ob ihnen ihr eigenes Leben nichts bedeutete. Jedes Mal, wenn einer vorsprang, war Clun zur Stelle, und seine Klingen jagten umher wie Blitze. Doch kaum bewegte er sich in die eine Richtung, da drängten die Angreifer aus der anderen vor, und er musste herumwirbeln, um sie abzuwehren. Beulah war umringt von einer Wand aus wahnsinnigen verzerrten Gesichtern, die sich Cluns Klingen entgegenwarfen, in der Hoffnung, ihn durch ihre bloße Anzahl zu überwältigen, angetrieben von etwas, das fürchterlicher war als die Angst vor einem schmerzhaften Tod.

Und dann war mit einem Aufschrei alles vorüber. Kampfpriester machten die verbliebenen Angreifer von hinten nieder und mähten sie um wie Weizen im Herbst. Clun erledigte den letzten mit einem raschen Hieb, der dem Mann die Schädelspitze abschälte. Die Augen des Getroffenen richteten sich nach oben, als ob er Ausschau nach dem fehlenden Teil seines Kopfes halten wollte, dann fiel er auf die Knie, schwankte einen Moment und kippte dann nach vorn. Beulah starrte auf die blutige graue Masse, die auf den Boden lief, und merkte dann, dass um sie herum alles verstummt war. Sie spürte ein vorübergehendes Drängen in der Grym, als Clun seine Klingen erlöschen ließ, und dann kniete er neben ihr, fasste mit sanften Händen nach ihrem Arm und sah sich ihre Wunde an.

»Es tut mir leid, Herrin. Ich war nicht schnell genug, um diesen hier für Euch aufzufangen.« Cluns Stimme zitterte ein wenig. Beulah schaute in sein Gesicht, spürte seine alles umfassende Umarmung und wusste, dass sie immer sicher sein würde, solange er sie beschützte. Sie ließ sich von ihm hochheben. Als er sie zum nächststehenden Wagen trug, sah sie die Resultate des Gemetzels auf ihrem kleinen Schlachtfeld, die zerstückelten Körper von Dutzenden von Wegelagerern. Die meisten davon lagen da, wo sie selbst gekämpft hatte und gestürzt war. Die Kampfpriester liefen zwischen den übrigen umher und sorgten dafür, dass keiner am Leben blieb.

»Ich habe noch nie von Wegelagerern gehört, die in so großen Gruppen operieren«, sagte Clun.

»Das waren keine Wegelagerer, mein Geliebter. Das waren Söldner. Irgendwer hat sie für diesen Überfall bezahlt. Hat sie bezahlt, damit sie mich töten.«

»Gnädige Arhelion, erhöre mein Gebet. Zeige mir die Wege und die Pfade in die Welt.«

Melyn stand bewegungslos in einem dicht belaubten Busch und sah die reglose Gestalt Frecknocks an, die jetzt ihren Ruf anstimmte.

»Großer Rasalene, erhöre mein Flehen. Verleihe meiner Stimme Kraft, auf dass ich im ganzen Wald gehört werden kann.«

Sie hatte das Buch vor sich liegen, und daneben stand ein kleiner Topf, in dem sie Kräuter gemischt hatte. Rauch trieb durch die Luft und Melyn nahm einen schwachen Duft wahr, der jeden Kopf verdrehen könnte.

»Hört meine Stimme, ihr alle, die ihr über die Lange Straße wandert. Ich bin Frecknock und will euch zu mir rufen.«

Ihre Stimme erklang in Melyns Kopf, lauter als er es je für möglich gehalten hätte, und doch nicht schmerzhaft. Dahinter lag ein so starker Sog, dass seine Muskeln sich anspannten, bereit, vorzutreten. Im letzten Moment konnte er innehalten und sich besinnen, was er da eigentlich tat. Das plötzliche Rascheln in den Büschen ringsumher zeigte, wie mächtig Frecknocks Ruf jetzt war, wie absolut überzeugend.

»Kommt zu mir, Drachen von Gulad. Wie Angarad Palisander gerufen hat, so rufe ich, Frecknock, Tochter von Sir Teifi teul Albarn, jetzt euch.«

Frecknock verstummte, aber die gewaltige Macht, die von ihm eine Antwort verlangte, riss noch immer an Melyn, als wäre er ein Fisch an einem Haken. Er hatte gewusst, dass das Drachenbuch wertvoll und mächtig war. Nicht umsonst war es mit großer Geschicklichkeit versteckt gewesen. Sogar er konnte das Gewicht des Wissens spüren, das sich zwischen den Buchseiten verbarg. Vielleicht hatte er es deshalb behalten, als die anderen Bücher nach Emmas Faur gebracht worden waren, damit Andro sie katalogisieren und übersetzen könnte. Er sah nun mit eigenen Augen, wie unterschiedlich Frecknocks Fähigkeiten mit oder ohne dieses Buch waren, aber es ging auch ihn an. Die Drachin hatte einen bindenden Eid geschworen, und alles, was er gelesen hatte, alles was er über Drachen wusste, sagte ihm, dass diese Wesen lieber sterben würden als einen solchen Eid zu brechen. Aber er hatte noch immer die Sorge, sie könnte sich gegen ihn werden, das Buch einsetzen, um zu fliehen. Er brachte es nicht über sich, sie zu töten. Noch nicht, nicht, solange sie ihm noch von Nutzen sein konnte. Aber er war entschlossen, sie genau zu beobachten und sie so weit wie möglich von dem Buch fernzuhalten.

»Was für eine Art Magis bist du, dass du uns so stolz an deine Seite rufst?«

Die Stimme brach mit einem Dröhnen wie Donner in den Bergen in Melyns Kopf ein. Sie war unverkennbar männlich und durch und durch fremdartig. Er erkannte die Drachensprache, aber der Akzent war zum Schneiden dick und alles wurde falsch betont.

»Ich bin Frecknock.« Auf der anderen Seite der Lichtung erstarrte die Drachin und hob den Kopf, wie um den Himmel abzusuchen, wenn auch ihre Augen weiterhin fest geschlossen waren. »Ich wandere seit zu vielen Jahren allein über die Pfade dieses Tieflands hier. Ich sehne mich nach Gesellschaft.«

»Und wo genau sind diese Pfade? Wo genau in Gulad liegt dieser verfluchte Ort?«

»Kannst du mich nicht sehen? Weißt du nicht, wo ich bin?«

»Beim Mond, Drachkitz, ich sehe durchaus, wo du bist. Was ich nicht weiß, ist, wo sich dieser Ort befindet. Wie nennst du dieses verfluchte Land?«

»Ich bin kein Drachkitz.« Frecknocks Reaktion auf diese Beleidigung ließ sie überaus kindisch wirken, fand Melyn. Ihre Stimme klang schmollend, und für einen Moment befürchtete er, sie könnte in ihrer beleidigten Stimmung alles ruinieren. Stattdessen erhob sie sich zu ihrer vollen Größe und hob die Flügel zum Himmel. Es war ein bisschen wie einem Küken bei einem Flugversuch zuzusehen, und Melyn musste ein Lachen unterdrücken.

»Du bist nur ein Dutzend Winter alt, Drachkitz. Für eine in deinem Alter bist du geschickt in den Feinen Künsten, das muss ich dir lassen. Aber du solltest dir noch ein oder zwei Jahrhunderte Zeit lassen, ehe du dich an einen Gefährten bindest. Aber nun sag mir, Frecknock, Tochter von Sir Teifi. Was ist das für ein Ort, dieser verfluchte Wald voller Schatten? Wie wird er genannt?«

»Das weißt du nicht? Das ist doch der Frydwald, der große Wald des Frydlands. Wie ist es möglich, dass du das nicht weißt?«

»Der Frydwald? Du redest irre, Drachkitz. Das Frydland ist eine Gegend voller Felsen und Sand, eine karge Wüste, und war das immer schon, seit Gog vor Jahrtausenden dort seinen Bruder Magog erschlagen hat.«

»Ich bin kein Drachkitz. Ich habe zweihundert Sommer vergehen sehen. Und das ist der Frydwald, wie ich ihn schon mein Leben lang kenne. Gog und Magog sind Fabelwesen. Wie ist dein Name, guter Drache, der du so verwirrt bist?«

Frecknocks Verärgerung hatte ihren Zauber geschwächt; Melyn musste nicht mehr gegen den Drang ankämpfen, zu ihr zu eilen, und konnte sich stattdessen auf die Worte konzentrieren, die in seinem Kopf widerhallten. Es war ein seltsames Gefühl, Drachen zu belauschen; nur wenige waren zu seinen Lebzeiten töricht oder verzweifelt genug gewesen, um einen Lockruf auszustoßen. Sein früherer Kontakt zu Frecknock hatte ihm die erste Möglichkeit gegeben, diese seltsame Sprache zu hören, die seit Jahrzehnten durch die Ätherische Sphäre floss. Aber wenn alle den Ruf hören sollten, dann galt das sicher auch für eine mögliche Antwort. Welche anderen Drachen mochten jetzt wohl zuhören? Er bezweifelte, dass noch viele am Leben waren, abgesehen von Benfro. Was würde der von Frecknocks Ruf halten? Würde er aus seinem Schlupfwinkel im Wald fliehen, um ihr zu Hilfe zu kommen?

»Wenn du wirklich zwei Jahrhunderte alt bist, wieso bist du dann so klein? Ich habe zwölf Monate alte Schlüpflinge von deiner Größe und größer gesehen.« Die Stimme des Drachen war ein lautes Grollen, das das Denken erschwerte. Sie durchdrang jeden Winkel in Melyns Gemüt, und er musste um seine Selbstkontrolle kämpfen. Etwas an dieser Sprache klang wie die eines nachsichtigen Erwachsenen, der es mit einem kleinen Kind zu tun hat, der auf etwas herabblickt, das eigentlich gar keine Beachtung verdient hat.

Herabblickt.

Melyn verfluchte sich lautlos und hob den Kopf, um den Himmel abzusuchen. Wie konnte dieser Drache wissen, dass Frecknock klein war? Er musste in der Nähe sein und sie beobachten. Aber war er hergeflogen oder hergelaufen? Melyn hatte sich darauf verlassen, dass die Kreatur herbeifliegen, auf der Lichtung landen und von Frecknock lange genug abgelenkt sein würde, um die Kampfpriester heranrücken zu lassen. Und wenn sie den Drachen erst umstellt hätten, würde es nur noch eine Frage von einem Dutzend rasch bewegter Lichtklingen sein. Die Bestie würde tot sein, und sie würden ihre Reise fortsetzen können. Aber wenn er zu Fuß käme, sich einen Weg zwischen Bäumen und Gebüsch hindurch suchte, dann würde er die Falle aller Wahrscheinlichkeit entdecken, ehe sie zuschnappen könnte.

»Komm zu mir, Fremder. Du wirst mich voller Überraschung und Staunen vorfinden. Ich bin durch ganz Gulad gewandert und habe die Feinen Künste zu Füßen großer Magi studiert. Mir wurden viele Geheimnisse anvertraut, die ich mit Freude teilen werde, wenn du mir nur deinen Namen nennst.« Frecknock setzte ihren Lockruf fort, wenn auch nicht so mächtig wie zuvor. Die ungewöhnliche Wendung, die ihr Zauber genommen hatte, hatte zweifellos ihr Selbstvertrauen erschüttert. Melyn interessierte sich nicht für ihr Unbehagen, er brauchte sie nur, um die Bestie herbeizuholen.

»Ich bin Caradoc, Sohn des Edryd, Sohn des Tallyn, Sohn des Mortimer, Sohn des Gog.« Etwas Dunkles schoss am Himmel vorüber und verdeckte für einen Moment die Sonne. Melyn zog instinktiv den Kopf ein. Ein heftiger Wind rüttelte die Bäume, ließ ihm die Blätter seines Busches ins Gesicht schlagen und blendete ihn vorübergehend. Dann spürte er, wie etwas Riesiges mit einem Dröhnen auf dem Boden aufprallte, das auf der ganzen Lichtung widerhallte. Der Wind legte sich so rasch, wie er aufgekommen war. Die Stille senkte sich so schwer, dass Melyn für einen Moment glaubte, mit Taubheit geschlagen zu sein. Erst nach einer Weile wurde ihm bewusst, dass er in seinem Kopf nicht mehr Frecknocks Worte hörte. Der Sog ihres Zaubers war vollständig verflogen, und ihm blieb nur ein vager Ekel, weil er diese Verbindung mit ihr geteilt hatte.

Er schüttelte den Kopf, wie um sich Wasser aus den Ohren zu schütteln, dann lugte Melyn durch die Blätter und hätte fast nach Luft geschnappt. Nur ein Leben voller Disziplin hinderte ihn daran, laut aufzuschreien. Wenn dies das Wesen war, das Clun angegriffen und fast besiegt hatte, dann verdiente der frisch ernannte Herzog von Aberfenn viel schneller die Erhebung in den Stand der Kampfpriester, als Melyn bisher geglaubt hatte.

Der Drache war mitten auf der Lichtung neben Frecknock gelandet, und er schaute jetzt mit einem seltsamen Ausdruck in seinem riesigen Gesicht auf sie hinab. Als sie so nebeneinander standen, war der Unterschied zwischen ihnen so überwältigend, dass man sie für Angehörige ganz unterschiedlicher Arten hätte halten können. Frecknock reichte Caradoc kaum bis an die Brust, obwohl Caradoc sich bückte. Sein Schwanz war so lang wie ihr gesamter Körper, schätzte Melyn. Einer von Caradocs ausgestreckten Flügeln hätte sie vollständig bedecken können. Kein Wunder, dass er sie für ein Drachkitz gehalten hatte.

Frecknock dagegen schaute mit einer Mischung aus Angst und Sehnsucht in den Augen zu Caradoc hoch. Sie hatte sich nicht von der Stelle bewegt, an der sie ihren Zauber begonnen hatte, aber sie hatte das Buch hochgehoben und presste es an ihren Leib, wie um es zu schützen.

»Du bist wirklich kein Drachkitz.« Caradocs Stimme war nicht weniger beeindruckend als vorhin in Melyns Gedanken. »Dein Gesicht zeigt mehr Erfahrung, als einige Sommer erlauben. Und die Geistesstärke, die für einen solch machtvollen Ruf vonnöten ist, erwirbt man nicht an einem Nachmittag. Aber warum bist du so klein? Bei Gogs Hoden, edle Frecknock, sind alle deinesgleichen so wie du?«

»Ich bin die Einzige meinesgleichen. Sonst ist niemand mehr übrig. Aber ehe … ehe sie gestorben sind, ja, da waren sie so ziemlich wie ich.«

»Und du sagst, das hier sei das Frydland? Und dass es schon dein ganzen Leben lang so gewesen ist?«

»So ist es.«

»Aber was in Rasalenes Namen ist dann mit mir passiert? Bin ich gestorben und in die Hölle gefahren?«

»Ich verstehe nicht, Sir Caradoc. Wie meinst du das?«

Melyn schlich so leise, wie seine alten Knochen das gestatteten, aus seinem Busch hervor und steuerte die Stelle an, wo Hauptmann Osgal stand. Frecknock brauchte Caradoc nur noch eine Minute abzulenken, und alle Kampfpriester würden zur Stelle sein. Aber er musste einfach den Worten des riesigen Drachen lauschen. Sie klangen plausibel, nicht wie das irre Geschwafel einer blutrünstigen Bestie. Als Melyn jetzt über die Lichtung schaute, sah er, dass der Armstumpf des Drachen verbunden war. Mit einem Umhang, den er einem seiner Opfer vom Rücken gerissen hatte, vermutete Melyn. Der Stumpf ruhte in einer komplizierten Schlinge vor Caradocs Brust.

»Du nennst diese Welt Gulad, aber es ist nicht der Gulad, den ich kenne«, sagte Caradoc, der Melyn und die übrigen Kampfpriester offenbar nicht bemerkt hatte. »Wo ist der Rest meines Stammes? Und wo sind alle diese Menschen hergekommen? Wer hat sie diese brutale Verwendung der Feinen Künste gelehrt?«

»Das hat niemand sie gelehrt. Die Menschen hatten immer schon die Macht der Grym. Sie haben uns immer schon gejagt. Sie haben meine Eltern getötet, mein Dorf zerstört. Sie werden auch …« Sie verstummte und starrte die riesige Bestie an. Caradoc streckte die Hand aus und legte gerade seine riesige Handfläche um ihren Kopf, als Melyn den Hauptmann erreicht hatte. Osgal starrte den geflügelten Berg mit offenem Mund an, riss sich aber zusammen, als er den Inquisitor sah. Er sagte nichts, sondern bewegte sich nur lautlos durch das Gebüsch, um sich dem Drachen von hinten zu nähern.

Melyn blieb dort, wo er war, und wartete, bis der erste Kampfpriester sich auf der anderen Seite der Lichtung aus den Bäumen löste. Dann holte er tief Luft, machte das Zeichen des Hirtenstabes und trat hinaus ins Licht.

Zuerst bemerkte Caradoc ihn nicht, so entzückt war der Drache von Frecknocks Gesicht.

»Du besitzt eine seltsame Schönheit, edle Frecknock«, sagte er.

»Ganz anders als die groben weiblichen Wesen, die mit meinem Stamm fliegen. Du bist zarter, wie eine Frühlingsblume. Aber wie kannst du es ertragen, niemals über den Himmel zu jagen?«

»Ich kann nichts vermissen, was ich niemals kennengelernt habe«, sagte Frecknock, und Melyn konnte sehen, wie sie zitterte, während sie das Zauberbuch an sich presste. »Und es hat auch keinen Zweck, sich etwas zu wünschen, das niemals möglich sein wird. Es tut mir leid, Sir Caradoc. Das tut es wirklich. Aber was du tust, was du getan hast – das ist einfach entsetzlich.«

»Ich bin nicht Sir Caradoc. Noch ist mein Vater unser Familienoberhaupt. Ich …« Caradoc schien Frecknocks Worte in dem Moment zu erfassen, als er Melyn nicht weiter als zehn Schritte entfernt stehen sah. Der Drache ließ die Hand von Frecknocks Gesicht sinken und schleuderte sie dann mit einer lässigen Handbewegung kopfüber zu Boden.

»Du benutzt also nicht nur eine Kraft, die dir gar nicht gehört, du kehrst auch noch meinesgleichen gegen mich«, brüllte er Melyn an, richtete sich zu seiner vollen Höhe auf und breitete die Flügel aus, bis sie den Inquisitor vollständig in Schatten hüllten.

Melyn schaute gelassen zu der Bestie hoch, und wenn er irgendeine Furcht verspürt hatte, ehe er hinaus auf die Lichtung getreten war, dann war sie jetzt verflogen. Sein Gemüt war ruhig und bereit. Mit einem Gedanken holte er seine Lichtklinge herbei, spürte, wie deren Kraft ihn wärmte und die letzten Schmerzen und Krämpfe der vielen Monate im Sattel verjagte.

»Du bist eine Kreatur des Wolfes«, sagte er und formte diese Wörter sorgfältig, seine Drachensprache klang fremd und unbeholfen verglichen damit, wie Caradoc sprach. Damit, wie es gesprochen werden müsste, das wusste er jetzt. »Der Hirte hat mir deine Vernichtung aufgetragen. Ich habe keine Angst um meine Seele, wenn ich euch gegeneinander aufhetze.«

»Der Hirte!« Caradoc lachte. Es war ein grauenhaftes Geräusch, wie das Kreischen von Bäumen, die von einem Erdrutsch zerschmettert werden, aber es war dennoch ein Lachen. »Du weißt nichts über den Hirten, kleiner Mann. Dein kostbarer Gott ist nur ein …« Das Zischen von einem Dutzend weiterer Lichtklingen, die brennend Gestalt annahmen, ließen den Drachen mitten im Satz verstummen. Er fuhr herum, sah, dass er umstellt war, und Melyn nutzte die Gelegenheit zum Schlag.

Er rannte lautlos vorwärts, ignorierte das Buch, das im platt getretenen Gras lag, und den umgekippten Topf mit den Kräutern. Er hob die Klinge und ließ sie einen Bogen beschreiben, der eigentlich Caradocs anderen Arm hätte kappen müssen. In letzter Sekunde, als ob er den Angriff gespürt hätte, wich der Drache zur Seite aus, und Melyns Klinge glitt klirrend und Funken sprühend an den Schuppen auf seiner Brust ab. Ein Gestank wie der von brennenden Felsen erfüllte die Lichtung.

Caradoc stieß einen Wutschrei aus, und er hörte sich nun viel eher wie die wilde Bestie an, für die Melyn ihn gehalten hatte. Mit unvorstellbarer Geschwindigkeit breitete er die Flügel aus, und ihre Spitzen schlugen zwei Kampfpriester zu Boden. Sein Schwanz peitschte in einem großen Halbkreis um ihn herum und die scharfen Schuppen an der Schwanzspitze schnitten einem weiteren Kampfpriester die Beine durch, worauf der Mann schreiend zu Boden fiel, während sein Blut aus seinen durchtrennten Oberschenkeln schoss. Dann verstummten die Schreie, als Caradocs Schwanz abermals traf und diesmal den Kopf des Mannes mitriss.

Melyn trat noch näher und hob seine Klinge, um dem Drachen deren Spitze in ein Herz zu rammen. Abermals rutschte die Klinge an den Schuppen ab und ein scharfer Schmerz jagte durch Melyns Arm. Er duckte sich und rollte beiseite, als Caradoc versuchte, ihn mit seiner mit einer scharfen Kralle besetzten Hand zu fangen. Der Drache wirbelte abermals herum, schlug dabei drei weitere Kampfpriester mit seinen Flügeln zu Boden und hob einen riesigen Fuß, um den Inquisitor zu zertrampeln, ehe der sich wieder aufrichten konnte. Einen Moment lang war Melyn wie gelähmt, lag auf dem Rücken und starrte empor zu einem Fuß von der Größe eines Scheunentores, der sich jetzt über ihn senkte, nur lederne Haut und rasiermesserscharfe Krallen.

Nur lederne Haut. Keine Schuppen.

Melyn hob seine Klinge. Die Hitze wogte in ihm auf, als er die Macht der Grymlinien in den Stoß lenkte. Caradoc brüllte vor Schmerz auf und wich vor der Klinge zurück. Heißes Blut spritzte aus der Wunde in Melyns Gesicht.

»Seid verflucht! Seid alle verflucht!«, kreischte der Drache und sprang herum wie ein riesiger sagenhafter Vogel, während er wieder mit seinen Flügelspitzen um sich schlug und die verbliebenen Kampfpriester zurücktrieb. Melyn rollte sich, so schnell er konnte, davon, kam auf die Beine und stand jetzt gerade außerhalb der Reichweite des Drachen. Die durch seine Wut auflodernde Klinge zeigte auf seine Beute.

»Für Königin Beulah!« Er rannte vor und hob die Klinge zu einem weiteren Angriff, und seine verbliebenen Mannen taten es ihm nach. Caradoc duckte sich, wie um sich auf den Angriff vorzubereiten, dann machte er einen Sprung in die Luft, der ihn über ein Haus hinweggetragen hätte. Er breitete seine Flügel zu ihrer vollen Spreite aus und schlug dann mit einer Wucht damit zu, die alle seine Angreifer zu Boden warf. Einmal, zweimal, dreimal peitschten die Flügel durch die dünne Luft, und bei jedem Schlag gewannen sie ein wenig an Höhe. Der Wind drückte Melyn zu Boden, und er konnte nur hilflos zusehen, wie sich der Drache in die Luft erhob. Blut quoll aus der Wunde in Caradocs Fuß und fiel als scharlachroter Regen zu Boden, wo es sich zu einem Nebel verdünnte und dann das Gras in Melyns Nähe klebrig und glitschig machte.

»Auf die Füße, Männer!« Melyn kämpfte gegen den Wind dieser gewaltigen Flügel an, der nur wenig nachließ, als der Drache immer mehr an Höhe gewann. Sein Leben lang hatte Melyn vom Kampf gegen einen echten Drachen geträumt, gegen einen von der Sorte, denen Brynceri und Balwen gegenübergetreten waren, und keins der verängstigten Tiere, die er mit lässiger Verachtung dutzendweise abgeschlachtet hatte. Jetzt, da er Caradoc vor sich hatte, brachte Melyn dessen Vorfahren einen neuen Respekt entgegen.

Als der Angriff dann erfolgte, kam er schneller, als Melyn erwartet hatte. Im einen Moment schien der Drache sich abzumühen, seinen riesigen Rumpf über die Baumwipfel zu heben, im nächsten drehte er sich auf einer Flügelspitze und kam auf Melyn zu. Und zwar nur auf ihn. Melyn hielt stand, denn er wusste, dass ihm nichts anderes übrig blieb, als sich auf seinen Instinkt und auf Jahrzehnte des Trainings zu verlassen.

Caradoc war aus dem Gleichgewicht geraten, er streckte nur einen Arm aus, da der Stumpf des anderen noch immer vor seiner Brust befestigt war. Melyn sah die Augen des Drachen und wägte den Augenblick ab, als sei das alles nur ein Spiel aus seiner Kindheit. Im letzten möglichen Augenblick, als er Caradocs Kralle schon fast an seiner Kehle spürte, fuhr er zurück, sprang auf die Seite, wo Caradoc der Arm fehlte, und ließ sich dann fallen, als der Drache über ihn hinwegfegte. Zu schnell, um zu sehen oder gar zu denken, riss er seine Lichtklinge in einem Halbkreis, spürte, dass sie etwas traf und dann durchtrennte. Dann ließ er sich fallen, als der tödliche Schwanz folgte und höchstens um Haaresbreite über seinen Kopf streifte.

Melyn blickte auf und rechnete damit, den Drachen wenden und einen zweiten Angriff fliegen zu sehen. Aber stattdessen flog Caradoc davon und steuerte einen Felsvorsprung an, der sich im Norden aus den Wäldern erhob. Er floh vor dem Kampf.

Auf dem Boden neben Melyn lagen drei Krallen, jede so dick wie seine Faust, jede mit einem nadelspitzen Ende.

13

Als der Hirte sie verlassen hatte, um zu den Sternen zu reisen, waren seine Jünger wie beraubt. Grendor und Malco kämpften gegeneinander. Die weise Earith zog sich in sich selbst zurück und sprach mit niemandem. Nur der mutige Balwen fand die Stärke, um mit dem Verschwinden seines Herrn zu leben. Er rief die anderen in den Thronsaal und redete zu ihnen allen:

»Freunde, das sind wirklich harte Zeiten. Aber hat nicht unser Herr, der Hirte, uns befohlen, sein großes Werk fortzusetzen? Hat er uns nicht genug Kraft gegeben, um seine Liebe in ganz Gulad zu verkünden? Er hat uns zwar verlassen, aber irgendwann wird er zurückkehren. Was für armselige Diener werden wir dann für ihn sein, wenn er uns so vorfindet? Oder schlimmer noch, wenn er findet, dass wir in unserer Pflicht versagt haben, sein Werk zu schützen?«

Und mit diesen Worten stieg Balwen hinauf zu dem gewaltigen Thron, drehte sich zu seinen Gefährten um und nahm dort Platz.

Das Buch des Hirten

Errol humpelte langsam, aber ohne seine Krücken hinunter zur Furt. Jeder Schritt war ein Experiment, als ob er das Gehen verlernt hätte und es ganz neu einüben müsste. Seine Knöchel waren steif und ein wenig wund, aber der bohrende Schmerz, der in den Monaten seit seiner Flucht aus Tynhelyg sein ständiger Begleiter gewesen war, war jetzt kaum mehr als eine Erinnerung. Dennoch wollte er sich Zeit zur Genesung lassen und nicht den Fehler mit der Truhe wiederholen.

Als er am Wasser ankam, zog er sich das Hemd über den Kopf, ließ seine Hose ins Gras fallen und trat ins Wasser. Dieses Schwimmen im Fluss war zu einer täglichen Unternehmung geworden. Er baute Kraft und Durchhaltevermögen auf, indem er gegen die Strömung kämpfte. Wie immer war das Wasser kalt an seiner Haut, aber er achtete nicht auf sein Zittern, sondern watete einfach weiter, um sich dann hineinfallen zu lassen. Die Lachse, die vor ihm davonstoben, waren wie Lichtfunken, die zum Grund schwammen und sich dort in den sich in der Strömung hin und her bewegenden Wasserpflanzen versteckten. Errol hielt den Atem an und ließ sich vom Fluss langsam stromab tragen, während er die im Wasser verschwommen aussehenden Fische beobachtete. Langsam überwanden diese ihre Angst und kamen wieder zum Vorschein, sie schnellten umher, jede Bewegung ein Blitz, als ob sie nicht schwämmen, sondern von einem Punkt zum anderen sprängen.

Bei diesem Gedanken tauchten in seinem Blickfeld die Linien auf. Während alles andere verschwommen war, waren sie klar und stark, und sie zeichneten die Umrisse des Flussbettes. Errol streckte die Hand nach der nächstliegenden aus, zog die Kraft der Grym in sich hinein, spürte, wie sie seine kalte Haut wärmte und den dumpfen Schmerz aus seinen Knochen drängte.

»Kommt zu mir, Drachen von Gulad. Kommt zu mir!«

Errol hätte sich an einem Mundvoll Wasser fast verschluckt. Er stieß sich vom Boden ab und brach durch die Wasseroberfläche, er hustete und würgte und Wasser lief aus seiner Nase. Eilig kämpfte er sich zum Ufer durch und zog sich ins Gras, zitternd, als der Wind an seiner nackten Haut riss. Er griff abermals nach den Linien, um sich Wärme zu holen, berührte sie nur vorsichtig, auf der Hut vor weiteren Überraschungen.

»Drachen von Gulad, kommt zu mir, ich warte auf euch.«

Diesmal war Errol ein wenig besser auf diese Stimme vorbereitet, die eine perfekte, flüssige Drachensprache sprach. Sie kam ihm vertraut vor, aber er konnte sie nicht sofort zuordnen, denn die Kraft hinter den Wörtern lenkte ihn ab. Er hatte das Gefühl, auf die Füße springen und in den Wald stürzen zu müssen, um diese so offensichtlich in Nöten befindliche Jungfrau zu suchen. Aber das war absurd. Er war nackt, seine Kleider lagen hundert Schritte oder mehr flussauf. Und er hatte keine Ahnung, wo dieser Drache sich aufhielt, in welche Richtung er laufen sollte. Er schüttelte den Kopf, um diesen irrwitzigen Impuls zu vertreiben, dann tastete er an den Grymlinien entlang, um festzustellen, woher der seltsame Ruf kam.

Er erinnerte sich an etwas Ähnliches, aber er brauchte eine Weile, um diese Erinnerung aus der Verwirrung seiner Vergangenheit zu fischen. Er erinnerte sich an Melyns Gemächer, an eine plötzlich beendete Begegnung mit dem Inquisitor. Er hatte vor Melyns Tür Wache gestanden. Warum eigentlich? Osgal war doch immer in Melyns Nähe. Aber Osgal war es unwohl gewesen, er hatte etwas gegessen, das ihm nicht bekommen war. Errol konnte sich das Gesicht des Hauptmanns fast vollständig vor Augen rufen, grün, während es doch sonst rötlich und schweißnass war. Errol hatte vor Melyns Gemächern Wache gestanden, während der Hauptmann sich in den Abtritt begeben hatte. Die Linien hatten Errol zu sich gezogen, vorbei an den magischen Sperren, die Melyn an seiner Tür angebracht hatte, und er hatte den Inquisitor mit einem Drachen reden sehen, wobei Melyn sich ebenfalls als Drache ausgab, um dieses Wesen dazu zu bringen, seinen Aufenthaltsort zu verraten.

Die Erinnerungen fügten sich aus dem Mahlstrom aus Bildern und Stimmen zusammen, die ihn immer dann überwältigten, wenn er versuchte, an seine Zeit in Emmas Faur zurückzudenken.

Errol wusste, dass Melyn seine Gedanken mit einem entsetzlichen Zauber belegt hatte, um sie mit falschen Vorstellungen und Überlegungen zu füllen, die so geschickt mit der Wahrheit vermischt waren, dass er nicht mehr gewusst hatte, was was war. Aber jetzt, hier, als die seltsame Stimme ihn durch die Linien rief, ergab einiges davon endlich einen Sinn.

»Kommt zu mir, Drachen von Gulad. Kommt an meine Seite!«

Als ob er die Ohren spitzte und versuchte, die Quelle eines Geräusches ausfindig zu machen, versuchte Errol zu entscheiden, woher die Stimme in seinem Kopf stammte. Sie kam durch die Linien zu ihm, da war er sich immerhin sicher, aber sie schien aus allen Richtungen zu kommen. Sogar der Sog hinter den Worten war gestaltlos. Er erfüllte ihn zwar mit einem verwirrenden Drang zu handeln, sich zu bewegen, gab aber keinen Hinweis darauf, wohin er sich wenden sollte. Frustriert riss er sich los und kam mühsam auf die Beine. Er ging langsam zurück zu seinen Kleidern und ließ sich vom Wind trocknen, während er weiterlief und dabei die ganze Zeit den Himmel absuchte. Er musste mit Benfro sprechen. Vielleicht konnte der ein wenig Licht in das Mysterium bringen. Doch der Drache war nirgendwo zu sehen.

Errol zog Hemd und Hose an, ging dann zurück in die Höhle und schürte das Feuer, um sich so gut zu wärmen, wie das überhaupt nur möglich war, ohne die Grym und den verwirrenden Ruf zu berühren. Eine ganze Weile zerbrach er sich den Kopf über diese Stimme. Was konnte sie bedeuten? Waren da draußen noch andere Drachen? Hatte Benfro den Ruf selbst gehört, und war er losgeflogen, um diese Drachin zu suchen? Rief sie noch immer? Seine angeborene Neugier, die durch Melyns Einfluss so lange unterdrückt gewesen war, setzte ihm zu, bis er einfach einige Antworten finden musste. Er konzentrierte sich wieder auf die Grymlinien, kostete die unterschiedliche Beschaffenheit jeder Linie aus, die sich ihm zeigte, und versuchte die ganze Zeit, sich zu konzentrieren. Er wollte zuhören, und nicht auf einen Pfad oder schlimmer noch, auf alle zugleich, gezogen werden.

»Drachen von Gulad, hört meinen Ruf. Ihr, die ihr über den Weiten Weg wandert. Ich bin Frecknock, Tochter von Sir Teifi teul Albarn, Kommt zu mir!«

Einen Moment lang glaubte Errol, etwas anderes gehört zu haben, dann öffnete die Drachin ihre Augen. Er konnte sehen, was sie sah: eine kleine Lichtung mitten im Wald, einen klaren blauen Himmel. In der Ferne eine Felskuppe, die wie der gebleichte und getrocknete Rumpf eines längst verstorbenen Leviathans aus dem Wald aufragte, und darüber, auf ausgestreckten Flügeln im Anflug begriffen, Benfro?

Verwirrt verlor Errol diese seltsame Verbindung, die er durch die Linien hergestellt hatte. Das Bild verschwamm und er konnte wieder die Höhle mit dem flackernden Feuer sehen. Er schloss die Augen und konzentrierte sich auf die Sehnsucht, die Frecknock auszustrahlen schien. Sofort war er wieder bei ihr und sah zu, wie ein riesiges Wesen vom Himmel herunterschoss. Jetzt, da er diesen Drachen richtig sehen konnte, begriff Errol, dass es sich nicht um Benfro handelte. Er, denn es musste ein männlicher Drache sein, war doppelt so groß wie Benfro, seine Flügel waren noch größer, sie verdeckten die Sonne, als er zur Landung ansetzte. Errol wurde von einem starken Wind erfasst, der ihn körperlich und in Gedanken zurückdrängte. Er wurde von dem Schauplatz zurück in seinen eigenen Körper geschleudert und fiel mit einer solchen Wucht auf sein Bett in der Höhle, dass er rückwärts umkippte und mit dem Kopf gegen die Felswand knallte. Benommen setzte er sich wieder auf und tastete seinen Schädel nach Beulen ab. Er versuchte, noch einmal Verbindung zu dem Drachen aufzunehmen, aber er konnte nichts hören, obwohl die Linien so deutlich waren wie eh und je. Das Gefühl der Sehnsucht war auch verschwunden. Das schien ihm durchaus plausibel. Wenn Frecknock das Gesuchte gefunden hatte, brauchte sie natürlich auch nicht mehr zu rufen.

Ein lautes Geräusch vor der Höhle riss Errol aus seinen Überlegungen. Er stand auf und lief hinaus, um zu sehen, was dort vor sich ging. Als er ins Licht trat, sah er Benfro, der sich am anderen Ende der Lichtung vom Boden aufrappelte. Der Drache wischte sich ab, schüttelte sich wie ein nasser Hund, warf sich etwas über die Schulter und machte sich dann auf den langen Weg zur Höhle. Es kam jetzt nur noch selten vor, dass Benfro bei der Landung patzte, dachte Errol.

Als der Drache näher kam, konnte Errol sehen, dass er ein großes Reh trug, das er bereits abgehäutet und ausgeweidet hatte.

»Jagdglück gehabt, wie ich sehe.« Er nickte zu dem toten Tier hinüber. Benfro sagte nichts, sondern klatschte seine Beute auf einen flachen Felsblock und fing an, sie zu zerlegen und aufzuteilen. Errol achtete nicht auf sein Schweigen; Benfro war immer schlechter Laune, wenn er eine Landung versiebte. »Bist du heute weit geflogen?«

Benfro hackte weiter mit seinen Krallen auf das Reh ein. Diese Krallen waren schreckliche Waffen, das konnte Errol sehen, und so groß wie er jetzt war, wäre der Drache sogar für einen geübten Kampfpriester ein furchterregender Gegner gewesen. Aber im Vergleich zu dem Drachen, den Errol eben gesehen hatte, war er ein Kind.

»Ich wäre fast nicht zurückgekommen.« Benfro drehte sich nicht um, als er das sagte, und seine Stimme war so leise, dass Errol sich große Mühe geben musste, um sie durch das Tosen des Wasserfalls zu hören. »Ich habe heute Morgen Adler gejagt, und erst gegen Mittag ging mir dann auf, dass ich nach Süden flog, nach Cenobus.«

»Cenobus?«

»Du weißt doch, Magogs zerfallener Palast. Wo sich sein

Schatzraum mit all den Edelsteinen befindet. Ich war so nahe, dass ich ihn aus den Bäumen herausragen sehen konnte wie einen riesigen steinernen Finger. Sowie mir das klar geworden war, habe ich kehrtgemacht, aber für den Rückflug habe ich fast den ganzen Tag gebraucht. Ich habe nur eine Pause gemacht, als ich einige Meilen im Süden von hier dieses Reh gesehen habe. Immer, wenn ich glaube, dass ich anfange, Magog abzuwehren, findet er eine neue Möglichkeit, an mich heranzukommen. Diesmal habe ich ihn nicht einmal gespürt, es gab nur so einen seltsamen Zwang, nach Süden zu fliegen.«

»Das war vielleicht gar nicht Magog.« Errol versuchte, Benfros Aura und die fast unsichtbare Schlinge der rosa Schnur zu erfassen, die ihn mit dem in Corwens Höhle versteckten roten Edelstein verband. Dass er die fast nicht entdecken konnte, zeigte ihm, dass Magogs Einfluss minimal war, und die um den Drachen herumwirbelnden und immer wechselnden Farben waren viel lebhafter, als Errol sie je erlebt hatte. Benfro war von robuster Gesundheit.

»Wie meinst du das?« Endlich drehte Benfro sich um. Er hielt noch immer ein Stück Wildbret in der Hand und dunkles Blut tropfte aus seinen Krallen und verbreitete sich oben auf der Felsplatte.

»Ich habe heute Nachmittag einen Drachen rufen hören.« Errol schilderte Benfro, was er gesehen und gehört hatte, und sah, wie sich die Miene des Drachen von müder Resignation in Staunen und vielleicht sogar Furcht verwandelte.

»Dieser Drache, den du gesehen hast«, fragte Benfro, als Errol endlich fertig war. »Hatte der irgendetwas Besonderes an sich? Abgesehen von seiner Größe?«

Errol dachte an die kurzen Bildfolgen, die er gesehen hatte, und versuchte, sich dieses Wesen vorzustellen, ohne dabei in erster Linie an die Größe zu denken. Ihm fielen jetzt Einzelheiten ein – die Form seiner Ohren und die Haarbüschel, die auf ihren Spitzen wuchsen, wie auf den Bildern der Gebirgskatzen, die er in der Bibliothek von Emmas Faur gesehen hatte. Die Drachenflügel waren gemustert gewesen, auf jedem hatte er das Bild eines Drachen mit ausgestreckten Flügeln gesehen und auf diesen Flügeln wieder das Bild eines Drachen, und so weiter, bis in alle hypnotisierende Ewigkeit. Aber ein Detail hatte er bisher übersehen, obwohl es jetzt, da er das Bild in seinem Kopf rekonstruierte, seltsam wirkte, dass er es übersehen haben könnte.

»Er hatte eine Art Verband um die eine Hand, und die hatte er sich an die Brust gebunden.«

»Dann ist das der Drache, den ich auch gesehen habe, als er über Cenobus geflogen ist. Und du bist sicher, dass es Frecknock war, die ihn gerufen hat?«

»So hat sie sich vorgestellt: Frecknock, Tochter von Sir Teifi teul Albarn. Ich habe sie nicht gesehen, aber ihre Stimme kam mir vertraut vor. Ich glaube, ich habe sie schon einmal gesehen, als sie mit Melyn gesprochen hat.«

»Aber das ergibt doch keinen Sinn. Melyn hat sie gefangen genommen und in Ketten nach Candlehall geschafft. Sie kann doch der Königin nie im Leben entkommen sein.«

Errols Hand griff nach seiner Brust. In Gedanken spürte er wieder den Schmerz, als Beulahs Messer zwischen seine Rippen glitt, obwohl davon nicht einmal mehr eine Narbe kündete. Doch fast all seine Erinnerungen an jene Tage waren ein Nebel aus Arzneimitteln und Schmerzen. Dennoch erinnerte er sich an einen kleinen, verängstigten Drachen, der wie eine obszöne Karikatur der von Hofdamen so geliebten Schoßhunde an den Obsidianthron gekettet gewesen war.

»Ich habe sie in Candlehall gesehen«, sagte er. »Ich habe sie angesprochen, aber sie hat nicht geantwortet. Von da kann sie nicht lebend entkommen sein.«

»Was macht sie dann also im Wald, keinen Tagesflug von hier entfernt?«

Corris war ein elendes kleines Nest, das sich an die höchste schiffbare Stelle des mächtigen Hafren klammerte. Dennoch hätte Beulah beim Anblick der niedrigen Stadtmauer, die eine bunt zusammengewürfelte Mischung aus zwei- und dreistöckigen, an die wenig beeindruckende Burg geschmiegten Häusern umgab, vor Freude weinen können.

Sie hatten die toten Söldner im Wald liegen lassen, nachdem sie diese auf irgendwelche Hinweise darauf untersucht hatten, wer sie wohl angeheuert hatte. Doch sie hatten nur einen riesigen Vorrat an rauscherzeugenden Blättern gefunden, was die Berserkerwut des Angriffes erklärte. Zwei Kampfpriester waren ums Leben gekommen, und sie wurden angemessen beigesetzt, dann wurden die Verwundeten auf einen Wagen geladen und der königliche Tross setzte sich abermals in Bewegung, schweigend und jetzt wachsamer. Beulah weigerte sich, mit einem Wagen zu fahren, sie übernahm das Pferd eines toten Kampfpriesters und hoffte, dass dieses länger leben würde als ihr letztes Reittier.

Ihr Arm schmerzte fast ununterbrochen, und der ruckhafte Gang des Pferdes machte es ihr fast unmöglich, die Grymlinien anzuzapfen, um den Heilungsprozess zu beschleunigen. Immerhin war der Armbrustbolzen, der sie getroffen hatte, nicht vergiftet gewesen, und ihre Wunde war sauber. Als der Feldscher sie genäht hatte, hatte sie die Zähne zusammengebissen und versucht, ihrer Garde ein tapferes Gesicht zu zeigen.

In der Hierarchie der Gruppe hatte ein kleiner, aber nicht zu übersehender Wechsel stattgefunden. Vor dem Angriff hatte der Hauptmann seine Befehle von ihr entgegengenommen und sie an seine Männer weitergegeben, ohne Cluns Ansicht einzuholen. Das war ja auch in Ordnung, dachte Beulah, Hauptmann Celtin war ein erfahrener Kampfpriester, und was immer Melyn auch sagen mochte, Clun war noch immer ein Novize, der seine Ausbildung nicht beendet hatte. Doch seit dem Kampf beugte sich der Hauptmann Clun in fast jeder Frage. Der ganze Trupp schaute jetzt zu ihm auf. Clun selbst staunte über dieses plötzlich so andere Verhalten, denn er hatte keine Ahnung von dem Aufsehen, das seine beiden Lichtklingen hervorgerufen hatten.

Beulah hatte ihn danach gefragt, aber er hatte einfach geantwortet, dass er zwei Klingen gebraucht habe, um sich gegen so viele Angreifer zu wehren. Niemand habe ihm je gesagt, dass man keine zwei gleichzeitig haben könne. Ihm sei es ganz natürlich vorgekommen.

Sie lächelte bei dieser Erinnerung, während ihr Pferd langsam den ausgetretenen Pfad zu der verschlafenen kleinen Stadt hinunterging. Corris verhieß heißes Wasser zum Waschen, saubere Wäsche und trockene Betten, und Essen, das nicht über einem Lagerfeuer halb verbrannt war. Sie hatten ursprünglich nicht lange in Corris verweilen wollen, ihr Reiseplan führte sie eilig flussabwärts nach Beylinstown und dann nach Castell Glas. Beulah wollte einen Boten aussenden, um Lord Beylin über ihre Verspätung zu informieren und eine Verstärkung der Wachposten auf der Landstraße zu verlangen. Zuerst aber hatte sie in diesem Kaff etwas zu erledigen.

Als sie sich den geschlossenen Stadttoren näherten, wurden diese plötzlich aufgerissen und ein Trupp berittener Soldaten kam auf sie zugaloppiert. Ohne ein Wort bildeten die Kampfpriester einen Kreis um die Königin und schwärmten aus, um die Straße und den Straßenrand zu besetzen. Als die Soldaten näher kamen, riefen die Kampfpriester ihre Klingen herbei, bereit zum Angriff. Doch da brachten die Soldaten der Stadtwache auch schon ihre Pferde zum Stehen, und ihr Anführer sprang aus dem Sattel und kniete auf der Straße nieder. In dieser Stellung verharrte er, bis die Reisenden ihn erreicht hatten.

»Eure Majestät, ich habe soeben erst von Eurem Besuch erfahren. Bitte, vergebt mir. Wenn ich es gewusst hätte, wäre ich Euch schon vor Tagen entgegengeritten. Die Wälder hier in der Umgebung sind nicht so sicher wie …« Er verstummte, als er aufblickte und sah, in welchem Zustand die königliche Gesellschaft war. Seine Augen weiteten sich und ihm klappte das Kinn herunter. Beulah trieb ihr Pferd vorwärts und registrierte nebenbei, dass es viel besser auf ihre Befehle reagierte als sein Vorgänger. Sie ritt mit Clun an ihrer Seite durch die Reihen der Kampfpriester und hielt eine Schwertlänge vor dem knienden Mann an.

»Und Ihr seid?«

»Hauptmann Herren von der Garde von Corris, Eure Majestät.« Der Soldat verbeugte sich noch tiefer.

»Seht mich an, Hauptmann Herren.« Der Offizier gehorchte und Beulah starrte ihm in die Augen. Er war kein Mann, der zu Furcht neigte, ein Kampf machte ihm keine Sorgen, das konnte sie sehen. Und doch hatte er offenbar panische Angst vor ihr. Sie streifte seine Gedanken, um zu sehen, ob er die Wahrheit gesagt hatte. Es war möglich, dass ihr Bote niemals eingetroffen war, dass er nackt und tot als Tierfutter irgendwo im Wald lag, ermordet von der Hand der Wegelagerer, die auch sie und ihr Gefolge angegriffen hatten. Möglich, aber nicht wahrscheinlich.

»Wann habt Ihr von unserem Besuch erfahren, Hauptmann?«

»Eure Majestät, seid Ihr verletzt? Was ist passiert?«

»Beantwortet die Frage der Königin.« Clun rief seine Lichtklinge herbei, dünner und länger als normal, und richtete sie auf Herrens Kopf, die Spitze nur eine Handbreit von der schweißnassen Stirn des anderen entfernt.

»Erst heute Morgen.« Der Hauptmann schluckte. »Wir hatten gehört, dass Ihr nach Beylinstown wolltet, dachten, Ihr kommt vielleicht hier vorbei, denn Corris liegt ja auf Eurem Weg dorthin. Aber wir haben keine entsprechende Nachricht bekommen. Dann haben wir gehört, dass draußen im Moor eine Reisegesellschaft überfallen worden ist. Wir suchen hier schon seit Monaten eine Bande von Wegelagerern. Eure Majestät, ich schwöre, wenn ich das gewusst hätte, hätte ich Euch hier draußen erwartet.«

Beulah versuchte, mit den sich überstürzenden Gedanken des Mannes Schritt zu halten, und kämpfte gegen den Schmerz in ihrer Wunde an. Er verbarg etwas, das war ihr klar, aber es hatte nicht direkt mit ihr zu tun. Er hatte wirklich nicht gewusst, dass sie kommen würde, hatte wirklich seit Monaten in den Wäldern der Umgebung eine Bande von Wegelagerern gejagt. Doch der Grund, warum er zuletzt nicht mit seinen Leuten den Wald durchstreift hatte, war weniger klar. Es schien Beulah fast, als ob der Hauptmann das selbst nicht so recht wüsste. Sie würde ihn am Leben lassen, bis auf Weiteres jedenfalls.

»Sagt Eurem Herrn Bescheid. Wir werden einige Tage bleiben. Unsere Verwundeten brauchen Pflege.« Beulah nickte und Clun ließ zur spürbaren Erleichterung des Hauptmanns seine Klinge verlöschen.

»Natürlich, Eure Majestät. Ich kümmere mich persönlich darum.« Er stand auf und salutierte.

»Ach, Hauptmann, noch eins.«

»Eure Majestät?«

»Ihr braucht Euch wegen dieser Wegelagerer keine Sorgen mehr zu machen. Wir haben ihre Leichen für die Krähen liegen lassen.«

Der Hauptmann nickte, schwang sich in den Sattel und drehte sich in Richtung Stadt um. Er ritt in einem ähnlich hektischen Galopp wie dem, in dem er gekommen war, davon, und seine Männer schlossen sich ihm an. Die Tore hinter ihnen blieben offen und das königliche Gefolge folgte in gemächlicherem Tempo.

Beulahs Eindruck von Corris verschlechterte sich bei genauerem Hinsehen. Die dreistöckigen Häuser, die sie aus der Ferne gesehen hatte, waren allesamt Speicher am Flussufer, die durchweg sehr heruntergekommen aussahen. Einige hatten kein Dach mehr, nur verwitterte Holzbalken, die sich wie Knochenfinger zum Himmel streckten. Zerfallene Fenster starrten wie leere Augenhöhlen blicklos auf die Straße. Eine Häuserzeile war eingestürzt und der Schutt war in den angeschwollenen Fluss gefallen. Als Beulah und ihr Gefolge vorüberritten, unterbrachen Kinder zwischen den Steinen ihr Spiel, um die Kampfpriester mit offenem Mund anzustarren. Sie waren in Lumpen gekleidet und trugen keine Schuhe an den Füßen.

Dicht gedrängte Häuser säumten die engen Gassen, die vom Fluss zur Burg hochführten. Beulah sah ab und zu eine kurze Bewegung hinter einem Fenster oder eine eilig geschlossene Tür, aber ansonsten wirkte die Stadt wie ausgestorben. Grasbüschel und kleine Blumen wuchsen zwischen den Pflastersteinen. Alles strahlte schäbigen Verfall aus.

Die Burg selbst war auch nicht viel besser. Zwei betagte Wachen standen vor den offenen Toren, aber es wäre auch einfach gewesen, an der Stelle, wo ein Teil der Mauer eingestürzt war, über den Schutt zu steigen. Ein hölzernes Gerüst zeigte, dass mit der Reparatur begonnen worden war. Aber kein Maurer war zu sehen, nirgendwo wurde Mörtel gemischt, und niemand klopfte Steine zurecht. Das baufällige Gerüst sah zudem so aus, als würde es schon unter dem Gewicht eines Lehrlings zusammenbrechen.

Obwohl das königliche Gefolge nicht groß war, war es nicht möglich, alle auf der Burg unterzubringen, denn diese bestand lediglich aus einem uralten Rundturm mit vier oder fünf Stockwerken, mit schmalen Fenstern. Als Zugang diente eine schmale Holztür am oberen Ende einer steilen Steintreppe. Beulah kannte diese Konstruktion aus ihren Studien der Kriegsführung, sie war mindestens fünf Jahrhunderte alt. Ein Burgherr mit Selbstachtung hätte alles einreißen und neu bauen lassen, oder es zumindest zu einer behaglicheren Behausung umgestaltet. Ihre Hoffnungen auf anständige medizinische Betreuung der Verwundeten oder auf heißes Wasser und ein Bad schrumpfte. Und sie schrumpfte noch mehr, als die Turmtür mit einem Kreischen der Angeln geöffnet wurde.

Hauptmann Herren, der seinen Reitumhang durch einen mottenzerfressenen Waffenrock, wie er einem Herold zukam, ersetzt hatte, stieg langsam die Treppe herab, gefolgt von einem gebrechlichen alten Mann, der sich tief über einen knotigen Stock bückte. Als die beiden endlich unten ankamen, fiel der Hauptmann abermals auf ein Knie – viel zu theatralisch, fand Beulah.

»Eure Majestät, im Namen von Lord Queln heiße ich Euch in Corris willkommen.«

»Und ist Lord Queln nicht imstande, mich selbst willkommen zu heißen?« Beulah stieg von ihrem Pferd, was nicht ohne Schmerzen vor sich ging. Der alte Mann trat von einem Fuß auf den anderen und röchelte, als ob der Weg die Treppe herab ihn entkräftet hätte. Er hustete einmal, dann schaute er aus tränenden Augen zu ihr auf und blinzelte, als habe er eben erst bemerkt, dass es auf seinem Burghof von Menschen, Pferden und Wagen nur so wimmelte.

»Äh? Herren? Was soll das denn alles? Wieso hast du mich hergeschleift?«

»Ihre Majestät, die Königin, Euer Gnaden.« Der Hauptmann versuchte, aus dem Mundwinkel heraus zu flüstern und gleichzeitig Beulah anzulächeln. Wenn sie keine Schmerzen gehabt hätte, hätte sie das vielleicht lustig gefunden. Aber so brodelte ihr Zorn, der nie tief unter der Oberfläche lag, jäh auf. Wer waren diese Leute, die sie wie irgendeine hergelaufene Reisende behandelten? Und welcher Lehnsherr konnte seinen Besitz so elend verwalten, dass er nicht einmal seine eigene Burg instand halten konnte? Genau die Sorte von Lehnsherrn, die bewaffnete Wegelagerer die

Straßen verheeren ließen, statt die Reisenden zu schützen. Die Sorte Lehnsherr, die möglicherweise bald kein Lehen mehr besitzen würde.

»Lord Queln, ja?« Sie ging auf den alten Mann zu, der mit ziemlicher Mühe aufblickte und sie zum ersten Mal wirklich sah. Sein Rücken war so krumm und sein Hals so schief, dass er die meiste Zeit wohl den Boden anstarrte.

»Und wer seid Ihr, junge Dame?« Queln musterte sie rasch, wobei er seinen Kopf auf eine Weise schräg legte, die Beulah unangenehm an eine Fliege auf einer von der Sonne beschienenen Fensterbank erinnerte. Nach jedem Blick ließ er den Kopf ganz schnell sinken, als ob es ihm Schmerzen bereitete, diesen aufrecht zu halten.

»Ich bin Eure Königin.«

Endlich schien diese Mitteilung im verwirrten Gehirn des alten Mannes angekommen zu sein. Er erstarrte sichtlich, hob abermals den Kopf, diesmal langsam, und starrte Beulah aus seinen wässrigen Augen an. Dann ließ er den Kopf wieder sinken und krümmte den Rücken so weit, dass sie schon fürchtete, der alte Mann werde kopfüber zu Boden kippen.

»Eure Majestät, verzeiht meine Grobheit. Ich war nicht über Euren Besuch informiert.«

»Das habe ich schon gehört. Aber es spielt keine Rolle. Wir haben Verwundete bei uns, die Pflege brauchen, und wir alle sehnen uns nach einer Möglichkeit, uns zu waschen, und einer guten Mahlzeit. Lasst Eure Bediensteten einige Zimmer für uns bereitmachen.«

»Natürlich, Majestät, natürlich.« Queln sah von einer Seite zur anderen, wie auf der Suche nach seinem Diener. »Herren?«

»Ich bin hier, Euer Gnaden.« Der Hauptmann stand auf und berührte den Arm seines Herrn, als sei der blind und nicht verwirrt.

»Herren, offenbar ist die Königin hier«, sagte Queln. »Verdammt komisch, wenn du mich fragst. Ich dachte, wir hätten einen König, Aber da haben wir's. Also versuch, etwas für sie und ihre Freunde zusammenzukratzen, sei ein braver Junge. Dürfen uns doch nicht nachsagen lassen, wir wären nicht gastfreundlich, oder was?«

»Natürlich nicht, Euer Gnaden. Ich habe schon mit der alten Köchin Benton gesprochen und die Zofen lüften bereits die Gästezimmer aus.« Er wandte sich wieder zu Beulah, die nicht so recht wusste, ob sie Lord Queln wegen seiner Grobheit mit ihrem Schwert durchbohren oder über seine offenkundige Senilität lachen sollte. »Mein Herr ist schon seit vielen Jahren nicht mehr bei Gesundheit, Majestät. Seit sein Sohn in den Krieg gezogen und niemals zurückgekehrt ist. Wir tun für ihn unser Bestes, aber leicht ist das nicht. Bitte, folgt mir. Ich führe Euch zu Euren Räumlichkeiten.«

Sie ließen Lord Queln auf seinem Burghof stehen und folgten Herren die Treppe hoch. Hinter der schmalen Eichentür war die Burg ebenso schäbig wie von außen. Das trübe Licht, das durch die schießschartenschmalen Fenster fiel, musste mit daumendickem Glas kämpfen, das grün war wie das Wasser in einem sterbenden Tümpel. Die Wandteppiche vor den dicken Mauern mochten einst Jagdszenen oder Geschichten aus den frühen Tagen des Zwillingskönigreiches gezeigt haben, aber jetzt waren alle von einem gleichförmigen Grau. Clun ging auf einen zu und sah ihn sich aus der Nähe an, in der Hoffnung, irgendeine Einzelheit erkennen zu können. Er streckte die Hand aus und tippte den Teppich an, worauf eine Staubwolke aus dem Gewebe quoll, die den Raum von der Decke bis zum Boden erfüllte und ihn würgen und husten ließ. Beulah hoffte, dass ihre Zimmer besser gelüftet sein würden, aber so hektisch, wie die Zofen umherliefen, würde es dort wohl eher nach frisch aufgewirbeltem Staub riechen.

»Wer regiert in diesem Lehen, Hauptmann?«, fragte Beulah, als sie eine weitere enge Wendeltreppe zum dritten Stock hochstiegen, wo die meisten Gästezimmer lagen.

»Seine Lordschaft tut, was er kann, Eure Majestät. Ich versuche, Gesetz und Ordnung zu bewahren, und Father Tolley kümmert sich um Verwaltung, Steuereintreibung und diese Dinge. Corris ist kein großer Hafen mehr wie früher.«

»Dieser Father Tolley ist ein Prediger des Kerzenordens, nehme ich an? Einer von Padraigs Leuten?«

»In der Tat, Eure Majestät.«

»Aha. Nun sagt mir, Hauptmann: Auf welche Abwege ist dieser Father Tolley geraten? Warum ist er nicht gekommen, um mich zu begrüßen?«

Hauptmann Herren hielt mitten im Schritt inne und drehte sich zur Königin um. Das ist also sein schändliches kleines Geheimnis, dachte Beulah.

»Er ist vor ungefähr drei Tagen nach Beylinstown aufgebrochen. Eure Majestät.«

»Hat er gesagt, was er dort wollte?«

»Nein, Majestät. Nur, dass wir uns bis zu seiner Rückkehr nicht auf die Suche nach den Banditen machen sollten. Ich bin davon ausgegangen, dass er sich bei seinem Abt erkundigen und Lord Beylin um Hilfe bitten wollte.«

»Und deshalb wart Ihr nicht auf der Landstraße, als wir überfallen worden sind? Beulah streifte die Ränder von Hauptmann Herrens Bewusstsein, konnte aber keine betrügerischen Gedanken finden. Er war wirklich ein ziemlich einfältiger Mann. Nicht dumm, aber ohne jegliche Vorstellungskraft. Gutes Material für die Garde, vermutlich nicht die beste Wahl als Hauptmann. Sie fragte sich, wer ihn wohl ausgesucht hatte, Lord Queln oder Father Tolley.

»So ist es, Majestät.«

Die Zimmer, in die sie nun geführt wurden, waren überraschend sauber und geräumig, wenn auch düster. Im Kamin brannte ein Feuer, und durch eine kleine Tür sah Beulah eine uralte, aber große Badewanne, die bereits mit heißem Wasser gefüllt worden war. Sie hatte mit einer Kette von Mägden gerechnet, die Krüge aus der Küche brachten, aber breite Kupferrohre schlängelten sich über die Wände und verschwanden hinter dem Kamin im Gemäuer. Diese moderne Einrichtung wirkte in der zerfallenden alten Burg dermaßen fehl am Platze, dass sie fast gelacht hätte.

Sie streifte ihre Reisekleidung ab, ließ sie auf den Boden fallen und versenkte sich dann in dem heißen Wasser. Dabei seufzte sie vor Behagen über dieses schlichte Vergnügen. Entspannt ließ sie den Staub und die Schmerzen nach dem langen Ritt davonschwemmen, während Clun sich um die Wunde in ihrem Arm und die scheußliche Brandblase in ihrer Handfläche kümmerte.

»Findest du diesen Ort nicht ein bisschen seltsam, mein Geliebter?«, fragte sie, als er neben der Badewanne niederkniete und ihre Schultern massierte.

»Mit Corris geht es schon seit Jahren bergab. Der Fluss ist versandet, und die großen Flussschiffe kommen heutzutage nicht mehr weiter als bis zur Wrights-Furt. Lord Beylin hat sein Geld für Verbesserungen der Straße ausgegeben, statt gegen die Natur zu kämpfen und den Fluss zu vertiefen.«

»Ich habe nicht die Armut gemeint.« Beulah hatte abermals vergessen, dass Clun ein Kaufmannssohn war. Seine Kenntnis der Geografie des Zwillingskönigreiches war so gut wie ihre eigene, vielleicht noch besser, da er sich offenbar besser mit den Handelsbedingungen jeder Stadt auskannte, die sie besuchten, während Beulah sich nur an die Namen der lokalen Aristokratie erinnern konnte. »Ich dachte eher an Lord Queln. Dieser ist eindeutig senil, aber niemand hat bisher versucht, seinen Platz einzunehmen. Wenn Padraig von diesem Zustand gehört hätte, hätte er mich doch aufgefordert, einen Nachfolger zu ernennen.«

»Vielleicht hat er es vergessen.«

»Du kennst den Hofmarschall nicht richtig, mein Geliebter. Der vergisst nichts. Wenn er mich nicht darauf aufmerksam gemacht hat, dann, weil er es nicht weiß.« Beulah stieg aus dem jetzt lauwarmen Wasser, ließ sich ein Handtuch geben und trocknete sich ab. Ihr jetzt in einen steifen Verband gewickelter Arm tat nicht mehr so weh, was sich über ihre Handfläche leider nicht sagen ließ. Diese pochte im selben Tempo wie ihr Herzschlag. Beulah hätte gern meditiert und sich auf die Heilkräfte der Grymlinien konzentriert, doch sie wurde von zu vielen Fragen geplagt, die alle erst beantwortet werden mussten, ehe ihr Geist zur Ruhe kommen konnte.

Die große Halle schien aus einem uralten Märchen entsprungen zu sein. In einem riesigen offenen Kamin brannten Holzscheite von der Größe kleiner Bäume und warfen ein flackerndes Licht über zwei parallel aufgestellte lange Tische mit Bänken zu beiden Seiten. Hinten im Raum stand vor einer Erhöhung ein kleinerer Tisch vor einem großen geschnitzten Thron, der aus Eiche oder einem ähnlichen Holz hergestellt war und eine Art Miniaturkopie des Obsidianthrones in Candlehall darstellte. Zwei kleinere Sessel mit reich verzierten hohen Rückenlehnen standen auf beiden Seiten. Alle drei Sitzgelegenheiten waren unbenutzt.

Zuerst hielt Beulah die Halle für leer, aber ein Geräusch vom Kamin her, fast übertönt vom Knistern der Holzscheite, erregte ihre Aufmerksamkeit. Auf einem niedrigen Schemel vor dem Kamin saß Lord Queln und starrte in die Flammen.

»Lord Queln, ich möchte Euch für Eure gütige Gastfreundschaft danken«, sagte Beulah, als sie gemeinsam mit Clun die Halle durchquerte und die wütende Hitze des Feuers noch aus zehn Schritt Entfernung auf ihrem Gesicht spüren konnte. Wie konnte Queln es ertragen, so dicht davor zu sitzen? »Vor allem die Badewanne hat mich beeindruckt.«

»Äh? Oh?« Queln schaute sich um, wie um die Herkunft dieses neuen Geräusches zu lokalisieren. Vielleicht ist er wirklich blind, dachte Beulah. Das würde so einiges erklären.

»Eure Majestät, ich muss für meine Unhöflichkeit um Entschuldigung bitten. Niemand hatte mich über Euer Kommen informiert. Wenn ich es auch nur einen Tag im Voraus gewusst hätte …«

»Das spielt keine Rolle, Queln. So verwöhnt bin ich nicht, dass ich nicht ein paar Unbequemlichkeiten ertragen könnte. Aber wir haben vor mehr als zwei Wochen Herolde geschickt. Soll das heißen, dass keiner hier angekommen ist?«

»Ich kann mich nicht erinnern, einen gesehen zu haben, Majestät. Mein Gedächtnis ist nicht mehr das beste. Normalerweise kümmert sich Tolley um solche aktuellen Angelegenheiten, aber ich kann ihn aus irgendeinem Grund nicht finden.«

»Hauptmann Herren hat mir gesagt, dass Father Tolley vor einigen Tagen nach Beylinstown aufgebrochen ist. Was kann er dort gewollt haben?«

»Herren. Der ist ein guter Mann. Ein guter Soldat. Er ist mein Enkel, müsst Ihr wissen.«

Beulah hätte bei diesem Eingeständnis fast ihre Frage vergessen. Fast, aber nicht ganz. Etwas an Queln stimmte einfach nicht. Sie hatte ihn für senil gehalten, aber vielleicht saß das Übel doch tiefer.

»Father Tolley, Lord Queln. Warum ist er nach Beylinstown gereist?« Beulah versuchte, den Blick des alten Mannes einzufangen, und sie streifte die Ränder seiner Gedanken, um zu sehen, welche Reaktion die Erwähnung des Geistlichen hervorrief.

»Mein Sohn. Mein wunderbarer Gerrid. Er konnte seine Hände nicht bei sich behalten, wisst Ihr. Hatte so einen Hang zum

Küchenpersonal. Wer weiß? Vielleicht besteht die halbe Stadt aus seinen Kindern. Überraschen würde mich das nicht. Aber bei Herren kann ich mir da sicher sein. Er hat die Augen seines Vaters.« Quelns Gesichtszüge erschlafften, und er drehte sich wieder zu dem Feuer um, als habe er mit einem Pagen gesprochen und nicht mit seiner Monarchin. Beulahs Zorn loderte bei dieser Kränkung auf, und sie nutzte diesen Kraftschwall, um tiefer in seinen Gedanken zu stochern.

Er war nicht senil, da konnte sie sich immerhin sicher sein. Sein Gedanken waren ein Chaos, aber nur, weil jemand das so eingerichtet hatte. Es war so geschickt gemacht, wie sie es bisher nur bei Melyn beobachtet hatte. Jemand hatte Erinnerungsfetzen genommen und miteinander vermischt, die Reihenfolge der Ereignisse vertauscht und den alten Mann in Verwirrung gestürzt, um ihn leichter beeinflussbar zu machen.

Beulah kniete vor Queln nieder und legte ihm die Hände auf die Knie. Instinktiv schaute er sie an und sie blickte ihm tief in die Augen.

»Father Tolley. Wohin wollte der wirklich?« Ein Bild flackerte durch Quelns Gedanken, eine Serie von Fragmenten, die sich zusammentaten, um eine Gestalt zu bilden. Es war ein kleiner dünner Mann in den herkömmlichen Gewändern eines Predigers. Ein Mönch des Kerzenordens, dessen schwarze Haare über einem bleichen, fast spitzen Schädel zurückgekämmt waren, eine nasale, quengelnde Stimme, die ihren Kopf zu füllen drohte.

»Eure Regierungszeit wird kurz sein, Königin Beulah vom gestohlenen Thron.« Quelns Stimme war plötzlich ganz anders, hart und kalt. Er streckte die Hand aus und packte Beulahs Hände. Im flackernden orangen Leuchten des Feuers war sein Gesicht verzerrt und die Adern an seinen Schläfen quollen hervor, während Schweißperlen auf seine Stirn und seine Nase traten. »Der wahre König kommt bald, und er wird alle außer seinen eigenen Anhängern von der Oberfläche von Gulad vertilgen. Genießt Eure Tage, so lange Ihr das könnt. Sie werden nicht von Dauer sein.«

Als sie über Quelns Gedanken glitt, erfasste Beulah die volle Bedeutung dieser Worte. Sie waren offenbar in seinen Kopf eingepflanzt worden und hatten auf den Augenblick gewartet, in dem Beulah sie entdecken würde. Und wer immer diese Worte dort hinterlassen hatte, hatte noch eine kleine Überraschung dazugegeben. Sie sah es gerade noch rechtzeitig, um zurückzuspringen, ihre Hände von Lord Queln loszureißen und ihre Gedanken zurückzuziehen, als Lord Queln in Zuckungen verfiel. Clun sprang vor, um sie zu beschützen, aber der alte Mann stellte keine Bedrohung mehr dar, jetzt, da sie ihn losgelassen hatte. Er wand sich, sein Rücken zuckte und krümmte sich, und dann stürzte er von seinem Schemel auf den Boden. Sein Atem kam als gurgelndes, würgendes Husten heraus, als ob etwas in seiner Kehle steckte. Blut strömte ihm aus Nase und Ohren.

»Lord Queln.« Clun kniete neben dem alten Mann nieder und packte dessen Arm, um die Zuckungen zu stoppen. Beulah sah nur zu; sie wusste, dass niemand diesen Mann noch retten könnte. Irgendwer hatte ihn schon vor langer Zeit getötet, aber Lord Queln brauchte zum Sterben dann noch ein paar Minuten länger.

14

Und der Hirte verließ seine Halle der Kerzen und begab sich nach Gulad und sogar zum Bau des Wolfes. Und hier rief er seinen alten Widersacher und sprach: »Wolf, du bist ein Feigling, du greifst meine Herde des Nachts an. Komm, kämpfe offen und ehrlich bei Tageslicht gegen mich. Und wenn du mich besiegen kannst, dann soll alles hier dein sein.«

Verlockt von den Worten des Hirten und voller Gier auf dieses Angebot kam der Wolf fauchend aus den Tiefen seines Baus hervor. Obwohl es heller Tag war, stürzte er sich mit gebleckten Zähnen und ausgefahrenen Krallen auf den Hirten.

Doch der Hirte war weise. Er hatte sich auf diesen Kampf vorbereitet. Er hatte gesehen, dass der Wolf sein Übel über den ganzen geliebten Gulad des Hirten ausbreitete, und deshalb beschlossen, die Welt für immer davon zu befreien. Und so drückte er den Wolf an seine Brust und trug die zähnefletschende Bestie hinauf zu den Sternen.

Ihr Kampf mag tausend mal tausend Jahre dauern, aber wenn er zu Ende ist, wird der Hirte abermals zu seinen Auserwählten zurückkehren, während der Wolf für immer geschlagen sein wird.

Das Buch des Hirten

Melyn lenkte sein Pferd zwischen den Felsen hindurch und beugte sich vor, als das Tier sich den steilen Pfad hochmühte. Sie hatten die Baumgrenze vor ungefähr einer Stunde hinter sich gelassen und der Inquisitor konnte jetzt auf den weiten Wald hinunterblicken.

Der Weg war schmal und wand sich zwischen gewaltigen Felsquadern, die aussahen wie zurechtgehauen. Zuerst hatten sie zu dritt oder zu viert nebeneinander reiten können, und die Kampfpriester hatten leise miteinander gesprochen und ihre Erfahrungen aus dem Kampf gegen den Drachen miteinander geteilt. Nun aber ritten sie im Gänsemarsch, Melyn in der Mitte, während Frecknock vor ihm herging. Alle schwiegen. Über ihnen brannte die Sonne durch die Dunstwolken, heizte die Luft auf und machte jeden Schritt schwer. Ein Sturm zog herauf.

Der Aufstieg dauerte viel länger, als Melyn erwartet hatte. Von der Lichtung, wo sie gegen Caradoc gekämpft hatten, schien der Felskamm nur eine halbe Stunden entfernt zu sein, aber wie bei allem im Wald war auch das eine Täuschung. Vier- oder fünfmal weiter, als er geschätzt hatte, und deshalb hatten sie den ganzen Morgen gebraucht, um so weit zu gelangen. Jetzt, bei dem langsamen Aufstieg zum Kamm stellte Melyn sich vor, dass sie wohl aussahen wie ein Zug Ameisen, der seine Beute heim ins Nest trägt. Die Vorstellung, auf ein Nest zuzureiten, machte ihn nervös. Die Kreatur, die sie jagten, war ja doch um einiges größer als eine Ameise.

Die kleine Kolonne hielt an und Melyn wäre fast gegen Frecknock gestoßen. Sie hatte seit dem misslungenen Hinterhalt nur wenig gesagt, und er brachte es nicht über sich, ihr die Schuld für dieses Fiasko zu geben, obwohl er einen guten Kämpfer verloren hatte. Frecknock hatte alles getan, was er von ihr verlangt hatte, vielleicht sogar mehr. Wenn hier Schuld zugeschrieben werden musste, dann doch eher ihm. Er hatte seinen Feind nun schon zum zweiten Mal unterschätzt. Er würde diesen Fehler kein drittes Mal machen.

»Was ist los?« Melyn sah, dass Hauptmann Osgal abstieg und sich einen Weg zurück zu ihm suchte.

»Von hier ab können wir nicht mehr reiten, Euer Gnaden«, sagte Osgal. »Der Pfad ist zu eng und steil. Ein Pferd mit einem Mann im Sattel könnte sich hier das Bein brechen. Von hier an müssen wir die Tiere führen.«

Melyn wusste, wie sehr Osgal sein Pferd liebte, aber er sah auch die Vernunft in den Worten des anderen. Es war sehr weit bis zum Hauptlager und den Reservepferden. Dieser Umweg, um den abtrünnigen Drachen zu fangen und zu töten, hatte ohnehin schon zu viel Zeit verschlungen, er konnte nicht noch mehr vergeuden, während seine halbe Truppe durch den Wald zog.

Melyn nickte zustimmend und stieg mit ächzenden Knien aus dem Sattel. Die anderen Kampfpriester folgten seinem Beispiel und bald trotteten sie den verschlungenen Pfad hinauf. Vor ihm schien Frecknock sich sehr für die Felsen zu interessieren. Ab und zu stolperte sie, als ob sie gar nicht auf den Weg achtete.

»Was ist los?«, fragte Melyn. »Was kannst du sehen?«

Sie schaute sich zu ihm um und zwang die Kampfpriester hinter Melyn zum Anhalten, während die anderen weitergingen.

»Diese Felsen und Quader. Die waren einmal ein Gebäude. Ein riesiges Gebäude. Aber etwas hat es zerstört.«

Melyn sah sich den nächstliegenden Quader an. Der war fast viereckig, die Kanten waren von Wind und Regen abgeschliffen und gerundet worden. Der Quader war doppelt so groß wie Melyn, und die Oberfläche war rissig und zerschrammt wie die eines jeden anderen Felsbrockens. Er konnte sich nicht vorstellen, dass dieser Steinblock jemals zu einem Gebäude gehört haben sollte. Er war viel zu groß.

»Nichts könnte einen so großen Felsbrocken bewegen. Nicht einmal diese Bestie Caradoc. Der Felsen ist einfach bei einem Erdbeben heruntergekommen.«

»Ich bitte um Vergebung, Euer Gnaden, aber wenn Ihr genauer hinseht, dann erkennt Ihr, dass der Quader aus einem Steinbruch stammt. Seht Ihr, hier und hier?« Frecknock zeigte mit ihrer langen Kralle darauf, sie hatte die Kralle als unbewusste Erinnerung an ihr tierisches Wesen ausgefahren. Melyn trat dichter an den Quader heran und musterte die Oberfläche. Es gab Kerben, Spuren, die durchaus von einem Meißel stammen konnten. Dennoch war er nicht überzeugt.

»Das bildest du dir ein«, sagte er und zog sein Pferd am Zügel, als er weiterging.

»Und was ist mit diesen hier?« Frecknock zeigte auf einen Wirrwarr aus kleineren Felsen, die etwas abseits vom Pfad lagen. Melyn, der nicht so recht begriff, warum er ihr den Gefallen tat, ließ sich hinüberführen. Die Felsbrocken waren aus dem gleichen Stein wie der Felskamm. Alles um ihn herum war aus diesem Stein, aus dunkelrotem Granit, der deutlich sichtbar unter Wind und Regen gelitten hatte. Dem Inquisitor schienen die Steine in keiner Weise bemerkenswert, doch als Frecknock sich darüber beugte, einen Felsen anfasste und zu sich zog, konnte er ein Prickeln der Erwartung doch nicht unterdrücken.

»Da. Hab ich mir's doch gedacht.« Die Drachin trat zurück, um ihn sehen zu lassen.

Der Stein war kunstvoll zurechtgehauen, das hier war nicht die Folge von Verwitterung. Ein überaus geschickter Steinmetz hatte offenbar ein Bild in die Oberfläche des Felsbrockens geritzt und gemeißelt. Melyn kniete davor nieder und fuhr mit dem Finger über das Muster, um herauszufinden, worum es sich handeln mochte. Er hatte es offenbar mit einem kleinen Brocken zu tun, der von einem viel größeren abgebrochen war.

»Was ist das?«

»Ich glaube, es ist ein Teil einer Flügelspitze.« Frecknock ging neben ihm in die Hocke und ließ ihre Kralle über die Kerben wandern. »Seht Ihr. An der oberen Kante könnt Ihr die Schuppen sehen, und hier ist das äußerste Gelenk.«

»Nein, es ist ein Teil eines Armes mit einem Speer.« Melyn sah sich den riesigen eckigen Quader und einige der anderen herumliegenden Steine genauer an. »Aber du hast recht, einige von diesen Felsbrocken sind jedenfalls zum Bauen zurechtgehauen worden.«

Er richtete sich mühsam wieder auf und ging zurück zu seinem Pferd. Frecknock sah aus, als ob sie den Schutt gern noch weiter untersucht hätte, aber sie riss sich los und schloss sich wieder der Kolonne an.

An diesem Nachmittag, während sie immer weiter nach oben stiegen, bemerkte Melyn noch allerlei weitere Steinmetzarbeiten. Der bisher leichte Wind wurde stärker, je höher sie kamen, und peitschte feinen Staub zu kleinen Wolken auf, die über den Pfad jagten, ihnen die Sicht versperrten oder sie in eine Finsternis hüllten, die ihnen den Atem verschlug und ihre Augen tränen ließ. Und noch immer waren sie nicht oben angekommen.

Melyn hatte sich für gut in Form gehalten, aber er war in Schweiß gebadet, als sie sich endlich dem Kamm näherten. Die größeren Quader wurden weniger und wichen einer kargen Wüste aus kleineren Steinen, Geröll und noch mehr Staub, mit dem der Wind spielen konnte. Der Pfad wurde breiter, keine Felsbrocken lagen ihnen noch im Weg, aber noch immer konnten sie den Gipfel nicht sehen, denn hinter jeder neuen Erhebung verbarg sich eine weitere, noch höhere. Und dann, endlich, hatten sie den letzten Kamm erreicht. Der Kampfpriester an der Spitze des Trupps blieb abrupt stehen und zwang die Nachfolgenden, sich fächerförmig über die Geröllfläche zu verteilen. Wütend drängte sich Melyn nach vorn, um zu sehen, was die Disziplin seiner Elitetruppe gebrochen hatte.

Es war ein Bogen, ähnlich wie der von Brynceri zu Hause in Emmas Faur. Doch während der Brynceribogen sich zwischen zwei Häuserreihen über eine Straße wölbte, war dieser hier in eine gewaltige Mauer eingebaut, die sich weit über den Felsrücken zu den Felsen auf beiden Seiten hinzog. Die Mauer war an einigen Stellen zerfallen, am Westrand war sie fast gar nicht mehr vorhanden, aber in der Mitte erhob sie sich drei oder vier Stockwerke hoch.

»Was ist das hier?« Das hatte Hauptmann Osgal gefragt, aber Melyn spürte, dass alle seine Männer dasselbe dachte. Es kam ihnen falsch vor, hier zu sein. Es war, als ob die Mauer lange versteckt gewesen sei und noch immer nicht gefunden werden wollte.

»Ich glaube, das ist Cenobus, der sagenumwobene Palast von Magog, dem Sohn des Sommermondes.« Melyn drehte sich um und sah, dass Frecknock neben ihm stand. Sie wirkte noch hingerissener als in dem Moment, als sie Caradoc zum ersten Mal gesehen hatte.

Melyn lachte. »Magog ist ein Mythos, Cenobus auch. Und selbst, wenn es existierte, dann wäre es viel abgelegener als das hier. Prinz Lonk hat monatelang den Wald durchsucht, und als Father Keoldale seinen Trupp verließ, hatten sie noch immer nichts gefunden. Ich bin schon häufiger durch diese Wälder geritten und habe nichts Vergleichbares gesehen.«

»Seht Ihr das nicht? Es wird von unvorstellbarem Zauber beschützt. Ich habe noch nie eine so geschickte Anwendung der Feinen Künste gesehen.« Frecknock trat vor, schaute in die Luft und ihre Hände griffen nach nicht vorhandenen Dingen. »Aber etwas hat den Zauber gebrochen. Und das vor gar nicht langer Zeit. Er verrinnt jetzt langsam.«

Melyn änderte seine Sichtweise und ließ die Grymlinien in sein Blickfeld sickern. Obwohl es hier keinerlei Lebewesen gab, bedeckten die Linien den Grund dichter, als er es bisher irgendwo gesehen hatte – den Thronsaal und Emmas Faurs einmal ausgenommen. Es war fast, als ob dieser kahle Felskamm, der aus der Mitte des Waldes aufragte, im Mittelpunkt des Lebens stünde, das sich darum herum konzentrierte und es einsaugte, wie er Kraft an sich zog, um seine Lichtklinge herbeizurufen. Aber warum sollte ein zerfallenes Gebäude das tun?

»Ihr seht es nicht richtig an. Wie nennt Ihr diese Sicht? Ätherisch?« Frecknock schaute sich zu Melyn um, der sich fragte, wie viel von seiner Magie sie eigentlich kannte und verstand. Dennoch befolgte er ihren Rat und glitt in die Trance, die ihm die Ätherische Sphäre zeigte und die ihn den Palast sehen ließ, der ihnen den Weg durch den Wald gewiesen hatte.

Und dann begriff er, warum so viele vergeblich versucht hatten, diesen Ort zu finden, warum so viele auf der Suche verschollen waren. Um den Felskamm wirbelten unendlich viele Lichtmuster. Der Kamm schien gar kein Fels zu sein, sondern ein schlafender Riese, der schon so lange hier lag, dass um ihn herum der Wald herangewachsen war. Der Berg lebte. Zumindest konnte Melyn es nicht anders beschreiben. Aber er starb auch. Die Farben verschwanden, ihre Kraft sickerte zurück ins Land. Die Kraft der Grym holte sich die Geröllhalden zurück, und Lichtpunkte waren zu sehen, wo Moos und Flechten zu wachsen begannen.

»Seht Ihr es jetzt, Euer Gnaden?«

Melyn sah Frecknock an und wäre fast aus der Trance geglitten. Sie war noch immer die Drachin, die auf der Suche nach einem Gefährten ihre Familie verraten hatte, die so jämmerlich aufgetreten war, dass nicht einmal er es übers Herz gebracht hatte, sie zu töten. Aber sie war auch ein königliches Geschöpf, sie leuchtete durch eine Kraft, die sie wie ein gewaltiger Glorienschein umgab. Die versammelten Kampfpriester waren im Vergleich ein schattenhaftes Flackern, ihre Selbstbilder nur schwach ausgeformt. Er bezweifelte, dass sie mehr sahen als einen Wirrwarr aus zerfallenen Gebäuden. Der Fluss der Kraft durch diesen Palast entging ihnen.

Dann erkannte er, was ihm seit Beginn dieses langen, langsamen Aufstiegs auf den Gipfel so zu schaffen gemacht hatte. Er fühlte sich in Anwesenheit seines Gottes. Nicht in dem alles umfangenden Frieden, der Heilmacht und dem Gefühl von Allmacht, sondern eher in dem Trost des Gebetes. Dieser ganze Ort hier war geheiligter Boden, ein Heiligtum.

Und Caradoc, diese Bestie, hatte das Heiligtum besudelt, als er hier Zuflucht gesucht hatte.

Melyn zog sich aus seiner Trance zurück. »Folgt mir, Männer. Wir müssen einen Drachen erschlagen.« Für seine normale Sicht sah die Ruine tot aus, abweisend, fast bedrohlich. Sie schien sich in sich selbst zusammenzuziehen, als er sie anstarrte. Die letzten Reste des Schutzzaubers versuchten, ihn zu verjagen.

Sie suchten sich ihren Weg durch das Geröll und stiegen dann weite flache Stufen zum Bogen hoch. In die Stufen eingekerbt waren Furchen, die breit genug waren, dass selbst Wagen mithilfe der flachen Stufen die Steigung überwinden konnten. Zugleich dienten die Furchen der Entwässerung bei Regen.

Überall lagen die Reste einer in großem Maßstab errichteten Siedlung: eine riesige Halle, erkennbar an den untersten Steinen der längst verfallenen Mauern, die noch an ihrem Platz waren. Melyn sah Durchgänge, durch die ein halbes Dutzend Pferde hätte laufen können, die nun aber von Schutt verstopft waren, umgestürzte Säulen, deren Bestandteile sich in weitem Umkreis verteilt hatten und ihre ohnehin schon beeindruckende Länge noch vergrößerten. Irgendeine unvorstellbare Katastrophe musste über diesen Ort hereingebrochen sein, etwas hatte ihn im Handumdrehen dem Erdboden gleichgemacht, hatte Steinquader von der Größe eines Hauses viele Meilen den Hang hinabgeschleudert und fast alles hier oben auf dem Gipfel in Schutt und Staub verwandelt. Und doch stand vor Melyn der Bogen und die Mauer überragte seine Leute. Wie konnte das möglich sein, wo doch alles andere eingestürzt war?

Es war die Grym, natürlich, die Kraft, die alles durchströmte.

Doch die Macht, die das hier bezwungen hatte, ließ ihn erzittern. Sie übertraf alles, was er jemals für möglich gehalten hatte. Kein Wunder, dass hier alles vom Hirten sprach, dieser Ort musste ihm sehr wichtig gewesen sein, wie Candlehall oder der Thronsaal.

Aber die Vorstellung machte ihm zu schaffen. Wenn diese Anlage hier das Werk des Hirten war, was hatte sie dann zerstört? Und warum hatte sein Gott einem Drachen, einem Geschöpf des Wolfes, gestattet, sich hier niederzulassen, auch wenn es eine Ruine war?

Melyn blieb auf der Schwelle stehen, und seine Kampfpriester zögerten ebenfalls, als ob etwas sie zurückhielte. Die Kraft dieses Ortes hinterließ einen gewaltigen Eindruck, wie die durch zu viel Wein aus Fo Afron verursachte Verwirrung. Es war ungeheuer verlockend, sich einfach hineinfallen zu lassen und sich zu verlieren. Nur die Erfahrung eines langen Lebens voller Selbstbeherrschung hielt Melyn zurück.

»Hauptmann Osgal, nimm zwei Männer und bewache dieses Tor«, sage er. »Wir anderen gehen hinein, auch Frecknock.« Er nickte der Drachin zu, die noch immer mit großen Augen Dinge anstarrte, die niemand sonst sehen konnte. »Wenn wir in zwei Stunden noch nicht zurück sind, dann schick einen Mann auf den Innenhof, aber nur so weit, dass du ihn vom Eingang aus sehen kannst, und lass ihn einen Rufzauber ausüben. Mach das zwei Tage lang jede Stunde. Danach kehrst du zum Hauptlager zurück und führst unsere Truppen wieder nach Candlehall.«

»Euer Gnaden, Ihr könnt doch nicht …«

»Dieser Ort hier ist eine magische Goldmine, Jerrim.« Melyn benutzte den Vornamen des Hauptmanns, um den sichtlich erschütterten Mann zu beruhigen. »Unser Drache hat sich hier irgendwo verkrochen. Ich will ihn ausfindig machen und vernichten. Aber hinter diesem Bogen liegen mächtige Zauber, die jetzt in sich zusammenbrechen. Mach dir keine Sorgen, alter Freund.

Ich werde zurückkommen, aber ich muss auf alle Eventualitäten vorbereitet sein.«

Osgal nickte einmal und rief zwei Männer, die sich vom Trupp lösten, einen Befehl zu. Melyn drehte sich zu den übrigen Kampfpriestern um, suchte in ihren Gesichtern nach Anzeichen eines Zögerns und fand nichts. Gut, dachte er. Ich habe sie richtig ausgebildet. Aber das wollen wir jetzt mal auf eine echte Probe stellen.

Wortlos trat er dann durch den Torbogen in den dahinterliegenden Innenhof.

Einen winzigen Augenblick lang glaubte Melyn, unter einem eiskalten Bach gelandet zu sein. Sein ganzer Leib zitterte und prickelte unfreiwillig. Und dann stand er auf der anderen Seite des Bogens und blickte über einen nichtssagenden Hof auf das, was zweifellos einst ein riesiges Bauwerk gewesen war. Nun betraten auch die anderen Kampfpriester nacheinander den Hof. Sie wirkten, als ob sie sich durch schwere Vorhänge gekämpft hätten. Zumindest schien es dem Inquisitor so. Schließlich tauchte die Drachin Frecknock auf. So groß war die Kraft ihrer Anwesenheit, dass er sich zu ihr umdrehen musste, um sich zu vergewissern, dass sie noch immer das unterwürfige Wesen war, das er mitgebracht hatte.

Sie war unverändert, starrte noch immer mit offenem Mund Dinge an, die gar nicht da waren, und doch konnte er einen Unterschied in ihrer Haltung sehen, der ihn eigentlich hätte erzürnen müssen. Sie sah deutlich selbstsicherer aus, achtete nicht auf die Männer, die sie umgaben, und von denen jeder sie sofort hätte erschlagen können. Sie fürchtete sich nicht mehr, und das allein hätte für ihn schon Grund genug sein müssen, um sie töten zu lassen. Aber Melyn konnte ein seltsames Hochgefühl nicht unterdrücken. Er hatte sie jetzt ganz für sich gewonnen. Das konnte er sehen. Es spielte keine Rolle, dass er ihre Großfamilie getötet hatte, es spielte keine Rolle, dass er für alles stand, was sie ihr Leben lang verachtet und gefürchtet hatte. Er hatte ihr Dinge gezeigt, die sie niemals für möglich gehalten hätte. Und um mehr davon zu sehen, würde sie ihm jetzt bis an die Enden von Gulad folgen.

»Hast du irgendeine Vorstellung, wo die Bestie sein kann?«, fragte Melyn die Drachin. Sie brauchte eine Weile, um zu begreifen, dass sie angesprochen worden war.

»Nein, Euer Gnaden, es tut mir leid. Aber dieser Ort ist so verwirrend, so voller Erinnerungen.«

»Das spielt keine Rolle. Dann müssen wir eben auf die altmodische Weise suchen. Wir wissen, dass Caradoc groß ist, deshalb können wir die kleineren Durchgänge vergessen. Wir teilen uns auf. Kommt alle in einer Stunde wieder her, egal, ob ihr etwas gefunden habt oder nicht.«

Melyn nickte einem der Kampfpriester zu, ihm zu folgen, und winkte auch Frecknock zu sich. Sie gingen über den Hof auf die dem Bogen genau gegenüberliegende Tür zu. Reste uralten vertrockneten Eichenholzes hingen an fast völlig verrosteten Angeln, aber die Treppe war staubfrei, zweifellos gereinigt durch den steten Wind, der über den Felskamm pfiff. Melyn trat in die Dunkelheit und rief einen Feuerball herbei, um den Raum zu erleuchten. Der anderen Kampfpriester folgte seinem Beispiel, doch Frecknock fiel zurück, schien die Schwelle nicht übertreten zu wollen, schon gar nicht, um unerlaubt Magie zu benutzen.

»Komm, Frecknock. Ich brauche hier deine Kenntnisse.«

Sie zögerte für einen Moment, dann schritt sie mit eingezogenem Kopf durch die Türöffnung, obwohl diese hoch über ihr aufragte und groß genug für einen Wagen oder einen ungewöhnlich großen und wilden Drachen gewesen wäre.

Drinnen war es kühl. Melyn nahm die Witterung der trockenen, staubigen Luft auf. Doch seine Hoffnung, dort auch Caradoc wahrzunehmen, würde enttäuscht: Außer dem Geruch alter Steine fand er dort nichts. Als sich seine Augen an das trübe Licht gewöhnt hatten, konnte er sehen, dass er in einem großen Saal stand, an dessen hinteren Ende sich ein offener Kamin befand. Außerdem standen dort ein langer Tisch, zu hoch, um Menschen eine bequeme Mahlzeit zu ermöglichen, und ein einzelner Sessel von der Art, wie er sie im Drachendorf gesehen hatte.

Der Tisch war für einen Gast gedeckt. Melyn zog sich auf den Sessel und schaute sich die Überreste einer Mahlzeit an. Diese waren zwar vertrocknet, aber nicht verwest: Auf einem großen goldenen Teller lagen Gemüsereste und ein verkrümmtes Etwas, das nach Fisch aussah. Ein schwerer leerer Krug stand daneben.

»Glaubt Ihr, die Bestie war hier, Euer Gnaden?« Melyn schaute auf den Kampfpriester hinab, der zu ihm getreten war, und sah dabei, dass Frecknock auf die andere Seite des Saals gegangen war und in einen dunklen Durchgang schaute. Er dachte an die Hütte im Wald bei Pullpeiran, an die Senke im Boden, die aus den Wurzeln eines umgestürzten Baumes geformt worden war, und an die verrottenden Kadaver von Dutzenden von Schafen und Rindern. Und an die beiden sorgsam sauber genagten Menschenskelette.

»Nein, das ist zu zivilisiert.« Melyn sprang vom Sessel und kam sich ein wenig wie ein Kind vor, so klein, wie er sich vor den gewaltigen Möbelstücken fühlte. »Und wer immer diese Mahlzeit begonnen hat, der hat schon vor vielen Monaten alles zurückgelassen.«

»Das war Benfro.« Frecknock stand vielleicht dreißig Schritte entfernt, aber ihre Stimme war so deutlich zu hören, als ob sie neben ihm stünde.

»Benfro?«

»Er ist vor einiger Zeit hier durchgekommen.«

»Woher weißt du das?« Melyn ging eilig zu Frecknock hinüber.

Der Durchgang führte in tiefere Finsternis und ein ganz feiner Windhauch bewegte die Luft.

»Das ist schwer zu erklären. Er hat sein Zeichen hinterlassen. Etwas ist passiert. Etwas Außergewöhnliches. Ihr habt gesehen, wie sich Schutz und Zaubermagie auflösen. Auf irgendeine Weise hat Benfro das bewirkt. Oder er hatte zumindest damit zu tun.«

»Du redest irre. Kannst du ihn riechen? Hat er irgendein Zeichen hinterlassen?«

»Kein physisches, das nicht.«

»Aber was spürst du dann?« Melyn versuchte, seinen Zorn über Frecknocks Unklarheit zu unterdrücken.

»Ich kann es nicht beschreiben. Ich weiß nur, dass er hier war.«

»Und was ist mit dem anderen Drachen, mit Caradoc? Kannst du den auch spüren?«

»Er war vor kürzerer Zeit hier. Ich kann ihn überall in diesem Raum riechen. Aber er ist nicht lange geblieben.«

»Wohin ist er gegangen?«

»Nach da unten.« Sie zeigte in die Finsternis hinab. »Ich weiß aber nicht, ob er auf demselben Weg zurückgekommen ist.«

Melyn hob den Arm, und das Licht der herbeigerufenen Flamme trieb die Schatten weit genug zurück, um eine breite Wendeltreppe sehen zu lassen. Nach oben hin war sie von heruntergestürztem Schutt verstopft, der einzige Weg führte nach unten.

Unter der Führung des Inquisitors stiegen sie die Treppe hinab. Sie sahen mehrere Öffnungen, als sie ins Herz des Berges vordrangen – Eingänge zu Ebenen, die nach kalter Finsternis aussahen, Frecknock blieb jedes Mal stehen und schnupperte, dann schüttelte sie den Kopf und stieg weiter nach unten. Endlich kamen sie am Ende der Treppe an. Vor ihnen öffnete sich ein langer Gang. Der Boden war mit glatten Steinplatten belegt, und an den Wänden hingen in regelmäßigen Abständen eiserne Fackelhalter, die jedoch leer waren.

Als er weiterging, spürte Melyn, wie sich die Haaren in seinem Nacken sträubten. Sein Licht erhellte nur einen kleinen Umkreis, weiter konnte er nicht sehen. Die gewölbte Decke befand sich hoch über seinem Kopf, und die Mauern waren fünfzehn Schritt auseinander, aber dennoch war es reichlich eng für einen Drachen von der Größe Caradocs. Melyn wusste nicht so recht, ob er Caradoc ohne die restlichen Kampfpriester gegenübertreten wollte.

»Kannst du ihn noch immer riechen?«, fragte er. Frecknock blieb für einen Moment neben ihm stehen, ehe sie antwortete:

»Caradoc? Der ist hier durchgekommen, aber ich glaube nicht, dass er noch immer hier unten ist. Er hat geblutet, als er heute Morgen vor Euch geflohen ist, aber hier riecht es nicht nach Blut. Sein Geruch ist auch nur noch schwach. Als ob er schon vor einer ganzen Weile hier war. Vielleicht hat er sich nur umgeschaut und keine passende Schlafstätte gefunden.«

»Aber was ist hier unten dann so interessant?« Melyns Gereiztheit wuchs, als ihm klar wurde, dass sie umsonst in die Tiefen der Burgruine gestiegen waren. Warum hatte Frecknock ihm nicht früher sagen können, dass sich ihre Beute gar nicht hier unten aufhielt?

»Könnt Ihr das nicht sehen? Seht Ihr denn nicht hin?«

»Was soll ich sehen? Alles ist dunkel, außer meiner Flamme, und die war hier unten schwer genug herbeizurufen, so weit von den Linien entfernt.«

»Es tut mir leid, Euer Gnaden. Ich hatte angenommen, dass Ihr Eure ätherische Sicht einsetzen würdet.«

»Das Ätherische zu sehen, erfordert eine sehr große Geschicklichkeit und eine noch größere Konzentration. Ich kann nicht einfach nach Lust und Laune in dieser Sphäre ein- und ausgehen.« Melyn staunte über die Drachin. Sie schien von der Ätherischen Sphäre zu wissen, konnte sie offenbar auch selbst sehen, hatte aber keine Vorstellung von der Mühe, die es ihm machte, die notwendige Trance zu erreichen. War das etwas, das sie einfach mit einem Gedanken schaffte?

Er beschloss, sich dieser Frage später zu widmen, konzentrierte sich langsam und ließ sich von der Trance holen. Das herbeigerufene Licht flackerte und erlosch und sie standen in totaler Finsternis da. Und dann überkam ihn das vertraute Gefühl, als die höhere Welt des Ätherischen in seine Wahrnehmung glitt.

Melyn konnte den Tunnel jetzt deutlich sehen, er streckte sich über mehrere Hundert Schritte dahin. In den Eisenhaltern steckten kurze Öllampen, deren Flammen seltsam bewegungslos waren und doch Licht über die groben Steinplatten auf dem Boden warfen. Er ließ seinen Leib zurück und schwebte zur nächsten Lampe, um dann aus der Nähe zu sehen, dass sie ganz und gar aus einer wirbelnden Masse von Farben bestand. Die Mauern pulsierten und leuchteten ebenfalls mehr, als er es jemals gesehen hatte, und alles strömte dem Ende des Ganges entgegen. Als Melyn sich umschaute, wäre er fast aus seiner Trance hinausgefallen. Er konnte seinen Leib sehen, jetzt leblos, da er ihn verlassen hatte. Neben ihm war der Kampfpriester eine vage Gestalt, und Frecknock war der seltsam königliche und elegante Drache, den er vorhin schon gesehen hatte. Aber nicht seine Begleitung erregte seine Aufmerksamkeit, sondern der Gang.

Die Farben, die diesen kennzeichneten, wurden immer schwärzer, je weiter sie zur Treppe zurückreichten. Und dabei änderte sich die Gestalt des Durchgangs und wurde zu einem vagen, sich immer wieder drehenden Kreis. Das erinnerte Melyn daran, wie Wasser in einem Abfluss verschwand, aber er hatte das Gefühl, in dem Abfluss zu sitzen, statt von oben her zuzusehen. Der ätherische Anblick wurde auf ihn zugesogen, und vor seinen Augen krümmte und bog sich eine Fackel an der Wand. Sie dehnte sich aus und das reglose Licht ihrer Flamme war noch immer hell, nun aber länglich und geschwungen. Schließlich wurde es einfach zu einem Teil des Farbenspiels, das sich langsam in sich hineindrehte.

Dann bemerkte er das Ziehen. Es war ganz behutsam, eine überaus leichte Brise, die ihn von seinem reglosen Leib wegzupfte. Sein ätherisches Selbst brauchte den Boden nicht zu berühren, doch während er die Freiheit des Fluges sonst genoss, fühlte er sich jetzt hilflos, als eine überaus sanfte Kraft ihn auf das Ende des Ganges zubewegte.

Melyn versuchte, zu seinem Leib zurückzukehren, aber eine unsichtbare Hand hinderte ihn daran. Zum ersten Mal seit vielen Jahrzehnten verspürte er einen Schauder echter Angst. Er wusste nur zu gut, was denen passierte, die nach einer Reise durch die Ätherische Sphäre nicht in ihren Leib zurückkehrten. Ihre leeren Hülsen schwanden dahin und starben irgendwann, doch das konnte viele Jahre dauern. Er würde sich lieber von einem wilden Drachen verschlingen lassen, als so ein lebender Leichnam zu werden. Immer weiter und weiter wurde er von sich weggezogen, und er schien nichts dagegen tun zu können. Inzwischen wurde der Tunnel selbst verschlungen, und diese Röhre aus Finsternis kam immer näher und näher an die Stelle heran, wo alles ein Ende nahm.

Er versuchte, die ungewohnte Panik zurückzudrängen, und schaute sich um, in dem Versuch, in diesem stetigen Wechsel einen fixen Punkt zu finden, während er sich immer weiter von seinem Leib entfernte. Er konnte eine kräftige hölzerne Tür am Ende des Durchgangs sehen. Ihre Oberfläche war von tiefen Kratzern durchzogen, als ob eine wilde Bestie oder ein wütender Mann mit einer Axt sie angegriffen hätte. Die langsame Farbspirale, die aus dem ätherischen Anblick des Ganges hinaussickerte, senkte sich in die Tür und ließ sie mit einem eigenen Leben pulsieren. Melyn spürte, wie er zusammen mit allem anderen dorthin gezogen wurde, aber nun sorgte etwas, das von der Tür ausstrahlte, dafür, dass er sich vollkommen entspannte. Dieses Etwas beschwichtigte seine wachsende Panik und gab ihm den Mut zurück, der ihn auf so untypische Weise verlassen hatte. Der Hirte war in der Nähe, umfing ihn, wachte wie immer über ihn. Melyn spürte die Macht seines Gottes gleich hinter dieser Tür. Konnte das wirklich der sagenumwobene Ort sein, wo König Brynceri seine Befehle erhalten hatte, ehe der Hirte Gulad verlassen hatte? Mit einem plötzlichen Hunger nach Antworten, wo er bisher von Angst und Selbstzweifeln fast gelähmt gewesen war, streckte er die Hand nach der Tür aus, rannte darauf zu, wollte hindurch und sich in die Arme seines Gottes fallen lassen.

Der Aufprall traf ihn als Schock in seiner Seele. In seiner ätherischen Form war er nicht körperlich anwesend, und deshalb war dieser energische Rückstoß ein Schlag, wie er noch nie einen empfunden hatte. Während er bisher unwiderstehlich auf diese Tür zugezogen worden war, wurde er jetzt in beunruhigendem Tempo davon weggetrieben. Er konnte seinen Körper sehen, dazu das verschwommene, nur halb geformte Bild des Kampfpriesters und daneben Frecknock. Sie waren wie erstarrt, und die Farbspirale, die in die Dunkelheit hineinwirbelte, hatte sie fast erreicht.

Als er auf sich selbst zurückgeschleudert wurde und sich noch fragte, ob er wohl den Weg in seinen Leib finden würde, sah Melyn, wie die Finsternis den Kampfpriester ergriff und an seinem Bild zog, es verzerrte und langzog wie warmes Toffee. Er griff nach seinem eigenen Arm, in der Hoffnung, dass diese Berührung ihn in sich selbst zurückreißen würde, aber er bewegte sich zu schnell, als er mit seinem ätherischen Arm herumfuchtelte, auf dem Weg in die Vergessenheit. Im letzten Moment verspürte er ein Prickeln in seiner Hand und sah Frecknock, die den Arm nach ihm ausstreckte. Sie erhob sich, während die Finsternis den verschlang, und er reckte sich so weit er konnte, um ihre ledrige Hand zu umklammern.

Die Welt drehte sich auf den Kopf, als er Frecknock berührte. Für einen kurzen Moment sah er durch ihre Augen, wusste etwas von ihren Gedanken, dann wurde er in die Schwärze geschleudert. Es gab einen Moment, in dem Melyn ehrlich glaubte, gestorben zu sein, doch dann knallte er auf harten Steinboden und konnte zuerst kaum Luft bekommen.

»Inquisitor, seid Ihr verletzt?« Die Stimme des Kampfpriesters erreichte ihn in der Dunkelheit. Er versuchte noch immer, zu begreifen, was hier passiert war, und gab zunächst keine Antwort. Melyn hielt Ausschau nach Grymlinien, sah zuerst nichts, nahm dann aber ein ganz vages Glimmen wahr, das sich an die Wände klammerte. Das war zu wenig, um damit zu arbeiten. Aber nun sagte neben ihm eine andere Stimme:

»Wenn ich darf, Euer Gnaden.« Eine mächtigere Lichtkugel, als er jemals kontrollieren könnte, nahm explosiv vor ihm Gestalt an. Frecknock kniete daneben, und das Licht warf Schatten über ihr Gesicht, als sie die Hand ausstreckte, um ihm auf die Füße zu helfen. Dieselbe Hand, die er im Ätherischen umklammert hatte, dachte er, als er sie ansah. Sie war stark, und zum ersten Mal fragte sich Melyn, warum alle Drachen, die er erschlagen hatte, so fügsam in den Tod gegangen waren. Dieser Caradoc war der Einzige, der sich jemals gewehrt hatte. Langsam kam Melyn der Verdacht, dass dieser gar keine Kreatur von Gulad war.

»Was ist eben passiert?« Melyn bemerkte, dass die Luft voller Staub war, und seine Ohren schrillten, als ob er eine gewaltige Explosion erlebt hätte, auch wenn er sich an nichts dergleichen erinnern konnte.

»Oben ist der Gang eingebrochen.« Der Kampfpriester zeigte dorthin, wo die Tür gewesen war. Jetzt war diese jedoch von gewaltigen Steinbrocken verdeckt, die sich ächzend in ihre neue Lage senkten. »Wir sollten wohl machen, dass wir hier wegkommen, ehe der ganze Tunnel einstürzt.«

Melyn dachte an die Tür, und wie sie ihn weggeschleudert hatte. Die letzten Überreste des Hirten von Gulad lagen dahinter, und doch war ihm sehr handgreiflich klargemacht worden, dass er sie nicht anzurühren habe. Es war eine seltsame Art Folter, es für einen ganz kurzen Moment sehen zu dürfen, um es dann grausam zu verlieren. Doch wer war er, den Willen Gottes anzuzweifeln?

»Dann los.« Widerstrebend drehte er sich um. »Die Bestie ist ja ohnehin nicht hier unten. Und wir sind schon lange genug unterwegs.«

Sie stiegen schweigend die endlose Wendeltreppe wieder hoch, während Melyn versuchte, Ordnung in dem Chaos aus Bildern in seinem Kopf zu schaffen. Er hatte etwas von den Erinnerungen der Drachin gesehen, etwas von ihren Empfindungen, und das verwirrte ihn zutiefst. Als sie fast oben waren, bückte sich Frecknock und senkte unterwürfig ihren Kopf zu seinem.

»Ich bitte um Vergebung, Euer Gnaden«, sagte sie.

»Weshalb denn?«

»Ich habe vorgeschlagen, dass Ihr Euch mit Eurem ätherischen Blick im Tunnel umseht. Aber kaum hattet Ihr das getan, da fing alles an, in Stücke zu gehen.«

»Hast du das verursacht?«

»Nein, Euer Gnaden. So etwas habe ich noch nie gesehen.«

»Dann brauchst du auch nicht um Verzeihung zu bitten. Wenn überhaupt, dann sollte ich mich bei dir bedanken. Ich war da unten verloren wie ein Novize. Du hast mich zurückgeholt, auch wenn ich mir dabei die Knie zerschrammt habe. Das hättest du nicht zu tun brauchen. Du hättest mich sterben lassen können.«

»Und wie lange hätten Eure Männer mich am Leben gelassen, wenn ich Euch da unten verloren hätte?«

Das stimmte. Sowie ihm etwas passierte, würden die übrigen Kampfpriester Frecknock ohne Zögern erschlagen. Aber hinter ihrem Verhalten steckte mehr als bloße Selbsterhaltung. Etwas anderes trieb sie dazu an, ihm zu helfen.

Er hätte ihr genauere Fragen gestellt, aber als sie aus dem Treppenhaus in die Halle trafen, hörten sie von draußen ein gewaltiges Wutgebrüll. Der Kampfpriester, der vor ihnen die Treppe hochgestiegen war, rief seine Lichtklinge herbei und rannte los.

»Bleib hier.« Melyn wartete nur lange genug, um Frecknocks zustimmendes Nicken zu sehen, dann rannte auch er durch die Halle und rief mit einem Gedanken seine eigene Klinge herbei. Er blieb in der Tür stehen und lauschte auf den Tumult draußen, dann ging er hindurch.

Caradoc war auf der anderen Seite des Hofes in die Enge getrieben worden. Der riesige Drache war von allen anderen Kampfpriestern umstellt, er presste sich den Armstumpf an die Brust, und der Umhang, den er als Verband benutzte, tropfte jetzt, da die Wunde wieder blutete. Als ein Kampfpriester vorsprang und mit seiner Klinge ausholte, brüllte der Drache trotzig und schlug mit seinem Schwanz zu. Aber damit hatte der Mann gerechnet, er sprang zurück und schlug nach dem vorüberpeitschenden Schwanz. Caradoc heulte wieder auf, diesmal vor Schmerz, als Fleisch und Schuppen auf den staubigen Boden klatschten. Melyn schritt langsam über den Hof, und als er die Kampfpriester erreichte, presste sich der riesige Drache an die Mauer.

»Seid verflucht, ihr Menschen. Mein Stamm wird euch zur Strecke bringen und zur Strafe für eure Untaten eure Knochen brechen.« Caradoc sprach Drachensprache mit der seltsamen Betonung, die Melyn schon beim ersten Mal aufgefallen war.

»Und wo ist dein Stamm jetzt, Caradoc, Sohn des Edryd?«

»Der wird kommen. Er wird mich jetzt schon vermissen. Er wird mich suchen und die Suche erst beenden, wenn er mich gefunden hat.«

»Dann wird er uns kampfbereit vorfinden.« Melyn schaute in

die riesigen Augen der Bestie. Er wusste, dass Caradoc beträchtliche Schmerzen hatte und dass er eher instinktiv als überlegt handelte. Vielleicht hatte er niemals etwas anderes gemacht. Melyn bewegte sich in die Gedanken des Drachen, wo sich Furcht mit der Gewissheit vermischte, dass er links zuschlagen würde. Die Augen des Drachen bewegten sich fast unmerklich in diese Richtung, und Melyn wusste nun Bescheid.

»Deine Edelsteine werden ein schöner Neuzugang zur Sammlung der Königin sein«, sagte er, trat nach rechts, fuhr herum und schlug dahin, wo, wie er wusste, der Kopf des Drachen zupacken würde.

Seine Klinge traf nur auf Luft. Caradoc war verschwunden.

15

In vielen Geschichten werden Balwen, Earith, Grendor und Malco als die ursprünglichen Hüter des Thrones bezeichnet, denen der Hirte selbst aufgetragen hat, seine Liebe in Gulad zu verbreiten und alles für seine Rückkehr von den Sternen vorzubereiten. Der Titel Hüter des Thrones ist jedoch eine spätere Hinzufügung zu den Schriften. Balwen hat bekanntlich Hafod und Hendry zum Zwillingskönigreich zusammengeschlossen und dabei Malco erschlagen. Grendor floh gen Norden in das heutige Lanwennog, um einen Irrglauben einzuführen, der schließlich dafür sorgte, dass dieses verdüsterte Land die Lehren des Hirten ganz und gar aufgab. Earith galt als unvergleichlich weise, und vielleicht hat sie im Süden in Eirawan Zuflucht gesucht. Wir wissen nur wenig darüber, was aus ihr und ihrem Volk geworden ist; von dieser einst bedeutenden Zivilisation sind nur vom Dschungel verschlungene Ruinen übrig.

Die wahren Hüter des Thrones sind eine spätere Erfindung, eine romantische Grille von Adligen, die keinen besseren Zeitvertreib wussten. Auf dem Treibsand obskurer religiöser Texte erbaut und entsprungen den religiösen Fieberreden einer Wahnsinnigen, die fast ihr ganzes kurzes Leben in einer Höhle tief im Wald des Frydlands verbracht hat, hat der sogenannte Orden sich immerhin als überraschend widerstandsfähig erwiesen.

Barrod Sheepshead: Die Hüter des Thrones –
Eine romantische Grille

Die Sonne wärmte Benfros Rücken, als er seine Flügel ausbreitete und spürte, wie die Luft sich an ihren Rändern kräuselte und drehte. Er brauchte jetzt kaum an die Bewegungen zu denken. Sie waren so natürlich wie Gehen oder Atmen. Er fing jetzt sogar an, die unsichtbaren Strömungen zu lesen, vorher zu wissen, wo er Auftrieb finden könnte und wo er plötzlich in Sturzflug übergehen müsste. Seine Muskeln fühlten sich stark an, und von seiner Verletzung war nichts mehr zu spüren, als er mit mächtigen Flügelschlägen immer höher stieg.

Dieser helle und klare Morgen war perfekt zum Fliegen. Benfro konnte den riesigen Arnahi sehen, der sich aus den gedrungenen Trenn-Bergen erhob. Die höchsten Gipfel waren noch weiß, aber viele der tiefer liegenden Hänge waren bereits schneefrei und leuchteten in tausend verschiedenen Grüntönen.

Benfro fühlte sich noch immer zu dem riesigen Berg hingezogen, jetzt aber nicht durch Magogs Einfluss. Es war eher so, dass der Arnahi der bisher höchste Punkt seiner Reisen war. Er sehnte sich nach diesem Berg, um dann weiterzufliegen, über die Kante und in das Tiefland des nördlichen Lanwennog. Dorthin war schließlich sein Vater gegangen. Sir Trefalduin zu finden, war noch immer seine beste Möglichkeit, sich des roten Edelsteines und der schrecklichen rosa Schnur zu entledigen, die ihn damit verband.

Benfro ließ sich von einer warmen Luftströmung nach oben tragen und überlegte dabei, wie er seine Suche beginnen könnte. Gulad war so groß, und die dort noch lebenden Drachen hatten längst gelernt, sich zu verstecken. Corwens Worte waren so vage gewesen, und in den Wochen, die seit dem Verschwinden des alten Drachen vergangen waren, waren sie Benfro zunehmend wirrer vorgekommen. Was, wenn Sir Trefalduin bei seiner Suche doch Erfolg gehabt und den Weg in Gogs Welt gefunden hatte, aber nicht zurückkehren konnte? Würde das nicht erklären, warum er niemals nach Hause gekommen war?

Einer der Gründe, warum Benfro sich noch immer nicht auf die Suche gemacht hatte, war die Tatsache, dass er und Errol erst Ruhe brauchten, um ihre Wunden zu heilen und wieder zu Kräften zu kommen. Aber Benfro musste auch zugeben, dass die Größe der Aufgabe ihn schreckte. Wenn er seinen Vater finden könnte, würde er vielleicht auch Gogs Welt finden. Wenn Gog noch lebte, könnte Benfro ihn vielleicht überreden, den Schutzzauber von der Lichtung zu heben, auf der die beiden Brüder geschlüpft waren. Wenn er die Lichtung wiederfinden könnte, würde er vielleicht einige Knochen des längst verstorbenen Magog ausfindig machen können – falls sie noch nicht vollständig verwest waren. Und wenn er den roten Edelstein mit den Knochen zusammenbringen könnte, würde es ihm vielleicht gelingen, die Große Flamme der Extraktion zu entfachen und ein für allemal den Schaden, den Magog angerichtet hatte, zu heilen. Bei alldem konnte so viel schiefgehen, und dabei machte er sich noch gar keine Sorgen wegen der Menschen, die ihn vielleicht jagen und ohne Zögern erschlagen würden.

In Gedanken verloren brauchte er eine Weile, bis er merkte, dass er nach Süden glitt, fort vom Arnahi und auf die Ruinen von Cenobus zu. Zuerst glaubte er, einfach nicht aufgepasst zu haben und von Magogs ausgefeiltem, bösem Einfluss angezogen zu werden. Aber er konnte seine Aura sehen, die ihn stark und hell in einem gesunden Leuchten umgab, das seine zurückgewonnene Kraft und Ausdauer widerspiegelte. Er brauchte sich jetzt kaum mehr zu konzentrieren, um den Knoten zu behalten, der die rosa Schnur abwürgte, das war ihm in Fleisch und Blut übergegangen. Etwas anderes zog ihn gen Süden, etwas, das er gesehen, aber nicht weiter durchdacht hatte.

Während er im Flug den Horizont absuchte, versuchte Benfro, den allzu vertrauten kahlen Felsbuckel zu erkennen, der aus dem grünen Meer der Bäume herausragte wie ein Daumen aus einem

Loch in einer Decke. Doch der Buckel war noch zu weit weg und ein trüber Nebel verwischte die Grenze zwischen Himmel und Baumkronen. Benfro eilte weiter und schaute nach unten, um seinen Schatten über das grüne Laubdach und die größeren Lichtungen huschen zu sehen, die die Bäume zu einer gewaltigen Flickendecke miteinander verbanden. Auf seiner Linken, mit Blick nach Osten, konnte er das Trenn-Gebirge sehen, das sich in der Morgensonne deutlich abzeichnete, auf seiner Rechten, weit im Westen, zogen sie sich weiter in Richtung Frydwald, weiße Gipfel wie unregelmäßige Zähne eines längst verstorbenen gewaltigen Fisches. Sie waren Hunderte von Meilen entfernt, und doch so klar, dass er glaubte, die Hand ausstrecken und sie berühren zu können.

Nur vor ihm, im Süden, war der Horizont verdunkelt. Als Benfro darauf zuflog, konnte er sehen, dass der Dunst nicht vom Wetter kam, sondern Staub war, der in die Morgenluft aufstob, aufgewühlt von etwas unter ihm, das viel näher war, als er bemerkt hatte.

Sein rascher Gleitflug hatte ihn einiges an Höhe gekostet, und er so weit abgesunken, dass die sanfte Wellenlinie von Hügeln und Tälern seinen Blick in die Ferne versperrte. Benfro schlug wieder mit den Flügeln und erhob sich rasch zu den Wolken, die viel höher als die Gipfel der höchsten Berge am Himmel schwebten. Er hatte in seiner Zeit im Schlupfwinkel in den Bergen so viel gelernt, nicht zuletzt die Fähigkeit, mit kalter Luft umzugehen.

Jetzt konnte Benfro weit im Süden den Bergkegel sehen, auf dem Cenobus thronte. Die gewaltige Staubmasse, die er zuerst für Morgennebel gehalten hatte, erhob sich zwischen ihm und der uralten Festung; bei seinem Tempo würde sie sich in wenigen Minuten direkt unter ihm befinden. Vögel wirbelten und stürzten sich in den Staub, als ob sie aus ihrer Ruhe aufgescheucht worden seine oder sich an anderen gütlich tun wollten, die ihr Versteck verloren hatten. Was immer sich da durch die Bäume bewegte, war riesig und unaufhaltsam nach Norden unterwegs.

Das Laubdach des Waldes war hier dicht. Gewaltige uralte Eichen und Buchen streckten ihre Äste weit von sich und hüllten den Boden unter Benfro in Schatten. Benfro drehte um und versuchte zu erkennen, was wohl einen solchen Tumult dort unten hervorrief, aber er konnte durch das üppige Blattwerk nichts ausmachen. Ungefähr eine Meile vor ihm öffnete sich der Wald zu einer Serie von verwilderten Lichtungen. Als Benfro diese Stelle erreicht hatte, begann er, in der warmen Luft zu kreisen, und wartete, dass die riesige Kreatur – oder was immer dort unten unterwegs war – sich zeigte.

Zuerst spürte er nur ein ganz leichtes Prickeln der Angst, fast unmerklich, wie ein überaus schwaches Aroma, das eine Brise mit sich trägt. Dennoch brachen sofort die Erinnerungen über ihn herein: Er versteckte sich unter einem Lorbeerbusch und sah zu, wie ein Dutzend Menschen oder mehr seine Mutter umringten, sie zu Boden zwangen, sie demütigten und schließlich töteten. Er sah zu, wie sie wie ein Rudel Wildschweine auf ihren abgetrennten Kopf einhackten, und wie Blut auf ihre Umhänge und Gesichter spritzte, als sie wütend versuchten, ihre Edelsteine an sich zu bringen. Plötzlich wusste Benfro mit furchtbarer Gewissheit, was sich hier einen Weg durch den Wald erkämpfte.

Sie ritten auf Pferden und hackten sich ihren Weg mit ihren grauenhaften Lichtklingen frei. Immer mehr Menschen tauchten aus den Schatten auf und erreichten einer nach dem anderen die Lichtung. Sobald der Boden eine höhere Geschwindigkeit erlaubte, wurden sie schneller. Es waren mehr Menschen, als Benfro jemals gesehen hatte. Wellen des Schreckens fluteten bei dieser Erkenntnis über Benfro hinweg. Und doch wusste er, dass sie ihm nichts anhaben konnten: Sie konnten nicht fliegen und aus dieser Entfernung konnten sie ihn nicht einmal mit einem

Pfeil oder mit einem Armbrustbolzen treffen. Die Sonne stand so, dass sein Schatten nicht auf die Lichtung fiel. Daher bestand die Möglichkeit, dass die Menschen gar nicht wussten, dass er über ihnen schwebte, zumal ihre ganze Aufmerksamkeit auf das rasche Fortkommen durch den Wald gerichtet hatte. Angst war für sie einfach eine weitere Waffe, und nachdem er das begriffen hatte, konnte er seine Angst verdrängen.

Er musterte die Menschen, aber von oben herab betrachtet sahen sie alle ziemlich gleich aus. Sie erinnerten ihn an einen Zug Ameisen, der scheinbar ziellos über die Lichtung strömte. Benfro hatte als Drachkitz oft genug einen Ameisenhügel aufgescheucht und wusste, dass Ameisen überaus unangenehme Widersacher waren: Tausende von eigenständigen Körpern, die sich aber verhielten wie von einem einzigen allwissenden Gehirn befehligt. Und er wusste, dass es hier ähnlich war. Das Gehirn dieser Menschen dort unten befand sich irgendwo in diesem Zug. Inquisitor Melyn, sein eingeschworener Feind.

Ehe er wusste, was er tat, sank Benfro in der Luft, näherte sich den dahinziehenden Menschen immer weiter, bis er endlich Einzelne unterscheiden konnte. Von oben konnte er zwar die Gesichter noch immer nicht sehen, und er glaubte auch nicht, dass er viele erkannt hätte, außer dem Inquisitor. Dessen Gesicht war bis ins entsetzlichste Detail in Benfros Erinnerung eingeätzt. Er stellte sich vor, dass er auch den großen Wachsoldaten auf dem riesigen Pferd erkennen würde, vor allem wegen des Pferdes und weniger wegen des Menschen, und er vermutete, auch den jungen Burschen identifizieren zu können, der zur Bewachung von Frecknock abkommandiert worden war.

Kaum hatte er an Frecknock gedacht, da sah er sie auch schon zwischen den Bäumen zum Vorschein kommen. Vor ihr war ein Mann, der das größte Pferd des gesamten Heeres zu reiten schien, und hinter ihr, mit schlohweißem Schopf, kam Melyn. Benfro wurde von einem Zorn erfasst, wie er ihn noch nie verspürt hatte. Er hätte sofort seinen Peiniger mit Flammen bespeien mögen. Er ließ sich fallen, suchte sich den besten Winkel für einen Sturzflug und erinnerte sich an die vielen Male, die er Habichte beobachtet hatte, wie sie sich bereit machten, ihre Beute zu schlagen.

»Benfro! Du musst fliehen! Du musst weg von hier! So weit du kannst. Die sind gekommen, um dich zu töten.« Die Stimme erklang in seinem Kopf, und er kannte sie so gut wie seine eigene. Frecknock. So sehr hatte er sich auf den Inquisitor konzentriert, dass er für einen Moment vergessen hatte, dass Frecknock bei den Menschen war, ohne Fesseln, als wäre sie ihresgleichen.

»Drache!« Diesmal hatte jemand laut und in der Sprache der Menschen gerufen. Die Gesichter der Kampfpriester drehten sich nach oben, entdeckten ihn und folgten nun mit ihren Blicken seinen Bewegungen. Eine Serie von scharfem Knacken folgte, und dann schoss ein Dutzend Pfeile auf ihn zu. Einen Moment lang erstarrte Benfro, aber er war außer Reichweite. Die Pfeile fielen zum Boden zurück, ohne etwas ausgerichtet zu haben.

»Vergeudet eure Pfeile nicht.« Das war unverkennbar die Stimme von Inquisitor Melyn. Ihr Klang ließ die Angst wieder in Benfro wach werden, doppelt so stark wie vorher. Die Angst griff in sein Gehirn und machte ihm das Denken fast unmöglich, sie ließ seine Muskeln erstarren, beraubte ihn der Feinkontrolle, die er brauchte, um sich in der Luft zu halten. Benfro wehrte sich, aber er kam sich vor wie überschüttet von einer gewaltigen Flut. Er spürte, wie sich seine Aura seiner Kontrolle entzog, und wie Magog die Gelegenheit nutzte, um seinen Angriff zu erneuern, fast, als habe der tote Drache seinen Angriff mit dem des Inquisitors koordiniert. Durch den Nebel seiner geschundenen Sinne wusste Benfro, dass er wieder absackte. Vielleicht nicht ganz so unkontrollierbar wie bei seinem Sturz in den Fluss, aber er verlor doch die ganze Zeit wertvolle Höhe.

»Du kannst gegen sie kämpfen, Benfro. Das musst du. Benutze deine Flügel und fliege weg von hier. Rette dich!« Frecknocks Stimme drang gerade weit genug durch seine Angst, dass er sich konzentrieren konnte. Er bewegte seine Flügel in einem gewaltigen Schlag, und diese Bewegung linderte die Panik und ließ ihn Magog gegenüber stärker werden. Er machte noch einen Schlag und spürte, wie er sich über die Bäume erhob. Wenn er nach unten blickte, konnte er sehen, wie die Kampfpriester hin und her liefen. Ihr Vormarsch war zum Stillstand gekommen und ihr Anführer fluchte und sandte Verwünschungen gen Himmel.

Benfro schaute ein letztes Mal nach unten und sah Frecknock zwischen dem Inquisitor und dem großen Mann mit dem riesigen Pferd stehen. Ein Teil von ihm fand, dass sie sich ihre Notlage selbst zuzuschreiben habe und verdiente, was immer das Schicksal ihr zumaß, aber sie tat ihm auch leid, da sie den Menschen ausgeliefert war. Benfro flog, so schnell er konnte, in Richtung seiner Lichtung und fragte sich unterwegs, wie es Frecknock gelungen sein mochte, so lange am Leben zu bleiben.

»Hier gibt es nichts, Eure Majestät. Nur einige Kleidungsstücke und ein paar religiöse Bücher.«

Beulah stand mitten in einem schmuddeligen kleinen Raum, der im Erdgeschoss der Burg in die dicke Mauer eingelassen war. Eine winzige fensterlose Kammer daneben war fast gänzlich von einer schmalen Pritsche ausgefüllt. Es gab nicht einmal einen privaten Abtritt, Father Tolley hatte sich die Räumlichkeiten für seine persönliche Hygiene offenbar mit dem Rest des Schlosspersonals teilen müssen.

Wie die meisten Räume in der Burg wurde Father Tolleys Kammer von einer schmalen Lichtscharte erhellt. Doch das wenige Licht reichte Beulah, schließlich gab es nicht viel zu sehen: einen schlichten Schreibtisch mit Pergamentrollen und Federn, zwei

Stühle, ein hohes Bücherregal mit in Leder gebundenen Büchern und eine kräftige Truhe, die mit Eisen beschlagen war. Beulah befahl ihrem Begleiter, Hauptmann Herren, die Truhe aufzubrechen, doch darin befand sich nichts als eine Anzahl sorgfältig geplätteter, aber fadenscheiniger Predigergewänder, Strümpfe und etwas Unterwäsche. Father Tolley besaß offenbar nicht einmal ein zweites Paar Stiefel.

»Was ist mit diesen Büchern?« Beulah trat vor das Bücherregal und rief eine kleine Flamme herbei, um zu sehen, welche Lektüre einen aktiven Prediger des Kerzenordens interessierte. Hauptmann Herren neben ihr fuhr zusammen, als habe er noch niemals Magie erlebt. Vielleicht, dachte er, hatte er das ja auch niemals. Sie zog einen schweren Band heraus und ließ ihn auf den Schreibtisch fallen. »Elf Grundregeln der Verwaltung« stand auf dem Einband. Beulah wusste noch zu genau, wie sie dieses Buch als Kind hatte lesen müssen.

Die anderen Bücher waren ebenso fesselnd, die Pergamente womöglich noch trockener – Rechnungen, Listen über Einnahmen und Ähnliches –, also genau das, was zu erwarten gewesen war. Abgesehen von der fadenscheinigen Kleidung hätte es auch Hofmarschall Padraigs Wohnung in Candlehall sein können.

»Herrin, ist es nicht gefährlich, dass Ihr ohne jemanden von unseren Leuten hier unten seid?« Beulah drehte sich um und sah Clun durch die Tür treten, die in einen der Dienstbotengänge führte.

»Wenn ich mit Hauptmann Herren zusammen bin, kann mir doch nichts passieren. Und ich bin ja auch nicht gerade hilflos.«

»Natürlich nicht. Ich dachte bloß …«

»Dass du dir Sorgen gemacht hast, mein Geliebter? Ja, das weiß ich. Und ich bin sehr froh darüber. Aber ich musste diese Räume durchsuchen, und Herren war so freundlich, mich hinzuführen. Aber wo bist du gewesen?«

»Die Leute stehen unter Schock, einige sind wütend. Sie haben ihren Herrn offenbar sehr geliebt. Ich habe versucht, eine Trauerfeier zu organisieren.«

»Kann das denn sonst niemand übernehmen?« Beulah staunte darüber, wie natürlich Clun die Last der Verantwortung auf sich nahm, wie wenig er sich über diese Bürde beschwerte.

»Es tut mir leid, Majestät. Das wäre meine Aufgabe gewesen.« Hauptmann Herren senkte den Kopf. »Da Tolley nicht da ist, und da Lord Queln …« Er verstummte, und einen entsetzlichen Moment lang glaubte Beulah, er werde in Tränen ausbrechen. Der Kontrast zu ihrem Gemahl hätte nicht deutlicher sein können.

»Was genau sucht Ihr hier eigentlich?« Clun sah sich die Bücher und Schriftrollen an, die Beulah auf dem Schreibtisch aufgetürmt hatte.

»Alles und nichts. Etwas, das uns ein bisschen mehr über Father Tolley sagen kann. Etwas, das uns einen Hinweis darauf gibt, für wen er arbeitet. Corris ist zu klein, zu abgelegen, um Billah Sorgen zu machen. Aber irgendwo hat Tolley seine Magie gelernt, und das war nicht bei den Meistern des Kerzenordens.«

»Darf ich etwas ausprobieren, Herrin?«

Beulah nickte zustimmend, und Clun ließ sich in dem Sessel hinter dem Schreibtisch nieder. Sie beobachtete voller Neid, wie er sich entspannte, seinen Atem in einen regelmäßigen Rhythmus brachte und dann die Augen schloss. Für einen ganz kurzen Augenblick sah sie, wie ein farbiger Rand ihn umgab, der Geist seines ätherischen Selbst.

»Vorsicht, mein Geliebter«, sagte sie, als sie die haarfeine Veränderung in der Luft wahrnahm, die sie umgab. Mit großer Mühe holte sie die Grymlinien in ihr Blickfeld und sah, dass der Sessel an einer Stelle stand, wo zwei dicke Linien einander kreuzten. Die anderen strömten durch den Raum. Es waren viel mehr, als sie an einem dermaßen leblosen Ort erwartet hätte.

»Holt Hauptmann Celtin«, sagte Clun. Beulah änderte ihren Blick und sah, wie Herren kurz nickte und dann davoneilte.

»Was ist los?«

»Hinter dem Bücherregal.« Clun zeigte auf die jetzt leeren Fächer. »Da ist eine Art Kammer, aber die wird von Wachzaubern beschützt. Ich will eine zweite Meinung einholen, bevor ich es wage, dort einzudringen.«

Beulah musterte das Bücherregal. Es wirkte solide an der Mauer befestigt, aber sie hatte in Candlehall gesehen, mit welchem Geschick die Palastschreiner Türen getarnt hatten. Es war durchaus möglich, dass es eine Art Mechanismus gab, die das Öffnen gestattete. Die Kammer war klein, jedes Einrichtungsstück war am besten möglichen Platz angebracht, aber zwischen Bücherregal und Schreibtisch klaffte eine überraschend große Lücke, ein Stück leerer Boden, während die Truhe zu dicht am Kamin stand und so den Zugang zum Schlafzimmer erschwerte.

»Diese verfluchte Schwangerschaft«, sagte sie. »Wenn ich sehen könnte, was hier vor sich geht, könnte ich das im Handumdrehen öffnen.«

»Sagt das nicht, Herrin.« Clun war sofort aufgesprungen und stand jetzt neben ihr. Seine Hand berührte ihren Bauch und Wärme breitete sich durch den dünnen Stoff ihres Kleides aus. Etwas in ihr trat spürbar um sich.

»Au!« Beulah fand es eher überraschend als schmerzhaft. Clun musste lachen, verstummte aber, als sie von einem diskreten Hüsteln bei der Tür unterbrochen wurden. Beulah drehte sich um und sah Celtin und Herren vor der Tür stehen.

»Ihr habt mich kommen lassen, Euer Gnaden?« Celtin nickte kurz zum Gruß und presste sich eine Faust auf die Brust.

»Dieses Bücherregal«, Clun zeigte darauf. »Es verbirgt einen Durchgang und wird von Zaubern beschützt. Ihr habt schon viel länger mit diesen Dingen zu tun als ich.«

Celtin nickte, ging langsam zum Regal, betastete die Kanten, musterte es von allen Seiten. Dann lehnte er die Stirn gegen das Holz und schloss die Augen. Alles verstummte und spürte die Veränderung in der Luft. Für etwa eine Minute waren nur das leise Streifen des Windes über die schmale Glasscheibe in der Lichtscharte zu spüren und ein gelegentliches Klirren aus der Küche zu hören. Doch dann, mit hörbarem Klicken, bewegte sich das Bücherregal ein oder zwei Daumenbreit von der Mauer weg.

Hauptmann Celtin trat zurück und atmete aus. »Da habt Ihr Euren Durchgang«, sagte er, und Beulah konnte auf seiner Kopfhaut Schweiß sehen. »Er war sehr gut geschützt. Ich hätte das wohl selbst übersehen, wenn es mir nicht gezeigt worden wäre.«

»Ich gehe vor.« Clun zog das Bücherregal auf, und sie sahen dunkle Stufen, die nach unten führten. Er rief eine Lichtklinge herbei und das Leuchten verjagte die Schatten. Beulah folgte ihm nach unten, die beiden Offiziere schlossen sich an.

Es war nicht weit, höchstens zwanzig Schritte, dann öffnete der Durchgang sich zu einer kleinen runden Kammer. Dort war gerade genug Platz für vier, und sie drängten sich um einen kleinen, in die Felswand gehauenen Altar zusammen. Darauf lag ein geöffnetes schmales Buch. Beulah hob es auf, drehte es um und las den mit goldenen Lettern in den blutroten Ledereinband eingeprägten Titel: »Die Weissagungen von Goronwy der Wahnsinnigen«.

Sie drehte das Buch um und sah sich die aufgeschlagene Seite an. Die Ränder waren fast schwarz, weil darauf herumgekritzelt worden war. Im trüben Licht war es unmöglich, etwas zu entziffern. Manche Verse waren unterstrichen und durch Schlangenlinien und Pfeile miteinander verbunden. »Strophe fünfunddreißig. Die Rückkehr des wahren Königs.«

»›Wenn Balwens letzter Spross sitzt auf gestohlenem Thron …‹ Sind es diese Verse?« Das hatte Hauptmann Celtin gesagt.

»Ja«, sagte Beulah. »Wisst Ihr, was das bedeutet?«

»Meist bedeutet der Unsinn, den die alte Hexe von sich gegeben hat, nichts. Es ist so vage, dass man es auf alles beziehen kann. Aber hier weiß ich zumindest, worauf es sich bezieht: auf die Hüter des Thrones.«

»Seid Ihr sicher?« Beulah spürte, wie es ihr eiskalt das Rückgrat hinablief. »Ich dachte, sie seien in den Nebelkriegen alle umgekommen.«

»Was sind das für Leute?«, fragte Clun. »Die Hüter wovon?«

»Des Thrones. So nennen sie sich jedenfalls«, sagte Celtin. »Das ist so ein Haufen von Irren, die die Lehren des Hirten ablehnen und den Wolf verehren. So wie ich das gehört habe, glauben sie, er wird zurückkommen und Anspruch auf sein Königreich erheben. Dann wird offenbar ganz Gulad verbrennen, außer denen, die dem Wolf Treue schwören. Das ist so der übliche Quatsch. Und diese Leute schwärmen eben für Goronwy die Wahnsinnige.«

»Sie verehren den Wolf?« Hauptmann Herrens Stimme war sehr leise, fast ungläubig. Sein Gesicht sah im Licht von Cluns Klinge sehr bleich aus, und Beulah fragte sich schon, ob er gleich in Ohnmacht fallen würde.

»Tun sie«, sagte Celtin. »Nur nennen sie ihn nicht so. Sie haben einen anderen Namen für die Bestie, sie nennen ihn Gog.«

Beulah stieß unfreiwillig einen Schrei aus, während sie zugleich begriff, warum Hofdamen sich manchmal die Hand vor den Mund schlugen. Sie schämte sich dieses Mangels an Selbstbeherrschung, aber Herren und Celtin ging es kaum anders. Beide hatten aufgekeucht und waren von dem kleinen Altar zurückgetreten, zurück in Richtung von Treppe und Ausgang.

»Was?« Clun starrte sie an und bemerkte nicht, dass sich das Licht geändert hatte und dass seine Lichtklinge jetzt dunkelrot glühte.

Die Burgmauern glitzerten vor Feuchtigkeit und funkelten im Licht der Fackeln wie Diamanten. Errol ging langsam durch den Korridor und lauschte auf alle Geräusche, die andeuten könnten, dass sie entdeckt worden waren. Er wusste nicht, welche Ungeheuer hier auf der Lauer lagen, aber er war sicher, dass er keinem davon begegnen wollte.

Es war unheimlich vertraut, aber er war nicht ganz sicher, wo er schon einmal so einen Gang gesehen hatte. Und er konnte sich auch nicht erinnern, wie er in diesen hier gelangt war. Er war nur sicher, dass er ans andere Ende kommen musste.

Er sprang leichtfüßig von einem Schatten zum anderen und huschte über die Stellen, die von den Fackeln beleuchtet wurden. Etwas machte ihm dabei zu schaffen: Es hätte nicht so leicht sein dürfen. Aber er konzentrierte sich zu sehr darauf, nicht erwischt zu werden, um sich über solche Dinge Sorgen zu machen. Jedenfalls hatte er jetzt die Wendeltreppe erreicht.

Die Treppe nahm einfach kein Ende und trug ihn mit langsamer Monotonie nach oben. Nur sein kurzer Sprint vorbei an den breiten Türöffnungen in jedem Stockwerk unterbrach die Ödnis seines Aufstieges. Jedes Mal hielt Errol kurz inne, um Atem zu holen und durch immer weitere leblose Gänge zu schauen, die von Reihen von flackernden Fackeln zugerußt waren. Er fragte sich, wer diese vielen Fackeln anzündete und sie ersetzte, wenn sie heruntergebrannt waren.

Irgendwo zwischen dem achten und dem neunten Stock blieb er länger stehen. Die Gänge waren viermal so hoch wie die meisten anderen, die er gesehen hatte, und sie erinnerten ihn an einige der älteren Teile von Emmas Faur. Vieles hier erinnerte Errol eigentlich an das Kloster des Ordens vom Hohen Fryd, aber es gab auch Unterschiede. So wanderten hier keine Kampfpriester umher. Aber er hatte keine Zeit, sich über solche Rätsel den Kopf zu zerbrechen, er musste in die Turmspitze gelangen.

Es dauerte ewig und war sofort vorbei. Im einen Moment wanderte er die zahllosen Stufen hoch, deren Ende einfach nicht in Sicht war, im nächsten stand er oben und schaute in eine Kammer. Er holte erst einmal Atem, dann suchte er sich einen Weg durch Unmengen von seltsam aussehenden Messinginstrumenten, vorbei an Tischen, die so hoch waren, dass er nicht sehen konnte, was darauf lag.

»Du bist also wieder an meinen Kindern vorbeigekommen, Xando. Gut gemacht.« Die Stimme sprach Drachensprache mit der seltsamen Betonung, die er schon kannte. Als er sie hörte, wusste Errol, wo er war. Er war offenbar wieder eingeschlafen, und jetzt träumte er. Nur war alles so wirklich, als ob das, was er sah, tatsächlich passierte. Er wollte aufblicken und nachsehen, ob der riesige goldene Käfig noch immer an seiner Kette von den Dachbalken hing, aber sein Körper wollte ihm nicht gehorchen. Es war überhaupt nicht sein Körper. Deshalb hatte es ihn auch nicht angestrengt, die vielen Stufen hochzusteigen, deshalb hatten sich seine Füße so leicht angefühlt.

»Meister, um diese Zeit schlafen sie alle. Ich hatte mehr Angst, dass Mr Clingle mich entdecken könnte. Ich habe keine Lust, wieder in den Kloaken zu arbeiten.« Die Stimme, die das sagte, war nicht Errols. Sie war um einiges jünger, ziemlich hoch, und sie sprach die Drachensprache perfekt, wenn auch mit demselben ungewöhnlichen Akzent. Errol ertappte sich dabei, dass er seine Hände und Füße anstarrte. Es waren die Glieder eines Jungen von vielleicht zehn Jahren.

»Ich werde mit dem Majordomus reden, wenn ich ihn das nächste Mal sehe. Du bist befördert worden, Xando. Du arbeitest jetzt für mich.«

Errol schaute bei diesen Worten auf und sah den uralten Drachen am Feuer stehen, wo er sich Schwanz und Rücken wärmte. Er spürte, wie ihn bei dieser Mitteilung Freude und Erregung durchströmten, was zweifellos die Gefühle des Jungen angesichts der Beförderung an diesem Ort waren, wo immer das sein mochte.

»Errol!« Er fuhr herum, als er das hörte, schaute auf und sah den Käfig hoch unter der Decke hängen. Ein bleiches, von zerzausten schwarzen Haaren umrahmtes Gesicht schaute durch die Stäbe auf ihn herunter. Er wollte rufen, »Martha, ich hol dich hier raus«, aber er konnte kein Wort hervorbringen.

»Was ist los, Xando? Hast du Angst, mein Haustierchen könnte entkommen und dich behexen? Keine Sorge. Die kann nicht aus meinem Käfig raus.«

»Errol!« Die Stimme klang entschiedener, aber Errol konnte auf Marthas Lippen keine Bewegung sehen. Sie starrte nach unten, mit einer Miene von verwirrter Neugier, aber sie hatte nichts gesagt. Wenn aber nicht sie, wer dann?

»Wo ist Errol?« Die Stimme des Jungen Xando füllte seine Ohren. »Ich dachte, ich hätte jemanden rufen hören.«

»Ich habe keine Ahnung, Xando. Sicher hast du dir das eingebildet. Aber jetzt komm, wir haben zu tun.« Der alte Drache schlurfte weg vom Kamin und steuerte den gewaltigen Schreibtisch an. Errol hatte ein seltsames Gefühl, als ob jemand seine Schultern gepackt hätte und ihn festhielt, während Xando losging. Er sah noch immer zu Martha hoch, aber aus dem Augenwinkel konnte er einen in Lumpen gekleideten Jungen sehen, der langsam auf den Schreibtisch zuging.

Über ihm machte Martha große Augen. Ihre Lippen fragten, »Errol?«, aber kein Laut war zu hören. Und dann spürte er, wie sich der Zugriff um seine Schultern verfestigte und ihn schüttelte. Das Bild des Turmzimmers verblasste und wurde zu der vertrauten Höhlenwand. Marthas stummes flehendes Gesicht blieb nur noch als Erinnerung bei ihm.

»Errol, du musst aufwachen!« Er blinzelte, drehte sich auf die

Seite und schaute in Benfros Gesicht, das sich fast unangenehm dicht über seinem befand.

»Was ist los?« Errol versuchte, an den Schatten um den Höhleneingang die Uhrzeit abzulesen. Er hatte noch längst nicht lange genug geschlafen.

»Melyn kommt. Wir müssen fliehen.«

16

Die Grym durchzieht ganz Gulad. Sie verbindet alle Lebewesen, von der winzigsten Mücke bis zu den riesigen Walen, die in den fernen Tiefen des riesigen Ozeans leben. Die sichtbarste Manifestation ihrer Macht sind die Grymlinien, und noch das jüngste Drachkitz weiß instinktiv mit ihnen umzugehen. Wie könnte es dann möglich sein, ein lebendes Wesen aus der Grym zu entfernen? Und welche Folgen würde ein solcher Bruch nach sich ziehen?

Aus den Arbeitstagebüchern des Gog, Sohn des Wintermondes

Melyn sah zu, wie die davonfliegende Gestalt des Drachen am Himmel zu einem winzigen Punkt schrumpfte, und die Wut lag wie ein kalter Klumpen in seinem Magen. Sie waren dem Erfolg so nahe gewesen. Der Drache hatte sich der Furcht ergeben wie ein Novize im ersten Jahr, er war aus dem Himmel fünfhundert bewaffneten und wartenden Kampfpriestern entgegengestürzt. Er hätte keine Chance gehabt. Aber in letzter Sekunde hatte er einen Ausweg gefunden, hatte sich zusammengerissen und war geflohen. Etwas war ihm zu Hilfe gekommen.

»Wieso ist ihm die Flucht gelungen?«, fragte er Frecknock, die bewegungslos neben ihm stand und ebenfalls der rasch kleiner werdenden Gestalt hinterherschaute.

»Wir empfinden Angst nicht auf dieselbe Weise wie Ihr.« Frecknock drehte sich um und sah ihn an. »Benfro war sicher total überrascht, aber er hat auch gewusst, dass das, was er fühlte, nicht wirklich war.«

»Benfro? Ich dachte, das war Caradoc. Bist du sicher?« Melyn wartete die Antwort nicht ab. Er wusste, dass Frecknocks Blick schärfer war als der jedes Menschen, und sie hätte Morgums Schlüpfling viel leichter erkennen können als irgendein Kampfpriester. Wenn es Benfro gewesen war, dann konnte sein Schlupfwinkel nicht weit weg sein.

Melyn glitt in die Trance, in der er die Ätherische Sphäre sehen konnte. Die Farben änderten sich und alles sah ein wenig unwirklich aus. Muster wirbelten über den Himmel, ein Hinweis auf die mächtige Magie, die diesen Ort geformt hatte und ihn noch immer formte. Er wollte sich nicht weit von seinem Körper entfernen, zum einen weil er wusste, wie trügerisch und wechselhaft die Kraft der Magie sein konnte, zum anderen weil die Erinnerung an den Einsturz des unterirdischen Ganges noch allzu lebendig war. Er wollte sich nicht verlieren, aber er wollte sich auch seine Beute nicht wieder entgehen lassen.

Er erhob sich auf seinem Körper und stieg geradewegs in einer seltsam dicken Luft auf, wie durch warmes Wasser. Als er nach unten blickte, sah er seine Armee zwischen den Bäumen. Sie marschierte nicht mehr. Einige der Gestalten ähnelten Menschen, aber keiner besaß das scharfe Selbstbewusstsein, das nötig war, um diesen Ort zu beherrschen. Nur Frecknock war deutlich zu erkennen.

Beim Aufstieg hielt Melyn Ausschau nach Zeichen, die er nutzen könnte, um den Weg in seinen Körper zurückzufinden. Er konnte das leuchtende Farbgewimmel sehen, das Benfro war, der nach Norden jagte, auf den gewaltigen Berg Arnahi zu. Melyn wollte nicht, dass der Drache viel weiter käme, aber er musste vorsichtig sein. Er bewegte sich langsam in dieselbe Richtung und prägte sich Position und Größe der wenigen aufragenden Hügel ein, um seine Männer nicht zu verlieren. Der Boden unter ihm war eine wogende Masse aus Grün, getupft mit der lebenden Kraft ungezählter kleiner Tiere.

Benfro steuerte geradewegs den riesigen Berg an, während gleich hinter Melyn der kahle Felsrücken, bei dem sie Caradoc verloren hatten, aus dem Wald aufragte. Er könnte einfach umkehren und den Felsrücken ansteuern, bis er seine Männer und deren Pferde entdeckte. Melyn jagte jetzt wie ein Geschoss aus einer Armbrust dahin und sah nur noch den fliehenden Drachen. Und doch, trotz seiner ganzen Geschicklichkeit, trotz der Jahre, in denen er die Reisen durch die Ätherische Sphäre geübt hatte, merkte Melyn, dass er Schwierigkeiten hatte. Der Wald zuckte und änderte sich. Farben wirbelten in den Ecken seines Blickfeldes und ihm wurde schlecht davon. Viel mehr als im Tiefland des Hafog spürte er die Entfernung zwischen sich und seinem Körper als stärker werdenden Sog, als elastisches Band, das ihn zurück zu sich selbst schnellen lassen wollte. Er holte immer mehr auf, aber er fragte sich, wie lange er dieses Tempo wohl noch beibehalten könnte.

Die folgenden Stunden waren eine besonders auserlesene Art von Qual, weniger körperlich als vielmehr seelisch. Melyn kämpfte gegen den Schmerz und die Selbstzweifel, gegen Angst und Sorgen, die ihn in Wellen angriffen, während er noch dazu gegen die immer stärkere Kraft kämpfen musste, die ihn aus der Luft reißen wollte. Er verlor mehr und mehr die Kontrolle über sein Selbstbild, sah, wie es zu wenig mehr verblasste als den Funken, die er bei seinen Kampfpriestern sah. Aber das spielte keine Rolle, so lange er noch sehen könnte, wo Benfro landete. Falls der jemals landen würde.

Und dann, endlich, drehte der Drache bei und flog tiefer, fegte über einen bewaldeten Hügel und ließ sich dahinter auf eine weite Lichtung fallen. Melyn kannte die Stelle von früher, als Benfros ätherisches Selbst aus dem Thronsaal geflogen war. Er kam gerade noch rechtzeitig, um den Drachen landen und auf einen Höhleneingang bei einem Fluss vor dem Waldrand zulaufen zu sehen.

Er flog näher heran und wartete, dass Benfro wieder aus der Höhle käme. Und dann fiel Melyn ein, dass der Drache ihn vielleicht sehen könnte. Er erinnerte sich an das Feuer, das Benfro gespien hatte, um seinen Angriff abzuwehren. Im Thronsaal hatte Melyn das mit einem Gedanken beiseiteschieben können. Aber hier, so weit entfernt von seinem Körper, und angegriffen von der seltsamen Magie des Waldes, war er schwach. Er könnte sogar besiegt werden.

Es war zu riskant. Er musste nur wissen, wo der Drache gelandet war. Jetzt musste er so schnell wie möglich zu seinem Körper zurückkehren. Ein kleiner Trupp von Kampfpriestern, die rasch vor dem Hauptteil der Armee herritten, könnte diesen Ort in zwei, vielleicht drei Tagen erreichen. Melyn hoffte nur, dass Benfro dann noch immer dort sein würde.

Und dann sah er etwas, das sein Herz einen Sprung machen ließ. Eine unverkennbare Gestalt, so nadelscharf im Ätherischen, wie er auch im wirklichen Leben war, kam langsam aus der Höhle gehumpelt.

Errol.

Melyn fuhr mit einem solchen Ruck zurück in seinen Körper, dass er fast umgekippt wäre. Es wurde dunkel, wie er ziemlich gereizt feststellte. Überall auf der Lichtung konnte er Feuer sehen, und den Duft von über den Flammen gegrilltem Fleisch riechen. Die anderen machten sich bereit zur Nacht.

»Wie lange?«

»Ihr wart ungefähr sechs Stunden unterwegs, Euer Gnaden«, sagte Frecknock, die in seiner Nähe, aber nicht zu nahe war. »Ich habe Euch beobachtet.«

Melyn war nicht sicher, ob das gut war oder nicht. Frecknock hatte ihm zwar einmal das Leben gerettet, aber er konnte sich nicht vorstellen, dass er ihr jemals wirklich vertrauen würde. Schon gar nicht nach Benfros mysteriöser Flucht. Aber jetzt hatte er dringlichere Sorgen.

»Osgal«, brüllte er.

Der Hauptmann kam angerannt. »Euer Gnaden?«, keuchte er.

»Du musst bei der ersten Dämmerung mit einem Trupp aufbruchsbereit sein. Der Schlüpfling hat sich auf einer Lichtung verkrochen, vielleicht zwei Tagesreisen im Norden von hier – bei normalem Tempo. Ich möchte diese Strecke um einiges schneller zurücklegen.«

»Ich werde den Männern sagen, dass sie sich jetzt gleich zur Ruhe begeben sollen.« Osgal schaute zum dunkler werdenden Himmel empor und Melyn folgte seinem Blick. Hoch oben waren nur einige dünne Wolken zu sehen. Schon zeigten sich die ersten Sterne.

»Wir brechen auf, wenn der Mond im zweiten Viertel steht. Der wird uns weiterhelfen. Sag Hauptmann Pelquin, er soll den Rest der Armee so schnell wie möglich nach Norden zum Arnahi führen. Er müsste uns am dritten Tag einholen. Wenn nicht, werden wir ihn finden. Ich will nicht noch mehr Zeit mit der Jagd auf diesen verdammten Drachen vergeuden.«

Hauptmann Osgal nickte und ging los, um seine Befehle auszuführen. Melyn stand auf und sah, dass Frecknock sich gleichzeitig erhob. Ihre Unterwürfigkeit freute ihn, ging ihm aber manchmal auch auf die Nerven.

»Hast du etwas gegessen?«

Die Drachin schüttelte den Kopf. »Ich kann mehrere Tage ohne Nahrung überleben.«

»Ich muss etwas essen, und danach werden wir beide uns ein bisschen unterhalten.«

Wenn diese Drohung Frecknock Sorgen machte, dann ließ sie

sich nichts anmerken. Melyn wandte sich ab, steuerte das nächste Feuer an, wo ein Kampfpriester ein erlegtes Reh am Spieß grillte. Er ließ sich von dem Mann eine Portion geben, dann wandte er sich wieder der Drachin zu. Sie schwieg und sah einfach zu, wie er sich setzte und anfing zu essen.

»Benfro war nicht allein auf der Lichtung«, sagte er, als er einige Bissen zu sich genommen hatte. Dann fasste er zusammen, was er gesehen hatte.

»Ich weiß, wo das ist. Ich habe auf meinem Weg durch den Wald dort haltgemacht. Mit meinen Eltern, ehe sie getötet wurden.« Frecknock starrte den Boden an, als wären diese Erinnerungen zu schwer für ihren Kopf. »Dort hauste ein alter Drache. Er hieß Corwen.«

»Einen anderen Drachen habe ich nicht gesehen, wohl aber den jungen Errol Ramsbottom.«

»Wen? Oh.«

»Ja, Oh. Was glaubst du, was er dort machte? Und wichtiger noch: Wie ist er dort hingekommen?«

»Euer Gnaden, ich erinnere mich noch, wie der Junge in den Thronsaal kam. Aber ich hatte ihn nie gesehen, ehe Ihr ihn vor die Königin geführt habt.«

»Er hat sich vor meinen Augen in Luft aufgelöst.« Melyn stellte seinen Teller auf den Boden und beugte sich vor. Mit einem Gedanken rief er eine Lichtklinge herbei und streckte sie aus, bis ihre Spitze genau vor Frecknocks Gesicht schwebte. Das weiße Gleißen spiegelte sich in Frecknocks dunklen Augen, als sie zurückfuhr.

»Euer Gnaden, ich …«

»Stell ja meine Geduld nicht auf die Probe, Frecknock. Ich bringe deinesgleichen keine Zuneigung entgegen, und ich weiß, ihr besitzt dunkle Magie. Ich habe Caradoc auf dieselbe Weise verschwinden sehen wie Errol. Wo ist er jetzt? Wie hat er das geschafft? Ist das der Tarnzauber, den du mir zu zeigen versprochen hast?«

Frecknock zitterte. Ihre Augen richteten sich noch immer auf die Klinge und ihre Stimme war sehr leise, als sie sagte:

»Auch ich habe gesehen, wie Caradoc entflohen ist. Drachen beherrschen die Magie, die dazu nötig ist. Aber ein Mensch kann diese Kunst nicht erlernen. Ich will nicht unhöflich sein, Euer Gnaden, aber Euer Geist wird damit nicht fertig.«

»Wird womit nicht fertig? Erklär das genauer.«

Frecknock schwieg einen Moment, als ob sie einen inneren Kampf ausfechten müsste. Oder als ob sie überlegte, wie sie ihn am besten hinters Licht führen könnte. Er wollte ihr schon seine Klinge zu kosten geben, ihre Schuppen ein wenig anheizen, aber dann sagte sie endlich etwas.

»Darf ich Euch etwas zeigen?« Auf diese Weise bat sie um Erlaubnis, irgendeine Magie durchzuführen, wie Melyn wusste. Er nickte zustimmend, und sie streckte die Hand aus. Im bleichen Licht seiner Klinge konnte er sehen, dass die Hand ganz leer war. Sie ballte die Faust und schloss die Augen, murmelte ganz leise etwas, was ihm eine Gänsehaut machte, dann öffnete sie die Hand wieder.

Auf ihrer Handfläche lag ein frischer Apfel.

»Ich habe schon überzeugendere Zaubertricks gesehen.« Aber Melyn konnte sehen, dass sie keinen Ärmel hatte, in dem sie etwas hätte verstecken können. Und sie konnte hier nirgendwo einen frischen Apfel gefunden haben, es war die falsche Jahreszeit.

»Ich habe diesen Apfel von einem Baum in Eirawen geholt, auf der anderen Seite von Gulad. Da ist jetzt Herbst. Bald werden sie die Ernte einfahren.«

»Und kannst du mir erklären, wie du dieses Wunder vollbracht hast?«

»So ähnlich wie Ihr Eure Waffe herbeiruft.« Frecknock legte den Apfel auf den Boden und zeigte auf Melyns Feuerklinge. »Ihr nehmt die Kraft der Grym, die Lebenskraft, die uns überall umgibt. Wenn Ihr dieses Schwert macht, nehmt Ihr von allem ein wenig Leben.«

»Das alles habe ich schon als Novize gelernt«, sagte Melyn, dessen Geduld zu Ende ging.

»Und Ihr habt gelernt, wie man die Linien sieht – die wir die Grymlinien nennen. Aber Ihr seht sie nur als diffuse Kraftquelle. Sie sind aber viel mehr. Sie verbinden alle Lebewesen von Gulad. Mit genügend Geschick und Disziplin könnt Ihr an den Linien entlang alles erreichen, überall, und es zu Euch holen. Wie den Apfel.«

»Ich kenne die Theorie der Magie, Frecknock. Ich habe die Linien sogar selbst zur Kommunikation benutzt, wie du weißt. Aber sie sind gefährlich, komplex. Wenn du versuchst, deine Gedanken zu weit daran entlangzudrängen, dann läufst du Gefahr, dich selbst zu verlieren. Und es ist ein Schicksal schlimmer als der Tod, in der Ätherischen Sphäre festzusitzen.«

»Was Ihr die Ätherische Sphäre nennt, ist nur eine Verlängerung der Grym, nur eine andere Art, sie zu sehen. Aber es stimmt, dass Menschen es unmöglich finden, die feineren Aspekte der Grym zu meistern. Fragt mich nicht, warum, ich nehme an, Ihr seid einfach so.«

Melyn ließ seine Klinge verlöschen und die Schatten herankommen, sodass er nur noch den in Frecknocks Augen gespiegelten Feuerschein sehen konnte. Es fiel ihm schwer, ihre Gedanken zu streifen, sie waren ihm so fremd. Aber in ihren Worten spürte er keine Lüge. Und der Trick mit dem Apfel war beeindruckend gewesen. Er hob den Apfel auf. Der war fest und schwer, und er strahlte noch immer eine Wärme aus, die von heißem Sonnenschein erzählte. Als er daran schnupperte, nahm er den Duft eines herbstlichen Obstgartens wahr. Er fühlte sich fast versucht, hineinzubeißen, aber ein plötzlicher Verdacht hielt ihn davon ab. Er ließ den Apfel wieder ins Gras fallen.

»Du kannst dir also diesen Apfel holen. Du hast mir noch immer nicht erklärt, wie Caradoc verschwinden oder wie Errol Ramsbottom zusammen mit Morgums Schlüpfling auf einer Lichtung auftauchen konnte.«

»Es ist alles dieselbe Magie. Wenn Ihr den Apfel finden und zu Euch holen könnt, könnt Ihr ihn auch finden und zu ihm gehen. Zwischen zwei Punkten in der Grym gibt es keine Entfernung.« Frecknocks flüsterte und die Worte stolperten ihr dabei übereinander, als ob sie hinten im Klassenzimmer ein schlüpfriges Geheimnis preisgäbe. »Jedenfalls hat Merion es mir so erklärt. Ich habe es nie geschafft. Nicht alle Drachen können es, und ich hatte doch erst seit hundert Jahren gelernt.«

Melyn lehnte sich an einen Baum. Er erinnerte sich an seine Mahlzeit und griff nach seinem Teller, stellte ihn aber sofort wieder zurück, als er sah, dass das Fleisch kalt und das Fett geronnen waren.

»Du kannst was nicht?«

»Wir sagen dann, dass wir über die Linien gehen. Und nein, ich kann es nicht. Meint Ihr denn, ich wäre hier bei Euch, wenn ich es könnte?«

»Was ist mit dem *Buch Draconius* – ist diese Kunst dort erwähnt?«

»Mit ziemlicher Sicherheit.« Frecknocks Stimme verriet ein kleines Zittern der Hoffnung, worauf Melyn sofort auf seiner Hut war. »Aber das ist nicht wie ein normales Buch. Man kann es nicht einfach aufschlagen und lesen. Dann würde man verrückt werden.«

»Das sagst du, aber woher soll ich wissen, ob du nicht einfach verhindern willst, dass ich seinen Inhalt kenne?«

»Ich kann Euch nicht daran hindern, es zu lesen, Euer Gnaden. Aber ich muss Euch warnen, weil es sehr gefährlich ist. Ihr seid ganz anders als ich. Menschen denken nicht wie Drachen. Euresgleichen hat es noch nie geschafft, die Feinen Künste zu meistern.«

»Und doch ist es Errol Ramsbottom auf irgendeine Weise gelungen, über die Linien zu gehen. Und nicht nur einmal. Er ist aus Tynhelyg entkommen und in Emmas Faur aufgetaucht, ist dann auch von dort verschwunden und schließlich vom Thronsaal in die Tiefen des Waldes übergewechselt. Eigentlich hätte er zu alldem nicht in der Lage sein dürfen.«

Es war jetzt fast ganz dunkel und Melyn konnte Frecknocks Umrisse nicht mehr sehen. Sie war bewegungslos und stumm, und nur die Reste des Feuerscheins, die sich in ihren Augen spiegelten, zeigten, dass sie da war.

»Nein, Euer Gnaden, das hätte er nicht.«

»Wir können nicht einfach nach Talardeg hineinreiten, Dafyd. So nicht. Sonst halten sie uns für eine Invasionstruppe oder so was.« Hauptmann Pelod sprach das Problem aus, das Dafyd jetzt seit mehreren Tagen zu schaffen machte, seit sie auf ihrem Umweg nach Fo Afron den Pass überwunden hatten und nun das glitzernde blaue Wasser des Meeres von Tegid sahen, das sich zum östlichen Horizont dahinstreckte. Sie befanden sich wieder unterhalb der Baumgrenze, und nach jeder Wegbiegung bot sich ein neuer atemberaubender Anblick.

Doch es war eine lange Reise gewesen. Dafyd hatte die Berge und den endlosen Wald jetzt langsam satt. Nach den ersten Tagen der Sorge, dass ein Bote seines Vaters sie einholen und nach Tynhelyg zurückbeordern könnte, hatte er sich so weit beruhigt, dass die Sache ihm endlich Spaß machte. Es war ein wenig wie die kühnen Unternehmungen seiner Kindheit, wenn er und Jarius im ersten Morgenlicht auf die Jagd geritten waren – dieses Gefühl, etwas Verbotenes zu tun, das Prickeln von Gefahr. Aber das hier war zehnmal so riskant, und zugleich war es noch aufregender. Er hatte den Segen des Königs für dieses Unternehmen, aber die Erwartungen des Königs lasteten zugleich schwer auf ihm, und zu allem Überfluss ritt hinter ihm ein Trupp aus der königlichen Elitegarde.

»Und wie genau sollen wir von Talardeg nach Aberfenn gelangen?«, fragte Jarius und ließ sein Pferd dichter an das Tier Dafyds herankommen. Iolwen ritt auf seiner anderen Seite, schweigend, aber lächelnd. Sie hatte sich auf dieser Reise deutlich verändert, sie wirkte fröhlicher und glücklicher, je weiter sie sich von Tynhelyg entfernten. Dafyd fragte sich, ob das eher daran lag, dass sie in ihre Heimat unterwegs war, oder eher an der puren Erleichterung, nicht mehr in der Stadt und am königlichen Hof zu sein.

»Wir werden mit einem der Handelsschiffe Meister Holgrums segeln.«

»Ach, Glückseligkeit! Eine Seereise. Ihr wisst doch, wie sehr ich es hasse, mir die Füße nass zu machen.«

»Ich war noch nie auf See.« In Iolwens Stimme lag vielleicht ein haarfeines Zögern, als sie sich nun in das Gespräch einschaltete. »Ist das so schrecklich, wie alle behaupten?«

»Nur während der Winterstürme«, sagte Jarius. »Und selbst dann ist das Meer von Tegid ziemlich ruhig, zumindest an der Westküste. Das Wasser dort ist tief, müsst Ihr wissen, und die Berge, durch die wir gerade geritten sind, schützen die Gegend vor den schlimmsten Unwettern.«

»Aber was ist mit dem Rest der Reise? Müssen wir nicht an den Nadeln des Idris vorbei?«

»Da kann es schon mal ein bisschen rau werden, und die Strecke um die Halbinsel Caldy zwischen der südlichen See und dem Großen Ozean ist auch nicht ganz ohne. Aber wir sind ja nicht auf einem kleinen Ruderboot, Iol. Und die Seeleute werden wissen, was sie zu tun haben.«

Mit diesen Worten wollte Dafyd ebenso sich selbst beruhigen wie seine Frau. Er war schon einmal von Talardeg losgesegelt, aber nur nach Norden, die Küste von Kais hoch. Jarius hatte größere Erfahrungen mit Seereisen, aber in Lanwennog bestand kein großer Bedarf an Seeleuten. Lanwennog war an drei Seiten vom Land umgeben und das Meer an seiner nördlichen Grenze war die meiste Zeit des Jahres gefroren.

»Aber ernsthaft, Dafyd, wir müssen überlegen, wie wir uns der Stadt nähern wollen. Beulah wird dort jede Menge Spione haben, und Tordu auch. Wenn die beiden nichts von unserer Anwesenheit erfahren sollen, müssen wir uns aufteilen und zu unterschiedlichen Zeitpunkten und an unterschiedlichen Toren eintreffen. Ich kann ein Dutzend Schenken vorschlagen, wo wir uns treffen können, und wenn wir wissen, mit welchem Boot wir fahren, kann ich die Nachricht weitergeben.«

»Das ist ein guter Plan, Hauptmann Pelod. Aber ich habe einen besseren.«

Dafyd, Iolwen und Jarius hielten im selben Moment ihre Pferde an. Sie waren einen langen, geraden, auf beiden Seiten mit Gras bewachsenen Weg hinabgeritten. Nichts und niemand hätte sich ihnen ungesehen nähern können. Aber trotzdem stand mitten auf dem Weg ein Mann.

»Usel. Beim Hirten, Mann. Das hätte Euer Tod sein können.« Dafyd drehte sich im Sattel ein wenig um. »Schon gut. Das ist ein Freund.« Die Formation der hinter ihm reitenden Soldaten geriet durcheinander. Die Männer ließen ihre Pferde anhalten und verließen den Pfad, um nicht in Dafyd und die anderen hineinzureiten.

»Sie haben mich noch nicht gesehen«, sagte Usel, und Dafyd konnte dem Verhalten seiner Leute entnehmen, dass das der Wahrheit entsprach. Sie waren total überrascht worden, und auch jetzt wussten sie offenbar noch nicht, wieso ihre Anführer so plötzlich angehalten hatten.

Dafyd drehte sich wieder zu dem schlicht gekleideten Heiler um und sah erst jetzt, dass der ein geduldig hinter ihm wartendes Pferd bei sich hatte.

»Wie …?«

»Magie, Euer Hoheit. Verwirrung. Bitte, verzeiht mir mein kleines Spiel, aber ich wusste nicht, wie ich sonst zwischen Euch auftauchen sollte. Ich hatte nicht damit gerechnet, dass die besten Männer des Königs Euch begleiten würden. O, jetzt haben sie mich gesehen.«

In Sekundenschnelle war Usel von zwei Dutzend Soldaten umringt, die alle Schwerter aus gleißenden Flammen schwenkten. Er stand bewegungslos und offensichtlich unbeeindruckt dazwischen. Dafyd dachte, dem Mann würde nur recht geschehen, wenn sie ihn ein bisschen schwitzen ließen, aber der Heiler wartete einfach nur. Am Ende schaltete sich Iolwen ein.

»Weg da, bitte. Könnt Ihr nicht sehen, dass er keine Bedrohung darstellt?«

Die Soldaten löschten ihre Klingen und ließen ihre Pferde wenden, um wieder hinter dem königlichen Paar und dem Hauptmann in Stellung zu gehen.

»Danke, Prinzessin«, sagte Usel. »Und Ihr, meine Herren, habt Dank dafür, dass Ihr mich nicht durchbohrt habt.« Er schwang sich auf sein Pferd und drehte, um neben Iolwen zu reiten.

»Ihr habt gesagt, Ihr hättet einen besseren Plan?« Jarius' Stimme klang so ungerührt, als sei der ganze Zwischenfall nicht mehr gewesen, als ein über ein Schlagloch stolperndes Pferd.

»In der Tat, Hauptmann, den habe ich. In Talardeg wimmelt es von Spionen, wie Ihr so korrekt gesagt habt – Beulah, Tordu, Padraig – sie alle haben ihre Spitzel. Sogar die Kaufleute behalten einander im Auge und verkaufen jegliche Information, derer sie habhaft werden können. Man sollte eigentlich nicht nach Talardeg, wenn man unbemerkt bleiben will.«

»Wir sollten also einen Bogen um die Stadt machen, wollt Ihr das sagen?«, fragte Dafyd.

»Nein. Na ja, nicht alle hier. Es tut mir leid, Eure Hoheit. Es klingt vielleicht ein wenig seltsam, aber ich finde, Ihr und Iolwen solltet dabei gesehen werden, wie Ihr in die Stadt einreitet, nur nicht in offizieller Funktion. In Tynhelyg muss man irgendwann von Eurem Aufenthaltsort erfahren, wir müssen nur selbst entscheiden, wann. Vielleicht könnte Hauptmann Pelod Euch begleiten, und Meister Teryll außerdem. Ihre Königliche Hoheit, die Prinzessin, befindet sich schließlich in anderen Umständen, und wo könnte sie besser zu Kräften kommen als in Talardeg? Ihr solltet Euch im teuersten Gasthof einmieten, von dem Heilwasser aus den Brunnen trinken und Euch im Kurhaus sehen lassen. Dann könntet Ihr ein Boot mieten, das Euch hinüber nach Fro Afon bringt. In Guastad gibt es interessante Ruinen, die ein junger Prinz sicher gern erforscht.«

»Und Ihr lest uns dann irgendwo an der Küste des Meers von Tegid auf, wo nicht einmal der schwatzhafteste Seemann es irgendwem erzählen kann.«

»Genau, Prinz Dafyd.« Usel lächelte, als sei alles so entschieden worden, wie es ihm gefiel.

»Aber was ist mit meinen Soldaten?«, fragte Dafyd. »Was mit meiner Sicherheit? Wenn es, wie Ihr sagt, in Talardeg von Spionen wimmelt, wird es dann nicht auch Meuchelmörder geben?«

»Wir hatten nicht damit gerechnet, dass Ihr in so zahlreicher Begleitung kommt«, sagte Usel. »Aber Holgrums Schiff kann all Eure Leute aufnehmen, notfalls sogar noch mehr. Ich gehe davon aus, dass er lieber Fracht unterbringen würde, für die er bezahlt wird, aber er muss auf dieser Reise eben mit dem Verlust leben. Das Schiff wird keine zwei Tagesreisen südlich von Talardeg in einem kleinen Hafen liegen. Eure Leute können dort ohne die Gefahr einer Entdeckung an Bord gehen. Vielleicht wird dann am Ort geklatscht werden, aber das hören nur die Schafe.«

»Und Ihr fürchtet tatsächlich nicht, dass irgendwelche Mörder die Prinzessin und mich bedrohen könnten, wenn wir uns alleine und ohne Bewachung in Talardeg aufhalten?« Dafyd war aufgefallen, dass der Heiler auf diese Frage nicht eingegangen war.

»Ich kann nicht leugnen, dass Talardeg ein gefährlicher Aufenthaltsort ist. Aber meine Leute sind postiert, und das schon seit vielen Monaten. Und Meister Holgrum hat überall in der Stadt seine Kontakte. Wenn jemand einen Überfall plant, werden wir es erfahren und uns entsprechend verhalten. In geschäftigen Hafenstädten verschwindet immer wieder irgendwer. Die Stadtsoldaten brauchen da nicht hineingezogen zu werden.«

Dafyd wusste, dass das vernünftig klang. An der Spitze eines Trupps aus König Billahs besten Soldaten in die Stadt einzureiten, würde nur unerwünschte Aufmerksamkeit erwecken. Er würde eingeladen werden, in der Burg zu wohnen, würde von seinem Onkel, dem hassenswerten Herzog Vern, beobachtet werden, jede seiner Bewegungen würde seinem Vater hinterbracht werden. Wenn er jedoch in aller Stille einträfe, unangekündigt, aber ohne seine Anwesenheit zu verbergen, dann würde er vielleicht in Ruhe gelassen werden, zumindest lange genug, dass er über Brieftauben mit Tynhelyg in Kontakt treten könnte.

»Wie weit ist es noch bis zur Küste?«

»Wir müssten heute Abend das Meer erreicht haben. Unser Ziel ist ein Küstenort namens Smalltown. Von dort ist ein langer Tagesritt bis in die Stadt. Wir werden uns für heute Nacht ein Quartier suchen und dann morgen ausgeruht weiterreiten.«

Sie ritten den ganzen Nachmittag. Als sie endlich den kleinen Küstenort erreichten, ging der Mond bereits hinter den Bergen von Caldy unter. Der Geruch des Meeres brachte Dafyd lebhafte Erinnerungen, die nicht alle gut waren. Er konnte fast das Schaukeln des kleinen Bootes spüren, das ihn über das magenumstülpende Wogen des Wassers nach Kais gebracht hatte. Es war eine elende Reise gewesen, eine bizarre Idee seines Vaters, der Dafyds Ausbildung abrunden wollte, indem er ihn in die vier Ecken seines Königreiches und noch weiter schickte. Er hoffte, dass diese Reise sinnvoller und angenehmer ausfallen würde.

Smalltown lag an der Hauptstraße, die an der Westküste des Meeres von Tegid entlangführte. Es war ein kleiner Ort; einige Fischerhütten, die sich um einen winzigen Hafen drängten, und ein großes Gasthaus für die Reisenden von und nach Talardeg. Die Soldaten schlugen ihr Lager auf einer geschützten Wiese in der Nähe auf, während Usel Dafyd, Jarius und Olwen zum Gasthaus begleitete.

Sie waren seit zwei Wochen in keiner so gut ausgestatteten Bleibe mehr gewesen, und es überraschte Dafyd gar nicht, dass seine Frau im an ihre Gemächer anschließenden Badezimmer verschwand, sowie die Mägde genug heißes Wasser gebracht hatten – so viel, dass man den Hafen draußen damit hätte füllen können, schien ihm. Er begnügte sich mit einer raschen Wäsche, dann begab er sich in die große Schankstube. Die endlosen Tage im Sattel, an denen sie nur den mitgeführten Proviant und das, was sie nebenbei erjagen konnten, zu essen gehabt hatten, hatten ihm Appetit auf etwas anderes als am Spieß gebratenes Wild gemacht, und er hatte Durst nach etwas anderem als Wasser.

In der niedrigen Schankstube saßen nur wenige Gäste. Jarius war noch nicht nach unten gekommen, Usel dagegen erwartete ihn. Gemeinsam zogen sie sich in ein Séparée hinten im Haus zurück. Sie setzten sich an einen schweren Eichentisch und eine Magd brachte zwei Krüge voll schäumendem Bier. Dafyd nahm einen langen Zug, um den Straßenstaub hinunterzuspülen.

»Ihr seht aus, als ob Ihr das gebraucht hättet.« Usel nippte mit etwas größerer Zurückhaltung an seinem eigenen Krug.

»Ich habe schon lange kein richtiges Ingwerbier mehr getrunken«, sagte Dafyd. »Der Transport nach Tynhelyg bekommt ihm nicht, und die Brauer da wissen nicht, wie sie es aus dem getrockneten Ingwer, der importiert wird, herstellen sollen.«

»Na, dieses hier ist schon brauchbar, aber nicht das beste. Erinnert mich daran, mit Euch zu Plentin zu gehen, wenn wir in Talardeg sind. Er braut das beste Ingwerbier von ganz Gulad.«

»Hör Euch das an. Ihr klingt wie zwei alte Kaufleute, die über ihre nächste Handelsreise sprechen.« Dafyd schaute von seinem Krug auf und erhob sich dann sofort. Eine ihm bekannte blonde Frau in einem langen dunklen Kleid stand neben dem kalten Kamin. Er war sicher, dass sie eben noch nicht dort gewesen war, aber er hatte auch nicht gehört, dass jemand zur Tür hereingekommen war.

»Ach, Lady Anwyn. Ich habe mich schon gefragt, wo Ihr wohl steckt.« Usel erhob sich ebenfalls und zog für Anwyn einen Stuhl herbei.

»Ich war die ganze Zeit hier, Usel. Ich habe trainiert.«

Dafyd schaute zuerst die junge Frau an und dann den grauhaarigen Heiler. Er war längst nicht so bewandert im Umgang mit der Grym wie sein Großvater – niemand in ganz Lanwennog konnte hoffen, es dem König gleichzutun –, aber er beherrschte doch eine ganze Menge der mit der Grym verbundenen Künste: Er konnte ein mächtiges Schwert herbeirufen und wusste, wie man die Gedanken eines anderen Menschen abtastet. Er konnte sogar in seiner Ätherischen Gestalt über weite Strecken kommunizieren, eine Fähigkeit, die nur wenige Menschen besaßen. Aber in all seinen Trainingsjahren war Dafyd niemals ein Zauber begegnet, der auf solche Weise unsichtbar machte wie der, den Usel und jetzt Anwyn anwandten. Er konnte die Aufmerksamkeit anderer ablenken, sodass er nicht bemerkt wurde, er könnte vielleicht sogar eine kleine Ansammlung von Menschen dazu bringen, ihn zu übersehen, und er spürte selbst, wenn jemand das bei ihm versuchte. Aber hier hatte er keins der entsprechenden Anzeichen wahrgenommen.

»Dieser … Trick. Den habe ich noch nie gesehen. Ist das eine neue Magie?«

»Nein, Hoheit, im Gegenteil. Das gehört zur ältesten Magie. Oder zu den Feinen Künsten, wie die, die es mich gelehrt haben, lieber sagen. Ich habe diese Bezeichnung ebenfalls immer attraktiver gefunden.« Usel lächelte ein rätselhaftes kleines Lächeln, dann verschwand er von dem Stuhl, auf dem er saß. Dafyd konnte ihn nicht spüren, doch er beugte sich vor und berührte die Stelle, wo die Brust des Heilers hätte sein müssen. Als er sie berührte, wurde Usel wieder sichtbar.

»Eine Berührung hebt den Zauber zwar auf. Aber er ist trotzdem nützlich. Es wäre unmöglich gewesen, sonst ungesehen durch halb Lanwennog zu reisen.«

»Wer kann das sonst noch?«, fragte Dafyd. »Sind die Kampfpriester dazu in der Lage? Das ist eine entsetzliche Kunst. Unsere Armeen könnten angegriffen werden, ehe sie überhaupt wüssten, dass etwas auf sie zukommt.«

»Kein Kampfpriester kennt diesen Zauber, Hoheit. So wenig, wie er den Soldaten König Billahs oder dem König selbst bekannt ist. Es ist nicht leicht, ihn zu legen, und noch schwerer, ihn zu erhalten.«

»Könnt Ihr mir beibringen, wie man das macht?« Dafyd wirbelten angesichts dieser Möglichkeiten die Gedanken durch den Kopf. Er könnte nach Belieben kommen und gehen, und sogar den hartnäckigsten von Tordus Spionen ausweichen.

»Das kann ich«, sagte Usel. »Und ich werde es, sowie ich von Eurer wahren Hingabe an unsere Sache überzeugt bin.«

»Bin ich nicht hier?« Dafyd war ein wenig empört über die Unterstellung, die sich hinter Usels Worten verbarg. »Habe ich nicht sogar meine schwangere Frau mitgebracht?«

»Es tut mir leid, Hoheit. Ich wollte Euch nicht kränken, Ja, natürlich seid Ihr hier, und Prinzessin Iolwen ist bei Euch. Aber es steht mehr auf dem Spiel, als Euch vielleicht bewusst ist. Ihr habt zu Recht auf die Gefahr hingewiesen, die droht, wenn Melyn und seine Kampfpriester diesen Zauber erlernen. Sie wissen nichts davon, und Euer Vater weiß auch nichts. Aber wenn einer von beiden auch nur den geringsten Verdacht schöpft, dass der andere über eine solche Fähigkeit verfügt, wird er sofort zum Angriff blasen. Sie werden dann glauben, dass sie es sich nicht leisten können, zu warten, bis sie von irgendeinem unsichtbaren Feind im Bett erschlagen werden.«

»Aber es würde doch Frieden bringen? Sie würden wissen, dass ein Kampf keinen Sinn hätte, dass niemand gewinnen könnte.« Dafyd sagte das, aber dabei hörte er bereits seinen Vater über die Bedrohung geifern, die Königin Beulah und ihr hassenswerter Inquisitor darstellten.

»Das glaubt Ihr nicht wirklich, oder?«

»Nein, da habt Ihr recht. Sie wollen auf jeden Fall ihren Krieg haben. Ein solches Wissen würde ihren Eifer nur noch schüren.«

»Und deshalb müssen wir den Menschen des Zwillingskönigreiches eine Alternative bieten, deshalb müsst Ihr diese Magie erlernen.«

»Aber wenn sie nichts davon wissen, wer dann? Und wer hat Euch unterrichtet?«

»Ich habe das meiste, was ich über die Feinen Künste weiß, unten in Eirawen gelernt, von einem sehr alten und sehr gelehrten Drachen.«

»Von einem Drachen?« Dafyd hätte fast gelacht. »Drachen wissen nichts über Magie, bis auf ein paar billige Zaubertricks. Ich habe sie in den Wanderzirkussen gesehen. Die meisten sprechen nur ein paar Brocken Pidgin-Lanwennog und begreifen nicht richtig, was sie da sagen.«

»Die Drachen, die Ihr im Zirkus seht, sind jämmerliche Wesen, das stimmt.« Usel sah traurig aus, als er das sagte. Sein Gesicht verzog sich wie bei einem entsetzlichen Verlust. »Vielleicht ist das, was Ihr ihnen antut, noch grausamer, als das, was meine

Leute ihnen seit Jahrhunderten zufügen. Wir töten sie wenigstens nur.«

»Wie meint Ihr das?«

»Die Drachen, die Ihr im Zirkus seht, hat man unter Drogen gesetzt, bis sie nicht mehr denken konnten, und wurden dann wie Zirkushunde zu den erniedrigendsten Kunststücken dressiert. In Wirklichkeit sind sie majestätische, edle und würdevolle Wesen. Sie kennen sich besser mit der Grym aus und sind mächtiger, als Menschen das jemals sein werden. Wir haben sie verfolgt und inzwischen fast ausgerottet, und dabei haben wir uns die Möglichkeit genommen, von ihnen zu lernen. Schlimmer noch: Wir haben uns einen mächtigen Feind geschaffen.«

17

Das Gehirn eines erwachsenen Drachen enthält im Durchschnitt ein Dutzend schöne rote Edelsteine. Seltsamerweise gibt es in dieser Hinsicht keinen statistischen Unterschied zwischen männlichen und weiblichen Drachen. Vermutlich bilden sich die Edelsteine im Laufe der Zeit heraus, ähnlich wie Nierensteine. Für diese Annahme spricht die Tatsache, dass jugendliche Drachen – die von den Drachen selbst in ihrer seltsamen Ausdrucksweise Drachkitze genannt werden – weniger oder sogar gar keine Edelsteine besitzen.

Da Drachen Tiere sind, haben sie eine natürliche Verbindung zur Magie und zur Grym, und die Edelsteine saugen etwas von dieser gewaltigen Kraft in sich auf – daraus erklärt sich ihr gewaltiger Wert. In allen menschlichen Nationen ist der Besitz von Drachenedelsteinen ausschließlich den königlichen Familien vorbehalten, ein Privileg, das diese wütend verteidigen.

Doch die konzentrierte Kraft der Drachenedelsteine hat auch eine gefährliche Seite, denn der Besitz eines solchen Edelsteins kommt einer Abkürzung in die Welt der Magie gleich. Wer Begabung und Selbstdisziplin genug besitzt, die Wege der Grym zu erlernen, weiß sehr wohl um deren Gefahren und ist darauf vorbereitet. Einem Novizen oder gar einem neugierigen Amateur fehlen gewöhnlich die Kenntnisse, die nötig wären, sich so weit auf die Grym einzulassen, dass sie ihm gefährlich werden könnte. Wenn der Betreffende aber einen Drachenedelstein einsetzt, um seinen Mangel an

Wissen auszugleichen und auf diese Weise mit der Grym in Berührung zu kommen, dann kann nur pures Glück eine Tragödie verhindern.

Father Charmoise: Drachengeschichten

»Können wir bitte einen Moment Pause machen? Ich kann einfach nicht mehr.«

Benfro blieb stehen und schaute sich zu Errol um, der sich krümmte, die Hände auf die Beine stützte und keuchte. Sein Gesicht war bleich, und seine Haare klebten als verfilzte und schweißnasse, wirre schwarze Strähnen an seinem Kopf. Er hatte die Tasche fallen lassen, die er aus Stoffresten vom Boden seiner Holztruhe zusammengenäht und mit einer kleinen Auswahl an Kleidungsstücken gefüllt hatte. Benfro war nicht sicher, ob er über seiner Tasche zusammenbrechen würde.

»Na gut. Aber nur einen Moment lang. Ich sehe mich mal um, ob der Weg vor uns ein bisschen leichter wird.« Er sah zu, wie Errol sich dankbar auf den Waldboden sinken ließ, dann bahnte er sich einen Weg durch das Unterholz und schaute dabei zum Himmel in der Hoffnung, die Sonne zu sehen und mit ihrer Hilfe die Zeit ermitteln zu können.

Sie waren seit Stunden unterwegs und bahnten sich ihren Weg mitten durch den Wald nach Nordnordost. Den Pfad vermieden sie sicherheitshalber. Sie mussten so schnell wie möglich das Trenn-Gebirge erreichen, und Benfro wusste, dass das mindestens drei Tagesmärsche bedeutete. So lange hatte er gebraucht, um zu Corwens Lichtung zurückzustolpern, nachdem er aus Magogs Einfluss entkommen war. Aber er kam viel schneller voran als Errol, selbst wenn dessen Knöchel nicht verletzt worden wären. Und die ganze Zeit holten Inquisitor Melyn und seine Armee aus Kampfpriestern hinter ihnen auf.

Trotz der ersten Panik, als er vom Herannahen der Armee gehört hatte, hatte Errol darauf bestanden, zuerst noch Vorbereitungen für die Wanderung zu treffen. Das war natürlich sinnvoll: Einfach planlos und ohne Proviant in den Wald zu laufen, hätte zu einer Katastrophe geführt. Errol hatte so viel Nahrung wie möglich gesammelt und wünschte, er hätte daran gedacht, ein wenig Fleisch zu dörren. Er hatte viele Stunden zur Herstellung seiner Tasche gebraucht, dann hatte er Benfros Tasche durchgesehen. Die Münzen und den goldenen Halsreif hatte er daringelassen und alles andere außer der Karte herausgenommen. Die Tasche wog nun viel weniger, und Errol hatte Benfro versichert, dass die Münzen mehr als genug sein würden, um in Lanwennog alles zu kaufen, was sie brauchten.

Schließlich hatten sie versucht, noch etwas zu schlafen, obwohl sie nur zu gut wussten, dass keiner von ihnen Schlaf finden würde, doch in der Dunkelheit loswandern wollten sie auch nicht. In der Dämmerung waren sie dann aufgebrochen.

Benfro drängte sich durch einen besonders dichten Lorbeerbusch und kam auf der anderen Seite wieder zum Vorschein. Er konnte weit im Westen den durch den über Nacht gefallenen Regen stark angeschwollenen Fluss über die Felsen gurgeln hören. Das Gras unter seinen Füßen war nass, als er ein wenig nervös zwischen den Bäumen hervorkam. Er kniff die Augen zusammen und suchte nach Anzeichen für einen Hinterhalt, obwohl er wusste, dass sie einen gehörigen Vorsprung vor den Kampfpriestern haben mussten.

Von der Mitte der Lichtung aus konnte er die Berge sehen, die ihn wie eine riesige Mauer umgaben. Der Arnahi hob sich im Norden hoch in die Wolken, niedrigere Gipfel breiteten sich zu seinen beiden Seiten aus. Die meisten waren noch immer schneebedeckt, obwohl der Frühling fast vorüber war. Die mit Wald bewachsenen Hügel des Vorgebirges sahen aus wie grüne Ameisenhaufen. Irgendwo dort gab es einen schmalen Fußweg nach Lanwennog auf der anderen Seite. Ein ganz anderes Land – das Land, in das sein Vater sich aufgemacht hatte.

Benfro zog die Karte aus seiner Ledertasche, entfaltete sie und drehte sie so lange, bis er eine Vorstellung von seinem Standort hatte. Der Arnahi war am deutlichsten zu erkennen, aber zwei weitere Berge warnen von einer besonderen Form, die er zu identifizieren können glaubte. Er wünschte sich Ynys Môn herbei. An den Orientierungssinn des alten Drachen, der ihm damals geraten hatte, diese Karte mitzunehmen, kam Benfro nicht heran.

Ein schreckliches Gefühl der Panik überkam Benfro, als er an seinen alten Freund dachte – an den viel zu kleinen Haufen aus Edelsteinen in Magogs Schatzraum, wo er die Karte gefunden hatte. Er fuhr herum, stürzte zurück in den Wald, um so schnell wie möglich zurück zu Errol zu kommen. Dabei schlug er Äste zur Seite und Errol schaute bei diesem Lärm beunruhigt auf.

»Was ist los?«

»Die Edelsteine. Die haben wir vergessen.« Benfro brachte diese Wörter kaum über die Lippen. Er konnte nicht fassen, dass ihm eine solche Dummheit hatte passieren können.

»Die sind da doch in Sicherheit. Corwen wird auf sie aufpassen.«

»Nein. Melyn wird sie finden. Er wird sie an sich nehmen. Ich brauche Magogs Edelstein, um den Zauber aufzuheben, und ich kann meine Mutter nicht im Stich lassen. Ich muss zurück.«

»Aber Corwen hat gesagt …«

»Corwen kann uns jetzt nicht helfen.« Benfro hob Errols Tasche hoch und bemerkte deren Gewicht kaum. »Ungefähr hundert Schritte weiter ist eine Lichtung. Von dort aus kann ich zur Höhle zurückfliegen. In einer Stunde bin ich wieder hier. Ruh dich aus und sei aufbruchsbereit, wenn ich zurückkomme.«

Er konnte sehen, dass Errol zum Widerspruch ansetzte, deshalb machte er sich einfach auf den Weg zur Lichtung. Sowie er den Lorbeerbusch hinter sich gebracht hatte, breitete er die Flügel aus und sprang in die Luft. Er drehte sich einmal, zweimal, dreimal um sich selbst und schlug im Aufstieg heftig um sich. Unten konnte er Errol sehen, der zu ihm aufschaute, aber wenn der Junge etwas rief, dann verloren sich seine Wörter im Wind.

Als er genug Höhe gewonnen hatte, um sich zu orientieren, konnte Benfro sehen, wie weit sie an diesem Tag gegangen waren. Es war eine niederschmetternd kurze Strecke. Errol konnte einfach nicht schneller gehen als im Kriechtempo, wie es schien. Sie würden ihr Tempo beschleunigen müssen, wenn er zurückkäme, oder sie würden sehr bald eingeholt werden.

Er schob den Kopf vor, breitete die Flügel aus und jagte zurück zur Lichtung und zur Höhle. Er konnte sehen, wo die Bäume ein helleres Grün zeigten. Dort verlief der Fluss, wie er wusste. Benfro brachte diese Strecke in ganz kurzer Zeit hinter sich und hielt die ganze Zeit im Süden Ausschau nach Hinweisen auf die anrückende Armee. Am Horizont verriet keine Staubwolke von ihrem Anmarsch, aber der Tag war nicht so klar wie der, an dem er die Staubwolke zum ersten Mal gesehen hatte.

Die Lichtung öffnete sich unter ihm. Benfro war sicher, dass sie weitergegangen waren, aber statt geradeaus zu gehen, wie er es vorgehabt hatte, hatten sie einen großen Bogen gemacht und wertvolle Zeit und Energie vergeudet. Warum waren sie nicht einfach dem Pfad gefolgt? Und warum hatte er den Edelstein seiner Mutter vergessen, und den von Magog noch dazu? Er konnte nur vermuten, dass der Schlafmangel ihnen beiden mehr zu schaffen machte, als ihm klar geworden war.

Seine Blicke fielen auf den Wasserfall. Benfro senkte sich und machte sich zur Landung bereit. Er hatte die Edelsteine nicht mehr gesehen, seit Corwen sie unter seinen Schutz genommen hatte, hatte den hinteren Teil der Höhle nicht betreten, wo die

Edelsteine des alten Drachen zur Ruhe gebettet waren. Aber er wusste, wo er suchen musste.

Aus dem Augenwinkel nahm er eine Bewegung war, als er so dicht am Fluss landete, wie er es nur wagte. Als Benfro sich umschaute, sah er etwas auf dem Pfad, an der Stelle, wo dieser auf der anderen Seite der Lichtung in den Wald führte. Einen Moment lang glaubte er, es sei ein Reh, das nach Äsung suchte und sich von der Stille ermutigt gefühlt hatte, die sich seit ihrem Aufbruch über die Lichtung gesenkt hatte. Aber mit einem furchtbaren Entsetzen in seinen Herzen wusste er, dass hier kein Wild unterwegs war.

Er schlug so hart mit den Flügeln, dass er damit fast den Boden berührte und dass ihre Spitzen unter ihm aneinander stießen, dann schoss Benfro abermals gen Himmel, genau in dem Moment, in dem Inquisitor Melyn und eine Handvoll von Kampfpriestern im Galopp auf die Lichtung geritten kamen. Hinter ihnen rannte Frecknock wie ein gehorsamer Hund. Wie hatten sie es so schnell bis hierher geschafft?

Er hatte kaum Zeit zum Überlegen, ehe die Angst sich auf der Strecke zwischen ihm und dem Inquisitor breitmachte. Diese Angst war eine gedankenbetäubende Kraft, die den Atem aus ihm herauspresste und seine Herzen so hart hämmern ließ, dass er fürchtete, sie könnten aus seiner Brust hervorbrechen.

»Nein! Ihr kriegt mich nicht!«, schrie Benfro so laut er konnte. Das brach den Zauber, den Melyn um ihn zu winden versuchte, und die Angst verließ ihn so schnell, wie sie gekommen war. Einen wilden Moment empfand er das genaue Gegenteil, als er drehte und immer höher flog. Es waren nur wenige Männer – sicher waren sie ein Vortrupp, und sie konnten in den Tagen, seit er sie weit im Süden zuerst gesehen hatte, nicht geschlafen haben. Er könnte sie jetzt angreifen, während sie schwach und müde waren. Er könnte sie alle erledigen, sie in Fetzen reißen, Feuer speien und zusehen, wie der Inquisitor sich wand und vor Qualen schrie, verzehrt von Flammen, die ihn am Leben erhielten, während sie ihm gleichzeitig das Fleisch wegbrannten.

»Nein, Benfro. Diesen Kampf kannst du nicht gewinnen.« Corwens Stimme ertönte in ihm, und einen Moment lang spürte er den alten Drachen, als flöge der dicht neben ihm. Es war eine Stimme der Vernunft. Benfro konnte einen Angriff auf diese Männer nicht riskieren, und wie um das zu betonen, riefen einige Kampfpriester lange Klingen aus brennendem weißen Licht herbei und trieben ihre Pferde über die Lichtung. Andere griffen nach ihren Armbrüsten.

Benfro heulte seine Wut in den Wind, warf einen letzten Blick auf den Wasserfall, der sein Schicksal verbarg, drehte sich nach Norden um und floh.

»Lasst ihn nicht entkommen! Nehmt die Armbrüste!«, brüllte Melyn und wusste doch, dass sein Befehl zu spät kam. Der Drache hatte schon zur Landung angesetzt, aber jetzt wirbelte er herum und hob seinen riesigen Rumpf mit Flügelschlägen in die Luft, die wie Peitschenhiebe knallten. So wütend und frustriert Melyn auch war, er musste doch über den Anblick eines so großen Wesens, das durch die Luft flog, staunen. Es war nicht richtig, das wusste er, eine böse Gabe des Wolfes. Aber es war trotzdem ein prachtvoller Anblick.

Er stieg neben einem niedrigen Steinpferch aus dem Sattel, setzte sich auf einen Findling und verdrängte den Zorn, der jeden Augenblick in ihm überzukochen drohte. Seine Männer suchten bereits die Lichtung ab, hielten Ausschau nach Spuren ihrer Beute, aber Melyn hatte dafür keine Zeit. Er wollte dem Drachen folgen, wollte sehen, wo der hinwollte. Er entfernte alle anderen Gedanken aus seinem Kopf und glitt in die Trance, die ihm eine Reise durch die Ätherische Sphäre erlaubte.

Als er sich aus seinem sitzenden Körper erhob, konnte er sehen, wie der Weg über die Kreuzung schimmerte und pulsierte wie eine Ader oder wie der Hauptstrang in einem riesigen Spinnennetz, um alles, was in diesen Wald fiel, zu dieser einen Stelle zu ziehen. Es hatte große Ähnlichkeit mit den Wegen und Pfaden bei dem Drachendorf, das er zerstört hatte. Dort hatte eine uralte Magie die Straßen beherrscht, sodass alle Reisenden in Morgums Hütte gelandet waren. War diese Lichtung das Zuhause eines ähnlichen Wesens?

Eine Frage für später. Jetzt hatte er eine dringendere Aufgabe. Er hielt am Ätherischen Himmel Ausschau nach einem fliehenden Drachen und hätte ihn fast übersehen, da er zu weit am Horizont in der Nähe des riesigen Trenn-Gebirges suchte. Die Berge dort standen dichter beieinander, als er gedacht hatte, der Blick nach Norden wurde versperrt von der grünen gezackten Spitze des Arnahi. Melyn konnte spürten, wie der gewaltige Berg ihn rief, ihn zu sich zog, und er musste kämpfen, um bleiben zu können, wo er war. Und dann sah er, dass Benfro gar nicht weit entfernt zwischen den Bäumen landete. Der Pfad, neben dem Melyns Körper saß, führte beinahe geradewegs zu dem Drachen.

»Osgal, nimm ein Dutzend Männer. Folgt so schnell ihr könnt diesem Pfad. Ihr werdet den Drachen und zweifellos auch den Jungen auf einer Lichtung etwa zwei Stunden im Nordosten von hier finden. Aber Vorsicht, der Weg wird versuchen, euch in die Irre zu führen.« Melyn spuckte diese Befehle aus, noch ehe er richtig in seinen Körper zurückgekehrt war. Der Hauptmann sagte nichts, sondern nickte nur und zeigte auf die Männer, die ihn begleiten sollten. Gleich darauf saßen sie im Sattel, ritten in einem Schwall von aufstiebendem Wasser durch die Furt und verschwanden im Wald.

Melyn lehnte sich an die Steinmauer des Pferchs. Er war müde, bis in die Knochen hinein müde. Das war kein Wunder, sie hatten seit über zwei Tagen nicht mehr geschlafen, und er war bei Weitem der Älteste im Trupp. Aber es war doch ein unwillkommenes Zeichen der Schwäche. Er rappelte sich auf, wobei seine Gelenke empört aufschrien.

Da kam Frecknock zu ihm getrottet. »Hier ist es«, sagte sie. »Ich würde diese Stelle jederzeit erkennen. Obwohl es mehr als anderthalb Jahrhunderte her ist, hat es sich nicht verändern. Na ja, von dem hier einmal abgesehen.« Sie streckte die Hand aus und rüttelte an der Pferchmauer, als erwarte sie, dass diese gleich nachgeben werde. »Und ich sehe keine Spur von Corwen.«

»Warum sind sie wohl hergekommen? Was ist denn überhaupt das Besondere an diesem Corwen?« Melyn ging mit steifen Schritten zur Furt und ließ sich in die Hocke nieder, um einen Schluck Wasser herauszuschöpfen. Das Wasser war kalt und süß, denn es kam vom Schnee oben in den Bergen und war durch viele Meilen dichten Waldes vor der Sonne geschützt. Er spritzte sich Wasser ins Gesicht und wusch sich den Staub aus seinem stacheligen Bart und seinen langen Haaren. Das hier wäre ein guter Ruheplatz.

»Corwen teul Maddau hat Morgum alles beigebracht, was sie über die Feinen Künste wusste. Er ist ein wahrer Magis, vielleicht der weiseste Drache, der mir je begegnet ist.« Frecknock wartete, bis Melyn fertig getrunken hatte, dann trank sie selbst.

»Das erklärt, warum Benfro hergekommen ist. Aber Errol?«

»Morgum war bei Errols Geburt dabei. Auf irgendeine Weise hat er die Fähigkeit erlangt, über die Linien zu gehen. Ich bin sicher, Ihr könnt sehen, wie dieser Ort hier magische Wesen anlockt. Vielleicht ist es nur ein Zufall, dass der Junge hier gelandet ist.« Frecknock watete flussaufwärts in Richtung Wasserfall und zu den tiefen Stellen. Sie war nass, und die matten Schuppen an ihren Flügeln und Armen funkelten in tausend feinen Farbschattierungen wie Öl, das im Wasser schwimmt und von der Sonne getroffen wird.

»Wo willst du hin?«, fragte Melyn.

»Ich dachte, ich könnte mir einfach den Staub der Reise abwaschen.« Sie stand jetzt vor der tosenden Wand aus Wasser, und was sie sagte, ging im Rauschen fast unter.

»Später«, sagte Melyn. »Jetzt müssen wir die Lichtung nach deinem Magis absuchen.«

Ziemlich widerstrebend entfernte sich Frecknock vom Wasserfall und kletterte aufs Ufer. Melyn rechnete fast damit, dass sie sich schütteln würde wie ein Hund, aber das Wasser lief einfach von ihr hinunter und die Sonne trocknete sie bald zu ihrem üblichen matten Schwarz. Sie gingen zurück zum Pferch und der gegenüberliegenden Höhlenöffnung. Zwei Kampfpriester standen am Eingang und schienen sich fast nicht hineinzutrauen.

»Benfro war hier.« Frecknock duckte sich vor dem Höhleneingang und schnupperte an Luft und Boden. »Er hatte eine Zeit lang dort verbracht.« Sie zeigte auf den Pferch. »Aber er hat mindestens einen Monat in der Höhle geschlafen. Der Junge auch.«

Melyn bückte sich, obwohl der Höhleneingang mehr als hoch genug war, um ihn aufgerichtet durchzulassen. Frecknock folgte ihm.

Die Höhle öffnete sich innen zu einem großen Raum, dessen Mittelpunkt eine Feuerstätte bildete. Verkohlte Holzscheite ragten aus dem Aschenhaufen eines erloschenen Feuers. Melyn streckte die Hand mit der Handfläche nach unten über die Asche. Die war kalt, aber als er seinen Finger tief hineinbohrte, konnte er doch noch einen Rest Wärme spüren.

In der Höhle gab es zwei behelfsmäßige Lager, und es war nicht schwer zu sehen, wer wo geschlafen hatte. Errols flaches Lager befand sich neben dem Feuer, und dahinter stand eine große hölzerne Truhe an der Höhlenwand. Melyn rief ein Licht herbei, um die trübe Beleuchtung, die durch die Höhlenöffnung hereinsickerte, zu verstärken.

»Die habe ich schon einmal gesehen.« Er hielt sein Licht über die Truhe und öffnete den Deckel. Da lagen einige ordentlich zusammengefaltete Kleidungsstücke. Als er auf dem Boden herumwühlte, fand er die zerlumpten Überreste einer Novizenkutte und ein grobes Baumwollhemd. Irgendwer hatte sich erfolglos, aber energisch bemüht, die Flutflecken herauszuwaschen, und die Stiche, mit denen der Riss vorn geflickt worden war, waren mehr als unbeholfen. Aber Melyn hätte es auch überrascht, wenn Errol gut mit Nadel und Faden hätte umgehen können. Als er aus dem Thronsaal verschwunden war, hatte er diese Kleidung getragen und sonst nichts bei sich gehabt. Woher also hatte er die Truhe?

Dann erinnerte sich Melyn, das Bild nahm in seinem Kopf Gestalt an, als ob er dort stünde. Ein in aller Eile verlassenes Haus. Ein Raum hinten in der Hütte der Heilerin mit Blick auf die Wälder, die die Hügel oberhalb von Pullpeiran hinunterwogten.

»Diese Truhe kommt aus Errols Zuhause.« Melyn drehte sich zu Frecknock um, die von ihrer Untersuchung des anderen Lagers aufschaute, einem mit Heu und Heidekraut gefüllten Alkoven, der Melyn vor allem an ein schlampig gemachtes riesiges Nest erinnerte.

»Man kann die Grymlinien nutzen, um sich etwas zu holen.«

»Ja, ich weiß. Einen Apfel aus Eirawan. Der hat sehr gut geschmeckt. Aber das hier … das ist etwas anderes. Zum einen ist es so groß.«

»Ich habe einmal gesehen, wie Sir Frynwy eine ganze Kuh geholt hat. Größe muss kein Problem sein.«

»Aber könntest du das schaffen?«

»Nein, der Junge aber offenbar wohl.«

»Wie denn?« Melyn konnte Frecknocks Gesicht im Leuchten der herbeigezauberten Flamme sehen. Sie sah eigentlich angewidert aus. Als ob die Vorstellung, dass nicht nur Drachen diese Magie vollziehen könnten, sie empörte. Oder vielleicht war es auch Neid, weil jemand, der so jung war, etwas schaffte, das sie nur in vielen Jahren angestrengter Übung erlernt hatte.

»Die Truhe ist etwas sehr Persönliches«, sagte sie nach einer kurzen Pause. »Um so etwas herzubringen, muss man wissen, wo es sich befindet und es ganz genau kennen. Und natürlich lebt es nicht, was die Sache noch um vieles schwieriger gemacht haben muss.«

»Wie hat er es also geschafft?«

»Das weiß ich nicht. Corwen muss es ihn gelehrt haben. Aber er muss auch mit besonderen Fähigkeiten geboren worden sein, um die Feinen Künste mit solcher Geschicklichkeit zu meistern.«

Das Produkt einer Vereinigung zwischen Haus Billah und Haus Balwen. Vielleicht hatte Goronwy die Wahnsinnige ja doch recht gehabt, als sie vor einer solchen Verbindung gewarnt hatte. Und jetzt würde es ein zweites Kind geben, mit dem man sich auseinandersetzen müsste, wenn niemand verhinderte, dass Prinzessin Iolwen ihr Kind lebensfähig auf die Welt brachte.

»Wo steckt also dieser Corwen?« Melyn war plötzlich wütend über die endlosen Tage, die endlosen Misserfolge. Er hätte jetzt schon auf der anderen Seite des Passes und in Lanwennog sein müssen, statt Drachen durch den Wald zu jagen.

»Ich bin nicht sicher.« Frecknock setzte ihre Worte vorsichtig, zweifellos war sie sich über seine Stimmung im Klaren. »Meine Eltern waren vor langer Zeit mit mir hier. Ich war noch ein Schlüpfling. Ich erinnere mich an einen alten Drachen mit einem narbigen Gesicht und einem zerbrochenen Zahn, und ich erinnere mich an eine Höhle, in der Licht wirbelte und tanzte. Aber ich glaube nicht, dass es hier war. Diese Höhle ist zu klein und es gibt keine Möbel.«

»Aber du hast doch gesagt, du seist sicher, dass wir hier richtig sind.«

»Es ist die richtige Lichtung, aber die falsche Höhle.«

»Aber ich habe nur einen Höhleneingang gesehen.«

»Der andere ist vielleicht versteckt.«

Melyn hätte fast seine Flamme nach der Drachin geworfen. Sie trieb ihn zum Wahnsinn, sie war so hassenswert und gelassen, während er vor Wut kochte. Und doch besaß sie alles Wissen, das er brauchte und schien sogar bereit zu sein, dieses mit ihm zu teilen, wenn er sie auf die richtige Weise fragte. Sie hatte ja auch recht. Die ganze Lichtung war ein Zentrum gewaltiger magischer Kraft, und doch war die Höhle, in der sie standen, nichts Besonderes. Er konnte das spüren, ohne in eine Trance gleiten zu müssen. Aber in der Ätherischen Sphäre würde er die Quelle vielleicht finden und das Versteck dieses mysteriösen Corwen ausfindig machen können.

Melyn setzte sich auf Errols Bett, löschte seine Flamme und konzentrierte sich. Als er die Augen geschlossen hatte, explodierte die Höhle zu Mustern aus Licht. Ihm gegenüber stand Frecknock und wartete geduldig. In der Ätherischen Sphäre sah sie nicht so jämmerlich aus, wenn auch weiterhin klein, als ob die Angst ihr sehr viel von ihrem Leben ausgetrieben hätte.

»Komm mit«, sagte er zu ihr, so, wie er in dieser Gestalt auch zu Beulah gesprochen hätte. Er erhob sich aus seinem Körper und strebte zur Höhlenöffnung. Einen Moment lang zögerte Frecknock, dann schüttelte sie ihr Selbst ab und kam auf ihn zugeschwebt.

Melyn schaute weg und fühlte sich überhaupt nicht wohl. Die beiden Kampfpriester vor der Höhle waren bleiche Selbstbilder, kaum mehr als vor der Mittagssonne flackernde Kerzen. Die übrigen Männer, die soeben die Lichtung durchkämmten, wirkten ebenso nichtssagend. Es ärgerte ihn, dass seine besten Soldaten so schlecht mit dem Ätherischen umgehen konnten, es störte ihn, dass Drachen diese Fähigkeit offenbar angeboren war. Und es war auch nicht die gedankenlose Selbstsicherheit der einfachen Tiere, es war nicht wie bei Hunden oder Pferden, die immer gleich aussahen, egal, wie er sie anschaute.

Melyn schob diesen Gedanken weg und machte sich auf die Suche nach den typischen Anzeichen für magische Vorkehrungen. Er hätte aber genauso gut in einer Schüssel voller Reis nach einem ganz besonderen Korn suchen können. Auf der Lichtung wimmelte es nur so von kontrollierter Kraft. Er hatte schon gesehen, dass der Pfad, der sie kreuzte, ein Teil eines riesigen Gewebes war, aber je länger er sich umschaute, umso mehr war er von den puren Ausmaßen der hier gelegten Zauber überwältigt. Magie, so dicht, dass er sie schmecken konnte, umgab ihn wie ein Nebel aus Farben, zog ihn hierhin und dorthin, als ob sie mit ihm spielte. Er wehrte sich in Gedanken dagegen, baute seine Sperren auf, bis die Kräfte, die ihn umspannten, sich zusammenzogen und dunkler wurden. Er suchte sich einen Strang aus, eine pulsierende rote Schlange, die sich zwischen ihm und Frecknock wand, und streckte die Hand aus, um sie zu packen.

»Davon würde ich abraten«, sagte die Drachin.

»Warum?«

»Ihr seid sehr verletzlich in dieser Gestalt, und das da ist ein mächtiger Zwangszauber. Möchtet Ihr den Rest Eures Lebens immer wieder zu dieser Lichtung zurückkehren müssen?«

Melyn kam sich vor wie ein junger Novize, der im Klassenzimmer wegen eines törichten Vorschlags gescholten wird. Frecknocks Tonfall versetzte ihn zurück in seine Kindheit, und sein Zorn kehrte zurück.

»Mit Zwangszaubern kenne ich mich durchaus aus. Das hier ist auch nicht viel anders als der Zauber, der die Rufstraße für deinesgleichen so unwiderstehlich macht. Ich habe unbedingt vor, ihn bis zu seiner Quelle zu verfolgen.« Aber er berührte den Zauber nicht, sondern ließ seine Ätherische Gestalt den Schlingen und Bögen folgen, die der Zauber zwischen der ganzen anderen Magie vollführte. Es war schwer, das Wirkliche vom Herbeigezauberten zu unterscheiden. Dem Inquisitor fiel es nicht leicht, das, was er sah, mit seiner Erinnerung an die Lichtung zu vergleichen, aber endlich kam er an die Stelle, wo alles miteinander zu verschmelzen schien. Er sah sich um, versuchte, sich in einer durch und durch verkehrten Welt zurechtzufinden. Nur Frecknock, die gelassen neben ihm stand, als ob sie jeden Tag dermaßen turbulente Beschwörungen sähe, sah ungefähr so aus, wie er das auch bei seiner normalen Sicht erwartet hätte. Nur farbenprächtiger, weniger trübe und schwarz.

Unwillkürlich tauchte ein Bild von ihr im Wasser vor seinem inneren Auge auf, die Feuchtigkeit ließ ihre Schuppen glänzen und funkeln. Und sie watete auf den Wasserfall zu.

Melyn fuhr zurück in seinen Leib. Dieses ganze Erlebnis war gelinde gesagt erschütternd gewesen, aber er hatte gefunden, was er gesucht hatte.

»Kommt mit.« Er wartete nicht ab, ob die beiden Kampfpriester ihm folgten, sondern lief mit großen Schritten zur Furt und dann weiter flussaufwärts. Das Wasser war tief und reichte ihm zuerst bis an die Knie, dann bis an die Hüfte und endlich bis an die Brust. Endlich hatte er den perlenden, brodelnden Schaum gleich vor dem Wasserfall erreicht.

Melyn holte tief Luft und trat hindurch.

Errol hörte Benfro schon lange, ehe er ihn über die Bäume fliegen sah, die die Lichtung umsäumten. Er hatte ein wenig von seiner Kraft wiedergefunden, freute sich aber trotzdem nicht auf den weiteren Marsch. Seine Beine schmerzten, nachdem er sie monatelang zu wenig genutzt hatte. Die tägliche Schwimmrunde hatte bei Weitem nicht ausgereicht, um ihn auf diese Anstrengung vorzubereiten. Seine Knöchel fühlten sich schwach an, als ob sie jeden Moment noch einmal brechen könnten. Müde machte er sich bereit für das Unvermeidliche, als die übereilte, ungeschickte Landung des Drachen ihn innehalten ließ. Benfro rappelte sich auf und rannte zu Benfro hinüber.

»Melyn. Er war da. Er kam gerade gleichzeitig mit mir.«

»Hast du die Edelsteine?« Errol wusste die Antwort schon, die stand überall in Benfros Gesicht.

»Dazu hat die Zeit nicht gereicht. Ich bin nicht mal gelandet.«

»Sie sind gut versteckt. Er findet sie bestimmt nicht. Corwen passt auf sie auf.« Doch noch während er sprach, kamen Errol Zweifel. Inquisitor Melyn war ausdauernd und er war ein überaus mächtiger Zauberer. Bestimmt würde er die uralten Zauber durchschauen, die die Höhle hinter dem Wasserfall beschützten.

»Er hat Frecknock bei sich. Ich weiß nicht, warum, aber sie scheint ihm zu helfen. Wenn sie die Edelsteine findet, ist alles verloren. Dann werde ich mich niemals von Magog befreien können, und ich werde meine Mutter verlieren.« In seiner Panik kam Benfro zu der Stelle, wo Errol noch immer mit den Taschen saß. Der Drache ragte wie ein kleiner Baum über ihm auf und versperrte ihm den Blick auf die Sonne.

»Jedenfalls können wir nicht zurück, solange es auf der Lichtung von Kampfpriestern wimmelt. Wir müssen machen, dass wir so weit weg kommen wie möglich.«

»Ich muss sie holen.« Benfro ließ sich neben Errol auf den Boden fallen. »Ich kann sie nicht zurücklassen.«

»Was ist mit den Grymlinien?« Errol änderte seine Sicht, bis die Linien in sein Blickfeld schwammen, dick und voll von dem Leben, das den Wald füllte. »Könntest du darüber die Edelsteine holen? So wie ich die Truhe geholt habe?«

Benfro ließ den Kopf in die Hände sinken. »Ich hab das bisher erst einmal geschafft, das war in Magogs Schlupfwinkel. Und wann immer ich jetzt versuche, die Feinen Künste anzuwenden, wartet er dort auf mich. Ich fürchte, wenn ich irgendwas mit den

Grymlinien versuche, werde ich wieder oben auf dem Berg landen.« Er schaute zu dem gewaltigen Berg hoch, der über ihnen aufragte. Errol folgte seinem Blick, versuchte, die Spitze zu sehen, und stellte sich den kleinen Raum hoch über der Welt vor.

»Und wenn ich auf dich aufpasse?«

»Das würde nicht funktionieren. Ich weiß zwar, dass die Edelsteine hinten in der Höhle hinter dem Wasserfall sind, aber ich habe sie noch nie gesehen. Das ist hoffnungslos. Warum haben wir sie nicht mitgenommen? Wie konnte ich sie nur vergessen?« Benfro ließ den Kopf in die Hände sinken und schluchzte.

»Ich habe sie gesehen. Und ich habe es geschafft, über die Linien die Truhe auf die Lichtung zu holen. Ich mach das.« Errol klang viel zuversichtlicher, als ihm zumute war, aber er musste etwas unternehmen. Er musste es zumindest versuchen.

»Wirklich?« Benfros Stimme zitterte, als er auf Errol hinunterblickte. Dann schüttelte er den Kopf. »Nein, das kannst du nicht. Das ist zu gefährlich. Du könntest ebenfalls unter Magogs Einfluss geraten.«

»Aber vielleicht passiert das ja nicht. Ich werde vorsichtig sein und seinen Edelstein nicht anrühren, wenn sich das vermeiden lässt. Jedenfalls haben wir keine andere Alternative!«

Benfro gab keine Antwort und Errol nahm das als Zustimmung. Er wusste nicht so ganz, was er tat, aber er erinnerte sich an einige der Dinge, die Corwen ihn gelehrt hatte. Er versuchte, sich die dunkle Höhle tief im Felsen hinter dem Wasserfall vorzustellen, und öffnete sich gleichzeitig für die Grym, um an den Linien entlang nach der passenden zu tasten.

Langsam, Stück für Stück, baute er in Gedanken ein Bild auf, lief sozusagen umher und fügte immer neue Einzelheiten hinzu, wenn sie in seiner Erinnerung auftauchten. Die ganze Zeit war die Grym ein Wirrwarr von Stimmen, Gerüchen und Bildern in wildem Wechsel, die drohten, das eine ruhige Bild in seinem Kopf zu zerstören. Corwens Höhle war in der Nähe. Sie waren noch keinen ganzen Tag unterwegs, und er wusste nur zu gut, wie langsam er gewesen war. Es müsste also eine starke Verbindung geben.

Stück für Stück fügte sich das Bild der Höhle zusammen und die Ablenkungen wurden immer schwächer, bis sie nur noch ein dumpfes Hintergrundgemurmel waren. Errol konnte jetzt alles sehen, eine perfekte Wiedergabe vor seinem inneren Auge. Und dort, in der Mitte, sah er die aus den Felsen gehauene Erhöhung mit dem Haufen aus bleichen weißen Edelsteinen, auf dem ein einzelner weißer Stein lag, während auf dem anderen Sockel der rote Stein sein blutiges Leuchten überall verbreitete.

Er streckte den Arm aus, um nach Morgums Edelstein zu greifen, er sah vor sich seine Hand. Und dann war alles ganz anders. Sein Gehirn sagte ihm, dass er saß, sein Gleichgewichtsorgan behauptete, dass er stand. Seine Füße stolperten übereinander und er kippte vornüber und knallte auf den Boden. Den harten Lehmboden mit dem vertrauten würzigen Geruch. Er versuchte, die Augen zu öffnen, das Bild, das er zusammengebaut hatte, mit dem der Lichtung zu vertauschen. Aber er konnte nur die Höhle sehen, die vom Licht der Edelsteine erhellt war. Er hatte durchaus nicht an den Linien entlanggegriffen, er war zurück in Corwens Höhle gereist.

Für einen Moment geriet er in Panik. Er wusste, dass die Kampfpriester draußen standen. Was, wenn sie die Höhle bereits entdeckt hatten und gerade in diesem Augenblick durch den kurvenreichen Tunnel krochen, der hierhin führte? Errol spitzte die Ohren. Er war fast sicher, dass Schritte zu hören waren, ein Kratzen auf dem Boden. Und war da nicht ein ganz schwaches Leuchten, eine flackernde Fackel, die vom Eingang her schimmerte?

Das bildete er sich ein, sagte er sich. Die Höhle war still, abgesehen von seinem keuchenden Atem und dem Hämmern seines Herzens. Er war hier so sicher wie irgendwo sonst; Corwens

Magie beschützte die Höhle doch vor zufälliger Entdeckung? Melyn würde die andere Höhle finden, wissen, dass er geflohen war und sich durch den Wald zur Verfolgung aufmachen.

Aber wie lange würde er brauchen, um Benfro zu finden? Wie lange könnte Errol es sich leisten, hier untätig herumzusitzen? Er musste zurück, und zwar mit den Edelsteinen.

Errol stand auf. Seine Augen hatten sich jetzt an das trübe Licht gewöhnt. Als er sich dem steinernen Sockel näherte, konnte er sehen, wie weit sich Magogs Einfluss verbreitet hatte. Corwens eigene Edelsteine zählten zwei Dutzend und mehr, keiner von ihnen berührte den unregelmäßig geformten Stein Magogs, und doch hatten sich mindestens zehn von Corwens Steinen von klarem Weiß zu Rosa verfärbt, und die nächstliegenden waren fast schon blutrot. Errol schien es fast, als könne er das Echo eines gewaltigen Kampfes wahrnehmen. Dass Corwen nicht auftauchte, war Beweis genug für diese Auseinandersetzung.

Errol griff in die Tasche und zog einen Stoffstreifen hervor, den er von einem seiner alten Hemden abgeschnitten hatte. Er wickelte ihn sich doppelt um die Hand und streckte sie nach dem Edelstein aus. Etwas Unsichtbares versuchte, ihn zurückzudrängen. Er drückte fester, und die gegnerische Macht wuchs ebenfalls an Stärke, sodass er sich anstrengen musste, als wollte er eine massive Felsplatte verschieben. Aber so sehr er sich auch mühte, er konnte seine Hand nicht dichter an den roten Edelstein heranbringen.

Er zog den Stoffstreifen weg und versuchte es mit bloßen Fingern. Einen Moment lang war der Druck wieder da und ließ seine Haut prickeln. Er spürte, wie etwas seinen Kopf streifte, als ob in der Dunkelheit eine Fledermaus an ihm vorbeigeflogen wäre. Verwirrt hätte er fast die Hand um den Edelstein geschlossen. Dieser zog ihn jetzt an sich, während er ihn zuvor zurückgestoßen hatte, aber in letzter Sekunde riss Errol seine Hand zurück.

Er nahm den Stoffstreifen in die andere Hand und starrte den Edelstein an. Er erinnerte sich an seinen Unterricht in Emmas Faur und versuchte, seine Gedanken gegen Einflüsse von außen zu versiegeln. Jetzt erst wurde ihm bewusst, wie weit er seinen Geist hatte offen werden lassen. Er machte eine der erlernten Übungen nach der anderen, und mit jedem wiederholten Mantra ließ der Lärm nach. Die Linien schoben sich in sein Blickfeld und pulsierten und leuchteten überall in der Höhle. Dann sah er seine Aura um sich herum auflodern und bemerkte, die wirbelnden Muster der Magie, die diesen Ort erfüllten und Magogs verwitterten Edelstein umgaben – magische Muster, die als fauliges Miasma von dem Stein ausströmten, dünne rote Fäden, die sich zu den Linien und in den Haufen aus Corwens Edelsteinen hineinschlängelten.

Sie bewegten sich ununterbrochen, bohrten sich in die Luft und wickelten sich um die farbenprächtigen Formen und Schnörkel, von denen Errol wusste, dass sie Corwens Verteidigungswerke waren, stellten sie immer wieder auf die Probe und versuchten den Durchbruch. Ein besonders fetter Strang bohrte sich in den felsigen Boden und wurde dabei von Rot zu ganz bleichem Rosa. Errol konnte sich nur zu gut vorstellen, wohin dieser Strang führte.

Er näherte seine Hand dem roten Edelstein und konzentrierte sich auf die dünne Aura, die über seine Finger floss und sich von seinen Fingerspitzen in langen dünnen Fäden zwischen die Zacken des Edelsteins hinzog. Bei der Berührung hatte er dann das Gefühl, seine Hand in Eis zu tunken. Es war eine so plötzliche und intensive Kälte, dass sie ihm fast den Atem verschlug – falls er überhaupt atmete. Er gab sich alle Mühe, sie und alle anderen Kräfte, die auf ihn einschlugen, zu ignorieren, und sich nur auf seine Aura und den tückischen roten Edelstein zu konzentrieren.

Den Stein von dem Sockel zu nehmen, war wie ein Absturz. Fast schien es, als habe der Geist des Magog oder von was auch immer der Edelstein besessen sein mochte, sich endlich geschlagen gegeben. Die roten Fäden verschwanden aus Errols Sichtfeld, als er langsam das gefährliche Kleinod aufhob und auf den Stoffstreifen in seiner anderen Hand fallen ließ.

Als sein Kontakt zu dem Edelstein gekappt wurde, schien die Welt wieder normal zu werden. Errol hatte das Gefühl, sehr lange weggewesen zu sein. Rasch wickelte er den Edelstein fest in den Stoffstreifen, schob diesen dann tief in seine Tasche und holte tief und langsam Atem. Es war so eine Kleinigkeit gewesen, und doch war er erschöpft, als ob er den halben Tag gerannt wäre.

Aber er musste noch einen Edelstein holen und sich dann auf den Weg zurück zu Benfro machen. Danach würden sie weiter durch den Wald gehen, vermutlich bis spät in die Nacht. Er streckte die Hand aus und hob Morgums perfekten bleichen Edelstein hoch.

Das Sperrfeuer von Bildern traf ihn noch heftiger, weil er nicht damit gerechnet hatte. Errol hatte das Bollwerk, das er gegen Magog errichtet hatte, vernachlässigt, und jetzt wurde er in seinem geschwächten Zustand von Morgums Erinnerungen voll getroffen. Er sah eine einst schöne Frau einen Namen rufen und sterben, ihr Leib wurde von Schmerzen zerrissen und war fast zu nichts abgemagert, nur die Wölbung ihrer Schwangerschaft ragte noch hervor. Er kannte diesen Körper, mit seiner straff über die Knochen gezogenen Haut, gegerbt und gedörrt von dem Gift, das sie getötet hatte, während die Wölbung noch immer da war, sechzehn Jahre nach ihrem Tod. Prinzessin Leyn.

Das Bild wechselte und wurde zu einer Bilderfolge: Ein winziger Drache schmiegte sich in eine Decke, die über einen Säugling gebreitet worden war. Dieser Säugling wurde einer Frau ausgehändigt, die aussah wie Errols eigene Mutter, nur jünger als die Henna seiner Erinnerung. Er sah Father Gideon in einer Türöffnung stehen, die so groß war, dass der Mönch darin wie ein Kind wirkte.

Er sah einen mageren jungen Drachen mit Benfros Gesicht, der an einem blank gescheuerten Holztisch saß und seltsame Heiltränke anrührte. Er ließ traurig den Kopf hängen, als er Inquisitor Melyn mit einem Trupp aus Kampfpriestern und Novizen auf sich zureiten ließ. Die Gedanken und Gefühle brachen nur so über ihn herein, ein grauenhafter Mahlstrom: Drachen, Männer, Kriege, Magie und endlich das wahnsinnig lächelnde Gesicht des Inquisitors, der die Lichtklinge hoch über seinen Kopf hob, um das Werk, das König Billah begonnen hatte, zu vollenden.

Er wusste nun, dass der Tod nahe war, und bald erkannte Errol, dass er das akzeptieren konnte. Darin würde ein Friede liegen, wie er ihn im Leben niemals gekannt hatte. Aber es gab auch eine Sorge. Wer würde sich um Benfro kümmern? Wie würde der zurechtkommen? Hatte Errol genug getan, um ihn das Überleben zu lehren?

Das Gefühl einer Hand auf seinem Arm ließ den Ansturm der Bilder abreißen. Errol wurde plötzlich bewusst, dass er ganz und gar hineingesogen worden war. Er schaute auf und sah nicht Inquisitor Melyn, sondern Corwen auf der anderen Seite des Sockels stehen.

»Die Erinnerungen von Morgum der Grünen wollen dir nichts antun, Errol. Aber auf ihre Weise sind sie ebenso gefährlich wie die von Magog, Sohn des Sommermondes.«

»Corwen, du …«

»Bei mir ist alles in Ordnung, danke. Und ich bin beeindruckt davon, wie geschickt du deine Aura manipulierst. Aber ist es weise, diese Edelsteine mitzunehmen? Es wird dann schwerer sein, Magog daran zu hindern, sich Benfros zu bemächtigen.«

»Er wollte seine Mutter nicht zurücklassen. Er ist zurückgekommen, um sie zu holen, aber da war Melyn schon hier.« Errol versuchte atemlos, die ganze Geschichte zu erzählen, aber Corwen hob nur eine Hand, um ihn zum Verstummen zu bringen, und schaute für einen Moment in eine andere Richtung, hinüber zum Tunnel.

»Sie kommen. Du musst jetzt los.«

Errol schaute zu dem verwitterten alten Drachen hoch, dann wirbelte er herum. Er konnte nichts sehen, aber ihn durchfuhr ein Zittern, »Melyn? Aber was ist mit deinem Zauber? Ich dachte, dieser Ort hier wäre verborgen.«

»Das war er auch. Das war er viele Jahrhunderte lang. Doch auch der mächtigste Zauber verfliegt nach und nach. Und ich war in letzter Zeit ein wenig abgelenkt. Du darfst nicht mehr hier herumlungern, Errol. Du musst zurück zu Benfro. Wenn ihr zusammenhaltet, besteht die Chance, dass ihr beide überlebt. Wenn nicht, dann seid ihr beide verloren.«

Gedämpfte Geräusche hallten im Durchgang wider. Zuerst glaubte Errol, dass er sich das eingebildet hatte, aber dann war es wieder da: das Poltern von schweren Möbelstücken, die umhergeschoben wurden. Nun war kein Zweifel mehr möglich: Melyn hatte die zweite Höhle gefunden.

Errol blickte erst zu Corwen und dann zu den Edelsteinen auf dem Sockel zwischen ihnen. Instinktiv streckte er die Hand aus, um sie zusammenzuraffen, aber der alte Drache packte energisch sein Handgelenk.

»Dazu ist jetzt keine Zeit. Du musst los.«

»Sie werden dich finden. Und dann holen sie sich deine Edelsteine …«

»Und dann werde ich bei ihnen sein, egal, wohin sie gehen. Ich fühle mich geehrt, weil dir mein Wohlergehen so am Herzen liegt, Errol. Ich bin seit fast zweihundert Jahren tot. Du solltest es nicht so eilig damit haben, dich mir anzuschließen.«

Errol zögerte. Er fand es schrecklich, Corwen hier im Stich zu lassen, doch ihm blieb nichts anderes übrig, als zu fliehen. Wenn es dafür nicht schon zu spät war. Die Geräusche aus dem Durchgang wurden immer lauter, und Errol war sich jetzt sicher, dass er sich den matten Widerschein von Fackeln, der von dort zu ihm drang, nicht einbildete.

»Konzentrier dich, Errol. Vergiss, was um dich herum passiert. Geh zurück zu Benfro.« Corwens Worte erklangen in Errols Kopf, und langsam verblasste das Bild des alten Drachen. Der Druck auf Errols Handgelenk verschwand, als wäre er niemals da gewesen. Errol warf noch einen Blick auf die Edelsteine, dann rief er sich das Bild der Linien vor Augen und versuchte, ein Bild der Lichtung aufzubauen, die er vorhin verlassen hatte.

Das war alles andere als einfach, ja, es erschien ihm fast unmöglich. Errol war nicht lange auf dieser Lichtung gewesen, und die meiste Zeit hatte er verschlafen. Die Linien sangen ihr verlockendes Lied von überallher, und die ganze Zeit näherten sich die Geräusche aus dem Durchgang immer mehr und ließen sich immer schwerer aus seinen Gedanken aussperren. Errols Panik wuchs, als seine geistige Disziplin zerfiel, und am Ende konnte er nur noch die Linien anstarren.

Dann sah er sie: eine Verbindungsschnur in bleichem Rosa, während alle anderen weiß waren. Sie schlängelte sich von dem Edelstein in seiner Tasche zu einer Linie hin. Er hatte die Berührung dieses Edelsteins gespürt, seinen kalten, gefühllosen Zugriff, und jetzt benutzte er diese Erinnerung, um sich an den Linien entlang zurückzutasten, um Magogs bösem Einfluss zu dessen Ziel zu verfolgen. Errol holte tief Luft, sperrte alles andere aus und trat dann ins Leere.

18

Sir Flisk brachte den Menschen von Fro Afon große Zuneigung entgegen. Sie waren Gelehrte und Künstler und behandelten ihn voller Achtung. Er war in ihren Städten immer willkommen, vor allem in Voran weit im Osten.

Aber obwohl die Menschen von Fro Afon gütig und freundlich waren, waren sie nicht immer weise. Oft genug hatte Sir Flisk die Bürger von Voran vor dem dampfenden Berg gewarnt, der über ihrer schönen Stadt aufragte und dessen spitze Krone nur allzu oft in eine Rauchwolke gehüllt war. Aber der Berg lieferte den Menschen von Voran heißes Wasser und der Boden in der Umgebung war fruchtbar. Kein lebender Mensch konnte sich an eine Zeit erinnern, in der der Berg nicht ein wenig unruhig gewesen war, aber es hatte auch niemand je gehört, dass es mit dem Berg etwas Schlimmeres auf sich hätte. Und so hörten sie sich Sir Flisks Warnungen höflich an, blieben aber sorglos in ihrem Paradies wohnen.

Als der Nem-Voranar dann ausbrach, kamen Tausende ums Leben, wurden unter einem Regen von heißer Asche und glühendem Gestein begraben. Die verzweifelten Überlebenden konnten auf ihrer Flucht in die ungastlichen Gefilde des Guastad nur die Kleider mitnehmen, die sie auf dem Leib trugen. Hier fand sie Sir Flisk, hungrig und mutlos, ihre verlorene Heimat beklagend. Und obwohl sie nicht auf seine Warnungen gehört hatten, erbarmte er sich ihrer doch. Er rief sie zusammen und verwob die Feinen Künste auf so kunstvolle Weise, dass jeder Schritt der Flüchtlinge wie tausend erschien. In einer Nacht konnten sie deshalb die andere Seite des leeren Tieflandes erreichen. Sie kamen so schnell voran, dass sie sogar das Meer von Tegid überquerten und am Westufer an der Stelle an Land gingen, wo sich jetzt die Stadt Talardeg erhebt.

Sir Frynwy: Geschichten vom Fryd

Benfro lief schon so lange unruhig hin und her, dass die Grasbüschel am Rand der Lichtung bereits ganz zertreten waren. Er wünschte sich Errol herbei und machte sich Vorwürfe, weil der Junge verschwunden war. Es war Wahnsinn gewesen, ihn die Edelsteine holen zu lassen. Weder er noch Errol waren als Magi geschickt genug, da hatte doch etwas schiefgehen müssen. Was, wenn Errol auf die andere Seite des Waldes gezogen worden war? Was, wenn er Inquisitor Melyn in die Hände gefallen war?

Frustriert über seine erzwungene Untätigkeit rannte Benfro mitten auf die Lichtung, öffnete die Flügel und fing an, in die Abendluft zu steigen. Mit wenigen Schlägen war er oben und hob sich mit wütender Leichtigkeit über die Baumwipfel. Er drehte sich um und ließ seine Blicke über das Laubdach schweifen, als ob Errol sich auf einen nahen Baumwipfel versetzt haben könnte. Aber keine Gestalt winkte verzweifelt, nur einige Krähen waren auf dem Weg ins Nest und eine einsame Taube jagte nervös mit unbekanntem Ziel davon.

Benfro drehte weitere Kreise und gelangte bei jeder Drehung weiter nach Süden. Am liebsten wäre er noch einmal zu Corwens Lichtung geflogen, um Errol retten, denn er war sich so gut wie sicher, dass sein Freund gefangen genommen worden war und sah geradezu vor sich, wie er gefoltert wurde. Doch die Vernunft sagte Benfro, dass er gegen so viele Kampfpriester nichts ausrichten könnte. Also kreiste er, sah zu, wie über den fernen Gipfeln des

Trenn-Gebirges im Westen die Sonne unterging, und die ganze Zeit lagen sein Kopf und seine Herzen im Kampf miteinander.

Etwa zwei Meilen südlich der Lichtung entdeckte er eine Bewegung. Es fiel ihm schwer, durch das dichte Blattwerk Genaueres zu sehen, deshalb ließ er sich sinken, suchte sich mit ausgebreiteten Flügeln den Weg durch die warme Luft, bis er fast die höchsten Blätter streifte. Als er dann schneller weiterflog, sah er einen gut erhaltenen Pfad, der sich unter ihm durch den Wald zog. Mit gemischten Gefühlen erkannte er, dass das der Pfad war, der von der Furt bei Corwens Lichtung wegführte. Der Pfad folgte dem Bach bis zu der Stelle, wo Errol und er vorhin nach ihrer langen Wanderung durch den Wald zum Vorschein gekommen waren. In ihrer Panik hatten sie nicht nur die Edelsteine vergessen, sondern auch beschlossen, dem Pfad auszuweichen. Jetzt konnte Benfro sehen, dass sie in der Hälfte der Zeit die doppelte Entfernung hätten zurücklegen können, wenn sie sich anders entschieden hätten. Und etwas eilte jetzt auf sein improvisiertes Lager zu.

Benfro drehte und flog noch einmal tiefer, um durch die Blätter zu schauen. Wenn er sich direkt über dem Pfad hielt, konnte er die Gestalt der Pferde gerade noch ahnen, aber er brauchte seine Augen nicht, um zu wissen, was da unter ihm war. Er konnte sogar in dieser Höhe die Kampfpriester riechen. Durch eine Lücke zwischen den Baumkronen sah er sie nun: zehn oder mehr, die Köpfe gesenkt, die Pferde zum Galopp angetrieben. Es war deutlich, dass sie wussten, wohin sie wollten. Dennoch konnten sie Errol nicht gefangen genommen und ihm diese Auskunft entrissen haben, das war Benfro klar. Schließlich hatte sich Errol erst vor einigen Minuten von ihm getrennt. Selbst in gestrecktem Galopp hätten die Kampfpriester noch nicht bis hier gekommen sein können. Sie mussten also bereits vor Errols Aufbruch gewusst haben, wo sie suchen mussten. Benfro ahnte, dass Melyn ihn in auf magische Weise ausfindig gemacht hatte und zudem die Pfade in diesem Teil des Waldes kannte. Benfro wollte nicht wissen, wie das möglich war. Der Gedanke, dass der Inquisitor ihm so leicht folgen konnte, erfüllte ihn mit Entsetzen. Wie konnte er hoffen, da jemals zu entkommen?

Er jagte los, landete rasch auf der Lichtung und rannte in den Schatten unter den Bäumen, wo noch immer ihre Taschen lagen. Errol war nicht zu sehen, aber Benfro wagte jetzt nicht einmal, den Namen des Jungen zu rufen, aus Angst, die Aufmerksamkeit der näher kommenden Reiter zu erregen. Er hob Errols Stofftasche auf und band sie an den Lederriemen seiner eigenen. Errols Tasche fügte dem Gold in Benfros kein besonderes Gewicht hinzu. Wozu sollten ihm die Münzen nützen, wenn er Errol nicht finden könnte? Bestimmt gab es in ganz Gulad keinen Ort, wo ein Drache zu einem Kaufmann gehen und um Lebensmittel bitten könnte. Die Menschen würden entweder vor ihm davonlaufen oder ihn töten. Dennoch warf er sich die Taschen über den Hals, zusammen mit der robusten, aus Gras geflochtenen Provianttasche, die der Mutterbaum ihm gegeben hatte, und schob sie so zurecht, dass sie ihn nicht in seinen Bewegungen behinderte. Er konnte nicht länger auf Errols Rückkehr warten, obwohl es ihm wie ein furchtbarer Verrat vorkam, ihn zu verlassen.

Benfro ging gerade mit schweren Herzen und bleiernen Schritten auf die Mitte der Lichtung zu, als ein Schrei ihn erstarren ließ. Er schaute sich um und sah den ersten Kampfpriester links von sich zwischen den Bäumen hervorbrechen. Die anderen tauchten in rascher Folge auf und quollen aus dem Wald wie aus ihrem Nest aufgestörte Wespen. Benfro wartete nicht länger, sondern sprang in die Luft und flog mit aller Kraft aufwärts.

Er sah sich nicht mehr um, sondern konzentrierte sich ausschließlich auf die Bäume auf der anderen Seite der Lichtung. Wenn er die erreicht hatte, war er in Sicherheit, jedenfalls bis auf Weiteres. Etwas zischte durch die Luft, vorbei an seinem Ohr, und er sah voller Entsetzen, wie vor seinen Augen das Geschoss einer Armbrust langsam zu Boden fiel und mit dumpfem Aufprall, den er sogar durch den rauschenden Wind hören konnte, auf dem Boden aufprallte. Er gab sich noch größere Mühe, versuchte verzweifelt, Höhe zu gewinnen, ohne Tempo zu verlieren, um den Kampfpriestern zu entkommen. So durfte das nicht enden. Er würde nicht hier sterben.

Etwas rutschte klirrend an seinen Rückenschuppen ab, und Benfro hätte sich fast umgesehen, weil er wissen wollte, was es war. Er konnte das gerade noch verhindern, denn er wusste, dass eine Drehung seines Kopfes auch eine Verlangsamung sein würde, und wenn er langsamer würde, würde er für seine Angreifer eine bessere Zielscheibe abgeben. Er empfand keinen Schmerz, obwohl er keinen Zweifel daran hatte, dass das noch kommen würde, wenn sich die Panik gelegt hätte. Falls sich die Panik legen würde. Und dann flog er über die Bäume und sein Schwanz streifte die höchsten Zweige. Er schlug noch mehrmals gewaltig mit den Flügeln und spürte, wie seine alte Wunde bei dieser Anstrengung wieder aktiv wurde, dann sah er sich endlich nach den Kampfpriestern um.

Zu seiner Überraschung hatten sie nicht nur seine Verfolgung aufgegeben, sondern ritten auch wie der Wind in eine andere Richtung. Benfro musste sich einfach umdrehen, um zu sehen, was sie abgelenkt hatte. Er hätte fast vergessen, die Flügel zu bewegen, als er Errol wenige Schritte vom Rand der Lichtung entfernt stehen sah. Er war sichtlich benommen, und vor Benfros Augen sank er in die Knie und bemerkte nicht, dass die Kampfpriester auf ihn zukamen.

Einer war schneller als die anderen, er ritt auf einem prachtvollen Ross und konnte alle problemlos hinter sich zurücklassen. Benfro brauchte den Mann nicht zu sehen, um zu wissen, dass es Melyns vertrauter Stellvertreter war. Der Mann, der lächelnd zugesehen hatte, wie der Inquisitor seine Feuerklinge einen furchtbaren Bogen beschreiben ließ und Morgum damit enthauptete. Und jetzt hatte dieser Mann seine eigene Klinge herbeigerufen und hielt sie hoch, wie um Errol das gleiche Schicksal zu bereiten.

Benfros Flügel hatten ihn in die richtige Stellung gebracht, ehe er sich seinen Plan überhaupt überlegt hatte. Er schoss über die Baumwipfel dahin und wirbelte herum, bis er den ersten Kampfpriester vor sich hatte. Errol, der zwischen seinen Gegnern kniete, hatte noch nicht aufgeschaut. Er schien sich auf das Gras vor ihm zu konzentrieren, als ob er so etwas noch nie gesehen hätte. Benfro prägte sich diese Haltung ein, verließ sich darauf, dass Errol sich nicht bewegen würde, und richtete seine Aufmerksamkeit dann auf die Kampfpriester.

Es würde um Haaresbreite gehen, wenn er Errol zuerst erreichte, und als er die Flügel zurückriss und sich zu Boden fallen ließ, konnte Benfro sehen, dass einige Reiter ihre Armbrüste anlegten. Er hörte mehrmals das Zischen, mit dem die Bolzen abgeschossen wurden, und stieß zugleich ein gewaltiges Wutgebrüll aus. Das Feuer kochte rein und weiß aus ihm hervor und rollte wie ein lebendes Wesen durch die Luft. Die Bolzen verdampften in kleinen Explosionen mit gelben Flammen und lösten sich hinter ihm auf, als er sich zu Boden fallen ließ.

Der Mann auf dem gewaltigen Schlachtross hatte Errol fast erreicht, seine grauenhafte Klinge hoch erhoben. Benfro konnte ihn jetzt deutlich sehen, seine kräftigen Züge erkennen, seine sandfarbenen Haare, die an den Spitzen grau wurden, seine roten Wangen, seinen lodernden Blick. Etwas von seinem Irrsinn schien auf sein Pferd übergegriffen zu haben, es blähte die Nüstern, sein Augen waren weiß und starr. Seine Hufe wirbelten Lehmbrocken auf und schleuderten sie rückwärts wie Felsbrocken bei einem Erdrutsch. Seine Flanken glänzten vor Schweiß und Schaum quoll unter dem ledernen Geschirr hervor.

Benfro riss seine Augen von diesem fesselnden Anblick los und legte seine Flügel so an, dass er schneller vorwärtskam, sich aber langsamer senkte. Er streckte die Arme aus und sah, wie sich der Reiter vorbeugte, verzweifelt bemüht, sich seine Beute nicht abjagen zu lassen.

Und dann schaute Errol auf.

Benfro konnte ihn nur von hinten sehen, aber so, wie Errols gesamter Körper erstarrte, war es leicht, die Reaktion des Jungen zu erkennen. Er wusste offenbar, dass er jetzt sterben würde. Nicht einmal seine Fähigkeit, über die Linien zu gehen, könnte ihn jetzt noch retten.

»Errol. Ganz ruhig.« Benfro wollte das brüllen, aber er stieß gleichzeitig einen wilden Flammenstoß aus, die Frucht seines Zornes. Einen Moment lang glaubte er, den schlimmsten aller Irrtümer begangen und dem Inquisitor die Arbeit abgenommen zu haben. Errol hatte sich umgeschaut und seine ohnehin schon weit aufgerissenen Augen schienen bei dem Anblick geradezu aus seinem Kopf zu quellen. Benfro konnte sich nicht vorstellen, wie es wohl aussah, aber er glaubte, den Widerschein der Flamme in den Augen des Jungen zu sehen, einen Moment, ehe sie ... an ihm vorbeijagte und ihn unversehrt zurückließ.

Benfro hatte kaum Zeit genug, um zu registrieren, was hier passiert war. Er hatte den Jungen fast im selben Moment erreicht, riss ihn an sich und schlug mit aller Kraft, die er aufbringen konnte, mit den Flügeln. Das Pferd vor ihm bäumte sich angesichts der Flammen auf, warf seinen Reiter ab und stürzte auf diesen. Als Benfro vorüberjagte, sah er zu seiner Enttäuschung, dass die Flamme erloschen war, ehe sie größeren Schaden anrichten konnte, aber er roch versengte Haare, und dieser Gestank erfüllte seine Herzen mit einer seltsamen Freude.

Und dann hatte er die restlichen Kampfpriester erreicht und fegte mit ausgebreiteten Flügeln über sie hinweg. Ein oder zwei versuchten, ihre Klingen herbeizurufen, und ließen ihre Armbrüste fallen, aber er jagte so rasch über sie hinweg, dass keiner einen Treffer anbringen konnte. Er senkte in einem heftigen Schlag seine Flügel und spürte, wie er mit befriedigender Wucht Körper traf. Als er sich umschaute, sah er Chaos: Männer und Pferde waren kreuz und quer übereinander zu Boden gestürzt.

Benfro drückte Errol an sich und jagte über die Lichtung, gewann Tempo und Höhe. Er richtete seine Blicke auf die Berge und fand einen stetigen Rhythmus, der die Entfernung im Nu verschlingen würde.

Erst jetzt bemerkte er das Geräusch, das aus seinem Mund kam, und er brauchte einen Augenblick, um zu begreifen, dass er lachte.

»Mach dir da keine Sorgen, Iol, Teryll erledigt den Rest.«

Dafyd sah zu, wie seine Frau versuchte, zu viele Kleidungsstücke in eine zu kleine Tasche zu quetschen. Sie hatten drei angenehme Tage in Talardeg verbracht, hatten die Sehenswürdigkeiten bewundert, das Heilwasser getrunken und die vielen unterschiedlichen Ingwersorten probiert, für die diese Stadt zu Recht berühmt war. Einige wenige Menschen hatten sie erkannt, aber diese hatten sie einfach mit der Ehrerbietung behandelt, die einem Thronerben auf einem inoffiziellen Besuch zukommt, und ansonsten kaum Aufhebens um sie gemacht. Wenn irgendwelche Meuchelmörder ihren Schritten folgten, dann hatte Usel absolut Wort gehalten, denn sie hatten nichts davon gesehen. Jarius hatte nur einmal sein Schwert gezogen, und zwar, als ein Waffenschmied in einer winzigen Werkstatt am Rande des Handwerkerviertels gefragt hatte, ob er die Verarbeitung ansehen dürfte. Die Schwerter und Dolche, die Dafyd für sich, seinen Hauptmann und seinen Stallburschen gekauft hatte, waren von sehr viel höherer Qualität gewesen, und er hatte sogar für Iolwen einen edel gearbeiteten rasiermesserscharfen Stilettdolch erworben. Der lag jetzt auf dem Bett – noch etwas, das einfach nicht in ihre Tasche passte.

»Teryll ist Stallbursche, kein Kammerdiener, und Zofe ist er schon gar nicht.« Iolwen lachte und gab ihre Packversuche auf. »Hör dir das doch mal an. Ich klinge schon wie eine von diesen hohlköpfigen Hofschranzen, die Tordu durch den Palast folgen und die Dienstboten behandeln wie Tiere – oder noch schlimmer. Nein, Teryll ist freiwillig mitgekommen, und er ist dein Freund, nicht mein persönlicher Diener. Ich wünschte bloß …«

»… dass einige deiner Damen uns begleitet hätten?«

»Nein. Das nun wirklich nicht. Keine von ihnen hätte auch nur einen Tag auf der Straße durchgehalten. Und außerdem kenne ich sie doch kaum, die wechseln immer so schnell. Es ist bloß, dass du das hier mit Jaris und Teryll teilen kannst.« Sie hob die Hände und wies auf das Zimmer, den Gasthof, die Stadt und noch weiter. »Ich bin allein. Ich bin immer allein gewesen.«

Dafyd dachte an das traurige kleine Mädchen, das er vor so vielen Jahren, dass er sie gar nicht mehr zählen konnte, im Palast in Tynhelyg vorgefunden hatte. Sie war so ganz anders gewesen mit ihrer bleichen, fast durchscheinenden Haut, ihren hellen Haaren und ihren scharf gezeichneten Augen. Er war von ihr fasziniert gewesen, zugleich aber so grausam, wie ein Junge das eben sein kann, wenn er die Vorurteile seiner Eltern und Lehrer wiedergibt. Er war ihr gefolgt, hatte sie beobachtet, wie er die Tiere in dem seichten mit Schilf bestandenen Wasser der königlichen Seen beobachtete. Aber als sie versuchte hatte, mit ihm Freundschaft zu schließen, hatte er sie beschimpft und war weggelaufen. Sie war einsam herangewachsen, während er problemlos Freundschaften geschlossen hatte und im ganzen Königreich seines Großvaters umhergereist war. Sie hatte im Palast bleiben müssen, bedient von der unwilligen Tochter eines in Ungnade gefallenen Adligen, und nur sehr selten hatte sie Sendboten aus ihrem eigenen Land treffen dürfen, dem Land, von dem sie mit nur sechs Jahren im Stich gelassen worden war.

Und dann war er nach Tynhelyg zurückgekehrt, nachdem seine Studien und seine Reisen bis auf Weiteres beendet gewesen waren, und sein Geist war offener als je zuvor gewesen. Nun hatte er dieses seltsam anziehende, schöne und anders geartete Wesen gefunden. Alle hatten ihn für verrückt erklärt, als er sie umworben hatte, sein Vater hatte sogar mit Enterbung gedroht. Nur Billah hatte ihn verstanden und seine Erlaubnis erteilt. Und im Grunde war ja nur das von Bedeutung.

Doch in ihren vielen Jahren als Geisel, die den Frieden zwischen ihren beiden Ländern erhalten sollte, hatte Iolwen in Tynhelyg nur einen wirklichen Freund gefunden, und den hatte sie dann geheiratet.

»Komm schon, Iol. Wir können ja mal sehen, ob wir irgendwo noch Platz finden. Wir wollen das Boot doch nicht verpassen.« Dafyd hob seine eigenen Reisetaschen vom Fußende des Bettes auf und begann, die Schnallen zu lösen. Wie immer, wenn er auf Reisen ging, hatte er nur das absolut Notwendige eingepackt, aber sein Gepäck wuchs doch an, wenn er es dann wieder zusammensuchte. Theoretisch hätte er alles in einer seiner beiden ledernen Satteltaschen unterbringen können, aber aus irgendeinem Grund wollte sein Gepäck beide füllen. Normalerweise hätten seine Diener sich darum gekümmert, aber er wollte sich immer seine eigenen Kleider aussuchen. Außerdem fand er es nicht ratsam, sich von Dienern abhängig zu machen, solange er nicht zu alt und gebrechlich war, um sich selbst anzukleiden.

Er kippte alles auf das Bett und fing an, zerknitterte Hemden zusammenzufalten. Irgendwer hatte ihm einmal erklärt, dass sie dann weniger Platz einnahmen.

»Lass mich das machen.« Iolwen nahm ihm das Kleidungsstück weg, das er in der Hand hatte, strich es glatt und vollführte einen seltsamen Zaubertrick damit, der es wie frisch geplättet aussehen ließ. Sie arbeitete sich dann durch seine restlichen Sachen durch und brachte alles in der einen Satteltasche unter. Wie erhofft war die andere noch immer leer, als Iolwen mit Packen fertig war.

Talardeg war für seine Näherinnen und Schneider ebenso berühmt wie für seinen Ingwer. Iolwen hatte die Möglichkeit genutzt, sich weite Gewänder zu kaufen, um ihren wachsenden Bauch zu verstecken. Dafyd gefiel sie darin ohnehin besser als in den eng schnürten Miedern und den Rüschen, die in Tynhelyg in Mode waren. Aber er wusste noch immer nicht, warum sie so viele brauchte. Sie faltete das letzte zusammen und legte es gerade oben in die Satteltasche, als diskret an die Tür geklopft wurde. Dafyd öffnete und sah vor sich Usel – zum ersten Mal, seit sie in Talardeg eingetroffen waren.

»Seid Ihr bereit?«, fragte der Heiler.

»So bereit, wie wir es jemals sein können.« Dafyd lud sich die Satteltaschen auf die Schulter. Usel schüttelte den Kopf.

»Lasst die hier. Ich sorge dafür, dass sie auf das Boot gebracht werden.«

Jarius und Teryll warteten unten auf sie, auch sie hatten kein Gepäck bei sich. Dafyd überlegte, ob auch das zu ihrer Tarnung gehören könnte. Wenn sie ohne ihre Taschen aufbrächen, würde niemand auf die Idee kommen, dass sie etwas anderes vorhätten, als über das Meer von Tegid nach Fo Afron zu fahren und dort einige Tage lang die Ruinen zu erforschen. Aber angesichts der riesigen Wagenladungen voller Gepäck, die die meisten jungen Adligen auf ihre Reisen mitnahmen, fand er doch, dass es auffälliger sein würde, gar nichts mitzunehmen.

Die Sonne stand hoch am Südhimmel, als sie durch die Mengen von Besuchern, Kaufleuten, Bettlern und Eckenstehern zum Hafen gingen. Durch die Bergkette von Caldy vom Rest des Landes abgeschnitten, war Talardeg fast ein eigener Staat, wenn er auch gesetzlich zu Lanwennog gehörte. Hier regierte König Billahs zweiter Sohn, Vern, und Dafyd war ungeheuer dankbar dafür, dass ihm ein Besuch bei seinem Onkel erspart geblieben war. Wo immer in der Stadt man sich befand, von den geschäftigen Docks über das Handwerkerviertel bis hinaus auf die Ingwerfelder – von überallher konnte man die Burg sehen, die hoch oben auf ihrem Felsen thronte und alles im Auge behielt wie ein Bussard, der nach seiner nächsten Mahlzeit Ausschau hält. Jeden Tag seit seinem Eintreffen hatte Dafyd eine Vorladung erwartet, und mit jedem Tag, an dem sie ausblieb, wurde ein wenig von der Last von seinen Schultern genommen.

Er hatte mit einem kleinen Boot für diesen Ausflug gerechnet. Bei günstigem Wind dauerte die Überfahrt durch die Meerenge nur einen halben Tag, aber das Schiff, das hier auf dem leicht kabbeligen Wasser an seinen Vertäuungen ächzte, war prachtvoll. Die zwei Masten ließen darauf schließen, dass den Schiffsherrn die Geschwindigkeit wichtiger war als die Ladeleistung. Dafür sprach auch der schmal geschnittene Rumpf des frisch gestrichenen Schiffes.

Usel führte sie rasch durch das Gewimmel von Schauerleuten, Hafenarbeitern und Seeleuten, die das Schiff zur Abfahrt bereitmachten. Dafyd sah bei der Laufplanke einen Wagen, von dem Reisetruhen und die übliche Ausrüstung für Entdeckungsreisen an Bord und in den Laderaum getragen wurden. Seine Sorgen von vorhin verflogen, als ihm aufging, welche Sorgfalt Meister Holgrum offenbar jedem Detail gewidmet hatte. Jeder Aspekt war bedacht worden, jede Möglichkeit vorbereitet. Warum also schaute der Heiler sich immer wieder nervös um?

»Lady Anwyn befindet sich bereits an Bord. Wenn Ihr Euch zu ihr begeben wollt, dann können wir in See stechen … Ach, bei Gogs Hoden, was wollen die denn noch?«

Dafyd folgte Usels Blick und sah einen Trupp von zehn Mann,

die auf sie zumarschierten. Ihre funkelnde Rüstung und die Tatsache, dass alle ihnen eilig aus dem Weg gingen, verrieten Dafyd, dass er die Leute seines Onkels vor sich hatte.

»Nehmt meine Hand.« Dafyd spürte, dass seine Hand gepackt wurde, schaute nach unten und sah, dass Usel auch nach Iolwens Hand griff. »Hauptmann, Meister Teryll, schnell, schließt Euch uns an. Bildet einen Kreis.«

Etwas an Usels Tonfall musste sie alle überzeugt haben, denn niemand fragte, was das nun sollte. Stattdessen standen sie nur da wie eine primitive ländliche Gebetsversammlung und sahen zu, wie der Trupp der Soldaten immer näher kam.

Und dann an ihnen vorübermarschierte.

»Wa…«, begann Dafyd.

Usel brachte ihn mit einem gezischten »Still!« zum Verstummen.

Der Leutnant des Trupps, der an seiner sorgsam verzierten Rüstung zu erkennen war, befahl zweien seiner Männer, am Ende der Laufplanke Position zu beziehen, dann marschierte er mit den anderen auf das Schiff.

»Durchsucht alle Kabinen. Wir wissen, dass sie das Gasthaus verlassen haben, also müssen sie jetzt an Bord sein.« Dafyd schaute auf und sah den Leutnant an Deck stehen, während die Soldaten nach unten verschwanden. Gleich darauf stapfte ein großer Mann mit wütendem Gesicht durch das Schiff. Er überragte den Leutnant um eine Haupteslänge und war wohl auch doppelt so breit.

»Was soll das?«, brüllte er mit einer Stimme, die im gesamten Dock zu hören war. »Wie könnt Ihr es wagen, mein Schiff zu betreten?«

»Ich habe meine Befehle von Herzog Vern persönlich. Dieses Schiff ist gemietet worden, um Prinz Dafyd aus dem Hause Billah auf eine Expedition zu den Ruinen zu bringen. Seine Durchlaucht hat aus Tynhelyg den Bescheid erhalten, den Prinzen umgehend zur Rückkehr zu bewegen.«

»Na, der ist aber nicht an Bord. Und ich werd auch nicht auf ihn warten. Ich hab wichtige Fracht für Kais. Kann hier keine Zeit verschwenden und auf so ’nen Prinz warten.«

Der Leutnant lief rot an und schien den Mut zu sammeln, um sich mit dem Kapitän des Schiffes anzulegen, aber dann kehrten seine Leute zurück.

»Niemand an Bord, Leutnant, und die Kabinen sind alle unbenutzt. Können sie ein anderes Schiff genommen haben?«

Der Leutnant sagte nichts, sondern winkte seine Leute nur hinter sich. Dann marschierten sie von Bord, nahmen die beiden Posten an der Laufplanke mit und machten sich auf den Rückweg zu Stadt und Burg. Als der Leutnant an Dafyd vorbeiging, bemerkte der, dass Stirn und Wangen des Mannes schweißnass waren. Es konnte an der Hitze und der reichlich ausgestatteten Rüstung liegen, aber Dafyd vermutete, dass sich der Leutnant vor Herzog Verns Zorn fürchtete.

»Na, dann los, Leute. Schafft diesen Kram von Bord und zurück in die Wagen.« Dafyd blickte auf und sah, dass der Kapitän zurück zum Bug lief und unterwegs seinen Seeleuten Befehle erteilte.

»Wir sollten machen, dass wir rasch an Bord kommen«, sagte Usel und ließ Dafyds Hand los. Eine Sekunde lang durchfuhr ein Schauer Dafyds Körper, als ob jemand ihm Eiswasser über den Kopf gegossen hätte. Die Luft wurde dunkler, als habe sich eine Wolke vor die Sonne geschoben, aber der Himmel war klar, blau und frisch durch die Seeluft. Er konnte Jarius, Teryll und Iolwen nicht sehen, und für einen Moment überkam ihn Panik. Dann wurde der Himmel wieder hell und die anderen standen vor ihm.

»Diesen Zauber muss ich lernen«, sagte er an niemanden im

Besonderen gerichtet, während sie über die Planke liefen und sich ins kühle, dunkle Unterdeck des Schiffes begaben.

Beulah war nicht gerade traurig darüber, dass sie Corris nun verlassen mussten. Alles an diesem Ort deprimierte sie, von der allgegenwärtigen Armut und dem Schmutz bis zu der düsteren, tristen Burg mit ihren Geheimnissen. Ehe sie die Stadt, die noch immer den Verlust ihres betagten Lehnsherren betrauerte, verlassen hatten, hatte sie Hauptmann Herren offiziell als Quelns Enkel und Erben anerkannt. Sie wusste nicht so recht, ob das für Herren ein Segen oder ein Fluch sein würde. Ihr Befehl, einen Trupp Soldaten für ihre Armee bereitzustellen, würde die geringen Mittel an Geld und Männern des frisch ernannten Lord Herren zweifellos auf eine harte Probe stellen. Es würde sie nicht überraschen, wenn es in wenigen Jahren kein Corris mehr gäbe, und Beulah brachte es nicht über sich, den Tod einer so unbedeutenden Ecke ihres Königreiches zu betrauern.

Sie ritten nun die kurze Strecke zu dem Schiff, das ein Stück flussabwärts verkehrte, etwa da, wo die Grenze zwischen den Ländereien von Corris und von Lord Beylins Lehen verlief. Rund um den Anlegeplatz war eine Ortschaft im Entstehen begriffen, und der Kontrast zu Corris hätte nicht größer sein können, überall waren Arbeiter damit beschäftigt, oben am Fluss, gleich unterhalb der alten Fährroute, eine tiefe Senke und ein Ladedock auszuheben. Was nur ein kleines Dorf gewesen war, wo Boote zur Reparatur auf die flachen sandigen Ufer gezogen werden mussten, wuchs jetzt zu einer Stadt von beträchtlicher Größe heran. Beulah konnte nicht übersehen, wie viele junge Männer sich hier abschufteten, um Lord Beylins Wohlstand zu vermehren. Keine Rede davon, dass die Adelshäuser sich an der Kriegsanstrengung beteiligten. Sie beschloss, Hofmarschall Padraig bei der ersten Gelegenheit die Steuern im Westen erhöhen zu lassen.

Sie schifften sich auf zwei Flachbooten ein, das königliche Gefolge und die Höflinge, die noch nicht nach Candlehall zurückgekehrt waren, nahmen das erste, die Kampfpriester das zweite, und gelangten so rasch nach Beylinstown. Der Regen, der ihnen seit Beteltown so zu schaffen gemacht hatte, musste nun dem Sonnenschein weichen, und Beulah konnte es sich auf dem Deck gemütlich machen und sich auf die Heilung der Armbrustwunde in ihrem Arm und der Brandwunde in ihrer Handfläche konzentrieren. Von den steilen bewaldeten Hügeln im Westen, den kargen Mooren und den Talschluchten der Nordwestecke des Hafog senkte sich das Land jetzt zu den sanfteren Formen des Hendry ab. Auf fruchtbaren Weiden grasten Tausende von Rindern, und ab und zu sah Beulah auf einer Anhöhe einige der Wildpferde, für die die Gegend bekannt war und die hier in großen Herden umherzogen. Beulah vermisste ihr Pferd und beschloss, in Castell Glas auf die Suche nach einem passenden Ersatz zu gehen.

Aber zuerst mussten sie Beylinstown über sich ergehen lassen. Beulah kannte Lord Beylin als einen unangenehmen Zeitgenossen, der immer wieder versuchte, sich die königliche Gunst zu erschmeicheln, und alle brutal ausbeutete, die seinem gewinnenden Lächeln erlagen. Er war Ende dreißig und noch immer unverheiratet. Einst hatte er bei Beulahs Vater um ihre Hand geworben, in der Hoffnung, damit auch den Thron zu erheiraten. Er war bei ihrer Hochzeit nicht anwesend gewesen, und es würde interessant sein, zu beobachten, wie er sich dem neuen Herzog von Aberfenn gegenüber verhielt.

Die zwei Boote näherten sich der Stadt bei einer Dockanlage, die ein Stück flussaufwärts von den Stadtmauern lag. Beulah wartete nicht auf das restliche Gefolge. Sie, Clun und eine kleine Abteilung von Kampfpriestern ritten zum Haupttor und überließen die anderen bis auf Weiteres sich selbst. Als sie an den Viehhöfen und Auktionspferchen vorbeiritten, blickten die Kühe von ihren

Futterraufen auf. Zahllose Augen folgten ihnen, und keins davon war menschlich. Als sie zum Himmel emporschaute, vermutete Beulah, dass es um die Zeit des Abendgebetes war, aber das erklärte nicht, warum nirgendwo ein Mensch zu sehen war.

»Wo sind die denn alle?«, fragte sie Clun, der sich stirnrunzelnd umblickte.

»Ich bin nicht sicher. Ich habe hinter dem Vieh ein paar junge Burschen herumlungern sehen. Ich stelle mir vor, dass sie vielleicht eine Art Empfang für Euch vorbereiten, Herrin.«

Beulah sah zu den Stadtmauern hoch, hinter denen sich Beylinstown ausbreitete. Der kommende Krieg war für Lord Beylin und seine Kaufleute von Vorteil gewesen, fast alles Vieh, das im Norden des Hendry gezüchtet wurde, wurde nun durch sein Lehen getrieben. Vielleicht hätte sie den Mann ja doch heiraten sollen. Sie hätte ihn kurz danach sterben lassen können und dann großen Reichtum geerbt. Aber Aberfenn war auch nicht gerade arm.

»Du meinst, die sind alle in der Stadt und warten auf uns?«, fragte sie.

»Entweder das, oder sie sind alle tot«, erwiderte Clun. »Seht doch, nicht einmal die Tore sind bewacht.«

Das stimmte. Sie näherten sich dem Torhaus, das aus zwei kräftigen Türmen bestand, die durch einen von beeindruckenden Befestigungen gekrönten Torbogen verbunden waren. Die Tore waren offen, die Straße vor ihnen war einer scharfen Biegung wegen nicht zu überblicken, und in der Nähe der Tore war kein Mensch zu sehen, nicht einmal ein Bettler, der um ein Almosen flehte. Als sie in den Schatten der Mauern ritt, lief es Beulah eiskalt den Rücken hinunter. Das hier erinnerte sie zu sehr an das tote Dorf, Pullpeiran, wo sie dem Drachen begegnet war.

»Eure Majestät, darf ich Euch in meinem bescheidenen Heim willkommen heißen?« Lord Beylin trat aus einem Durchgang hinter den riesigen Toren. Er verbeugte sich übertrieben tief, dann richtete er sich auf, starrte Beulah an und ignorierte den Mann, der an ihrer Seite ritt. Wenn Beulah ihn bisher schon nicht gemocht hatte, so verabscheute sie ihn jetzt. Aber sie war nicht so dumm, ihn hier mit der Klinge zu durchbohren. Es würde zu schwierig sein, das den anderen Adligen zu erklären. Außerdem brauchte sie Lord Beylins Hilfe im kommenden Krieg.

»Lord Beylin, ich dachte schon, Ihr herrschtet über ein Lehen aus Geistern.«

»Meine Leute – Eure getreuen Untertanen – warten auf Euer Erscheinen.« Lord Beylin winkte sie in die Stadt, und im selben Moment tauchte ein Page hinter dem Tor auf und brachte ein Pferd. »Wenn ich sie Euch vorstellen dürfte?«

Beulah seufzte über diese theatralische Szene. Sie wusste sehr gut, dass es auf die Äußerlichkeiten ankam. Lord Beylin würde neben ihr reiten, und die Menschen würden wissen, dass er wichtig war. Seine Stellung würde auf diese Weise gestärkt werden, und sie würden das Gefühl haben, dass ihre Königin sie bevorzugte. Alle würden gewinnen, aber sie hasste dieses Theaterspielen trotzdem.

»Ihr kennt Seine Durchlaucht, den Herzog von Aberfenn noch nicht.« Beulah wartete, bis Beylin schon halb im Sattel saß, ehe sie das sagte. Sie wusste, dass das gemein war, aber sie musste einfach versuchen, dem Mann eins auszuwischen.

»Eure Durchlaucht.« Beylin verbeugte sich im Sattel, während sein Pferd nervös von einem Fuß auf den anderen trat, dann kämpfte er mit dem Zügel, um das Tier unter Kontrolle zu bringen. »Ihr seid also der … der junge Mann, auf den der Blick unserer geliebten Königin gefallen ist.«

Clun nickte nur, und die Röte, die sich über seine Ohren und in seinem Nacken verbreitete, zeigte seine Verlegenheit.

»Bringen wir das doch hinter uns, Petrus.« Beulah benutzte Beylins Vornamen als Waffe. Er sollte glauben, sie sei ihm freundlich gesinnt, aber später würde es ihn dann beunruhigen, dass sie so viel über ihn wusste. »Es war ein langer Ritt von Corris bis hier.«

»Ach ja, Corris.« Beylin trieb sein Pferd um, um nun auf der anderen Seite neben Beulah zu reiten. »Ich habe gehört, dass Ihr dort haltgemacht habt und dass es Ärger gegeben hat.«

»Das will ich doch hoffen, ich hatte Euch ja gleich einen Boten gesandt.«

»Natürlich, Majestät. Und ich habe mich sofort nach Euren Wünschen gerichtet. In meinen Kerkern wartet eine Überraschung auf Euch. Ein gewisser Prediger aus dem Kerzenorden, dem Ihr vielleicht ein paar Fragen stellen möchtet.«

Beulah hätte eine passende Antwort geben, sie hätte den Mann vielleicht sogar beglückwünschen können, aber als sie nun um die scharfe Kurve ritten, stießen sie auf die Stadtbevölkerung. Eine Menschenmenge füllte den Platz, manche waren auf ihre Dächer geklettert, andere hingen aus Türen und Fenstern. Ganz Beylinstown schien zu ihrer Begrüßung zusammengeströmt zu sein, und alle schwenkten kleine Fahnen mit dem königlichen Wappen. Bei Beulahs Anblick brachen sie in Jubelrufe aus. Beulah erstarrte im Sattel, sie hasste Aufmerksamkeit und Verehrung, verachtete diese einfältigen Bauern, die sich so darüber aufregen konnten, dass da jemand auf einem Pferd geritten kam. Aber Lord Beylin neben ihr war in seinem Element, er winkte seinem Volk mit einer idiotischen runden Flatterbewegung seiner Hand, wie ein affektierter Bauer, der auf felsigem Grund Hafer aussät.

»Herrin, ich glaube, wir sollten absteigen und zwischen den Menschen weitergehen.« Beulah sah sich zu Clun um, der laut genug gesprochen hatte, um von ihr gehört zu werden, aber nicht laut genug für Lord Beylin.

»Hast du den Verstand verloren?«, fragte sie, aber er sah ihr ins Gesicht und schaute dann kurz an ihr vorbei. Nun begriff sie. Die ganze Nummer war von Beylin ersonnen worden, aber er war keiner, der sich unter seine Arbeiter oder seine Bauern mischte. Das war die perfekte Gelegenheit, ihn auf den Boden der Tatsachen herabzuziehen.

»Natürlich, mein Geliebter.« Beulah zügelte ihr geliehenes Pferd, und Clun folgte ihrem Beispiel. Er glitt aus dem Sattel und reichte die Zügel Hauptmann Celtin, der direkt hinter ihm war. Sie konnte nicht übersehen, dass auch der Hauptmann zufrieden grinste.

Clun half ihr beim Absteigen, und erst jetzt begriff Beylin, was da vor sich ging. Er riss sein eigenes Pferd am Zügel und ließ es drehen.

»Eure Majestät, ist das so klug?«

»Das ist mein Volk, Petrus. Ich kann doch nicht vom hohen Ross auf die Leute herunterblicken.« Und mit Clun an ihrer Seite machte sie sich nun daran, zwischen ihren Untertanen einherzugehen.

19

Ein weiteres Beispiel für die Verwirrung, was die Hüter des Thrones betrifft, sind möglicherweise die widersprüchlichen Ansichten über diesen sogenannten Orden. Manche halten ihn für einen Vorläufer der drei großen religiösen Orden, die wir heute kennen: Widderorden, Kerzenorden und Orden vom Hohen Fryd. Die wichtigste Aufgabe dieses Vorläuferordens der Hüter des Thrones war es, zum Besten der Menschen nach Wissen zu streben. Es gibt zahlreiche, wenn auch nur spärlich belegte Berichte über Fremde, die in Notzeiten am Königshof erscheinen und mit ihrer Weisheit die Situation retteten. Aber es gibt auch Geschichten über einen Orden, der hinter den Kulissen aktiv ist, um alles für den Tag vorzubereiten, an dem der Hirte von den Sternen zurückkehrt. So wird von fanatischen Ordensleuten erzählt, die strikten Gehorsam den Schriften gegenüber verlangen und bedenkenlos diejenigen töten, die nicht ihrer Ansicht sind. Man hört sogar von solchen, die dem Hirten abschwören und stattdessen den Wolf anbeten. Letztere sind die Anhänger von Goronwy der Wahnsinnigen. Und dann gibt es angeblich unter denjenigen, die den Titel Hüter des Thrones für sich beanspruchen, auch solche, deren Ketzerei noch entsetzlicher ist. Denn sie leugnen die Existenz des Hirten ganz und gar und glauben, dass einst – ausgerechnet! – Drachen in Gulad geherrscht haben.

Barrod Sheepshead: Die Hüter des Thrones – Eine romantische Grille

Lord Beylins Burg bildete einen deutlichen Kontrast zu Quelns traurigem Steinhaufen in Corris. Beylins Burg stand auf einem Felsbuckel, der sich strategisch günstig oberhalb einer Biegung des Hafren erhob, dort, wo dieser Fluss auf seinem trägen Lauf durch den oberen Hendry anschwoll. Wie Corris war sie schon vor vielen Jahrhunderten errichtet worden, aber während Quelns Bergfried sich in den folgenden Jahren nicht verändert hatte, war Burg Beylin immer wieder renoviert, erweitert und umgebaut worden, bis von seiner ursprünglichen Gestalt nur noch sehr wenig zu sehen war.

Beulah hatte die Begeisterung genossen, die die einfache Bevölkerung von Beylinstown ihr entgegengebracht hatte, vielleicht, weil es Lord Beylin solches Unbehagen bereitet hatte, vielleicht auch, weil Clun allen mit offenkundigem Interesse begegnet war. Sie hatte einen feindseligen Empfang erwartet – oder bestenfalls eine zurückhaltende Gleichgültigkeit. Stattdessen hatten die Menschen ihr zugejubelt und sich gefreut, ihrer Monarchin so nahe zu sein. Beulah hatte sich für einige Zeit in der Bewunderung gesonnt, in der überschäumenden Energie von so viel ungeschminkter Bewegung, hatte davon gezehrt, bis sie das Gefühl gehabt hatte, fast alles schaffen zu können. Beim Eintritt in Burg Beylin jedoch war die Ruhe mitten in dem Mahlstrom eine Erleichterung gewesen. Und noch immer erfüllt von der Kraft ihrer Untertanen, hatte sie verlangt, sofort zu dem Gefangenen geführt zu werden.

Lord Beylin selbst geleitete seine Gäste in die Tiefen. Beulah ging direkt hinter ihm, während Clun und Celtin die Nachhut bildeten. Sie brachten mehrere Stockwerke hinter sich, die Luft wurde immer muffiger und schal und fing an zu stinken. Endlich waren sie am Ziel

»Hattet Ihr Angst, er könnte entkommen?« Beulah sah zu, wie Beylin sich an einem schweren Schlüsselbund zu schaffen machte, den ihm der Kerkermeister gegeben hatte. Er suchte einen Schlüssel hervor und schob ihn in das Schloss einer soliden Eichentür, und die öffnete sich mit einer geölten Leichtigkeit, die gar nicht zu dem heruntergekommenen Anblick des restlichen Gelasses passte.

»Father Tolley hat sich als überaus schlüpfriger Gefangener erwiesen.« Beylin nahm die Fackel, die er vorher Clun zum Halten gegeben hatte, und schob die Tür auf, die sich lautlos nach innen öffnete. »Zuerst haben wir ihn in einem Gästezimmer eingeschlossen, aber er ist hinausspaziert, als wäre die Tür nicht stärker als Luft. Meine Wachen haben ihn nur deshalb gefangen, weil er töricht genug war, ein Pferd aus den Palaststallungen entwenden zu wollen.«

Er schloss die schwere Tür hinter ihnen ab und führte sie durch einen weiteren Gang zu einer weiteren Tür. Dort gab es keine Fackeln, außer denen, die sie mitgebracht hatten, und es herrschte tiefe Stille. Beulah griff nach den Linien, aber die wenigen, die sich hier entlangzogen, waren schwach und konnten kaum ein wenig Wärme liefern, ganz zu schweigen von etwas so Tröstlichem wie Licht. Wer länger hier unten bleiben müsste, würde auf jeden Fall den Verstand verlieren.

Beylin reichte Clun noch einmal die Fackel, um den Schlüsselbund abzusuchen und den passenden Schlüssel hervorzuziehen und ins Schloss zu schieben. Währenddessen lugte er durch das kleine Sichtfenster oben in der Tür. Beulah kam das seltsam vor, da es in der Zelle doch dunkel war. Vielleicht wollte Beylin sehen, ob sich der Prediger bei der Tür versteckte und sich auf sie stürzen wollte, sowie diese geöffnet wurde.

»Father Tolley, hier ist Besuch für Euch.« Beylin ließ sich abermals die Fackel zurückgeben, betrat dann die Zelle und steckte die Fackel in einen eisernen Halter an der Wand. »Ich glaube, es wird Euch freuen, dass … Oh!«

Beulah warf einen Blick in die Zelle. Diese war überraschend groß und trocken, sie war aus dem Felsen zu einer einigermaßen runden Kammer mit hoher Decke ausgehauen worden. Auf der anderen Seite ragte ein schmales Steinsims von der Wand ab und bildete ein hartes Bett. Auf der linken verriet ein kleines Loch im Boden durch seinen intensiven Geruch genau, wozu es diente. Dem Loch gegenüber hingen rostige eiserne Handfesseln leer unter einem schweren Ring in der Wand. Ansonsten war die Zelle leer.

»Soll das ein Witz sein, Beylin?« Beulah drängte sich an dem Burgherrn vorbei und sah hinter der Tür nach. »Wo ist er?«

»Eure Majestät, ich …« Beylins gelassene Haltung war verschwunden, seine Verwirrung offenkundig, als er im Raum umherlief und an Stellen suchte, wo sich niemand verstecken konnte. Er blickte sogar in das Loch, obwohl es selbst einer Ratte schwergefallen wäre, dort zu entwischen.

»Ich habe gehört, aus den Kerkern von Burg Beylin sei kein Entkommen möglich.« Beulah stand mitten in der Zelle und schaute sich um. Etwas stimmte hier nicht, etwas, das an den Rändern ihrer Sinne zupfte. Sie verfluchte wieder einmal die Tatsache, dass ihre Schwangerschaft ihre Sinne dermaßen betäubt hatte. In der Menge draußen hatte sie sich lebendig gefühlt, so wie früher. Vielleicht hatte sie diese Begegnung deshalb mehr genossen, als sie erwartet hatte. Aber hier, begraben unter Tausenden Tonnen von zermalmendem Gestein, fühlte sie sich gefangen.

»Das ist auch so. Hier kann niemand entkommen. Er muss befreit worden sein. Aber nur Marchant hat die Schlüssel.« Beylin hob das klirrende Schlüsselbund hoch. »Er würde doch nie …«

»Aus dieser Zelle ist niemand entkommen. Noch nicht, jedenfalls.« Clun stand in der Tür, und obwohl Beulah sich zu ihm umdrehte, sah er sie nicht an. Seine Blicke waren auf das steinerne Lager gerichtet. »Hattet Ihr gehofft, Lord Beylin würde nachher die Tür nicht wieder verschließen?« Er ging durch die Zelle, streifte Beulah, als wäre sie gar nicht da, und starrte etwas an, als ob er Angst hätte, es zu verlieren.

»Und was ist mit der anderen Tür? Meint Ihr wirklich, er wäre dumm genug, beide offen zu lassen?«

Beulah konnte nicht dagegen an. Sie keuchte verblüfft auf, als Clun eine kurze schmale Feuerklinge herbeirief, sich damit vorbeugte, bis ihre Spitze fast die Wand der Zelle ungefähr dort berührte, wo sich der Hals eines Mannes befinden könnte, der auf dem Felssims saß. Beulah spürte, wie es im Raum kalt wurde, und sie fragte sich, woher Clun nur seine Kraft nahm..

»Eure Durchlaucht? Stimmt irgendetwas nicht mit Euch?« Beylin trat vor, aber Clun hob seine freie Hand, dann schob er die andere langsam vor, und die Spitze der Klinge näherte sich der Wand immer weiter.

»Bitte, bitte. Nicht.« Etwas Seltsames passierte. Zuerst war da lediglich die Wand, nur spärlich beleuchtet von der Flamme der tropfenden Fackel. Dann schienen sich die von der Flamme geworfenen Schatten langsam zu einer vagen Gestalt zu verdichten und nahmen dann endlich die Form eines Mannes an. Die Spitze von Cluns Klinge ruhte auf seinem Adamsapfel und Beulah konnte durch den sonstigen Gestank in der Zelle nun auch ein wenig verbrannte Haut riechen.

»Father Tolley, nehme ich an.« Clun zog seine Flamme ein wenig zurück, ließ sie aber nicht ausgehen.

»Das allerdings. Aber wie?« Beylin trat auf den Prediger zu, aber Beulah winkte ihn weg.

»Interessante Anwendung von Magie«, sagte sie. »Ich würde gern mehr darüber erfahren. Aber zuerst ein wenig Etikette, glaube ich. Hat Euch noch nie jemand gesagt, dass Ihr vor Eurer Königin niederknien müsst?«

Tolley sah ihr ins Gesicht. Er war ein kleiner Mann, dünn und düster, wie viele Angehörige seines Ordens. Seine schlichte dunkle

Kutte wurde in der Mitte mit einer Kordel zusammengehalten. Er trug offene Sandalen und seine Zehen waren von Schmutz überzogen. Sein Gesicht war nichtssagend, als er noch ein Kind war, war es wohl rund gewesen, nun aber waren die Knochen durch die Haut zu sehen, die sich über der schmalen Nase spannte. Das einzig Auffällige an ihm war sein Schädel, der oben spitz zulief. Das, und seine Augen. Diese waren winzig und schwarz, was von den Schatten noch verstärkt wurde, sie spiegelten das Licht der Fackel und Cluns bewegungslose Klinge wider. Und sie starrten, ohne mit der Wimper zu zucken.

»Auf die Knie vor deiner Königin!« Beylin packte den Prediger an der Schulter und schleuderte ihn vom Felssims auf den mit Stroh bestreuten Boden.

»Geduld, Beylin.« Beulah blickte die zu ihren Füßen liegende Gestalt an. Tolley rappelte sich langsam auf, blieb aber auf den Knien, als er sich aufrichtete und sie weiterhin anstarrte.

»Was habt Ihr Lord Queln angetan?« Sie streifte den Rand seiner Gedanken, versuchte zu sehen, welche Bilder dieser Name an die Oberfläche brachte. Es war überraschend schwierig, überhaupt irgendwelche zu finden. Der Mann, der vor ihr kniete, hatte seine Gedanken voll im Griff.

»Ihr haltet Euch also für eine Art Gelehrten. Was glaubt Ihr, wie groß Eure Chance gegen mich ist? Gegen die Königin des Obsidianthrones?«

»Ihr seid jetzt weit entfernt von Eurem Thron.« Beulah hatte eine dünne Stimme erwartet, schrill und trocken wie die Bücher über Rechnungsführung und Verwaltung, die die Mönche des Kerzenordens so liebten. Aber Tolley sprach mit einem leisen dunklen Grollen, viel tiefer, als seine Körpergröße erwarten ließ. Bei seinen Worten spürte sie das erste Flüstern seiner Gedanken durch den Schutzschild quellen. Sie konzentrierte sich darauf und suchte nach einem Zutritt.

»Ich brauche den Thron nicht, um zu wissen, was Ihr für ein Mensch seid. Ich weiß, Euch sind die Weissagungen sehr wichtig. Ich habe gesehen, dass Ihr sie studiert habt, dass Ihr den Sinn hinter dem Kauderwelsch der alten Goronwy sucht. Aber wofür habt Ihr mich dann gehalten? Für die Schildmaid? Für den letzten Spross des Hauses Balwen? Das blutgetränkte Schaf?« Beulah schüttelte einige der alberneren Namen aus dem Ärmel, an die sie sich erinnerte, weil sie die Weissagungen als Kind gelesen hatte.

»Ihr seid alles davon. Und nichts.« Tolley lächelte spöttisch. »Ihr lacht über Goronwy, aber sie war eine wahre Seherin. Sie durchschaute die große Lüge, den Usurpator, den Ihr den Hirten nennt. Sie sah die Wahrheit und das raubte ihr den Verstand. Aber vorher hatte sie noch alles aufgeschrieben.«

Wenn in der Stimme des Predigers Feuer brannte, dann war das nichts im Vergleich zu dem Eifer, der in seinen Gedanken brodelte. Er war so verrückt wie die Prophetin, die er so offensichtlich verehrte, aber seinem Irrglauben lag eine gewisse Logik zugrunde, da war sich Beulah sicher. Und sie wusste auch, dass er nur ein Teil einer viel größeren Verschwörung war, ein Rädchen in einer riesigen Maschine. Wenn sie nur einen Weg an seinen Schranken vorbei finden könnte, dann könnte sie sein ganzes Gemüt öffnen, Namen und Gesichter seiner Mitverschworenen herausfischen.

»Warum Corris?« Sie schlug eine neue Richtung ein. »Wie konntet Ihr wissen, dass ich dort haltmachen würde, statt geradewegs nach Beylinstown zu reiten? Lord Beylin hat schließlich überall in seinem Lehen gute Straßen anlegen lassen.«

»Das Buch hat mir gesagt, dass es dort passieren würde.«

»Ihr habt also eine Bande von Wegelagerern angeheuert, die unseren Zug überfallen sollten. Ihr müsst doch gewusst haben, dass sie gegen einen Trupp aus Kampfpriestern keine Chance haben würden, von meiner Garde ganz zu schweigen.«

»Deshalb haben sie doch die Droge gebraucht. Ihr könnt es

eine kleine Ermutigung nennen. Sie hätten ja fast Erfolg gehabt.« Tolleys Blicke wanderten von Beulahs Gesicht zu ihrem Arm. Unter dem langen Ärmel ihres Reitmantels war der Verband fast nicht zu sehen, und die Wunde war auch so gut wie verheilt, was den Tagen auf dem Boot zu verdanken war. Es war durchaus möglich, dass der Prediger mehr über den Überfall gehört hatte, als allgemein bekannt war, aber seine Worte jagten ihr doch einen kleinen Schauer über den Leib. Fast automatisch baute sie ihre eigenen Sperren um ihre Gedanken auf und erinnerte sich daran, was sie von Melyn gelernt hatte. Beim Versuch, die Gedanken eines anderen zu erfassen, öffnet man sich selbst und geht das Risiko ein, von diesen beeinflusst zu werden.

»Wo steckt denn Inquisitor Melyn derzeit?«, fragte Tolley. Diese Frage konnte ein Zufall sein. »Ich hätte erwartet, ihn gleich hinter Euch zu sehen.«

Lord Beylin wählte diesen Augenblick, um vorzutreten und Tolley hart ins Gesicht zu schlagen. Beulah spürte fast die Wucht des Hiebes, aber der Schlag lockerte einige Bilder in den Gedanken des Predigers. Sie sah wieder seine versteckte Kapelle in den Mauern von Burg Corris, nur war diesmal die kleine Kammer von in dunkle Gewänder gehüllten Gestalten gefüllt.

»Ihr habt Eure Königin mit größerem Respekt anzusprechen.« Beylins Stimme riss sie für einen Moment aus ihrer Konzentration, und das Bild verblasste.

»Lord Beylin. Wenn Ihr meine Befragung noch einmal unterbrecht, stecke ich Euch zur Strafe zu den Fußtruppen. Ihr könnt dann den ersten Angriff auf den Warthol-Pass anführen.«

Während sie das sagte, verspürte Beulah die ersten Anzeichen für einen Angriff vonseiten des Predigers. Die Attacke war behutsam und zugleich viel machtvoller, als sie erwartet hatte. In diesem Augenblick erkannte sie ihren Fehler. Der Mann war zwar gekleidet wie ein Mönch des Kerzenordens, wie ein einfacher

Schreiber, der mit einer bescheidenen Position weit unten in der Hierarchie seines Ordens zufrieden war. Aber das war nur seine Tarnung, in Wahrheit war er der Junge, der als Novize unterrichtet worden war und zwar große Begabung, nicht aber den Ehrgeiz, der ihn in die oberen Ordensränge tragen würde, gezeigt hatte. Hinter dieser Maske stand eine weitere Person: der junge Mann, der von einer schattenhaften Organisation angeworben worden war, der Dinge lernte, die kein Mensch jemals wissen dürfte, dem Geheimnisse gezeigt und die Wahrheit gesagt wurde. Und er hatte alles in sich aufgesogen, war unter dieser Behandlung zu einem geschickten Experten herangewachsen, zu einem mächtigen Manipulator mit einer Mission, die die Rückkehr des wahren Königs beschleunigen sollte.

Beulah sah, dass sein ganzes Leben bis zu diesem Moment hinführte. Während sie durch seine Gedanken wanderte, war ihr bewusst, dass er gleichzeitig in ihrem Geist unterwegs war. Ihre Pläne zur Invasion in Lanwennog, die Verteilung ihrer Armeen auf Dinas und Tochers, Melyns Ablenkungsmanöver – all das lag vor ihm offen zutage.

»Was? Wolltet Ihr Euren Verbündeten eine Nachricht zukommen lassen? König Billah warnen?« Sie schob mit aller Kraft, schüttelte seine geistige Berührung ab. Aber noch immer starrte er sie lächelnd an.

»Die Wächter des Thrones kümmern sich nicht um König Billah und seine gottlosen Lanwennog. Wir sind einer höheren Macht verantwortlich. Wir dienen dem wahren König.« Tolleys Stimme umgab sie jetzt, war in ihr. Er riss an ihren Gedanken wie ein wütendes Tier, griff nach ihrem Kern, versuchte, sie von innen her zu zerstören. Und während er sprach, war sie wie gelähmt, gefesselt von der Macht seines Wahnsinns.

Beulah riss sich in dem Sturm ihrer Gedanken zusammen, bereitete den einen letzten Stoß vor und wusste, dass Tolley sie töten würde, wenn sie sich nicht aus seinem Zugriff befreite. Oder, schlimmer noch, er würde einfach ihren Geist zerstören und ihren Körper am Leben lassen, eine leere Hülle, die gepflegt, gefüttert, auf den Abtritt geführt und gewaschen werden müsste, bis endlich im Alter der Tod sie holte. Sie wusste, fass sie sich losreißen konnte, wenn es ihr nur gelang, sich zu konzentrieren. Wenn nur die Stimme in ihrem Kopf endlich verstummte. Wenn nur diese Augen endlich ihre losließen.

»Er kommt, Beulah vom gestohlenen Thron. Und wenn er hier ist, wird sein Zorn gewaltig sein. Er wird ganz Gulad verwüsten und es dann als sein eigenes Paradies neu erstehen lassen. Und nur die, die ihm im Laufe der Jahrhunderte Treue erwiesen haben, die gegen die Lügen seines verhassten Bruders gekämpft haben, nur diese werden auf dieser geschützten Weide einen Platz finden. Nur wir werden leben im Antlitz von …«

Tolley konnte diesen Satz niemals beenden. Plötzlich war Beulahs Kopf wieder klar, als ob sie am Rand eines entsetzlichen Sturmes gestanden hätte, von ihm hin- und hergeschleudert worden wäre, bis sie nur noch Wind und Regen wahrnahm, und als hätte dann jemand eine Tür geschlossen und das Unwetter ausgesperrt. Ihr Gehirn brauchte einige Augenblicke, um das Geräusch zu erfassen, das ihre Ohren gehört hatten – eine Art Rascheln, wie das Zerschneiden von Schweinehaut. Danach sahen ihre Augen wieder klar, sahen das Licht in den Augen des Predigers verlöschen, während sich seine Pupillen zur Decke hindrehten.

Er fiel zur Seite und sackte zu Boden, fort von Cluns zischender Klinge.

Die Höhle hinter dem Wasserfall war dunkel, aber dennoch konnte Melyn spüren, wie die Kraft hindurchfloss. Er watete immer weiter und zog sich dann aus dem Wasser und auf die wundersamerweise trockenen Felsen. Kein feuchtes Moos klammerte sich an die Wände, kein Modergeruch hing in der Luft. Alles wurde von so ausgefeiltem Zauber zurückgehalten, dass es einfach umwerfend war. Er konnte die magische Aufladung der Luft fühlen, spürte, wie sie sich verdichtete, wie sie versuchte, ihn zurückzudrängen, als er in die Dunkelheit hineintrat. Es war wie ein starker, aber stummer Wind, der jeden Schritt so schwer machte. Melyn wusste, dass das alles in seinen Gedanken passierte. Er kämpfte sich weiter voran und richtete seine geistige Disziplin gegen die uralten Zauber, bis er endlich mit einer letzten Kraftanstrengung hindurchbrach.

Nur schwaches Licht drang von außen durch das lautlos fließende Wasser, aber als seine Augen sich an die Dunkelheit gewöhnten, reichte es, um die Umrisse einer riesigen Höhle zu sehen. Er zog sich auf einen Stuhl, auf dem er wie ein Kind aussah, und schaute über einen Tisch hinweg, an dem zwei Dutzend Gäste hätten sitzen können. Er ließ sich auf den Boden hinunter und wirbelte die trockene staubige Erde auf. Ein würziges Aroma erhob sich um ihn herum. Dieser Duft war ihm bereits in der anderen Höhle aufgefallen, erinnerte ihn an etwas. An was nur? Er schüttelte den Gedanken ab und ging zu einer großen hölzernen Truhe, die vor der einen Wand neben einem riesigen Bett stand. Die Truhe hielt all seinen Versuchen, sie zu öffnen, stand, und er wollte schon eine Lichtklinge herbeirufen, um sich den Weg frei zu hacken, als ein Geräusch ihn ablenkte.

Sein erster Impuls war, sich nach dem Wasserfall umzusehen. Dabei fielen ihm die beiden Kampfpriester ein, denen er befohlen hatte, ihm zu folgen. Sie standen dicht bei dem Wasserfall, ihre Umhänge waren triefnass, ihre Haare klebten ihnen am Kopf, und sie tasteten in der Luft herum wie zwei unbegabte Mimen. Melyn musste fast lachen. Sie konnten die Zauber offenbar nicht sehen, die diesen Ort beschützten, und sie staunten sicher darüber, dass der Inquisitor verschwunden war. Doch während er sie ansah, wurde ihm plötzlich bewusst, dass er weder sie noch das Wasser hinter ihnen hören konnte. Und dann war das Geräusch wieder da.

Es war hinter ihm. Melyn drehte sich um und sah, dass die Rückwand der Höhle kein massiver Fels war, sondern die Öffnung zu einem schwarzen Tunnel. Er ging darauf zu und rief eine kleine Flamme herbei, um seinen Weg zu beleuchten. Das helle Auflodern in seiner Hand vertrieb alle Schatten und erfüllte ihn mit einem Gefühl der Macht, das noch stärker war als dann, wenn er seine Klinge herbeirief. Er konzentrierte sich auf die Linien und konnte sehen, warum diese Höhle als Versteck ausgesucht worden war, als Knotenpunkt der mächtigen Zauber, die vom Wald bis hierher reichten. Die Grym konzentrierte sich hier, wie er es außerhalb des Thronsaals mit dem Obsidianthron noch nie gesehen hatte. Ihre Macht schien durch den Felsentunnel zu fließen, der vom Ende der Höhle wegführte.

Der Gang fiel sanft ab und beschrieb dabei einen weiten Bogen, sodass Melyn nie mehr als nur ein Dutzend Schritte weit sehen konnte. Je weiter er ging, umso deutlicher glaubte er, eine Stimme zu hören. Er konnte kein einzelnes Wort verstehen, aber die Betonung, der Akzent und die Tonhöhe waren unverkennbar. Errol war dort vorne in ein ernstes Gespräch mit irgendjemandem vertieft.

Melyn ging nun schneller und war dankbar für die weiche trockene Erde, die seine Schritte dämpfte. Er ließ sein Licht trüber werden und kämpfte gegen die Erregung an. Wenn er unbemerkt dicht genug an den Jungen herangelangen könnte, würde ein rascher Schlag diesen bewusstlos machen. Er könnte ihn mit Wein betäuben und in seinen Kopf eindringen, seine Geheimnisse ermitteln, die Macht, die ihm geholfen hatte, einen Stich ins Herz zu überleben und durch Gedankenkraft von einem Ort zum anderen überzuwechseln. Und mit dem Zauberbuch des alten

Drachen würde er selbst diese Zauber ebenfalls erlernen können, das wusste Melyn. Dann würde es niemand mehr wagen, sich ihm zu widersetzen. Er würde in Beulahs Namen ganz Gulad erobern.

Der Felsen traf ihn überraschend, ragte vom Boden hoch und ließ ihn stolpern, stürzen und sein Licht loslassen. Er unterdrückte einen Schmerzensschrei, aber dennoch hätte er in dem ansonsten so stillen Tunnel genauso gut Narrenglöckchen tragen und eine Blechtrommel schlagen können. Sein Fuß und seine Händen, die er ausgestreckt hatte, um den Sturz abzufangen, taten weh, doch er achtete nicht darauf, sondern rappelte sich auf und humpelte, so schnell er konnte, weiter. Zunächst ließ er seine Finger an der Wand entlanggleiten, um sich zu orientieren, bis er endlich so weit zur Ruhe gekommen war, dass er eine neue Lichtkugel herbeirufen konnte.

Angestrengt horchte er auf irgendein Geräusch, das Errols Anwesenheit verriet. Er hätte gerne geglaubt, dass der Junge keine Kontrolle über seine seltsamen Kräfte hatte. Schließlich war er immer nur dann verschwunden, wenn seinem Körper schlimmes Unheil gedroht hatte: als Billahs Scharfrichter schon die Axt schwingen wollte und als Osgal ihn in die Faireren-Schlucht geschleudert hatte. Doch Melyn wusste, dass hier eher der Wunsch der Vater des Gedankens war: Es brauchte keine körperliche Bedrohung. Angst konnte als Antrieb durchaus ausreichen, um Errol die Kraft zum Verschwinden zu geben.

Der Inquisitor fluchte leise und humpelte schneller dahin. Ihm war nur zu bewusst, dass Errol möglicherweise längst von hier verschwunden war.

Plötzlich öffnete sich der Tunnel zu einer riesigen Höhle. Für Melyn war es, als ob er durch eine unsichtbare Tür getreten wäre. Eine Sekunde lang glaubte er, eine Bewegung wahrzunehmen, die sich eilig von ihm entfernte, einen verwirrenden Wechsel der Perspektive, von dem ihm schwindlig wurde. Er streckte die Hand aus, um sein Gleichgewicht zu bewahren, und blickte in die Augen des größten Drachen, den er je gesehen hatte.

Es war unmöglich. Die Höhle war nicht groß genug für ein solches Wesen, mit dem verglichen Caradoc wie ein Drachkitz wirkte. Dieser Drache hier hätte Melyn vollständig verschlingen können. Der Drache starrte ihn mit einem seltsamen Ausdruck an, wie man ihn vielleicht für ein frühreifes Kind oder einen Hund bereithält, dem ein besonders beeindruckendes Kunststück gelungen ist.

»Du bist also Melyn, Sohn des Arall.« Die Stimme war so laut wie das Wesen groß war. Sie umgab ihn, füllte ihn ganz und gar, verdrängte jeglichen anderen Gedanken. Melyn versuchte, sich zusammenzureißen, aber er kam sich vor wie ein Haufen toter Blätter bei einem Sturm. Seine geistige Disziplin, die er sein Leben lang geschärft hatte, verschwand, als wäre er nur ein kleines Kind ohne irgendeinen Gedanken.

»Wer… wer bist…. du…?« Er wusste nicht einmal, ob er das wirklich gesagt hatte oder nicht. Melyn spürte, wie er unter diesem entsetzlichen Starren langsam zerfiel.

»Ich bin Corwen teul Maddau. Ihr letzter direkter Nachkomme. Du kennst Maddau natürlich. Aus eurer Geschichte. Wir nennen sie Maddau die Weise. Sie war die Gütigste und Gelehrsamste unserer Art. Und dein kleiner Möchtegernkönig, Balwen, hat sie totgeschlagen wie einen Hund.«

Melyn fühlte sich in seine Kindheit zurückversetzt. Er stand vor der Klasse und wurde wegen einer Frechheit von seinem Lehrer zusammengestaucht. Er verspürte die brennende Schmach, das schreckliche Gefühl, vor seinesgleichen verspottet zu werden, auch wenn er sie für nichts Besseres hielt als seine Eltern, diese gedankenlosen Bauern. Und er verspürte dieses grauenhafte Gefühl der Ungerechtigkeit – er hätte für seine Leistungen doch belohnt werden müssen und nicht bestraft. Er wehrte sich gegen diese Demütigung, zog Kraft aus dieser Misshandlung. Und dabei spürte er seinen Körper um sich herum. Wie lange er darin schon gefangen war, gefesselt von dieser mächtigsten Macht von allen, konnte niemand sagen. Doch als ihm dämmerte, worauf er da gestoßen war, ließ diese Macht nach.

Er bewegte die Hände und spürte den rauen Stein eines Sockels darunter, vor sich. Er konnte noch immer die graue Gestalt des Drachen sehen, aber sie schrumpfte jetzt vor seinen Augen, seine Masse löste sich zu einer Art Rauch auf, durch die die Höhlenwand zu sehen war. Und dann betasteten seine Finger etwas Kaltes und Hartes und Glattes.

Ein Schuss aus Energie durchfuhr ihn. Melyn wurde zurückgeschleudert und landete auf seinem Hinterteil im Lehm. Aber das Bild des Drachen war verschwunden, und jetzt konnte er sehen, wovon die Höhle wirklich gefüllt war.

»Jetzt bist du nicht mehr so großartig, Corwen teul Maddau«, murmelte er leise, als er sich mühsam aufrappelte und auf eine Ansammlung von vielleicht zwei Dutzend kleinen weißen Edelsteinen hinabblickte. Er streckte die Hand aus und hob einen hoch, wobei er sein Licht herbeirief, um den Stein besser sehen zu können. Bilder, Erinnerungen, der Schatten des Wesens, das diese mächtigen Kleinodien hinterlassen hatte, streiften seine Gedanken. Melyn war daran gewöhnt, von den weißen Edelsteinen gerufen zu werden, die ihm große Versprechungen machten. Er konnte widerstehen, kannte aber viele Menschen, die diesem Lockruf erlegen waren. Er versperrte sein Gemüt für ihr Lied und musterte einen nach dem anderen, wie ein Goldschmied vielleicht Diamanten mustert, ehe er sie schleift. Die meisten waren weiß, aber sechs von diesen vierundzwanzig Edelsteinen hatten einen zartrosa Farbton angenommen. Diese hatten auch eine andere Qualität, so als hätten sie einem anderen Wesen gehört.

Dieses Rätsel muss ich später lösen, dachte der Inquisitor, während er alle Steine in die Tasche steckte und sich ein letztes Mal in der Kammer umsah.

Abgesehen von einigen in die Wände rund um den Steinsockel geritzten Runen gab es hier nichts Interessantes. Melyn blickte nach unten und sah, dass der weiche trockene Boden von Schritten aufgewühlt war. Wenn er sich nicht täuschte, war erst vor kurzer Zeit jemand hier gewesen. Melyn ging in die Hocke und streckte die Hand mit dem Licht aus, um dem Muster der Fußspuren einen Sinn zu entlocken. Sie waren von kleinen Stiefeln hinterlassen worden. Er wusste nicht, welche Schuhgröße Errol hatte, aber Melyn war ziemlich sicher, dass diese Spuren von ihm stammten. Der Junge war aus der Felswand gegenüber des Eingangs getreten und dann gestolpert; im Lehm gab es zwei Handabdrücke.. Nachdem Errol sich aufgerappelt hatte, war er langsam einmal um den Sockel gegangen und dann zurück in die Höhlenwand getreten.

Melyn musterte den Fels, tastete ihn mit der Hand ab, dann ließ er sich in die Trance sinken, die ihm den ätherischen Abdruck dieses Ortes zeigen würde. Vor ihm befand sich weiterhin nur eine massive Felswand, keine Magie verbarg eine zweite Kammer oder einen Fluchtweg. Die Magie, die diesen Ort füllte, fiel rasch auseinander, ihr Mittelpunkt war gestört worden, als er die Edelsteine berührt hatte. Er dachte an Frecknocks Worte und konzentrierte sich auf die Grym, und wirklich konnte er nun die Linien sehen, die beim Sockel zusammenliefen. Aber während er sie bisher nur als Machtadern registriert hatte, konnte er nun sehen, wie sie sich in der Luft verteilten und den Umriss der Höhle formten. Es gab feine Unterschiede zwischen den Linien, die sich kreuz und quer über den Boden zogen, und denen, die durch den Fels verliefen, etwas, das er in all den Jahren seines Studiums der Magie und der Grym niemals bemerkt hatte.

Und dann verstand er: Er hätte diese Linien überhaupt nicht

sehen dürfen. Abgesehen davon, dass er sich in einer Ätherischen Trance befand, war er tief im Boden, weit entfernt von allen Lebewesen. In den untersten Ebenen von Emmas Faur, die in den Granitsockel gehauen waren, auf dem das Kloster stand, gab es fast keine Kraft. Selbst ihm fiel es schwer, dort Licht herbeizurufen. Hier jedoch war die Grym so mächtig, wie er es nur selten gesehen hatte, und sie streckte sich in alle Richtungen aus und verband diese Stelle mit allen anderen in Gulad. Von hier aus könnte er Gespräche in Candlehall belauschen. Oder in Tynhelyg. Er könnte Königin Beulah ausfindig machen und nachsehen, wie sie vorankam. Vielleicht könnte er sogar mit ihr kommunizieren, so wie die Drachen das taten. Er könnte sehen, wohin Errol gegangen war. Ihm folgen.

»Euer Gnaden?« Die Stimme riss Melyn aus seiner Konzentration. Er fiel aus seiner Trance und fuhr herum, um zu sehen, wer es gewagt hatte, ihn zu unterbrechen. Einer der nassen Kampfpriester stand im Höhleneingang, hinter ihm wartete sein Gefährte. Wut ließ Melyns herbeigerufenes Licht leuchtend auflodern. Die beiden Männer wichen zurück, ihre Gesichter zeugten von Angst, und das war ja nur richtig so. Er würde sie hier und jetzt niedermachen.

»Ist alles in Ordnung, Euer Gnaden?« Aus der Kleidung des einen Kampfpriesters tropfte es auf den staubigen Lehmboden. Melyns Wut verflog so plötzlich, wie sie gekommen war. Er schaute an sich hinab. Auch seine eigenen Kleider waren von dem Weg durch den Wasserfall triefnass. Sein Hemd klebte ihm auf der Haut, kalt und rau, und unwillkürlich schauerte er zusammen. Er konnte jetzt sehen, dass er eine feuchte Spur durch die Höhle getropft hatte, und doch war ihm nichts aufgefallen, als er nach Errols Fußspuren gesucht hatte. Er ging wieder in die Hocke, um den Boden zu untersuchen, und fand keinerlei Hinweise auf den Jungen. Ein anderer Schauer jagte sein Rückgrat hoch, als ihm langsam dämmerte, was passiert war: Er war von der seltsamen Kraft dieses Ortes verführt worden. Er hatte sich verhalten wie ein Novize, der erstmals vor den Linien steht, wäre fast in sie hineingesaugt worden. Sein Geist wäre beinahe von den endlosen Möglichkeiten der Grymlinien zerfetzt worden. Vermutlich hatten ihn die beiden Kampfpriester vor einem Schicksal schlimmer als der Tod bewahrt.

»Mir geht es gut«, sagte er, und seine Stimme, die in der Höhle widerhallte, kam ihm seltsam vor. »Ich habe das, wonach ich gesucht hatte. Gehen wir also.«

Sie zogen sich rasch durch den Durchgang zurück und erreichten die Haupthöhle viel schneller, als Melyn erwartet hatte. Da Corwens Edelsteine in seiner Tasche lagen, statt in ihrem Kraftzentrum zu ruhen, waren die Zauber, die die Wohnstatt des toten Drachen beschützt hatten, rasch verflogen. Nebelfäden schwebten jetzt in den bisher trockenen Raum. Schon bald würden die Einrichtungsgegenstände anfangen zu verfaulen.

»Ihr zwei. Nehmt diese Truhe und werft sie in den Fluss.« Melyn schaute sich rasch in der Höhle um, ob es sonst noch etwas gäbe, das er untersuchen oder mitnehmen sollte, aber es gab keine Bücher, keine goldenen Ziergegenstände, keinen Schatz außer der kleinen Ansammlung von Edelsteinen. Er ließ sich in das eisige Wasser hinab, während die Kampfpriester die Truhe über den Boden schleiften. Sie kippten die Truhe über die Kante, sprangen ihr hinterher, und er folgte ihnen durch den Fluss zu der Lichtung auf dem anderen Ufer.

Es war jetzt fast dunkel, die ersten Sterne zeigten sich am Himmel. Jemand hatte dicht bei dem steinernen Pferch ein Feuer gemacht, Bratenduft schwebte ihm entgegen, als er aus dem Fluss stieg. Melyn wrang im Gehen so gut wie möglich seine Kleider aus, aber er würde sich trockene Sachen aus seiner Satteltasche holen müssen. Immerhin hatte das Wasser sein Gesicht und seine Haare vom Straßenstaub befreit.

»Wo ist Frecknock?« Er riss sich den nassen Reitumhang von den Schultern und hängte ihn über die Wand des Pferchs, um ihn vom Feuer trocknen zu lassen. Das Licht der Flammen ließ alles andere dunkel aussehen. Er ging näher heran, wärmte sich die Hände.

»In der Höhle, Euer Gnaden. Sie hat sich seit Stunden nicht mehr gerührt.«

»Seit Stunden? Was redest du da, Mann? Ich hab sie doch erst vor wenigen Minuten dort verlassen.« Verwirrt ging Melyn zu seinem Pferd und zog trockene Kleidung aus einem Bündel, ehe er die kleine Höhle betrat. Dort war es jetzt stockdunkel, nur ein dünner Streifen Feuerschein fiel auf die sitzende Gestalt der Drachin.

»Wie kann ich Stunden verlieren, ohne das zu bemerken?« Melyn ließ seine trockene Kleidung auf das Bett aus Heu fallen und fing an, die nassen Sachen abzustreifen. Frecknocks Augen waren zwei leuchtende Punkte in der Dunkelheit über der kalten Feuerstätte.

»Hier lebt alles durch die Grym«, sagte sie. »Überall gibt es mächtige Sperren. Dass Ihr sie gebrochen habt, hat Euch vielleicht für eine Weile außerhalb der normalen Zeit gesetzt.«

»Aber das hätte ich doch merken müssen. Ich bin schließlich kein Novize, der noch nicht trocken hinter den Ohren ist. Ich habe schon mein Leben lang Magie studiert.« Melyn zog die trockene Kleidung an und suchte dabei bei den Linien Wärme.

»Ich habe erst mit siebzig Jahren begonnen, die Feinen Künste zu studieren, Euer Gnaden. Ich bin jetzt fast hundert Jahre alt. Es kann sein, dass ich die Feinen Künste schon länger studiere als Ihr. Corwen hat sie möglicherweise zehnmal so lange studiert wie ich. Oder noch länger.«

Melyn hätte am liebsten verächtlich geschnaubt. Es war schließlich allgemein bekannt, dass Drachen länger lebten als Menschen, wenn auch bei Weitem nicht so lang, wie sie behaupteten. Aber er konnte nicht leugnen, dass die Schutzzauber in der Höhle ungeheuer ausgefeilt gewesen waren und dass ihre komplizierte Struktur es ihm schwer gemacht hatte, sich in der Höhle zurechtzufinden.

»Ich habe in einer Höhle hinter dem Wasserfall einen Haufen Edelsteine gefunden. Wie kann ein Haufen Edelsteine so viel Magie enthalten? Das dürfte doch nur einem lebenden Wesen möglich sein.«

»Ihr habt Edelsteine gefunden? Weiße Edelsteine?« Frecknock bewegte ihren Rumpf und beugte sich vor, sodass ihr Kopf von dem orangen Flackern des Lagerfeuers draußen erleuchtet wurde.

»Spielt das eine Rolle?«

»Es sind die Edelsteine eines einzelnen Drachen, die an einem Ort der Kraft zur Ruhe gelegt worden sind. Auf diese Weise ehren wir unsere mächtigsten Magi. Sie liegen für alle Zeit an einer Kreuzung der Grym, halten Wache über Gulad und bieten ihre Weisheit allen an, die darum bitten.«

»Na, diese Steine werden keine Drachenweisheit mehr verteilen. Falls sie nicht bereit sind, sie mir zu geben.«

»Was… was habt Ihr damit gemacht, Euer Gnaden?« Frecknocks Stimme war leise, scheu. Sie hatte Angst, diese Frage zu stellen, das spürte Melyn. Sie wollte das brüchige Gleichgewicht zwischen ihm und ihr nicht gefährden. Aber zugleich wollte sie es so dringend wissen, dass sie bereit war, die Grenzen ein wenig auszudehnen. Er wollte seinen Umhang holen, dann fiel ihm auf, dass der und mit ihm der Inhalt der Taschen auf der Mauer des Pferches draußen trocknete. Diese Pause reichte aus, um ihn seine Absichten ändern zu lassen. Er hatte Frecknock die Steine zeigen und sie mit der Geschicklichkeit beeindrucken wollen, mit der er die magischen Sperren vor der letzten Ruhestätte eines großen Magis beseitigt hatte. Aber nun wusste er, dass diese Prahlerei unnötig wäre.

»Das geht dich nichts an.« Er ging zur Höhlenöffnung. »Komm. Iss etwas, dann ruh dich aus. Morgen früh kehren wir zur Hauptarmee zurück. Dann wirst du uns diesen Bergpass nach Lanwennog zeigen.«

Es war nun wirklich Nacht geworden. Melyn setzte sich ans Feuer und ließ sich einen Teller mit gebratenem Fleisch reichen, das mit einigen Waldkräutern und Wurzeln zu einem scharf schmeckenden Eintopf verkocht war. Frecknock kam aus der Höhle und lungerte hinter dem Kreis von Kampfpriestern herum, die um das Feuer saßen. Als diese fertig gegessen hatten, nahm sie sich eine überraschend kleine Portion des restlichen Kadavers. Er hatte gerade beobachtet, wie sie sich mit ihrer Mahlzeit neben den Pferch setzte, als eine Bewegung auf dem anderen Ufer des Flusses alle auffahren ließ. Die Kampfpriester sprangen auf die Füße, ihre Klingen tauchten schimmernd in der Dunkelheit auf. Eine Gruppe von Reitern sprengte lärmend durch die Furt. Melyn erkannte das Pferd des Anführers fast sofort. Auch seine Männer hatten die Neuankömmlinge nun erkannt. Sie ließen ihre Klingen erlöschen und gingen den Reitern entgegen.

Hauptmann Osgal stieg ab, ließ sein Pferd den Kopf senken und grasen, während er zu Melyn trat. Sein Gesicht war schwarz, seine Augenbrauen und ein Büschel Kopfhaar fehlten.

»Beim Hirten, Osgal! Was ist denn passiert? Habt Ihr sie erwischt?«

»Nein, Euer Gnaden.« Osgal ließ den Kopf sinken, dann fiel er auf ein Knie. »Ich habe versagt, Inquisitor. Sie waren da, genau, wie Ihr gesagt hattet. Der Drache war in der Luft, als wir eintrafen, und der Junge … ist einfach verschwunden. Wir hatten ihn fast erreicht, als der Drache herunterstieß und ihn mitnahm.«

»Ihr hattet Armbrüste, oder was?« Melyn stellte fest, dass er keinen Zorn, sondern nur eine müde Resignation spürte, die fatalistische Erkenntnis, dass er sich sehr viel größere Mühe geben müsste, wenn er Errol und Benfro fangen wollte. »Warum habt Ihr nicht auf sie geschossen?«

»Das haben wir, Euer Gnaden. Aber …« Osgal verstummte, als ob ihm die Worte fehlten. Seine Blicke schossen an Melyn vorbei, und der Inquisitor sah sich um und entdeckte, dass Frecknock zu ihnen herüberschaute, sie hatte die Augen weit aufgerissen und die Ohren nach vorn gelegt, um sich ja kein Wort entgehen zu lassen. Sie besaß den Anstand, ein verlegenes Gesicht zu machen, als sie merkte, dass sie angesehen wurde, aber Melyn war es ziemlich egal, ob sie etwas gehört hatte.

»Weiter, Hauptmann. Erklär mir, wieso meine besten Kampfpriester plötzlich nicht mehr mit einer Armbrust umgehen können.«

»Sie haben perfekt gezielt, Inquisitor. Jeder Bolzen hätte sein Ziel getroffen, aber der Drache hat sie alle verbrannt.«

»Verbrannt?«

»Er hat Feuer gespien, Euer Gnaden. Das hat unsere Bolzen schmelzen lassen. Es war heißer als der Bau des Wolfes, aber es hat den Jungen nicht berührt.« Osgal hielt Melyn einen schwarzen Klumpen entgegen.

Der Inquisitor nahm ihn entgegen. Der Klumpen war schwer und sah ein bisschen aus wie ein Armbrustbolzen, der noch einmal in die Schmiedeesse gefallen und dort vergessen worden war.

»Er hat auch uns angespien.« Melyn konnte die Verzweiflung aus Osgals Stimme hören, als der Hauptmann die Geschehnisse schilderte. »Und anders als bei dem Jungen hat das Feuer bei uns gebrannt. Wenn es noch näher gekommen wäre, hätte es uns umgebracht. Als wir die Pferde dann beruhigt hatten, war der Drache verschwunden und hatte den Jungen mitgenommen.«

Melyn wiegte den geschmolzenen Bolzen in der Hand und schaute sich zu Frecknock um, die es aufgegeben hatte, so zu tun, als ob sie nicht lauschte. »Was soll das? Seit wann speien Drachen Feuer?«

»Euer Gnaden … es gibt Sagen. Als wir noch wilde Bestien waren. Ehe der große Rasalene uns gezeigt hat … die Wunder der Grym.« Frecknock sprach schrill und abgehackt, als ob sie nach Luft schnappte und entsetzt von dem soeben Gehörten sei. »Aber niemals …. in zehntausend Jahren. Oder mehr. Nein. Nein.«

20

Hütet euch vor dem Tier ohne Herrn,
hütet euch vor dem Mann ohne Frau
hütet euch vor nie gestorbenen Toten,
kalte Finger durchbohren jedes Leben.
Die Weissagungen von Goronwy der Wahnsinnigen

Errol war zu verängstigt, um auch nur nach unten zu blicken. Er kniff die Augen ganz fest zusammen und klammerte sich mit aller Kraft an Benfros schuppige Arme. Er spürte, wie seine Beine unter ihm baumelten und vom Wind hin und her geschleudert werden. Er war benommen und verwirrt und sehr, sehr müde.

Nach einer Weile öffnete er seine Augen einen winzigen Spalt und wünschte sofort, er hätte das nicht getan. Sie befanden sich hoch über den Bäumen und jagten in schwindelerregendem Tempo dahin. Der Wald unter ihnen veränderte sich: Dicht wachsende Nadelbäume lösten die weiter auseinanderstehenden Laubbäumen ab. Allerdings brauchte Errol aus dieser ungewohnten Perspektive eine Weile, bis er begriff, was er da sah. Er drehte den Kopf zur Seite und entdeckte hinter Benfros sich stetig bewegendem Flügel den gewaltigen Arnahi, dessen Westseite von der untergehenden Sonne orange-rosa gemalt wurde. Geradeaus konnte er die tiefer gelegenen östlichen Ausläufer des Trenn-Gebirges sehen, klar im Abendlicht und viel näher, als er erwartet hatte.

Er versuchte, etwas zu sagen, aber der Wind zerfetzte seine Stimme, trieb ihm Tränen in die Augen und durchschnitt seine

Kleidung, als ob er gar keine anhätte. Während er noch seine Lage durchdachte, spürte Errol, wie die Kälte ihren Zugriff allmählich lockerte. Benfro hatte ihn noch immer fest gepackt, aber darauf wollte er sich nicht verlassen müssen. Der Drache trug zudem ihre Taschen. Er würde dieses Gewicht doch sicher nicht mehr lange aushalten können?

Zu seinem Leidwesen konnte Errol jedoch nichts anderes tun, als sich festzuhalten, so gut er nur konnte. Kälte und Müdigkeit plagten ihn immer stärker. Er versuchte, Benfros Arm anzutippen, um die Aufmerksamkeit des Drachen zu erregen, aber wenn er sich richtig bemerkbar machen wollte, musste er seinen Griff lockern, und das traute Errol sich nicht. Benfro schien sich so weit wie möglich von den Kampfpriestern entfernen zu wollen. Eigentlich konnte Errol ihm da nur zustimmen, er wünschte nur, es gäbe eine angenehmere Weise, um das zu bewerkstelligen.

Die Sonne versank bereits in der Ferne hinter dem westlichen Trenn-Gebirge, und Errol begann langsam, jegliches Gefühl in Armen und Beinen zu verlieren, und sein Gesicht wurde in der eisigen Luft durch und durch taub. Er versuchte, nach den Linien zu greifen, die Kraft der Grym herbeizuziehen, um sich zu wärmen. Aber er war zu hoch oben, zu weit von Gulad entfernt, um diese Lebenskraft anzuzapfen. Und es war so schwer, sich zu konzentrieren, so schwer, sich festzuhalten, so schwer, wach zu bleiben. Errol versank in Apathie. All seine Energie brauchte er, um sich an Benfro zu klammern. Sonst nahm er nichts mehr wahr.

Als er nach langer Zeit wieder nach unten blickte, konnte er sehen, dass die Fichten vereinzelter standen. Dunkle Felsbrocken waren in den Spuren uralter Lawinen von den Bergen gerollt. Sie stiegen mit den Hügeln höher, und die Luft in Errols Lunge war dünn und verbreitete ihre tiefe Kälte in seinem Körper. Er war unvorstellbar müde und kämpfte gegen die Wellen des Schlafes, die über ihn hereinbrachen. Es wurde dunkel, und er konnte nicht erkennen, ob das am Sonnenuntergang lag, oder daran, dass die Kälte ihm nun die Sehfähigkeit raubte.

Dann überquerten sie einen Felskamm und flogen über Schnee. Errol erinnerte sich an die schmutzig weißen Flecken, die er gesehen hatte, als er von Emmas Faur nach Tynewyd gereist war, und an die tiefen Schneewehen, die sich im Winter um die Klostermauern auftürmten. Doch das war alles nichts im Vergleich zu dem, worauf er hier hinabblickte. Unter sich sah er ein riesiges weißes Feld, Kristalle, die in den letzten Sonnenstrahlen funkelten. Das Weiß glättete die schroffen Umrisse der Felsen zu sanften Falten, von denen sich jede höher zog, bis sie den sternenbesetzten Himmel erreichten.

Errol, der unvorstellbar fror und hilflos zitterte, bemerkte erst, dass sie im Sinkflug über einem hohen Felsplateau niedergingen, als sie dieses schon fast erreicht hatten. Die Dunkelheit machte es schwer, Entfernungen einzuschätzen, und die makellose weiße Fläche tat ein Übriges. Erst als Benfro seinen Griff wechselte, ging Errol auf, was jetzt passieren würde. Aber sein Entsetzen angesichts der bevorstehenden Landung sollte nicht von Dauer sein.

Sie prallten schneller auf den Boden auf, als vielleicht angeraten gewesen wäre. Unmittelbar vor dem Aufprall merkte Errol, wie er weggestoßen wurde. Er taumelte kurz durch die Luft, dann knallte er in den Schnee. Der Schnee fing seinen Fall auf, aber es verschlug ihm doch den Atem und erstickte ihn mit Kälte. Er sah für einen Moment, wie Benfros gewaltiger Rumpf einige Schritte weiter auf den Boden auftraf, ehe ihn seine eigene Schwungkraft in den Schnee bohrte und das weiße Pulver um ihn herum aufstieben ließ.

Errol blieb eine gefühlte Ewigkeit liegen, ohne etwas zu spüren. Er hatte Kälte und Angst hinter sich gelassen. Jetzt wollte er nur noch hier liegen, den Kopf in den Schnee gepresst, und eine Weile schlafen. Es bestand keine Eile, kein Grund zur Flucht. Er konnte sich ausruhen.

»Aufwachen!« Eine riesige Hand packte seinen Umhang und riss ihn auf die Füße. Errol versuchte, seinen Blick zu konzentrieren, aber er konnte nicht einmal die Augen öffnen. Er wünschte, der Störenfried, wer immer das sein mochte, ginge weg. Dann könnte er es sich wieder in dem schönen warmen Schnee gemütlich machen und schlafen.

»Komm schon, Errol. Wach auf.« Er spürte, wie er geschüttelt wurde, und seine Beine und Hände prickelten unangenehm. Es war das erste Gefühl darin, das er seit einer Ewigkeit verspürte hatte, und es löste in seiner Erinnerung eine Warnung aus. Hauptmann Osgal, ausgerechnet, der ihm sagte, was jemandem passieren konnte, der sich der Kälte ergeben hatte. Aber ihm war nicht kalt, ihm war warm. Oder hatte der Hauptmann das auch gesagt? Dass extreme Kälte dem Körper Wärme vorgaukeln kann? Er konnte sich nicht erinnern, konnte eigentlich gar nicht klar denken. Hatte der Hauptmann gesagt, dass es ihn auch müde machen würde? Oder war das seine Mutter gewesen?

»Ach, beim Mond!« Errol spürte, dass er geschüttelt und dann umgedreht wurde. Dann schoss ein unbeschreibliches Gefühl durch sein Gesicht und seine Hände. Es war, als ob er mit einer ganz sanften Flüssigkeit übergossen würde. Wo sie ihn berührte, erwärmte sie ihn auf eine Weise, die ihm klarmachte, dass er wirklich fast erfroren war. Sie spülte die Müdigkeit weg, brachte seinen Armen, seinen Beinen, seinem Hals und seinen Augenlidern neue Stärke. Er hob den Kopf, öffnete die Augen und hätte fast losgeschrien.

Er war von einer blassblauen Flamme umgeben, die über seine Arme und seinen Körper tanzte und schimmerte. Benfro stand vor ihm, hielt ihn an den Schultern und starrte ihn an, aber Errol begriff nur, dass er lichterloh brannte.

»Wie?« Er öffnete den Mund, um etwas zu sagen, und die Flamme lief wie etwas Lebendiges durch seine Kehle und in seine Lunge, um ihn von innen her zu wärmen. Er hustete, aber eher als Reflex als vor Unbehagen; diese Flamme verzehrte die Luft nicht, die er atmete. Sie umfloss ihn, floss durch ihn, bis er fast wieder normale Temperatur hatte. Und dann, als ihre Aufgabe erfüllt war, verblasste sie langsam, bis schließlich nur noch die Nacht und der scharfe, kalte Wind vorhanden waren.

»Hast du …? Was hast du …?« Errol versuchte verzweifelt, Wörter zu bilden.

»Es tut mir leid, Errol. Ich wollte so unbedingt weg von dort, dass ich zu hoch und zu weit geflogen bin. Ich hätte das begreifen müssen. Du hättest erfrieren können.«

»Aber das Feuer. Ich wusste doch nicht … könnt ihr das alle?«

»Ich glaube nicht: Mir ist nie ein anderer Drache begegnet, der das gekonnt hätte. Die meisten würden es widerlich finden, geradezu bestialisch. Corwen hat das allerdings anders gesehen.«

Corwen. Errol hörte in Gedanken die letzten Worte des alten Drachen. Er schlug sich die Hände gegen die Seite und spürte in jeder Tasche einen kleinen Klumpen.

»Ich habe die Edelsteine.« Er griff in die erste Tasche und zog das in den Stoffstreifen gewickelte Bündel heraus, das Magog enthielt, wickelte es auseinander und zeigte den funkelnden Edelstein. Im Licht der Sterne, das sich in zahllosen Eiskristallen spiegelte, war er kohlschwarz.

»Aber das ist nicht kampflos abgegangen«, berichtete Errol.

»Steck es weg«, sagte Benfro und wich seinem Blick aus. Eilig wickelte Errol den Edelstein wieder ein und verstaute ihn tief unten in seiner Tasche. Dann griff er in die andere und holte Morgums Edelstein heraus. Der leuchtete in ganz blassem Weiß; wenn er ihn in den Schnee fallen ließe, würden sie ihn vielleicht niemals wiederfinden. Er konnte die sanfte Berührung der darin enthaltenen Erinnerungen spüren, heftigen Stolz, gütige Intelligenz, bekümmerte Sorge und vor allem tiefe Traurigkeit. Die Berührung brachte zudem Bilder in seine Erinnerung, die er schon einmal gesehen hatte: ein neugeborenes Kind, das sich an einen frisch geschlüpften Drachen schmiegt; Prinzessin Leyn und Father Gideon; die Sonne, die von der Mondscheibe verdeckt wird.

»Gib her.« Benfros Stimme riss Errol aus seinen Erinnerungen, und er schaute nach unten und sah, dass er die Faust um den Edelstein geballt hatte. Verlegen öffnete er die Finger und reichte Morgums Erinnerungen ihrem Sohn. Statt ihm zu danken, riss Benfro den Edelstein an sich und wandte sich ab, als ob er den winzigen Stein mit seinem ganzen Körper beschützen musste.

»Du hättest sie nicht anfassen dürfen.« Benfros Stimme war so kalt wie der Schnee, der durch einen Riss in einen von Errols Stiefeln sickerte.

»Es tut mir leid. Anders ging es nicht. Melyn war schon fast da.«

»Und du hast Corwen zurückgelassen?«

»Mir blieb nichts anderes übrig. Sonst hätten sie mich gefangen.«

»Nach allem, was er für dich getan hat, hast du ihn einfach zurückgelassen, um … um … um von diesem Ungeheuer besudelt zu werden! Wie hast du das nur über dich gebracht?«

»Er hat mich nicht gelassen. Er hat mich weggeschoben. Ich …« Errol versuchte zu erklären, obwohl er sich entsetzlich schuldig fühlte. Benfros plötzlicher Stimmungswandel war ein Schock für ihn. Der Drache hatte ihm doch geholfen. Warum war er plötzlich so wütend?

»Hör mal, es tut mir leid. Ich habe versucht, Corwens Edelsteine mitzunehmen, aber er wollte das nicht. Er hat gewusst, was passieren würde, er hat gesagt, das wäre besser so. Dann würde er bei Melyn sein, egal, wo der hingeht.«

»Versuch ja nicht, das zu erklären. Versuch ja nicht, dich zu entschuldigen. Ich hätte dich den Kampfpriestern überlassen sollen. Ich hätte dich erfrieren lassen sollen.« Benfro spuckte diese Worte über seine Schulter hinweg aus, dann kehrte er Errol den Rücken zu und stolzierte in die Dunkelheit davon. Errol sah verwirrt hinter ihm her, bis die Kälte, die in seine Füße sickerte, ihn daran erinnerte, wo er war. Irgendwo in der Nähe eines verschneiten Berggipfels festzustecken, war nicht gerade das, was er lustig fand, auch wenn es immer noch besser war, als von dem Inquisitor und dessen Leuten gefangen genommen zu werden.

Er suchte sich die Grymlinien und versuchte, ihnen Wärme zu entnehmen. Die Gegend war so karg, der Schnee so tief, dass er zuerst keine Linien finden konnte, und als er dann endlich welche ausfindig machte, waren diese schwach und dünn. Aber er konnte doch eine davon anzapfen und spürte die Kraft der Grym durch seinen Leib jagen, ihm Energie geben und die Kälte vertreiben. Sein Atem dampfte in der Nacht, als er einen Moment innehielt, einfach um das Gefühl von Freiheit zu genießen. Über ihm war der Nachthimmel klarer, näher als er ihn je gesehen hatte. Hinter ihm, verloren irgendwo in der dunklen Masse des fernen Waldes, waren Melyn und dessen Kampfpriester noch immer hinter ihm her, aber sie waren weit weg und er hatte einen ziemlichen Vorsprung. Errol zog sich den Umhang fester um die Schultern, um die Welt auszuschließen, und wanderte in Benfros Fußstapfen los.

»Habt Ihr den Herzog von Aberfenn gesehen?«

Beulah ging durch die Gänge von Lord Beylins reich ausgestatteter Burg und sprach die wenigen an, die ihr begegneten, um allen diese Frage zu stellen. Sie vermutete, dass viele vom Burggesinde ihr bewusst auswichen, oft hörte sie dringlich flüsternde Stimmen hinter Ecken oder geschlossenen Türen, und ab und zu sah sie davonhuschende Gestalten. Es war offenkundig, dass sie furchtbare Angst vor ihr hatten, obwohl sie doch nichts getan hatte, um sich den Ruf zu verdienen, der diese Ängste auslöste.

Vielleicht war es die Nachricht von ihrem Kampf mit den Söldnern, vielleicht konnten diese einfältigen Provinzler sich nur mit Mühe mit der Vorstellung abfinden, dass eine Frau gegen bewaffnete Männer kämpfte und sie tötete. Oder vielleicht hatten sie auch einfach nur Angst vor ihr, weil sie ihre Herrscherin war. Warum auch immer, es störte sie und strapazierte ihre Selbstbeherrschung, sodass sie vielleicht sehr bald ihren Ruf zu Recht haben würde. Der letzte Page, in die Enge getrieben, ehe er über eine Gesindetreppe hinab in die Küche entfliehen konnte, brachte sie auch nicht viel weiter. Er starrte sie aus großen Augen an und bewegte hilflos den Mund, als ob er vergessen hätte, wie man spricht. Und als er dann seine Stimme wiederfand, war diese schrill und quäkend, wie die eines Bauernmädchens, das auf der Straße Brot feilbietet.

»N-nein, Eure Majestät. Ich hab'n nich gesehn.«

Beulah ließ ihn mit einer Handbewegung gehen und wanderte dann weiter den Gang entlang. Als sie an diesem Morgen aufgewacht war, war Clun nicht mehr im Bett gewesen, und auch nicht im Badezimmer. Normalerweise hätte sie das nicht weiter beunruhigt, er konnte schließlich kommen und gehen, wie es ihm beliebte. Aber seit dem Zwischenfall mit Father Tolley war Clun immer stärker in sich gekehrt gewesen, noch stiller, als es seinem ohnehin zurückhaltenden Wesen entsprach. Er machte nachmittags lange Spaziergänge durch die Stadt, wenn Beulah sich in ihre Gemächer zurückzog, um sich auszuruhen und an der Heilung ihrer Wunden zu arbeiten. Aber noch nie war Clun so früh verschwunden wie an diesem Tag.

Sie konnte feststellen, dass er sich sehr schlicht gekleidet hatte, er trug seinen alten Novizenumhang und die dazugehörigen Stiefel statt der Dinge, die sie ihm geschenkt hatte. Beulah machte sich nur selten Sorgen um andere – sie hatte niemals jemanden gehabt, der ihr wichtig genug gewesen wäre, bis Clun gekommen war, aber dieses Verhalten war so außergewöhnlich, dass es ihr Kopfzerbrechen bereitete. Ihre Gedanken gingen in Windeseile alle möglichen Szenarien durch, mochten sie auch noch so unwahrscheinlich sein. Hatte er in der Stadt ein Mädchen kennengelernt und ging heimlich mit ihr ins Bett? Hatte er mit Lord Beylin zusammen einen Komplott ausgeheckt, sie zu töten und den Thron an sich zu reißen? Vielleicht war er auf dieses ganze Gefasel über das Kommen des wahren König hereingefallen und studierte emsig die Geheimnisse aus den Weissagungen von Goronwy der Wahnsinnigen.

Beulah lachte laut auf bei der Vorstellung, wie der nüchterne, sachliche Clun sich eifrig über ein Lesepult beugte und mit einem Finger die Zeilen aus sinnlosen Wörtern auf einem Stück Pergament verfolgte. Er würde sie so wenig betrügen, wie er sich die eigenen Arme abhacken würde. Aber es belastete sie doch, dass ihr überhaupt solche Gedanken kamen.

Die große Halle von Lord Beylins Burg war hell und luftig, ganz nach dem Vorbild des königlichen Thronsaals, wenn auch nicht im selben gewaltigen Maßstab errichtet. Die Fenster waren mit klarem Glas gefüllt und die Morgensonne schien draußen von einem blassblauen Himmel. Es war noch früh, aber Beylin saß am Ende des Saals in seinem Thronsessel und war in ein Gespräch mit einer Gruppe von Männern vertieft, die die typischen Umhänge der Kaufleute trugen. Da niemand Beulahs Eintritt bemerkt hatte, beobachtete sie den Herzog einen Moment lang bei seinen Verhandlungen. Sie musste ihre Meinung über ihn revidieren: Sein Geschäftssinn widersprach seinem aufgesetzten und geckenhaften sonstigen Auftreten ganz gewaltig.

»Eure Majestät. So früh hatte ich Euch nicht erwartet.« Die Kaufleute liefen auseinander, als Lord Beylin auf die Füße sprang und durch die Halle lief. »Haben die Diener kein Frühstück in Eure Gemächer gebracht?«

»Ich habe sie weggeschickt. Ich habe lieber meine Ruhe. Und ich brauche auch keine Hilfe beim Ankleiden.«

»Natürlich nicht. Aber darf ich Euch jetzt etwas anbieten?« Beylin schaute sich um und sah einen jungen Pagen an, der während der Verhandlungen Notizen gemacht hatte. Der Junge ließ die Feder sinken und trat näher.

»Geh in die Küche und sag ihnen, sie sollen für die Königin Frühstück machen. Und es hier im Saal servieren.« Beylin drehte sich wieder zu Beulah um, während der Junge davonstürzte. »Wird sich der Herzog von Aberfenn uns anschließen?«

»Eigentlich bin ich deshalb gekommen. Ich suche ihn schon, seit ich aufgewacht bin, kann ihn aber nirgendwo finden. Habt Ihr ihn heute schon gesehen?«

»Nein. Nein, das habe ich nicht.« Beylin runzelte die Stirn, dann drehte er sich zu den Kaufleuten um, die noch unschlüssig um den Thronsessel standen und fragte: »Hat einer der Herren Seine Durchlaucht, den Herzog von Aberfenn, heute Morgen schon gesehen?«

Die Kaufleute kamen angerannt, als ob sie nur darauf gewartet hätten, der Königin nun offiziell vorgestellt zu werden. Beulah zählte fünf Männer, alle gut gekleidet und offenbar wohlhabend, wenn ihr Leibesumfang als Indiz dienen konnte. Der größte von ihnen, ein fast kahler Mann, dem graue Haarbüschel aus den Ohren wuchsen, erreichte die Königin als Erster und fiel mit großer Geste auf ein Knie. Beulah hielt ihm seufzend die Hand zum Kuss hin.

»Darf ich Euch Terquid Squiler vorstellen, den Vorsitzenden der Gilde der Strumpfwarenhändler.« Lord Beylin hörte sich fast ebenso gelangweilt an wie Beulah sich fühlte.

»Eure Majestät, Ihr verschönt unsere bescheidene kleine Stadt durch Eure Anwesenheit«, sagte Squiler. »Meine Gildenbrüder und ich möchten Euch in Beylinstown willkommen heißen.«

»Danke. Habt Ihr nun den Herzog gesehen?« Beulah zog die Hand zurück, ehe der Kaufmann ihren Ring besabbern konnte, Squiler erhob sich, drehte sich um und sah seine Gefährten an.

Allgemeines Kopfschütteln und Schulterzucken war die Reaktion. Dann aber sagte einer der Kaufleute: »Ich habe kurz vor Sonnenaufgang einen jungen Mann durch die Stadt gehen sehen, Eure Majestät. Aber wie ein Herzog hat der eigentlich nicht ausgesehen.«

»Beschreibt ihn.«

»Ich würde sagen, noch keine zwanzig Jahre, Majestät. Aber groß und stark. Er hatte die roten Wangen und die hellen Haare von Graith Faur. Ich habe ihn nicht erkannt, habe auch nicht besonders auf ihn geachtet, wenn ich ehrlich sein soll.«

»Habt Ihr gesehen, wohin er gegangen ist?«

»In Richtung Südmauer und Flusstor, Majestät. Dorthin, wo die Boote entladen werden und die wichtigsten Tierauktionen stattfinden.«

Beulah fragte sich, wie sie die Kaufleute loswerden sollte, ehe sie Handelsprivilegien oder Steuersenkungen von ihr verlangten, aber dann schaltete sich Beylin ein.

»Meine Herren, habt Dank«, sagte er. »Und wenn Ihr uns nun entschuldigen möchtet, die Königin hat noch nichts zu sich genommen. Vielleicht können wir unsere Diskussion später an diesem Morgen fortsetzen.«

Wie aufs Stichwort wurden nun die Türen aufgerissen und eine kleine Armee aus Dienstboten tauchte auf. Die Kaufleute verneigten sich und zogen sich zurück, obwohl Beulah sehen konnte, dass diese Unterbrechung ihrer Verhandlungen ihnen gar nicht zusagte.

Gleich darauf waren alle Papiere vom Tisch entfernt und die

Mahlzeit war aufgetragen worden. Schüsseln mit kaltem Fleisch, Dörrobst und warmes, duftendes Brot tauchten auf, genug, um die gesamte Garde der Königin satt zu machen.

»Das alles soll nur für mich sein?«, fragte Beulah, als Beylin sie zum Tisch führte und aufforderte, im Thronsessel Platz zu nehmen.

»Mein Koch übertreibt vielleicht ein bisschen«, sagte Beylin, als er sich zu ihrer Linken niederließ, »Aber er hat verdient, dass man ordentlich zulangt. Kostet dieses Obst – es stammt aus Eirawen, habe ich mir sagen lassen.«

Beulah sah sich die vor ihr ausgebreiteten Früchte an, dann schaute sie über den Tisch hinweg durch den fast leeren Saal. Draußen wurde es immer heller, als die Sonne sich über die Hofmauern erhob. Beulah hatte im Moment keinen Appetit, jedenfalls nicht auf die exotischen Köstlichkeiten, die Beylin ihr anbot. Sie machte sich Sorgen um Clun.

»Ich habe wirklich keinen Hunger.« Sie stand auf und fand es fast unmöglich, den schweren Sessel zurückzuschieben. »Ich muss meinen Gemahl suchen, ehe er irgendwelche Probleme bekommt.«

»Dann gestattet, dass ich Euch begleite, Majestät.« Beylin stand auf und tupfte sich die Lippen mit einer Serviette ab, obwohl er gar nichts gegessen hatte.

Beulah stimmte mit einem Nicken zu. Sie wäre lieber allein gegangen, aber das wäre nicht klug gewesen. Auch wenn sie bei einem Kampf auf sich aufpassen konnte, wäre es doch bestenfalls unangenehm gewesen, von einer Gruppe ihrer Untertanen erkannt zu werden.

Es endete damit, dass Beylin und sie von einer kleinen Abteilung der Garde unter Führung von Hauptmann Celtin begleitet wurden. Das bedeutete natürlich, dass sie auf ihrem Weg durch die Stadt nicht unbemerkt blieben, sondern eine immer größer werdende Schar von Neugierigen anzogen.

Das Flusstor entsprach seinem Namen. Dort, wo der Fluss Hafren bis an die Stadtmauern heranreichte, waren zwei große Türme errichtet worden, auf jedem Ufer einer, verbunden durch einen großen Steinbogen. Der Fluss war hier ziemlich schmal, aber tief. Auf beiden Ufern überragten die Warenspeicher und Ladedocks der reicheren Kaufleute den Flusslauf. Beylin führte sie zu seinem eigenen Dock, und von dort nahmen sie ein Boot und fuhren in die Mitte des Kaufmannsviertels.

Vor dem Tor, außerhalb der eigentlichen Stadtmauern, wuchs die Stadt sehr rasch. Neue Speicher und Docks streckten sich bis weit nach Süden dahin, und hinter diesen konnte Beulah auf den niedrigen Höhenzügen endlose Reihen aus hölzernen Zäunen sehen: Pferche für die Pferde und Kühe, von denen die Gegend lebte. Selbst an diesem frühen Morgen war die Luft staubgeschwängert und roch nach den Ausdünstungen der sich bewegenden Tiere. Und irgendwo zwischen allem war Clun.

Sie legten bei einem besonders großen Speicher- und Dockkomplex an, der Beylin persönlich gehörte. Ein großer dünner Mann, der ganz in Schwarz gekleidet war, kam ihnen mit einem Ausdruck der Panik in seinem langen, faltenreichen Gesicht entgegen.

»Mein Herr. Das kommt so überraschend. Hätte ich nur gewusst …«

»Keine Panik, Verran. Ich wollte Euch nicht überraschend auf die Finger schauen.« Beylin stellte Beulah seinen Hauptbuchhalter vor, und das Gesicht des bleichen Mannes wurde noch weißer.

»Eure Majestät!« Er machte eine tiefe Verbeugung, dann verstummte er, weil ihm die Worte fehlten.

»Wir suchen Seine Gnaden, den Herzog von Aberfenn«, sagte Beylin. »Er wurde in der Morgendämmerung hier irgendwo gesehen.«

»Es tut mir leid, Durchlaucht. Ich war schon vor Tagesanbruch im Speicher, um eine Warenliste anzulegen. Außer meinen Gehilfen habe ich niemanden gesehen.«

»Dann müssen wir ihn wohl in den Viehhöfen suchen.« Beylin wandte sich wieder an Beulah. »Die wollte ich Euch ohnehin zeigen, Majestät. Ich dachte, die Pferde könnten Euch interessieren.«

Sie wanderten vom Speicher hinüber zu den Viehhöfen und zum Hauptauktionsring. Die Stadt war ein kleines Handelszentrum, im Vergleich zu Candlehall, aber Beulah war insgeheim beeindruckt davon, wie reibungslos hier alles seinen Lauf nahm. Die Pferche lagen nebeneinander. Zwischen ihnen verliefen jeweils Wege, die Platz für zwei Wagen boten. Alle Straßen waren aus festgetrampeltem Lehm, und Entwässerungsgräben waren angelegt worden, durch die der Regen abfloss, ehe er die Straßen in einen schlammigen Sumpf verwandeln konnte. Auch die Anlage der Pferche war sorgsam durchdacht, denn Zuchtvieh war sorgsam vom Schlachtvieh getrennt: Rinder, Schafe und Schweine hatten jeweils unterschiedliche Gehege. Lord Beylin hatte in den Bau dieses Marktes sehr viel Geld investiert und sich dabei die besten Berater geleistet. Und das hatte sich offenbar reichlich rentiert, wenn Beulah von der Anzahl der Pferche und dem stetigen Stimmengewirr aus dem nahe gelegenen Auktionsring ausgehen durfte.

»Was wird denn heute verkauft?«, fragte Beulah, als sie und ihre Gesellschaft die umfangreiche hölzerne Scheune betraten, in der sich der Auktionsring befand. Mehrere Kaufleute standen dort, aber es ging nicht so geschäftig zu, wie sie erwartet hatte.

»Ich bin nicht sicher, Majestät.« Beylin ging zu dem nächststehenden Kaufmann, stellte ihm eine Frage und kam dann zurück.

»Es gibt eine Pferdeauktion, aber die Stimmung ist nicht zum Besten. Offenbar wurden noch vor Beginn der Versteigerung von einem Privatmann die beiden besten Tiere gekauft.«

»Kommt das häufig vor?«

»Normalerweise nicht, Majestät. Die Auktionatoren haben

schon Züchtern Hausverbot erteilt, die das zu oft gemacht haben. Schließlich bezahlen sie mit ihren Gebühren für das hier.« Er beschrieb mit der Hand einen Bogen, der die Pferche, die Scheune und alles andere einbezog. »Natürlich kommt es immer wieder vor, dass jemand sie zu betrügen versucht – und ein paar heruntergekommene alte Mähren hier zur Versteigerung bringt, während er seine eigentlichen Geschäfte unter der Hand in den Pferchen macht. Es gibt Händler, die versuchen, auf diese Weise einen besseren Abschluss zu erzielen, aber eigentlich wissen sie, dass das System auch ihrem Vorteil dient.«

Beulah schaute zu dem Pferch gleich neben dem Auktionsring hinüber. Einige jämmerlich aussehende Tiere standen bewegungslos in der Sonne, die Köpfe gesenkt, die Augen geschlossen. Nur ihre peitschenden Schwänze, die die Fliegen verjagen sollten, zeigten, dass überhaupt Leben in ihnen war. Wenn das typisch für das auf diesem Markt verkaufte Pferdefleisch war, dann konnte auch das Beste vom Angebot nicht viel wert gewesen sein.

»Ich suche eigentlich selbst ein Pferd. Meine alte Stute wurde von einem Drachen getötet, und der Ersatz ist ums Leben gekommen, als wir in der Nähe von Corris von den Wegelagerern überfallen worden sind. Es ist eine Schande, dass es hier kein brauchbares Reittier gibt. Die da würde ich doch nicht einmal essen.«

»Das sind wirklich elende Exemplare«, sagte Beylin. »Aber ich bin sicher, drinnen wird das Angebot besser sein.«

Das Innere der Scheune war kühl und luftig. Sie wurde von großen offenen Fenstern hoch oben in der Wand erhellt. In der Mitte befand sich ein Ring von etwas zwanzig Schritt Durchmesser. Auf der einen Seite waren niedrige Bankreihen zu einer Tribüne angeordnet. Ihnen gegenüber, auf einer flachen Empore, stand der Auktionator hinter einem hohen Pult, wie ein Priester beim Sonnrastgebet. Neben ihm saß sein Gehilfe hinter einem Tisch und trug die Verkaufsdetails in ein dickes Kontobuch ein.

Beulah winkte ihrer Wache, im Raum hinter der Tribüne zu bleiben, und betrat dann mit Lord Beylin und Hauptmann Celtin den Mittelteil der Scheune. Sie wollte die Versteigerung so unbemerkt wie möglich beobachten. Und vielleicht würde es ja sogar ein Pferd geben, auf das sie bieten könnte, wenn sie das auch bezweifelte. Wenn die Kaufleute draußen meinten, dass die besten Tiere bereits verkauft seien, dann würde sie nicht die zweitbesten nehmen.

Der Hammer fiel, und damit war eine hübsche Stute mit einem Fohlen verkauft. Beulah setzte sich unweit von einer Gruppe von Bauern auf eine hölzerne Bank. Die Männer sahen sie einmal an, nickten zum Gruß und vertieften sich dann wieder in ihre Diskussion über die Qualität der Tiere. Sie hatten offenbar keine Ahnung, wer sie war, und Beulah fand diese Tatsache seltsam erleichternd. Beylin neben ihr trug einen dunklen Reiseumhang über seinem eleganten Hofanzug, und Celtin war gekleidet wie jeder andere Kampfpriester seines Ordens auch. Jetzt, da sie nicht mehr von einer auffälligen Wache begleitet wurden, hätten Beulah und die beiden Männer ganz gewöhnliche Bürger sein können.

»Und als Nächstes zwei feine junge Wallache aus dem Gestüt Nebo. Die Herren, die Damen, diese beiden sind für Sattel und Geschirr eingeritten. Sie würden gute Kutschpferde abgeben, könnten aber auch auf rauem Boden geritten werden. Sollen wir das Gebot bei einhundert Kronen für das Paar eröffnen?«

Beulah hörte zu, wie die Summe zuerst auf fünfzig Kronen sank und dann langsam wieder stieg, als die Käufer aktiv wurden. Die Pferde waren wirklich schön und sicher den anfänglich verlangten Preis wert, wenn nicht mehr. Im Ring waren sie ein wenig nervös, aber man könnte durchaus mit ihnen fertigwerden. Zweifellos würden sie in Castell Glas im Haushalt eines Landadligen oder eines reichen Kaufmanns landen. Beulah schaute umher und sah jede Menge Interessenten. Allerdings behielten die versammelten Bauern und Kaufleute einander misstrauisch im Auge. Keiner wollte sich in die Karten schauen lassen.

Beulah war noch nie auf einer richtigen Auktion gewesen und fand das Geschehen ebenso faszinierend wie die Atmosphäre. Am Hof gab es nachgeahmte Versteigerungen, wo die Höflinge auf nutzlosen Tand oder sogar aufeinander boten, sozusagen als Spiel. Für sie war es eine weitere Möglichkeit, mit ihrem Wohlstand zu prunken, genau wie die absurden Kostüme und die Stadthäuser, in denen eine ganze Sippe übernachten könnte. Das hier war etwas anderes. Das hier war der Handel, der das Zwillingskönigreich ernährte. Bauern und Züchter produzierten, Kaufleute kauften und verkauften, und ein kleiner Anteil eines jeden Verkaufserlöses fand dann seinen Weg in Beulahs Schatzkammer.

Sie sah zu, wie die beiden Pferde für hundertfünfundsiebzig Kronen ersteigert wurden. Dann wurde ein riesiger tiefschwarzer Hengst hereingeführt. Seine Augen waren wild und wütend, bisher hatte noch niemand ihn zähmen können. Das Halfter um seinen Hals war aus einem Seil, das so dick war wie das Handgelenk eines Mannes, und zwei Pferdeburschen mussten sich abmühen, um den Hengst festzuhalten. Seine Flanken glänzten vor Schweiß, und er sprang hin und her, verängstigt durch diesen unbekannten Raum, aber entschlossen, lieber zu kämpfen als zu fliehen.

»Heftiger Bursche. Ein echter Gomoranhengst aus dem Guastad. Wie Ihr seht, ist er an Menschen gewöhnt, aber noch nicht gezähmt oder gar zugeritten. Ihr wisst alle, wie selten diese Pferde sind, wer macht also das erste Gebot auf tausend Kronen?«

Es war durchaus nicht still im Raum, das riesige Pferd machte viel zu viel Krach, und die Bietenden drängten sich jetzt so weit wie möglich nach vorn. Aber die Atmosphäre änderte sich, als ob alle gleichzeitig nach Luft geschnappt hätten. Beulah wunderte das gar nicht. Tausend Kronen waren eine Menge Geld für ein einziges Pferd, egal, wie prachtvoll es auch sein mochte.

Und doch war er ein wirklich königliches Tier. Wenn er gezähmt werden könnte, wenn sie ihn ihrem Willen unterwerfen könnte, würde er das absolut perfekte Geschenk für Clun sein.

Mit schlechtem Gewissen erinnerte sich Beulah, dass die Suche nach ihrem verschwundenen Gemahl sie hierher geführt hatte. Sie sah sich im Auktionsring um, in der Hoffnung, dass er vielleicht hergekommen war, aber er war nirgendwo zu sehen.

Inzwischen versuchte der Auktionator den Anwesenden vergeblich ein Gebot zu entlocken.

»Na gut, wer bietet fünfhundert? Nicht? Vierhundertfünfzig? Vierhundert?«

»Zweihundertfünfzig.« Beulah war von ihrer eigenen Wortmeldung überrascht. Die Blicke des Auktionators jagten durch den Saal und versuchten, sie ausfindig zu machen. Sie wartete, bis ihre Blicke einander begegneten, dann nickte sie einmal.

»Ich habe ein Gebot auf zweihundertfünfzig von der Dame in der vierten Reihe. Wer bietet mehr?«

»Eure Majestät, ist das weise? Gomoranhengste gelten als unzähmbar. Ich habe in meinem ganzen Leben noch keinen als Reittier gesehen.« Lord Beylin sagte das sehr leise, als fürchte er, in der lauten Scheune mit ihrem starken Widerhall gehört zu werden.

»Man kann ein Pferd auch anders zähmen als durch brutale Gewalt, Beylin.«

»Wer bietet mehr? Es ist ein Verbrechen, ein prachtvolles Tier für einen solchen Preis zu verkaufen.« Der Auktionator schwenkte seinen Hammer wild hin und her, als hoffe er, der Luft mehr Geld zu entnehmen. Die meisten Anwesenden hatten die Blicke gesenkt oder auf den sich wütend hin und her werfenden Hengst gerichtet, der seine Bewacher mitriss, als ob sie nicht mehr wögen als Luft. Beulah versuchte, das Tier mit ihrer ätherischen Sicht zu mustern, konnte aber nicht in die Trance gelangen. Sie streckte ihre Gedanken nach ihm aus, wie sie das mit Father Tolley gemacht hatte, um das Tier zu beruhigen und ihm klarzumachen, dass ihm nichts Schlimmes passieren würde. Der Hengst war ein schlichtes Geschöpf, getrieben von den grundlegendsten Bedürfnissen. Sie beruhigte ihn mit Versprechen von Essen, von der Gesellschaft anderer Pferde und von einer Rückkehr auf die offenen Wiesen, wo er den Himmel über sich sehen könnte.

»Na, wenn das nun alle Gebote waren?« Die Stimme des Auktionators war fern, belanglos. Beulah starrte nur das Pferd an, dessen schwarze Augen an ihren hingen.

»Für zweihundertfünfzig Kronen. Zum Ersten.« Nüstern blähten sich, gefleckt von Schaum.

»Zum Zweiten.« Hinterbeine zitterten, als Muskeln gegen hemmende Fesseln kämpften. Der Schwanz hob sich und peitschte zischend hin und her.

»Zum Dritten. An die Dame in der vierten Reihe. Euer Name, Gnädigste?«

Beulah sandte dem Pferd einen strengen Befehl. Stillhalten. Als sie aufstand, schnaubte es, scharrte mit den Vorderhufen im Boden, dann hielt es inne, stumm, bewegungslos.

»Ich bin Beulah, die Königin des Zwillingskönigreiches.« Jetzt war der Raum totenstill. Der Mund des Auktionators stand mehrere Sekunden lang offen, dann klappte er ihn endlich laut hörbar zu. Er sah zu seinem Gehilfen hinüber, der aufgesprungen war, und dann wieder zu seiner Königin.

»Eure Majestät, ich hatte ja keine Ahnung. Wenn ich das gewusst hätte …«

»Was hättet Ihr dann getan? Die Wand ein paar Gebote machen lassen, um den Preis hochzudrücken?« Beulah genoss den Anblick der beleidigten Empörung im Gesicht des Mannes. Sie merkte nun, dass alle um sie herum standen oder knieten. »Deshalb habe ich meine Anwesenheit nicht bekannt gegeben. Wie soll denn hier eine Auktion stattfinden, wenn Ihr alle auf den Knien liegt? Und wer würde es wagen, gegen die Königin zu bieten? Kehrt zurück zu Euren Geschäften, meine Herren. Ich werde Euch jetzt nicht mehr stören.« Und mit diesen Worten trat sie in den Ring, um sich ihren Kauf genauer anzusehen.

Der Hengst ragte über ihr auf, eine Masse aus kaum beherrschter Energie mit glänzendem schwarzen Fell. Die beiden Männer, die das Halfter hielten, nickten ihr zu, als sie näher kam, fielen aber nicht auf die Knie und ließen das Pferd auch nicht los. Beulah versuchte noch immer, den Geist des Pferdes zu erreichen und ihre eigenen Befürchtungen nicht in seine Ängste einfließen zu lassen. Es war ein seltsames Gefühl, ein Tier beruhigen zu wollen, da Melyn sie doch gelehrt hatte, ihre Begabung einzusetzen, um Unruhe zu schaffen.

Hauptmann Celtin wollte sie in den Ring begleiten. Fast sofort krümmte der Hengst seinen Hals und spannte seine Muskeln an.

»Zurückbleiben, Hauptmann. Mir passiert schon nichts.« Beulah sah sich nicht um, ob ihr Befehl befolgt wurde, aber das riesige Tier entspannte sich wieder. Sie ging noch zwei Schritte weiter und hielt sich dabei ganz gerade, schaute dem Hengst jedoch nicht mehr in die Augen. Endlich, als sie in Reichweite gekommen war, streckte sie die Hand aus, niedrig und flach, wie Melyn es ihr vor vielen Jahren beigebracht hatte, als er ihr ihr erstes Pferd schenkte. Langsam und mit heftigem Schnauben senkte der Hengst den Kopf, bis er an der dargebotenen Hand schnuppern konnte.

Beulah blieb mehrere Minuten stehen und ließ das Tier einfach nur ihren Geruch kennenlernen, während sie ihm zugleich in Gedanken so viel Trost zusprach, wie sie nur aufbringen konnte. Das war anstrengend, viel mehr, als Angst und Verwirrung zu verbreiten. Die ganze Halle war jetzt verstummt, und sie konnte das Gewicht der vielen Blicke spüren, die auf ihr ruhten. So nahmen Sagen ihren Ursprung, das wusste sie jetzt, als ihr aufging, wie sie sicher aussahen. Die dünne bleiche Königin, die die wilde Bestie besiegt. Endlich ließ sie die Hand sinken und trat zurück.

»Führt ihn hinaus. Bringt ihn zu den anderen Pferden.« Als sie das sagte, schickte sie dem Pferd den Vorschlag, mit den Stallburschen zu gehen. Er schnaubte und bäumte sich auf, war aber viel umgänglicher als bei seinem Einzug in die Halle, und er ließ sich nun hinausführen. Als sich die Türen des Auktionsrings schlossen, brach lauter Applaus los und die Leute jubelten ihrer Königin zu.

Auf dem Rückweg zur Burg wirkte Lord Beylin seltsam zerstreut. Er wich Beulahs Blicken aus, und sie hatte das deutliche Gefühl, dass er nicht mit ihr sprechen wollte. Als sie aus seinem Privatboot ausstiegen, trat sie vor ihn.

»Was ist los, Petrus? Missbilligt Ihr meinen Pferdegeschmack?«

»Das ist es nicht, Eure Majestät. Auch wenn ich viele Monate und Jahre voller Ärger sehe, den dieses Pferd Euch bereiten wird.«

»Na und? Ihr seid meinen Blicken seit dem Moment ausgewichen, in dem ich das Tier gekauft habe. Warum?«

Beylin schien über seine Antwort nachzudenken, als sie den kurzen Weg zum Burgtor hochgingen. »Es tut mir leid, Majestät. Es tut mir wirklich leid. Als Ihr heute Morgen zu mir gekommen seid, habe ich Euch belogen.«

»Mich belogen? Weshalb denn?«

»Ich habe behauptet, nicht zu wissen, wohin der Herzog von Aberfenn gegangen war. Und dass ich ihn an diesem Morgen noch nicht gesehen hätte. Er hatte mich darum gebeten. Es war seine Idee, dass ich mit Euch den Viehmarkt besuche. Ich habe dafür gesorgt, dass einige Kaufleute behauptet haben, sie hätten ihn in diese Richtung gehen sehen. Aber ich wollte doch wirklich nicht, dass Ihr ein Pferd kauft.«

»Was ist denn so schlimm daran, dass ich ein Pferd gekauft habe?« Beulah fühlte sich für einen Moment unwohl, als sie die

Burg betraten und aus dem Sonnenschein in den Schatten und dann abermals in die Sonne traten. Etwas stimmte hier nicht, und es gefiel ihr auch nicht, auf diese Weise manipuliert zu werden.

»Ich glaube, Ihr solltet diese Frage Seiner Durchlaucht stellen, Majestät.« Beylin verbeugte sich und zeigte nach links.

Beulah schaute in die Richtung, in die er gezeigt hatte, und sah Clun allein auf dem Burghof stehen. Er trug nun wieder seine Hofkleidung und die Sonne ließ seine blonden Haare leuchten wie einen Glorienschein. Als er sie sah, kam er auf sie zu, und aus den Schatten folgten ihm die zwei schönsten Stuten, die sie jemals gesehen hatte. Sie waren von blassgelber Farbe und schlank und athletisch. Offenkundig zugeritten und zutraulich, und doch hielten sie den Kopf hoch, die Ohren aufmerksam gespitzt, die Augen wach für alles, was um sie herum vor sich ging.

»Herrin, die Heimlichtuerei tut mir leid.« Cluns Gesicht zeigte ein breites Grinsen, wie sie es noch nie an ihm gesehen hatte, und seine Augen funkelten boshaft. »Ich hatte gehört, dass die besten Pferde in ganz Gulad aus dieser Gegend kommen. Und da dachte ich, ich könnte doch zwei für Euch kaufen.«

21

Die meisten Anwendungen der Feinen Künste sind flüchtig, dem Moment zugehörig. Ein Drache kann an den Grymlinien entlangreichen, um sich etwas von einem anderen Ort zu holen oder einem geliebten Wesen einen Gedanken zu senden. Er kann vielleicht ein wenig von der Grym zu sich holen, um die Kälte abzuwehren oder eine kleine Verletzung zu heilen. Kompliziertere Anwendungen können noch anhalten, wenn sie vollendet sind, obwohl das schon schwieriger ist und sie dann zerfallen können, wenn es am wenigsten erwartet oder erwünscht wird.

Fast alles, was ein Drache mithilfe der Feinen Künste bewirkt hat, wird nach seinem Tod anfangen zu zerfallen. Nur ein großer Magis kann auf eine längere Haltbarkeit des von ihm Bewirkten hoffen. Das gilt aber nur dann, wenn die Edelsteine eines Drachen nach dessen Anweisungen zur Ruhe gelegt worden sind. Aus diesem Grunde leben Magi oft getrennt von ihresgleichen und ihre Edelsteine werden nach der Extraktion nicht zu denen ihrer Sippe gelegt.

Es hat schlimme Folgen, wenn die Edelsteine eines Magis aus Drachengeschlecht von ihrer letzten Ruhestätte entfernt werden. Die Anwendungen, für die sie zuständig waren, sind von komplizierter und mächtiger Art, und sie aufzulösen kann zutiefst zerstörerisch wirken.

Corwen teul Maddau: Über die Anwendung der Feinen Künste

Obwohl er einer Schneise folgte, die Benfros Schwanz geschlagen hatte, fand Errol das Vorwärtskommen weiterhin fast unmöglich. Der Schnee war weich und pulverhaft, und oben hatte er eine dünne Kruste, die sein Gewicht meistens trug, ab und zu aber doch einbrach. Manchmal schaffte er es, sich vielleicht hundert Schritte gegen den heulenden Wind vorwärtszukämpfen, aber dann fand er sich ohne Vorwarnung von gefrorenem Weiß umschlossen wieder. Wenn das passierte, verlor er alle Konzentration. Seine mühsam gefundene Verbindung zur Grym brach ab und die bittere Kälte zerbiss ihm Gesicht und Hände. Jedes Mal versuchte er verzweifelt, sich aus dem Loch zurück auf die Schneekruste zu ziehen, über die der Drache gelaufen war.

Er hatte versucht, neben Benfros Spur über den Schnee zu gehen, aber das war noch trügerischer. Und die dünne Luft erschwerte das Atmen, jede kleine Bewegung war so schwer wie der Versuch, auf den höchsten Turm von Emmas Faur zu steigen. Aber er schleppte sich weiter, zog so viel Kraft wie möglich aus der Grym und betete die ganze Zeit, dass Benfros Spuren nicht plötzlich verschwinden würden. Wenn der Drache in die Nacht davonflog, würde es ihm niemals gelingen, ihn zu finden.

Errol begriff Benfros Stimmungsumschwung nicht. Die Rettungsaktion war einfach heldenhaft gewesen, und noch bei der Landung war der Drache um ihn besorgt gewesen. Aber kaum hatte er die Edelsteine gesehen, war er durchgedreht. Oder als er den Edelstein seiner Mutter gesehen hatte? Oder als er ihn berührt hatte? Errol wusste um die Gefahren, die Drachenedelsteine darstellten, aber für einen Drachen konnten die doch nicht so groß sein? Falls nicht die Bindung zu eng war, wie zwischen Mutter und Sohn.

Die Nacht verging, während er über diese Fragen nachgrübelte. Vielleicht, dachte er, versuchte Magog auf diese Weise, seinen Einfluss zurückzugewinnen, jetzt, da sein Edelstein aus

Corwens Höhle entfernt worden ist. Aber wenn das der Fall war, dann musste er Benfro finden, ehe es zu spät war. Er konnte sich nur zu gut daran erinnern, was Corwen gesagt hatte, als Errol die Edelsteine des alten Drachen zum ersten Mal gesehen hatte: *»Du wirst wissen, wenn nichts mehr von Benfro übrig und wenn Magog an seine Stelle getreten ist. Wenn dieser Augenblick gekommen ist, musst du ihn töten.«*

Zitternd, sowohl wegen der Kälte als auch wegen dieser Erinnerung, schleppte sich Errol weiter durch den Schnee und erklomm einen weiteren aus der scheinbar endlosen Serie von sanften Hängen. Am Horizont ließ der erste Rosaschimmer der Dämmerung die Sterne der Nacht verblassen. Wie lange war er schon unterwegs? So lange doch sicher nicht. Aber er war schließlich viel weiter im Norden denn jemals zuvor, und er hatte von dem gefrorenen Meer gelesen, wo die Sonne im Sommer niemals unterging und im Winter niemals zu sehen war.

Die Luft brannte in seiner Kehle, sie quoll aus seinem von den Grym erwärmten Körper in Form von Dampfwolken, die um ihn hängen blieben, als er auf die Anhöhe zutrottete. Er konnte die U-förmige Einsenkung sehen, die Benfro hier vor einigen Stunden hinterlassen hatte. Errol hätte am liebsten aufgegeben, sich im Schnee einen Unterstand gegraben und einfach geschlafen, aber er wusste, dass er dann wahrscheinlich nie wieder aufwachen würde. Also kämpfte er weiter, langsamer und langsamer, immer in der Hoffnung, dass der nächste Kamm der Gipfel sein würde und dass er dann zur Abwechslung bergab gehen könnte. Mühsam setzte er Fuß vor Fuß, jeder Muskel in seinem Leib schrie und protestierte gegen die Anstrengung, und alles, was er tun konnte, war, den Boden vor sich anzustarren und zu hoffen, dass er an irgendeinem Anzeichen erkannte, wann die Schneekruste das nächste Mal nachgeben würde.

Und dann landete sein Fuß tiefer als erwartet. Eine Sekunde

lang erstarrte Errol, dann entspannte er sich und fand sich mit dem unvermeidlichen Sturz ab, erwartete den eisigen Windstoß, den er spüren würde, wenn er den Kontakt zu den Grymlinien verlor und bereitete sich innerlich auf die verzweifelte Anstrengung vor, sich wieder aus dem hüfthohen Pulver zu ziehen. Aber das alles passierte nicht, und ehe er sich von seiner Überraschung erholen konnte, hatte er auch schon zum nächsten Schritt angesetzt, und sein Körper handelte ohne irgendeine Mitwirkung durch seinen Geist. Abermals landete sein Fuß tiefer, als er erwartet hatte, und abermals erstarrte er und rechnete mit dem Sturz durch die Kruste. Diesmal schrammte er sich das Knie auf und ein Schock durchfuhr seinen Körper bis hinauf in seine Kinnlade. Ein Zähneknirschen riss ihn aus seiner Betäubung, und Errol blieb stehen, schaute auf und schnappte nach Luft.

Er stand auf einem schmalen Felssims, wo der Wind den Schnee weggerissen und den nackten Fels darunter bloßgelegt hatte. Vor ihm, im Zwielicht nur schwer zu erkennen, fiel eine Felswand steil ab. Doch in der Dunkelheit registrierte er das nur vage als etwas, worüber er nicht stolpern durfte. Seine gesamte Aufmerksamkeit konzentrierte sich auf den Anblick, der vor ihm lag.

Er blickte nach Osten der aufgehenden Sonne entgegen, die weit in der Ferne den Horizont in oranges Feuer tauchte. Dichter vor ihm senkten sich die Berge zu einer Serie von steilen Rinnen und fielen dann zu Vorhügeln ab, an die sich endlich eine flache Ebene anschloss. Er stand bewegungslos da, achtete nicht auf den kalten Wind, der an ihm riss und seine Hände und sein Gesicht eiskalt werden ließ, während er die Grym total vergaß. In diesem ersten Moment, ehe das ferne Gleißen der Sonne die Dinge Kontur gewinnen ließ, hatte er das Gefühl, ganz Lanwennog vor sich zu sehen. Dann änderte sich das Licht und das Bild wechselte. Es war zwar noch immer atemberaubend, aber in gewisser Weise weniger prachtvoll und zugleich beängstigender.

Das Felssims, auf dem er stand, bog sich nach Norden und Süden und strebte auf beiden Seiten den höheren Bergen zu. Vor ihm fiel die Felswand um mehrere Hundert Schritte steil ab. Hinter ihm schlängelte sich der Weg, den Benfros Fußstapfen gebildet hatte, über funkelnde und glitzernde Schneefelder. Der Pfad endete hier oben auf dieser Felswand.

Errol beugte sich vor und sah zu, wie das Sonnenlicht langsam die Felswand hinunterwanderte und sich Risse und Spalten schwarz vor dem vereisten Fels abzeichneten. Tief unten, vielleicht hundert Schritt von der Stelle entfernt, wo die Schneewehen wie gefrorene Wellen gegen die Felswand schlugen, gab es im Schnee eine tiefe Senke, und dann führte der von Benfro ausgetretene Pfad in einer Serie von sanften Biegungen weiter nach unten. Erschöpft sank Errol auf die Knie. Die Tränen froren auf seinen Wangen, aber das war ihm jetzt egal.

Von dem Drachen war nichts zu sehen.

»Ho, Hauptmann Pelquin! Sei gegrüßt.«

Melyn entspannte sich im Sattel, als er und sein Trupp von Kampfpriestern aus dem Wald auf eine von Kampfpriestern gefüllte Lichtung ritten. Sie hatten viel länger bis zu ihrem Treffpunkt mit der Armee gebraucht, als er erwartet hatte. Er hatte geglaubt, da Corwens Edelsteine sicher in seiner Satteltasche verstaut waren, müsste jeglicher Zauber im Wald, der unvorsichtige Reisende in die Irre leiten könnte, verflogen sein. Aber wenn überhaupt, dann hatte sich die Dichte der Zauber noch verstärkt, fast, als ob der Wald sich gegen ihn wehrte, als ob der tote Drache etwas noch viel Wilderes zurückgehalten hätte.

Der Inquisitor hatte die meiste Zeit in Ätherischer Trance verbracht, hoch über dem Wald, um durch die Magie auf die Bäume und Pfade tief unten hinabzublicken. Da Frecknock ihn in dieser Gestalt immerhin hören konnte, hatte er Osgal Befehle zukommen lassen können, damit seine Leute auf dem richtigen Weg blieben. Aber es war ihm nicht recht, so viel Zeit außerhalb seines Körpers zu verbringen, denn er fürchtete, den Weg zurück nicht finden zu können. Er würde viel glücklicher sein, wenn sie den Wald erst verlassen und den Gebirgspass erreicht hatten.

»Euer Gnaden, wie gut, Euch wiederzusehen. Ich schwöre, wir sind ein Dutzend Mal durch dasselbe Waldstück marschiert, seit Ihr uns verlassen habt.« Hauptmann Pelquin sah so erleichtert aus, wie Melyn sich fühlte. Als er sich im Lager umschaute, konnte er sehen, dass die Moral der Kampfpriester nicht gerade hoch war.

»Daran habe ich keine Zweifel. Diese Wälder sind von Zaubern nur so durchdrungen. So etwas habe ich in meinem ganzen Leben noch nicht gesehen.«

»Habt Ihr den Drachen entdeckt, Euer Gnaden?«

Melyns Stimmung verdüsterte sich. Er hatte versucht, nicht zu sehr an Benfros und Errols Flucht zu denken, sondern sich lieber mit dem Gedanken an die Edelsteine zu trösten.

»Nein, Pelquin, das habe ich nicht. Ich habe auch den Verräter Errol Ramsbottom nicht erwischt, obwohl er dort war. Beide sind in die Berge entkommen. Aber ich glaube, ich weiß, wo sie hinwollen. Wir fangen sie schon noch.«

»Wir sind bereit für den Marschbefehl. Ich glaube, die Männer werden froh sein, aus dem Wald herauszukommen.«

»Das bezweifele ich nicht. Aber ich muss mich erst ausruhen. Wir werden die Nacht hier verbringen und in der ersten Morgendämmerung aufbrechen.«

»Wie Ihr befehlt, Euer Gnaden.« Pelquin salutierte und kehrte ins Lager zurück. Melyn entließ den Rest seines kleinen Trupps, damit sie sich von ihren Kameraden etwas zu essen holen konnten. Seit sie die Lichtung verlassen hatten, hatten sie keine Zeit zur Jagd gehabt. Nur Frecknock war noch da, sie stand ein kleines Stück hinter ihm, wie sie das immer tat. Er drehte sich zu ihr um und fragte sich, seit wann ihm bei ihrem Anblick nicht mehr schlecht wurde.

»Was diesen Pass betrifft. Der ist doch nicht weit von hier?«

»Wenn Euer Gnaden imstande wären, noch einmal die Ätherische Gestalt anzunehmen, dann könnte ich den Weg zeigen. Er ist gut versteckt.«

Melyn seufzte. Er brauchte jetzt wirklich eine Ruhepause, aber es war wichtiger, genau zu wissen, wohin es ging. Seine Armee blindlings in die Hügel zu führen, könnte sie kostbare Tage kosten, und sie hatten schon zu viel Zeit im Wald vergeudet.

»Na gut. Lass mich erst mal zur Ruhe kommen.« Er ging zum nächsten Feuer, setzte sich und lehnte sich an einen Baum. Frecknock folgte ihm und ließ sich neben ihm nieder wie ein unvorstellbar großer und getreuer Hund. Der Feuerschein flackerte und spiegelte sich in ihren Schuppen und ihren Augen. Melyn riss seine Blicke von ihr los, konzentrierte sich und glitt in die Trance.

Die Flammen nahmen diese seltsame Lebendigkeit an, die sie im Ätherischen immer hatten. Überall um ihn herum schienen Bäume und Büsche, Gras und Kräuter immer fester zu werden, verankert in dem Stoff, aus dem Gulad war, während die Gestalten der Kampfpriester schrumpften und dünner wurden und einige schließlich nicht größer als Irrlichter aussahen.

»Bitte, komm mit.« Melyn drehte sein Ätherisches Selbst zu Frecknock um. Sie lag nicht mehr auf dem Boden, sondern stand ein wenig weiter entfernt als vorher. Vor seinen Augen breitete sie Flügel aus, die viel größer waren als ihre echten, und hob sich elegant in die Luft. Zu verblüfft, um wütend zu werden, erhob er sich, um ihr zu folgen. Sie erhoben sich über die Baumwipfel und schauten hinab auf das Lager, den Wald, die endlose Magie, die sich überall und immer wieder zeigte wie ein vielfach in sich verschlungenes Flechtwerk.

»Der Sage nach haben hier zwei große Drachen miteinander gekämpft und so entsetzliche Zauber geworfen, dass Gulad selbst gespalten wurde. Die Magie, die Ihr hier überall seht, ist das Echo dieser lange vergangenen Schlacht. Die Fähigen, die sehen können, so wie Ihr, können hier ihren Weg finden. Einige können die Magie sogar ihrem eigenen Willen anpassen, aber die meisten, die diesen Teil des Frydwalds betreten, sind der hier herrschenden Magie hilflos ausgeliefert.«

»Deine Sagen interessieren mich eigentlich nicht, Frecknock. Es reicht mir zu wissen, dass es hier von starker Magie nur so wimmelt. Mir geht es jetzt nur darum, wie ich damit umgehen soll. Und wie ich hier herauskommen kann.«

»Natürlich, Euer Gnaden. Ich habe die ewigen widersprüchlichen Zauber zwischendurch auch satt. Im Dorf, wo … wo ich gelebt hatte, war die Magie gezähmt, ordentlich. Sie strömte sanft um uns herum und wir konnten sie ignorieren, wie Ihr das Rauschen des Windes im Blattwerk oder das Wasser in einem Bach ignorieren könnt. Aber hier nimmt der Sturm nie ein Ende, der Fluss tritt immer über die Ufer.«

Frecknock flog noch höher und je höher sie flogen, umso schwieriger war es, den Wald zu erkennen. Alles verschwamm zu einer Masse aus wirbelnder Magie, die sich über die versammelte Armee senkte wie ein Mückenschwarm, der vom Licht angezogen wird. Vielleicht fungierte die gesammelte Kraft so vieler Kampfpriester wie ein Magnet, aber von hier oben aus kam es Melyn vor, als sei der Wald lebendig. Und wütend.

»Wohin willst du?« Melyn schüttelte diesen Gedanken ab und gab sich alle Mühe, die noch immer mit dem Ätherischen Wind aufsteigende Frecknock einzuholen.

»Ich muss mich orientieren. Es ist viele Jahre her, dass ich zuletzt hier war, und damals war ich noch ein Drachkitz.«

»Und du hast es damals schon in dieser Gestalt gesehen? Bist du mit der Fähigkeit geschlüpft, durch die Ätherische Sphäre zu wandern?«

»Das nun wirklich nicht, Euer Gnaden. Ich habe viele Jahre studieren müssen, um diese Kunst zu meistern. Aber ich erinnere mich an die Form der Berge. Und ich erinnere mich, dass mein Vater gesagt hat, der Pass sei geschützt. Wenn ich die richtige Stelle finden kann, müsste ich eigentlich den Zauber sehen, der den Eingang verbirgt, und ihn hoffentlich lange genug aufheben können, um uns durchzulassen.

»Na, dann beeil dich. Die Lage hier unten gefällt mir überhaupt nicht.« Melyn blickte in die Masse aus Farben, die das Lager umwirbelten. Er konnte durch diese Farben nur wenig sehen, ab und zu ein Feuer und einige Pferde, die beim Grasen die Köpfe gesenkt hatten. Sein Körper war irgendwo unterhalb dieser vielen Magie, er würde hindurchgehen müssen, um zu ihm zurückzukehren. Und die ganze Zeit strömte immer mehr Magie in die Umgebung.

»Hier entlang, da bin ich mir sicher.« Frecknock ließ sich vorwärts kippen und bewegte ihre Flügel zu einem Abflug, als sei das das Natürlichste auf der Welt. In seiner Überraschung musste Melyn sich beeilen, um mit ihr Schritt zu halten, als sie auf die Bäume nördlich des Lagers zustrebte. Sie legten vielleicht drei Meilen durch ein enges Tal zurück, in dem ein Gebirgsbach dahinfloss. Im Talgrund hatten längst vergangene Naturkatastrophen eine weite Senke ausgehöhlt, und ein runter See befand sich unter einem unüberbrückbaren Felsen, der sich hundert Spannen oder mehr in die Luft erhob. Es war einfach die Art von Sackgasse, die Melyn in den Vorhügeln des Trenn-Gebirges erwartete, in der Umgebung von Emmas Faur wimmelte es nur so davon. Aber Frecknock hielt nicht inne, sie steuerte geradewegs auf die Felswand zu.

Und dann war sie verschwunden.

Melyn schwebte über dem Wasser und sah sich um. Frecknock

war nicht in der Nähe der Felswand gewesen, war aber auf dem Weg dorthin auch nicht abgebogen. Sie war ganz einfach verschwunden. Langsam bewegte er sich weiter vorwärts und sah dabei, dass die Oberfläche des Sees spiegelglatt und schwarz war. Dann hielt ihn etwas zurück. Es war, als wäre er gegen eine unsichtbare Wand gelaufen. Er konnte nichts spüren, nichts sehen, aber was er auch versuchte, er gelangte nicht näher an die Felswand heran. Er wandte sich ab und ließ sich zurück zu der Stelle tragen, wo der Bach aus dem See floss. Das war leicht, und es war auch leicht, hin und her und auf und ab zu schweben. Aber wenn er vorwärts wollte, hielt ihn immer wieder diese unnachgiebige und unbekannte Barriere auf.

»Ich dachte, Ihr wärt mir gefolgt.« Melyn schaute zur Seite und sah Frecknock, die wieder in der Luft schwebte. Sie schlug langsam mit den Flügeln, es war ganz anders als die hektischen Bewegungen von Hummeln und anderen Insekten, und er hatte den Eindruck, dass sie damit vor allem Eindruck schinden wollte. Eine Ätherische Gestalt war in ihren Handlungen nur von der Fantasie und dem Geschick des Wesens begrenzt, das diese Gestalt herbeigerufen hatte, das hatte er jedenfalls vor vielen Jahren von seinem Vorgänger Inquisitor Hardy gelernt. Aber wenn Frecknock hier prahlte, warum tat sie das? Und für wen? Doch wohl nicht für ihn.

»Wo warst du?«, fragte er.

»Ich bin durch die Schranken ins nächste Tal geflogen.« Frecknocks Antwort klang selbstverständlich, als ob sie von der Frage überrascht wäre.

»Was für Schranken? Ich kann hier nichts sehen.« Melyn strengte seine Augen an und durchsuchte die Luft nach jeglichem Hinweis auf magische Vorkehrungen. Er konnte nichts sehen, auch wenn er wusste, dass etwas hier sein musste, das ihn aufhielt.

»Hier, nehmt meine Hand.« Frecknock kam eilig auf ihn zugeflogen, streckte ihre große Hand aus und hatte die Krallen eingezogen. Ihre Berührung war warm, ihre Haut weicher, als das ledrige Aussehen es vermuten ließ. Sowie sie ihn gefasst hatte, stieß sie sich mit einem energischen Flügelschlag vorwärts.

Melyn spürte, wie er zusammen mit ihr auf die unsichtbare Schranke zugezogen wurde, und dann fing die Schranke an, zu verschwinden. Melyn sah zu, wie mehr und mehr von der magischen Schranke verschwand, bis er abermals das seltsame Gefühl hatte, aufgehalten zu werden, diesmal war es jedoch ein kleines bisschen anders, sanfter. Die unsichtbare Schranke gab langsam nach, und während ein Prickeln seinen ganzen ätherischen Körper durchlief, wurde er auf die andere Seite gezogen.

Das Tal ging weiter und zog sich jetzt langsam zu einem Punkt zwischen den beiden Gipfeln empor, die den Horizont ausmachten. Jetzt gab es keine Felswand, nur einen See an einer verschlickten Stelle, wo der Fluss sich in einem engen Teil des Tales staute. Melyn hielt Ausschau nach irgendwelchen Anzeichen für die Magie, die diese Illusion hervorrief, aber nicht einmal in der Ätherischen Sphäre konnte er auch nur Spuren davon erkennen.

»Wieso kannst du das sehen und ich nicht?«

»Der Pass soll ja für Menschen unsichtbar sein, nicht für Drachen.« Frecknocks Miene war selbstzufrieden und stolz zugleich, und Melyn konnte ihr ansehen, dass es sie ehrlich freute, ihm das hier zeigen zu können, als ob das das Vertrauen rechtfertigte, das er in sie gesetzt hatte, als er sie nicht zusammen mit dem Rest ihrer Großfamilie getötet hatte. Er musste an junge Novizen denken, die ihre ersten Zauber erlernt haben und ihre Kunst nun schüchtern ihren Quästoren vorführen. Dass sie sich mit ganzem Herzen in seinen Dienst begeben hatte, faszinierte ihn. Er an ihrer Stelle würde unaufhörlich nach Möglichkeiten suchen, seinen Gefangenenwärtern eins auszuwischen, aber sie gab sich Mühe, sich so nützlich zu machen wie möglich. Er würde seine Geheimnisse niemals preisgeben, aber sie schien ihm und seinen Kampfpriestern nur zu gern Zauber beizubringen, die kein Mensch je gekannt hatte.

Melyn hatte Drachen sein Leben lang für niedrige Kreaturen gehalten, die gerade noch genug Intelligenz besaßen, um mit Menschen zu kommunizieren und über eine angeborene Fähigkeit verfügten, die Grym zu manipulieren. Er wusste, dass sie zerstörerisch waren und lieber stahlen als zu arbeiten, um sich das zu verschaffen, was sie haben wollten. Diese Ansicht hatte sich auch kaum geändert, aber er fing nun an, etwas anderes zu erfassen: Drachen waren nicht nur wie Menschen ohne moralische Skrupel oder wie Kinder mit der Macht von Halbgottheiten. Drachen waren einfach ganz andere Wesen, mit ihrer eigenen seltsamen Weltsicht, die seiner eigenen vollständig widersprach. Es war ein Wunder, dass Menschen und Drachen jemals friedlich koexistiert hatten, sie waren einfach zu verschieden.

Er wollte Frecknock gerade fragen, wie es ihm gelingen könnte, die Magie zu sehen, die ihn zurückhielt, aber ehe er diese Wörter bilden konnte, schoss ein furchtbarer Schmerz durch seinen Kopf. Er hatte das Gefühl, dass sein Geist aus seinem Körper gerissen würde, als hätte jemand seinen Schädel aufgebrochen und zerrte große Stücke von seinem Gehirn heraus. Alles wurde schwarz, und wenn er nicht noch immer Frecknocks Hand gehalten hätte, wäre er vollständig verloren gewesen.

»Inquisitor? Euer Gnaden?« Ihre Stimme stabilisierte ihn, obwohl der Schmerz noch immer in Übelkeit erregenden Wellen kam.

»Muss zurück.« Melyn zwang die beiden Wörter durch zusammengebissene Zähne aus sich heraus, obwohl sein Körper in der Ätherischen Sphäre physisch ja gar nicht vorhanden war. Dort gab es nur den Kontaktpunkt zwischen ihm und der Drachin.

Er hätte darüber nachgedacht, wenn er nicht darum gekämpft

hätte, seine Existenz überhaupt zu behalten. Frecknock sah ihn mit einem seltsamen Blick an, dann zog sie ihn zurück in die Richtung, aus der sie gekommen waren. Das Gefühl, die Schranke zu passieren, war jetzt eine Qual, und dazu kam das Gefühl, zerrissen zu werden. Das dauerte wenigstens nicht lange. Sowie die Schranke hinter ihnen lag, wurde Frecknock schneller und flog viel rascher, als irgendwelche Flügel das ermöglicht hätten, zurück durch das Tal und in den Wald, wo die Armee ihr Lager aufgeschlagen hatte.

Das Lager war nicht schwer zu finden. Magie ballte sich darüber zusammen wie eine Gewitterwolke aus sich beißenden Farben. Sie zuckte und pulsierte und türmte sich immer höher auf, als ob das, was auch immer sie lenkte, die Kampfpriester platt quetschen wollte. Als sie näherkamen, immer schneller, fragte sich Melyn, ob er es schaffen würde, sich einen Weg durch die Wolke und zurück in seinen Körper frei zu kämpfen. Auf irgendeine Weise wusste er, dass diese Konzentration des Zaubers ihm solche Qualen bereitet hatte. Aber was hatte diese Zauber hierher geschafft?

»Festhalten.« Frecknocks Stimme klang weit weg, verloren in einem tosenden Wind, der auf Melyns Sinne einhämmerte. Er konnte nur die wirbelnden Farben der Magie um sich herum sehen, die wie Hagelkörner auf ihn einschlugen und schrien wie gefolterte Säuglinge. Es fiel ihm schwer, zu denken oder sich auch nur zu erinnern, wer er war. Es gab nur diesen einen Kontaktpunkt, diese eine warme Hand, die seine eigene umschloss.

»Ganz ruhig, Euer Gnaden. Wir sind wieder da.« Die Stimme war diesmal anders, näher, klarer, und er hörte sie mit seinen Ohren und nicht mit seinem Geist. Der Tumult legte sich, wie die langsame Rückkehr des normalen Gehörs nach einem betäubenden Donnerschlag. Melyn merkte, dass er die Augen fest zusammengepresst hatte. Er öffnete sie und sah Flammen, die flackerten, als sie Holzscheite in Asche verwandelten. Er atmete langsam auf und spürte zum ersten Mal, seit er in diese Trance eingetreten war, dass er atmete. Und dann drehte er sich langsam zu der neben ihm liegenden Drachin um.

Sie schaute ihm ins Gesicht und in ihren großen Augen lag Besorgnis. Und noch immer hielt sie in einer großen ledrigen Faust seine kleine zerbrechliche Hand.

»Bitte, vergebt mir.« Sie ließ los, als er seine Hand zurückriss, aber er brachte es nicht übers Herz, sie zu bestrafen. Und als er sich nun erholte, bemerkte er auch die Aktivitäten, die sich um ihn herum abspielten. Er konnte Pferde wiehern hören, und ihre Unruhe war im abendlichen Zwielicht deutlich zu bemerkten. Die Luft fühlte sich klebrig und elektrisch an, als ob sich ein Sturm zusammenbraute, und als Melyn aufblickte, sah er über sich eine große dunkle, Unheil verkündende Wolke. Doch über dem Horizont war der Himmel klar.

»Wie weit ist dieser Pass entfernt?« Melyn kam auf die Beine und schwankte dabei ein wenig, als sein Gleichgewichtssinn wieder einsetzte. Frecknock erhob sich ebenfalls und schüttelte ihre jämmerlichen Flügel auf eine Weise, die ihre Ätherische Gestalt noch alberner wirken ließ.

»An die vier Meilen, würde ich sagen.«

»Und du kannst uns hinführen?«

»Natürlich.«

»Und wenn wir diesen Wald verlassen und in die Hügel aufsteigen, werden wir dann von dieser verfluchten Magie befreit sein?«

»Ich glaube schon.«

»Gut. Dann mach dich bereit. Ich habe das scheußliche Gefühl, dass wir etwas gestört haben.«

Frecknock stand gelassen mitten im Tumult im Lager. Melyn konnte brüllende Stimmen hören, er sah Kampfpriester zu ihren Pferden rennen, die sich losgerissen hatten. Panik jagte durch das Lager wie ein Bienenschwarm.

»Ihr habt Corwens Edelsteine aus ihrer Ruhestätte geholt. Seine Kraft war das Einzige, was diesen Wald bändigen konnte.«

Errol wanderte an der Felskante entlang und suchte einen Weg hinab nach Lanwennog, während über dem fernen Tiefland langsam die Sonne aufging. Der Weg nach Süden hatte vielversprechend ausgesehen, aber nur, weil die klare Luft und das helle Licht alles kleiner und näher erschienen ließen, als es in Wirklichkeit war. Nachdem Errol eine Stunde energisch ausgeschritten war, hatten ihn neue riesige Felsen zur Umkehr gezwungen.

Die nach Norden führenden Felsen waren nicht viel besser. Schroff zogen sie sich zum Gipfel empor, so steil, dass er den Kopf weit in den Nacken legen musste, wenn er hinaufschauen wollte. Die Felswand schien immer höher aufzuragen, und vom Gipfel aus ging es so steil nach unten, als ob der Berg mit einem Schlag einer gewaltigen Klinge abgehackt worden sei.

Errols Magen knurrte, denn seit sie vor, wie es schien, einem ganzen Leben Corwens Höhle verlassen hatten, hatte er nur geschmolzenen Schnee zu sich genommen. Ob das einen oder zwei Tage her war, wusste er nicht, aber es war lange genug, dass er sich schwach fühlte. Dass die Luft hier oben so dünn war, machte die Sache nicht besser. Immerhin taten seine Knöchel jetzt nur weh und fühlten sich nicht an, als ob sie jeden Moment abbrechen könnten.

Der Wind zerzauste seine Haare, während er in die Ferne starrte und sich die Beine rieb. Mit einem einzigen Gedanken suchte er nach den nächsten Linien und zog die Wärme der Grym zu sich. Diese konnte ihn für eine Weile aufrecht erhalten, aber früher oder später würde er etwas von dem Proviant brauchen, den sie eingepackt hatten, von dem Proviant, der jetzt in einer über Benfros Schultern geworfenen Tasche bergab verschwand.

Errol hörte auf, sich die Knöchel zu reiben, und steckte die

Hände in die Tasche, auf der Suche nach etwas, das er kauen könnte. Sogar ein Grashalm oder ein Stückchen Holz hätten ihn zumindest für kurze Zeit von dem Wüten in seinem Gedärm abgelenkt. Aber er fand nur ein Stück Stoff, das ihm als Taschentuch diente. Ohne nachzudenken zog er es hervor, um sich den vereisten Rotz unter der Nase wegzureiben, wo sein Atem an seiner Haut angefroren war. Ein winziger roter Edelstein fiel auf den eisigen Boden und kullerte auf den Felsrand zu.

Errol sprang hinterher und konnte das Kleinod gerade noch packen, ehe es verschwand. Für einen ganz kurzen Moment spürte er etwas Riesiges und Uraltes und Unaufhaltsames, das nach ihm griff, und er riss die Hand zurück und ließ den Edelstein fallen wie eine glühende Kohle. Die Angst trieb ihm Schweißtropfen auf die Stirn, er hätte Magogs Edelstein fast verloren. Schlimmer noch: Beinahe wäre er unter Magogs Einfluss geraten. Noch immer spürte er ein Echo dieser gewaltigen Nähe, die stets auf der Suche war, stets tastete. Er faltete das Stoffstück sorgfältig mehrere Male zusammen, bis es so dick war wie ein Reiseumhang, hob damit den Edelstein auf, umwickelte ihn sorgfältig und steckte ihn wieder in die Tasche.

Dann erinnerte er sich an Corwens Höhle: wie er vor Melyn geflohen war, indem er über die Linien zurück zu Benfro gelaufen war, und wie er den Weg dorthin gefunden hatte, indem er der Verbindung zwischen dem jungen Drachen und dem Edelstein gefolgt war, der jetzt in seiner Tasche lag. Corwen hatte ihm allerdings geholfen, hatte ihn sogar gestoßen. Und wenn er sonst über die Linien gegangen war, seit Melyn seine Gedanken manipuliert hatte, war das immer mehr oder weniger aus Zufall geschehen. Aber vorher hatte er es selbst herbeiführen können. Nachdem Martha ihm gezeigt hatte, wie es ging. Wenn ihm das damals gelungen war, müsste er es doch wieder können – ganz aus eigener Kraft.

Errol suchte die Felskante nach den Linien ab und sah sie wie ein bleiches Gewebe vor der Mittagssonne. Sie waren dünn, weit über das karge Land gespannt, als ob sie hier kein Leben zur Nahrung fänden. Und hier gab es ja auch nichts, was mit der Lebenskraft vergleichbar gewesen wäre, die sich durch das Tal von Pullpeiran zum Zackensprung hinzog. Aber kam es auf die Größe an? Das wusste er nicht.

Er änderte seine Sichtweise so, dass er seine Aura sehen konnte, und suchte nach der dünnen rosa Schnur, die Benfro mit dem Edelstein verband. Sie müsste doch bei seiner Tasche auftauchen, und da war sie auch schon, schlängelte sich davon und zerteilte sich, als sie sich vielen unterschiedlichen Linien zugleich anschloss. Vielleicht würde er allen folgen müssen. Oder vielleicht beeinflusste der Edelstein nicht nur Benfro. Vielleicht gab es noch andere, denen langsam alles Leben ausgesaugt wurde. Vielleicht gab es nicht nur einen Edelstein und sie redeten miteinander.

Errol schüttelte den Kopf, um sich von seinen endlosen Fragen zu befreien. Er musste ruhiger werden, konzentrierter. Er schloss die Augen und versuchte noch einmal, sich dieses Bild vorzustellen. Es tauchte so lebhaft vor ihm auf, als ob er es direkt ansähe, vielleicht sogar noch lebhafter. Und jetzt schwollen die Linien an, und die, zu denen die rosa Schnur hinführte, wurden bei der Berührung ebenfalls rosa. Errol baute sich ein Bild von Benfro auf, von seiner Gestalt, seinem Gang, seiner Stimme, seinem Geruch und von der Art, wie er beim Denken stillsaß. Errol überließ sich seiner Erinnerung an den Drachen und fing an, sich einen Weg an den Linien entlang zu denken, er versuchte, ihn zwischen den zahllosen dort vorhandenen Möglichkeiten zu spüren, und immer hatte er im Hinterkopf das Gefühl dieser überwältigend starken Nähe.

In Gedanken sah er auch Bilder, die keinen Sinn ergaben und die zu schnell verflogen, um sich festzusetzen. Einige waren nah, andere fern, einiges passierte jetzt, anderes war lange her. Was er sah, hörte und roch vermischte sich zu einem gewaltigen Wirrwarr aus Empfindungen, während er nach der tief im Heuhaufen verborgenen Nadel suchte. Benfro war dort irgendwo, das wusste er. Er musste ihn nur finden.

Und dann verspürte er eine seltsame Melancholie, die vertraut und fremd zugleich war. Es war wie ein lange vergessenes Schlaflied, das Erinnerungen an die früheste Kindheit zurückbringt. Es war traurig und es war wütend, es war zerstückelt und unvollständig. Es war nicht Benfro, sondern Morgum – einsam, verwirrt, trotzig. Errol erinnerte sich an die Erinnerungen, die er berührt hatte, als er ihren letzten Edelstein aus Corwens Höhle geholt hatte, die seltsamen Bilder von Prinzessin Leyns Tod und dem kleinen Jungen, der sich an den Schlüpfling schmiedete. Sie hatte den kleinen Jungen genommen und war mit ihm über die Linien gegangen, hatte ihn in Pflege gegeben. War er dieses Kind? Hatte er so die Kraft der Grym kennengelernt?

Etwas änderte sich in Errols Gedanken. Er musste es wissen, er musste fragen. Er musste dichter an diese zerbrochene Erinnerung herangelangen. In seinem Kopf drehte sich alles, und er hatte das Gefühl, in alle Richtungen gezerrt zu werden, aber er klammerte sich an das eine schlichte Gefühl des Bedürfnisses, während ganz Gulad an ihm vorbeijagte. Und dann füllte sich sein Kopf mit Watte. Der Wind hörte auf, an seinen Ohren vorbeizupfeifen, und stattdessen hörte er nur das Brausen des Blutes in seinen Adern. Alles außerhalb seiner selbst wurde ausgesperrt, als ob er sich eine Decke über den Kopf gezogen hätte. Er holte Luft und spürte, wie seine Lunge sich mit einer reichen Luft füllte, die er fast schon vergessen hatte. Der Boden unter ihm fühlte sich anders an, weicher, die Feuchtigkeit des schmelzenden Schnees sickerte durch seine Hose.

Errol öffnete die Augen und starrte die verschneite Gestalt Benfros an.

22

Die Große Flamme ist etwas ganz anderes als die normale Flamme, auf der wir unsere Abendmahlzeit kochen und die unsere Kerzen entzündet. Wenn sie den just Verstorbenen zugeführt wird, extrahiert die Große Flamme die Edelsteine eines Drachen und bereitet seine Gedanken und Erinnerungen für alle Ewigkeit vor, aber sie wird das Bett oder den Tisch, worauf der Drache aufgebahrt ist, nicht verzehren. Wird die Große Flamme Verletzten zugeführt, kann sie heilen und Stärke zurückbringen. Wenn sie einem Feind zugeführt wird, kann sie eine Brandwunde verursachen, die wenn überhaupt, nur langsam heilt und dabei stetigen Schmerz hervorruft. Die Große Flamme wird nur das verzehren, was der Drache, der es hervorgebracht hat, verzehrt zu sehen wünscht.

Nur wenige Drachen können die Große Flamme hervorrufen, die meisten jedoch können, wenn sie bedrängt werden, Feuer speien. Dieses Feuerspeien gilt als vulgär und unhöflich, ein Rückfall in barbarische Zeiten. Leider bedeutet diese engstirnige Sicht, dass diejenigen, die mit der Fähigkeit gesegnet sind, die Große Flamme auszuatmen, auch diese Fähigkeit lieber unterdrücken.

Maddau die Weise:
»Der gute Benimm«

Melyn sah mit einer Mischung aus Stolz und Besorgnis zu. Er war stolz auf die Gelassenheit seiner Kampfpriester, auf ihre Tatkraft, mit der sie das Lager abbrachen und versuchten, die Pferde zu beruhigen. Der magische Sturm, der über sie hereingebrochen war, hätte jedem anderen das Blut gefrieren lassen, aber diese Männer gingen mit rascher Entschlossenheit und Blick fürs Detail an ihr Werk. Sie waren natürlich dazu ausgebildet, die Besten zu sein, niemand, der unter Druck zusammenbrach, konnte hoffen, den begehrten Rang des Kampfpriesters zu erlangen. Aber die langen Wochen im Wald, die nun in diesem magischen Angriff gipfelten, waren so weit von allem entfernt, womit sie hatten rechnen können.

Der Inquisitor war beunruhigt über die pure Kraft, die sich gegen sie zusammenballte. Trotz der Jahre des Trainings waren seine Männer der brutalen Magie, die die Luft zum Kochen brachte, nicht gewachsen. Melyn war ihnen auch nicht gewachsen, und das machte ihn vielleicht noch unsicherer als alles andere. Er war nicht sicher, ob er Frecknocks Versicherung glaubte, dass der Wald die Edelsteine haben wollte, die er aus der versteckten Höhle genommen hatte. Vermutlich wurden die in diesem Teil des Waldes zerfallenden uralten Zauber zu der mächtigsten magischen Quelle in ihrer Umgebung gezogen. Und das könnten die Edelsteine sein, aber vermutlich lag es eher an der geballten Kraft von fünfhundert Kampfpriestern, die die Grym anzapften, um sich ein bisschen zusätzliche Energie zu holen, damit sie Licht auf dem Weg zur Latrine hätten, und die lieber eine Flamme herbeiriefen, als einen Feuerstein zu benutzen.

»Hauptmann, sag den Männern Bescheid. Keiner darf irgendeine Magie benutzen, ehe ich es gestatte.« Osgal nickte, obwohl Melyn bezweifelte, dass er den tieferen Sinn dieses Befehls verstanden hatte. Osgal brüllte die nächststehenden Kampfpriester an und alle rannten los, um den Befehl weiterzugeben.

»Dazu ist es zu spät, Euer Gnaden. Wir müssen diesen Ort jetzt verlassen.« Frecknock stand etwas abseits und versuchte, den herumwimmelnden Kampfpriestern auszuweichen. Sie schaute immer wieder zum Himmel empor und rang die Hände. Melyn konnte ihre Besorgnis fast schmecken.

»Kannst du uns in das Tal führen?«

»Ja, aber wir müssen uns beeilen.«

»Dann geh vor.« Melyn schwang sich in den Sattel und blickte über das eilig abgebrochene Lager zu seinen Männern hin. Die meisten saßen schon auf ihren Pferden und hatten die Packtiere hinter sich angeleint. Die wenigen, die noch ihre Satteltaschen und Zelte aufluden, würden sie später einholen müssen.

»Wir folgen dem Drachen!«, brüllte er dem in der Nähe wartenden Osgal zu. Als der Befehl von Mann zu Mann weitergegeben wurde, drehte Melyn sein Pferd in die Richtung, in die er und Frecknock vorhin geflogen waren.

»Euer Gnaden, dort lang.« Frecknock zeigte auf die andere Seite der Lichtung, bergab und scheinbar zurück in den tiefen Wald. Melyn spürte, wie Wut in ihm aufstieg, aber etwas an der Stimme der Drachin und ihre Haltung überhaupt hielten ihn zurück. Sie hatte Angst vor ihm, das wusste und erwartete er. Aber sie hatte noch größere Angst vor dem heraufziehenden magischen Sturm. Er konnte keine Zeit auf eine Ätherische Trance verwenden, deshalb musste er sich auf Frecknocks Fähigkeit verlassen, an den Wirrungen und Zaubern vorbeizuschauen, die alles anders aussehen ließen. Als er sie anstarrte, hin- und hergerissen zwischen seinem Hass auf alle Drachen und der Notwendigkeit, diesem einen Drachen zu vertrauen, hallte über den Bäumen ein dumpfes Donnergrollen. Der Wind wurde von einer Minute zur anderen stärker und riss an den Blättern, als ob ein heftiger Regenguss auf dem Weg sei. Melyns Entschluss war gefasst. Er drehte sein Pferd um und nickte Frecknock zu, die Führung zu übernehmen.

Sie lief los, eine unschöne Bewegungsart, die sie dennoch mit überraschender Schnelligkeit weiterbrachte. Melyn rief seinen Männern zu, sie sollten ihm folgen, dann trieb er sein Pferd zu einem raschen Trab und dann zum Galopp an, um Frecknock einzuholen.

Es war eine unwirkliche Reise. Er wusste, dass Tal und See nur einige Meilen entfernt waren und dass ihr Weg sie immer aufwärts in die Berge hätte führen müssen. Doch das bisschen, was er unter den düsteren Wolken sehen konnte, zeigte ihm, dass es in die genau entgegengesetzte Richtung ging. Der Pfad schien sich dermaßen zu verengen, dass nur noch ein oder zwei Pferde nebeneinander Platz hatten, aber Frecknock wurde nicht langsamer und schaute sich nicht einmal um, um sich davon zu überzeugen, dass sie ihr folgten. Durch einen Blick über seine Schulter konnte Melyn eine riesige Staubwolke sehen, wie man sie von fünfhundert Reitern und tausend Pferden erwartet hätte. Sogar Osgal, der doch in seiner nächsten Nähe sein müsste, war nur verschwommen zu erkennen.

Sie waren ganz und gar von Magie umgeben, und die Magie hüllte sie in einen Nebel, der knisterte und in seltsamen Farben leuchtete. Gestalten tauchten auf und verschwanden wieder, die Schatten riesiger kämpfender Tiere. Die Pferde galoppierten jetzt, sie zerrten an den Zügeln und ihre Ohren waren flach an den Kopf gelegt. Vor sich konnte Melyn Frecknock rennen sehen. Sie streckte die Hände aus, und er bildete sich ein, ihre Stimme im Wind hören zu können, wie sie seltsame Wörter sagte, bei denen es ihm eiskalt den Rücken hinunterlief.

Etwas schimmerte in der Luft und der Rhythmus der Pferdehufe änderte sich. Als er nach unten blickte, wäre Melyn fast aus dem Sattel gefallen. Er ritt über den glasglatten See, und jeder Schritt ließ einen kleinen Gischtschwall aufstieben, der viel länger in der Luft hing, als normal gewesen wäre. Vor ihm war Frecknock jetzt stehen geblieben und wartete am Seeufer, während über ihr der riesige Felsen aufragte wie ein gewaltiger Schlund voller Zähne. Er ließ sein Pferd halten und schickte dessen verängstigtem, schlichtem Gemüt beruhigende Gedanken, aber sein Kopf füllte sich mit der Drachenstimme.

»Nicht anhalten. Weiterreiten. Ich halte es offen, bis alle durch sind.«

Melyn hatte keine Zeit, sich das zu überlegen. Er hatte bereits das Ufer erreicht, und sein Pferd schien nicht langsamer werden zu wollen, obwohl der Felsen vor ihm aufragte. Er spannte sich an und rechtete damit, dass das Tier im letzten Moment nach links oder rechts ausweichen würde, aber es lief geradeaus weiter. Eine Sekunde lang verspürte er echte Angst, er war zu dicht am Felsen, er ritt zu schnell darauf zu, und nur ein tödlicher Zusammenstoß konnte die Folge sein. Er presste die Oberschenkel um den Pferderücken, ließ die Hände auf den Pferdehals sinken und versuchte, sich auf die Wucht des Aufpralls vorzubereiten. Seine Knie zitterten, als das Pferd stolperte und seine Geschwindigkeit auf einem anders beschaffenen Boden korrigierte. Und dann änderte sich alles.

Der Tag wurde hell, die Sonne schien von einem wolkenlosen Himmel. Die Luft war kühler und eine sanfte Brise zupfte an seinen Haaren. Melyns Pferd schien sich zu beruhigen und wurde gehorsam langsamer, als er an den Zügeln zog. Er schaute sich um und sah, dass er sich in einem weiten Tal mit steilen Berghängen befand. Vor ihm erhoben sich die Berge – viel näher, als er erwartet hatte. Ihre Gipfel waren auch jetzt im Sommer verschneit. Er ließ die Zügel los, und das Pferd senkte sofort den Kopf zu dem saftigen Gras, das den Talboden bedeckte.

Melyn blickte zurück und sah eine Nebelbank, die sich von einer Seite des Tales zur anderen hinzog. Das erinnerte ihn an den Dunst, der vom Meer hereinkam und Aberfenn endlose Tage lang einhüllen konnte. Und er fragte sich gerade, wie nahe Beulah und Clun dieser Stadt wohl waren, als er einen Reiter aus dem Nebel herausreiten sah, gefolgt von einem weiteren und noch einem. Bald tauchten Dutzende von Kampfpriestern auf, füllten das Tal. Sie alle trugen denselben verdutzten Ausdruck in ihren bleichen Gesichtern. Der Inquisitor musterte seine Männer, suchte Osgal und fand ihn dann endlich.

»Reite mit den Männern weiter durch das Tal. Ich muss wissen, wie viele durchgekommen sind«, befahl er.

Osgal nickte schweigend.

Melyn glaubte nicht, den Mann jemals dermaßen verängstigt gesehen zu haben. Das erinnerte ihn an den Jungen, der Osgal einst gewesen war. »Ich kümmere mich um die anderen«, fügte Melyn hinzu. »Schaff nur alle so weit wie möglich fort von dieser … Schranke.« Er gab seinem Pferd die Sporen und ritt langsam auf die Nebelbank zu, während einige weitere Kampfpriester herausgestolpert kamen. Einige waren zu Fuß, einige Pferde hatten keinen Reiter. Als er sich umsah, konnte er nur schätzen, wie viele es sein mochten, aber es sah nicht aus, als ob alle fünfhundert es geschafft hatten.

Aus der Nähe sah der Nebel eher aus wie eine Mauer aus Eis, vom Wind geformt und gemeißelt. Sie bewegte sich nicht wie Nebel, stattdessen pulsierten schwache Farben hindurch, als ob dort eine furchtbare Schlacht ausgefochten würde.

Melyns Pferd wieherte und warf den Kopf hin und her, als er der Nebelbank näher kam, während sein Ersatzpferd, das mit einem langen Seil an seinem Sattel befestigt war, sich aufbäumte und am Seil zerrte. Melyn ließ beide Pferde anhalten, stieg ab und ging zu Fuß weiter.

Die weiße Mauer fühlte sich heiß an, obwohl sie keine Hitze ausstrahlte. Er versuchte, seine Hand hindurchzuschieben, aber sie war solide wie Felsen. Melyn öffnete seine Gedanken und versuchte, die Gedanken von allen zu erfassen, die sich auf der anderen Seite befanden. Ein Sperrfeuer aus Terror, mächtiger als alles, was er jemals selbst heraufbeschworen hatte, fegte durch ihn hindurch und ließ seine Knie schwach werden ließ. eilig schloss er seinen Geist wieder.

Dann bebte die Mauer und ein Kampfpriester kippte heraus und knallte auf den Boden. Melyn lief zu ihm und drehte ihn um. Der Mann war schlaff wie eine Stoffpuppe, seine Knochen waren gebrochen oder einfach verschwunden. Blut sickerte aus seinen Augen und seiner Nase, und seine Haut war so rot, als ob er in kochendes Wasser geworfen worden wäre. Er war tot.

Mit einer Verwünschung legte Melyn abermals die Hand an die Mauer und achtete nicht auf den Schmerz, als seine Handfläche verbrannt wurde. Er öffnete wieder seine Gedanken, schob sich an der Angst vorbei, die um ihn herum pulsierte, suchte nach einem Gedanken, irgendeinem Gedanken, der ihm eine Vorstellung davon geben könnte, was auf der anderen Seite vor sich ging. Dort gab es nur Getöse, Geschrei, Schmerz und Verwirrung, als seine Männer der furchtbaren Kraft erlagen, die sie dort zerfetzte. Und dann spürte er es, einen Geist, der anders war als die anderen. Dieser Geist war verängstigt, aber ruhig, und er arbeitete an einem Schutzzauber, von dem Melyn nicht das Geringste begriff.

»Frecknock?« Melyn schickte diese Frage als Gedanken. Die Drachin gab keine Antwort, aber kaum hatte er ihren Namen genannt, da war es schon, als blicke er durch ihre Augen.

Es war der See, der von diesem weiten Felsbogen umgeben war und auf dessen anderen Ufer Bäume standen. Das jedoch, was bisher eine spiegelglatte Oberfläche gewesen war, brodelte jetzt wie ein Kessel und riesige Blasen platzten und ließen Rauch in die Luft entweichen. Einige wenige Männer und Pferde tauchten im Wasser auf, die meisten bewegungslos, einige wanden sich vor Qual. Am Ufer setzte sich ein Dutzend Kampfpriester gegen unsichtbare Feinde zur Wehr, die mit unsichtbaren Krallen an ihnen rissen, und mochten die Feinde auch unsichtbar sein, die blutigen Schrammen waren sichtbar genug.

Der Sturm, der den Himmel mit unsichtbaren Farben füllte, wurde noch wütender, und damit wuchs auch der Schmerz in Melyns Handgelenk. Aber er ließ seine Hand an der Mauer liegen, war nicht bereit, seine Männer aufzugeben. Bei diesem Gedanken änderte sich sein Blickfeld. Drachenhände griffen nach dem nächststehenden Kampfpriester, hoben ihn hoch und warfen ihn auf die Schranke zu. Melyns Kontakt riss für einen Moment ab, als der Mann angeflogen kam und mit einem lauten Grunzen im Gras landete. Zwei weitere trafen ein, dann noch zwei, jeder weiter weg, da Frecknock am Ufer entlanglief. Melyn streckte seine Gedanken aus und versuchte, seinen Kontakt zu ihr zu erneuern, aber sie war für ihn verschlossen. Als er sich größere Mühe gab, sah er etwas Ähnliches wie seine Ätherische Sicht der Umgebung, nur war das hier zweifellos eine höllische Version, ein Ort tief im Bau des Wolfes.

Tote Männer und Pferde kochten im See wie Fleisch in einem Topf. Die Bäume auf dem anderen Ufer brannten und warfen ein flackerndes Rot über die Felsen. Die Luft war mit Magie aufgeladen, zahllose Zauber prallten aneinander ab, vermischten sich, brachen auseinander, mächtiger, als sie mit Fug und Recht hätten sein dürfen. Und Frecknock, an die Felswand gepresst, versuchte alles, um dem letzten lebenden Kampfpriester zu helfen.

Der See wogte auf und näherte sich dem Felsenrand, als der Drachen den Mann endlich durch die Sperre in die Sicherheit dahinter stoßen konnte. Melyn sah zu, wie sie abglitt, mühsam auf die Beine kam und mit einer ausgestreckten Hand auf die Felsen zuwankte. Bei ihrer Berührung wurde die Felswand weich und schimmerte, dann wurde sie unter Frecknocks Druck wieder hart. Das kochende Wasser erreichte ihren Schwanz, während sie mit der Faust gegen den Felsen hämmerte und sich dann mit einem Winseln zurückzog. Sie presste sich noch fester an die Wand und versuchte, ihre Füße nicht zu verbrennen.

»Euer Gnaden, könnt Ihr mich hören? Helft mir, bitte.« Die Stimme war ein Flüstern in seinem Kopf, ein Schrei, der in dem gewaltigen Getöse ertrank. Melyn spürte, wie seine Verbindung zu Frecknock stärker wurde, wie sein Blickfeld sich änderte. Abermals schaute er durch ihre Augen. Er konnte jetzt ihre Angst spüren, die ihre Ruhe immer weiter zersetzte, und er spürte auch ihre Erschöpfung. Was immer sie getan hatte, um seine Männer hinter die Schranke zu bringen, hatte sie dermaßen ausgezehrt, dass sie nun einfach keine Kraft mehr hatte.

Na, das wäre sicher eine gute Art zu sterben, überlegte er. Er hatte ja nie vorgehabt, sie länger leben zu lassen, als sie ihm nützlich war. Der einzige Grund, warum er sie hierher mitgenommen hatte, war schließlich, diesen Pass zu finden. Wozu brauchte er sie denn jetzt überhaupt noch?

»Bitte, Inquisitor. Ich kann den Weg nicht sehen. Wenn Ihr da seid, bitte, lasst es mich wissen.« Ihre Stimme war schwach, weit weg, hilflos. Melyn kniete im Gras nieder und presste eine Hand gegen die brennende Schranke, er vergaß seine eigenen Schmerzen, als er Frecknocks spürte, und er fragte sich, wieso er überhaupt mit dem Gedanken spielte, ihr zu helfen. Sie war ein Drache, ein wildes Tier, das die Gesetze missachtet hatte, die erlassen worden waren, um ihresgleichen unter Kontrolle zu halten, und sie lebte nur, weil seine Königin das duldete. Und doch hatte diese Kreatur ihm schon mindestens zwei Mal das Leben gerettet. Sie besaß ein Wissen, das für den Erfolg seiner Mission fast schon garantieren konnte. Und was, wenn sich am anderen Ende des Passes eine ähnliche Schranke befand?

»Hier, Frecknock, hier bin ich.« Melyn schickte diesen Gedanken los. Frecknock reagierte sofort. Er spürte, dass jemand ihn packte, auch wenn das alles nur in seinen Gedanken passierte. Die Verbindung zu der Drachin wurde stärker, als sie sich an ihm verankerte. Er spürte einige von diesen fremden Gedanken, dieser seltsamen Sicht auf die Welt, auf Leben und Tod und auf das langsame Verstreichen der Zeit. Er war alt, hatte in seinem Leben viele Jahrzehnte erlebt, aber er war ein Kind im Vergleich zu ihr, und sie war im Vergleich zu ihrer Sippe nicht älter als ein frisch ausgewählter Novize.

Durch ihre Augen sah Melyn zu, wie Frecknock abermals gegen den massiven Fels drückte. Das Wasser umspülte ihren Schwanz, leckte an ihren Füßen, als ihre Hand langsam durch die Schranke glitt. Eine Sekunde lang verspürte er das seltsame Gefühl, dass ihre Hand seine und seine Hand ihre berührte, dann war er wieder in seinen eigenen Gedanken, umklammerte ihre Hand und zog sie durch die Mauer.

»Nimm ihre Hand. Hilf mir, sie rüberzuholen.« Einen Moment lang glaubte Melyn, der Hauptmann werde vielleicht den Gehorsam verweigern, so groß war seine Angst. Aber mit einem Schütteln fast wie ein Hund, der sich von eiskaltem Wasser befreit, kam Osgal angelaufen. Er nahm Frecknocks andere Hand, zögernd, wie der Inquisitor fand. Aber Osgal wandte dann doch all seine Kraft auf, um Frecknock herauszuziehen.

Ob es nun die Kraft des Hauptmanns war, oder die Berührung durch Melyns Gedanken, was der Drachin half, sich zu verankern, jedenfalls kam sie mit einer Wucht heraus, die sie allesamt zu Boden schleuderte.

Osgal kam als Erster wieder auf die Beine, und Melyn drehte sich langsam auf die Seite, ehe er sich aufrappelte und die verbrannte Hand von seinem Körper weghielt, als ob die ansteckend wäre. Frecknock lag bewegungslos da, ihre Vorderbeine waren zu einer würdelosen Haltung eingesackt, sie atmete schwer und hatte die Augen fest geschlossen. Endlich kam sie in die Hocke, hob die

Schwanzspitze vom Boden hoch, als ob sie wehtäte, und schaute sich zu dem Inquisitor um.

»Ihr habt mich gerettet, Euer Gnaden. Und dafür gilt Euch meine ewige Dankbarkeit.«

Melyn wusste nicht so recht, ob er sich freuen oder schämen sollte. Er hatte die Drachin zwar so gerettet, wie diese vorher ihn gerettet hatte, aber er hatte sich dabei von seinen eigenen selbstsüchtigen Zwecken leiten lassen. Dennoch konnte er sich nicht gegen den Gedanken wehren, dass er seinen Orden und alles, wofür dieser stand, verraten hatte.

Es lag ein seltsamer Trost im Sortieren dieses riesigen Edelsteinhaufens. Er war nicht mehr ganz so groß wie früher, was seiner Sorgfalt zu verdanken war. Benfro sah sich nicht um – das war nicht nötig. Die endlosen Reihen von Alkoven, jeder das Zuhause eines einzelnen toten Drachen, zeugten von Monaten harter Arbeit. Es war eine Leistung, etwas, worauf er stolz sein konnte. Etwas, über das in kommenden Jahren vielleicht Balladen geschrieben werden würden.

»Benfro.«

Die Stimme war ein Flüstern, irgendwo draußen in der kalten Finsternis. Er mochte die Umgebung hinter den Mauern des Schatzraumes nicht. Die war beängstigend, feindselig und eisig. Dort wurde er von Dämonen in Menschengestalt gejagt, von Bestien, die seinesgleichen mordeten und dahinmetzelten, einfach, weil sie das konnten. Hier drinnen war er sicherer, mit seinen Edelsteinen und den wunderbaren Erinnerungen, die diese enthielten.

»Benfro!«

Diesmal klang die Stimme dringlicher, summte in seinem Kopf wie ein Insekt an einem sonnigen Tag, wollte nicht verstummen, ließ ihn einfach nicht in Ruhe. Benfro setzte sich ein wenig anders hin oder versuchte das zumindest. Er schien sich nicht bewegen zu können, wurde von unsichtbaren Händen festgehalten. Von kalten Händen.

»Benfro.«

Benfro glaubte, jetzt die Stimme zu erkennen, konnte aber keinen Namen dafür finden. Es war nur ein Gefühl. Er war wütend auf die Stimme, fühlte sich von ihr verletzt. Es war die Stimme eines Menschen, und die wollten doch nur töten. Vor allem aber hatte diese Stimme ihn verraten, hatte ihren einzigen Freund verraten und ihn nicht zu seiner Mutter gelassen.

»Benfro!«

Er sah eine Klinge aus purem weißem Licht, die sich wie eine Parodie auf die Sonne in einem Bogen durch die Luft schwang, und die sich dann mit unaufhaltsamer Macht senkte. Er versuchte, die Augen zu schließen, sie nicht sehen zu lassen, was jetzt kommen würde. Denn er wusste genau, was passieren würde. Doch seine Augen waren schon geschlossen. Er sah das alles in Gedanken, sah zu, wie Inquisitor Melyn Morgum den Kopf abschlug. Sah zu, wie die Gruppe aus Kampfpriestern sich über Morgum hermachten wie Wölfe über ein verletztes Reh, wie sie ihren Leib zerfetzten, um ihr den darin verborgenen Schatz zu entreißen. Die Erinnerungen seiner Mutter. Ihre Edelsteine.

Und dann war plötzlich etwas anders. Er saß noch immer vor den Edelsteinen, aber der eine Kristall, den er in der Hand hielt, gehörte nicht dazu. Er kannte ihn, wie er seine eigenen Flügel kannte. Erinnerte sich an das erste Mal, als er ihn berührt hatte, nachdem er die Große Flamme zum Leichnam seiner Mutter geführt und ihn zu Asche verbrannt hatte.

»Benfro. Aufwachen.«

Eine Sekunde lang wurde der Raum dunkler. Benfro spürte, wie ihn ein kalter Schauer durchlief, so heftig, dass er ihn hätte töten können. Es war wie die Angst, die die Kampfpriester benutzten, um ihre Feinde bewegungslos zu machen, aber seine Mutter hatte ihn schon früher davor beschützt. Sicher konnte sie das wieder tun. Er umklammerte den Edelstein mit einer Hand und drückte zu, bis er sich in die winzigen Schuppen seiner ledrigen Hand bohrte. Er wartete auf die vertraute Berührung, das Gefühl, dass sie im Nebenzimmer stand und auf ihn wartete. Aber er konnte nur den endlos fallenden Lichtbogen sehen.

Er versuchte, den Kopf zu schütteln, um das Bild zu verjagen, aber er war mit Stricken gefesselt und sein Hals war steif und schwer. Seine Beine steckten noch immer fest, und als er die Hand ausstreckte, um einen anderen Edelstein hochzuheben, merkte er, dass auch seine Arme feststeckten. Er konnte die Finger krümmen, die Faust um den einen winzigen Punkt der Qual schließen, aber sonst war er zu keiner Bewegung in der Lage.

»Benfro, bitte.«

Panik flackerte an den Rändern seines Bewusstseins auf. Wie war er denn überhaupt in Magogs Schatzraum gelangt?

Magog. Schon der Name erfüllte ihn mit Entsetzen. Wie konnte er das hier für einen guten Aufenthaltsort gehalten haben? Wie konnte er stolz auf die Arbeit gewesen sein, die er hier verrichtet hatte? Benfro wehrte sich gegen seine Fesseln. Er war jetzt stärker, er konnte gegen den toten Magis kämpfen, dessen Einfluss abschütteln. Er brauchte sich nur zu bewegen. Aber er steckte fest, wurde von etwas Kaltem festgehalten. Er kämpfte dagegen an, aber nichts half. Wie war er hierher gekommen? Er zermarterte sein Gehirn, versuchte, sich daran zu erinnern, was er getan hatte. Offenbar war er eingeschlafen, aber warum hatte Errol nicht auf ihn aufgepasst?

»Benfro. Aufwachen. Bitte.«

Errol. Es war Errols Stimme, die er hörte, fern und beharrlich. Und er war wütend auf den Jungen gewesen, war in die kalte Nacht hinausgelaufen. Die Erinnerungen fanden sich jetzt wieder ein; der Streit, der Edelstein seiner Mutter, der ihn mit seiner Not überwältigte, der Felsen, den er erst bemerkt hatte, als seine Flügel sich automatisch geöffnet hatten und ihn zum Boden tief unten trugen, und er war gelaufen, endlos gelaufen, bis die Erschöpfung ihn überwältigt hatte und er sich hatte setzen müssen.

»Benfro, bitte.«

Errols Stimme wurde schwächer – genau wie das Bild des Edelsteinhaufens. Es war, als ob ihr Licht starb, während die Erinnerungen weggerissen wurden. Aber Benfro konnte hinter die Edelsteine blicken, auf die Stapel von Schriftrollen und den uralten Schreibtisch. Auch dieser Anblick verschwand, wurde schwarz. Die Kälte, die er verspürt hatte, war jetzt verschwunden und einer entspannenden Wärme gewichen, die seine Sorgen verfliegen ließ. Magog war für ihn keine Bedrohung mehr. Er konnte schlafen.

»Benfro?« Die Stimme war jetzt nur noch ein Flüstern, fern und belanglos.

Benfro versank in einem Traum, in dem seine Mutter auf ihn wartete. Sie war irgendwo in der Nähe, das wusste er. Gleich hinter der nächsten Ecke vielleicht. Alle seine Sorgen waren jetzt zu Ende, es gab keinen Grund mehr zur Bekümmerung. Morgum war bei ihm. Sie war …

Er spürte ein Rucken irgendwo in seiner Hand. Seine Mutter, so nah, dass er sie fast sehen konnte, war sofort verschwunden. Die Wärme verschwand mit ihr, wich einer Kälte, die ihn unkontrollierbar zittern ließ. Es war so dunkel wie in einer mondlosen Nacht, seine Augen schlossen sich von selbst, und als er versuchte, sie zu öffnen, bewegten sie sich nicht. Nichts konnte er mehr bewegen, nicht seine Beine, nicht seine Arme, nicht seinen Kopf und nicht seinen Hals.

»Na los, Benfro. Wach auf. Mach was.« Jetzt war Errols Stimme gedämpft, als stehe er auf der anderen Seite einer dünnen Mauer.

Als Errols Worte in Benfros Gedanken einsickerten, spürte er, wie etwas gegen seinen Kopf stieß. Es war kein harter Schlag, gerade genug, um überhaupt bemerkt zu werden, aber für einen ganz kurzen Moment sah er eine kleine Talsenke voller tiefem Schnee, und mitten darin, von Eis überzogen, saß ein Drache. Er hielt ihn zuerst für tot. Dann ging ihm auf, dass er selbst dieser Drache war.

»Stirb mir doch nicht unter den Händen, Benfro. Ich bin in diesen Bergen ohne dich verloren. Es gibt keinen Weg nach unten.« Wieder folgten auf diese Worte leichte Schläge auf seinen Kopf, nur sah Benfro diesmal einen Jungen, einen jungen Mann, dessen Gesicht so blass war, dass es fast blau aussah. Seine Arme und Beine hingen schlaff hinab. Sie sahen nutzlos aus und waren von Schnee bedeckt.

»Jetzt hast du kapiert. Nutz dein blödes Talent, wenn es dich am Leben erhalten kann. Dann kannst du mir gehören.« Diesmal sprach Magog zu ihm, unverkennbar, obwohl er klang, als ob er gegen einen Sturm anschrie. Seine Nähe, wenn sie auch vage war, füllte Benfro mit Wut und Hass. Er konnte diese Gefühle in seinem Bauch brodeln spüren, wo sie die letzten Reste der vor so langer Zeit verzehrten Mahlzeit auffraßen. Ohne die Kraft, auch nur den Mund zu öffnen, ließ Benfro das Feuer los und stieß es durch die Nase aus.

Errol hätte nicht sagen können, wieso er in der Sekunde, ehe Benfro eine riesige gelbe Flamme aus sich heraushustete, auf die Seite gesprungen war. Ein sechster Sinn vielleicht, ein angeborener Instinkt zur Selbsterhaltung. Anders als die frühere Flamme, die der Drache von sich gegeben und die Errol unversehrt gelassen hatte, brüllte diese in wütender Hitze und brachte Eis und Schnee im weiten Umkreis zum Schmelzen. Errol merkte, wie sein Gesicht versengt wurde, als er sich an den Rand der Talsenke rettete.

Dann erstarben die Flammen, da sie nichts mehr fanden, das sie verbrennen konnten. Eine frisch ausgebrannte Schneise rauchte in der kalten Bergluft vor sich hin. Hinter Benfro lag noch immer Schnee, aber vor ihm und zu seinen Seiten war alles frei.

Einige Sekunden lang rührte Errol sich nicht, dann, ohne die Augen zu öffnen, streckte er die Hand aus, in der der Edelstein von Benfros Mutter lag. Errol sah das winzige Kleinod in seiner eigenen Handfläche an. Er hatte seine Aura darum herum gehärtet, ohne so richtig zu wissen, wie ihm das gelungen war, und der Lockruf geduldigen Wohlbefindens, den der Edelstein ausgesandt hatte, war verstummt, sobald er ihn dem Drachen weggenommen hatte.

Benfro beugte sich etwas weiter vor, noch immer mit geschlossenen Augen, und verlor dann das Gleichgewicht. Er versuchte einige Sekunden lang, sich gegen das Unvermeidliche zu wehren, dann gab er den Kampf aus und kippte ohne jegliche Eleganz auf sein Gesicht. Als er nicht wieder aufstand, rutschte Errol zurück in die Senke und auf die kahle Schneise, die jetzt wieder vereiste und drohte, den Drachen abermals einzuschließen. Er streckte die Hand aus und berührte damit Benfros Schulter, während er eilig mit der anderen Morgums Edelstein tief in die Tasche schob. Benfro rührte sich nicht, und Errol konnte fühlen, wie furchtbar kalt er war. Wie lange hatte er wohl hier im Schnee gesessen, schlafend oder aus einem anderen Grund bewegungslos, während langsam das Leben aus ihm hinausgesickert war?

Errol hatte keine Ahnung, aber er wusste, dass ein Mensch ohne magische Kenntnisse nach Einbruch der Dunkelheit in diesen Bergen höchstens zwei Stunden überlebt hätte. Er wäre schläfrig und schwach geworden, wäre dann bewusstlos geworden und schließlich gestorben. Wenn das auch für Drachen galt, dann war Benfro dem Tod gefährlich nahe gekommen und balancierte noch immer an der Grenze. Doch wenn er einfach nach den Linien griff, ein wenig von ihrer Kraft an sich zog und sie nutzte, um seine Energie wiederherzustellen, dann könnte er vielleicht seine Muskeln erwärmen und wieder ins Leben zurückkehren. Was aber, wenn er nicht wusste, wie er das machen sollte? War es möglich, dass der Drache sich mit Magie weniger auskannte als er selbst? Errol glaubte das nicht, aber nichts, was Benfro seit ihrer ersten Begegnung getan hatte, ließ annehmen, dass er magiekundig wäre.

Errols Magen knurrte und erinnerte ihn daran, dass er schon viel zu lange nichts mehr gegessen hatte. Vermutlich hatte Benfro das auch nicht getan, was ihn noch schwächer machte. Die Taschen hingen noch immer vor der Brust des Drachen, obwohl die Riemen der Provianttasche versengt waren und rissen, als Errol daran zog. Er griff hinein und fand gefrorene Fleischstreifen, Kräuter und Blätter. Er zog einen solide vereisten Wildbraten heraus. Der musste gegart werden, und dazu brauchte Errol eine Hitzequelle. Leider hatte er nie gelernt, wie Inspektor Melyn eine Flamme herbeizurufen. Die Grym schenkte ihm allerdings Hitze, und da könnte er vielleicht etwas davon an das Fleisch weitergeben. Und wenn ihm das gelang, dann könnte er vielleicht auch die Energie der Grym an Benfro weiterleiten.

Erregt durch die Vorstellung, etwas Neues auszuprobieren, griff Errol nach den Linien, die er unbewusst angezapft hatte und die er überall um sich herum spürte. Er gab sich alle Mühe, ihren Sog zu ignorieren, und versuchte stattdessen, ihre grundlegende Energie zu erreichen und etwas davon an sich zu bringen. Er spürte, wie sein Magen heiß wurde, wie die Wärme sich in ihm verteilte, bis ihm Schweißperlen auf die Stirn traten. Es war nie schwer gewesen, aus den Linien Wärme und Kraft zu holen, aber wie sollte er das auf den Braten in seiner Hand übertragen?

Er änderte sein Blickfeld so, dass er seine Aura sehen konnte, und dabei fiel ihm auf, wie blass Benfros Aura war, die sich an seine eigene klammerte. Errol stellte sich vor, dass sich diese wirbelnden Farben nicht als dünne Linie, die genutzt werden konnte, um Magogs Einfluss zurückzudrängen, von ihm fortzogen, sondern als weite Decke, die das Fleisch in seiner Hand umhüllte. Mit einem kleinen zusätzlichen Kraftaufwand konnte er sie vollständig von seiner ausgestreckten Hand heben, fort von seinem Körper. Und dann schob er die Energie der Grym darauf zu.

Was dann passierte, war nicht ganz das, war er sich erhofft hatte. Ein lauer Knall hallte von der nahen Felswand wider. Das Fleisch schoss ihm aus der Hand und hinterließ einen Rauchfaden, der die Stelle anzeigte, wo es in den Schnee gefallen war. Errol fiel rückwärts, gleichsam gestoßen von einer viel stärkeren Macht als der, die den Braten geschleudert hatte, und landete auf dem Hintern. Ziemlich atemlos rappelte er sich auf und lief los, um den Braten zu holen, ehe er ihn im Schnee aus den Augen verlor. Das Fleisch hatte inzwischen einen tiefen Trichter geschmolzen und war dabei um einiges abgekühlt, aber es war knusprig gebraten. Es hätte auch zu Holzkohle geworden sein können, Errol wäre das egal gewesen. Er biss hinein, und es schien ihm die köstlichste Mahlzeit, die er je zu sich genommen hatte. Dann wandte er seine Aufmerksamkeit wieder Benfro zu.

Einen Moment lang glaubte er, zu spät zu kommen. Selbst wenn er seine Sicht aufs Äußerste schärfte, konnte er um den Drachen keinerlei Aura mehr entdecken. Aber dann sah er die dünne rote Schnur, die sich von dem Edelstein in seiner Tasche fortzog und sich dann um die Senke zu einer Stelle mitten zwischen den Augen des Drachen schlängelte. Magog wäre nicht mehr dort, wenn es in Benfro nicht noch etwas gäbe, was man ihm aussaugen konnte, aber die wütende rote Farbe, die an der Schnur entlang pulsierte, zeigte, dass der tote Magis so gut wie auf keinen Widerstand stieß.

Errol streckte seine Aura aus und dehnte sie, um die Schnur dicht bei ihrem Ursprung zu berühren und fest zu verknoten. Fast sofort wurde aus dem wütenden Rot ein ganz blasses Rosa. Benfro stieß ein leises Stöhnen aus und sackte weiter auf den vereisten Boden. Errol konnte jetzt spüren, wie Magog zog und zerrte, die Grym auf die Probe stellte, und versuchte, die Sperre auf irgendeine Weise zu umgehen. Seine Kraft und seine Geschicklichkeit waren verblüffend, aber Errol wusste, dass Magogs böse Macht ihn nicht erreichen konnte. Das hoffte er jedenfalls.

Jetzt brauchte er nur noch Benfro zu retten.

Der Drache war viel zu groß, um gänzlich in Errols Aura gehüllt zu werden. Errol war nicht sicher, ob er überhaupt viel schaffen würde, solange er sich darauf konzentrieren musste, Magog im Schach zu halten. Aber er musste es versuchen, und deshalb streckte er sich aus, so weit er konnte, und umhüllte Benfros Oberkörper und Arme wie mit einem weiten Reiseumhang. Errol kam sich seltsam auf, als ob jemand versuchte, ihn zu überdehnen. Es tat eigentlich nicht weh, aber es fühlte sich immer weniger richtig an, je mehr er seine Aura von sich selbst wegzog. Als er so weit gekommen war, wie er nur konnte, ohne zusammenzubrechen, stellte sich Errol vor, dass die Grym in den von ihm geschaffenen Raum floss und diesen mit derselben Wärme füllte, die seine Haut glitschig und schweißnass machte.

Er kam sich vor, als müsste er mit einem Sack voller Steine auf dem Rücken einen Berg hochrennen, während er zugleich das Gefühl hatte, rein gar nichts zu tun. Errol konnte spüren, wie die Kraft der Grym ihn so heftig durchlief, dass er zu Holzkohle hätte verbrennen müssen, wenn die Quästoren in Emmas Faur recht behalten und ihre Lehren nicht übertrieben gewesen wären. Und doch fing er an, die Kälte um ihn herum deutlicher zu spüren. Sie sickerte an den Stellen ein, wo seine Aura dünn gespannt war, wie ein Winterwind, der die Nähte einer alten Jacke findet. In seinem Kopf bildete sich nun eine Vorstellung davon, wie die Grym funktionierte, aber dann wurde er von einem weiteren langen Stöhnen Benfros aus diesen Gedanken gerissen.

Langsam drehte sich der Drache auf die Seite, noch immer mit gesenktem Kopf. Errol schob ein wenig mehr von der Kraft der Grym in seine ausgestreckte Aura und empfand diese Anstrengung in seinen Gedanken heftiger als alles, was er je erlebt hatte. Dann gaben seine Knie ohne jegliche Vorwarnung auf und er sackte zu Boden, während seine Aura um ihn zusammenschnellte. Da saß er, verwirrt und erschöpft, und starrte Benfro an, der sich zuerst mit Mühe aufrecht setzte, dann in der zurückgekehrten Kälte zitterte und endlich seine großen Augen öffnete.

23

Der Norden von Lanwennog ist eine karge und düstere Landschaft, die sich vom Trenn-Gebirge im Westen bis nach Kais und zum Tegid-Fluss im Osten hinzieht. Am nördlichen Rand folgt dann die Gefrorene See, an deren Küste nichts wächst außer Felsen. Im Süden flacht das Land ab zu weiten Prärien, die mit hohem, scharfem Gras bewachsen sind, in dem nur das dort heimische wilde Vieh grasen kann. Viele hundert Flüsse schneiden tiefe Klüfte durch das weiche Gestein und machen die Reise durch das ungastliche Land so gut wie unmöglich. Aber die Menschen klammern sich an das Leben hier, in kleinen Dörfern, primitiven Marktflecken und sogar ein oder zwei Städten. Der Grund ist, wie so oft, Gold.

Nur wenige haben auf den Goldfeldern des Nordens ein Vermögen gemacht, die meisten durch den Verkauf von Vorräten und Goldgräberausrüstung. Und doch zieht der Lockruf des kostbaren Metalls die Törichten und die Hoffnungslosen mit unverminderter Kraft an. Die Überlebenden sind zähe und kompromisslose Menschen, die Fremden aus dem Weg gehen und sogar denen misstrauen, die sie Freunde nennen.

Aus den Reisetagebüchern Usels

»Es wird schön sein, das Boot verlassen zu können. Ich hatte schon das Gefühl, ich hätte das Reiten vielleicht verlernt.«

Beulah versetzte ihrem Pferd einen leichten Tritt und trieb es zum Trab an. Clun, der im Sattel weniger erfahren war, brauchte eine Weile, um sie einzuholen. Sie ritten die Tiere, die er in Beylinstown für sie gekauft hatte, und folgten einer langen geraden Allee, die parallel zum Hafren verlief. Der Fluss war hier mindestens zweihundert Schritt breit. Er hatte sich tief in sein Bett eingegraben und floss schnell dahin. Wenn sie auf dem Boot geblieben wären, hätten sie jetzt bereits in Castell Glas sein können, aber Beulah hatte keine Lust gehabt, in einer ihrer Städte wie ein Frachtstück angeliefert zu werden. Der Großteil ihrer Begleitung war vorausgeschickt worden, zusammen mit dem prachtvollen Gomoranhengst, den sie für Clun gekauft hatte und in dessen Nähe sich niemand wagte. Jetzt ritten sie und ihr Gemahl an der Spitze eines kleinen Trupps von Kampfpriestern.

»Lord Beylin hat wirklich einen kostspieligen Geschmack, Herrin. Und doch verbringt er nur wenig Zeit damit, seinen Luxus zu genießen.«

»Ist dir das auch aufgefallen?« Beulah trieb ihr Pferd zu einem langsamen Galopp an und genoss das Gefühl des Windes in ihren Haaren und den Ritt auf dem gut dressierten Tier. Clun hatte sein Pferd ebenfalls angetrieben. Sie ritten nebeneinander über die breite Straße.

»Ich bin daran gewöhnt, beim ersten Licht aufzustehen, aber ich glaube nicht, dass ich seinen Thronsaal auch nur einmal betreten habe und er nicht schon dort gesessen und irgendein Geschäft mit den lokalen Kaufleuten besprochen hätte.«

»Er arbeitet hart und ist ein intelligenter Mann. Ich könnte mehr Adlige von seinem Kaliber brauchen. Aber leider sind die meisten wie der alte Queln in Corris. Oder noch schlimmer.«

»Noch schlimmer, Herrin?«

»Du hast niemals Angor kennengelernt, deinen Vorgänger in Aberfenn. Doch vielleicht hast du seinen Kopf auf einer Pike beim Fryd-Tor gesehen.«

Clun sagte nichts, aber Beulah konnte sehen, wie seine Hände die Zügel fester packten. Sein Pferd spürte sein Unbehagen und geriet ein wenig ins Stolpern, wodurch Clun nach vorn geworfen wurde und die wehende Mähne des Tieres packte. Beulah kicherte leise und genoss das Gefühl der Überlegenheit, das ihre Reitkünste ihr schenkten.

»Halt die Zügel ein bisschen lockerer. Du musst das Pferd mit den Oberschenkeln lenken, nicht mit dem Zügel.« Sie ließ ihre eigenen Zügel los, drückte ihre Beine ein wenig fester zusammen, und ihr eigenes Pferd fiel zurück in den Trab. Clun wich wie ein Novize aus, seine Füße pressten die Steigbügel nach vorn und er hob die Zügel hoch. Wieder musste Beulah lachen.

»Mein Geliebter, du kannst besser reiten als so.«

»Das stimmt, aber dieses Pferd hat seine eigenen Vorstellungen, ganz anders als der alte Gaul, den sie mir im Kloster gegeben haben.«

»Na, wir müssen an deinen Fähigkeiten arbeiten, wenn du je mit dem Hengst fertigwerden willst.«

»Ich dachte, das Besondere an Gomoranpferden sei, dass sie eben nicht gezähmt werden können.«

»Jedes Tier kann gezähmt werden. Du musst nur herausfinden, wie. Du kannst so ein wildes Wesen aber nicht mit Stricken und Peitschen bezwingen. Du musst es wie deinesgleichen behandeln.«

»Wie meinesgleichen, ja? Es wird lange dauern, bis ich das auch nur halbwegs schaffe.«

Beulah wurde an einer Antwort durch Hauptmann Celtin gehindert, der sie im Galopp überholte, während seine Kampfpriester sie und Clun in einem raschen, eingeübten Manöver umringten.

»Eure Majestät, wir sind nicht mehr allein. Reiter nähern sich mit hoher Geschwindigkeit.«

Beulah schaute die pfeilgerade Straße entlang, und wirklich stob eine riesige Staubwolke vom Boden auf. Darunter konnte sie die Gestalten von Reitern erkennen.

»Freund oder Feind?« Clun bewegte sein Pferd dicht an Beulahs heran und sie hielten an. Da sie auf der einen Seite den Fluss und auf der anderen die hohen Getreidefelder hatten, konnten sie nur in die Richtung fliehen, aus der sie gekommen waren, oder sie mussten kämpfen.

»Ich bin nicht sicher, Euer Gnaden«, sagte Celtin. »Aber ich würde doch auf Ersteres tippen. Ich werde mal nachsehen, was sie wollen.«

Die Kampfpriester teilten sich, um ihn durchzulassen, dann bezogen sie wieder um ihre Königin herum Posten. Beulah war verärgert, weil ihr Nachmittagsritt gestört worden war. Gereizt beobachtete sie, wie der Hauptmann auf die näher kommenden Reiter zuritt und schließlich anhielt. Die Fremden waren jetzt ungefähr fünfhundert Schritt entfernt und der Hufschlag war inzwischen lauter zu hören als das Rascheln der Blätter im Wind. Bis auf zwei hielten alle Reiter an. Celtin wartete auf diese beiden, ein kurzer Wortwechsel folgte, dann drehte er und kam gefolgt von den beiden Reitern auf seine Königin zugetrabt. Als sie näher kamen, sah Beulah, dass der eine der Unbekannten die Uniform eines Hauptmanns trug, sein Waffenrock zeigte das Wappen von Castell Glas. Der andere war ein Herold und sein Rock eine Explosion von Farben. Beide hielten etwa zwanzig Schritt vor ihr, stiegen ab und fielen auf die Knie. Celin ritt langsam zu der Stelle vor, an der seine Kampfpriester noch immer postiert waren.

»Eine Ehrengarde von Seiner Durchlaucht Herzog Glas«, sagte er. »Und außerdem ein Bote, Majestät.«

Beulah ritt durch eine Lücke zwischen den Kampfpriestern, die sich ohne ihren Befehl geöffnet hatte. Die beiden Sendboten knieten noch immer.

»Erhebt Euch, meine Herren. Herzog Glas hat Euch geschickt. Warum sieht er sich nicht in der Lage, mir persönlich entgegenzureiten?«

»Eure Majestät, nichts wäre Seiner Durchlaucht lieber gewesen, als Euch den ganzen Weg von Beylinstown bis hierher zu begleiten, doch ihm ist ein schwerwiegender Unfall widerfahren und auf Befehl seines Arztes muss er derzeit das Bett hüten.« Das sagte der Herold, und er fügte hinzu, ehe Beulah ihm eine Frage stellen konnte: »Er schickt seine erfahrensten Leute, die Euren Eintritt in die Stadt sichern sollen.«

»Und hält er seine Straßen für so unsicher, dass seine Königin dort nicht ohne Schutz unterwegs sein kann?«

»Wärt Ihr vor einer Mondphase gekommen, Majestät, dann wäre die Antwort Nein gewesen, auch wenn er Euch trotzdem seinen Schutz angeboten hätte. Aber in den vergangenen Wochen wurde unser Land von einem riesigen fliegenden Lindwurm verwüstet. Unser Vieh wurde zerrissen, die Ernte zerstört.«

Beulahs Herz wurde kalt. War es möglich, dass es Melyn nicht gelungen war, die Bestie ausfindig zu machen und zu töten? Der Inquisitor hatte sich bei Clun seit dem Tag, an dem er gen Norden in den Wald geritten war, nicht mehr gemeldet, aber sie hatte auch nicht erwartet, dass er sich meldete, bevor er Lanwennog erreicht hatte – und das konnte frühestens in einer Woche der Fall sein. Aber der Drache hätte doch seit über einem Monat schon erschlagen sein müssen. Wieso trieb er sich also hier im Hendry herum?

»Habt Ihr diesen Drachen gesehen?« Beulah richtete diese Frage an beide Männer. Der Herold schüttelte den Kopf.

»Nein, Majestät. Das nicht. Ich habe nur die Verwüstungen gesehen, die er angerichtet hat. Aber Hauptmann Tole hier hat ihn gesehen.«

»Beschreibt ihn mir.«

Der Hauptmann ließ sich Zeit für seine Antwort, als müsse er seine Erinnerungen zusammensuchen. Oder vielleicht wagte er es nicht, vor seiner Königin den Mund aufzumachen.

»Er war groß, Eure Majestät. So groß wie ein Haus, oder sogar größer. Ich brauche ihn nicht zu beschreiben, Ihr könnt ihn Euch selbst ansehen.«

»Ich kann was?«

»Dabei ist Seine Durchlaucht ja verletzt worden, müsst Ihr wissen, Majestät. Wir haben die Bestie in den Sümpfen im Süden gestellt. Haben sie zur Strecke gebracht.«

»Ist das Tier tot?«

»Nein, Majestät. Viel besser. Wir haben es gefangen. Na ja, Herzog Glas hat es gefangen. Es liegt angekettet in der Stadt und wartet auf Euch.«

»Haben wir die Leute schon durchgezählt, Hauptmann?« Melyn ging zwischen seinen Männern umher, die im hohen Gras ihr Lager aufgeschlagen hatten, ein gutes Stück entfernt von der großen Schranke, die sie von dem magischen Sturm getrennt hatte. Melyn hatte einen Ruhetag für angebracht gehalten. Sie mussten sich neu organisieren und ihren Proviant verteilen, außerdem waren die verletzten Männer und Pferde zu versorgen.

»Die meisten haben sich inzwischen gemeldet, Inquisitor. Bisher haben wir zwanzig Mann und drei Dutzend Pferde verloren.«

»Zwanzig Mann, beim Hirten, ist das alles?« Melyn sah sich im Lager um. »Ich dachte, wir hätten mindestens hundert eingebüßt.«

»Nein, Euer Gnaden. Die meisten waren durch, ehe …« Osgal verstummte, als ob er nicht zu sehr an die Geschehnisse denken wollte. Melyn entließ ihn mit einer Handbewegung und bemerkte zum ersten Mal die Blasen in seiner Handfläche. Er verspürte keinen Schmerz, eigentlich spürte er gar nichts, aber als er die Masse des leuchtend roten Fleisches ansah, überkam ihn eine Welle der

Übelkeit und seine Knie wurden weich. Eine feste Hand fing ihn auf.

»Verspätete Schockwirkung, Euer Gnaden. Vielleicht setzt Ihr Euch besser.«

Melyn schaute sich um und sah Frecknock gleich hinter sich. Ihre Hilfe hätten ihn wütend machen müssen – sie nahm sich Vertraulichkeiten heraus – aber er brachte doch nicht die Energie auf, sie zu bestrafen. Hatten ihre dauernde Anwesenheit in diesen langen Wochen unterwegs, ihre gemeinsamen Abenteuer, ihn so immun gegen ihre Nähe gemacht?«

»Nicht der Rede wert.« Er wich vor ihr zurück. Etliche Kampfpriester sammelten sich in seiner Nähe um ihre Feuer oder versorgten ihre Pferde, aber keiner achtete auf ihn oder die Drachin.

»Es ist wohl der Rede wert, Euer Gnaden. Ihr habt schwere Brandwunden an der Hand. Wenn Ihr nicht bald etwas unternehmt, werdet Ihr die Hand verlieren.«

»Warum reagieren meine Männer nicht? Sie hätten dich niedermachen müssen, weil du mich angefasst hast.«

»Sie können Euch nicht sehen, Euer Gnaden. Ich habe uns beide versteckt.«

»Was hast du? Wie kannst du es wagen?«

»Ich dachte, es wäre schlecht für ihre Moral, nach allem, was Eure Kampfpriester durchgemacht haben, wenn sie den Zusammenbruch ihres Inquisitors mit ansehen müssten.«

»Was kann dich das interessieren?«

»Ich habe einen Bluteid geschworen. An den bin ich gebunden, bis zu Eurem oder meinem Tod. Solange ich Euch nützlich bin, kann das noch lange dauern. Wenn ich Euch nicht helfe, werdet Ihr mich einfach töten. Ich will am Leben bleiben, Inquisitor Melyn. Ich kann nicht so ruhig in den Tod gehen wie die anderen. Sie hatten seit Jahrhunderten gelebt, hatten mit Gulad ihren Frieden gemacht und waren sesshaft geworden. Wenn Ihr sie nicht getötet hättet, wären sie dennoch bald gestorben. Ich aber bin noch jung; ich hatte nicht die Wahl, die sie alle getroffen haben.«

Ihre Logik war so kalt wie seine eigene. Melyn war jedoch nicht so dumm, ihre deutliche Kraft zu ignorieren, und die Tatsache, dass sie offenbar bereit war, ihm zu gehorchen, eröffnete ungeahnte Möglichkeiten.

»Dieser Zauber, der mich für meine Männer unsichtbar macht. Das ist derselbe, mit dem du dich selbst versteckst?«

»So ungefähr, ja.«

»Zeig mir, wie das geht.«

»Natürlich, Euer Gnaden. Aber zuerst muss Eure Hand heilen. Darf ich?« Frecknock streckte ihre eigene Hand aus. Zum ersten Mal fiel ihm auf, dass ihre Handfläche nicht von der dicken Lederhaut überzogen war, mit der er gerechnet hatte, sondern von Hunderten von winzigen flexiblen Schuppen, die sich bewegten, als sie die Finger krümmte. Ohne so richtig zu wissen, was ihn dazu bewog, überließ er ihr seine Hand.

Ihre Berührung war sanft, aber dennoch folgte darauf eine Explosion aus Schmerz, bei der sich seine Muskeln verspannten. Dann murmelte sie ganz leise etwas, und der Schmerz verschwand. Sie ließ seine Handfläche offen liegen und bewegte ihre freie Hand in der Luft darüber hin und her, während sie weiterhin diese seltsam beruhigenden Wörter sprach. Er spürte ein heißes Prickeln in seinen Fingern, eher ein wenig irritierend als unangenehm, wie ein vages Jucken, das nicht auf Kratzen reagiert. Ein seltsames Gefühl jagte über seine Haut und ließ diese sich kräuseln wie Wasser in einem sanften Wind. Seine Fingerknöchel entspannten sich und er konnte zum ersten Mal seit Wochen seine Finger richtig bewegen. Er schaute nach unten und sah, dass sich vor seinen Augen seine Blasen auflösten, als ob seine Hand sie aufsaugte, und sie heilten in einem Tempo, das er auch mit seiner gesamten magischen Fähigkeit nicht geschafft hätte.

Endlich verstummte Frecknocks Murmeln und sie ließ seine Hand los. Das war für ihn wie eine gewaltige Enttäuschung. Er hätte fast versucht, sie wieder zu berühren, aber in letzter Minute riss er sich zusammen und hob stattdessen die Hand. Von den Verbrennungen war keine Spur zu sehen und nichts tat noch weh. Wenn überhaupt, dann fühlte sich seine Hand jetzt besser an, freier als zuvor, nicht mehr verkrampft von langen Stunden, in denen sie die Zügel gehalten hatte.

»Ihr braucht immer noch Ruhe, Euer Gnaden. Ich kann Eure Hand heilen, aber an dem Schock kann ich nichts ändern. Das wird Zeit brauchen.«

Melyn fragte sich, wovon sie da redete. Dann merkte er, dass seine Knie feucht waren. Als er nach unten schaute, sah er, dass er ins Gras gesunken war. Oder hatte sie ihn nach unten gedrückt? Er war sich nicht sicher, und das machte ihm ärger zu schaffen als alles andere. Langsam kam er auf unsichere Füße, drehte sich zu seinem Lagerfeuer um, sah, dass es mindestens hundert Schritt entfernt war, und fühlte sich plötzlich sehr alt.

»Darf ich Euch noch einmal helfen?«, fragte Frecknock und streckte ihm die Hand hin. Melyn sah zuerst die Hand an und dann das Gesicht der Drachin.

»Nein. Das schaffe ich allein. Und du brauchst mich nicht mehr zu verstecken.« Er spürte, wie sich die Luft um ihn herum kräuselte, als sie den Zauber aufgab, den sie gelegt hatte.

»Du wirst mich diesen Zauber lehren, vergiss das nicht«, sagte er, und als sie seine Stimme hörten, sprangen die in der Nähe lagernden Kampfpriester auf. Melyn drehte ihnen den Rücken zu, murmelte »Rührt euch!«, und ging langsam zu seinem Feuer und seinen Decken. Und die ganze Zeit versuchte er, nicht seine Hand anzusehen, nicht an die Heilkraft der Drachin zu denken, nicht daran zu denken, wie sehr das Erlebnis der Berührung durch seinen Gott geähnelt hatte.

Errol wusste sehr bald, dass er nicht gern flog. Es war zwar aufregend, bei hohem Tempo die Berge hinabzufegen, aber das war kein Ausgleich für das pure Entsetzen, das er spürte. Benfro drückte ihn an sich, und Errol hatte die gewaltigen schuppigen Arme des Drachen mit aller Kraft gepackt, aber noch immer baumelten seine Beine im wütenden Wind. Er hatte das Gefühl, jeden Moment aus dem Griff des Drachen rutschen und in die Tiefe stürzen zu können.

Benfro hatte sich ziemlich rasch erholt, sowie Errol ihm das restliche Essen gegeben hatte. Keiner hatte etwas über die Ereignisse gesagt, die dazu geführt hatten, dass der Drache auf eigene Faust losgewandert war; Errol vermutete, dass Benfro sein Verhalten und die Tatsache peinlich waren, dass er schon wieder gerettet worden war. Aber er verlangte auch nicht den Edelstein seiner Mutter zurück. Errol hatte beide Kleinode sorgfältig eingewickelt und tief unten zu den Goldmünzen in seine Stofftasche gelegt.

Sie waren zuerst zu Fuß losgegangen, hatten sich aus dem tiefen Schnee hinausgekämpft. Aber sie kamen nur mühsam voran, mussten sich einen Weg durch die dicht stehenden Nadelbäume bahnen, über Felsen klettern und Geröllhalden hinabkraxeln. Das grüne Tiefland, das Errol im Osten gesehen hatte, verschwand hinter niedrigeren Bergen und Vorhügeln, als sie tiefer kamen, und dann erreichten sie endlich das Ende eines Tales, in dem ein gewaltiger Wasserfall in einen Abgrund schäumte, und kamen nicht mehr weiter.

Es war nicht leicht gewesen, herauszufinden, wie Benfro ihn am besten tragen könnte. Beim letzten Mal hatte Benfro instinktiv gehandelt. Sie hatten vorher nicht weiter darüber nachgedacht, dazu hatte die Zeit nicht gereicht. Aber als sie nun oben auf dem Felsrücken standen, brauchte Errol all seine Selbstkontrolle, um sich von dem Drachen aufheben zu lassen. Es erinnerte ihn viel zu sehr daran, wie Hauptmann Osgal ihn wie einen Sack fauler Kartoffeln in die Faeren-Schlucht geschleudert hatte. Am Ende hatte er die Augen zugekniffen und versucht, nicht zu laut nach Luft zu schnappen, als Benfro ihn gepackt hatte. Erst viel später, nachdem das Gefühl, zu fallen, der stetigen Auf- und Abbewegung des Fliegens und dem sausenden Schlagen großer Flügel gewichen war, hatte er gewagt, die Augen zu öffnen.

Jetzt jagten sie über die Vorhügel und schauten über eine Landschaft aus offenen Wiesen und gelegentlichen Baumgruppen. Der Kontrast zu dem endlosen Wald auf der anderen Seite des Gebirges war überwältigend, als sei das hier das wahre Gesicht von Gulad, rein und makellos. Der Wald des Frydlands war ein Chaos aus Narben und schlecht verheilten alten Wunden, ein Riss im Gewebe der Welt, verursacht von einer Katastrophe, die Errol einfach nicht begreifen konnte.

Sie flogen scheinbar stundenlang weiter, bis die wogenden Hügel zu einer Ebene abflachten, die hier und da von tiefen, von Flüssen und Bächen ausgespülten Mulden durchzogen wurde. Eine Herde von Tieren, die aussahen wie überaus zottige Rinder, geriet beim Anblick des über sie dahinfliegenden Drachen in Panik, irgendein uralter Instinkt ließ sie davonjagen. Benfro ließ sich über den Rücken der fliehenden Tiere fallen. Errol, scheinbar vergessen, würgte und hustete in dem dichten Staub, der von Tausenden von Hufen hochgewirbelt wurde.

Die Tiere jagten auseinander, einige liefen zurück in die Richtung, aus der sie gekommen waren, andere strömten durch eine Serie von seichten Mulden, die zu einer tieferen Talsenke abfielen, durch deren Mitte ein schlammig brauner Fluss verlief. Als sie darüber hinwegschossen, sah Errol, wie eins der Tiere stolperte, einen Felsen hinabfiel und unten liegen blieb. So, wie es gelandet war und wie sein Hals abgeknickt war, musste er annehmen, dass es tot war.

Benfro drehte scharf bei und wirbelte so plötzlich herum, dass Errols Beine nach vorn geschleudert wurden. Sein Herz machte einen Sprung, als er für einen Moment glaubte, zu fallen. Sie waren dem Boden nahe, aber der Sturz wäre dennoch sein Tod gewesen. Er klammerte sich noch fester an, als der Drache sich weiterdrehte und die ganze Zeit an Höhe verlor. Und dann, mit einer letzten Drehung, riss Benfro den Kopf hoch, ließ die Beine sinken und landete.

»Also, vielen Dank. Aber vielleicht könntest du mich nächstes Mal kurz warnen.« Errol rieb sich die Brust, die wehtat, weil sie so lange festgehalten worden war, und stampfte mit den Füßen auf, um seinen Blutkreislauf in Gang zu bekommen. Alles tat weh und stach, und er sprang auf und lief hin und her. »Wenn es ein nächstes Mal gibt, meine ich.«

»Ich dachte, wir könnten etwas essen. Und das hier wäre ein guter Lagerplatz für heute Nacht. Ein paar Meilen weiter im Osten scheint es eine Siedlung zu geben, also hätte ich ohnehin nicht viel weiter fliegen können.« Benfro wandte sich ab, und Errol schaute an ihm vorbei zu der Stelle, wo das tote Tier lag. Es war größer als alle Kühe, die er jemals gesehen hatte, und es hatte schwarzes Zottelfell und gewaltige Schultern. Die restliche Herde war verschwunden, mit keinem anderen Gedanken in ihren flachgesichtigen Köpfen als den an Flucht.

Errol fand im Kies am Bachufer längst abgestorbene, trockene Zweige und machte ein Feuer, während Benfro die Kuh ausnahm, zerlegte und dann über dem Feuer zubereitete. Errol aß ein dickes Stück des reichen, beißend riechenden Fleisches und versuchte, die störenden Geräusche zu ignorieren, mit denen sich der Drache zum Schlafen bereit machte. Als die Sonne untergegangen war und die Sterne ihre Wanderung über den Nachthimmel begannen, waren sie beide in zufriedener träger Benommenheit versunken.

»Wie sollen wir ihn finden?« Benfros tiefe grollende Stimme riss Errol aus seinen halb verschlafenen Überlegungen.

»Wen denn?«

»Meinen Vater. Sir Trefalduin. Deshalb sind wir doch hier, oder?«

»Kann schon sein.« Errol dachte an die vergangenen Tage und ihre Flucht vor Inquisitor Melyn. Wenn er jetzt darüber nachdachte, konnte er sich daran erinnern, dass Corwen vor seinem Verschwinden noch zu Benfro gesagt hatte: *Such Sir Trefalduin. Such Gog.* Aber bei allem, was dann passiert war, hatte er Benfros Vater und die Suche nach ihm vollkommen vergessen. Alles war in der Notwendigkeit zu entkommen untergegangen, und danach hatte er verzweifelt versucht, zu überleben. »Weißt du, wo er hinwollte?«

»Ich weiß überhaupt nichts über ihn. Er ist noch vor meinem Schlüpftag verschwunden. So ungefähr das Einzige, was ich über ihn weiß, ist, dass er Sir Trefaldwyn mit der großen Flügelspreite genannt wurde. Er hatte unnatürlich große Flügel und konnte damit über kurze Strecken gleiten. Ich wüsste ja gern, was er von mir halten würde.« Benfro streckte seine eigenen riesigen Flügel aus, und deren Schuppen fingen den Feuerschein ein und reflektierten Tausende von Rot- und Orangetönen. Errol starrte die Muster an und versuchte, herauszufinden, woran sie ihn erinnerten. Vielleicht an zwei kämpfende Drachen.

»Warum suchen wir ihn denn eigentlich?«

»Ach, ich weiß nicht. Es ist wirklich ein törichtes Unterfangen. Aber nur so können wir hoffen, Magog loszuwerden.«

»Wie das? Kannst du den Edelstein nicht einfach vernichten? Ich weiß nicht, ihn zermahlen oder so.«

Benfro lachte, ein kehliges dumpfes Kichern, in dem allerdings keine Freude lag. »Wenn das so einfach wäre, meinst du nicht, dass ich es schon getan hätte? Magogs Edelsteine sind in ganz

Gulad verteilt. Ich habe keine Ahnung, wie er das geschafft hat, aber er hat sie herausholen können, als er noch am Leben war. Ich habe einen ganzen Haufen davon in einer Höhle oben auf dem Arnahi gefunden, aber es würde mich überraschen, wenn es nicht noch mehr gäbe.«

»Aber was hatte dein Vater denn vor, wollte er diese verschwundenen Edelsteine suchen?«

Benfro verstummte und starrte Errol durch das flackernde Feuer mit einem verwirrten Ausdruck in seinem langen Gesicht an.

»Hat Corwen es dir nicht gesagt? Aber du warst doch da.«

»Mir was gesagt? Wann?«

»Als Corwen uns verlassen hat, hat er gesagt, ich sollte meinen Vater suchen. Er glaubte, der habe die Wahrheit über Magog durchschaut.«

»Welche Wahrheit? Er existiert, oder nicht? Ich meine, er ist tot, aber er ist noch immer da, wie Corwen oder Sir Radnor.« Errol wollte schon sagen, »und wie deine Mutter«, unterbrach sich jedoch in letzter Sekunde.

»Nein, überhaupt nicht so wie sie. Magog ist viel mächtiger und viel allgegenwärtiger als sie. Aber er existiert, und wenn er existiert, dann muss auch Gog existiert haben.«

»Ich habe niemals etwas anderes angenommen.«

»Aber du kennst die Geschichte. Wie Gog und Magog um Amorgum die Holde gekämpft haben, und als sie gestorben ist, konnten sie ihre gegenseitige Anwesenheit nicht mehr ertragen. Deshalb haben sie die Welt in zwei Teile gespalten und ihre Wege haben sich getrennt.«

»Sir Radnor hat das für eine Fabel gehalten, die vor zu großem Stolz und zu großer Macht warnen sollte.«

»Das stimmt auch, aber wie alle unsere Fabeln hatte sie auch einen wahren Kern. Magog hat existiert, das wissen wir. Und dann liegt es nahe, dass auch Gog existiert hat. Also haben sie vielleicht die Welt geteilt. Vielleicht gibt es irgendwo eine andere Welt, in der die Drachen nicht fast ausgerottet worden sind, in der die Menschen die Feinen Künste nicht kennen und in der Gog noch lebt.«

Etwas regte sich in Errols Erinnerung, irgendein Zusammenhang, als wisse er, wovon Benfro da redete.

»Aber Gog müsste doch unvorstellbar alt sein. Wie lange leben Drachen eigentlich?«

»Das weiß ich ehrlich gesagt nicht. Sir Frynwy war tausend Jahre alt, das hat er jedenfalls behauptet. Frecknock ist auch schon zweihundert.«

Errol wusste nicht, wer Sir Frynwy war, aber die Traurigkeit, die in Benfros Augen trat, wenn er von ihm sprach, legte die Annahme nahe, dass er einer der von Melyn erschlagenen Drachen gewesen war. Errol versuchte, das Thema zu wechseln.

»Dein Vater wollte also Gog suchen.«

»Na ja, irgendwie schon. Er suchte ein Fenster zwischen den beiden Welten, eine Stelle, wo er durchschlüpfen könnte. Ich nehme an, wenn er sie gefunden hätte, wäre er zurückgekommen, um uns andere zu holen. Dann hätten wir entkommen können. Corwen hielt ihn für einen Narren, der hinter Märchen herlief.«

»Aber dann ist Magog aufgetaucht. Und da war vielleicht dein Vater doch nicht der Narr, für den alle anderen ihn gehalten haben.«

»Das kann sein, aber er ist jetzt seit über fünfzehn Jahren verschwunden, und da können wir doch annehmen, dass es dieses Fenster nie gegeben hat. Oder wenn doch, dann hat er es nicht gefunden. Vermutlich ist er tot und seine nicht extrahierten Edelsteine vermodern in der Finsternis.«

»Nicht extrahiert?« Errol erinnerte sich an diesen Ausdruck, aber um nichts in der Welt wusste er noch, was der bedeutete. Es war etwas, das Sir Radnor ihm gesagt oder das er vor seiner Aufnahme in den Orden vom Hohen Fryd gelernt hatte, aber wie so viele Erinnerungen aus jener Zeit war es verworren und unklar, vermischt mit den falschen Erinnerungen, die Inquisitor Melyn ihm aufgepfropft hatte.

»Wenn ein Drache stirbt, wird sein Leichnam von der Großen Flamme verzehrt, der wahren Flamme. Nur dann sind seine Erinnerungen festgelegt und seine Edelsteine werden weiß. Ein extrahierter Edelstein ist noch immer mächtig. Er kann dich beeinflussen, solange du Kontakt zu ihm hast. Aber ein nicht extrahierter Edelstein ist viel gefährlicher. Er haftet sich an dich, bemüht sich, dich zu ändern oder dich zu zerstören, während er versucht, wiedergeboren zu werden.«

»Aber die Kampfpriester sammeln die Edelsteine der von ihnen erschlagenen Drachen. Sie verbrennen die Leichname nicht oder so.«

»Ich weiß nicht, welchen Einfluss ein nicht extrahierter Edelstein auf einen Menschen haben kann, aber Magogs Edelstein hat seine Krallen in mich geschlagen, und ich kann mich nur davon befreien, wenn ich ihn extrahiere.«

»Dann verbrenne ihn doch in der Großen Flamme, oder wie du das genannt hast. Ich kann ihn hier ins Feuer werfen.« Errol streckte die Hand nach seiner Tasche aus, um den Edelstein hervorzuziehen.

»Wenn es nur so einfach wäre, Errol.« Benfro lachte wieder, aber es war ein müdes, trauriges Geräusch. »Ich müsste zugleich einen Teil von Magogs Körper verbrennen, und der Ort, wo seine Knochen liegen, wird von mächtiger Magie beschützt. Niemand kann hoffen, ihn zu finden, es sei denn, man wird von einem der dort geschlüpften Zwillingsbrüder eingeladen. Magog hat mich einmal dorthin eingeladen, aber ich glaube nicht, dass er das noch einmal tun wird.«

»Du musst also Gog finden. Und dazu brauchst du das Fenster in seine Welt. Du musst deinem Vater folgen.«

»Genau. Aber ich weiß nicht, ob mein Vater es gefunden hat und ob er überhaupt noch lebt. Ich weiß nicht einmal, ob es eine andere Welt gibt, ganz zu schweigen von einem Fenster, das hineinführt. Und wenn es sie gibt, ist die Wahrscheinlichkeit doch groß, dass Gog schon vor Tausenden von Jahren gestorben ist.«

Benfro ließ den Kopf sinken, als ob die Unmöglichkeit seiner Aufgabe eine ungeheuer schwere Last sei. In Errols Erinnerungen dagegen regte sich etwas.

»Wie sieht Gog wohl aus, was meinst du?«

»Ich weiß nicht. Alt. Viel älter als Corwen. Aber vermutlich nicht klein und verwittert wie die Drachen hier.«

»Nein. Corwen hat mir erzählt, dass die Drachen vor vielen Jahrhunderten eine Entscheidung getroffen haben und seither immer kleiner geworden sind. Und er hat mir gezeigt, wie er in seiner Jugend ausgesehen hat. Also ist es möglich, dass Gog noch immer fliegen kann.«

»Ja, vermutlich. Warum?«

Errol dachte an seinen Traum von der seltsamen Burg, wo er im Kopf eines Jungen namens Xando endlose Treppen hochgestiegen war, bis hin zu einem riesigen Raum oben im höchsten Turm. Er hatte dort einen unvorstellbar alten, aber noch immer kräftigen Drachen gefunden. Und dort wurde Martha gefangen gehalten.

»Ich glaube, Gog lebt noch, und ich glaube, es muss einen Weg in seine Welt geben. Ich habe sie im Traum gesehen.«

Benfro hob bei Errols Worten den Kopf und seine Ohren legten sich nach vorn.

»Im Traum?«

»Na ja, ich sage Traum, aber es war mehr.« Errol erzählte dem Drachen alles über seine Erlebnisse in dieser fremden Welt, und nun leuchtete in Benfros Augen ein Funken von Hoffnung oder vielleicht Verständnis auf.

»Ich habe diese Burg auch gesehen«, sagte er. »Ich bin darüber hinweggeflogen. Aber ich wurde von einer Gruppe von Drachen angegriffen.«

»Von vieren? Drei männlichen und einem weiblichen?«

Benfro nickte. »Das war bei meinem letzten Besuch in Magogs Schatzraum. Du warst auch da – du lagst nur da. Ich bin über dich gestolpert und dann durch Gebirge geflogen, die ich nicht erkannt habe. Aber wie kannst du in meinen Traum geraten sein?«

»Wie konntest du in Magogs Palast geraten sein und trotzdem noch in der Höhle schlafen? Wie konnte ich in eine Burg in einer anderen Welt geraten? Ich kann nicht einmal versuchen, das zu erklären, aber ich weiß, dass es keine gewöhnlichen Träume waren. Martha hat mich gerufen, da bin ich mir sicher. Sie ist dort gefangen, in Gogs Welt, bei Gog selber.«

»Und dann muss es eine Möglichkeit geben, dorthin zu gelangen. Aber wie? Und wo ist sie?«

Errol antwortete nicht sofort. Er versuchte, in Gedanken alle Bruchstücke in eine einigermaßen sinnvolle Reihenfolge zu bringen. Es gab so viel, das er nicht im Geringsten begriff, aber er wusste, dass Martha auf ihn angewiesen war. Er und Benfro mussten einen Weg in dieses andere Gulad finden, und wenn sie dazu einer fünfzehn Jahre alten Fährte folgen mussten, dann mussten sie das eben tun.

»Du hast gesagt, du hast hier in der Nähe eine Siedlung gefunden, kurz ehe wir gelandet sind.«

»Im Osten, ja«, sagte Benfro. »Und nur eine Meile von hier gibt es eine Straße. Ich muss von jetzt an vorsichtig sein. Ich will nicht mit viel Mühe Inquisitor Melyn entkommen sein, um dann von Menschen aus einem anderen Land zur Strecke gebracht zu werden.«

»Natürlich nicht. Aber ich spreche ihre Sprache und sehe aus wie sie. Morgen werde ich also in diese Stadt gehen und ein paar Fragen stellen. Wenn hier ein Drache vorbeigekommen ist, und sei es fünfzehn Jahre her, dann muss sich doch jemand daran erinnern.«

24

Die Drachensprache ist eine grobe und kulturlose Sprache. Sie ist nur wenig mehr als eine verfeinerte Art von Vogelzwitschern und ihr fehlt die Geschmeidigkeit der Menschensprachen. Das fällt besonders dann auf, wenn ihr einem Drachen begegnet, der versucht, auf Englisch mit euch zu sprechen. Seine Kenntnis unserer Sprache ist die eines kleinen Kindes, und das gilt auch für sein Verständnis höherer Dinge wie Ehre, Treue und Vertrauen zum Hirten. Das Studium der Drachensprache ist deshalb das Studium des Wesens dieser Kreaturen. Der Lernende braucht nicht lange zu der Erkenntnis, dass Drachen keine wahre Intelligenz besitzen, sie haben nur eine angeborene Fähigkeit, Mimik zu imitieren. Darüber hinaus besitzen sie die moralische Empfindsamkeit eines Säuglings.

Father Castlemilk: Eine Einführung in den Orden vom Hohen Fryd

Die Straße war schmal, staubig und gerade, wie sie sich durch die endlosen hohen Grasflächen dahinzog. Errol war seit der Morgendämmerung unterwegs, und die Sonne stand jetzt schon weit oben am endlosen Himmel. Seine Knöchel schmerzten, seine Kehle war wie ausgedörrt, und die zusammengestoppelte Stofftasche auf seiner Schulter war eine schwere Last, ihr Riemen fing nun an, den dünnen Stoff seines Kittels durchzuscheuern.

Er hatte den ganzen Tag noch keinen Menschen gesehen und

hatte nur das leise Rauschen des Windes gehört, der im Gras spielte. In der Ferne zogen Herden des zottigen schwarzen Viehs über die Ebene, und ab und zu kam er an einer kleinen Baumgruppe vorbei, die meistens eine Quelle oder eine ausgetrocknete Mulde umstand. Es war eine leere Landschaft, aber sie war auch auf eine seltsame Weise friedlich. Die Berge ragten hinter ihm auf, fern und scharf gezeichnet, wie durch die klare Luft vergrößert. Sie trennten ihn von Inquisitor Melyn, und auch wenn Lanwennog nicht viel sicherer war als das Zwillingskönigreich, schien diese abgelegene, leere Ecke für ihn doch keine Bedrohung zu enthalten.

Er sah die ersten Anzeichen der Stadt gut zwei Meilen, ehe er die ersten Häuser entdeckte. Steinhaufen kennzeichneten Flurgrenzen, und das Gras hier war viel kürzer und von Ziegen abgeweidet. Dichter bei der Stadt schützten Mauern aus Feldsteinen Gemüsefelder vor dem Vieh, und hier sah Errol die ersten Menschen seit seiner Flucht vor Hauptmann Osgal. Niemand von denen, die da auf den Gemüsefeldern voller Kohlköpfe und Möhren arbeiteten, sprach ihn an. Sie unterbrachen ihre Fron nur lange genug, um ihn misstrauisch anzustarren. Er grüßte, bekam aber keine Antwort.

Als er an den ersten baufälligen Häusern vorbeiwanderte, dachte Errol, er habe ein kleines Dorf erreicht, eine Straßenkreuzung und ein Zwischenhalt, vielleicht, zwischen größeren Niederlassungen. Aber die scheinbar flache Ebene verbarg viele Überraschungen, und als er oben auf einer kleinen Anhöhe ankam und zwischen groben Holzscheunen weiterging, stand er plötzlich vor einer mittelgroßen Ortschaft, die auf jeden Fall viel größer war als Pullpeiran.

Der größte Teil des Ortes war an den sanften Hängen einer weiten Talmulde angelegt. Unten gab es keine Häuser, vermutlich, weil der Talboden regelmäßig überflutet wurde, aber eine lange

Steinbrücke überspannte den Fluss, der eine flache Strecke voller Kieselsteine und größerer Felsbrocken durchzog. Einige wenige magere Bäume klammerten sich an die Felsen. Schlamm und Schmutz an ihren Stämmen zeigten noch deutlich, wo kürzlich das Hochwasser gestanden haben musste.

Errol folgte der Straße, vorbei an zweistöckigen Häusern, die zwar einen neuen Anstrich und bessere Pflege gebraucht hätten, aber dennoch von einem gewissen Wohlstand zeugten. Auf halber Höhe des Hangs gab es eine breite flache Strecke, die die Ortsmitte ausmachte, und hier waren die Häuser aus Stein. Errol überlegte sich, welche lokalen Unternehmungen für so viel Reichtum sorgen könnten, es gab hier keinerlei Spuren irgendeines Handwerks und es gab auch keine Gehege für Tiere.

Es waren nur wenige Menschen unterwegs, aber immerhin beantworteten sie seine Grüße mit höflichem, wenn auch misstrauischem Nicken. Endlich konnte er einer alten Frau, die ihre Vortreppe putzte, eine Wegbeschreibung entlocken. Sie sprach mit einem schweren Akzent, und Errol hoffte, dass er sein Lanwennog in den Monaten, in denen er es nicht mehr gehört hatte, nicht ganz vergessen hatte. Er ging zu einem Platz in der Mitte des Ortes, wo die Straße, der er gefolgt war, auf eine stieß, die nach Norden und Süden führte. Das Gasthaus, ein großes Gebäude an der Westseite des Platzes, war der einzige Ort in der Stadt, wo irgendwelches Leben zu sehen war.

Errol betrat einen Schankraum, in dem etwa zwanzig Männer in Gruppen zu viert oder fünft an den Tischen saßen und tranken. Für einen Moment verstummte das Stimmgewirr, wurde dann aber wieder lauter, als die Zecher ihn für wenig interessant befunden hatten. Der Barmann musterte ihn mit dem gleichen Misstrauen, das er auch bei allen anderen gesehen hatte, nicht unhöflich, aber auf seiner Hut.

»Ich wäre dankbar für ein Glas Bier. Und etwas zu essen vielleicht«, sagte Errol. Hinter ihm kamen abermals ein halbes Dutzend Gespräche zum Erliegen.

»Kannst du denn auch bezahlen?« Der Barmann sprach mit demselben schweren Akzent wie die alte Frau, aber Errol konnte ihn verstehen. Er suchte in seiner Tasche nach einer der kleinsten Goldmünzen, die er vorher aus Benfros Bestand heraussortiert hatte. Und jetzt wurde die Sache schwierig. Das hier war nicht die Währung von Lanwennog, und vermutlich entsprach die Münze dem Jahresgehalt eines Landarbeiters.

»Irgendwie schon.« Errol legte die gelbe Münze auf den Tresen. »Und ich suche jemanden, der mir das hier wechseln kann. Ich habe meine letzten Schillinge auf dem Weg hierher ausgegeben.«

Der Barmann hob die Münze auf, wog sie in seiner Hand und starrte die eingeprägten Zeichen an. Danach musterte er Errol aus fragenden Schweineaugen, als ob er versuchte, zu einem Entschluss zu gelangen. Danach legte er die Münze wieder hin und schob sie Errol zu.

»Dann musst du zu Querel, dem Goldhändler. Der ist jetzt sicher in seinem Büro. Das kannst du nicht verfehlen – das große Haus hier am Platz gegenüber. Wenn du da fertig bist, kannst du wieder herkommen, und dein Essen steht bereit.«

Ein wenig verwirrt bedankte sich Errol bei dem Mann und verließ das Gasthaus. Genau gegenüber stand auch wirklich das höchste Gebäude der Stadt. Draußen saßen einige Leute, aber die schienen lediglich Sonne genießen zu wollen. Eine Doppeltür stand offen, und eine in die Mauer eingelassene Messingplatte teilte mit: *Mertimus Querel, Goldhändler – mit besonderer Erlaubnis des Königlichen Hauses.* Die Buchstaben waren in einer fließenden Schrift in das Messing eingeätzt, von der Errol bezweifelte, dass einer der auf dem Platz herumlungernden Männer sie lesen konnte. Er nickte denen, die ihn ansahen, kurz zu, dann lief er rasch die Treppe hoch und ins Haus.

Errol wartete einen Moment im Eingang, damit sich seine Augen an das Dämmerlicht gewöhnen konnten. Dunkle Holzrahmen umgaben die zahlreichen Türen, der Boden war mit polierten Steinplatten bedeckt, die von jedem kleinsten Geräusch ein Echo warfen. Eine Treppe führte hinten in der Diele zu einer Galerie empor. Während Errol noch unschlüssig dort stand, erregte ein Hüsteln seine Aufmerksamkeit.

Es stammte von einem kleinen Mann mit Brille, der einige Schritte von der Tür entfernt an einem riesigen Schreibtisch saß.

»Kann ich irgendwie behilflich sein, junger … äh, Mann?« Nach dem zum Schneiden dicken Akzent, den Errol in der Stadt bisher gehört hatte, staunte er darüber, in der Sprache angeredet zu werden, an die er sich in Tynhelyg gewöhnt hatte, das Lanwennog der Oberklasse und des Hofes. Der Mann, der ihn angesprochen hatte, war um einiges älter als Errol. Er hatte schütteres graues Haar mit beginnenden Geheimratsecken und trug ein lockeres Gewand, das wie schwere Seide aussah und mit verschlungenen, abstrakten Mustern bestickt war. Seine Hände hatten lange Finger, an denen viele Ringe steckten.

»Ich würde gern ein bisschen Gold verkaufen. Seid Ihr Meister Querel?«

»Ach du meine Güte, nein. Nein, nein.« Der kleine Mann lachte mit einem atemlosen Röcheln. »Meister Querel. Ha, ha. Nein. Ich bin Tibbits, Meister Querels Sekretär. Ich kümmere mich um die Alltagsangelegenheiten. Gold, hast du gesagt?«

Errol zog die Münze hervor, die ihm in dem reich eingerichteten Empfangsraum recht klein und unbedeutend vorkam. »Das ist nichts Großes«, erklärte er. »Ein Familienerbstück. Mein Großvater hat es mir vor Jahren geschenkt. Ich würde mich auch lieber nicht davon trennen. Aber mir bleibt leider nichts anderes übrig.«

Tibbits nahm die Münze, würdigte sie aber kaum eines Blickes, als er eine Schreibtischschublade öffnete und eine kleine Waage hervorholte. Er ging beim Wiegen langsam und umsichtig vor und machte sich in einem Kontobuch auf seinem Tisch eine Notiz. Dann holte er einen Glasbecher hervor, goss aus einer Taschenflasche eine klare Flüssigkeit hinein und überzeugte sich durch seine dicken Brillengläser davon, dass die Flüssigkeit genau richtig stand.

»Ich lege die Münze hier hinein, um zu sehen, wie lauter das Gold ist, weißt du.« Er ließ die Münze in den Becher fallen. »Und dann lese ich ab, wie weit die Flüssigkeit steigt… so.« Mit großer Geste machte er eine weitere Notiz in sein Kontobuch, dann hob er den Becher hoch und wirbelte ihn herum. »Wenn es Unreinheiten gib, dann wird die Säure sie wegfressen. Gold dagegen bleibt unberührt. Genial, was?«

Errol zuckte bei der Erwähnung der Säure zusammen. Er hatte die Flüssigkeit für Wasser gehalten, aber jetzt konnte er den leichten Säuregeruch wahrnehmen. Vor dem Schreibtisch standen Stühle, wie er jetzt sah, aber Tibbits bot ihm keinen an. Stattdessen goss der kleine Mann die Säure vorsichtig zurück in die Flasche und ließ die Münze unten in dem leeren Becher liegen. Er kippte sie in eine kleine Schüssel, goss eine andere Flüssigkeit darüber, nahm die Münze heraus und trocknete sie mit einem Lappen ab. Noch immer ohne die Münze richtig anzusehen, widmete er sich dann wieder seinen Notizen, stellte in seinem Kontobuch rasche Berechnungen an. Errol wartete geduldig und versuchte, die Ziffern von oben nach unten zu lesen, als Tibbits sein erstes Ergebnis durchstrich und dreimal nachrechnete. Erst dann sah er sich die Münze endlich an.

»Das ist kein lauteres Gold«, sagte er dann. Und auf irgendeine Weise wusste Errol, dass das gelogen war. »Ich habe noch nie so eine Münze gesehen. Ist sicher alt? Zweifellos aus der Zeit vor König Billah, möglicherweise sogar aus dem Ausland. Ein Sammler würde dir vielleicht mehr dafür geben. Meister Querel würde sich nur für den Schmelzwert interessieren. Und wie gesagt, lauteres Gold ist das nicht.«

»Könnte ich denn hier in der Stadt einen Sammler finden?«

Tibbits lachte wieder, und wieder fragte sich Errol, ob der Mann gleich tot umfallen würde. »Ich kann dir ja anhören, dass du ein gebildeter junger Mann bist, Meister …«

Errol zögerte. Er konnte doch seinen wahren Namen nicht nennen, der unverkennbar aus dem Zwillingskönigreich stammte. Einen Moment lang, vielleicht zu lange, fiel ihm auch kein anderer ein. Dann dachte er an Prinzessin Iolwen oben in ihrem Turm und an den Namen, den sie bei ihrer ersten Begegnung gerufen hatte:

»Balch«, sagte er. »Errol Balch.«

»Na, Meister Balch, in Cerdys gibt es keine Sammler alter Münzen. Es gibt hier überhaupt nicht mehr viele Sammler. Nicht, seit die letzte Goldader erschöpft war. Aber Meister Querel ist immer offen für ein gutes Geschäft. Hast du noch mehr von dieser Sorte?« Tibbits hob die Münze hoch, die nach dem Säurebad und der Politur nur so funkelte. Errol änderte seine Auffassung von der Aussprache des Mannes. Er war zwar ein Lanwennog, wie es in der Stadt gesprochen wurde, aber die Eleganz war aufgesetzt, zweifellos, um die Einheimischen in Cerdys hinters Licht zu führen.

»Nein. Das ist die Einzige«, sagte er. Einen Augenblick lang dachte er, dass Tibbits ihm vielleicht glaubte. Bis zu dem Moment, in dem der Mann die Tasche über Errols Schulter anstarrte und durch die Nase ein leises »Hmf« ausstieß.

»Also, wie gesagt, es ist kein lauteres Gold. Aber es würde sich doch lohnen, es einzuschmelzen und zu veredeln. Ich könnte dir dafür … mal überlegen … fünfundsiebzig Guineen geben?

Errol versuchte, nicht zu lachen. Er wusste zwar nur wenig über die Preise in Lanwennog, aber dass das hier ein lächerliches Angebot war, war ihm klar. Die Münze konnte durchaus das Zehnfache wert sein. Aber er wollte nicht zu viele Fragen stellen, wollte doch gar nicht bemerkt werden. Und er könnte von sehr viel weniger Geld sehr lange leben. Dennoch war ihm klar, wenn er das erste Angebot gleich annähme, dann würde er wie ein Verzweifelter wirken, und dann würde Tibbits sich nur umso besser an ihn erinnern.

»Mehr nicht? Mein Opa hat immer gesagt, sie wäre so viel wert wie das Lösegeld für einen König. Und dann muss sie doch viele Hundert Guineen wert sein.«

»Na, Großeltern übertreiben doch gern mal, oder was? Mal überlegen.« Tibbits machte noch eine Notiz in seinem Kontobuch, strich sie durch und kritzelte weitere Ziffern hinein. »Mal überlegen, mal überlegen«, murmelte er ab und zu ziemlich leise, wie um klarzustellen, dass er hier zu einer schwierigen Entscheidung kam.

»Meister Querel könnte dir vielleicht etwas mehr geben, manchmal versucht es sich gern an einem kleinen Antiquitätenhandel. Aber er ist gerade auf Reisen. Könntest du vielleicht nächste Woche zurückkommen?«

»Das geht nicht. Ich muss weiter. Wenn mein Pferd nicht unterwegs gestorben wäre, würde ich die Münze vielleicht gar nicht verkaufen. Ich finde es schrecklich, mich davon trennen zu müssen.« Errol wusste nicht, warum er so eine traurige Geschichte erfand. Es kam ihm einfach richtig so vor, als ob er Antworten auf Fragen brächte, die Tibbits stellen wollte, ehe der sie eben stellen konnte. Der Mann war sehr durchsichtig, seine Gier war ebenso offensichtlich wie sein Misstrauen. Errol wünschte, er hätte Inquisitor Melyns Talent für Manipulation. Dann würde Tibbits ihm auf jeden Fall einen guten Preis bezahlen. Hundertfünfzig Guineen, und dann würde er auch keine weitere Notiz in seinem Kontobuch machen müssen.

»Du gefällst mir, junger Balch. Du hast ein ehrliches Gesicht. Und ich kann sehen, dass deine Lage etwas, wie soll ich das nennen, etwas dringlich ist?« Tibbits Lächeln war eine freudlose Grimasse. Seine Brille spiegelte das Licht wider, das durch die Tür hereinströmte, und ließ seine Augen aussehen wie zwei riesige lodernde Kugeln. Errol sagte nichts und ließ den Mann sein Spiel weiterspielen.

»Ich habe ja auch schon mal in einer Klemme gesteckt. Und da weiß ich doch, wie es ist, wenn sich alle Welt gegen dich verschworen hat. Also mach ich einen Vorschlag. Ich werde dir einen Gefallen tun. Ich reise nächsten Monat nach Tynhelyg, zum Königlichen Jubiläumsfest, und da kann ich sicher für so ein Einzelstück eine nette Summe bekommen. Also, mein Vorschlag: Ich gebe dir hundert Guineen aus meiner Privatschatulle. Das bleibt dann unter uns. Wir müssen Meister Querel doch nicht reinziehen. Und im Kontobuch braucht auch nichts zu stehen. Du bekommst einen besseren Preis für deine Münze, und ich könnte am Ende vielleicht auch noch ein bisschen daran verdienen. Und jeder hat was davon, eh?«

Errol schwieg einen Moment, wie um sich die Sache zu überlegen. Er wollte im Grunde nur so schnell wie möglich diesen Raum verlassen. Er wollte auch die Stadt verlassen, aber er wusste, dass er vorher noch Vorräte besorgen musste, und wenn es ging, auch ein Pferd, falls sich ein ehrlicher Pferdehändler finden ließ. Aber es gab noch einen anderen Grund, warum er in die Stadt gekommen war, und wenn er auf das Angebot einging, könnte er wohl eher auf eine ehrliche Antwort von Tibbits hoffen.

»Na gut«, sagte er. »Danke. Ihr ahnt ja nicht, wie sehr mir das weiterhilft.«

Tibbits lächelte wieder, diesmal mit etwas mehr Wärme. »Dann setz dich doch erst mal, Errol. Ich darf dich doch Errol nennen, nicht wahr? Ich brauche einen Moment, um so viele Münzen abzuzählen.«

Errol setzte sich und sah zu, wie Tibbits die Goldmünze einsteckte, er ließ sie geschickt in einer Falte seines Kittels verschwinden, als ob er das schon viele Male so gemacht hätte. Dann öffnete er eine weitere Schublade und hob einen Beutel voller Guineen und kleinerer Münzen heraus. Aus einer weiteren Schublade nahm er einen dünnen Lederbeutel mit Zugverschluss und fing an, mit geübter Geschicklichkeit Münzen hineinzuzählen.

»Master Tibbits«, sagte Errol nun. »Ist hier in der Gegend oft von Drachen die Rede?«

Tibbits unterbrach für einen Moment das Zählen, sah Errol an und lachte dann wieder. »Von Drachen? Aber natürlich. Im Moment reden alle über Drachen. Erst vorige Woche war einer hier. Wirklich ein Riesenbursche, seine Flügel hätten durch dieses ganze Zimmer gereicht. Ist wie ein Riesenungeheuer durch die Manege geflattert, das kann ich dir sagen. Wäre fast abgehoben. Toller Anblick!«

»Die Manege?« Errol begriff nicht so ganz, wovon Tibbits da redete. War das vielleicht eine Redensart in der Sprache von Lanwennog, die er nicht kannte?«

»Wo hast du dich denn rumgetrieben, Errol? Dein Leben lang draußen im Trenn-Gebirge biwakiert? Die Zirkusmanege. Wo willst du denn sonst einen Drachen finden?«

Einen halben Tagesmarsch von hier in einer Talsenke versteckt, dachte Errol, aber das sagte er nicht. Ihm fiel etwas ein, das er in König Billahs Palast in Tynhelyg gehört hatte, eine hingeworfene Bemerkung über Zirkusdrachen. Damals hatte er nicht weiter darüber nachgedacht, aber jetzt wusste er es wieder.

»Nein, keine Zirkusdrachen«, sagte er. »Richtige, wildlebende. Hier muss es doch auch solche geben.«

Tibbits legte die letzte Münze in den Lederbeutel und zog an der Schnur, dann streckte er die Hand über den Tisch aus und reichte Errol den Beutel. »Na ja, vermutlich schon. Hab aber nie weiter darüber nachgedacht. Da fragst du besser den Zirkusdirektor. Der verrät dir vielleicht, woher er seine bezieht.«

»Ja, das tu ich vielleicht. Danke.« Errol nahm den Beutel und verstaute ihn sorgfältig in seiner Tasche, ehe er aufstand. »Ihr wisst nicht zufällig, wo der Zirkus sich jetzt aufhält, oder?«

Tibbits lachte wieder sein asthmatisches Keuchen, und sein Gesicht öffnete sich zu einem wissenden Lächeln. Er tippt sich in einer Geste, die Errol nicht begriff, an die Seite der Nase. »Ich hab schon verstanden, Errol. Möchtest gern dein Leben auf der Walz verbringen, was? Bestimmt besser als irgendeinem inkontinenten alten Landadligen da oben im Norden als Page zu dienen. Na, keine Sorge, der alte Tibbits wird keiner Seele etwas verraten. Und was den Zirkus angeht, ich habe gehört, die wollten weiter nach Tynhelyg, zum Königlichen Jubiläumsfest, so wie ich. Nur brauchen die einen Monat oder mehr für den Weg. Müssen ja unterwegs ein paar Vorstellungen geben, oder so.«

Castell Glas roch nach Kuhfladen. Beulah rümpfte die Nase, als sie sich den riesigen Toren näherten, durch die ein endloser Strom von Menschen und Vieh zog. Hinter den Stadtmauern, geschützt vor dem Wind, der vom Guastad im Westen herwehte, wurde der Gestank dermaßen intensiv, dass man ihn fast schmecken konnte.

Herzog Glas' Soldaten hatten die Straße frei gemacht, sodass die Königin und ihr Gefolge in raschem Tempo zur hoch oben über dem kurvenreichen Fluss gelegenen Burg reiten konnten. Hier wurden sie von der Bevölkerung nicht begeistert in Empfang genommen. Während des kurzen Galopps durch das nördliche Viertel konnte Beulah deutlich die Quelle des Wohlstandes der Stadt und ihres unangenehmen Geruchs sehen. Rinder warteten in zahllosen Pferchen, einige geduldig, andere in furchtbarer Panik. Die Unruhe breitete sich wie eine Seuche aus, als einzelne Gruppen zusammengetrieben und zum Schlachthof gebracht wurden. Ihre Häute landeten in den Gerbereien, deren Rauch in der Südstadt zu sehen war, während das Fleisch geräuchert oder gepökelt und in Fässer gepackt wurde, die dann mit dem Schiff den Fluss hinab und quer durch das Zwillingskönigreich gebracht werden sollten. Abermals wusste Beulah die Umsicht Lord Beylins zu schätzen, der das Vieh nicht in die Stadt hereinließ.

Die Lage besserte sich ein wenig, als sie den Hügel zur Burg hochritten. Die Stadtmitte war dicht bebaut mit Häusern, kleinen Werkstätten und einigen wenigen Lagerhäusern, aber es gab dort zum Glück keine Tiere. Je höher sie kamen, umso häufiger fand der Westwind einen Weg vorbei an den Gebäuden, fegte die stinkende Luft weg und ersetzte sie durch den süßeren Geruch von warmem Gras.

Herzog Glas hätte das Bett hüten müssen, das sagte jedenfalls der um ihn herumscharwenzelnde Leibarzt immer wieder, während er sich an seinem Patienten zu schaffen machte. Glas selbst hatte offenbar beschlossen, seine Königin nicht in seinem Schlafgemach zu empfangen, und dafür war Beulah ihm immerhin dankbar. Er war jedoch auf eine Sänfte angewiesen, die mehrere starke Männer trugen, und er bot keinen angenehmen Anblick.

»Eure Majestät, bitte, verzeiht, dass ich nicht niederknie. Meine Beine sind nicht mehr so biegsam wie früher«, polterte Glas mit einer tiefen Stimme, die jovial klingen sollte. Er war vermutlich eine lustige Gesellschaft, dachte Beulah, ein grober, ehrlicher Gegensatz zu den eher verschlagenen Umgangsformen bei Hofe. Aber er hatte ganz offenbar Schmerzen, ein Bein war unterhalb des Knies amputiert worden, und der Verband um den Stumpf war von Blut durchtränkt.

»Unter diesen Umständen dürft Ihr gern sitzen bleiben, Glas.«

Beulah stieg ab, reichte ihre Zügel einem Pagen, dann ging sie zu der Sänfte und hielt Glas ihre Hand zum Kuss hin. Der Herzog nahm Beulahs Hand mit einer gewaltigen, von Narben und verkrusteten Wunden bedeckten Hand. Sein anderer Arm war an seine Brust gebunden und lag in einer Schlinge. Glas streifte Beulahs Amtsring kurz mit den Lippen, dann ließ er ihre Hand los und schaute zu ihr auf. Sein eines Auge war von einer Klappe verdeckt und rohes Fleisch und zerschrammte Haut deuteten an, dass er mit diesem Auge so bald nicht wieder sehen würde. Falls überhaupt jemals.

»Darf ich Seiner Durchlaucht den Herzog von Aberfenn vorstellen?« Beulah trat zurück und ließ Clun einen Schritt nach vorn machen. Ihr Gemahl bemühte sich, nicht Glas' Verletzungen anzustarren, aber es gelang ihm nicht ganz, fehlte ihm doch die Erziehung, die ein junger Adliger genossen hätte..

»Ihr seid also der junge Spund, der das Herz unserer Königin gestohlen hat!« Glas schlug Clun auf den Arm, dann beugte er sich vor und hustete heftig. Er gab sich alle Mühe, zu verstecken, was er dabei in ein sauberes Taschentuch spuckte, aber Beulah sah das Blut und fragte sich, ob das hier Verletzungen waren, die nicht einmal ein Bär von Mann wie der Herzog von Castell Glas überleben könnte.

»Euer Hauptmann sagt, dass Ihr den Drachen gefangen habt, Eure Durchlaucht.«

»Kommt mir hier nicht mit diesem Durchlaucht-Unsinn, Junge. Ihr seid ebenfalls Herzog, wisst Ihr. Dann verhaltet Euch auch so. Nennt mich Glas, das tun alle. Außer meine alten Mutter. Die besteht darauf, mich Derryl zu nennen. Keine Ahnung, warum.«

»Na, ich würde sehr gern hören, wie Ihr die Bestie gefangen habt. Und ich würde sie natürlich auch gern sehen, wenn das möglich ist.«

»Natürlich, natürlich. Aber gehen wir doch in die Halle. Da warten schon Speis und Trank, damit Ihr Euch von der Reise erholen könnt.« Glas klatschte leicht in die Hände, zuckte dabei zusammen, und dann wurde seine Sänfte hochgehoben. Beulah folgte ihm in die große Halle der Burg, in der alles für ein Bankett vorbereitet war. Sie wurde zum Ehrenplatz oben am Tisch geführt, während Clun zu ihrer Rechten saß und Glas in seiner Sänfte auf ihre linke Seite gestellt wurde. Die Diener brachten Essen und Wein, aber Beulah hatte kaum Appetit. Während sie in einem Stück Rindfleisch herumstocherte, erzählte Glas seine Geschichte, wobei er ab und zu von schrecklichen Hustenanfällen unterbrochen wurde.

»Diese verdammte Kreatur tauchte vor ungefähr drei Wochen auf. Einfach so. Sie scheint gern Rindfleisch zu fressen, ich nehme also an, sie ist von unseren Kühen hergelockt worden. Sie hat sich jedenfalls genug davon geholt. Und die, die sie nicht erwischt hat, hätten sich in ihrer Panik fast gegenseitig totgetreten. Ich habe Männer losgeschickt, aber es ist verdammt schwer, ein Vieh zu fangen, das beim ersten Anzeichen von Ärger gleich wegfliegt.«

»Es ist weggeflogen?« Clun hatte diese Frage gestellt, aber Beulah hatte dasselbe gedacht. Der Drache, der sie angegriffen hatte, hatte sich offenbar nicht vor einem Trupp von Kampfpriestern gefürchtet, warum hätte er da Angst vor normalen Soldaten haben sollen?

»Aber ja doch. Jedes Mal. Meistens mit einem preisgekrönten Zuchtbullen oder einer Färse in den Krallen. Also hab ich die Pferche bewachen lassen. Das hat den Drachen erst mal weggehalten, dann wurde er richtig übel. Hat zwei Männer und einen Hütejungen getötet. In Stücke gerissen. Wenn Ihr entschuldigt, Majestät.«

Beulah legte ihr Besteck hin. Alle Gedanken an die Mahlzeit waren verflogen. »Ihr habt ihm dann eine Falle gestellt, nehme ich an?«

»Ja, ich war selbst dabei. Konnte doch meine Leute nicht dem Drachen in den Rachen werfen und selbst zu Hause bleiben. Es hat eine Weile gedauert, aber irgendwann gelang es uns dann, ihn in einem kleinen Wald nicht weit von der Stadt zu umzingeln. Konnte wegen der Bäume nicht losfliegen. Wir haben jede Menge Pfeile auf ihn abgegeben, aber die meisten sind einfach abgeprallt. Also bin ich dicht an ihn herangegangen und hab ihn abgelenkt, während Hauptmann Tole und seine Leute sich von hinten angeschlichen und ihm eine Eiche auf den Kopf geknallt haben. Er war sofort bewusstlos. Ich hätte ihn ja augenblicklich und vor Ort töten können, aber ich wusste doch, dass Ihr kommen würdet. Und ich dachte, Ihr wolltet ihn sicher sehen.« Glas wurde von einem weiteren Hustenanfall geschüttelt und Beulah musste sich abwenden. Beim Anblick seines frisch ausgespuckten Blutes drehte sich ihr der Magen um. Sie wünschte, er ließe sich wieder zu Bett bringen, aber sie brachte es nicht übers Herz, ihn wegzuschicken. Sein Mut war vielleicht seiner Dummheit entsprungen, aber er verdiente doch eine Belohnung. Es war nur schade, dass er wohl nicht lange genug leben würde, um diese Belohnung zu genießen, egal, was sie auch für ihn aussuchen mochte.

»Vielleicht könnte uns Hauptmann Tole zu der Bestie führen«, sagte sie. »Ich fürchte, Euer Leibarzt wird einen Herzanfall erleiden, wenn wir Euch noch länger vom Bett fernhalten.«

»Ach, Pferdescheiße, Majestät. Wenn Ihr meine grobe Sprache verzeiht. In mir treiben sich mindestens zwei Rippen herum und massakrieren meine Lunge. Wenn ich diese Nacht noch überlebe, dann ist das ein Wunder. Aber ich wollte Euch doch in Castell Glas willkommen heißen. Es war schon viel zu lange kein Monarch des Obsidianthrones mehr hier im Hendry.«

»Wirklich viel zu lange, Glas. Aber Ihr braucht Ruhe. Wenn Ihr es Euch selbst erlaubt, könnt Ihr wieder genesen. Habt ein paar Tage Geduld, dann werdet Ihr Euch schon viel besser fühlen. Ich werde Euch meinen eigenen Arzt schicken, und inzwischen kann der Hauptmann uns Euren Drachen zeigen.« Beulah stand auf.

Die ganze Gesellschaft folgte ihrem Beispiel und jeglicher Widerspruch des Herzogs war damit unterbunden.

»Ich werde Eure Rückkehr erwarten, Majestät. Was Gastfreundschaft angeht, haben wir noch sehr viel anzubieten.«

»Das bezweifele ich durchaus nicht.« Beulah nickte zum Dank, verließ die Festtafel und ging durch den Saal zu der Ecke, wo ihre Kampfpriester zusammen mit der Garde von Castell Glas gegessen hatten. Hauptmann Celtin senkte zum Gruß den Kopf, und sie winkte ihn zu sich und flüsterte ihm etwas ins Ohr, das die Männer des Herzogs nicht hören sollten.

»Ihr verfügt über ein gewisses Geschick darin, die Grym zu Heilzwecken zu nutzen, Hauptmann. Seht, was ihr für Herzog Glas tun könnt, und duldet ja keinen Unsinn von seinem Leibarzt.«

»Natürlich, Eure Majestät.«

»Und wenn sein Zustand zu schlimm ist, dann bereitet ihm ein sanftes Ende.«

Celtin nickte verständnisvoll, verbeugte sich ein weiteres Mal und lief dann davon, um sich seiner Aufgabe zu widmen. Heiler oder Mörder, Beulah fragte sich, was er wohl sein würde, und stellte fest, dass sie auf Ersteres hoffte.

Hauptmann Tole machte ein verängstigtes Gesicht, als er das königliche Gefolge abermals durch die Stadt führte. »In der Burg gab es keinen Raum, dessen Eingang groß genug war, um diese riesige Bestie durchzulassen«, erklärte er. »Deshalb hat Herzog Glas einen der größten steinernen Speicher im alten Kaufmannsviertel beschlagnahmt.«

Der Gestank der Stadt ballte sich in den engen Gassen zwischen den hohen Lagerhäusern, aber je näher sie ihrem Ziel kamen, umso deutlicher nahm Beulah noch einen anderen Geruch wahr. Es war ein Geruch, bei dem sich die Haare in ihrem Nacken sträubten, ein Gestank, den sie zuerst in einem kleinen

Dorf tausend Meilen von hier entfernt wahrgenommen hatte: den überwältigenden Drachengestank. Bei dieser Frecknock, die Clun ihr gebracht hatte, hatte sie das nicht bemerkt. Vielleicht hatte es etwas mit den männlichen Exemplaren der Gattung zu tun. Oder diese neuen Bestien waren auf irgendeine Weise anders beschaffen. Sie waren ja schließlich aus dem Nirgendwo aufgetaucht.

»Eure Majestät, hier hinein, bitte.« Die bebende Stimme des Hauptmanns riss Beulah aus ihren Überlegungen. Sie drehte sich zu einer kleinen Öffnung in einer riesigen hölzernen Doppeltür um. Die beiden Türhälften ragten zwanzig Schritt über ihr auf, und zusammengenommen waren sie breiter als hoch. Der Hirte allein mochte wissen, welche Waren so riesig waren, dass sie einen solchen Eingang erheischten, aber was immer es gewesen sein mochte, der Markt dafür war schon vor Jahren erloschen. Als Beulah den kühlen, riesigen Speicher betrat, sah sie nur einen leeren Raum, der sein Licht von den hoch in der Mauer sitzenden Fenstern und den Fackeln in den Haltern an den dicken Steinsäulen bezog. Nervös aussehende Soldaten sprangen in Habachtstellung auf, als Beulah angekündigt wurde, und dann fiel Beulahs Blick auf den Quell dieses Unbehagens.

Vielleicht schlief der Drache, vielleicht war er auch unter dem Gewicht der vielen Ketten zusammengebrochen, mit denen er an den Boden gefesselt war. Glas' Männer hatten kein Risiko eingehen wollen, was ihre Beute betraf. Darum hatten sie die kräftigsten verfügbaren Ketten genommen und an den Steinplatten verankert. Aber selbst jetzt, ausgestreckt und platt wie ein von einem Karren überfahrener Hund, sah der Drache größer aus als in Beulahs Erinnerung.

»Eure Majestät, seid bitte vorsichtig. Er könnte jeden Moment aufwachen.« Hauptmann Toles Nervosität schien mit jeder Minute zu wachsen, und Beulah erinnerte sich daran, dass er zu der Gruppe von Soldaten gehört hatte, die diese Bestie gefangen hatten.

»Er ist schon wach.« Clun trat vor, und er war vielleicht der Einzige im ganzen Lagerhaus, der keinerlei Furcht ausstrahlte.

»Nimm dich in acht, mein Geliebter«, sagte Beulah und sah zu, wie ihr Gemahl gelassen auf den Drachen zuging und gerade außer Reichweite von dessen gewaltigem Haupt in die Hocke ging.

»Ich weiß, du kannst mich hören, Drache«, sagte Clun. »Erinnerst du dich an mich?«

Irgendwo im Speicher schnappte ein Soldat laut hörbar nach Luft. Es war nicht gerade ein Schrei, aber es war auch nicht viel anders. Der Drache öffnete mit langsamer Arroganz die Augen, als ob ihn das eigentlich alles überhaupt nicht interessierte, und bewegte seine Glieder mit den Ketten, die ihn festhielten, wie um deren Stärke zu testen, dann legte er sich wieder hin und öffnete endlich den Mund. Ein Strom von Geräuschen quoll heraus, die eine Sprache sein mochten, aber Beulah verstand nichts davon. Ihr Kopf füllte sich mit Bildern: ein Flug über eine unbekannte Landschaft, Aufsteigen und Absinken zusammen mit anderen Drachen, der Anflug auf eine oben auf einem Berg gelegene Burg. Sie schüttelte diese Bilder aus ihrem Kopf und sah, wie die Soldaten in ihrer Nähe ins Leere starrten. Nur die Kampfpriester, die sie begleitet hatten, sahen aufmerksam aus. Dann hörte sie wieder diese seltsame Sprache und begriff, dass jetzt Clun sprach.

»Was sagst du da? Was ist das für eine Sprache?« Beulah ging auf den Drachen und ihren Gemahl zu und hörte noch mehr Wörter in dieser Sprache, die zweifellos Drachensprache war. Aber wann hatte Clun die gelernt? Nur wenige von den ranghöchsten Quästoren und Melyn selbst besaßen solche Kenntnisse.

»Herrin, das ist nicht der Drache, der uns angegriffen hat. Das hier ist nicht Caradoc, der Sohn des Edryd.«

»Wieso bist du dir da so sicher?« Beulah sah sich die riesige Kreatur genauer an und versuchte, sie mit ihren Erinnerungen an den Drachen zu vergleichen, der sie im Nebel überfallen hatte.

Dieser hier kam ihr größer vor, aber das konnte daran liegen, dass sie sich in einem geschlossenen Raum befanden. Aber jedenfalls hatte dieser Drache zwei Hände und keine Spuren an der Stelle, wo Clun bei dem Kampf seinen Treffer gelandet hatte. Doch wenn auch nur die Hälfte der über Drachen erzählten Geschichten zutraf, dann konnten sie ganze Glieder nachwachsen lassen. Sie versuchte, sich an die Muster in den Schuppen des Wesens zu erinnern, das sie angegriffen hatte, aber ihre klarste Erinnerung war die an den qualvollen Tod ihres geliebten Pferdes.

»Das hat sie mir gesagt.« Cluns Stimme riss Beulah aus ihren entsetzten Gedanken, und sie begriff, dass ihre gedanklichen Sperren wie Papier zerrissen worden waren. Sie richtete sie wieder auf, stärker als bisher, und starrte den liegenden Drachen an.

»Sie?«

»Das ist offenbar Morwenna, die Listenreiche.« Clun drehte sich zu dem Drachen um und sprach ein weiteres Mal mit ihm, seine Stimme klang seltsam überzeugend, als sie diese fremden Geräusche bildete. Beulah spürte, wie der Druck auf ihre Gedanken nachließ, als Morwenna ihre Aufmerksamkeit wieder Clun zuwandte. Und dann stieß er – stieß sie ein wütendes Zorngebrüll aus. Morwenna bäumte sich auf, riss die Steinplatten aus dem Boden wie Korken aus einer Flasche, zerfetzte die Ketten wie Fäden, erhob sich zu ihrer vollen Höhe, breitete die Flügel aus, bis sie die Mauern des Speichers berührten, und stieß sich ab.

Beulah sprang zurück, als die Kampfpriester ihre Feuerklingen herbeiriefen. Glas' Soldaten standen noch immer verdutzt herum, entweder verängstigt oder auf irgendeine Weise mit einem Zauber belegt. Die Drachin nutzte ihre Flügel als Waffen, mähte die Männer um, als sie versuchte, sich in dem engen Speicherhaus umzudrehen und Clun zu treffen.

»Clun, deine Klinge!«, schrie Beulah, dann duckte sie sich und ließ sich zu Boden fallen, als ein Flügel über die Stelle fegte, an der sie soeben noch gestanden hatte. Sie rollte sich auf die Seite, sprang auf und duckte sich abermals, als die Drachin ihre Flügel über den Kopf hob und sie dann auf den Boden knallen ließ. Steinplatten zerbrachen, das ganze Gebäude bebte, und noch immer stand Clun reglos da, gleich unter diesem Kopf, als ob er darauf wartete, zu Boden geschlagen zu werden. Beulah erreichte die relative Sicherheit der nächsten Säule und konnte zu Atem kommen. Auf der anderen Seite des Speichers hatten zwei ihrer Kampfpriester eine ähnliche Zuflucht gefunden. Ein dritter lag mit gespaltenem Kopf auf dem Boden.

Die Drachin brüllte und bäumte sich bis zur Decke hin auf, als sie die letzten Ketten abwarf. Sie schaute zu Clun hinunter, und der erwiderte diesen Blick mit seltsam gelassener Miene. Er wirkte wehrlos, aber auch furchtlos, als die Drachin ihm Wörter an den Kopf warf, bei denen es sich zweifellos um Beschimpfungen handelte. Die Wörter hallten im Speicher wider, und sie taten den Ohren viel mehr weh, als sogar ihre Lautstärke es hätte annehmen lassen. Sie dröhnten im Beulahs Kopf und hinderten sie daran, sich zu konzentrieren.

Nun sagte Clun etwas, und sofort war der Schmerz verschwunden. Die Drachin brüllte noch einmal auf, diesmal war es aber nur ein einfacher Wutschrei, dann ließ sie den Kopf blitzschnell sinken, um den Mann, der vor ihr stand, zu zermalmen.

Beulah war sicher, dass er tot war. Aber im letzten möglichen Augenblick bewegte sich Clun mit einer Schnelligkeit, die sie nicht für möglich gehalten hätte. Er sprang zur Seite und rief zwei lange Lichtklingen herbei, die er dann mit einer sparsamen Bewegung schwenkte, die elegant und entsetzlich zugleich war. Der Schrei der Drachin wurde zum Verstummen gebracht, aber ihr Kopf senkte sich immer weiter und knallte mit einer solchen Wucht nach unten, dass die Erschütterung mehrere Schieferplatten vom Dach riss und sie auf dem Boden zerschellen ließ. Die wenigen Soldaten, die sich noch auf den Beinen gehalten hatten, stürzten nun auch, und Beulah musste sich an die Säule klammern, um auf den Beinen zu bleiben.

Und dann fiel der Kopf der Drachin von ihren Schultern. Er prallte vom Boden ab und rollte in einer Wolke aus rotem Blut weiter, die den Raum mit Eisengeruch füllte. Einmal, zweimal drehte er sich noch, dann kam er zum Stillstand und starrte, mit vor Überraschung weit aufgerissenen Augen, Beulah voll ins Gesicht.

25

Nehmt Kampferholz, das zumindest drei Monde lang getrocknet worden ist, und zerspaltet es in dünne Flocken. Gebt dann Sirup und zu feinem Pulver zermahlene Wermutkörner hinzu. Bröselt zudem einige Blätter eines ein Jahr alten Degenbusches hinein und verrührt alles sorgfältig. Diese Mischung wird, wenn man sie in die glühende Asche eines Eichenfeuers gießt, einen dichten Qualm produzieren, der einen Drachen in Sekundenschnelle betäubt.

Aus den persönlichen Aufzeichnungen von Zirkusdirektor Logtan

Benfro saß zwischen den wenigen verkrümmten Bäumen und schaute über die leere Talsenke hinab. Die Asche ihres Feuers aus der vergangenen Nacht war der einzige Hinweis darauf, dass in den letzten hundert Jahren jemand hier vorbeigekommen war. Die Asche und das blutige Skelett des Tieres, das er geschlachtet hatte. Er hatte versucht, Streifen des Fleisches zum Trocknen auszulegen, aber als die Hitze der Sonne den Tag erfüllte, waren Tausende und Abertausende winziger bissiger Fliegen aufgetaucht, angezogen von dem würzigen Geruch der weggeworfenen Innereien. Anders als die Fliegen, die er aus dem Wald kannte, ließen sich diese offenbar vom mageren Rauch des Feuers nicht vertreiben, und als sie sich dann um den Kadaver versammelt hatten und das Fleisch verdarben, fingen sie an, auch Benfro zu belästigen.

Am Ende hatte er sich in den Schutz der Bäume zurückziehen müssen, um den Fliegen und der brennenden Glut der Mittagssonne zu entkommen. In der Talsenke wehte kein Wind, und bald flirrten die Felsen in der von ihnen zurückgeworfenen Hitze. Immerhin saß er im Schatten, aber er hatte Angst, Errol könnte zurückkommen und ihn nicht finden, deshalb setzte er sich an den Rand des Wäldchens und starrte in das tote Feuer.

Benfro war ein wenig eingenickt, hatte vor sich hingedöst, sich aber nie erlaubt, in einen wirklich tiefen Schlaf zu sinken. Er überprüfte immer wieder seine Aura und die tückische kleine Schnur, die ihn mit Magog verband. Im Laufe des Nachmittags wurde er davon immer besessener. Wie war es möglich, dass Magog einen solchen Zugriff auf ihn hatte, während Melyn und dessen Leute die unextrahierten Edelsteine von Benfros Mutter doch ungestraft an sich gerissen hatten? Wenn das stimmte, was er über Menschen gehört hatte, dann sammelten die riesige Schätze von Edelsteinen an, die sie aus zahllosen eingeschlagenen Schädeln gestohlen hatten, und bewahrten sie in ihren Palästen auf. Für Benfro war es eine entsetzliche Vorstellung, dass die Edelsteine seiner Mutter in irgendeinem dunklen Gelass lagen, unvollständig und verwirrt, aber immerhin waren sie extrahiert worden. Tot zu sein, ohne Unterstützung durch einen lebenden Geist, und doch für neue Erfahrungen offen, noch immer hungrig alles in sich aufnehmend, was durch die Grymlinien kam – musste das einen Drachen nicht in den Wahnsinn treiben? Vielleicht war ja gerade das Magog passiert, und sein eigentliches Wesen war im Laufe von Hunderten, Tausenden von Jahren erst allmählich zu der grausamen Erscheinung geworden, die er jetzt war. Aber das erklärte noch immer nicht, wieso der tote Magis sich so fest an Benfros Gedanken klammern konnte, wieso diese grauenhafte rosa Schnur so unlöslich an seiner Aura klebte.

Der Nachmittag ging in den Abend über. Immer wieder nickte

Benfro ein und fuhr jäh wieder hoch, um sich davon zu überzeugen, dass er in keiner Weise Magogs Einfluss erlegen war.

Als die Dämmerung einsetzte, verließ er den Schatten zwischen den Bäumen und ging zurück zu ihrem Lagerplatz. Dabei fragte er sich, ob Errol wohl zurückgekommen war, das Lager verlassen vorgefunden und irgendeine Nachricht hinterlegt hatte. Das war natürlich ein blödsinniger Gedanke. Der Junge würde durch den Wald gehen müssen, um unten in der Talsenke anzukommen, und die Bäume standen nicht dicht genug, um Benfro vollständig zu verstecken. Doch mit jeder Stunde, die verging, machte sich der Drache größere Sorgen. Was, wenn Errol in irgendwelche Schwierigkeiten geraten war? Was, wenn ihn auf der Straße jemand überfallen hatte?

Als die ersten Sterne am dunkler werdenden Himmel auftauchten und Errol noch immer nicht zurückgekehrt war, überkam Benfro die panische Vorstellung, dass der Junge die Edelsteine verloren haben könnte. Sie hatten die leere Proviantasche in den Bergen hinterlassen, da der aus Gras geflochtene Griff durchgescheuert gewesen war. Errol hatte seine Stofftasche mitgenommen und Benfros Ledertasche mit den restlichen Goldmünzen und der Landkarte aus Magogs Schatzraum zurückgelassen. Benfro leerte sie über dem Boden aus und ging die Schätze durch, auf der Suche nach den kleinen, in Stoff gewickelten Bündeln. Egal, wie oft er auch nachsah, während es dunkler wurde und sich die kühle Nachtluft über die Mulde senkte, die Edelsteine waren nicht da. Errol hatte sie mitgenommen. Und jetzt war Errol verschwunden.

Benfro sackte in sich zusammen. Ihm war nicht klar gewesen, wie sehr er sich inzwischen auf den Jungen verließ, wie einsam er ohne ihn war. Erst in der vergangenen Nacht, als sie über ihre Träume und die damit verbundenen Möglichkeiten gesprochen hatten, hatte er erstmals zu hoffen gewagt, dass er es doch schaffen würde, sich ein für allemal von Magog zu befreien. Aber selbst dann würde seine Mutter ja immer noch tot sein. Melyn würde ihn immer noch jagen. Er würde noch immer bei den Menschen in Gulad verhasst und gefürchtet sein. Und wenn er Gogs Welt fände, in der die Drachen unangefochten herrschten, was dann? Er war doch nur ein Drachkitz, kaum älter als sechzehn Sommer.

Benfros Stimmung war so düster, dass er das Geräusch zuerst gar nicht bemerkte. Erst als er den ersten Schrei hörte, begriff sein Gehirn, was seine Ohren gehört hatten. Eine sanfte Brise brachte ihm vertraute und auch fremde Gerüche. Er roch Pferde, als er schon ihre Hufe auf trockenem Boden hörte, ihr dringliches Wiehern. Und er roch auch Menschen, ihre ungewaschenen und verschwitzten, nicht zu identifizierenden Körper. Oder war es ein bekannter Geruch, der sich da unter die anderen mischte?

Rasch, aber lautlos, kam er auf die Beine und presste die Flügel eng an die Seite, als er an den Rand der Senke kroch. Schwere Wolken verdeckten den Mond und fast den ganzen Himmel, nur wenige Sterne lugten durch die Wolkenspalten. Es reichte, um Benfro dunkle Gestalten erkennen zu lassen.

Eine Stimme sprach, grob und gebieterisch, in einer Sprache, die Benfro nicht verstand. Er schlich sich noch dichter heran und verließ sich darauf, dass das stetige Rauschen des Windes im Gras seine Annäherung verbergen würde. Er hätte sich keine Sorgen zu machen brauchen. Drei Pferde standen reiterlos am Straßenrand, eins war mit Säcken beladen, die anderen beiden waren nur leicht aufgezäumt. Die Stimme kam von dem hohen Gras am Straßenrand, und als Benfro näher kroch, nahm er eine Bewegung wahr – es hörte sich an wie ein Handgemenge. Er hörte etwas, das klang, wie feuchte Tücher, die gegen einen Felsen geschlagen werden, dann mehrfach ein leises Grunzen. Und dann Stille.

Die Stimme sagte wieder etwas und eine dunkle Gestalt erhob sich aus dem Gras und ging zurück zu den Pferden. Eine andere bückte sich und zog etwas Schweres hoch. Benfro schlich sich noch näher und nahm Witterung auf, wie er es von Ynys Môn gelernt hatte. Er war so leise wie möglich, als er da im wogenden Gras hockte. Und dann passierten zwei Dinge gleichzeitig. Eine steife Brise kam auf und trug Benfros Geruch zu den Pferden, und die Wolken zogen sich zurück und tauchten alles in Mondlicht.

Zwei Pferde reagierten sofort auf seine Anwesenheit, sie legten die Ohren flach an den Kopf, rissen verängstigt die Augen auf und wären am liebsten losgerannt. Doch sie waren angehobbelt, also versuchten sie, um sich zu treten, warfen sich hin und her und schnaubten und stürzten schließlich in ihrer Angst zu Boden. Das dritte, mit Säcken beladene Pferd verhielt sich ruhiger, es wich seinen in Panik geratenen Artgenossen einfach aus. Benfros Aufmerksamkeit war längst von den Pferden fort und zu dem Mann gezogen worden, der noch immer im Gras stand.

Er war nicht größer als Errol und ziemlich dünn. Sein Gesicht war schmal und er hatte nur noch sehr wenige Haare auf dem Kopf. Er trug eine Brille, die im Mondlicht funkelte, und ein langes, fließendes Gewand. Und wichtiger war, dass er einen bewusstlosen Errol an der Kehle gepackt hielt und ihn offenbar erwürgen wollte.

Benfro brüllte auf und sprang vor. Der Mann sah ihn, reagierte aber erst, als es viel zu spät war. Er ließ Errol fallen, und der fiel bewegungslos zu Boden, während der Mann zu fliehen versuchte. Aber Benfro hatte ihn schon erreicht, und alle Frustration, alle Wut und Angst und alle Schmerzen, die er seit dem furchtbaren Tag verspürt hatte, als seine Mutter getötet worden war, all sein Zorn brach sich jetzt Bahn. Er packte den Mann an der Schulter und empfand eine brutale Freude, als er seine Krallen in weiches Fleisch schlug, als er zerbrechliche Knochen zermalmte. Er hob den Mann hoch und wirbelte ihn herum, um ihm in die Augen blicken zu können.

»Warum tust du das? Warum kannst du uns nicht einfach in

Ruhe lassen?« Benfro schüttelte den Mann heftig und schleuderte ihn dann fort, angeekelt von dem Blutdurst, der ihn überkommen hatte. Er drehte sich um und sah den anderen Mann, der eines der um sich tretenden Pferde losband, auf dessen Rücken sprang, sowie das Tier auf die Beine gekommen war, und die Straße hinabgaloppierte. Benfro hätte die Verfolgung aufgenommen, aber nun stöhnte Errol vor Schmerzen auf.

Benfro kniete neben ihm nieder und hob den Jungen vorsichtig auf. Errols Gesicht war blutverschmiert, das Blut sickerte aus einer Wunde oben auf seinem Kopf, ansonsten schien er unverletzt zu sein. Benfro trug ihn ins Gras hinüber, fort von den Pferden, und legte ihn dort hin. Dabei öffnete Errol die Augen und sagte etwas in einer Sprache, die Benfro nicht verstehen konnte.

»Was hast du gesagt? Ist alles in Ordnung?«

Errol sah für einen kurzen Augenblick verwirrt aus, dann sagte er, diesmal in der Drachensprache: »Danke, Benfro. Ich glaube, du hast mir soeben das Leben gerettet.«

»Was waren das für Männer? Was wollten die?«

»Einer ist ein Goldhändler namens Tibbits. Den anderen kenne ich nicht, aber es kann ein Freund des Stallburschen sein, der mir das Pferd verkauft hat.« Errol setzte sich langsam auf und zuckte zusammen, als er seinen Kopf berührte. »Sie haben mich auf der Straße angehalten. Ich dachte, ich hätte in Cerdys etwas vergessen, aber als ich langsamer wurde, damit sie neben mir reiten könnten, hat einer mir einen Schlag auf den Kopf verpasst. Wahrscheinlich kann ich noch froh sein, dass sie kein Schwert benutzt haben.«

»Aber was wollten sie? Warum haben sie dich so einfach überfallen?«

»Gold natürlich. Ich hätte wohl damit rechnen sollen. Tibbits hat mir nicht geglaubt, als ich behauptet habe, ich hätte nur diese eine Münze. Was ist aus den Männern geworden?«

Benfro schaute sich zur Straße um. Das angehobbelte Pferd versuchte noch immer, sich loszureißen, jetzt aber weniger hektisch, da er nicht mehr in der Nähe war. Das andere war zum Gras hinübergetrottet und graste friedlich, als ob es jeden Tag einem Drachen begegnete. Es war zu dunkel, um weit die Straße entlangzusehen, aber der andere von Errols Angreifern war jetzt sicher schon zwei Meilen weiter, wenn er im Galopp geritten war.

Der erste lag noch immer auf dem Rücken im hohen Gras, wo Benfro ihn abgeworfen hatte. Er hatte ein Bein unter sich angezogen, auf eine Weise, die auf einen Beinbruch hinwies. Sein Rücken war verkrümmt, und ein dunkler Fleck von der Wunde an seiner Schulter, wo Benfros Krallen Haut und Knochen zerfetzt hatten, breitete sich auf seinem Hemd aus. Aber was ihn wirklich verriet, war sein Kopf; kein Kopf dürfte jemals in eine solche Richtung schauen.

Errol legte für einige Augenblicke einen Finger an den Hals des Mannes, dann griff er nach der zerbrochenen Brille, die neben ihm auf dem Boden lag. »Er ist tot. Armer alter Tibbits.«

Benfro spürte, wie ihn ein Schauer durchlief, und wusste nicht so recht, was das bedeutete. Einerseits Entsetzen, andererseits Hochgefühl. Er hatte einen Menschen getötet, hatte ihn hochgehoben und geschüttelt, bis er ihm die Knochen gebrochen hatte. Es war zwar kein Kampfpriester gewesen, es war nicht Melyn, der mit gebrochenem Genick vor ihm lag. Aber er hatte ihn jedenfalls getötet.

»Wir müssen den Leichnam irgendwo verstecken, wo er nicht gefunden werden kann. Der andere ist entkommen, sagst du?« Errol schaute sich um, als ob seine Augen in dem bleichen Mondlicht in der Ferne irgendetwas sehen könnten.

Benfro nickte.

»Dann wird er allen, die ihm zuhören mögen, erzählen, dass hier ein wilder Drache frei herumläuft. Und dann wird sich bald eine ganze Bande von ihnen nach dir auf die Suche machen. Wir müssen noch heute Nacht weg von hier.«

Benfro sah auf den Toten hinunter und dachte an die Wut, die in ihm aufgestiegen war, als er gesehen hatte, wie der andere Errol würgte. Sein Magen knurrte, noch immer voll Fleisch, und sofort wusste er, was er zu tun hatte.

»Geh ein Stück zurück«, sagte er, und als Errol die Straße erreicht hatte, holte Benfro tief Luft und stieß sie gleich wieder aus. Flammen loderten aus seinem Mund und waberten um den Leichnam herum wie tausend streichelnde Finger. Sie gaben keine Hitze ab, ließen das trockene Gras unberührt, hatten den Mann und seine Kleidung aber im Nu verzehrt. Nach wenigen Minuten lag nur noch die Brille mit beschlagenen und zerbrochenen Gläsern auf einem kleinen Haufen aus weißer Asche, die der Wind nun schon mit sich davontrug.

Melyn wusste nicht so recht, wann genau sie auf ihrem Weg über den Pass den Fryd, der offiziell zum Zwillingskönigreich gehörte, verlassen hatten. Jedenfalls waren sie nun dabei, eine Invasionsarmee in Lanwennog zu werden. Der Pfad durch die Berge war nicht schwer zu bewältigen, er wand und schlängelte sich durch enge Täler, aber ihre Pferde hinterließen nur nackte Erde, wo vorher kurze Gräser und Heidekraut gestanden hatten.

Die ersten zwei Tage waren harte Arbeit. Obwohl seine verletzte Hand jetzt vollständig verheilt war, litt der Inquisitor an einer Art betäubenden Erschöpfung, als sein Körper die daran ausgeübte Magie zu bearbeiten versuchte. Er sprach in dieser Zeit nicht viel und nickte immer wieder im Sattel ein, wenn die Straße das zuließ. In der dritten Nacht schlugen sie ihr Lager auf einer großen Lichtung an einer Stelle auf, an der zwei Täler zusammenstießen. Es gab Wasser genug, und die Pferde konnten auf Nahrungssuche frei umherstreifen. Hauptmann Osgal stellte Wachposten auf, die

Ausschau nach Wölfen halten sollten, aber bisher hatten sie nur Adler gesehen, die hoch oben durch die klare Luft jagten. Es war kalt hier oben in den Bergen, und es war schwer, Brennholz zu finden. Melyn machte sich keine Sorgen um das Wohlergehen seiner Männer – sie waren von Emmas Faur her an solche Zustände gewöhnt und konnten sich zudem aus der Grym Wärme holen. Die Pferde machten ihm hingegen Kummer. Sie konnten es sich nicht leisten, noch mehr Reittiere zu verlieren, ehe sie die ersten Siedlungen von Lanwennog erreichten.

Als es dunkel wurde, drehte er eine Runde um das Lager, sprach mit seinen Kampfpriestern und warf ein Auge auf ihre Pferde. Er hätte sich aber diese Mühe nicht zu machen brauchen, seine Männer waren an Schlimmeres gewöhnt. Sie konnten für sich selbst sorgen und wussten, wie wichtig es war, ihre Pferde in gutem Zustand zu erhalten. Aber Melyn brauchte ein wenig Zeit abseits der der geschäftigen Mitte des Lagers, brauchte Ruhe und Frieden, um seine Strategie zu entwickeln, mit der er im Norden Panik verbreiten wollte. Und bald würde er zudem Kontakt zu Beulah aufnehmen müssen. Er gab es zwar ungern zu, aber Melyn wusste, dass er ohne diese Hilfe nicht weiterkommen würde.

Er fand Frecknock im Windschatten eines Felsquaders. Sie hatte sich wie zum Schlafen zusammengerollt, aber als er näher kam, öffnete sie die Augen, schaute auf und kam mühsam auf die Füße. In der Dunkelheit verbarg ihre schwarze Färbung ihren Umfang.

»Euer Gnaden. Wie geht es Eurer Hand?«

Melyn hätte auf diese Erinnerung daran verzichten können, dass er in ihrer Schuld stand. Er hob die Handfläche, ohne zu wissen, ob diese für Frecknock sichtbar sein würde.

»Besser. Aber du hättest mich vor den Nebenwirkungen deiner Heilmethode warnen können.«

»Es tut mir leid, Euer Gnaden. Ich hatte den Umfang Eurer

Verwundung unterschätzt. Die meisten Menschen wären lange, ehe sie sich solche Schaden zufügen könnten, vor Schmerz ohnmächtig geworden.«

Melyn vermutete, dass das eine Art Kompliment sein sollte, was er aber nicht zugeben wollte.

»Ich möchte mehr über diesen Tarnzauber erfahren. Ist der schwer zu lernen?« Er setzte sich auf einen kleineren Felsbrocken neben dem Quader und winkte Frecknock, sich ebenfalls zu setzen. Sie kauerte sich hin, versuchte, ihren Kopf auf seine Augenhöhe zu senken, dann ließ sie sich auf ihren Bauch fallen.

»Eigentlich nicht, nein. Ich fand das jedenfalls nicht schwer. Wir bringen das unseren Drachkitzen bereits bei, wenn sie gerade erst sprechen gelernt haben. Ihr haltet das vielleicht für Feigheit, aber mit dem Hintergrund verschwimmen zu können, ist eine gute Überlebensmethode in einer feindlichen Welt.«

»Es überrascht mich gar nicht, dass deinesgleichen zu solchen Mitteln Zuflucht nimmt, aber ich kann dir versichern, ich habe nicht vor, einem Kampf auszuweichen. Also sag mir, wie das geht.«

»Also, Euer Gnaden, das Prinzip ist recht einfach. Alles Leben strömt aus der Grym, wie Ihr wisst, aber die Grym strömt auch aus den Lebewesen – aus Bäumen, Tieren, Drachen, Menschen. Aus allem, was lebt. Drachen sind sich dieser Verbindung immer bewusst, andere Wesen sind das offenbar nicht, und nur wenige Menschen wie Ihr und Eure Kampfpriester besitzen die notwendigen Kenntnisse, um die Grym überhaupt wahrzunehmen. Deshalb verlasst Euresgleichen sich eher auf die physischen Sinne – Sicht, Berührung, Geruch, Gehör. Ihr definiert dadurch Eure Welt, Eure Sprache ist voll von Verweisen darauf.

Aber was Euch vielleicht nicht bekannt ist, ist, wie sehr Ihr Euch auf Eure unbewusste Kenntnis der Grym verlasst, um zu überleben. Sie beeinflusst euch nur wenig, aber stetig, und wenn sie richtig manipuliert wird, kann sie die anderen Sinne dermaßen verwirren, dass Ihr Dinge ignoriert, die mitten vor Euch stehen.«

»Also dieser Tarnzauber, der funktioniert nicht bei Drachen. Wolltest du mir das sagen?«

»Nicht bei allen Drachen und nicht immer. Aber Ihr und Eure Männer besitzt Eure überlegene geistige Disziplin, weil Ihr eben so hart arbeiten müsst, um die Grym zu manipulieren. Eure Lichtklingen sind entsetzliche Waffen, die aus purer Konzentration geschmiedet werden. Diese Eigenschaft ist der wichtige Faktor bei dem Versuch, sich durch die Grym vor der Entdeckung verstecken zu lassen, und da nehme ich an, Ihr werdet viel besser als die meisten Drachen sein, wenn Ihr dieses Prinzip erst verstanden habt.«

»Aber was ist das Prinzip? Wie geht es vor sich?«

»Also, denkt an Eure Lichtklinge. Um die herbeizurufen, greift Ihr in die Grym und holt Euch so viel Kraft, wie Ihr Euch überhaupt nur vorstellen könnt. Aber statt selbst dadurch verbrannt zu werden, richtet Ihr die Grym zurück auf sich selbst und lenkt ihre Kraft in die Klinge. Als vorgestellte Verlängerung Eures Armes wird die dann zu einer entsetzlichen Waffe. Die Kunst des Versteckens ist gewissermaßen das genaue Gegenteil. Statt die Grym in Euch aufzunehmen, müsst Ihr versuchen, sie fortzuschieben. Ihr müsst sie um Euch herumlenken, damit Ihr zu einem Loch werdet, einem schwarzen Punkt im Stoff von Gulad. Und Ihr müsst Eure Gedanken verschließen, damit sie nicht in die Grymlinien hinaussickern. Und wenn andere Euch dann ansehen, wird Ihr Unterbewusstsein Ihnen sagen, dass es nichts zu sehen gibt.«

Das klang ja gar nicht so schwer, aber Melyn erinnerte sich an die Erregung, die er empfunden hatte, als ihm erstmals erzählt worden war, wie man eine Lichtklinge herbeiruft, und dass er dann viele Monate sorgfältigen Studiums gebraucht hatte, um auch nur für einige Herzschläge lang ein winziges Aufleuchten hervorzubringen. Und zwei seiner Mitnovizen hatten sich selbst zu Tode verbrannt, waren von innen her gekocht worden, bei dem Versuch, diese Kunst zu meistern, ehe sie dazu bereit waren.

»Was sind also die Gefahren bei diesem Vorgehen? Wieso kann es schiefgehen?«

»So viel ich weiß, gibt es keine Gefahr. Ich nehme an, wenn Ihr Euch ganz und gar von der Grym absondertet, könnte das Euer Tod sein, aber vermutlich würdet Ihr zuerst das Bewusstsein verlieren, und dann würde sich der Zauber auflösen.«

Frecknock verstummte, und Melyn dachte über ihre Worte nach. Er sah sich die Linien in seiner Nähe an, überlegte, wie er sie anzapfte, um seine Lichtklinge herbeizurufen. Dann stellte er sich vor, wie er die Grym von sich wegschob, statt sie aufzunehmen. Es war eine seltsame Umkehrung, und fast sofort spürte er die kalte Bergluft seine Knochen abkühlen. Er versuchte, sich über die Grym zu erheben, obwohl das der komplette Widerspruch zu allem war, was er gelernt, und zu aller Magie, mit der er jemals experimentiert hatte. Zugleich zog er seine Gedanken ganz fest an sich heran, wie dann, wenn er mit Hofmarschall Padraig oder Archimandrit Cassters zu tun hatte, diesen Meistern der Kunst, die Gedanken von anderen zu lesen und zu manipulieren.

»Ich bin beeindruckt, Euer Gnaden. Ich weiß, dass Ihr da seid, und doch kann ich Euch kaum sehen.« Frecknocks Augen waren noch immer auf ihn gerichtet, aber als er dann zur Seite trat, fiel es ihr schwer, seinen Bewegungen zu folgen. Er sagte nichts, sondern wandte sich ab und ging zurück ins Lager.

Die erste Gruppe von Kampfpriestern drängte sich an einem winzigen Feuer aneinander, sie genossen eher das Licht als die Wärme. Melyn ging ganz offen auf sie zu und blieb zwischen zwei der Sitzenden im Schein der Flammen stehen. Dass sie nicht sofort aufsprangen, war Beweis genug dafür, dass ihm seine

Beschwörung gelungen war, aber er blieb doch stehen, denn er wollte nun hören, worüber sie hinter dem Rücken ihrer Anführer wohl sprachen.

Und zufällig beschwerten sie sich über so ziemlich dasselbe, wie er damals als Kampfpriester in einem langen Einsatz. Sie vermissten das Essen und die Bequemlichkeiten im Kloster, sie knurrten über die langen Stunden im Sattel, aber sie waren gespannt auf ihren Einsatz und froh, weil sie endlich den Wald verlassen hatten.

Melyn ließ die Leute an ihrem Feuer sitzen und wanderte weiter durch das Lager zu anderen kleinen Gruppen mit ähnlichen Sorgen. Ihm fiel auf, dass nicht einmal die Pferde auf ihn achteten, sie hatten die Köpfe gesenkt und rissen an dem dünnen Gras. Dabei müssten sie ihn doch wenigstens riechen können. Er fand es durchaus erregend, sich ungesehen zwischen ihnen bewegen zu können, zugleich aber ärgerte es ihn, dass niemand, wirklich kein lebendes Wesen, ihn überhaupt wahrnehmen konnte. Für den Moment war das eine gute Waffe, aber früher oder später würden auch seine Feinde darüber verfügen, und bis dahin müsste er gelernt haben, diesen Tarnzauber zu durchschauen.

Hauptmann Osgal versorgte gerade seine Pferde, die dicht neben Melyns eigenen standen. Als der Inquisitor mitten vor ihn trat, schaute Osgal nach links und nach rechts, dann geradeaus, und seine Augen richteten sich auf etwas in der Ferne. Melyn wollte schon etwas sagen, als sich der Hauptmann umdrehte und mit raschen Schritten zu dem Feuer ging, an dem Hauptmann Pelquin zusammen mit zwei Kampfpriestern saß.

»Habt ihr den Inquisitor gesehen?«, hörte Melyn Osgal fragen, als er sich den dreien näherte.

Pelquin schaute auf und sah zu den in der Dunkelheit aufleuchtenden Feuern hinüber. »Er ist vorhin um das Lager herumgewandert. Dann hat er sich mit dem Drachen unterhalten. Verdammtes Vieh, das macht mir eine Gänsehaut. Ich hatte gedacht, wir sollten das Vieh umbringen.«

»Vor zwei Tagen, als sie uns aus dem Wald gelotst hat, hast du dich aber noch anders angehört.«

»Na ja, von mir aus. Ich hab mir das überlegt. Ich glaube, der ganze Ärger kam ohnehin nur von ihr. Ich meine, wir hatten nur noch Probleme, seit sie dazugekommen ist. Bei dem See da hinten haben wir gute Leute verloren.«

Osgal brummte irgendeine beliebige Bemerkung und machte sich wieder auf die Suche. Melyn senkte seine mentalen Sperren und lockerte seine Kontrolle ungefähr so wie dann, wenn er seine Lichtklinge löschen wollte. Osgal blieb fast sofort stehen. Er schaute hin und her, versuchte, in der Dunkelheit etwas zu erkennen, aber niemals fielen seine Blicke richtig auf Melyns Gesicht.

»Was ist los, Osgal? Du siehst aus, als ob du ein Gespenst gesehen hättest.« Pelquin schaute den Inquisitor an, ohne ihn zu sehen. »Hier ist doch nichts, Mann.«

»Zufällig doch.« Melyn ließ die ihn umgebende Grym vollständig los, dann zog er deren Energie zurück in seinen kalten Leib und zitterte, als ihn plötzlich Hitze durchströmte. Der Anblick der Gesichter seiner Hauptleute glich alles Unbehagen wieder aus.

»Euer Gnaden, wie …«, stammelte Pelquin. Osgal machte das Zeichen des Hirtenstabes und senkte den Kopf. Hinter den beiden Hauptleuten versuchten die Kampfpriester am Feuer, in aller Eile auf die Beine zu kommen.

»Du glaubst, die Drachin Frecknock habe uns Unglück gebracht, Pelquin. Aber ich weiß, dass das Gegenteil der Fall ist.«

»Euer Gnaden«, begann Osgal und sein Tonfall verriet, was er sagen wollte.

Melyn brachte ihn mit einer Handbewegung zum Schweigen. »Ich kenne unsere Lehre, unsere geheiligten Gesetze. Nichts von dem, was Frecknock mir gesagt hat, hat meine Ansichten da geändert. Aber sie verfügt über ein Wissen, das ich an mich bringen will, ehe ich Brynceris Befehle ausführe und ihre Seele zurück zum Wolf sende. Diese Magie wird uns in den kommenden Tagen von großem Nutzen sein. Morgen werdet ihr und alle anderen Truppführer es von der Drachin lernen und dann an eure Leute weitergeben. Wenn ihr diese Technik alle gemeistert habt, werden wir zu den gottlosen Lanwennog hinuntersteigen und alles vernichten, was sich uns in den Weg stellt.«

Am Ende ließen sie die Pferde und auch den meisten von dem von Errol gekauften Proviant zurück. Es wäre zu riskant, die Straßen in der Umgebung von Cerdys zu benutzen, da einer von Errols Verfolgern ja entkommen war. Errol band das angehobbelte Pferd los, und das kam mühsam auf die Beine und hinkte zu dem anderen Pferd hinüber. Dann ließ Benfro Errol den Proviant aufteilen, während er selbst zurück in die Senke stieg und seine eigene Tasche holte. Als er zurückkam, war Errol aufbruchsbereit, auch wenn er keine große Lust hatte zu fliegen. Benfro war sicher, dass er über dem Grasland einen geraden Kurs halten könnte, wenn er die Sterne sehen könnte, aber die Wolken, die sich vorhin im richtigen Augenblick geteilt hatten, waren jetzt wieder dicht.

Der Start war auf diesem flachen Boden ziemlich einfach, trotz des zusätzlichen Gewichtes. Aber da der Mond hinter den Wolken versteckt war, fiel ihnen die Orientierung schwer. Nachdem er einige Kreise gedreht hatte, um Höhe zu gewinnen, beschloss Benfro, es sei das Beste, bis zum Stadtrand der Straße zu folgen. Hoffentlich würde dort aus Fenstern und Türen so viel Licht fallen, dass er dem Ort ausweichen und auf der anderen Seite die Straße wiederfinden könnte.

Errol schwieg auf diesem Flug, seine Hände waren fest um Benfros Arm geschlossen. Weil sie in der Dunkelheit langsamer vorankamen, hatte Benfro gedacht, dass sie sprechen könnten, aber nach einigen Bemerkungen, auf die keine Antwort erfolgt war, überlegte er, es wäre vielleicht besser, sich auf das Fliegen zu konzentrieren. Wie er gehofft hatte, flammten in der Stadt die Lichter auf. Eigentlich sogar mehr, als er erwartet hatte, was zeigte, dass mehr Menschen unterwegs waren als in einer normalen Nacht. Er umflog die Stadt tief im Süden und überquerte dann das dunkle Band des Flusses, als die ersten fetten Regentropfen vom Himmel fielen.

Benfro war oft genug durch den Regen gelaufen, um zu wissen, dass ihm das überhaupt nicht zusagte, aber bei Regen zu fliegen war eine ganz neue Erfahrung. Abgesehen davon, dass er bei dieser Geschwindigkeit das Gefühl hatte, in den Rachen eines heulenden Sturmes zu laufen, machte der Regen seine Flügel schwer und verringerte ihre Leistungsfähigkeit. Seine Muskeln mussten immer härter arbeiten, um ihn in der Luft zu halten, und als sich das Wetter verschlechterte, wurde es immer schwerer, überhaupt etwas zu sehen. In der Dunkelheit wurde nicht deutlich, ob es sich um einen vorübergehenden Guss handelte oder einen ewiglangen Landregen. Benfro würde landen müssen.

Kaum hatte er sich diese Erkenntnis eingestanden, als Benfro auch das Problem sah, vor dem er nun stand. Infolge des Regens war die Sicht so schlecht, dass er die Entfernung zum Boden nur schwer einschätzen konnte. Die Dunkelheit verbarg alle möglichen Hindernisse, über die er bei der Landung vielleicht stolpern und sich den Hals brechen würde. Und das Gras reichte ihm ohnehin bis zur Hüfte und wogte heftig in Wind und Regen hin und her.

Dann sah er ein ganzes Stück vor sich weitere Lichter. Zuerst glaubte er, es sei die Stadt und er sei in der Dunkelheit einen Kreis geflogen. Aber je näher er kam, umso deutlicher wurde es, dass es sich um eine viel kleinere Siedlung handelte als Cerdys, um kaum mehr als einen Weiler, wenn er nach der Größe der

Gebäude urteilte. Als er näher kam, wurde der Regen ein wenig leichter, dann hörte er ganz auf. Benfro flog über ein Dutzend Dächer, und dann jagte er auf der anderen Seite weiter auf eine kleine Gruppe von Bäumen zu, die wie in Geschwür mitten in der Landschaft saßen.

Fast als ob er ihm helfen wollte, lugte jetzt der Mond durch einen schmalen Spalt zwischen den Wolken und zeigte ihm das Grasland, das die Bäume umgab. Eine neue Talsenke schnitt sich durch Gras und Bäume. Sie war schmaler als die, die sie bisher gesehen hatten, tief und mit steilen Seiten. Benfro riss sich herum, verlor dabei so schnell er konnte an Höhe, und ihm war nur zu bewusst, dass der Mond in wenigen Sekunden wieder verschwunden sein würde. Seine Flügel waren zu schwer, um noch weiterzufliegen, selbst, wenn der Regen nicht wieder einsetzte, deshalb setzte er mit einer Serie von engen Kreisen zur Landung an und knallte dann endlich ins Gras.

Errol fiel wie ein vergessener Sack auf den Boden und murmelte etwas, das sehr nach »nie wieder« klang, dann liefen sie durch das dunkle Gras in den Wald und kamen bei den Bäumen an, als die ersten neuen schweren Regentropfen fielen. Sie fanden in einer Wand über der Senke eine Höhle, die von Bäumen und Felsblöcken geschützt war. In der Dunkelheit war es unmöglich zu sehen, wie tief die Höhle reichte, aber sie bot Schutz vor dem Regen, und Benfro konnte nichts riechen, das auf andere Höhlenbewohner hingewiesen hätte. Er hätte gern ein Feuer gemacht, aber er wusste, dass jedes Licht die Aufmerksamkeit des Dorfes auf sich lenken würde.

»Wie weit haben wir es wohl geschafft?«, fragte Errol, als sie sich an einer der wenigen trockenen Stellen niedergelassen hatten.

»Nicht weit genug. Ein Reiter würde für diese Strecke den halben Morgen brauchen, nehme ich an. Weniger, wenn die Straße gut ist.«

»Das ist sie. Tut mir leid, Benfro, ich hab uns da mehr Ärger an den Hals geholt, als wir gerade brauchen können.«

»Das ist nicht deine Schuld.« Benfro hob die Hand vor den Mund und versuchte, ein Gähnen zu unterdrücken. Jetzt, da er saß, spürte er, wie der Schlaf an ihm riss und wie das Gewicht seiner erschöpften Muskeln ihn zu Boden zog.

»Hör mal, du solltest eine Runde schlafen. Ich passe auf.« Errol lehnte sich an die Felswand, um mehr Platz zu schaffen. Benfro war zu müde, um sich zu bewegen. Er murmelte leise, »Danke. Weck mich in einer Stunde oder so«, legte sich auf die trockene harte Erde und war in Sekundenschnelle eingeschlafen.

Die Sonne schien durch nasse Blätter und die Vögel sangen ein lautes Dämmerungslied, als Benfro erwachte. Er streckte sich. Dann ging ihm auf, dass Errol die ganze Nacht wach gewesen war und dass er selbst rein gar nichts geträumt hatte. Er schaute sich um und sah, dass sich der Junge noch immer gegen die Höhlenwand drückte, die Augen halb geschlossen und die Stirn gerunzelt, so ähnlich wie Sir Frynwy, wenn er versucht hatte, sich an ein besonders unklares Stück der Überlieferung zu erinnern. Benfro streckte seine Aura aus, band sie um die niemals verschwindende rosa Schnur und richtete seine mentalen Schranken gegen Magog auf. Dabei verschwand Errols Stirnrunzeln und er schaute auf.

»Hast du gut geschlafen?«

»Sehr gut, danke. Du siehst aus, als ob auch dir ein Nickerchen guttun würde.«

Errol kam mühsam auf die Beine, und seine Knie ächzten wie die eines Greises, als er sich reckte. »Das schon. Aber ich glaube, wir sollten uns dieses Dorf mal ansehen, ehe sie aus Cerdyn etwas gehört haben können. Vielleicht kann ich auch etwas zu essen auftreiben. Danach kann ich den ganzen Nachmittag schlafen und wir brechen gleich nach Einbruch der Dunkelheit auf.«

»Werden die denn nicht misstrauisch, wenn du einfach so auftauchst?«

»Leute in Dörfern sind immer misstrauisch. Aber meistens sind sie gastfreundlicher als Leute in Städten. Das ist jedenfalls meine Erfahrung. Es wird schon gutgehen.« Und damit hob Errol die Tasche auf seine Schulter, kletterte aus der Senke und war verschwunden.

26

Für jemanden aus dem Zwillingskönigreich ist der Zirkus von Lanwennog einfach unvorstellbar. Das karge Hafog und das ländliche Hendry beziehen ihre Unterhaltung von wandernden Bänkelsängern und Pantomimen, oder sie feiern mit Speis und Trank im Übermaß. Unsere Verwandten im Norden dagegen genießen eine andere Art von Vergnügen.

Wie aber soll man den Zirkus für jemanden beschreiben, der noch nie etwas Vergleichbares gesehen hat? Nun, auch im Zirkus gibt es Bänkelsänger und Pantomimen. Aber es gibt auch Zaubernummern und Missgeburten zu besichtigen: bärtige Damen von beängstigendem Äußeren; schuppige Männer, die wie Fische unter Wasser leben; Zwerge, die das Zehnfache ihres Gewichtes heben können; Akrobaten, die so gelassen, als sei das überhaupt keine Entfernung, über ein über einen mörderischen Abgrund gespanntes Seil spazieren. Und es gibt Tiere, die wildesten, seltsamsten Geschöpfe aus allen Ecken von Gulad. Manche im Käfig, andere gezähmt oder zumindest unter Kontrolle, einige sogar dressiert, um Kunststücke vorzuführen, die bei allen, die die Grausamkeit ihrer Gefangenschaft nicht sehen, gewaltiges Staunen auslösen.

Aber die angesehensten Zirkusse, und heutzutage gibt es nicht mehr viele davon, sind die mit Drachen. Denn während wir diese prachtvollen Geschöpfe verfolgt, gejagt und getötet haben, wurde in Lanwennog die Kunst perfektioniert, sie zu demütigen.

Aus den Reisetagebüchern Usels

Wie Errol vorhergesagt hatte, waren die Leute im Dorf anfänglich zurückhaltend, aber gastfreundlich. In der kleinen Schenke in der Ortsmitte gab man ihm zu essen und lieferte ihm Proviant für seinen weiteren Weg. Ein Pferd hatte er nicht kaufen können, da keins zu haben war, aber das war vielleicht nicht so schlimm, da die meisten Pferde offenbar Angst vor Drachen hatten. Errol hatte gegen Mittag im Dorf alles erledigt und wollte gerade aufbrechen, als eine kleine Gruppe von wild aussehenden Männern angeritten kam.

Ihr Eintreffen verursachte große Erregung, und schon bald hörte Errol die schmuddeligen Kinder, die am Straßenrand spielten, Hühner jagten und einander mit Stöcken balgten, das Wort »Zirkus« flüstern. Die Männer gingen in die Schenke, rissen untereinander Witze und ignorierten alle anderen. Errol schlich sich hinter ihnen her. Sein leerer Teller und sein Becher standen noch immer auf dem Tisch bei dem kalten Kamin, wo er gesessen hatte, und eilig setzte er sich wieder und tat so, als ob er niemals weggegangen wäre. Die Männer bemerkten ihn offenbar nicht, sie waren zu sehr damit beschäftigt, die Wirtin um Bier anzubrüllen. Die Wirtin machte sich zu schaffen, füllte am Fass einige Krüge und knallte sie auf den Tresen.

»Wir kriegen hier ja nicht mehr oft einen Zirkus zu sehen. Gebt ihr uns denn auch eine Vorstellung?«

»Tut mir leid, Liebste. Wir wollen hier nur übernachten. Meister Logtan hat sich da irgendetwas in den Kopf gesetzt. Bildet sich wohl ein, eine neue Nummer gefunden zu haben, und jetzt will er sichergehen, dass die für das Fest des Königs auch fertig ist.«

Selbst Errol konnte sehen, wie enttäuscht die Wirtin war. »Wie lange bleibt ihr denn?«

»Nicht lange, schätze ich. Wir haben kein richtiges Lager aufgebaut oder so. Wir machen uns wahrscheinlich gleich morgen früh auf den Weg nach Gremmil.«

»Ihr bleibt also nur über Nacht?«

»Jawoll. Aber wenn Ihr eine Vorstellung wollt, dann kommt doch einfach mal zum Lager. Irgendwas müssen wir immer üben. Und Publikum ist dann immer willkommen.«

Errol konnte genau sehen, was hier ablief. Natürlich würde die Wirtin zum Lager gehen, und wenn sie bis zum folgenden Morgen nicht zurückkam, dann war das ihre Angelegenheit, nahm er an. Aber ihm kam jetzt eine Idee. Er schlüpfte abermals aus der Schenke und lief die Straße hoch in die Richtung, aus der die Männer gekommen waren. Es führte nur diese eine Straße durch das Dorf, das nur aus einem Dutzend kleiner Häuser bestand, die sich um einen Dorfanger drängten, wo eine Quelle in einen kleinen Bach überging. Die Straße stieg sanft zu einem vielleicht eine Meile entfernt gelegenen Hügelkamm an. Errol ging in der brennenden Mittagssonne langsam aufwärts. Oben angekommen sah er auf der anderen Seite des Hügels auf der mit Gras bewachsenen Ebene unter ihm den Zirkus.

Er hatte bisher nur über solche Dinge gelesen, und deshalb sah der Zirkus für Errol vor allem aus wie eine kleine Armee auf dem Marsch. Es gab vielleicht vier Dutzend große Wagen, die nebeneinander gleich bei der Straße standen. Pferde grasten. Sie waren angepflockt, damit sie nicht zu weit weglaufen konnten. Zwei große Zelte waren aufgebaut worden. Von einem Feuer mitten im Lager stieg Rauch auf, und Errol roch trotz der Entfernung Essensduft.

Als er näher kam, sah er auch Menschen, die sich mit Arbeiten beschäftigten, von denen er nicht die geringste Vorstellung hatte. Einige Kinder jonglierten und sprangen über ein langes Seil, und ihre Bewegungen waren geschickt und elegant, ganz anders als die der Jungen im Dorf. Er nahm an, dass sie übten, aber sowie sie ihn sahen, hörten sie auf und verschwanden kreischend vor Lachen zwischen den großen Wagen. Errol war es ein bisschen peinlich, glotzend hier herumzuwandern. Er konnte jetzt sehen, dass viele

Wagen verziert waren, in bunten Farben bemalt und mit Kochgeschirr und Tonnen behängt. Ihm wurde bewusst, dass hier Menschen zu Hause waren, und dass er kein Recht hatte, hier herumzuschnüffeln.

»Kann ich dir irgendwie behilflich sein, junger Mann?« Errol zuckte furchtbar zusammen, als er diese Stimme hörte. Er fuhr herum und sah eine alte Frau, deren Gesicht von einem Leben in der Sonne dunkel und runzlig geworden war wie Dörrobst. Ihre Haare waren weiß, ihre Augen aber waren scharf. Sie war schlicht gekleidet und hielt sich mit der Kraft und dem Selbstvertrauen einer Adligen gerade.

»Ich war dahinten in dem Dorf«, Errol zeigte zurück zur Straße. »Ich habe gehört, dass der Zirkus hier sein Lager hat, und ich wollte mich mal umschauen. Ich hab noch nie einen Zirkus gesehen.«

»Noch nie einen Zirkus gesehen?« Das Gesicht der Frau entspannte sich. Sie lächelte und zeigte dabei perfekte weiße Zähne. »Und wo hast du dich dein Leben lang versteckt, junger Mann? Im Zwillingskönigreich?«

Errol versuchte, bei dieser Frage ganz ruhig zu bleiben, aber etwas von seinem Schrecken war offenbar zu sehen gewesen. Die Frau lachte.

»War nur ein Witz, junger Mann. Da hinten hinter den Hügeln sind die doch so auf ihren Hirten versessen, dass sie keine Ahnung von Vergnügen haben. Aber wo sind denn bloß meine Manieren? Jeder Wanderer ist in unserem Lager willkommen. Kann ich dir einen Bissen zu essen anbieten? Einen Schluck Tee vielleicht? Ich bin übrigens Griselda. Ich arbeite mit den Löwenkatzen.«

Errol riss vor Erstaunen die Augen auf und hätte fast vergessen, sich ebenfalls vorzustellen.

»Errol. Errol Balch. Und danke, aber ich habe eben erst gegessen. Habt Ihr Löwenkatzen gesagt?«

Griselda lachte wieder. »Hab ich. Möchtest du sie gern sehen, Errol Balch?«

»Ich … also … ja.« Errol nickte und fragte sich, warum er sich so schwachsinnig benahm. Er hatte als Kind über Löwenkatzen gelesen, wusste, dass sie wilde, unzähmbare Kreaturen waren, die im kargen Tiefland des fernen Ostens lebten. Er hatte nie damit gerechnet, jemals so ein Tier zu sehen.«

»Na, dann komm mal mit. Die müssen jetzt ohnehin gefüttert werden.«

Errol zögerte, als Griselda einen engen Pfad zwischen zwei Wagen entlangging. Nach ungefähr einem Dutzend Schritte blieb sie stehen, drehte sich um und sah ihn noch immer neben der Straße stehen.

»Keine Sorge. Ich werd dich ihnen nicht zum Fraß vorwerfen.« Sie lachte wieder und winkte ihn zu sich.

Die Zirkustiere waren in großen, zum Viereck aufgestellten Wagen untergebracht. Errol erkannte einige der Geschöpfe, die jetzt in der Mittagshitze in ihren Wagen herumlungerten, aber die meisten waren ihm absolut neu. Griselda nannte einige Namen, als sie ihn an schlafenden Wölfen, Braunbären und Plapperaffen vorbeiführte. Bei einem Käfig blieb sie stehen, bückte sich nach einem Eimer voll Wasser und kippte dessen Inhalt durch die Gitterstäbe in das dunkle Käfiginnere. Etwas bellte sie an, es klang ein bisschen wie ein Hund, und als sie noch einen Eimer hinterhergoss, lugte eine fette Nase mit dickem Schnurrbart heraus und schnupperte in der Luft. Ein überwältigender Gestank nach faulem Fisch brach über Errol herein. Er würgte und hustete.

»Ach, kümmer dich nicht darum, wie unser alter Bogey riecht. Daran gewöhnst du dich nach einer Weile.«

»Äh, was ist das denn für ein Tier?«

»Das ist ein echter Salhund aus dem Meer von Tegid. Logtan hat ihn entdeckt, als wir zuletzt in Kais waren.«

»Logtan?«

»Der Zirkusdirektor. Logtan macht das jetzt schon seit über vierzig Jahren. Und vor ihm sein Vater und Großvater. Die sind eine stolze Schaustellerfamilie, auch wenn der junge Tegwin nicht so ganz auf seinen Alten kommt.«

Errol ließ sich von diesen Informationen berieseln, während Griselda immer weiterredete. Er hatte nur sehr vage Vorstellungen, wovon sie da eigentlich redete, aber sie war nett und freundlich. Er schaute sich die Wagen an. Einige waren an einer Seite offen und schwere Eisengitter hinderten die Tiere am Weglaufen. Andere waren massiv und hatten nur winzige Fenster. Ein oder zwei Wagen schaukelten ein wenig, als ob die Tiere darin ruhelos hin- und herliefen. Die meisten waren stumm und still, die Pferde, die sie zogen, waren auf einer der vielen Grasflächen ein Stück vom Lager entfernt angehobbelt. Ab und zu zerriss ein seltsames Stöhnen oder ein trommelfellerschütterndes Gebrüll die Stille, und Errol lief es eiskalt den Rücken hinunter, obwohl der Tag heiß und stickig war.

»Hier wären wir. Callas und Pello, meine beiden Gebirgslöwenkatzen. Wir haben sie als Katzenjunge gefangen, ach … das ist jetzt sicher zehn Jahre her. In der Wildnis im Westen des Arnahi.«

Errol trat an einen niedrigen Wagen heran, der an einem Ende offen war und am anderen eine abgeriegelte Kammer hatte, in der der Kutscher sitzen konnte. Zwei geschmeidige Wesen lagen im Schatten des Daches, sie schnappten in der Hitze nach Luft und vertrieben mit ihren langen Schwänzen die Fliegen. Sie hatten die Farbe von gebranntem Sand, und ihr Fell lag glatt über den starken Muskeln. Ihre Köpfe waren breit, ihre spitzen Ohren waren von langen Haarbüscheln gekrönt, ihr Schnurrbart war kurz und dick und ihre Augen waren gelb und stechend. Errol starrte die Tiere hingerissen an.

»Sind die nicht prachtvoll?« Griseldas Stimme war erfüllt von Liebe und Stolz, wie eine Mutter, die sich über ihre Kinder freut. Und doch war etwas hier überhaupt nicht so, wie es hätte sein sollen. Errol konnte die Verzweiflung der Tiere spüren, die durch die Gitter auf die endlose Ebene schauten. Er konnte sehen, dass sie sich nach offenem Raum sehnten, dass ihr Fell nicht so glänzte, wie es richtig gewesen wäre, und dass ihre Muskeln nicht so fest waren.

»Hier, möchtest du sie gern füttern, Errol?« Griselda stieß den Deckel von einem kleinen Fass neben dem Wagen, und der Gestank verfaulten Fleisches füllte die Luft. Sie wühlte im Fass herum und zog die Keule eines undefinierbaren Tieres heraus und hielt sie ihm hin. Er konnte weiße Flecken darauf sehen, wo Fliegen ihre Eier abgelegt hatten, und als er Griselda das Fleischstück abnahm, fielen mehrere fette Maden auf den Boden.

»Schieb es einfach durch die Gitterstäbe. Die beißen dich nicht.«

Errol ging dichter an das Gitter heran, er wollte das stinkende Fleisch ganz schnell loswerden, wusste aber nicht, ob er den Löwenkatzen einen Gefallen tat, wenn er es ihnen gab. Er hob es durch die Gitter und warf es dem nächstsitzenden der beiden Tiere zu. Dieses gähnte ausgiebig und zeigte brüchige, eingekerbte und faulige Hauzähne. Als das Fleisch auf den mit Stroh bestreuten Wagenboden knallte, standen die armen Tiere mühsam auf und zeigten geschwollene Gelenke und Knochen unter dünner Haut. Errol konnte durch ihr Fell die Stellen sehen, wo sie sich wundgelegen hatten, und sein Staunen von vorhin war absolut verflogen.

»Prachtvoll, oder was? Ich hab sie selbst großgezogen. Für sie bin ich die Rudelleiterin.« Griselda erzählte das mit gelassenem Stolz, und als Errol sie ansah, begriff er, dass sie dem Leid, das sie verursachte, vollständig blind gegenüberstand. Er sah noch einmal die beiden Löwenkatzen an, die an dem verrotteten Kadaver herumnagten, in ihrem Käfig verkamen und vom Anblick und den Gerüchen der unerreichbaren Wildnis gleich hinter den Gitterstäben gequält wurden.

Ich würde euch befreien, wenn ich könnte, dachte er, und für einen Moment hielten sie beide im Kauen inne und starrten ihn mit intelligenten, traurigen Augen an.

Errol riss sich von diesem Anblick los und hielt Ausschau nach etwas, egal was, was ihn von den Löwenkatzen wegbringen könnte. Auf der anderen Seite des Lagers, von den Tierkäfigen entfernt, stand ein einzelner Wagen, der doppelt so groß war wie die anderen. Es war eine schwere Konstruktion, dicke Eichenbretter, die von schwarzen Eisenplatten zusammengehalten wurden. Winzige Fenster, eigentlich nur Luftlöcher, waren hoch oben in die Seiten eingelassen, wo niemand hineinschauen konnte, und Errol konnte von dort aus, wo er stand, keine Möglichkeit sehen, in diesen Wagen zu gelangen.

»Was ist in dem Wagen da?« Er wartete, bis Griselda sich vom Anblick ihrer geliebten Löwenkatzen losgerissen hatte, und zeigte dann auf den großen Wagen. Griselda sah für einen Moment verärgert aus, dann kehrte langsam das Lächeln in ihr Gesicht zurück.

»Das. Ach ja, das. Es überrascht mich gar nicht, dass du das bemerkt hast. In diesem Wagen, junger Meister Errol, befindet sich unser Drache.«

»Ein Drache?« Errol merkte, dass er sich wie ein vom Staunen überwältigtes Kind anhörte, und das war sicher auch gut so. Er hatte nicht zu hoffen gewagt, dass er so schnell nach Beginn seiner Suche einen Zirkus finden würde, und schon gar keinen mit einem Drachen. Er wäre am liebsten hingestürzt, um mit dem Drachen zu sprechen, ihn zu fragen, wieso er hier sei und ob er von anderen seiner Art wisse, aber er musste seine Ungeduld verbergen.

Er versuchte, ein wenig verängstigt zu klingen, und fragte dann: »Darf ich den sehen?«

Griseldas Lächeln verschwand aus ihrem Gesicht, aber ihre Stimme war noch immer freundlich, als sie sagte: »Ich fürchte nicht, Errol. Nur Meister Logtan kann den Drachenkäfig öffnen, und er führt den alten Magog nur selten zwischen den Vorstellungen vor.«

»Magog?« Errol wäre fast gestolpert, als er diesen Namen hörte.

»Genau. Magog, Sohn des Sommermondes, der größte Drache, der je gelebt hat. Angeblich hat er die Große Felsbarriere errichtet, Gulad in zwei Hälften geteilt, damit Lanwennog vor den Irren im Süden in Sicherheit wäre. Diese Geschichte musst du doch gehört haben?«

»Natürlich«, sagte Errol eilig. »Aber mir wurde das ein bisschen anders erzählt. Und Magog ist doch sicher seit Langem tot. Wenn es ihn überhaupt je gegeben hat.«

Griselda lachte. »Meine Güte, Errol. Du nimmst alles so wortwörtlich. Es hat nie einen Drachen namens Magog gegeben. Das ist bloß eine Sage. Aber dieser alte Kerl hat behauptet, so zu heißen, als Logtan ihn gefangen hat. Und deshalb heißt er eben noch immer Magog.

»Ist Meister Logtan da? Kann ich ihn sprechen?«

»Warum willst du das denn, Errol? Hör mal, du bist doch wohl nicht von zu Hause durchgebrannt, weil du dich dem Zirkus anschließen willst, oder? Meister Logtan hat für Träumer keinen Platz in seinem Zirkus, musst du wissen.«

»Nein, so ist das wirklich nicht. Es ist bloß, na ja, ein Drache. Ich hab so viel darüber gelesen, aber ich hätte nie gedacht, dass ich je einen sehen würde. Oder jemanden treffen, der sich mit ihnen auskennt.«

»Na, ich glaube nicht, dass es in ganz Gulad irgendwen gibt, der mehr über Drachen weiß als Meister Logtan. Wie hätte er sonst einen Drachen aufspüren, fangen und dann die ganzen Jahre unter Kontrolle halten können?«

Errol glaubte nicht, dass irgendjemand so viel über Drachen wissen könnte wie Andro, und er selbst hatte wohl auch mehr Ahnung als die meisten anderen. Aber wenn dieser Meister Logtan ein Drachenkenner war, auch wenn er sein Wissen offenbar nutzte, um diese Wesen zu fangen und zu beherrschen, dann konnte Errol sich keinen Besseren vorstellen, um zu fragen, wo es denn in Lanwennog wohl Drachen geben könnte.

»Er hört sich genau so an wie einer, den ich gern kennenlernen würde. Würdet Ihr mich ihm vorstellen?«

»Ich würde schon, Errol. Du kommst mir ehrlich interessiert vor, nicht wie ein verwöhnter Adelsspross, der aus seinem Dienst beim König weggelaufen ist. Aber Logtan ist nicht hier. Er hat uns heute hier anhalten und das Lager aufschlagen lassen und ist dann mit seinem Sohn Tegwin losgezogen, und ich habe keine Ahnung, wann er zurückkommen wird. Aber wenn du auf ihn warten möchtest, kann ich dir den Rest der Truppe vorstellen, wenn du willst.«

Errol fand das verlockend, aber so langsam machte sich jetzt die schlaflose Nacht bemerkbar, und als er aufschaute, sah er, dass die Sonne schon längst nicht mehr im Mittag stand. Benfro würde sich sicher bereits Sorgen um ihn machen.

»Das würde ich zu gern, aber mein Freund wartet im Dorf auf mich. Und er ist bestimmt sauer, wenn ich nicht bald wieder auftauche. Vielleicht könntet Ihr mir sagen, wo Ihr hingeht, und dann kann ich Euch möglicherweise später einholen?«

»Na, das ist einfach. Wir gehen nach Tynhelyg. Logtan will in sechs Wochen dort sein, damit er vor dem Königsfest zwei Wochen zum Üben hat. Ich glaube, wir werden unterwegs nirgendwo lange haltmachen können, um vorher noch eine Vorstellung zu geben.«

Errol wollte schon fragen, was das für ein Königsfest sei, sein Herz blieb fast stehen bei der Vorstellung, in die Nähe der Hauptstadt gehen zu müssen, aber ehe er den Mund aufmachte, fiel ihm ein, dass der Goldhändler Tibbits dieses Fest ebenfalls erwähnt hatte. Ihm war das als unwichtige Nebensache vorgekommen, aber so, wie Griselda sich anhörte, war es ein wichtiges Ereignis und etwas, über das alle Welt Bescheid zu wissen schien.

»Na, mein Freund und ich wollen auch in die Hauptstadt«, sagte er. »Ich werde also nach Euch Ausschau halten, wenn wir dort angekommen sind. Oder vielleicht holen wir Euch unterwegs ein.«

Benfro lag lange in der Höhle und genoss die Wärme und ein Gefühl von Sicherheit. Die Höhle war niedrig für jemanden von seiner Größe, aber ein Mensch hätte sie geräumig gefunden. Der Boden bestand aus fester Erde, die längst vergangene Fluten hereingespült hatten. Beim Gedanken an Wasser knurrte sein Magen. Er hatte sich am Tag davor voll gestopft, aber er hatte auch Feuer gespien, und danach fühlte er sich immer leer. Er würde sich etwas zu essen suchen müssen, ehe Errol zurückkehrte.

Ein langsamer Bach floss durch die Senke, und Benfro fand eine tiefe Stelle, wo ein Steinschlag die Strömung gestaut hatte. Er ließ sich so leise er konnte in das kühle Wasser gleiten, dann schwamm er in die Mitte und ließ sich auf den Grund sinken.

Anders als die Fische im Fluss, der durch Corwens Lichtung floss, hatten diese hier keine Erinnerungen daran, von Drachen gejagt zu werden. Bald hatte Benfro fünf fette Lachse gefangen, gereinigt und filetiert. Er verschlang drei roh und nahm die anderen dann mit in die Höhle. Wenn er genug trockenes Holz fand, könnte er wahrscheinlich ein Feuer machen, das nicht zu sehr dampfte, und die restlichen Fische für Errol braten.

Die Sonne stand schon hoch am Himmel, als Benfro genug Reisig gesammelt hatte. Er stapelte die Zweige und Äste in der Höhlenöffnung auf und zog sich dann zurück in die kühle Dunkelheit, um der Mittagshitze zu entgehen. Der Wald war stumm, alle Tiere hatten sich versteckt, bis der Abend kühlere Luft bringen würde, und Benfro ließ sich ebenfalls zur Ruhe nieder. Errol würde bald zurückkehren, da war er sich sicher.

Ein Geräusch weckte ihn auf. Oder vielleicht war es der Rauchgeruch. Einen Moment lang glaubte er, Errol sei zurückgekehrt, habe das Holz und die Fische gesehen und selbst das Feuer entfacht. Dass er nichts von Magogs Nähe spürte, verstärkte diese Vorstellung, aber etwas stimmte hier nicht. Der Rauch roch süß, parfümiert wie die Kräutermischungen, die seine Mutter verbrannt hatte, um das Haus zu reinigen. Und als Benfro seine Aura suchte, um sich davon zu überzeugen, dass sie noch immer um die rosa Schnur gebunden war, konnte er nicht richtig sehen.

Er versuchte, auf die Beine zu kommen, aber diese gehorchten ihm nicht. Es war, als habe er darauf gelegen und sie seien eingeschlafen. Als er die Hände ausstreckte, um seine Beine ins Leben zurückzumassieren, fühlten sie sich an wie Stein. Und jetzt war der süße Duft des Rauches in seinem Kopf und hielt ihn vom Denken ab.

Dunkelheit zog sich durch sein Blickfeld. Benfro schaute auf und sah im Sonnenlicht in der Höhlenöffnung die Silhouette eines Menschen. Es war nicht Errol.

»Sieh an, sieh an, sieh an. Hier haben wir ja offenbar eine feine Beute.« Der Mensch sprach Drachensprache mit einem fremden Akzent. Benfro kämpfte gegen die Lethargie, die ihn zu Boden drückte. Er wog zehnmal so viel wie sonst, aber er konnte sich doch vom Boden hochstemmen. Er versuchte, sich zu konzentrieren, das Feuer in seinem Bauch herbeizurufen, obwohl sich in seinem Kopf alles wie wild drehte.

»Ach, ein Kämpfer. Gut.« Der Mensch wandte sich ab und

brüllte etwas in einer anderen Sprache. Neuer Rauch wogte um ihn herum, und er schien zu brennen. Der Rauch füllte die Höhle und ließ Benfros Augen tränen, brannte in seinem Hals und machte seine Gedanken noch verwirrter. Er registrierte kaum die Bewegungen von weiteren Menschen, die die Höhle betraten und etwas zwischen sich hielten. Sie warfen es über ihn, und das Gewicht auf seinen Schultern ließ ihn zusammenbrechen.

Vor seinen Augen wurde alles schwarz, und Benfro spürte, wie er das Bewusstsein verlor. Als er sich vergeblich gegen den Rauch wehrte, der ihn zu ersticken drohte, hörte er nur noch die Stimme des Menschen, frech und hämisch: »Jetzt gehörst du mir, Drache. Vergiss das nicht. Jetzt gehörst du mir.«

Griselda wollte Errol unbedingt zum Bleiben überreden. Sie führte ihn auf einem Umweg zurück durch das Lager, vorbei am Feuer und den beiden großen Zelten, und stellte ihn einer Menge seltsamer Leute vor. Endlich, nach einer halben Stunde, konnte er dann entkommen und die Straße zum Dorf hochlaufen. Die Pferde der Zirkusleute standen noch immer vor der Schenke und warteten geduldig darauf, dass ihre Besitzer genug gezecht hätten. Als Errol vorüberkam, hörte er ihr schallendes Lachen und dachte, dass die Pferde sicher noch lange warten müssten.

Der Wind trug ihm schwachen Rauchgeruch entgegen, als er sich den Bäumen näherte. Er konnte in der Luft nichts sehen und fragte sich, ob Benfro etwas zu essen gefangen hätte. Als er unter einigen Zweigen den Kopf einzog, wurde der Rauchgeruch stärker, und es war ein seltsam süßer Duft, eher wie brennende Kräuter als wie der scharfe Geruch von Holzrauch. Ein Schauer der Furcht jagte Errols Rückgrat hoch. Er wurde langsamer, versuchte, so langsam zu sein wie möglich, und horchte auf jedes Geräusch, das nicht ganz normal war.

Er hatte den Höhleneingang noch gar nicht erreicht, als ihm

klar wurde, dass hier etwas absolut nicht stimmte. Der Boden war aufgewühlt, als ob ein Baumstamm oder etwas Ähnliches herumgeschleift worden sei. Alle Blätter und was sonst auf dem Boden lag, waren zur Seite geschoben und an einigen Stellen war sogar die oberste Erdschicht abgetragen worden. Diese Schleifspur bildete vor der Höhle eine weite Kurve und führte dann auf der anderen Seite den Hügel hinunter.

Gleich hinter dem Höhleneingang waren zwei kleine Feuer entzündet worden. Sie waren jetzt fast hinuntergebrannt, aber Errol konnte den süßen Duft immer noch riechen. Ein blauer Dunst füllte die Höhle und machte ihn benommen. Er holte abgewandt von den Feuern tief Atem, hielt ihn an und ging dann hinein in die Dunkelheit.

Die Höhle war leer. Sogar Benfros Tasche war verschwunden. Als Errol schon wieder gehen wollte, sah er im Schmutz auf dem Boden etwas funkeln. Er bückte sich und hob einen kleinen Ring auf. Es war ein schlichtes Muster, drei Reifen aus unterschiedlich gefärbtem Gold, zu einer Spirale verschlungen und an einer Stelle zu einem kleinen Wappenschild abgeflacht. Er erinnerte sich daran, dass dieser Ring bei dem Gold gewesen war, das Benfro aus Magogs Schatzraum geholt hatte. Wer immer die Tasche genommen hatte, hatte offenbar deren Inhalt ausgekippt und den Ring übersehen, als er alles wieder aufgesammelt hatte. Wie betäubt vor Schock legte Errol den Ring in seine Handfläche und ballte die Faust darum.

Er lief hinaus und folgte dem niedergetrampelten Gras zwischen den Bäumen. Trotz seines Entsetzens konnte er sich zusammenreimen, was geschehen war. Auf irgendeine Weise hatte jemand Benfro hier entlanggeschleift, und dieses Wesen hatte gewusst, wie man einen Drachen betäubt. In der Höhle wies nichts daraufhin, dass Benfro sich gewehrt hatte, und dann war er weggezerrt worden. Es musste der Rauch gewesen sein, obwohl es ihm seltsam vorkam, dass etwas, das ihn nur verwirrte, einen Drachen von Benfros Größe so total umwerfen konnte.

Es war ein zu großer Zufall, dass der Zirkus so dicht bei ihrem Versteck angehalten hatte, nur wenige Stunden nach ihrem Eintreffen. Das hier musste Logtans Werk sein, hatte Griselda nicht gesagt, dass er mehr über Drachen wusste als alle anderen in Gulad? Aber woher hatte er von Benfro gewusst? Wie hatte er ihn ausfindig gemacht?

Beladen mit diesen unbeantworteten Fragen drängte sich Errol an den letzten Bäumen vorbei und betrat eine gut erhaltene Straße. Ihm war nicht klar gewesen, dass sich das Wäldchen gleich neben dieser Straße befand, denn es musste die Straße sein, die durch das Dorf führte, die Straße, der der Zirkus auf dem Weg nach Tynhelyg folgte. Die Oberfläche war ein bisschen feucht hier, denn die Bäume schützten sie vor der dörrenden Sonne. Errol bückte sich und sah genau hin, er erkannte die Hufabdrücke mehrerer Pferde. Einige waren breiter als seine gespreizte Hand und sanken tiefer in den feuchten Staub als die kleineren. Solche Abdrücke wurden von Karrenpferden hinterlassen, dachte er sich. Und als er jetzt genauer hinschaute, entdeckte er auch die parallelen Spuren, die die Räder eines schweren Wagens hinterlassen hatten.

Errol richtete sich auf und schaute in beide Richtungen, in der vergeblichen Hoffnung, den Wagen zu entdecken. Nicht, dass er Benfro auf irgendeine Weise hätte helfen können. Aber es war nichts zu sehen. Und dann verspürte er etwas, ein vertrautes Gefühl, wenn auch vermischt mit den falschen Erinnerungen, mit denen Melyn seinen Geist gefüllt hatte. Er begriff es den Bruchteil einer Sekunde zu spät: Jemand war hier in der Nähe. Sehr dicht in der Nähe.

»Ich hatte mir doch gedacht, dass du bald kommen würdest. Und da hab ich einfach gewartet.«

Errol wollte sich umdrehen und sah ganz kurz das feixende Gesicht eines Mannes. Und dann traf etwas Hartes seinen Kopf und alles war zu Ende.

James Oswald

Dreamwalker

In einem kleinen Ort, fern der großen Städte der Zwillingskönigsreiche, wächst der junge Errol auf. Er ist dort ein Außenseiter – sieht er doch so ganz anders aus als die Einheimischen und weiß nicht einmal, wer sein Vater ist. Denn niemand, nicht einmal er selbst, ahnt etwas von seiner wahren königlichen Herkunft. Tief in den Wäldern wird derweil Benfro, ein junger Drache, in die magischen Künste eingeweiht. Wie die seiner Mutter, ist es auch seine Bestimmung, ein großer Magier zu werden. Niemand würde vermuten, dass die Zukunft aller in den Zwillingskönigreichen in den Händen dieser beiden ungleichen Helden liegen wird. Doch das Schicksal wird den Jungen und den Drachen zusammenführen und ihrer beider Leben auf immer verändern ...

Der Zauber des Drachenvolkes
Band 1, ca. 416 Seiten,
ISBN 978-3-570-40306-8

Das Geheimnis des Magierordens
Band 2, ca. 480 Seiten,
ISBN 978-3-570-40307-5

Die Gefangene des Drachenturms
Band 3, ca. 416 Seiten,
ISBN 978-3-570-40308-2

40284_3

Rachel Hartman

SERAFINA

In Goredd, der Heimat des Halbdrachenmädchens Serafina, eskaliert der Konflikt zwischen den seit etlichen Jahren friedlich nebeneinander lebenden Menschen und den Angehörigen des Drachenvolkes nun endgültig. Machtlüsterne Generäle auf beiden Seiten haben durch Intrigenspiele endlich ihr Ziel erreicht: Der Krieg um die Vorherrschaft im Land bricht aus. Und mitten in diesem kriegerischen Konflikt ist die junge Serafina als Freundin der jungen Königin an vorderster Front mit dabei und befindet sich erneut zwischen den beiden Welten, aus denen sie stammt, trägt sie doch auch Drachenblut in sich. Doch jene, die um ihr Geheimnis wissen, nicht zuletzt ihre große Liebe Prinz Lucian, zählen genau in dieser Lage auf sie.

Serafina –
Das Königreich der Drachen
Band 1, 512 Seiten,
ISBN 978-3-570-40249-8

Serafina –
Die Schattendrachen erheben sich
Band 2, 640 Seiten,
ISBN 978-3-570-40318-1

cbj

www.cbj-verlag.de

40323